ROBERT RUTHERFORD
Sieben letzte Tage

AF217759

Über den Autor:

Robert Rutherford ist eines der Gründungsmitglieder der Krimi-Schreibwerkstatt des Northern Crime Syndicate und war zweifach auf der Shortlist für den CWA Short Story Dagger Award. *Sieben letzte Tage i*st sein Debütroman. Er lebt mit seiner Familie in Newcastle.

ROBERT RUTHERFORD

SIEBEN LETZTE TAGE

Ist dein Vater ein Mörder?
Du hast eine Woche, seine Unschuld zu beweisen

Übersetzung aus dem Englischen von Holger Hanowell

lübbe

Die Bastei Lübbe AG verfolgt eine nachhaltige Buchproduktion. Wir verwenden Papiere aus nachhaltiger Forstwirtschaft und verzichten darauf, Bücher einzeln in Folie zu verpacken. Wir stellen unsere Bücher in Deutschland und Europa (EU) her und arbeiten mit den Druckereien kontinuierlich an einer positiven Ökobilanz.

Vollständige Taschenbuchausgabe
Deutsche Erstausgabe

Für die Originalausgabe: »Seven Days«
Copyright © 2024 by Robert Rutherford
Für die deutschsprachige Ausgabe:
Copyright © 2025 by Bastei Lübbe AG, Schanzenstraße 6–20, 51063 Köln

Bei Fragen zur Produktsicherheit wenden Sie sich bitte an
Produktsicherheit@bastei-luebbe.de

Vervielfältigungen dieses Werkes für das Text- und
Data-Mining bleiben vorbehalten.

Die Verwendung des Werkes oder Teilen davon zum Training
künstlicher Intelligenz-Technologien oder -Systeme ist untersagt.

Textredaktion: Angela Küpper, München
Umschlaggestaltung: Massimo Peter-Bille
Einband-/Umschlagmotiv: © shutterstock: New Africa | zuperia
Satz: GGP Media GmbH, Pößneck
Gesetzt aus der Adobe Garamond
Druck und Verarbeitung: GGP Media GmbH, Pößneck

Printed in Germany
ISBN 978-3-404-19459-9

2 4 5 3 1

Sie finden uns im Internet unter luebbe.de
Bitte beachten Sie auch: lesejury.de

Für Nic. Chesney Hawkes hat gelogen –
er ist nicht The One and Only. Das bist du.

Prolog

Florida, 2011

Manny weiß, dass er hier nur dann rauskommt, wenn der andere es nicht schafft. Das sieht er dem Typen an. Dieser Gesichtsausdruck, den er selbst schon öfter zur Schau getragen hat, als ihm lieb sein kann. Die Lippen zu einem dünnen Strich verzogen, die leicht verengten Augen. Jener konzentrierte Blick, der sich unweigerlich einstellt, wenn man weiß, dass es nur einen Ausweg gibt.

Er greift in der Tasche seiner Jeans nach dem Springmesser, seine Finger schließen sich um den Griff. Als er das Handgelenk zur Seite zucken lassen will, damit die Klinge hervorschnellen kann, merkt er, dass etwas nicht stimmt. Da ist etwas Unbeholfenes, als habe er eine Flasche Whiskey intus und würde sich nur darauf verlassen, dass seine Muskeln schon irgendwie klarkommen.

»Du verschwindest jetzt oder setzt nie wieder einen Fuß vor den anderen!«, ruft er dem Mann zu, obwohl er höchstens zwei Meter von ihm entfernt ist.

Keine Antwort. Ein Schimmern neben dem Mann, Manny sieht unweigerlich hin. Nur eine Sekunde, aber das genügt schon. Der Mann nähert sich ihm, scheint zu schweben. Manny hat sich nicht die Mühe gemacht, das Licht in der Küche anzuknipsen, daher könnte die dunkle Gestalt, die sich jetzt auf ihn stürzt, genauso gut ein Schatten sein.

Manny sticht zu, zielt auf das Gesicht des Typen, doch in diesem Moment spürt er, wie träge er sich bewegt. Als hätte er Beton in den Adern. Er hat das Gefühl, dass alles in Slow Motion abläuft, zumindest für ihn. Bei seinem Angreifer scheint es ganz anders zu sein. Der

Mann taucht zur einen Seite ab und schnellt dann vor, um Mannys Messerhand mit dem Handballen wegzuschlagen. Die Klinge fährt durch die Stelle, wo sich das Gesicht des Mannes befinden müsste. Manny versucht noch, sie zurückzuziehen, um erneut auszuholen, aber sein Kopf scheint voller Watte zu sein, und seine Hand will ihm einfach nicht schnell genug gehorchen.

Die Hand des Mannes legt sich um Mannys Hals, reißt seinen Kopf nach unten, ehe ihm der Typ das angewinkelte Knie in den Rippenbogen rammt. Manny bleibt schlagartig die Luft weg, er hört ein knackendes Geräusch, dann schießt ihm der Schmerz in die Seite. Er sackt zu Boden, als habe ihn ein Scharfschütze erwischt, versucht zu schreien, doch er kann nicht mal Atem holen. Ihm ist, als werde er ersticken. Er braucht ein paar Sekunden, um zu kapieren, dass dieser seltsame gurgelnde Laut aus seiner eigenen Kehle kommt.

Eine Hand an die Seite gepresst, versucht er mit dem Klappmesser zuzustechen, aber da ist keine Kraft mehr in seinen Fingern, das Messer fällt harmlos zu Boden. Der Mann schickt es mit einem Tritt außer Sichtweite. Der Schmerz in Mannys Seite hat etwas Fließendes. Das erste Aufblitzen war siedend heiß, aber inzwischen wird der Schmerz vom Adrenalin weggefegt, verwandelt sich in etwas anderes, in ein dumpfes Pochen, das mit einem ganz eigenen Trommelrhythmus einsetzt.

Sein Kopf fühlt sich an wie eine Schneekugel, die man zu heftig geschüttelt hat. Diesen Kampf kann er nicht mit den Fäusten gewinnen. Es sei denn, es gelingt ihm, ein bisschen Zeit zu schinden, um sich zu erholen.

»Hör zu, Mann«, keucht er und schaut blinzelnd zu dem Mann auf, der auf ihn herabblickt. »Um was immer es geht, ich bin sicher, dass wir uns irgendwie einigen können.«

Die Worte kommen ihm nur abgehackt über die Lippen, nicht in ganzen Sätzen, während er immer noch verzweifelt nach Luft ringt. Er kennt dieses Gesicht. Hat es vor Kurzem erst gesehen, kann es aber nicht richtig zuordnen. Vielleicht ein unzufriedener Kunde? Ehe Manny sein Produkt zum Verkauf anbietet, streckt er es noch ein bisschen, mal hiermit, mal damit. Manchmal Babynahrung, manchmal etwas Kreatin. Gut möglich, dass er bei den Extra-Zutaten ein bisschen ungeschickt war und der Dude einen Scheißtrip hatte.

»Hör zu, ich erstatte normalerweise nichts«, schnauft er und ringt sich ein Lächeln ab. »Aber ich kann eine Ausnahme machen.«

Der Mann geht in die Hocke. Manny will sich aufrichten, sich auf einen Ellenbogen abstützen, aber es kommt ihm so vor, als müsse er sich durch zähflüssige Melasse hochkämpfen. Er spürt, dass der Mann ihm eine Hand auf die Brust legt.

Durch die Nase einatmen, durch den Mund ausatmen. Manny sinkt langsam zurück, wiederholt das Mantra, wobei er verzweifelt in einen Rhythmus zu finden versucht, aber sein Atem gleicht einem Motor mit Fehlzündungen. Zum ersten Mal nimmt er ein Gefühl von Wärme wahr. Zuerst glaubt er, dass das von der Anstrengung kommt, aber die Wärme breitet sich in seinem ganzen Körper aus. Als würde er in eine Decke gehüllt werden. Je stärker er dagegen aufbegehrt, desto tiefer sinkt er, als werde der Teppich ihn verschlucken. Manny will wieder etwas sagen, als der Mann sich zu ihm herabbeugt.

»Hör zu … Mann, ich will doch bloß …«

Die Worte verschwimmen, werden unzusammenhängend, geraten durcheinander.

Die Augen, die sich in seine bohren, könnten genauso gut Glasmurmeln sein, so viel zu den Emotionen, die sie enthalten. Manny wird der Kopf schwer, als sei er aus Stein, aber noch gelingt es ihm, auf die Finger des Mannes zu starren, erinnert er sich doch, dass der Typ etwas in der Hand hielt, das im Zwielicht schimmerte.

Es ist eher ein Eispickel als eine Klinge. Zehn Zentimeter Stahl, der sich zu einer unglaublich dünnen Spitze verjüngt. Manny zwingt sich, den Arm auszustrecken, um dem Mann das Ding aus der Hand zu schlagen. Es muss gerade mal eine Handspanne von seinem Gesicht entfernt sein, aber es kommt ihm wie etliche Kilometer vor. Als hätte jemand oder etwas einen Kurzschluss in seinem Gehirn ausgelöst, der verhindert, dass irgendwelche Befehle an den Körper gesendet werden können.

Der Mann mustert ihn einen Moment lang und hantiert mit Leichtigkeit mit dem Eispickel, bis die Spitze auf Mannys linkes Auge zeigt.

»Du musst bezahlen, was du schuldig bist, Manny. Ich bin gekommen, um zu kassieren.«

1. Kapitel

Schmerz schießt durch Alice' Fuß, als sie mit dem Zeh gegen das schwere Stuhlbein stößt. Sie kann die Worte nicht zurückhalten, sie entweichen ihr durch zusammengebissene Zähne.

»Verdammte Scheiße!«

Sie braucht die Missbilligung in der Miene ihrer Mutter nicht zu sehen, um zu wissen, dass sie da ist. Wann ein Fluchen gerechtfertigt ist, ist schon lange ein Zankapfel. Alice weiß, dass sie diesen Kampf nie gewinnen kann. Trotzdem krümmt sie sich innerlich bei der Entschuldigung, die ihr wie einstudiert über die Lippen kommt.

Sie dreht sich ein Stück weit, der Arm ihrer Mutter ruht immer noch auf ihrer Schulter, und sie lässt sie vorsichtig in den Sessel sinken.

»Du musst doch los«, sagt Mum, noch bevor Alice sich wieder ganz aufrichten kann.

Dem letzten Wort wohnt ein leichter *Sch*-Laut inne. Selbst jetzt, vier Jahre nach dem Schlaganfall, sind klare Anzeichen geblieben. Mum scherzt immer, sie spräche so wie Sean Connery, aber den Mut dazu bringt sie nur hinter verschlossenen Türen auf, vor Leuten, die sie kennt, oder vor Alice und ihrer jüngeren Schwester Fiona. Im Beisein von anderen merkt man ihr die Befangenheit an, wenn man weiß, worauf man achten muss. Wie sie zum Beispiel einen Daumennagel in das Nagelbett des anderen drückt und dann sorgenvoll dreinschaut. Mehr als einmal hat der Daumen geblutet, als steigere der Schmerz ihre Aufmerksamkeit.

»Ist noch genug Zeit«, meint Alice, obwohl sie in spätestens fünf Minuten weg sein muss. Sie bückt sich wieder, sorgt dafür, dass ihre

Mum ein klein wenig nach vorn rutschen kann, um ihr ein zusätzliches Kissen als Stütze für den Rücken zu geben.

»Shona wird gleich hier sein«, sagt Mum und scheucht sie mit einer Handbewegung fort. »Na los, ab mit dir.«

Diese morgendlichen Szenen laufen wie ein Uhrwerk, sie gehören zu der Struktur in Alice' Leben. Manchmal fühlt sich das alles seltsam durchchoreografiert an. Sie liebt ihre Mum, obwohl es da auch Schattierungen gibt. Einiges bleibt besser unausgesprochen, zum Wohle aller Beteiligten. Shona, ihre Tagespflegerin, zeigt unendlich viel Geduld. So viel Geduld, dass Alice oft das Gefühl hat, in dieser Hinsicht zu wenig zu bieten zu haben.

»Fiona meint, sie stattet dir heute Nachmittag einen kurzen Besuch ab«, sagt Alice und streicht ihren Rock glatt. »Ich schaue später auf dem Nachhauseweg noch mal vorbei.«

»Ich komme schon zurecht«, antwortet Mum und klingt selbst für ihre Maßstäbe ein bisschen kurz angebunden.

Alice wünschte, sie könnte die Zuversicht ihrer Mutter teilen. Allzu oft ist sie vorbeigekommen und hat eine Spur der Verwüstung vorgefunden, wenn ihre Mutter wieder einmal versucht hat, ihre Unabhängigkeit zurückzuerlangen. Die Ärzte meinten, sie werde wahrscheinlich nie mehr die volle Kontrolle über ihren linken Fuß oder rechten Arm haben, sichtbare Opfer des Schlaganfalls, der sie fast das Leben gekostet hätte. Zum Glück lässt sie Shona gewähren, die fünf Tage die Woche kommt, Alice und Fiona wechseln sich an den Wochenenden ab. Was ihre Mutter allerdings nicht davon abhält, mit ihrer guten Hand eine Tasse Tee zuzubereiten. Ob sie es mit der Tasse sicher bis zu ihrem Platz schafft, steht dann wieder auf einem anderen Blatt.

Für Alice bedeutet all das ein schier endloses emotionales Auf und Ab. An manchen Tagen wünscht sie, ihre Mum hätte sich auf das betreute Wohnen eingelassen, wie es die Ärzte vorgeschlagen haben – es wäre für sie beide einfacher. Dann wiederum überkommt Alice schon bei dem Gedanken an diese Option das Gefühl, die schlimmste

Tochter der Welt zu sein. Natürlich wäre es einfacher, zumindest für sie, Alice. Es ist ja nicht so, als sei das hier ihr Elternhaus voller schöner Kindheitserinnerungen, an die sie sich klammert. Ihr ursprüngliches Elternhaus liegt fast siebentausend Kilometer entfernt, jenseits des Atlantiks, und die meisten Erinnerungen aus jener Zeit würde Alice am liebsten vergessen.

Sie beugt sich zu ihrer Mutter hinunter und gibt ihr einen Kuss auf die Stirn.

»Bis später, Mum.«

Alice schnappt sich ihre Handtasche, als sie die Diele durchquert. Irgendwo in den Tiefen der Tasche vibriert ihr Handy, rasch durchwühlt sie den Inhalt, bis ihre Finger sich um das Gerät schließen.

»Ich gehe gerade los«, sagt sie, wobei sie sich das Handy unters Kinn klemmt, die Tasche in der einen Hand, um mit der freien Hand die Tür hinter sich zuzuziehen.

»Bist du bei dir zu Hause oder bei deiner Mum? Oder bist du gestern Abend noch irgendwo gestrandet?«

Bei dieser kleinen neckenden Anspielung sieht Alice förmlich das verschmitzte Augenzwinkern von Moira Wilkinson vor sich, als sie diese Frage stellt.

»Ich berufe mich auf den fünften Zusatzartikel«, weicht sie aus.

»Sie sind aber nicht in den *good ol'* USA, Frau Anwältin«, erwidert Moira und bemüht sich, ihren schicken Geordie-Akzent gegen einen eingefleischten amerikanischen Dialekt einzutauschen.

Alice ist vor vier Jahren aus den Vereinigten Staaten zurückgekehrt, und seitdem hat Moira immer wieder darauf hinweisen müssen, dass ihr unverkennbar amerikanischer Akzent geblieben ist. Alles lange her, es sei denn, Alice telefoniert mit einer ihrer Freundinnen in New York, aber das hindert ihre Assistentin nicht daran, sich über sie lustig zu machen, wenn sie unter sich sind. Moira war schon in der Firma, als Alice noch in den Windeln lag, und eine solche Beschäftigungsdauer verschafft einem in bestimmten Kreisen ein gewisses Level an Toleranz.

»Ich steige jeden Augenblick ins Auto«, sagt Alice, und ihre Absätze klacken, als sie die Straße zu ihrem Wagen hinuntergeht. »Bin in einer halben Stunde bei dir. Hilf mir noch kurz auf die Sprünge, was mein erstes Meeting ist.«

»Mr. und Mrs. Williams«, antwortet Moira wie aus der Pistole geschossen, »aber vielleicht möchtest du ja noch einen extra Espresso unterwegs. Fiona ist nämlich hier und besteht darauf, sich vorzudrängeln.«

Alice zieht die Stirn kraus, als sie den Namen ihrer jüngeren Schwester hört. Seitdem die Zwillinge auf der Welt sind, richtet Fiona ihr Leben nach den Bedürfnissen ihrer Kinder aus, und das mit einer Präzision, bei der sogar ein Drill Sergeant neidisch würde. Ein rascher Blick auf die Uhr verrät ihr, dass es kurz nach acht ist. Wieso, um alles in der Welt, ist ihre Schwester jetzt schon im Büro, anstatt ihre beiden Fünfjährigen mit Frühstück vollzustopfen?

»Was will sie?«

»Keine Ahnung«, meint Moira. »Ich habe ihr gesagt, sie soll dich besser anrufen, aber sie meinte, sie will lieber warten. Was auch immer sie auf dem Herzen hat, sie schuldet dir noch einen neuen Teppich, wenn sie hier weiter so auf und ab geht.«

Alice bedankt sich bei Moira für die Vorwarnung und stürzt sich dann in den morgendlichen Verkehr von Whitley Bay. Möwen kreisen am Himmel, landeinwärts getrieben auf der Suche nach irgendeinem Bissen. Der Hauch der salzhaltigen Seeluft dringt durch die offene Scheibe der Fahrerseite. Eine blasse Oktobersonne stiehlt sich durch die Wolkenlücken, ohne zu wärmen. Alice lächelt in sich hinein, denn sie genießt all diese kleinen Teile des Puzzles, das die Stadt ausmacht, in der sie lebt. Zwischen Whitley Bay und dem Schmelztiegel ihres alten Lebens in New York City liegen natürlich Welten.

Sie hat vergessen, Moira zu fragen, ob Fiona allein ist oder ob sie Jake und Lily mitgebracht hat. Für den Bruchteil einer Sekunde malt sie sich aus, wie die Zwillinge die Wände ihres Büros mit Strichmännchen vollkritzeln. Es wäre das Ganze wert, nur um Moiras Reaktion sehen zu können. Und wieder einmal nimmt Alice sich vor, öfter bei ihrer Schwester vorbeizuschauen, um Zeit mit den Kleinen zu verbringen. Aus unerfindlichen Gründen ist sie für die beiden die coole Tante Alice, obwohl sie selbst das Gefühl hat, sie kaum zu Gesicht zu bekommen, zwischen der Arbeit und den Besuchen bei ihrer Mutter.

Die Fahrt nach Newcastle ist der Tod bei gefühlt tausend Staus. Alice reiht sich in die zäh fließende Prozession der Pendler ein, die über die Cradlewell-Umgehungsstraße kriecht. Unweigerlich schaut sie zu den anderen Leuten hinüber, die sich Stückchen für Stückchen vorwärtsbewegen, und sieht die ganze Bandbreite der Emotionen, ehe sie ihr Pokerface für den kommenden Büroalltag aufsetzen: Es ist alles dabei, von übertriebenem Karaoke am Steuer bis zu stoischem Schweigen.

Sie ist nur einen Steinwurf vom Fluss entfernt, und während sie dem Verlauf der Uferstraße folgt, spannt sich die mattgrüne Tyne-Brücke wie eine hochgezogene Augenbraue über das Wasser. Der Fluss selbst ist still wie ein Mühlteich, scheint kaum zu fließen.

Ein Aufblitzen am südlichen Ufer erregt ihre Aufmerksamkeit, dort, wo sich die frühe Morgensonne in der Fassade der Sage-Konzerthalle fängt. Das Gebäude kauert oberhalb des Flussufers, eine riesige Collage aus Glas und Stahl. So ganz anders als das Newcastle ihrer Kindheit. An jene Zeit kann sie sich nur noch bruchstückhaft erinnern. Sie war neun, als ihr Leben aus den Fugen geriet: Man verpflanzte sie aus dem Nirwana im Norden in die feuchtwarme Schwüle von Orlando, Florida, wo ihr Vater lebte.

Das war alles Dads Werk. Ein Neuanfang, sagte er. Ein Nachhausekommen, zumindest für ihn. Im Geiste malte er Bilder von Sonnenschein und Themenparks. Die Wahrheit bot ein getrübtes Bild. So war es immer, wenn Dad in etwas verwickelt war. Er bog sich stets die Dinge so lange zurecht, bis sie ihm gefielen. Sie fragt sich, ob er noch dort lebt. In wilder Ehe mit *ihr*, während die Mutter seiner

Kinder ihre Tage gefangen in einem Körper verbringt, der vier Jahre zuvor sein Äußerstes tat, um das Handtuch zu werfen.

Alice hat nicht mehr mit ihm gesprochen, seit sie einundzwanzig geworden ist. An ebenjenem Tag vor nunmehr vierzehn Jahren, als ihre Mutter ihn rauswarf. In den Monaten danach unternahm er mehrere Versuche, Frieden zu schließen, schwenkte sozusagen den Olivenzweig, aber die Starrköpfigkeit, die Alice von ihm geerbt hat, gestattete ihr nicht, seine halbherzigen Entschuldigungen zu akzeptieren.

Es ist zehn vor neun, als sie das Auto abstellt und durch die Türen von Shaw, Finnie and Co. geht, des Bürogebäudes, das unmittelbar hinter dem Crown Court liegt. Kaum dass sie den Fuß über die Schwelle setzt, sieht sie Moira auf sich zukommen, wie eine Sprinterin, die gerade den Startblock verlassen hat, nur sehr viel eleganter. Moira kleidet sich, um Eindruck zu machen, mit einer scheinbar nicht enden wollenden Kollektion von Outfits. Alice hat schon gescherzt, Moira ziehe alles nur einmal an, um es dann wegzuwerfen. Tatsache ist, Moira ist nicht des Geldes wegen hier. Ihr Mann Steven arbeitet von Montag bis Freitag für einen Londoner Hedgefonds. Sie könnte einfach durch diese Tür dort gehen und müsste keinen Tag ihres Lebens mehr arbeiten, aber so ist sie eben nicht gestrickt.

»Ich habe ihr schon gesagt, dass du einen Termin um neun hast, sie muss sich also beeilen.«

Alice lächelt unweigerlich. Moira ist immer so fürsorglich, dabei geht es ja um ihre eigene Schwester und nicht um den Anwalt der Gegenpartei.

»Alles okay mit deiner Mum?«, erkundigt sich Moira leise. Sie verlor ihre Mutter, kurz nachdem Alice in die Kanzlei kam. Moira ist eigentlich nie offenherzig, aber Alice kann sich erinnern, dass Moira ihr erzählte, wie schwer es ihr fiel, mit dem eigenen Leben klarzukommen, während sie ihrer Mutter vor deren Tod zur Seite stand.

»Sie ist gut in Form«, sagt Alice, lässt ein einstudiertes Lächeln folgen.

»Ich lasse dich dann mal allein«, meint Moira nach einer kurzen Pause.

Alice schaut ihr nach, schließlich richtet sie den Blick in die Tiefe des Gebäudes, in Richtung ihres Büros. Ein opaker Streifen verläuft durch die Mitte der verglasten Wand, wie eine Schicht Puderzucker auf einem Kuchen. Und über diesem Streifen wippt Fionas Kopf vor und zurück wie ein brünetter Eisberg, während sie im Büro auf und ab geht.

Alice bläst die Backen auf, als sie auf die Tür zuhält, halb rechnet sie damit, jeden Augenblick die beiden Fünfjährigen zu sehen, die sich gegenseitig durch das Büro jagen, aber als sie die Tür aufdrückt, ist nur Fiona da. Ihre Schwester ist aus anderem Holz geschnitzt. Gut zehn Zentimeter kleiner als Alice, die knapp eins siebzig groß ist. Dunkles Haar, weit entfernt von Alice' dunkelblonden Locken, die sie streng nach hinten gebunden trägt.

Ihre Schwester hält in ihrem rastlosen Auf und Ab inne, als sie Alice hereinkommen sieht. Etwas an ihrem Gesichtsausdruck macht Alice Sorgen. Da ist ein Zug, den sie nicht recht deuten kann.

»Guten Morgen«, grüßt sie und versucht, Heiterkeit vorzutäuschen, die sie nicht verspürt. »Was verschafft mir das Vergnügen?«

»Vielleicht willst du dich lieber setzen«, sagt Fiona mit einem Blick, der nichts Gutes verheißt.

»Was ist los? Geht's den Kindern gut?«, fragt Alice und nimmt den Anflug von Panik in der eigenen Stimme wahr.

»Was? Oh, mit denen ist alles in Ordnung, ja. Es hat nichts mit den Kindern zu tun.«

»Wo sind die beiden?«

»Bei Trevor, aber deswegen bin ich nicht hier.«

Alice' Mundwinkel gehen nach unten, als vom Vater der Kids – Fionas On-off-Beziehung – die Rede ist, als habe sie den Geruch von saurer Milch wahrgenommen. Wie es aussieht, spielt er wieder mal den Teilzeitvater. Sie merkt, dass Fiona ihre Reaktion registriert, aber diesmal nicht darauf anspringt.

»Warum bist du dann hier?«

Fiona lässt sich auf einen Stuhl neben Alice' Schreibtisch sinken und bedeutet ihr, es ihr gleichzutun. Alice seufzt bei dieser Theatralik, um was auch immer es gehen mag. Dann zuckt sie mit den Schultern und schiebt sich an Fiona vorbei, um auf ihrem Stuhl Platz zu nehmen. Also gut, denkt sie. Sie wird dieses Spiel mitspielen, bis Fiona bereit ist, das loszuwerden, was sie auf dem Herzen hat.

Alice streift sich die Handtasche von der Schulter, lässt sie neben sich zu Boden gleiten und lehnt sich auf ihrem Bürostuhl zurück.

»Ich habe einen Termin gleich um neun«, sagt sie und schaut demonstrativ auf die Uhr.

»Sie werden ihn in sieben Tagen töten.« Fionas Worte kommen mit zweihundert Stundenkilometern daher.

»Was?« Alice zieht vollkommen verwundert die Stirn in Falten. »Wovon redest du da? Wer will hier wen töten?«

»Dad. Die werden Dad töten.«

2. Kapitel

Montag – noch sieben Tage

»Moment, ganz langsam«, sagt Alice, und ihr Gehirn hat Mühe, mit der Granate klarzukommen, die Fiona gerade in ihre Richtung geworfen hat. »Was meinst du damit, die werden ihn töten? Wer will ihn denn umbringen?«

Fiona sieht sie an, als sei Alice eine Fünfjährige, die immer wieder dieselbe Frage stellt.

»Damit meine ich, dass sie ihn buchstäblich töten werden, und zwar in genau einer Woche«, antwortet sie, wobei sie dem Wort *töten* einen besonderen Nachdruck verleiht. Ihre Augen sind gerötet, als habe sie geweint.

»Wer denn?«

»Heute Morgen habe ich einen Anruf bekommen. Er sitzt im Todestrakt. Die werden ihm in sieben Tagen eine verdammte Nadel verpassen.«

Alice stößt vernehmlich die Luft aus, in ihrem Kopf dreht sich alles. Dann stützt sie sich mit beiden Händen auf der Tischplatte ab. »Fang bitte noch einmal von vorn an, Fi. Wer hat dir das erzählt? Hattest du Kontakt mit ihm?«

Sie hat nicht gewollt, dass es wie eine Anschuldigung klingt, aber leider kommt es so rüber.

»Was? Nein, ich habe seit Jahren nicht mehr mit ihm gesprochen. Mariella hat mich heute Morgen angerufen.«

Mit diesem Namen wird Alice immer die Kluft assoziieren, die sich in ihrer aller Leben aufgetan hat, und diese Kluft spürt sie bis zum heutigen Tag.

»Und weiter? Sie ruft einfach so aus heiterem Himmel an, um an die alten Zeiten anzuknüpfen, und lässt dann fallen, dass Dad in der Todeszelle sitzt? Verdammt noch mal, was geht hier vor, Fiona?«

Dutzende Fragen wetteifern um die Pole-Position. Dad war schon einmal im Gefängnis, daher kann dieser Teil Alice nicht schocken – aber der Todestrakt? Dort kann er nur aus einem Grund sitzen, wegen Mordes. Mord, verdammt! Wen hat er wohl umgebracht, um dort zu landen? Die Genehmigung für eine Hinrichtung zieht sich oft über Jahre, sie wird nicht binnen weniger Tage angeordnet. Wie lange sitzt er also schon in einer Zelle? Fionas Worte haben Alice' Welt aus den Angeln gehoben, und jetzt will sie tausend Fragen gleichzeitig stellen, verharrt aber stattdessen nur mit offenem Mund.

»Dad wollte nicht, dass wir davon erfahren«, unterbricht Fiona das Schweigen. »Das will er übrigens immer noch nicht, wie ich von Mariella weiß. Sie musste ihm versprechen, dass sie gar nicht erst versucht, uns ausfindig zu machen, aber jetzt ist es nur noch eine Woche. Sie hat es einfach nicht mehr ausgehalten. Sie hat mich auf Facebook gefunden und mir geschrieben, dass sie mich sprechen möchte. Es gehe um Leben und Tod. Schätze, das war kein Scherz.«

»Und damit hat es sich?«, hakt Alice nach. »Sie teilt es uns mit, und dann? Ich meine, Gott, falls das stimmt, Fi, dann hat er tatsächlich jemanden umgebracht.«

»Was meinst du mit ›falls das stimmt‹?«, gibt Fiona scharf zurück, ihre Augen weiten sich vor Ungläubigkeit. »Wer lügt denn bei einer solchen Sache?«

»Darin sind sie beide gut«, kommt es ebenso scharf von Alice. »Das haben sie doch prima hingekriegt, als sie hinter Mums Rücken agiert haben.«

»Verdammt noch mal, Alice, unser Dad wird sterben.«

»Er ist schon viele Jahre lang nicht mehr unser Dad gewesen.«

Von der Kälte in ihrer Stimme ist selbst Alice überrascht, und sie sieht, wie ihre Schwester zusammenzuckt.

»Ich weiß, dass er kein toller Vater gewesen ist«, setzt Fiona an, und Alice kann gerade noch ein spöttisches Lachen unterdrücken. »Und ich will ja auch nicht sagen, dass wir je auf Familie gemacht haben, aber er wird sterben, Alice. Das wiegt doch wohl schwerer als irgendein Scheiß, den du immer noch aus der Kindheit verarbeiten musst?«

Du. Du musst das noch verarbeiten. Nicht wir. Mit der Andeutung, dass Alice diejenige ist, die ein Problem hat.

Alice schluckt einen Schwall bissiger Bemerkungen herunter. Viel von dem Frust, den sie mit sich herumträgt, kommt von Dad, nicht von Fiona. Nun ja, größtenteils von Dad. Wie dem auch sei, wenn sie sich auf einen Streit mit ihrer kleinen Schwester einlässt, bekommt sie nicht die Antworten, die sie braucht.

»Hast du Mum schon davon erzählt?«, will Alice wissen.

»Noch nicht.«

»Aber du hast es vor?«

»Sie hat genau wie wir das Recht, es zu erfahren«, sagt Fiona mit einer Hartnäckigkeit, die Alice schon ihr ganzes Leben lang von ihrer Schwester kennt.

»Ich weiß nicht, ob das eine gute Idee ist, Fi«, meint Alice und spürt die ersten Anzeichen einer Migräne.

Fiona war gerade einmal acht, als ihre Eltern sich trennten. Zu jung, um sich richtig erinnern zu können. Dad hatte bereits seine Zeit abgesessen, ehe Fiona geboren wurde. Zwei Jahre für Diebstahl. Ihre Schwester war zu jung, um überhaupt zu wissen, was dann kam. Alice weiß es. Die Jahre, als das spätabendliche Geschrei der Eltern durch die Wände des Kinderzimmers drang. Nächte, in denen ihr Vater nicht nach Hause kam. Alice ist immer noch verblüfft, dass ihre Mutter überhaupt den Mut aufbrachte, ihn zu verlassen. Und als sie den Schritt machte, war es so, als trenne man einen Parasiten von seinem Wirt. Es dauert verdammt lange, bis die Wunden wirklich nicht mehr zu sehen sind, wenn sie je ganz weggehen.

»Wenn ich sie wäre, würde ich es wissen wollen«, sagt Fiona, und

Alice ist klar, dass sie es Mum sowieso erzählen wird, egal, was sie als ältere Schwester dazu meint.

»Was hat *sie* denn nun gesagt?«

Fiona atmet hörbar aus, lange und langsam, als würde das letzte bisschen Luft aus einem kaputten Reifen entweichen. Alice gibt ihr die Zeit, ihre Gedanken zu ordnen.

»Sie meinte, dass er 2011 verhaftet wurde, weil er einen Typen in Florida umgebracht haben soll, doch er schwört, dass er's nicht getan hat.«

Alice hätte fast aufgelacht, kann sich aber gerade noch zurückhalten. »Oh, klar, wenn er's schwört …«

»Hör auf damit!«, fährt Fiona sie an.

»Womit denn?«, schießt Alice zurück. Inzwischen hat sie das Gefühl, von zwei Strudeln erfasst zu werden, von Wut und Übelkeit. Ihr Dad. Ein Mörder. Nicht nur das, denn ausgerechnet jetzt fällt ihm ein, sich wieder in ihr Leben zu drängen, und zwar mit der Wucht einer Abrissbirne.

»Das ist eine ernste Sache, Al. Sie halten ihn in einem Ort namens Raiford fest, in Florida, und er soll nächsten Montag die Giftspritze bekommen. Offensichtlich fühlt sich sein Anwalt nicht mehr für ihn verantwortlich.«

»Strafverteidiger«, unterbricht Alice sie.

»Hm?«

»Es wird nicht irgendein Anwalt sein, sondern sein Strafverteidiger.«

Fi zieht angesichts dieser Haarspalterei eine Augenbraue hoch.

»Sorry«, sagt Alice und versucht, die ohnehin angespannte Stimmung nicht weiter anzuheizen. »Und war es das dann?«, fügt sie hinzu und sieht, wie Fiona die Nase rümpft, weil diese letzte Frage so kühl und abwertend geklungen hat. »Ich meine, hat sie uns wirklich nur angerufen, um uns das mitzuteilen? Oder ist das mal wieder seine Art, uns dazu zu bringen, dass wir wieder mit ihm sprechen?«

»Er weiß doch nicht, dass sie angerufen hat!«, ruft Fiona ihr in Erinnerung.

Schweigen senkt sich über das Büro. Die beiden Schwestern starren einander an, und Fi sieht aus, als würde sie jeden Moment in Tränen ausbrechen. Für Alice sind die Neuigkeiten wie eine kalte Kompresse, die ihr jemand auf die Brust legt. Betäubend. Es fällt ihr schwer, etwas für einen Mann zu empfinden, dem seine eigene Familie offenbar nicht genug am Herzen lag, um sie zusammenzuhalten. Alles in allem ein sonderbares Gefühl für Alice.

»Sie möchte mit uns sprechen«, sagt Fiona schließlich. »Uns beiden.«

»Und was will sie uns sagen?« Alice sieht ihre Schwester herausfordernd, fast ein bisschen hochnäsig an.

»Sie sagt, er ist unschuldig. Sie meint, die Polizei hat sich geirrt.«

»Und was sollen wir jetzt deswegen unternehmen?«

»Ich weiß es auch nicht!«, giftet Fiona zurück. »Aber du willst mir doch wohl nicht weismachen, dass es für dich okay ist, was passiert, und dass es dir komplett egal ist, ob er stirbt oder nicht? Ja, er war ein Scheißvater. Ist es das, was du hören willst? Ja, er hat sich fies benommen, aber das heißt nicht, dass es uns nichts angeht, wenn er stirbt.«

Fi redet sich allmählich in Rage, und Alice muss zusehen, dass sie nicht vor Wut platzt und Kollegen und Klienten jedes schmutzige Detail mithören. Sie beugt sich vor, bedeckt die Hand ihrer Schwester mit ihrer.

»Du hast recht«, sagt sie. »Auch wenn ich nichts mit ihm zu tun haben will, möchte ich nicht, dass er stirbt. Ich weiß nur nicht, was wir für ihn tun können – oder für sie.«

Selbst jetzt kann sie sich nicht dazu durchringen, Mariellas Namen auszusprechen.

»Wir sind nicht die Einzigen, die ihn verlieren werden, Alice«, meint Fiona und schnieft laut. »Du kannst machen, was du willst, aber ich werde wieder mit ihr reden. Ich denke, das solltest du auch, aber du machst ja sowieso nur, was du willst. So war es schon immer.«

Alice zählt im Stillen bis fünf. Reagiert nicht auf die Stichelei. Sie versucht, den Altersabstand von dreizehn Jahren zu ihrer Schwester so zu ertragen, wie es eine große Schwester tun sollte. Die moralische Überlegenheit für sich in Anspruch nehmen und nicht zurückbeißen.

»Kann ich darüber nachdenken?«, fragt sie schließlich.

»Aber nicht zu lange«, antwortet Fiona und steht auf. »Sonst ist er nicht mehr da, wenn du dich zu einer Entscheidung durchringst.«

3. Kapitel

Montag – noch sieben Tage

Als die Tür hinter Fiona zufällt, schließt Alice die Augen und massiert den Nasenrücken mit Daumen und Zeigefinger. Das Gesicht ihres Vaters flackert vor ihrem inneren Auge auf. Eine Version von ihm, die vierzehn Jahre nicht existent war.

Dann kommt ihr ein Gedanke, trifft sie mit voller Wucht, ihre Augen fliegen auf. Sie fährt ihren Laptop hoch und tut, was sie eigentlich nicht tun wollte. Sie googelt. Schreibt seinen Namen in die Zeile, zusammen mit ein paar weiteren Schlüsselbegriffen.

Jim Sharp. Florida. Mord.

Im Gegensatz zu Fiona hat sie seinen Nachnamen hinter sich gelassen, nachdem sie ihren Vater das letzte Mal sah. Stattdessen hat sie sich für den Mädchennamen ihrer Mutter entschieden. Logan. Ihr Finger schwebt über der Maustaste, sie hat Angst, welche Schlagzeilen jeden Moment aufploppen werden. Doch sie zögert nur eine Sekunde, ehe die Neugier sie zum Klicken veranlasst. Und was sie dann liest, versetzt sie ins Trudeln, und so fällt Alice hinab in das Loch des Kaninchenbaus, von dem sie glaubte, sie habe es in der Vergangenheit gelassen. Es ist alles wahr. Ihr Dad ist ein Killer. Das Traurige daran ist: Jetzt, da sie es weiß, sinkt er in ihrer Wertschätzung nicht weiter. Man kann nämlich nicht tiefer sinken als bis zum absoluten Tiefpunkt.

4. Kapitel

Montag – noch sieben Tage

Es wird in voller Farbenpracht darüber berichtet. Jede größere Zeitung des Bundesstaates hat das Thema schon gebracht. Seit 2019 hat es in Florida keine Hinrichtung mehr gegeben, deshalb wird das Ganze in den Boulevardblättern breitgetreten.

Sein Polizeifoto starrt sie an, meilenweit entfernt von dem Gesicht, das sie in Erinnerung hat. Fort ist das durchtriebene Grinsen. Das Gesicht, das sie jetzt sieht, ist einfach nur traurig, wie ein getriezter Welpe. Ein Hund, der nicht mehr den Willen aufbringt, sich zur Wehr zu setzen. Dunkelblondes Haar wie plattes Stroh. Die Spuren in seinem Gesicht sind nicht mehr nur Falten, sondern Furchen. Er ist siebenundfünfzig, man würde ihn aber auf Ende sechzig schätzen, das verpflichtende orangefarbene Shirt aus dem Todestrakt hängt lose von seinem hageren Körper.

Aussehen kann täuschen, macht sie sich bewusst. Auch wenn Dad wie ein fälschlich beschuldigter Gefangener ausschaut, war er immer schon gut darin, genau die Miene aufzusetzen, die alle Welt sehen sollte, damit er seinen Willen durchsetzen konnte. Der Killer Ted Bundy würde heutzutage einen Großteil der Swipes bekommen, aber das bedeutet noch nicht, dass er eine gute Wahl für ein erstes Date wäre.

Sie klickt einen Artikel aus dem *Miami Herald* an, nimmt einen Schluck Kaffee, den Moira ihr gebracht hat, und beginnt zu lesen.

Bei dem Mann, den er umgebracht hat, handelte es sich um einen kleinen Drogendealer im Umkreis von Miami, der Manny Castillo hieß. Wenn man der Staatsanwaltschaft Glauben schenkt, verletzte er ihn mit einer einzigen Stichwunde an der Halsschlagader. Und alle aus der Gruppe der Geschworenen schenkten der Staatsanwaltschaft Glauben. Alice klickt sich durch ein halbes Dutzend weiterer Artikel, und jeder einzelne von ihnen stellt die Tat als Fall dar, an dem es nichts zu rütteln gibt. Genügend objektive Beweise, um ihn mehrfach zu überführen. Seine Fingerabdrücke auf einem Glas am Tatort. Spuren von Kokain an ihm, die übereinstimmten mit einer Lieferung, die man in Castillos Haus fand. Ein ganzer Cocktail aus Drogen in seinem Körper, der die Geschehnisse jener Nacht zweifellos befeuerte. Und als wäre all das noch nicht genug: Als man Jim Sharp aufweckte, um ihn festzunehmen, hatte er so viel von Castillos Blut auf dem Hemd, das er trug, dass es glatt als ein Bild von Jackson Pollock durchgegangen wäre.

Bei der Verhandlung leugnete er alles, auch bei jedem Berufungsverfahren in den elf Jahren, die folgten. Aber was sollte ein Mann auch anderes sagen, wenn er wie ein räudiges Tier eingeschläfert werden soll?

Alice kann nicht einschätzen, wie lange sie schon hier sitzt und auf ihren PC-Bildschirm starrt, als es an der Tür klopft. Es ist eher eine symbolische Geste von Moira, sie weht ins Büro, ohne eine Antwort abzuwarten.

Schon fängt sie an, für Alice die Termine herunterzurasseln, unterbricht sich dann aber und neigt den Kopf leicht zur Seite.

»Ist alles okay?«, fragt sie.

Alice nickt und lässt ein Lächeln aufblitzen, das überzeugend wirken soll, aber Moira durchschaut sie offenbar.

»Mr. und Mrs. Williams sind jeden Moment hier. Ich kann Nicola oder Sharon bitten, deinen Termin zu übernehmen«, schlägt sie sofort vor.

»Wirklich, Moira, es ist alles in Ordnung«, sagt Alice, aber der Versuch, heiter und unbeschwert zu klingen, schlägt fehl.

»Kann ich dir bei irgendwas helfen?«

»Ich wüsste gar nicht, wo, wenn ich ehrlich bin«, meint Alice, und in ihrem Kopf dreht sich immer noch alles wegen Fionas Besuch, der sie wie ein Wirbelwind erwischt hat.

Moira schließt die Tür hinter sich und tritt näher an den Schreibtisch heran.

»Du kannst mir gerne sagen, dass mich das nichts angeht«, sagt sie, »aber da ich selbst eine jüngere Schwester bin, weiß ich, was für Nervensägen wir sein können. Um ehrlich zu sein, ich bin sogar stolz drauf. Dieser Altersunterschied zwischen euch kann sich wie dreißig Jahre anfühlen, selbst wenn es nur dreizehn sind. Was auch immer es ist, es wird vorübergehen.«

Alice zögert einen Moment, fest entschlossen, alles für sich zu behalten, aber etwas keimt in ihr auf, und zwar eine Wut darüber, dass er wieder einen Weg gefunden hat – wie ernst die Lage auch sein mag –, sich in das Leben seiner alten Familie zurückzudrängen. Längst hat sie den Teil ihres Lebens, in dem er vorkommt, verpackt und in einer dunklen Ecke verstaut. Sie war so viele Jahre wütend auf ihn, und so zu tun, als gebe es ihn gar nicht, war der einfachste Weg, um damit umgehen zu können.

Fiona irrt sich, wenn sie glaubt, dass dieser Anruf nichts anderes gewesen sein soll als ein »Ach, übrigens, ich dachte, das würdet ihr vielleicht gerne wissen«. Was auch immer Mariella Fiona erzählt haben mag, vermutlich hat Dad sie dazu angestiftet.

Und jetzt steht der Elefant mitten im Raum. Schlimmer als der Todestrakt geht es nicht. Zwölf Personen haben eine Jury gebildet, die ihren Dad dorthin geschickt hat, wo er nun sitzt. Der Umstand, dass ihr Vater jemanden umgebracht hat, spült wie eine starke Welle über sie hinweg, und dann erzählt sie Moira das wenige, das sie bisher weiß. Das meiste aus ihrer Kindheit behält sie für sich und gibt nur so viel preis, um zu unterstreichen, was für ein mieser Vater er war.

Wut erfasst sie, während sie spricht, ihre geröteten Wangen prickeln. Doch darunter macht sich bei dem Gedanken, dass er in einer kleinen Zelle hockt und die Stunden zählt, ein surreales Gefühl von

Mitleid breit. Was mag ihm im Augenblick durch den Kopf gehen, da er weiß, dass ihm nur noch Tage bleiben? Ist er voller Reue, während er dasitzt und alles aufrechnet, was er im Nachhinein bedauert? Und schließt sein Bedauern auch sie mit ein?

Moira sitzt still da und nimmt das alles in sich auf, ihre reglose Miene gibt nichts preis. Als Alice geendet hat, beugt sich Moira vor und umschließt ihre Hand mit beiden Händen.

»Hier gibt es keine richtige oder falsche Antwort«, sagt sie und drückt Alice' Hand. »Wenn du ihn am liebsten nur von hinten sehen willst, würde dich deswegen niemand verurteilen.«

»Aber?«, gibt Alice vor.

»Aber dies ist keine normale Entscheidung darüber, ob du jemanden wieder in dein Leben lassen möchtest oder nicht. In den meisten Familien gibt es Krach. Der Unterschied hier ist, dass dir das Ganze in sieben Tagen aus der Hand genommen wird. Also, ich sage jetzt nicht, dass du an seine Unschuld glauben musst. Du brauchst nicht einmal mit ihm zu sprechen. Aber du hast zumindest die Option, es zu tun. Nach Montag in einer Woche ist die Sache vom Tisch. Ob du damit klarkommst, kannst nur du allein entscheiden.« Sie zuckt mit den Schultern.

»Vierzehn Jahre«, sagt Alice, eher zu sich selbst als zu Moira. »Ich weiß ja nicht mal mehr, wer er ist.«

»Fiona auch nicht«, sagt Moira. »Und vielleicht sieht sie im Gegensatz zu dir alles durch die rosarote Brille. Aber Trauer ist eine schwer zu fassende Sache. Meine Oma starb, als ich Anfang zwanzig war. Sie war eine streitsüchtige alte Schachtel. Trotzdem habe ich auf der Beerdigung geweint. Ich will damit nicht sagen, dass du ihm eine Träne nachweinen musst, aber den Verlust eines Elternteils verarbeitet jeder anders. Kann sein, dass Fiona zuerst hierhergekommen ist und nicht zu deiner Mutter, weil sie sich noch nicht über ihre Gefühle im Klaren war und ihre große Schwester an ihrer Seite haben wollte.«

Hat sie sich all die Jahre so sehr mit Bildern eines unzulänglichen Vaters umgeben, dass sie den wahren Grund für Fionas Kommen gar nicht gesehen hat? Dass sie sofort ins Büro gekommen und nicht gleich zu Mum nach Whitley Bay gefahren ist?

»Denkst du, ich sollte zusammen mit Fiona anrufen?«

»Ich glaube, du wirst die richtige Entscheidung treffen, was auch immer du letzten Endes machst.«

»Schätze, da muss ich erst überlegen, was das sein wird, verdammt«, sagt Alice und lässt ein »Danke dir« folgen.

Als es wieder still im Büro ist, fragt sie sich, wie es sein muss, in einer Zelle eingepfercht zu sein und zu wissen, dass man in sieben Tagen nicht mehr da sein wird. Für sie hat er schon vor langer Zeit aufgehört zu existieren. Ob sie jetzt anders empfindet, wenn sie an ihn denkt? Wird sie überhaupt etwas fühlen? Das wird sie wohl schon bald wissen, spätestens nächste Woche um diese Zeit.

5. Kapitel

Montag – noch sieben Tage

»Danke, Fi«, sagt Alice und umfasst die Kaffeetasse, die Fiona ihr reicht, mit beiden Händen. »Tut mir leid, wenn meine Reaktion nicht so war, wie du es erwartet hattest. Für mich ist es eben ... viel komplizierter.«

»Und mir tut's leid, dass ich dich damit so überfallen habe«, sagt Fiona und geht auf das Friedensangebot ein. »Aber ich wüsste nicht, wie man jemand eine solche Nachricht schonend beibringen könnte, oder?«

Etwas Hartes bohrt sich in Alice' Rücken, als sie sich aufs Sofa sinken lässt. Sie greift hinter sich und holt einen Spielzeugsoldaten hervor.

»Oh, sorry«, meint Fiona und nimmt ihn ihr ab. »Jake ist ganz versessen darauf. Die kleinen Lümmel sind überall.«

In der kurzen Pause, die folgt, tut Alice so, als seien sie lediglich zwei Schwestern, die sich länger nicht gesehen haben und auf den neuesten Stand bringen. Und dabei wird allerhöchstens durchgekaut, dass Trevor sich wieder mal bemüht, gut dazustehen, oder dass Alice desaströse Ausflüge in die Welt des Online-Datings unternimmt.

Diese Dinge kommen zwar kurz zur Sprache, aber die Entscheidungen ihrer Eltern, die einen ganzen Ozean zwischen sie getrieben haben, haben jede Chance zunichtegemacht, dass die beiden Schwestern sich näherstehen, als es tatsächlich der Fall ist. Der Altersunterschied von dreizehn Jahren tut sein Übriges, hinzu kommt, dass sie beide gut darin sind, die großen Probleme auszublenden, um Mum nicht zu beunruhigen. All das trägt dazu bei, dass sie als Schwestern eine bisweilen unbeholfene Koexistenz führen.

»Ich habe ihn gegoogelt, Fi«, sagt Alice und taucht damit kopfüber in die aufwühlenden Strudel des Morgens. »Hört sich ziemlich brutal an, was er getan haben soll.«

»Ich habe auch gegoogelt«, sagt Fiona. »Aber er sagt, dass er's nicht getan hat. Man hört doch alle naselang von diesen Justizirrtümern. Letzten Monat habe ich mir die Netflix-Doku über die Central Park Five angesehen, die unschuldig verurteilten jungen Leute. Ich weiß, dass er kein Engel ist, aber ...«

»Das, was ich gelesen habe, hörte sich eindeutig an«, unterbricht Alice sie. »Sie haben seine DNA am Tatort gefunden, Fi. Dad hatte sogar Blutspuren von dem Typen an sich.«

»Wenn er sagt, er ist unschuldig, dann glaube ich ihm«, erwidert Fiona und zieht fast einen Schmollmund.

»Weil er nie wegen irgendwas gelogen hat«, meint Alice und verdreht die Augen.

»In der Hinsicht bist du ja auch nicht gerade perfekt«, gibt ihre Schwester scharf zurück. »Aber das heißt nicht gleich, dass ich glaube, du könntest einen umbringen.«

»Was soll das jetzt wieder heißen?«

»Als ob du das nicht wüsstest!«

»Gott, Fiona, ich bin nicht hier, um mich zu streiten«, sagt Alice und unterdrückt den Wunsch, genauso auszuteilen. »Du schneist direkt morgens bei mir rein und konfrontierst mich mit alldem ... Das muss ich erst mal verarbeiten, verstehst du?«

Bei Fionas Blick könnte Milch sauer werden, aber sie zieht diese finstere Miene nur kurz. Dann stößt sie einen lauten Seufzer aus, sitzt mit hängenden Schultern da.

»Es ... hat mich vollkommen umgehauen, als sie plötzlich anrief. Du weißt doch, wie sehr ich Überraschungen hasse, auch die guten, und das ...« Sie hält inne, auf der Suche nach den richtigen Worten. »Das ist echt eine Scheißüberraschung. All die Jahre über habe ich immer wieder versucht, Kontakt zu ihm aufzunehmen. Ich dachte, er ignoriert uns einfach bloß, dabei hat er die ganze Zeit im Gefängnis gesessen.«

Es gibt Telefone im Gefängnis, denkt Alice. Wieder mal typisch für Fiona. Selbst jetzt ist das Bild, das sie von Dad hat, eins dieser Fotos, bei denen der Hintergrund unscharf ist. Nur das Motiv in der Mitte ist im Fokus. Fiona malt sich einen Vater aus, den Alice sich zwar für sie beide gewünscht hätte, den es so aber nie gegeben hat. Weil er nun mal vollkommen anders gestrickt ist.

»Ich weiß nicht, ob ich das schaffe, mit ihr zu sprechen«, sagt Alice, wobei sie aus Fionas Wohnzimmerfenster starrt und wünscht, sie würde nicht derart eingeengt im Haus hocken. Was würde sie darum geben, die Sportschuhe zuzubinden und zehn Kilometer am Meer zu joggen und den Kopf freizukriegen.

»Das überlasse ich dir. Ich mache es jedenfalls«, meint Fiona und lässt ein Achselzucken folgen. »Ich möchte nicht nächste Woche aufwachen und mich hassen, nur weil ich zu dickköpfig war.«

Alice entgeht der kaum verhüllte Stich nicht.

»Aber ich möchte schon lieber mit ihr sprechen, wenn ich meine große Schwester an meiner Seite weiß«, fährt Fiona fort und landet einen unerwarteten Treffer, den Alice trotz der dicken Haut, die sie sich zugelegt hat, immer noch direkt unter ihrem Herzen spürt.

Wie wird es sich anfühlen, ein Gespräch mit der Frau zu führen, die mitverantwortlich dafür war, dass Alice' Familie auseinanderbrach? Würde sie in Tränen ausbrechen, während sie darüber spricht, wie unfair all das war? Alice spürt, wie sich ihr die Nackenhaare sträuben, bis sie den Ausdruck in Fionas Gesicht wahrnimmt. Sie meint zu sehen, dass bei ihrer Schwester jegliche Dreistigkeit und jeglicher Wagemut verflogen sind, bis wieder das achtjährige Mädchen zum Vorschein kommt, das damals alle für das Auseinanderbrechen und den Umzug nach Whitley Bay ein paar Jahre später verantwortlich machte, nur nicht ihren Dad.

Seit Alice New York den Rücken kehrte und zurück nach Hause

gekommen ist, hat sie sich selbst Vorwürfe gemacht, warum es ihr nicht gelungen ist, sich besser mit ihrer jüngeren Schwester zu verstehen. Sie war damals dreiundzwanzig und fing mit ihrem Traumjob als Strafverteidigerin in Manhattan an. Fiona war zu der Zeit gerade einmal zehn Jahre alt und konnte nicht verarbeiten, warum ihre große Schwester nicht mit zurück über den Großen Teich wollte, als ihre Mutter beschloss, nach Großbritannien zurückzukehren. Lohnt es sich wirklich, ihrem Namen einen weiteren Minuspunkt hinzuzufügen, nur um ihren Prinzipien treu zu bleiben? Offenbar spiegelt sich etwas von ihrer Unentschlossenheit in ihrer Miene, und als sie schließlich Hoffnung in Fionas Augen aufkeimen sieht, gibt das den Ausschlag.

»Okay, du hast gewonnen. Wenn du mit ihr sprechen möchtest, dann bin ich bei dir. Ich kann dir zwar nicht versprechen, dass ich viel sagen werde, aber ich bin da.«

Fiona lässt ihre Kaffeetasse fast auf den Tisch fallen und umarmt ihre Schwester so spontan, dass Alice vollkommen überrascht ist. Sie zuckt leicht zusammen, als sich Fionas Arme um sie schließen, aber nur ganz kurz, ehe sie ihre Schwester an sich drückt.

»Sag mir Bescheid, wann du es machst, und dann komme ich.«

Fiona löst sich kurz darauf als Erste aus der Umarmung und fährt sich einmal mit der Hand durchs Gesicht, als sie versucht, die Tränen wegzuwischen, die Alice nicht entdecken soll.

»Danke, Al«, sagt sie und verschränkt die Arme vor der Brust.

»Ich sollte mich dann mal an die Arbeit machen«, sagt Alice. »Ruf mich an, wenn du eine Zeit mit ihr vereinbart hast.«

»Oh«, macht Fiona und sieht ein bisschen betreten aus. »Das habe ich längst gemacht. Wir haben einen FaceTime-Call um vierzehn Uhr. Du kannst hier arbeiten und solange warten, wenn du magst?«

»Gott!« Alice atmet hörbar aus. »Du machst keine halben Sachen, was?«

»Hat keinen Zweck, die Zeit zu vertrödeln, die ihm noch bleibt«, sagt Fiona und deutet auf Alice' Tasse. »Nachfüllen?«

Alice verspürt ein eigenartiges Gefühl im Bauch, als würde sie gerade die erste Kuppe einer Achterbahn erklimmen. Zu spät, jetzt noch auszusteigen.

6. Kapitel

Montag – noch sieben Tage

Alice' Blick huscht von dem iPad auf Fionas Küchentisch zur Uhr an der Wand und zurück. Die letzte halbe Minute scheint nicht zu vergehen, da könnte man genauso gut Farbe beim Trocknen zuschauen.

»Danke, dass du das machst«, sagt Fiona und ist im Begriff, auf den Bildschirm zu tippen.

»Das hast du schon gesagt«, meint Alice mit einem nervösen Lächeln, als müsse sie noch schnell die Bajonette aufpflanzen, um einen Sturmlauf des Feindes abzuwehren.

Irgendeine Melodie dudelt aus den Lautsprechern, während die beiden darauf warten, dass der Anruf entgegengenommen wird. Alice hat Mariella Serrano tatsächlich erst einmal persönlich gesehen. Mehr war nicht nötig, um eine neunzehnjährige Ehe in die Brüche gehen zu lassen. Alice war nämlich diejenige, die ihren Vater dabei erwischte, als er die Hände nicht von einer anderen Frau lassen konnte. Und so war es auch Alice, die es Mum erzählte. Daraufhin gab Fiona ihrer älteren Schwester die Schuld an dem Gemetzel, das in der Ehe folgte.

Im Verlauf der letzten Stunden hat Alice ihr Bestes gegeben, in Fionas Wohnzimmer zu arbeiten, doch die ganze Zeit hat sie versucht, sich vorzustellen, wie dieser Anruf verlaufen wird. Wie es sich anfühlen wird. Der Cocktail der bisherigen Emotionen ist schon verwirrend genug, doch jetzt breitet sich ein dumpfer Schmerz in ihrem Bauch aus, als würde sie einen Punch abschütteln, der sie vor Stunden getroffen hat. Was würden sie wohl unternehmen, wenn er in einem Gefängnis in Großbritannien säße? Ob sie sich überwinden könnte, ihn zu besuchen? Mit den Gedanken ist sie noch bei diesem Szenario und hasst sich für ihre Nervosität, als der Anruf zustande kommt.

Dem Gesicht, das von jetzt auf gleich auftaucht, sieht man sofort an, wie unbehaglich der Person zumute ist. Ihre Augen sind geweitet, sie nagt unabsichtlich an der Unterlippe, die dunkle Haarmähne, an die Alice sich noch erinnern kann, ist von Grau durchzogen. Die Schatten unter ihren Augen deuten an, wie wenig sie geschlafen haben dürfte. Ihre großen braunen Augen sind wie zwei Teiche voll unendlicher Traurigkeit. Der Raum hinter Mariella ist in eintönigem Grau gehalten. Passt ja gut zur Stimmung des Tages, denkt Alice.

Unweigerlich schaut sie auf das kleinere Fenster, in dem sie und ihre Schwester zu sehen sind. Vom Aussehen her sind sie das genaue Gegenteil. Fiona hat die hohen Wangenknochen ihrer Mutter, ihre mandelförmigen Augen werden umrahmt von Haar, das pechschwarz ist. Wann immer Alice in den Spiegel sieht, glaubt sie etwas von dem rundlichen Gesicht ihres Dads an sich zu entdecken, die gleiche lange Nase, das Haar die Farbe von Heu. Oft wünscht sie, sie hätte mehr von ihrer Mutter geerbt.

»Hi«, sagt Fiona und hebt die Hand zum Gruß, als sei sie das neue Mädchen in der Schule, das die Klasse begrüßt. »Ich bin Fiona, und das hier ist Alice.«

Alice merkt, dass sie automatisch die Geste ihrer Schwester imitiert.

»Ich danke euch so sehr, dass ihr einverstanden seid, mit mir zu sprechen«, sagt Mariella leise. »Ich weiß, dass das ein Schock für euch gewesen sein muss.«

Alice kann gerade noch ein nervöses Auflachen unterbinden. Der Laut, der ihr stattdessen entfährt, passt eher zu einem sonderbaren Tick. »So kann man es auch nennen«, meint sie.

So viel dazu, dass sie Fiona das Reden überlassen wollte.

»Ich weiß, was ihr von mir denken müsst. All das, was zwischen eurem Vater und mir war. Ich möchte bloß, dass ihr wisst, er hat nie aufgehört, euch beide zu lieben.«

Alice beißt die Zähne zusammen, schweigt aber.

»Wie geht es ihm?«, fragt Fiona.

Mariella schüttelt den Kopf. »Nicht gut.«

»Wie oft kannst du ihn sehen?«

»Ich wohne schon länger bei Familienangehörigen in der Nähe von Raiford. Sie lassen mich jeden Tag für eine Stunde zu ihm, von jetzt bis …« Ihre Stimme verliert sich. »… bis Montag«, vollendet sie den Satz.

Alice wünscht, sie könnte die Geduld aufbringen, ein entspannteres Gespräch zu führen, allein Fiona zuliebe, aber sie verspürt kein Verlangen, hier zu sitzen und Small Talk mit der Frau zu halten, ganz egal, wie tragisch die Umstände sind.

»Was ist aus seinem Strafverteidiger geworden?«, will sie wissen. »Warum ist er nicht mehr da?«

Diese direkte Frage bringt wieder etwas mehr Leben in Mariella. Sie blinzelt und richtet sich ein wenig auf.

»Sie haben sich überworfen. Jim, also euer Dad, wollte mir nicht sagen, um was es ging. Das war letzten Donnerstag, und der Anwalt hat Freitag hingeworfen. Er meinte, mehr könne er nicht tun. Es sei ein Kampf, den wir nicht gewinnen können.«

»Und du denkst, er irrt sich?«, hakt Alice nach.

Mariella schüttelt kaum merklich den Kopf. »Ob wir noch gewinnen könnten? Ich bin nicht dumm. Ich weiß, dass die Chancen schlecht für uns stehen, aber ich kann ihn ja nicht im Stich lassen. Ich weiß, dass er mich nicht aufgeben würde, wenn ich dort säße.«

Was für eine Ironie, denkt Alice. Wie schnell er doch sie und Fiona aufgegeben hat.

»Wenn er es nicht getan hat«, mischt Fiona sich ein, »wer hat es seiner Ansicht nach dann getan?«

»Das habe ich ihn schon hundertmal gefragt«, meint sie. »Er

hatte ein paar Drinks nach der Arbeit genommen. Er sagt, er kann sich kaum noch an jenen Abend erinnern.«

Alice weiß nur zu gut, was ihr Vater unter »ein paar Drinks« versteht. Es fühlt sich allmählich wie ein Fehler an. Reine Zeitverschwendung. Aber sie ist nicht in erster Linie für sich selbst hier, ruft sie sich in Erinnerung. Dies ist die einzige Chance, damit Fiona verarbeiten kann, wo ihr gemeinsamer Vater all die Jahre gewesen ist.

»Was für eine Art Verteidigung hat sein Anwalt bei der Verhandlung angewendet?«, fragt Alice. »Wenn Dad sich an nichts erinnern kann, woher weiß er dann, was er getan hat und was nicht?«

Mariella schaut auf ihre Uhr. »Er wird das viel besser erklären können als ich«, sagt sie, und mit einem Mal fügt sich in Alice' Unterbewusstsein eins zum anderen. Ganz so, als würde ihr Körper erfassen, was passiert, ehe ihr Gehirn aufholt.

»Moment«, sagt sie und zieht die Stirn kraus. »Von wo aus rufst du an?«

Mariellas Lächeln liegt irgendwo zwischen verwirrt und nervös. »Aus dem Besucherraum in Raiford. Euer Dad müsste jeden Augenblick hier sein.«

7. Kapitel

Montag – noch sieben Tage

Alice dreht ihrer Schwester ruckartig den Kopf zu, aber in Fionas Miene kann sie keine Anzeichen von Schreck entdecken, sondern eher Verlegenheit. Sie hat es gewusst. Sie hat damit gerechnet. Alice macht den Mund auf, um etwas zu sagen, als sie über den Lautsprecher einen blechernen, surrenden Laut hört. Irgendwo jenseits des Bildschirms öffnet sich eine Tür mit einem Klicken.

Alice' Wangen werden heiß, als habe sie eine Sauna betreten. Das passiert gerade nicht. Das kann nicht passieren. Da ist ein matschiges Gefühl in ihrem Bauch, als würden sich Würmer am Boden eines Eimers winden.

Instinktiv will sie aufstehen, doch sie spürt, wie sich Fionas Finger in ihren Oberschenkel bohren.

»Bitte.«

Fionas Wispern grenzt an ein Flehen.

Am Bildschirm rückt Mariella ein wenig zur Seite, zieht einen Stuhl zu sich heran, die Stuhlbeine schaben wie Nägel über eine Tafel. Das löst eine Gänsehaut bei Alice aus, selbst über eine Entfernung von Tausenden von Kilometern hinweg.

Und dann erscheint er auf dem Bildschirm. Er steht da, scheint innezuhalten, und sie fragt sich schon, ob die Verbindung unterbrochen wurde. Es sieht so aus, als blicke er ihr direkt in die Augen. Sie fragt sich, ob er sie nach vierzehn Jahren überhaupt wiedererkennt. Er bleibt wie erstarrt stehen, bis er offenbar verarbeitet, was er sieht, und es ist klar, dass er ebenso überrascht ist wie Alice.

»Hey, Dad«, sagt Fiona. Alice weiß, dass sie sich ihrer Schwester nicht zuwenden muss, um zu sehen, dass Fiona ihre Tränen kaum noch zurückhalten kann.

»Fiona?«, kommt es ihm leise über die Lippen, dann sieht er kurz Mariella an, ehe er wieder in die Bildschirmkamera blickt. »Alice?«

Einige Dinge ändern sich nicht. Seine Stimme ist leise, die zweite Silbe ihres Namens haucht er fast, mit dem typischen Akzent aus Southern Florida und einem Anflug von Georgia.

Bei ihrem letzten gemeinsamen Gespräch war es Alice, die das meiste zu sagen hatte, allerdings hatten sie mehr geschrien als geredet. Sie hatte ihn zur Schnecke gemacht wegen der Situation, in die er sie gebracht hatte, denn von dem Tag an musste sie Mum sagen, was sie gesehen hatte. Sie weiß noch genau, was für einen Ausdruck sie damals in Mums Augen entdeckte – als hätte jemand ein Licht gelöscht. Jetzt ist nichts mehr von dem Druck zu spüren. Es kommt ihr so vor, als sei ihr Gehirn im Leerlauf.

»Ich habe dir doch gesagt, dass ich ihnen das nicht zumuten wollte«, sagt er zu Mariella, der scharfe Unterton in seiner Stimme ist kaum zu überhören. »Ich habe den Mädchen in all den Jahren schon genug Kummer bereitet. So sollten sie mich nicht in Erinnerung behalten.«

Alice kann nichts dafür, als ihre Mundwinkel sich nach unten krümmen. Als wären die Erinnerungen, die sie aus der Kindheit von ihm haben, so kostbar, dass man sie auf jeden Fall bewahren müsste. Der Freizeit-Dad, der seine Töchter mit zum Strand oder Jahrmarkt nahm, ist schon lange unter Schichten der Enttäuschung begraben.

»Mir ist es zu viel, Jim«, sagt sie. »Ich habe das schon so lange allein getragen, und sie haben ein Recht, davon zu erfahren.«

»Keine Geschichte, die du ihnen erzählen solltest, Honey«, sagt er ohne giftigen Unterton. Jetzt starrt er sie beide einfach nur an, seine Augen huschen von Alice zu Fiona, wie Fliegen, die einen Platz zum Landen suchen. »Aber vielleicht habe ich so die Möglichkeit, mich zu entschuldigen, bevor es zu spät ist.«

Als könnten ein paar Plattitüden all die Risse kitten. Alice presst die Lippen aufeinander, bis sie einen dünnen Strich bilden, aber all das, was sie während der letzten vierzehn Jahre – sogar noch länger – an Groll gegen ihn gehegt hat, scheint unerreichbar zu sein. All die Wut, die Ablehnung, die verfluchte Verzweiflung darüber, dass er seine Töchter und seine Familie nicht an erste Stelle setzen konnte, als es darauf ankam.

Vielleicht hat es damit zu tun, was für eine traurige Figur er jetzt abgibt, als er sich auf den Platz neben Mariella sinken lässt. Wie ein Boxer, der auf seinen Hocker sackt. Alles, was sie im Augenblick empfindet, ist Mitleid. Doch das verpufft in dem Moment, als er einen Arm um Mariella legt. Alice zieht die Luft ein und hat das Gefühl, seit Beginn des Calls zum ersten Mal ihre Lungen zu füllen, während sie versucht, die emotionale Reset-Taste zu drücken.

»Tut mir leid, dass ihr mich so sehen müsst, Mädels«, meint er. »Das ist nicht die Art von Familientreffen, das ich im Sinn hatte.«

Es liegt an seinem lahmen Versuch, einen Scherz zu machen, dass es ihr allmählich reicht.

»Glaubst du, dass es jetzt darum geht, Dad?« Das letzte Wort bekommt eine spezielle Betonung, sodass es fast sarkastisch rüberkommt. »Du hattest vierzehn Jahre Zeit, dir ein besseres Treffen zu überlegen.«

»Und davon habe ich elf Jahre eingesessen«, erwidert er.

»Aufhören!«, fährt Fiona dazwischen. »Hört auf damit. Es tut mir leid, dass ich dir nicht gesagt habe, dass er dabei sein würde, Al, aber dann wärst du wahrscheinlich nicht geblieben, und ich brauche dich.« Sie streckt den Arm aus und nimmt Alice' Hand, drückt sie fest, als würde sie vom Stuhl fallen, wenn sie sich nicht richtig festhielte. »Ich brauche dich jetzt hier, und ich brauche deine Hilfe, wenn …«

Sie lässt den Satz in der Luft hängen, als seien es schlechte Manieren, den Hinrichtungstermin von jemandem zu erwähnen.

»Aber in einem Punkt hat sie recht, Dad«, sagt Fiona. »Du hättest uns das schon viel früher sagen sollen. Wir hätten helfen können.«

»Wüsste nicht wie, Mäuschen«, sagt er, und der Kosename schneidet durch all die Jahre, in denen er durch Abwesenheit glänzte. »Die haben mich ganz schön erwischt.«

»Wir hätten dir einen besseren Anwalt besorgen können«, schlägt Fiona vor.

Jim Sharp schüttelt den Kopf. »Es war nicht der Anwalt, der mich hierhergebracht hat.«

Nein, denkt Alice. Das warst allein du. Du, der du einem Mann in den Hals gestochen hat.

»Sagen wir so, als die Polizei mich einmal hatte, haben sie nicht mehr ernsthaft nach jemand anderem gesucht. Seither sitze ich hier und warte auf die Spritze.«

»Und das ist also passiert, ja?«, fragt Alice und klingt eher wie eine Anwältin beim Kreuzverhör als eine Tochter. »Jemand anders hat ihn umgebracht?«

»Gott sei mein Zeuge«, sagt Sharp und hebt die Hand, als müsse er auf einen Stapel Bibeln schwören.

»Nach dem, was ich gelesen habe, war die Anklage der Staatsanwaltschaft hieb- und stichfest«, sagt Alice.

Fast hätte sie hinzugefügt, dass sie beruflich mit Fällen und langen Haftstrafen zu tun hatte, bei denen mehr Zweifel bestanden, aber er sieht schon jetzt wie ein geprügelter Hund aus. Er nickt, eine langsame Bewegung, sein Blick driftet in eine unbestimmte Ferne und konzentriert sich offenbar auf den Tisch vor ihm.

»Ich habe denen nichts vorzuwerfen, weißt du, den Leuten aus der Jury, meine ich.«

Seine Lider flattern, er spricht mit leiser Stimme, hat sich offenbar in tausend schlechten Erinnerungen verloren.

»Die haben auch nur getan, was sie für richtig hielten. Verdammt, bei den Beweisen, die sie gegen mich hatten, da hätte ja selbst ich auf schuldig plädiert.«

Das Lachen, das sich seiner Kehle entringt, klingt sehr hoch und nervös. Wie ein Typ, der bei einem Date krampfhaft versucht, das Eis zu brechen. Alice wartet ab, was vielleicht noch kommt. Lässt zu, dass sich das Schweigen in die Länge zieht und um sie herum anschwillt, bis er sich gezwungen sieht, die nächsten Worte herauszupressen.

»Ich habe es nicht getan«, sagt er und kommt wieder hinter der Nebelwand der Erinnerungen zum Vorschein. Ein Anflug von Schärfe liegt in seiner Stimme. »Ich habe den Mann nicht umgebracht, aber ich schätze, dass du das ziemlich oft bei deiner Arbeit hörst. Vorausgesetzt, du bist immer noch Anwältin?«

»Berufsbedingte Gefahr, dass ich so etwas zu hören bekomme«, sagt sie und nickt zustimmend.

»Ich meine, ich habe den Mann vorher nie getroffen, verdammt noch mal, warum sollte ich jemanden töten, den ich nie gesehen habe.«

Alice ist im Begriff, ihm zu erklären, dass er nicht der Erste wäre, der so etwas behauptet. Ihm zuliebe fragt sie sich allerdings, ob mehr an der Geschichte dran sein könnte als ein »Du musst mir glauben«.

Stattdessen sagt sie: »Ich habe in den Zeitungen gelesen, dass du dich nicht erinnern kannst, was in jener Nacht geschehen ist.«

»An was kannst du dich denn erinnern, Dad?«, wirft Fiona ein, als wolle sie den Puffer spielen, damit die beiden nicht aneinandergeraten.

Daraufhin geht er alles mit ihnen durch, als sei es in einem Paralleluniversum geschehen – und als wäre es einer anderen Version von ihm selbst widerfahren. Einer Person, die womöglich bessere Entscheidungen in ihrem Leben hätte treffen können. Er sagt, die Nacht, in der sich alles abgespielt habe, komme ihm wie eine Reihe von Momentaufnahmen vor. Wie Schnappschüsse einer schlechten Entscheidung nach der anderen.

»Die Arbeit und ich, ich meine, richtige Arbeit, tja, wir sind nie so gut miteinander ausgekommen«, sagt er mit einem verlegenen

Achselzucken. »Aber ich habe trotzdem versucht, es zu probieren. Das Auto wollte einfach nicht anspringen, also brauchte ich was, um runterzukommen, während ich auf den Abschleppwagen wartete. Bin dann in einer Bar gestrandet, und aus einem Drink wurden fünf oder sechs. Dann kommt dieser Typ und setzt sich neben mich an die Theke.«

Er schaut an der Kamera vorbei und runzelt die Stirn, als wolle er sich die Szene vergegenwärtigen, damals vor elf Jahren in der Bar – was ihm offenbar nicht gelingt.

»Wir haben einfach nur gequatscht … dass wir unterbezahlt sind, viel zu überarbeitet und so weiter. Er hat mir noch ein paar Bier bestellt, und ich …«, er bricht den Satz ab und blickt verwirrt drein, weil die Erinnerung ihn im Stich lässt. »Danach kann ich mich nur noch erinnern, dass ich auf dem Fußboden aufgewacht bin und gehört habe, dass jemand gegen eine Tür hämmert. Ich konnte kaum die Augen offen halten, da sind die auch schon reingestürmt und haben die Waffen auf mich gerichtet. Dabei konnte ich überhaupt nichts machen, außer am Boden zu liegen.«

Er beschreibt alles so distanziert, daher klingt es fast so, als sei das jemand anderem widerfahren. Eine außerkörperliche Erfahrung, die noch nicht vorüber ist, jedenfalls gemessen daran, wie er darüber spricht.

»Die Polizei hat den Typen aus der Bar nie gefunden«, ergänzt Mariella in die Stille hinein, die er hinterlässt. »Sie haben zwar gesagt, dass sie nach ihm gesucht hätten, aber …« Sie macht eine fahrige, empörte Geste.

»Fällt dir denn sonst nichts mehr zu diesem Mann ein?«, fragt Fiona.

Sharp schüttelt den Kopf. »Kein bisschen.« Er verzieht das Gesicht, seine Stimme steigt leicht an, irgendwo zwischen Wut und Frust, als sei sein Gehirn ein Computer, der sich weigert, neu zu booten. Er atmet tief ein. Durch die Nase, dann pustet er beim Ausatmen die Backen auf, und jegliche Emotion scheint verflogen.

»Ich habe nicht immer gute Entscheidungen getroffen. Das wisst ihr Mädels von allen am besten. Es waren wohl mehr schlechte Entscheidungen als gute, wenn ich alles zusammenzähle. Ich und der Alkohol, das ist keine gute Mischung. War es nie. Aber egal, wie viel Zeug ich getrunken habe, nichts würde mich dazu bringen, einem anderen das anzutun, was sie mir vorwerfen.«

»Erzähl ihnen auch von Grant McKenzie«, meint Mariella.

Alice erinnert sich, diesen Namen in den Artikeln gelesen zu haben.

»Der Obdachlose, der in jener Nacht auf der Straße war, wie du sagst?«

Jim Sharp nickt langsam. »Ist verschwunden, ehe die Verhandlung begann.«

Alice beschließt, dass es Zeit ist, kein Blatt vor den Mund zu nehmen. Jedenfalls würde sie Klartext reden, wenn sie bei einem Fall wie diesem beratend tätig wäre.

»Selbst wenn sie den Obdachlosen wiederfinden würden, damit er als Zeuge vorgeladen werden kann, kommt so eine Aussage nicht gut an bei den Geschworenen. Ich habe gelesen, was der Barbesitzer meinte, nämlich dass McKenzie praktisch immer an der Flasche hing. Seine Aussage wäre im Zeugenstand sofort zerpflückt worden. Alles viel zu schwammig.«

Apropos schwammig, genauso schwammig wie die Erinnerung eines Mannes, der an jenem Abend schon eine halbe Flasche Whiskey intus hatte, ganz zu schweigen von all denen, die er davor geleert hatte.

»Aber der Mann hat gesehen, wie euer Vater die Bar verlassen hat.« Mariella beugt sich zur Kamera, ihre Augen schillern, eine Mischung aus Wut und Tränen. »Und er hat auch den anderen Mann gesehen, den Typen, der an der Theke gesessen hat.«

»Er hat einen Mann gesehen, von dem er glaubt, es könnte Dad gewesen sein«, verbessert Alice sie, »und dann ist er selbst von der Bildfläche verschwunden. Er hat nie vor Gericht ausgesagt. Nach dem, was ich gelesen habe, hat die Polizei damals andere Zeugen gesucht, es gab einen Aufruf dazu, aber niemand hat sich gemeldet. Und das war vor fast zehn Jahren, Mariella. Erinnerungen verblassen schnell.«

»Wie wäre es, wenn man private Ermittler engagieren würde, die sich dann auf die Suche nach den beiden machen?«, schlägt Fiona vor und wirkt aufgeregt. Sie geht in den Lösungsmodus, beugt sich auf ihrem Stuhl nach vorne, als sei all die Zeit, die vergangen ist, vergeben und vergessen.

»Wir hatten da einen, der sich umhören sollte, ehe die Gerichtsverhandlung anfing«, sagt Sharp. »Aber diese Leute kosten richtig Geld, und ich hatte lange Zeit nicht gerade viel Kohle.«

»Und das ist es jetzt?«, will Alice wissen, und die Dinge rücken in den Fokus. »Du gibst dich demütig?« Sie weiß, wie hart das unter diesen Umständen klingt, aber wie sie es auch dreht und wendet, sie muss ihrem Ärger zwischendurch Luft machen.

Sharp schaut Mariella an, dann wieder Alice, verzieht das Gesicht verwirrt.

»Was? Nein. Ich wusste ja nicht mal, dass ich die Gelegenheit hätte, mit euch Mädels zu sprechen – oder um Hilfe zu bitten. Wenn ihr mich fragt, ich verdiene beides nicht.«

Ein Teil von Alice wünscht, er hätte sich stärker zur Wehr gesetzt. Diese Version von ihm ist sie nicht gewohnt, all die Entschuldigungen und Eingeständnisse. Das bringt sie aus dem Gleichgewicht.

»Nach dem, was ich gelesen habe, hattest du in jener Nacht nicht nur Alkohol zu dir genommen«, sagt sie, merkt aber im selben Moment, dass sie das Verlangen auszuteilen zügeln will. »In den Artikeln von damals stand, dass du Fentanyl im Blut hattest, neben ein paar anderen Substanzen.«

Eine Tatsache, keine Frage, aber er greift ihre Worte auf, als seien sie eine Frage.

»Mit Drogen hatte ich in meinem Leben nichts am Hut«, sagt er mit Nachdruck, als seien die Laborberichte strittig.

»Und wie erklärst du dir dann, was sie nachgewiesen haben?«

»Ich kann's nicht erklären«, erwidert er sehr nüchtern.

»Die Polizei hat auch drei Gramm Kokain in deiner Hose gefunden, das von einem Versteck im Haus von Manny Castillo stammte. Wie soll das Kokain dorthin gekommen sein, wenn du den Typen gar nicht kanntest?«

»Ich weiß es nicht«, wiederholt er und klingt jetzt frustriert. »Das Zeug habe ich mein Lebtag nicht angerührt. Ich bin ein Trinker. *War* ein Trinker«, verbessert er sich, »kein Drogenabhängiger.«

»Die Berichte sagen, es war ein Drogendeal, der schiefgelaufen ist«, fährt sie fort. »Dass ihr einen Streit hattet, dass du nicht zahlen wolltest, mit dem Stoff nicht zufrieden warst, so etwas in der Art. Nur weil du dich nicht erinnern kannst, bedeutet das nicht, dass es nicht so passiert sein kann.«

»Er sitzt doch hier nicht vor Gericht, verdammt!«, mischt sich Fiona ein. »Warum bist du jetzt so?«

»Schon in Ordnung, Honey«, sagt Sharp. »Sie hat jedes Recht, sauer auf mich zu sein, weil ich nicht da war, um euch beide großzuziehen.« Er sieht wieder Alice an. »Ich bin immer noch überrascht, dass die glauben, ich hätte noch geradeaus gucken können, ganz zu schweigen davon, einem Typen die Kehle durchzuschneiden«, sagt er, und irgendwo in Alice' Kopf rückt ein Zahnrad ein Stück weiter.

Sie hat nicht viel über diesen Manny Castillo lesen können, aber aus dem, was sie überflogen hat, geht hervor, dass er kein netter Zeitgenosse war. Er wurde noch drei Monate vor seinem Tod wegen Mordes an seiner Freundin vor Gericht gestellt, kam dann aber wieder auf freien Fuß, weil die Forensik Mist gebaut hatte. Auf dem Polizeifoto, das sie online gesehen hat, war ein Mann zu erkennen, der um einiges jünger und fitter als ihr Vater wirkte. Castillo war damals neunundzwanzig und entsprach dem Klischee eines Typen, der auf der falschen Seite der Straße gelandet war. Er hatte einen gewissen Ruf und wäre bestimmt locker mit einem Trinker wie ihrem Vater fertiggeworden, ohne groß ins Schwitzen zu kommen.

»Und wie hast du es dann nach Hause geschafft?«, will sie wissen und malt sich aus, in was für einem Zustand seine Kleidung gewesen sein muss. Kaum zu übersehen, wenn man den Eindruck erweckt, als würde man im Schlachthof arbeiten.

»Ich habe es dir schon gesagt«, meint er mit viel Frust in der Stimme. »Ich weiß nichts mehr, verdammt.«

Es ist ein Indizienbeweis und daher kaum überraschend, dass es weder die Geschworenen noch die Berufungsrichter überzeugt hat. Erschrocken merkt sie, was ihr Unterbewusstsein macht. Sie versucht sich selbst davon zu überzeugen, dass er es verdient hat, dort zu sein, wo er ist, nicht nur, weil er ein Scheißvater war.

Sie hat nie an einem Fall mit Todesstrafe gearbeitet, aber ehe sie alles zusammengepackt hat und nach Hause zurückgekehrt ist, um sich um ihre Mutter zu kümmern, haben ihr die zehn Jahre als praktizierende Strafverteidigerin in Manhattan einen besseren Bullshit-Detektor mit auf den Weg gegeben als den meisten anderen Leuten. Das hat ihr dabei geholfen, Unstimmigkeiten in Fällen vor Gericht zu entdecken – von Diebstahl bis Mord –, und die alte Strafverteidigerin in ihr sieht immer wieder Fäden, die man aufgreifen könnte.

Ein Taxi dürfte er wohl kaum genommen haben, wenn man bedenkt, in was für einem Zustand er war, und da sein Auto nicht ansprang, ist die einzige Option, dass er per Anhalter fuhr oder zu Fuß ging. Bestimmt nahm ihn in diesem Aufzug niemand mit. Was den Rückweg zu Fuß betrifft, so hört sich das fast wie ein Wunder an, dass er allein die Stufen hinauf in seine Wohnung geschafft haben soll, ganz zu schweigen davon, dass er die zwölfeinhalb Kilometer von Manny Castillos Wohnort taumelte, ohne dass ihn jemand sah oder eine Überwachungskamera ihn erfasste.

»Ich weiß, wie sich das anhört«, meint er, und seine Stimme klingt nicht mehr angespannt. »Und ich kann euch keinen Vorwurf machen, wenn ihr mich für einen mordenden Mistkerl haltet.« Er lehnt sich auf seinem Stuhl zurück, ein Mann, der das letzte bisschen Hoffnung verloren zu haben scheint. »Ich bin nicht immer der beste

Daddy gewesen und habe Fehler gemacht. Gott allein weiß, dass es Zeiten gab, als ich nicht mehr die Kraft hatte, das durchzustehen, aber dann muss ich an Mariella, den kleinen Anthony und euch Mädels denken. Und daran, dass ich nie die Chance bekommen werde, alles wieder hinzubiegen, wenn ich es nicht wenigstens versuche. Ich würde alles dafür geben, alles wieder hinbiegen zu können, mit jedem Einzelnen von euch. Der Gedanke, dass mir diese Chance verwehrt bleibt, bricht mir das Herz.«

»Dad, wer ist Anthony?«

Ihn mit Dad anzureden, fühlt sich komisch an, nach all den Jahren scheint das nicht zu passen. Aber das ist ihre kleinste Sorge, während ihr Gehirn schon weiter ist und Dinge zusammenzählt, die sie hoffentlich falsch interpretiert hat.

Jim Sharp verzieht den Mund zu einem nervösen Lächeln. Er schaut kurz zu Mariella. »Du hast ihnen nichts davon erzählt?«

»Wovon nichts erzählt, Dad?«, fragt Fiona.

»Anthony ist mein Sohn«, sagt er. »Euer kleiner Bruder.«

8. Kapitel

Montag – noch sieben Tage

Es ist, als sei sie in einen eiskalten Pool gestiegen. Dasselbe scharfe Luftholen. Der Bruchteil einer Sekunde, in der Panik aufkommt, während sie leicht schwankt und versucht, sich auf die neue Realität einzustellen, die seine Worte ihr soeben entgegengeschleudert haben. Sie hört, wie Fiona neben ihr weitere Fragen stammelt.

»Ein Bruder? Seit wann?«

Die Luft um sie herum ist wie aufgeladen, drückt schwer auf ihre Brust. Sie legt beide Hände auf den Tisch, stemmt sich hoch, tritt einen halben Schritt zurück. Es wird ihr zu viel. Das Atmen fällt ihr schwer.

»Alice?«, ruft Fiona hinter ihr her, als sie zur Tür geht.

»Ich brauche frische Luft«, ist alles, was sie herausbringt. Schon ist sie im schmalen Flur, reißt die Haustür so heftig auf, dass sie gegen die Wand prallt, und tritt hinaus ins Freie. Lange atmet sie ein und aus.

Sie hat so viele Jahre damit verbracht, genau das in ihrem Innern zu flicken, was ihr Vater eingerissen hat, sie hat gelernt, anderen Menschen wieder zu vertrauen. Und jetzt kommt er in ihr Leben wie ein Betrunkener am Steuer, der einem an der Kreuzung in die Seite fährt.

Fiona wohnt in einer ruhigen Straße mit Reihenhäusern aus Backsteinen. Hier ist es so still wie in einer verlassenen Filmkulisse. Tatsächlich ist sie nur einen Steinwurf von Mums Haus entfernt, und Alice lebt auch gleich um die Ecke. Drei Punkte eines kleinen Dreiecks. Alice fragt sich, wie ihre Mutter darauf reagieren wird. Sie wird alles versuchen, um Fiona davon abzuhalten, es Mum brühwarm zu erzählen, aber Alice kennt ihre jüngere Schwester. Fiona ist immer schon die Impulsivere gewesen.

Alice hat sich direkt vor dem Haus auf die oberste Stufe gesetzt und starrt, den Kopf in die Hände gestützt, auf den Vorgarten, der kaum größer als eine Briefmarke ist. Seit ihrer Rückkehr aus New York hat sie nicht mehr geraucht, aber, Gott, jetzt könnte sie wirklich eine gebrauchen! Sie hat keine Ahnung, wie viel Zeit verstrichen ist, bis Fiona zu ihr nach draußen kommt.

Alice wendet sich ihr nicht zu, als Fiona neben ihr auf der Stufe Platz nimmt. Fiona ist diejenige, die das Schweigen bricht.

»Ich wusste nichts von einem Bruder, das musst du mir glauben.«

»Du hättest mich vorwarnen sollen, dass er auch da ist, Fi«, sagt Alice, und ihre Stimme klingt hart.

»Wärst du denn geblieben, wenn ich es dir erzählt hätte?«

»Darum geht es nicht, und das weißt du.«

Wieder Schweigen, nur unterbrochen von den schniefenden Geräuschen, die Fiona macht.

»Du hast recht. Es tut mir leid.«

»Ist das Ding noch an?« Alice deutet mit einer Kopfbewegung ins Haus.

»Nein, er musste gehen. Mariella kann ihn nur eine Stunde am Tag sehen.«

»Sind wir dann jetzt damit durch?«, fragt Alice.

»Erzähl mir nicht, dass du dir nicht wenigstens vorstellen könntest, dass er unschuldig ist«, meint Fiona und wendet sich ihr zu. »So, wie du ihn in die Mangel genommen hast, als wärst du im Gerichtssaal.«

»DNA lügt nicht, Fi.«

»Genauso wenig wie Dad. Nicht in diesem Punkt zumindest.«

»Ich weiß, dass du noch gar nicht auf der Welt warst, als er das erste Mal ins Gefängnis wanderte. Ich war damals fünf, kann mich jedoch noch ziemlich gut erinnern. Er saß wegen Diebstahls. Aber das hier ist weitaus ernster. Du musst der Tatsache ins Auge sehen, dass unser Dad kein guter Mensch ist.«

»Er hat mir geschworen, dass er's nicht getan hat, bei unserem Leben und dem Leben von Anthony.«

»Fiona, ich …«

»Er hat nichts, Alice. Kein Geld. Keine Zeit. Weißt du noch, als du in New York gearbeitet hast. Da hast du mir oft von den kostenlosen Rechtsberatungen erzählt, die sie dich machen ließen. Und das hat dir doch so gefallen an deinem Job, denn du hast dich für die Leute eingesetzt, die niemanden hatten, der für sie kämpft. In so einer Situation ist Dad jetzt.«

»Ich kann ihn ja wohl schlecht vertreten, Fiona. Ich habe keine Lizenz in Florida.«

»Du brauchst nicht gleich seine Anwältin zu sein, um ihm zu helfen.«

»Und ich habe auch nicht mal eben so ein paar Tausender in der Couch versteckt, um einen privaten Ermittler zu engagieren.«

»Du brauchst keinen zu engagieren. Bist du nicht mit der Frau aus deiner alten Kanzlei befreundet? Wie hieß sie noch gleich? Sandra oder so ähnlich?«

»Sofia. Und ja, wir sind befreundet, aber ich werde sie nicht um Hilfe bitten.«

»Ist schon okay. Ich habe ihnen nämlich gesagt, dass ich ihnen Geld schicken werde«, sagt Fiona in ziemlich arrogantem Ton.

»Und wie willst du auf die Schnelle das Geld auftreiben?« Alice' Augen verengen sich, ahnt sie doch die Antwort.

»Trevor kann es mir leihen.«

Fiona ist vielleicht noch jung, aber sie versteht sich auf einen schmutzigen Kampf. Alice würde keinen Finger krumm machen, wenn dieser Mann in Schwierigkeiten wäre, dafür hat er ihre Schwester zu mies behandelt. Aber er ist nun mal der Vater ihrer Kinder, und Fi nimmt ihn ständig in Schutz. Sie war gerade mal siebzehn, als er sie schwängerte, und Alice wünschte nur, Fiona hätte sich mehr

Zeit genommen, um für sich herauszufinden, was einen Mann ausmacht, mit dem sie zusammenleben möchte, bevor Trevor Biggs in ihr Leben platzte. Alice wollte es ihr damals schon klarmachen, dass er nicht zwangsläufig der Richtige für sie sein muss, nur weil er der Vater der Zwillinge ist. Aber Fiona kann so starrköpfig sein. Wer weiß, vielleicht würde eine gute Psychiaterin von einer Art Vaterkomplex sprechen. Als hätte Fiona einen Ersatz gesucht für den Mann, der sie und ihre Schwester einst verlassen hat.

»Ich weiß, dass du ihn hasst«, fährt Fiona fort. »Und meinetwegen kannst du ihm alles Mögliche anhängen. Aber ich werde nicht zulassen, dass du mit deinen festgefahrenen Meinungen darüber entscheidest, mit welchem Mann ich zusammen sein sollte. Als ob gerade du eine Expertin für Beziehungen wärst!«

»Was soll das jetzt schon wieder heißen?«

»Ich meine, Trevor ist eben mein Typ, und du stehst nun mal auf einen anderen Typ Mann.«

»Der da wäre?«

»Emotional schwer fassbar, karrieregeil, nicht bereit, in den nächsten Jahren sesshaft zu werden.« Fiona zählt die Punkte an ihren Fingern ab. »Kommt mir so vor, als ob du sie dir aussuchst, um sicherzustellen, dass keiner von ihnen auch wirklich bleibt.«

»Musst du gerade sagen«, schießt Alice zurück. »Trevor ist ein …«

»Oh, hör endlich mit dem verdammten Trevor auf!«, fährt Fiona sie an. »Es geht doch gar nicht um ihn, sondern um Dad. Was ist, wenn es eine Chance von eins zu einer Million wäre und wir es trotzdem versuchen? Auch wenn du ihn hasst, weil er uns verlassen hat, verdient er keine Todesstrafe.«

»Fi, ich …«

»Wenn du das nicht für Dad machen willst, dann tu es wenigstens für mich«, sagt sie. Alice zuckt zusammen, als der emotionale Seitenhieb sie trifft. »Tu es für mich, damit ich meinen Kindern in die Augen sehen kann, wenn sie alt genug sind und mich nach ihrem Großvater fragen.«

Fiona wartet eine Antwort gar nicht erst ab. Sie steht einfach auf und geht wieder ins Haus. Kein theatralisches Getue, kein Türenschlagen. Alice schwirrt der Kopf, als sei sie gerade aus einem Fahrgeschäft auf dem Rummelplatz gestiegen. Irgendwo hinter ihren Augen setzt Kopfschmerz mit leichtem Pochen ein.

Fionas Bitte hallt noch in ihrem Herzen nach. Dagegen spricht die Tatsache, dass jeder emotionale Tiefpunkt, der ihr einfällt, zurück zu ihrem Vater führt. Die beiden Jahre, als Mum zwei Jobs übernehmen musste, um nicht das Apartment in Orlando zu verlieren, als Dad für einen Einbruch in den Knast wanderte. Die Nächte, in denen Alice ihrer kleinen Schwester extra laut die Gutenachtgeschichten vorlas, um die gedämpfte Schreierei auszublenden, wenn er wieder mal betrunken nach Hause kam.

Alice erinnert sich an die Elternabende in der Schule, falls er sich dort überhaupt blicken ließ. Sie weiß noch, wie sie immer zu den anderen Vätern schielte. Und wahrnahm, wie sie ihre Kinder ansahen, voller Stolz, während ihr eigener Vater ständig auf die Uhr guckte und sich fragte, ob er es noch rechtzeitig in die Bar schaffen würde, um das nächste große Sportereignis nicht zu verpassen.

In einem Punkt hat Fiona allerdings recht. Auch wenn er im Grunde ein Scheißvater war, die Strafe, die ihm nun bevorsteht, hat nichts mit seinen früheren Fehlern und Versäumnissen zu tun. Sie muss an Lily und Jake denken. Daran, was die beiden eines Tages, wenn sie alt genug sind, womöglich von ihr denken, wenn sie jetzt keinen Finger rührt. Und dann der Bruder, den sie auf einmal hat: Er hat genauso wenig Schuld an irgendetwas wie ihre Nichte und ihr Neffe. Wie alt mag er sein? Weiß er überhaupt, dass sie existiert, oder hat man ihn auch im Ungewissen gelassen?

Es gibt so viele Gründe, auf Fionas Bitte einzugehen. Nur einer spricht dagegen. Sie erhebt sich von der Treppenstufe, schüttelt verärgert den Kopf. Die Entscheidung ist gefallen. Eine neue Woge aus Zorn erfasst sie und treibt sie dazu, Dad umso mehr zu hassen, weil er der Urheber von so viel Schmerz ist.

9. Kapitel

Montag – noch sieben Tage

Mum davon zu erzählen, ist hart, aber nicht so schwer, wie Alice es vermutet hat. Sie überlässt Fiona größtenteils das Reden. Und verfolgt dann, wie ihre Mutter diese neue Realität in sich aufnimmt. Ihre Augen weiten sich, als sie hört, dass der Vater ihrer Kinder ein verurteilter Mörder ist. Aber als von seinem Sohn die Rede ist, scheint genau das sie am stärksten zu treffen. Ein Zucken huscht über ihr Gesicht. Bedauern? Fühlt sie sich verraten?

Als Fiona fertig ist, sitzt Mum einfach nur da, zur Abwechslung einmal sprachlos. Als sie dann doch etwas sagt, klingt ihre Stimme flach und tonlos, während sie den Schock verarbeitet.

»Er hatte immer mit seinen Dämonen zu kämpfen, euer Vater, aber das habe ich nie in ihm gesehen. Seid ihr sicher, dass er getan hat, was man ihm vorwirft? Könnte es nicht so ein … wie heißt es noch gleich … ein Justizirrtum sein?«

Alice schüttelt langsam den Kopf. »Ich glaube nicht, Mum«, sagt sie leise. »Nach allem, was ich gelesen habe, klingt das sehr klar und eindeutig.«

Fiona zieht neugierig eine Braue hoch. »Du hast also doch nachgeguckt?«

»Nur bei den Zeitungsartikeln, Fi«, sagt sie, und ihrer Stimme wohnt ein Anflug von Schärfe inne.

»Aber er kann bestimmt Berufung einlegen?«, fragt Mum. »Das steht ihm doch zumindest zu?«

»Genau das hat er die letzten elf Jahre getan«, erwidert Alice. »Nur ein Wunder kann ihn jetzt noch retten.«

Als sie das ausspricht, wirft sie kurz einen Blick auf Fiona und sieht etwas in ihren Augen, das an ein Flehen grenzt.

»Dann wollen wir dafür beten«, kommt es Mum leise über die Lippen. »Was auch immer er getan hat, niemand hat es verdient, so zu sterben«, sagt sie, während sie mit dem Daumennagel an der Nagelhaut des anderen Daumens knibbelt.

Ein Lächeln huscht über Fionas Gesicht. Wie kann Alice standhalten bei so viel Bereitschaft zur Vergebung? Sie schaut auf die Uhr. Bald fünfzehn Uhr. Also fast zehn Uhr morgens in New York.

»Muss noch schnell einen Anruf tätigen, dann kümmere ich mich um den Tee«, sagt sie und steht auf. Sie ist es gewohnt, dass ihre kleine Schwester ihren Willen kriegt, aber im Augenblick entdeckt sie nichts Selbstgefälliges an Fiona. Sie sieht einfach nur … erleichtert aus.

Alice geht in die Küche, schnappt sich ein Glas Wasser und setzt sich an den Tisch. Dann stellt sie das Handy schräg gegen die Vase auf dem Tisch und gibt die Nummer ein. Trotz allem, was heute passiert ist: Als Sofia Marquez auf dem Bildschirm erscheint, ist Alice' Lächeln so breit wie der Tyne.

»Hola amiga«, sagt Sofia und lächelt ihrerseits mit Zähnen, die so strahlend sind wie in einem Werbespot. »Bedeutet dein Anruf, dass du also doch endlich zurückkommst und mir die Drinks spendierst, die du mir noch schuldest?«

»Ich wünschte, ich könnte es.«

Das Bild wackelt, als Sofia ihr Handy positioniert, sich in einen Bürostuhl sinken lässt, die Beine hochreißt und die Füße auf dem Schreibtisch ablegt. Sofia Marquez ist mexikanisch-amerikanischer Abstammung der zweiten Generation, sie hat pechschwarzes Haar, das sie zu einem strammen Pferdeschwanz zusammengebunden hat. Sie sieht immer noch wie eine FBI-Agentin aus, taubengraue Hose, graublaue Bluse. Es sind die Schuhe, die sich von dem Outfit abheben. Sie besitzt eine gefühlt unendliche Auswahl an Converse Chucks, viele von ihnen sind personalisiert, mit freundlichen Grüßen von Etsy.

Auf den Schuhen von heute prangt das Logo der Miami Marlins auf beiden Seiten, besagter Fisch schraubt sich um die Naht eines Baseballs in die Höhe. Komfort geht über Stil, und wann immer die Leute fragen, warum sie sich für solche Schuhe entscheidet, hält sie ihnen vor, sie sollten mal versuchen, einen Verdächtigen in offiziellen Schuhen zu verfolgen, ehe sie argwöhnisch ihre modischen Entscheidungen beäugen.

»Was verschafft mir also das Vergnügen?«

Alice überlegt, wo sie überhaupt anfangen soll. Offenbar zeigt sich ihr Dilemma in ihrer Miene, denn Sofias Augen verengen sich voller Ungeduld. Alice hat noch nie zu denen gehört, die ihre schmutzige Wäsche vor anderen Leuten waschen. Sofia ist die engste Freundin, die sie in New York finden konnte. Aber die beiden verbindet mehr als nur eine Freundschaft am Arbeitsplatz. Alice war damals mit Gail Lonsdale, ihrer besten College-Freundin, nach New York gezogen. Die beiden hatten sich vorgenommen, die Stadt im Sturm zu erobern. Dieser Traum währte drei Jahre, bis Gail auf der Rückfahrt von Orlando bei einem Unfall mit Fahrerflucht ums Leben kam. Da Alice von ihrer Familie getrennt war, weinte sie sich an Sofias Schulter aus.

Sie gab sich damals die Schuld am Tod ihrer Freundin, weil sie eigentlich zusammen mit Gail nach Hause fahren wollte, dann aber wegen eines Magen-Darm-Infekts in New York geblieben war. Immer wieder sagte sie sich, dass es anders ausgegangen wäre, wenn sie dabei gewesen wäre. Sie hätte schon einen Weg gefunden, ihre Freundin zu beschützen. Selbst ein paar Jahre psychologische Beratung haben sie nicht von ihrer Schuld befreien können. Bis auf den heutigen Tag hat sie diese Schuld wie ein verborgenes Andenken getragen. Sie kommt zwischendurch immer wieder zum Vorschein, in Albträumen und Panikschüben. Meistens ist Alice imstande, das alles so gut es geht auf Abstand zu halten, aber wenn es sie dann doch erwischt, bricht es mit der Wucht einer riesigen Welle über sie herein.

Im Augenblick entscheidet sich Alice für eine abgespeckte Version.

»Und er glaubt, dieser geheimnisvolle Typ aus der Bar ist so was wie sein Ass im Ärmel?«, fragt Sofia, als Alice die wichtigsten Punkte aufgezählt hat.

»Ja, kann sein, ich weiß es nicht«, meint sie und macht eine hilflose Handbewegung. »Ehrlich, das ist sehr wahrscheinlich alles ein fruchtloses Unterfangen, aber Fiona wird mir nie vergeben, wenn ich mir den Hintern platt sitze und nichts tue.«

»Wenn ich das übernehme, dann kommst du aber noch vor Jahresende nach Manhattan.«

Eine Aussage, keine Frage. Bei dieser Aussicht kehrt Alice' Lächeln zurück. Allein der Gedanke, eine Woche ganz woanders zu sein, fühlt sich himmlisch an. Ein heimliches Vergnügen erfasst sie, wenn sie daran denkt, sich vor den frühmorgendlichen Fahrten zu ihrer Mutter zu drücken, und sei es nur für ein paar Tage.

»Abgemacht«, sagt sie und fühlt sich gut dabei, etwas zu haben, auf das sie sich freuen kann. »Und in der Zwischenzeit, wenn du zufällig unten in Florida jemanden kennst, der kostenlose Rechtsberatung anbietet ...«

»Gib mir ein paar Stunden«, sagt Sofia.

Alice hält Wort mit dem Tee, und als sie mit drei dampfenden Tassen und einer Packung Kekse auf einem Tablett zurückkommt, hat sie das Gefühl, als habe es die letzten Stunden gar nicht gegeben.

Mum plaudert vor sich hin, Fiona sitzt leicht nach vorn gebeugt auf ihrem Stuhl und hängt ihrer Mutter förmlich an den Lippen. Offenbar hat Mum soeben irgendeine Pointe zum Besten gegeben, denn Fiona wirft den Kopf in den Nacken und lacht. Allerdings ein bisschen zu laut, fast klingt es wie ein nervöses Auflachen.

»Hab ich was verpasst?«, meint Alice, während sie die Tassen verteilt.

»Ach, Mum hat nur gerade erzählt, wie Dad einmal eine ganze Wagenladung voll Schuhe von Christian Louboutin gekauft hatte. Er dachte, er hätte im Lotto gewonnen, weil er bloß einen Spottpreis dafür bezahlt hatte. In dem Lagerhaus, in dem er die Dinger aufbewahrte, war es zu einem Rohrbruch gekommen, und wie sich dann herausstellte, waren die roten Sohlen bloß aufgesprüht. Das Lager sah wie ein Tatort aus, bei all der Farbe, die von den Schuhen lief.«

Alice ringt sich ein Lächeln ab, aber es ist dünn. Eine typische Dad-Story, ständig versuchte er, das schnelle Geld zu machen. Das war einer der Gründe, warum er überhaupt mit ihnen vom Nordosten Englands in seine Heimat Florida gezogen war. Er hatte immer schon ein Händchen dafür, in schlechte Gesellschaft zu geraten. Aber jetzt ist eigentlich nicht der Zeitpunkt, lustige Storys über ihn zu erzählen. Es hört sich fast schon wie eine Anekdote an, die jemand beim Beerdigungskaffee zum Besten gibt.

Hey, wisst ihr noch, wie Old Jim es ständig vermasselt hat?

Das ist nicht gerade die Art von Gesprächen, die Alice im Augenblick braucht, daher entschuldigt sie sich nach fünf Minuten und sagt, sie müsse ein paar wichtige Anrufe vom Auto aus machen. Aber als sie draußen ist, lässt sie das Auto links liegen, bis sie die South Parade erreicht, und geht dann hügelabwärts bis zur Promenade.

Eine steife Brise wirft weiße Schaumkappen auf die Wellen, die weiter unten auf den Strand rollen. Alice geht bis zu dem Geländer, von dem man weit über die Nordsee schauen kann, sie beugt sich vor, beide Armen abgestützt, und schließt die Augen. Dort steht sie eine ganze Minute und konzentriert sich auf ihre Atmung. Durch die Nase einatmen, durch den leicht geöffneten Mund ausatmen. Jedes Ausatmen fühlt sich an, als könne sie eine Schicht des schweren Umhangs abschütteln, den Dads Offenbarungen ihr auferlegt haben.

Selbst nach all den Jahren fühlt sich der Verlust ihrer besten Freundin wie eine offene Wunde an. Eine Schwachstelle, durch die seither immer wieder Panikattacken schlüpfen. Nachdem sie New York City verlassen hat, hat sie keinen Panikschub mehr gehabt, aber heute ist es fast wieder so weit gewesen. In dem Moment, als sie Fiona am Morgen in ihrem Büro sah, stieg der Druck in ihrem Kopf wie in einem Barometer. Wie beiläufig hat ihr Vater von ihrem Halbbruder erzählt, von dessen Existenz sie bis dahin nichts wusste – das hat ihr zugesetzt und eine Weile jegliches klare Denken unmöglich gemacht.

Mum und Fiona halten sie für eine starke Person. Hart wie Diamant und unzerbrechlich. Vielleicht war sie ja sogar so stark, ehe jener Unfall sie ihrer besten Freundin beraubte, in einer Nacht, in der sie selbst hätte anwesend sein sollen. Aber wäre es tatsächlich anders verlaufen, wenn sie da gewesen wäre? Hätte sie den Unfall kommen sehen? Hätte sie Gail noch rechtzeitig schützen können?

Danach war sie allein in einer Stadt, die gleichermaßen furchteinflößend wie aufregend sein kann. Vielleicht hätte sie New York letzten Endes sowieso verlassen, selbst wenn ihre Mutter keinen Schlaganfall gehabt hätte.

Alice öffnet die Augen und lässt die ganze Weite des Küstenverlaufs auf sich wirken. Der träge geschwungene Sandstreifen, der sich von Whitley Bay aus in die Ferne erstreckt, bis hinüber zu St. Mary's Island, wo der Leuchtturm steht, der weiß leuchtet wie eine Schachfigur. Sie geht langsam in diese Richtung, vorbei an einigen Strandcafés.

Es ist ein typischer Herbsttag im Norden, die Oktobersonne ist hell wie ein Scheinwerferkegel und verleiht dem Sand ein Leuchten gegen die eintönige blaue Flut. Der Wind fährt ihr mit seinen kühlen Fingern über den Nacken. Alice beschleunigt ihre Schritte, geht vorbei an der Reihe von Kunst-Sandburgen aus Metall, bis die Kuppel der Spanish City in Sichtweite kommt, mit einem leuchtend weißen Dach wie bei einer Miniaturausgabe vom Taj Mahal. Alles hat sich so sehr verändert, seit sie ein Kind war. Die Erinnerungen aus den frühen Jahren sind glücklicher als die, die darauf folgten, aber das hat nichts zu sagen.

Als sie wieder landeinwärts geht, in Richtung der wenigen verbliebenen Spielhallen, kauft sie sich unterwegs zwei Kugeln Eis bei Di Meo's, Cookie mit Sahne. Fast fühlt es sich so an, als könne sie Abstand gewinnen zu der Scheißshow der Familie. Fast.

Sie sieht sich selbst in der gekühlten Vitrine und verfolgt, wie große Kugeln Eiscreme aus einem Miniberg geschält werden. Ihre Mutter erzählt ihr dauernd, sie würde bei einem starken Wind einfach weggeweht werden. Und Dad meinte früher immer, dass sie fülliger würde, wenn sie erwachsen wäre, aber die gertenschlanke Figur bleibt ihr wohl auf lange Sicht.

Als sie linker Hand in Richtung des Playhouse Theatre geht, muss sie unweigerlich an die Weihnachtsspiele denken, zu denen ihre Eltern sie damals mitnahmen. Es sind einige wenige Erinnerungen an ihn, die sich nach wie vor positiv anfühlen. Doch unter großem Protest schweifen ihre Gedanken wieder zu einer Gefängniszelle Tausende Kilometer entfernt.

Wäre er heute dort, wenn er und Mum zusammengeblieben wären? War sie es, Alice, die ihn unabwendbar auf diesen anderen Weg brachte, als sie ihrer Mutter erzählte, was sie gesehen hatte? Nein, man kann sich nicht ein Leben lang mit der Frage »Was wäre gewesen, wenn?« beschäftigen. Was als Nächstes geschieht, ist vollkommen offen. Allerdings würde sie es Fiona glatt zutrauen, die Preise von Flugtickets zu vergleichen, wenn sie wieder ins Haus zurückkehrt.

Alice läuft in Richtung Stadtzentrum von Whitley Bay und setzt sich eine Weile auf eine Bank, um mit Moira zu sprechen. Sobald sie beruhigt ist, dass es im Büro nicht drunter und drüber geht, schlendert sie zurück über die Whitley Road und nimmt sich Zeit, um ihre verworrenen Gedanken zu ordnen. Sie weiß nicht recht, wie sie ihre Gefühle im Augenblick in Worte fassen soll. Es ist kein Vorgeschmack auf den Kummer, der mit den Gedanken einhergeht, die sie sich um ihre Mutter oder Fiona macht. Doch es ist nicht so, als sei da nichts. Aber noch braucht sie diesem unbestimmten Gefühl keinen Namen zu geben.

Als sie kurze Zeit später wieder das Wohnzimmer betritt, verrät nur eine neue Packung Kekse auf dem Tablett, dass sich überhaupt eine der beiden bewegt hat.

»Fiona hat Fish and Chips für uns in den Backofen getan«, sagt Mum.

»Musst du nicht allmählich zurück zu den Kindern?«, fragt Alice.

»Trev bringt sie her«, antwortet Fiona. »Müsste jeden Moment hier sein.«

Alice hat die Wahl zwischen Pest und Cholera. Am liebsten würde sie Trevor nie wieder begegnen. Die Art und Weise, wie er sie ansieht, als sei sie ein Leckerbissen, obwohl Fiona mit im Raum ist. Andererseits bekommt sie endlich einmal wieder Jake und Lily zu Gesicht. Außerdem wird vermutlich so gut wie gar nicht über Dad gesprochen, solange die Kinder dabei sein.

Aber der einzige Ort, dem sie nicht entfliehen kann, ist in ihrem Kopf. Denn dort, in den dunkelsten Winkeln, leben die Gedanken, die am lautesten wispern. Jene Gedanken, die sie im Beisein der anderen nie offen aussprechen könnte. Und einige dieser Gedanken wispern, wie schade es doch sei, dass sie nicht erst in sieben Tagen von alldem erfahren haben. Wiederum andere raunen, ihr Halbbruder, von dem sie bislang nichts wusste, habe womöglich nur dann eine glückliche Kindheit, wenn er ohne Vater aufwachsen würde.

Sie vermag nicht zu entscheiden, was schlimmer ist. Diese Gedanken zu haben oder kein Bedürfnis zu verspüren, sich auch nur für einen einzigen dieser Gedanken zu entschuldigen.

10. Kapitel

Montag – noch sieben Tage

Jake und Lily fegen wie ein Wirbelwind lärmend und lachend ins Haus. Hinter ihnen schlendert Trevor herein, nickt zum Gruß und lässt den Blick länger als nötig auf Alice ruhen. Er verursacht ihr eine Gänsehaut, und sie fragt sich schon, ob es in ihrer Familie liegt, so einen schlechten Geschmack bei Männern zu haben. Sie wird wohl nie begreifen, was Fiona in ihm sieht. Er ist eher in ihrem Alter, nicht in Fionas, der Bauch hängt ihm über den Gürtel, wie Zuckerguss, der von einem Kuchen läuft, seine Frisur ist fast ein Vokuhila.

»Tante Alice, Tante Alice, guck mal.«

»Tante Alice, malst du mit mir?«

Die Bitten schießen nur so aus den kleinen Mündern. Kaum Zeit zum Nachdenken, ganz zu schweigen davon, jede einzelne Bitte zu beantworten. Die Energie der Kinder ist ansteckend, und so ist Trevors lüsterner Blick rasch vergessen. Alice genießt ihre Rolle als coole Tante, als habe sie nie etwas anderes getan, obwohl sie genau weiß, dass ihr Enthusiasmus von dem Schuldgefühl befeuert wird, dass sie die Kinder viel zu selten sieht. Sie ist gerade mitten in einer Partie Tic-Tac-Toe mit Lily, als ihr ein ernüchternder Gedanke kommt. Diese Woche haben die Zwillinge Geburtstag. Sie werden die Kerzen auspusten und sich etwas wünschen, während die Uhr ihres Großvaters die verbleibenden Stunden zählt. Diese Parallele ist beunruhigend.

Doch sie schüttelt den Gedanken ab, macht ihr Kreuz scheinbar zufällig in einem Feld, sodass Lily gewinnt, und widmet ihre Aufmerksamkeit wieder den Leuten im Wohnzimmer. Zu dumm, dass die anderen sie kaum wahrnehmen und dass sie diese Zeit damit vergeudet, sich von der Erinnerung an einen Mann ablenken zu lassen, den sie seit vierzehn Jahren nicht mehr gesehen hat.

Als Fiona in der Küche das Essen anrichtet, summt Alice' Handy. Sofia. Alice entschuldigt sich, eilt in den kleinen Hof hinter dem Haus und stöpselt sich AirPods in die Ohren.

»Hast du schon meine Mail gelesen?« Sofia kommt sofort zur Sache.

»Nein, ich war zu sehr damit beschäftigt, mich von einer Fünfjährigen bei Tic-Tac-Toe besiegen zu lassen«, meint sie. »Was hast du geschrieben?«

»Was bin ich jetzt, deine Sekretärin?« Sofia lacht. »Schau rein, während wir telefonieren. Ich erzähle dir die wichtigsten Punkte.«

Alice wischt zurück zu ihrem Startbildschirm und tippt die Mails an. Tatsächlich, da ist sie, eingegangen vor fünfundzwanzig Minuten. Als Erstes sieht sie die Spiegelstriche, die die Zeit von der Festnahme bis auf den heutigen Tag abdecken.

- *Manny Castillo, ermordet am 11. Feb. 2011*
- *Jim Sharp, verhaftet am 12. Feb. 2011*
- *Jim Sharp, verurteilt am 26. Aug. 2011*
- *Jim Sharp, bestätigter Hinrichtungstermin 24. Okt. 2022*

Das führt ihr wieder einmal vor Augen, wie genau und strukturiert Sofia arbeitet. Was sich allerdings nicht in ihrem Alltag zu Hause widerspiegelt, soweit Alice sich an Sofias Wohnung erinnert, wenn sie zwischendurch zum Abendessen bei ihr war. Aber sie hat die wertvolle Fähigkeit, dass sie sich durch einen Datenberg von der Größe des Mount Everest wühlen und dann auch noch die entscheidenden Infos präzise zusammenfassen kann.

Als Nächstes folgen etliche Anhänge. Alice überfliegt die Bezeichnungen: Berichte von der Festnahme, forensische Details, toxikologische Ergebnisse, das volle Programm. Sie klickt sie der Reihe nach an, während Sofia in atemberaubendem Tempo eine Zusammenfassung abliefert. Als sie zufällig Fotos vom Tatort sieht, durchzuckt es sie unweigerlich. Damit möchte sie sich nicht unbedingt länger aufhalten.

Als ihr Dad festgenommen wurde, hatte er sich abgesehen von der alten Haftstrafe, von der Alice weiß, nichts zuschulden kommen lassen außer ein paar Strafzetteln. Zugegeben, so etwas ist kein Indikator für Schuld oder Unschuld, wenn es um Mord geht, aber bei der Art von Geschichte, auf der die Staatsanwaltschaft ihren Fall aufgebaut hat – der Drogendeal, der aus dem Ruder lief –, gibt es im Vorfeld für gewöhnlich den einen oder anderen Hinweis auf eine solche Straftat.

»Du hältst mich bestimmt für verrückt, nur weil ich genauer hingesehen habe, oder?«, meint Alice, als Sofia mit ihrem Update fertig ist.

»Das denke ich seit Jahren.«

»Wie ich ja schon gesagt habe, ich tue das eher für Fiona, nicht für mich. So kann ich zumindest sagen, dass ich es versucht habe.«

»Und in diesem Fall hast du den richtigen Riecher gehabt«, entgegnet Sofia und erwischt Alice damit auf dem falschen Fuß.

»Was meinst du jetzt damit?«

»Damit meine ich, dass dieser Fall vielleicht nicht so aussichtslos ist, wie du glaubst.«

11. Kapitel

Montag – noch sieben Tage

»Sicher, da gibt es die Indizienbeweise, von denen du mir erzählt hast«, meint Sofia. »Könnte dein Dad diesen Castillo überwältigt haben? Klar. Du brauchst jemanden bloß mit genug Alkohol und Koks vollzupumpen, und schon nimmt er es mit King Kong auf und hat vielleicht eine reelle Chance. Bestätigt der toxikologische Bericht das, was ich am Tatort sehe? Nicht unbedingt«, sagt sie und rümpft die Nase.

»Wie das?«

»Die Wunde an Castillos Hals wurde ihm mit etwas richtig Scharfem zugefügt. Eine einzige Stichwunde, also hat ihn das, was in seinen Körper gedrungen ist, wie eine Piñata aufplatzen lassen. Die Tatwaffe wurde nie gefunden. Die Frage ist also: Wollen wir glauben, dass dein Dad die Geistesgegenwart besaß, die Stichwaffe irgendwo verschwinden zu lassen, wo sie niemand findet, jedoch vergessen hat, sein Hemd zu wechseln?«

»War das Thema während der Verhandlung?«

Sofia nickt. »Sein Anwalt hat versucht, das Argument vorzubringen, aber die Staatsanwaltschaft erhob Einspruch wegen Spekulation, und der Richter stimmte zu.«

»Was ist mit seinem Weg vom Tatort bis nach Hause?«

»Wieder etwas, das nicht ganz stimmig ist. Castillo wohnte nicht gerade im besten Viertel. Keine Überwachungskamera am Gebäude selbst, auch nicht im Eingangsbereich. Nicht falsch verstehen, es gibt jede Menge Kameras, wenn man genauer hinsieht. Heutzutage kann man kaum in aller Öffentlichkeit furzen, ohne dass es von einem halben Dutzend Kameras aufgezeichnet wird. Damals hatte man in einem Radius von zwei Kilometern gesucht, danach wurde alles ein bisschen halbherzig. Auf einer Karte habe ich aber die Kameras gefunden, die sie sich angesehen haben, und wenn dein Dad all diese Kameras meiden wollte, gab es genau zwei Wege, die er hätte nehmen können. Aber beide Strecken ergeben keinen Sinn.«

»Wie meinst du das?«

Sofia fordert Alice auf, einen bestimmten Anhang zu öffnen, und schon ploppt eine Karte von Manny Castillos Viertel auf.

»Du siehst, wo ich Castillos Wohnung markiert habe«, sagt Sofia. »Und die rote Linie ist die Richtung, die dein Dad genommen hätte, wenn er zurück zu seiner Wohnung gegangen wäre. Die blauen Punkte sind die Kameras, deren Aufzeichnungen gecheckt wurden, und die schwarzen Linien sind die beiden Strecken, auf denen man diese Kameras meiden könnte.«

Auf dem Bildschirm sieht Alice zwei schwarze Linien, die einem Geflecht aus Straßen folgen, aber beide führen weg von der Sicherheit der eigenen Wohnung, ehe sie auf Umwegen zurückführen.

»Noch einmal, unter dem Vorbehalt, dass alles möglich ist … Die Anklage will uns glauben machen, dass er vollgepumpt war und im Eifer des Gefechts dieses Verbrechen begangen hat, doch dann soll er sich die perfekte Fluchtroute im Voraus überlegt haben. Man kann nicht auf beide Pferde setzen.«

»Glaubst du, die haben etwas übersehen?«

»Nein, hier nicht«, räumt sie ein, »aber es hätte mich wahnsinnig genervt, wenn das mein Fall gewesen wäre. Es sieht so aus, als sei ihnen alles so perfekt erschienen, dass sie gar nichts anderes mehr in Betracht gezogen haben.«

»Aber nichts davon rührt an die Grundlagen ihres Falls«, meint Alice, »das Blut, die Fingerabdrücke auf dem Glas.«

»Stimmt«, pflichtet ihr Sofia bei. »Und noch einmal, ich schicke voraus, dass das vielleicht nichts zu sagen hat, aber die Toxikologie ist falsch, so, wie sie das gedreht haben.«

»Inwiefern?«

»Es passt einfach nicht zusammen. Sie behaupten, es sei ein Koks-Deal gewesen, der schiefgelaufen ist, und okay, man hat Koks an den Nasenflügeln deines Dads gefunden, auch auf einem Geldschein, den er in seiner Tasche hatte. Aber das verträgt sich nicht mit dem Rest des toxikologischen Berichts. In seinem Blut war nämlich kaum eine Spur Kokain, jedenfalls nicht die Menge, die man erwartet, wenn man ein paar Linien gezogen hat.«

»Willst du damit sagen, dass er nichts von dem Zeug genommen hat?«

»Vielleicht etwas, aber nicht so viel, wie die Staatsanwaltschaft geltend macht. Und das ist noch nicht alles. Man hat Spuren von Fentanyl bei ihm gefunden. Wenn du im Koks-Rausch bist, dann bist du wie ein Rennwagen. Das andere Zeug ist so, als würdest du auf die Bremse treten. Ergibt keinen Sinn, dass er beides zur selben Zeit genommen haben soll.«

»Aber was wurde denn während der Verhandlung dazu gesagt?«

»Es kam nicht zur Sprache.«

»Jetzt im Ernst?«

Sofia zuckt mit den Schultern. »Es gab wohl Wichtigeres zu tun. Meine Vermutung ist, dass die einen Tunnelblick hatten wegen des Blutes und der Abdrücke. Außerdem sind das Dinge, die man schnell übersieht, es sei denn, du bist ein ausgezeichneter Zeuge oder weißt aus eigener Erfahrung darüber Bescheid.«

»Trotzdem immer noch ziemlich starke Indizienbeweise«, sagt Alice, ehe sie etwas in Sofias Miene entdeckt, das auf mehr hindeutet.

»Du kennst mich ja. Das Beste hebe ich mir bis zuletzt auf«, meint Sofia. »Das andere Zeug, das man in seinem Blut fand, ist eine ungewöhnliche Zusammensetzung. Richtig ungewöhnlich aber ist, dass sie beide exakt den gleichen Mix im Blut hatten.«

»Beide? Du meinst, auch Castello?«

Sofia nickt. »Also bin ich einen Schritt weitergegangen und habe mir andere Fälle angeschaut, bei denen diese oder eine ähnliche Kombination von Narkotika auftaucht.«

Alice spürt, wie sich ihr Puls beschleunigt, ein Gefühl, als ob jeden Moment etwas einrasten würde. Sofia neigt nicht zu Übertreibungen. Wenn sie glaubt, dass Dad kein aussichtsloser Fall ist, dann muss etwas dran sein. Und was gut genug ist für jemanden wie sie, eignet sich für gewöhnlich als Reißleine, nach der man greifen kann.

»Es gab keinen vergleichbaren Fall in den gesamten Vereinigten Staaten«, schließt sie, und ihre Worte sind wie eine Nadel, die in eine Blase der Vorfreude sticht, von der Alice nicht wusste, dass sie existiert hat.

»Eine Freundin von GALE schuldete mir jedoch noch einen Gefallen«, fährt Sofia fort, »und man hat einen solchen Fall in Europa gefunden.«

Und wie aus dem Nichts steigt die Achterbahn der Gefühle wieder in die Höhe.

»GALE?«, hakt Alice nach. Mit diesem Namen ist sie nicht vertraut.

»Die Global Agency for Law Enforcement. Das ist eine Taskforce, an der viele Länder beteiligt sind, mit grenzüberschreitender Gerichtsbarkeit in den einzelnen Mitgliedsstaaten.«

»Und wie genau haben die nachgewiesenen Substanzen in jenem Fall mit diesen übereingestimmt?«

»Die gleichen Drogen beim Killer und seinem Opfer, die gleiche einzelne Stichwunde in der Halsschlagader. Auch da wurde keine Mordwaffe gefunden, der mutmaßliche Täter sagte zu seiner Verteidigung aus, er habe es nicht getan, als man ihn ausgeknockt in seiner Wohnung fand. Jemand hatte einen anonymen Tipp gegeben. Der einzige Unterschied: Dieser Typ in Europa hatte ein Strafregister, das so lang wie mein Arm ist.«

»Wo ist das passiert? Und wann?«

»In Paris. Ist etwas mehr als zwei Jahre her. Ein Typ namens Alain Dufort hat einen Mann namens Viktor Semenov umgebracht.«

Alice kann die Möglichkeit immer noch nicht ganz in Betracht ziehen, trotzdem stellt sie die nächste Frage.

»Wie wahrscheinlich ist es, dass ein und dieselbe Person beide Verbrechen begangen hat, und zwar sechseinhalbtausend Kilometer entfernt? Das ist eine harte Nuss, solange es nichts Substanzielles gibt.«

»Stimmt«, meint Sofia. »Es wäre natürlich toll, wenn es eine deutlichere Verbindung zwischen den beiden Fällen gäbe, wenn also jemand in beide Fälle verwickelt wäre.«

Etwas in ihrem Tonfall sorgt dafür, dass sich bei Alice die Nackenhaare sträuben.

»Was sagst du da?«

»Schau dir den Bericht der Festnahme deines Vaters an.«

Alice geht die Seiten auf ihrem Tisch durch und sucht nach der richtigen, aber es sind Dutzende, die sich wie ein durcheinandergeratenes Kartendeck auffächern.

»Kannst du es mir nicht sagen?«

Sofia lässt einen Namen fallen, und augenblicklich hat Alice das Gefühl, als sei sie auf eine Mine getreten, ihre Gedanken sind verstreut wie Schrapnelle. Diesen Namen hat sie eben erst mit eigenen Augen gesehen. Den Namen eines Detectives des Police Departments von Orlando. Genau der Mann, der ihren Vater verhaftete, hat jemanden Tausende Kilometer entfernt für praktisch das gleiche Verbrechen hinter Gitter gebracht. Die Anwältin in ihr meldet sich am lautesten zu Wort und gibt ihr zu verstehen, dass das kein Zufall sein kann.

Der ehemalige Detective aus Orlando, der jetzt als Agent bei der GALE-Außenstelle in Paris arbeitet. Luc Boudreaux.

12. Kapitel

Montag – noch sieben Tage

Ihre Gedanken ticken wie ein Motor im Leerlauf, beschwören Fragen herauf, suchen nach einem Schwachpunkt.

»Und dieser Detective Boudreaux – wie kommt jemand wie er dazu, vom Police Department in Orlando nach Paris zu wechseln?«

»Dafür bräuchte ich etwas mehr Zeit«, meint Sofia.

»Aber er ist auch verantwortlich für diesen Dufort?«

»Hm-hm«, macht Sofia. »Nicht direkt, jedenfalls kann ich das nicht auf einen Blick sehen. Meine Kontaktperson sagt, dass er jetzt in der Abteilung für Menschenhandel arbeitet. Aber die Kompetenzen überschneiden sich.«

In Alice' Branche sind Zufälle selten das, was sie zu sein scheinen. Seit sie sich auf dieser Seite des Großen Teichs zur Anwältin umqualifiziert hat, hatte sie nicht mehr die Gelegenheit, die Zeugen vor Gericht auseinanderzunehmen, aber sie hat miterlebt, wie manch ein Zufall sich aufgelöst hat, sobald die richtigen Fragen gestellt wurden.

»Ich habe versucht, Boudreaux zu erreichen«, fährt Sofia fort. »Er hat mich unter zwei Minuten abgefertigt. Meinte, er habe nichts weiter zu sagen als das, was bereits in der Akte steht. Bei Alain Dufort sieht es allerdings besser aus. Meine Kontaktperson sagt, wir könnten über Zoom mit ihm sprechen, wenn wir das wollen.«

»Sofia, einmal abgesehen von Boudreaux, ist es nicht verrückt zu glauben, dass ein Mord, der verübt wurde, als mein Dad längst im Todestrakt saß, irgendeine Verbindung zu seinem Fall haben sollte? Es klingt ja schon dämlich, wenn ich es laut ausspreche.«

»Du möchtest berechtigte Zweifel? Bitte schön. Wir haben einen Detective, der in zwei ungewöhnliche Fälle verwickelt ist, bei denen es einfach zu viele Übereinstimmungen gibt. Ein Saufkumpan, der dafür bürgen könnte, wohin dein Dad ging, ist plötzlich nicht mehr aufzufinden und meldet sich auch nicht, nicht einmal, um deinem Dad das Leben zu retten. Dann ein sehr spezieller Drogencocktail bei dem Killer und dem Opfer – in beiden Fällen. Wie wahrscheinlich ist es, dass vier Männer auf beiden Seiten des Atlantiks beschließen, mit exakt der gleichen Mischung Party zu machen? Und zwei von ihnen ereilt dann das Schicksal dank einer absolut identischen Vorgehensweise?«

In Alice' Kopf wirbelt alles durcheinander wie bei einem hyperaktiven Hamster in seinem Rad. Mit all diesen Dingen wollte sie eigentlich nur Fiona beschwichtigen. Sie wollte die alten Geister ruhen lassen, ohne die Frage »Was wäre, wenn?«, sobald ihr Vater nicht mehr da wäre.

»Wenn eins zum anderen kommt, dann stößt man das Fenster des Zweifels doch ein Stück weit auf«, spricht Sofia weiter. »Ich schlage vor, wir stochern ein bisschen bei Boudreaux und Dufort herum und schauen, was wir noch auftreiben. Allerdings muss ich erst weitere Dokumente aus den ursprünglichen Fallakten durchsehen. Gib mir dafür noch zwei Tage, und dann bereite ich alles für die beiden Zoom-Konferenzen vor, übermorgen. Was sagst du dazu?«

Alice' Kopf treibt in einer Strömung, die von den aufeinanderprallenden Zwillingswinden der Vergangenheit und Gegenwart beeinflusst wird.

»Ja«, sagt sie schließlich, »so machen wir es. Kannst du mir Kopien von dem Rest schicken?«

Sie vereinbaren, sich gleich morgen miteinander in Verbindung zu setzen, und Alice beendet das Gespräch. Dann geht sie wieder hinein und fühlt sich leicht beduselt. Wohin soll das alles führen? Schließlich ist sie ja nicht die Anwältin ihres Vaters. Das will sie auch gar nicht sein, aber das Gespräch mit Sofia hat bei ihr ein Gefühl von Unbehagen hinterlassen.

Offenbar hat Fiona an der Hintertür gelauscht, denn Alice hat die Pantryküche erst zur Hälfte hinter sich gelassen, als ihre Schwester am anderen Ende auftaucht und geräuschvoll die Tür hinter sich schließt.

»Und? War das sie?«

Alice nickt und beschließt für sich, wie sie das von jetzt an handhaben wird. So faszinierend die Parallelen der Fälle auch sein mögen, das Letzte, was sie zu diesem Zeitpunkt gebrauchen kann, ist, dass Fiona glaubt, dies wäre die »Du kommst aus dem Gefängnis frei«-Karte für ihren Vater.

»Ja«, sagt sie dann, »da gibt es ein paar Dinge, die sie sich genauer ansehen will.«

Fiona verzieht ungläubig das Gesicht. »Das soll es gewesen sein? So leicht kannst du mich nicht abwimmeln. Du hast diesen speziellen Gesichtsausdruck. Nicht direkt stinksauer, aber auch nicht vor Begeisterung tanzend.«

»Es ist kompliziert, Fi«, versucht Alice es, aber ihre Schwester lässt sich wirklich nicht so leicht abwimmeln.

»Und ich bin nicht in dem Alter wie meine Kinder, Al. Jetzt ist nicht die Zeit dafür. Wenn es schlimm ist, dann sag es mir einfach. Beschönige es nicht für mich.«

Fionas Ton ärgert sie, als sei sie eine Angestellte, die herumkommandiert wird, nicht die ältere Schwester, die andere um einen Gefallen bittet, um einem Mann zu helfen, der – wenn es nur nach ihr ginge – sich besser ganz aus ihrem Leben heraushalten sollte. Ach, verdammt. Schließlich erzählt sie Fiona doch alles, öffnet Sofias E-Mail, lässt die Fotos vom Tatort ein bisschen länger auf dem Display, hat dann aber sofort ein schlechtes Gewissen, als sie sieht, dass Fiona blass wird.

Hinter ihnen geht die Küchentür einen Spalt breit auf, und ein kleines Gesicht kommt zum Vorschein.

»Mama«, sagt Lily in flehendem Ton. »Kann ich jetzt Kuchen haben?«

»Gleich, Liebling«, sagt Fiona. »Iss bitte erst dein Essen auf.«

»Aber ich hab schon aufgegessen. Kann ich …?«

»Noch nicht, habe ich gesagt«, fährt Fiona sie etwas zu scharf an. »Tu, was ich dir sage.«

Lily zieht sich zurück und schiebt frustriert die Unterlippe vor.

»Und was machen wir jetzt?«, fragt Fiona Alice, als die Tür wieder zugeht.

»Wir warten ab, ob dieser Dufort bereit ist, mit Sofia zu reden.«

»Und was ist mit diesem Polizisten? Wie war sein Name noch gleich?«

»Boudreaux.«

»Bestimmt kann er uns nicht einfach so ignorieren.«

Bei der unschuldigen Entrüstung ihrer Schwester muss Alice fast lächeln. Wenn man doch alle Probleme lösen könnte, indem man so selbstbewusst wie Fiona wäre.

»Er kann, verflucht noch mal, machen, was er will, Fi. Wir können schließlich nicht bei ihm anklopfen und so lange warten, bis er endlich mit uns redet.«

Ihre Schwester verschränkt die Arme vor der Brust, und ihr Blick ist Trotz pur.

»Wieso nicht?«

Alice muss bei dieser Naivität lachen. Sie stellt sich vor, wie Fiona mit diesem Schmollmund dasitzt, als würde sie die Rechte von Hausbesetzern einfordern.

»Weil das nun mal nicht einfach so geht.«

»Das werden wir ja sehen«, meint Fiona.

»Fi«, sagt Alice und macht keine Anstalten, den belehrenden Ton aus ihrer Stimme zu verbannen. »Was auch immer du vorhast …«

»Ich kann an einem Tag hin- und zurückfliegen. Brauche höchstens zwei Tage, wenn er mich warten lässt.«

»Sei doch nicht so blöd«, fährt Alice sie an. »Wenn es da etwas zu entdecken gibt, wird Sofia es schon ausgraben.«

»Tausende Kilometer entfernt?«

»Es wäre reine Zeit- und Geldverschwendung.« Alice probiert es mit einer anderen Taktik, zumal sie weiß, wie dickköpfig ihre Schwester sein kann, wenn sie sich einmal in etwas verbissen hat. »Außerdem, wer kümmert sich um die Kleinen? Es sind Herbstferien, Mum kann nicht wirklich auf sie aufpassen, und alle anderen müssen arbeiten.«

»Das geht schon. Trev kann sich ein paar Tage freinehmen.«

»Damit sie die ganze Zeit vor der Glotze hängen?« Alice ist bald mit ihrer Geduld am Ende, ihre Stimme klingt lauter als beabsichtigt.

»Das ist doch vollkommen nebensächlich, wenn es buchstäblich um Leben und Tod geht«, kontert Fiona.

»Hörst du dir überhaupt zu?«, stößt Alice zwischen zusammengebissenen Zähnen hervor. »Zu neunundneunzig Prozent steht fest, dass er jemanden umgebracht hat, das ist dir schon klar, oder? Er hat ihn abgestochen, schon vergessen?«

»Dann gibst du zumindest zu, dass eine einprozentige Chance besteht, dass er es nicht getan hat«, sagt Fiona mit einer Arroganz, die sich für Alice wie Schleifpapier anfühlt.

»Du wirst nicht dorthin fliegen«, erwidert Alice, spürt aber im selben Moment, dass ihr das Kräftemessen entgleitet.

»Du kannst mich wohl kaum daran hindern«, hält Fiona dagegen und macht auf dem Absatz kehrt, um zurück ins Wohnzimmer zu gehen.

»Warte.« Alice hasst es, wenn sich dieser verzweifelte Ton in ihre Stimme schleicht. Sobald Fiona durch diese Tür geht, wird sie versuchen, irgendwelche Absprachen mit Trevor zu treffen. Einmal davon abgesehen, dass er das Vertrauen nicht verdient, das Fiona in ihn setzt: Es wäre eine absolute Katastrophe, wenn Fiona in Paris aktiv würde, wie ein Autounfall. Sie wäre vollkommen überfordert. Bestenfalls ignoriert der Detective sie dort einfach. Schlimmstenfalls schafft Fiona es irgendwie, in das Gefängnis zu gelangen und mit einem Mann zu sprechen, bei dem – soweit sie es wissen – keinerlei Verbindungen zu ihrem Vater bestehen.

»Was ist? Willst du mir jetzt etwa sagen, wie dämlich ich bin? Dass ich endlich erwachsen werden soll, so wie du? Dass es mir scheißegal sein soll, ob ein Elternteil lebt oder stirbt?« Fionas Worte sind wie Pfeile, die wehtun sollen.

Alice hat das Gefühl, schwankend am Rande eines Abgrunds zu stehen. Sie will nicht auch noch ihre Schwester verlieren, obwohl sie sich keine Illusionen macht, sobald es um die Aussichten ihres Vaters geht. Was für eine Option bleibt ihr noch?

»Ich mache das«, sagt sie, und die Worte kommen ihr über die Lippen, ehe sie es sich anders überlegen kann.

»Was machen?«

»Du kannst nicht einfach die Kinder hierlassen und nach Frankreich fliegen. Ich werde mich auf den Weg nach Paris machen.«

Die Angst in Fionas Gesicht verschwindet, abgelöst von einem dankbaren Lächeln, doch Alice hat den Eindruck, dass da noch etwas anderes in den Augen ihrer Schwester aufblitzt. Sie braucht einen Moment, diesen Ausdruck zu deuten, aber dann ist sie sich ziemlich sicher, dass Fiona sehr mit sich zufrieden ist. Wurde sie, Alice, da gerade ausgetrickst? Der Gedanke, dass ihre zweiundzwanzigjährige Schwester sie einfach so um den Finger gewickelt hat, bringt sie auf die Palme, aber aus dieser Sackgasse findet sie so schnell nicht mehr heraus – jedenfalls nicht ohne Nachwirkungen, die sie noch lange nach dem Tod ihres Vaters spüren wird.

»Du bist die Beste, Schwesterherz«, sagt Fiona und strahlt dabei über das ganze Gesicht, ehe sie durch die Tür ins Wohnzimmer rauscht. Alice bleibt zurück, allein mit ihren Gedanken.

Will sie das wirklich tun? Sie weiß nicht, wie sie aus dieser Nummer herauskommen soll. Es gibt so vieles, das geregelt werden muss. Termine müssen abgesagt oder zumindest in Videocalls umgewandelt werden. Sie muss Flüge buchen, auch ein Hotel. Und all das, obwohl jetzt schon klar ist, dass ihre Aussicht auf Erfolg verschwindend gering ist. Sie stellt damit nur unter Beweis, dass sie zu ihrer Familie steht. Tja, jedenfalls zu den Menschen, die für sie noch zur Familie gehören.

13. Kapitel

Dienstag – noch sechs Tage

Obwohl sie das Gefühl hat, viel zu lange in einem Sturm ausgehalten zu haben – oder vielleicht gerade deswegen –, fällt Alice in einen tiefen Schlaf wie schon lange nicht mehr. Erinnerungen blitzen auf. Der Ausflug zum Daytona Beach in jenem Jahr, als sie nach Florida zogen. Das war wirklich ein toller Urlaub. Eine Insel des Glücks in ansonsten unsicheren Gewässern. Der Traum ist ziemlich wirklichkeitsgetreu gewesen, abgesehen vom letzten Teil. Anstatt sie alle wieder in das alte Cadillac Eldorado Cabriolet zu verfrachten, das er offenbar beim Kartenspielen gewonnen hatte, wandte sich der Dad in ihrem Traum von ihr ab und watete in die Wellen hinein, ohne sich noch einmal umzublicken. Ihr neun Jahre altes Ich rief ihm hinterher, er solle zurückkommen. Dann folgte sie ihm ins Wasser, das sich viel kälter anfühlte, als die Brandung in Florida sein sollte, aber sosehr sie sich auch abmühte, jedes Mal wurde sie von einer Welle erfasst und wie Treibholz an Land gespült.

Der Traum hat sich so echt angefühlt, Alice braucht ein paar Sekunden, um sich wieder zurechtzufinden, als sie aufwacht. Ihr Hals ist ganz trocken, als habe sie geweint, sie greift nach dem Glas Wasser neben dem Bett und trinkt es zur Hälfte aus. Der Wecker auf dem Nachttisch zeigt 4:15 Uhr an. Zwei Stunden noch bis zum Flug.

Sie schwingt die Beine über die Bettkante, trottet halb verschlafen ins Bad und duscht so kalt, wie sie es gerade noch aushält. Am Abend zuvor hat sie daran gedacht, alles Wichtige im Handgepäck unterzubringen, und sobald sie sich abgetrocknet und angezogen hat, schnappt sie sich eine Banane und eine Flasche Wasser zum Frühstück und nimmt die Autoschlüssel aus der Schale in der Diele.

Percy Road ist totenstill, als sie losfährt und dem Straßenverlauf entlang der Küste folgt. Sie lässt die Scheibe herunter und lauscht dem rhythmischen Kommen und Gehen der Brandung, das unten vom Strand bis ins Auto heraufdröhnt. Sie brauchte eine Weile, um sich wieder in den Nordosten Englands zu verlieben, als sie zurückkehrte, aber inzwischen fühlt sie sich diesem Landstrich mit jeder Faser ihres Körpers verbunden. Sie überlegt, ob sie zurück nach Manhattan ziehen würde, falls – Gott bewahre – Mum etwas zustoßen sollte.

Hätte man sie das im ersten Jahr nach ihrer Rückkehr gefragt, wäre sie mehr als unentschlossen gewesen. Aber so aufregend Manhattan auch war, der Nordosten Englands hat eine Art, seine verlorenen Kinder wieder an sich zu binden. Über Kilometer hinweg spaziert man hier an der Küste entlang, folgt den langen Stränden – Balsam für die Seele. All dies wirkte beruhigend auf sie, zu einer Zeit, als sich das Leben wie eine Schneekugel anfühlte, die einen Berg hinunterrollte. Ihre Mutter bekam einen Schlaganfall, unmittelbar nachdem für Alice im Büro eine Affäre unschön geendet hatte, an die sie lieber nicht mehr erinnert werden möchte. Zu allem Überfluss litt sie noch unter dem Verlust ihrer besten Freundin und spürte den traurigen Nachhall in der Leere ihres Herzens, sodass die Rückkehr in die alte Heimat wie eine Art Therapie wirkte. Langsam, aber stetig hat sie sich seither innerlich von New York gelöst, hat die Stadt wie eine zweite Haut abgestreift. Wenn die Heimat dort ist, wo das Herz ist, dann ist ihr Herz an den Stränden von North Tyneside vergraben und in den sanften Hügeln von Northumberland.

Eine Dreiviertelstunde später hat sie eingecheckt und steht an einer Kaffeebar an. Moira hat Alice' Terminkalender für die kommenden Tage ohne Rücksicht auf Verluste umgekrempelt und ihr für den Vormittag des Abflugs sämtliche Termine vom Hals gehalten, damit Alice sich ganz auf ihre Aufgabe konzentrieren kann.

Sofias Pluspunkte-Konto ist auf einem Allzeithoch. Sie hat über ihre Kontaktperson bei GALE, Agent Eva Monteiro, eine Art Reiseleiterin für Alice organisiert. Sofia und Monteiro haben es irgendwie hinbekommen, einen Besuch bei Alain Dufort zu vereinbaren. Ob Alice danach allerdings mit Boudreaux sprechen kann, wird sich erst noch zeigen.

Ihr Handy vibriert, zwei frühmorgendliche Nachrichten von Fiona unmittelbar nacheinander. Die erste ist eine Audionachricht, bei der zweiten Mitteilung schüttelt Alice nur den Kopf.

Habe den Chat mit Dad gestern aufgezeichnet. Dachte, du könntest das gebrauchen.

Noch so eine emotionale Achterbahnfahrt kann Alice im Augenblick absolut nicht gebrauchen, wenn überhaupt. Trotzdem spielt sie mit und schreibt *Danke* zurück.

Der Flug dauert eine Stunde und fünfundvierzig Minuten, und die ganze Zeit widmet Alice ihrem Dad und Alain Dufort. Sie hat einen Fensterplatz und versteckt sich halb hinter ihrem aufgeklappten MacBook, daher braucht sie sich keine Gedanken um neugierige Blicke zu machen. Sie nutzt die Zeit, um die Dateien durchzugehen, die Sofia mit ihr geteilt hat.

Als Erstes öffnet sie die, die mit dem Franzosen in Zusammenhang stehen. Dufort ist kein unbeschriebenes Blatt, was Gefängnisaufenthalte betrifft. Der Ausdruck Berufsverbrecher kommt ihr immer wie eine Fehlbezeichnung vor, als sei das eine Laufbahn, die man mit seinem Berufsberater durchgeht, anstatt über andere normale Jobaussichten zu sprechen, aber im Fall von Dufort passt das Wort. Mit bereits drei Freiheitsstrafen und dem Aufenthalt in einer Jugendstrafanstalt ist Alain Dufort nun wirklich kein Vorzeigebürger.

Seine Vergehen sind über die Jahre immer schlimmer geworden, parallel dazu ist er innerhalb der organisierten Kriminalität aufgestiegen. Angefangen hatte bei ihm alles mit Bagatelldiebstahl, dann kamen Drogendelikte und Körperverletzung hinzu, ehe er seinen ersten

Mord beging. Allerdings war auch Duforts Opfer kein Engel. Viktor Semenov war von Sankt Petersburg nach Paris gezogen und hatte einen Job auf dem Bau angenommen, schließlich war er zu Beginn des Jahres verhaftet worden, weil er seine Freundin krankenhausreif geprügelt hatte. Details zu diesen Ermittlungen liegen Alice nicht vor, sie weiß nur, dass Semenov nicht verurteilt worden war, selbst dann nicht, als die lebenserhaltenden Apparate seiner Freundin abgeschaltet worden waren. Im Leben von Semenov und Dufort konnte die Gendarmerie keinerlei Überschneidungen entdecken, bis zum Abend des Mordes.

Man fand Semenov in einer mit Brettern zugenagelten Bar, direkt auf der Theke, jemand hatte ihm in die Halsschlagader gestochen, die Blutlache sah auf den ersten Blick wie verschüttete Drinks aus und lief wie ein dunkler, klebriger Wasserfall vom Tresen. Im Gegensatz zu ihrem Dad war Dufort noch am Tatort aufgegriffen worden, er kauerte in sich zusammengesunken in einer staubigen Besenkammer, auf dem Schoß wiegte er eine halb leere Wodkaflasche wie ein schlafendes Kleinkind. Der Eispickel, dessen Spitze mit Semenovs Blut verschmiert war, lag auf einem Stapel Papierhandtücher, als die Polizei eintraf. Offenbar hatte jemand den Einbruch in der verlassenen Bar gemeldet.

Die Ergebnisse der toxikologischen Untersuchung hätten genauso gut eins zu eins aus Manny Castillos Akte entnommen sein können. Ein berauschender Cocktail aus Fentanyl und Midazolam. Dufort hatte davon so viel im Blut, dass sein Anwalt geltend machte, es sei höchst unwahrscheinlich, dass Dufort noch ausreichend Koordinationsvermögen gehabt habe, um Semenov anzugreifen, ungefähr wie ein kleines Kind, das unkoordiniert auf eine Piñata einschlägt. Abgesehen von der Stichwunde an der Halsschlagader wies Semenov keine weiteren Verletzungen auf. Mit Sicherheit nichts, das vor dem Mord auf einen wie auch immer gearteten Streit unter Einfluss von Alkohol und Drogen hinweisen könnte – aber genau davon war die französische Polizei bei ihren Ermittlungen ausgegangen.

Genau wie Dad hat auch Dufort seine Unschuld beteuert. Er sei noch spät mit Freunden unterwegs gewesen, von denen sich keiner erinnern konnte, dass Dufort zwischendurch weg gewesen wäre. Sein Handy benutzte er zuletzt, um eine Nachricht an eine alte Flamme zu schicken, mit der er wieder flirtete. Danach Funkstille, von seinem Verschwinden bis zu dem Zeitpunkt, als die Polizei ihn grob wachrüttelte und ihm Handschellen anlegte.

Alice öffnet die Notizen-App auf ihrem Handy und tippt einige Fragen ein, die ihr durch den Kopf gehen. Einige betreffen Dufort, andere Boudreaux, manche beide. Als sie zum zweiten Mal eine Akte über ihren Dad durchgeht, meldet sich der Captain und kündigt den Landeanflug für den Flughafen Charles de Gaulle an. Alice wirft einen Blick aus dem kleinen Fenster und sieht, wie die Silhouette von Paris näher kommt. Nach und nach weicht der Flickenteppich aus Feldern und grünen Wiesen den Gewerbegebieten und Industrieanlagen, während sich das Flugzeug den nördlichen Ausläufern der Metropole nähert.

Die Seine schlängelt sich aus Richtung Süden, und das gelegentlich durch die Wolkendecke brechende Sonnenlicht lässt den Fluss wie Alufolie aufblitzen. Alice bedauert, dass ihr bei ihrem ersten Besuch kaum Zeit bleiben wird, um durch diese Stadt zu schlendern, die so von Geschichte und Kultur durchdrungen ist. Eine Stimme in ihrem Kopf flüstert ihr zu, dass es bei diesem Trip im Wesentlichen um sie selbst gehen wird. Jetzt ergibt sich für sie die Gelegenheit, die große Schwester zu sein, die Fiona braucht, um diese emotional schwierige Situation durchzustehen. Aber da ist noch mehr, denn Dad ging zu Boden, nachdem Alice seine Affäre offengelegt hatte. Dann überließ er seine Familie sich selbst, brach den Kontakt ab und erkundigte sich mit keinem Wort, wie es seinen Töchtern ging. Wenn sie ganz ehrlich zu sich ist, so rechnet sie nicht damit, dass sich irgendetwas anderes ergeben wird als das, was das Geschworenengericht ohnehin schon entschieden hatte. Nämlich den Beweis, dass ihr Vater tatsächlich ein so schlechter Mensch ist, wie sie glaubt, wenn nicht gar schlimmer. Seit langer Zeit hat sie so viel Wut mit sich herumgetragen, und dieser Trip könnte, vielleicht auf eine verdrehte Art und Weise, der Schlussstrich sein, den sie braucht.

Alice durchquert den Ankunftsbereich, schnappt sich ihre Reisetasche vom Band und tritt hinaus in den Sonnenschein des anbrechenden Tages. Sofia hat alles so arrangiert, dass Monteiro sie am Flughafen abholt, aber Alice kann nirgends eine Frau entdecken, die Ähnlichkeiten mit dem Foto aufweist, das Sofia ihr geschickt hat. Draußen am Straßenrand stehen schwarze Taxis Schlange.

Alice schaut auf die Uhr. Kurz vor neun Ortszeit. Sie sind etwas früher angekommen wegen des Rückenwindes. Sie hat eine Nummer von Monteiro und ist gerade dabei, durch ihre Kontakte zu scrollen, ehe sie aufschaut, weil ein karamellfarbener Mini Cooper schwungvoll am Bordstein hält. Trotz der überdimensionalen verspiegelten Sonnenbrille erkennt Alice Monteiro am Steuer, allerdings trägt sie das Haar offen, sodass es ihr federnd bis auf die Schultern fällt, anders als auf dem Foto, das sie gesehen hat. Monteiro wirkt um einiges frischer als Alice, die schon so früh aufgestanden ist. Ihr Haar ist so dunkel, dass es Licht zu absorbieren scheint. Olivfarbene Haut und große, dunkle Augen. Alice schätzt die Frau auf etwa dreißig, auch wenn sie sich da nicht festlegen kann.

»Miss Logan.«

Monteiro kommt ihr entgegen, die Hand ausgestreckt. Alice schüttelt ihr die Hand und versucht, ihrem Lächeln ein bisschen mehr Lebensfreude zu verleihen, als sie tatsächlich verspürt.

»Agent Monteiro. Vielen Dank, dass Sie mir so kurzfristig helfen.«

Monteiro tut das mit einem Achselzucken ab. »Nichts zu danken, und bitte sagen Sie Eva zu mir. Solange ich Sie nicht verhaften muss, komme ich mir bei diesem Agent-Ding wie eine Außerirdische bei *Men in Black* vor.«

Eva lächelt bei ihrem Witz. Sofia hat ihr nicht gesagt, wie gut sie Eva kennt, aber Alice mag die Frau auf Anhieb. Sie fragt sich, wie viel Sofia hat durchblicken lassen. Eva öffnet die Heckklappe, damit

Alice ihre Tasche verstauen kann, ehe sie sich auf den Beifahrersitz sinken lässt. In Paris ist es schon jetzt viel wärmer, und bei dem krassen Temperaturunterschied zwischen dem Nordosten Englands und hier knöpft Alice ihre Jacke auf.

»Möchten Sie noch ein bisschen Schlaf nachholen?«, fragt Eva, und bei dem leichten Akzent tippt Alice auf portugiesische Herkunft, jedenfalls dem Namen nach. »Wir haben eine Fahrt von einer Dreiviertelstunde vor uns, vielleicht sogar eine Stunde, bis nach La Santé.«

»La Santé?«

»Das Gefängnis, in dem Dufort einsitzt. Von dort aus geht es weiter zum NCB.«

»NCB?«

Es kommt ihr so vor, als habe die recycelte Luft aus der Klimaanlage während des Fluges ihren Geist benebelt.

»Das National Central Bureau. So nennen wir die Einheit, bei der wir mit der örtlichen Polizei zusammenarbeiten. Sie möchten Agent Boudreaux sprechen, richtig?«

Alice nickt. »Ja, gerne. Sie kennen ihn?«

Etwas verändert sich in Evas Mimik, obwohl es kaum wahrnehmbar ist. Im nächsten Augenblick ist alles wie vorher, aber es ist Alice Bestätigung genug, dass Monteiro diesen Mann kennt – und nicht unbedingt gut auf ihn zu sprechen ist.

»Ja, ich kenne ihn.«

Dabei bleibt es, mehr kommt nicht. Alice lässt es fürs Erste dabei bewenden.

»Erwartet er mich?«

Eva verneint mit einem Kopfschütteln. »Sofia hielt es für besser, wenn er vorab nichts von Ihrem Besuch erfährt. Ich weiß aber, dass er heute Morgen bei einem Meeting der Taskforce dabei sein wird. Wir fahren zuerst nach La Santé, dann haben wir jede Menge Zeit, um beim NCB aufzuschlagen. Vielleicht möchten Sie ja zwischendurch erst noch frühstücken?«

Bei der Erwähnung von Essen fängt es in Alice' Magen an zu gluckern.

»Hört sich gut an«, meint sie und denkt, dass sie jetzt etwas vertragen könnte, um ihre Nerven zu beruhigen, die wie Alka-Seltzer-Brausetabletten vor sich hin sprudeln.

Offenbar hat Eva Alice' Gedanken erraten. Entweder das oder ihr Magengrummeln hat sogar die Motorengeräusche übertönt.

»Auf dem Weg nach La Santé ist eine kleine Bäckerei, wenn Sie mögen?«

Alice nickt begeistert, ihre Geschmacksknospen melden sich bei dem Gedanken an frisches Gebäck.

»Wie ist denn Agent Boudreaux so? Wenn man beruflich miteinander zu tun hat, meine ich.« Alice tastet sich vor, während sie auf die Autobahn fahren und dem Verkehr in südlicher Richtung folgen. Alice zählt im Stillen bis drei, ehe Eva antwortet.

»Er ist ein guter Agent«, sagt sie in unverbindlichem Ton, kurz und knapp, als sei jede weitere Info absolut übertrieben. Doch im Grunde beantwortet das die Frage für Alice nicht.

»Haben Sie schon bei mehreren Fällen mit ihm zusammengearbeitet?«

»Bei einigen, ja«, räumt Eva ein. »Und daher weiß ich, dass er keine Überraschungen mag.«

»Sie meinen, Überraschungen im Sinne von Anwältinnen, die mit dem Flugzeug anreisen, um ihm Fragen zu stellen?«

»Wenn Sie es so ausdrücken«, erwidert Eva, ohne die Miene zu verziehen, »wird er Sie mögen. Sie werden schon mit ihm klarkommen.«

Alice entschlüpft ein nervöses Lachen. »Irgendwelche Tipps, wie man ihn auf seine Seite zieht?«

Eva überlegt einen Moment. »Seien Sie geradeheraus. Fragen Sie, was Sie fragen müssen, keinen Bullshit.«

Alice ist sich trotzdem ziemlich sicher, dass Boudreaux ihre Fragen nicht gefallen werden, aber sie ist ja schließlich nicht umsonst schon vor Sonnenaufgang aufgestanden. Auf beiden Seiten des Atlantiks ist sie Richtern und Anwälten energisch entgegengetreten: vor allem Staatsanwälten, die mehr als erpicht darauf waren, Leute in eine kleine Zelle zu schicken, für Verbrechen, die sie nicht in jedem Fall begangen hatten. Sie hat Staatsanwälte erlebt, voller selbstgerechter Empörung gegenüber jedem, der es wagt, sich ihnen zu widersetzen. Dennoch kann sie spüren, wie ihr Unterbewusstsein die Sache aufbauscht und alles an sich zu reißen droht, was sie hier zu tun gedenkt. Sie darf sich nicht so sehr davon vereinnahmen lassen, dass sie am Ende noch eine Panikattacke bekommt.

Sie begnügen sich mit Small Talk, reden über die Landschaft um sie herum, die Bebauung, die immer dichter wird. Schließlich, nach knapp fünfzig Minuten, zwei Croissants und einem doppelten Espresso später, kommt La Santé in Sichtweite. Der Gegensatz zwischen dem französischen Gefängnis und den Fotos von Raiford, die sie gegoogelt hat, könnte kaum größer sein. Anders als Raiford, mehrere Kilometer entfernt von der nächsten Großstadt, liegt La Santé genau im Herzen der Zivilisation. Der Gebäudekomplex wirkt wie eine eigene Stadt hinter Backsteinmauern, die gut zehn Meter in die Höhe ragen. Etwas an der konturenlosen Fassade erinnert an das trostlose Tiefland Floridas.

Alice ist mit der Einrichtung nicht vertraut, aber sie googelt kurz während der Fahrt und erfährt, dass die Anstalt bis zur Französischen Revolution zurückreicht. Im Laufe der Zeit saßen dort bekannte Gefangene ihre Haft ab, etwa Carlos, der Schakal, jener berüchtigte Terrorist aus den Siebzigern, oder einige prominente Nazi-Kollaborateure. Seit 1977 hat es in Frankreich keine Hinrichtungen mehr gegeben, aber La Santé hat in seiner Geschichte einige erlebt. Die Mauern haben ihre ganz eigene Ausstrahlung, ein Gewicht, das weit über Backsteine und Mörtel hinausgeht. Ein Gewicht, das von einem Leben im Innern zeugt, das kein Mensch je ertragen sollte. Trotzdem, ein Leben ist mehr, als ihrem Vater bleibt. Ganz gleich, was für ein

Elend sich innerhalb der Mauern abspielt, die meisten Insassen verlassen die Anstalt eines Tages wieder.

Obwohl Alice weiß, dass sie nur kurz in La Santé sein wird und jederzeit wieder gehen kann, spürt sie, wie die Mauern sie regelrecht einschließen, als sie über die Schwelle tritt. Sie fühlt sich von unsichtbaren Klauen erfasst.

14. Kapitel

Dienstag – noch sechs Tage

Obwohl Eva über die entsprechende Legitimation verfügt, dauert es ewig, bis sie durch die Kontrollen sind – ein langsamer, ermüdender Prozess vom Gehweg bis in den Wartebereich. Als sich dann aber die entscheidende letzte Tür öffnet, kommt es Alice so vor, als habe jemand auf die Vorspultaste gedrückt. Ihr bleibt keine Zeit, ihre Gedanken zu sammeln. Dufort sitzt an einem Tisch, der am Fußboden verschraubt ist, und starrt sie schweigend an. Seine Handschellen sind zur Sicherheit mit einem Stahlring verbunden, der in die Tischoberfläche eingelassen ist. Laut Akte ist er französisch-algerischer Herkunft. Er ist sechsunddreißig Jahre alt, aber das Leben – oder das Gefängnis – ist nicht gerade nett zu ihm gewesen. Beides zusammen vermutlich. Ein milchiger Film liegt auf einem seiner Augen, von der Stirn bis zu eben jenem Auge zieht sich eine tiefe Narbe. Hat er sich diese Verletzung vor der Zeit im Gefängnis zugezogen, oder ist so etwas der Preis, den man bezahlen muss, wenn man hier drin überleben will? Die Haare sind komplett abrasiert, die Kopfhaut sieht aus wie ein fleckiges Scheuertuch, als habe er bei einem blinden Friseur gesessen.

Das gesunde Auge ist fest auf Alice gerichtet, als könne er spüren, dass sie keine Polizeibeamtin wie Eva ist. Als könnte er besser mit ihr fertigwerden. Etwas in seinem Auge glimmt auf, wie bei einem Tier, das sich auf seine Beute konzentriert. Alice ist nicht zum ersten Mal einem Kräftemessen aus Blicken ausgesetzt, und so hält sie Duforts Blick stand, während sie im Stillen bis drei zählt. Ein Zucken huscht über seine Mundwinkel, und ein kaum wahrnehmbares Nicken verrät ihr, dass sie die erste Hürde gemeistert hat.

»Ich sage Bescheid, wenn wir hier fertig sind«, sagt Eva zu dem Wärter, der an der gegenüberliegenden Wand steht. Das tadellos saubere weiße Hemd spannt sich über seinem Bauchansatz, der Mann hat eine Miene aufgesetzt, als habe er soeben in eine Zitrone gebissen.

»*Mes ordres sont de rester ici.*«

Alice kann kein Französisch, aber sein Tonfall ist unmissverständlich.

»*Vos ordres sont ce que je dis qu'ils sont*«, schießt Eva zurück und switcht dann ins Englische, während sie ihr Jackett so weit zurückschlägt, dass man den Griff ihrer SIG Sauer sehen kann. »Und jetzt lassen Sie uns allein. Er wird nirgendwo hingehen.«

Der Wärter sieht sie finster an, aber nur ganz kurz, weiß er doch, dass er in diesem Raum nicht das Sagen hat und sich seine Autorität allein auf den Gefangenen beschränkt. Alice nickt Eva dankbar zu, als der missgelaunte Franzose rechter Hand die Bühne verlässt.

Dufort sieht die beiden Frauen an, und ein Anflug von Unsicherheit liegt in seinem Blick. Alice ergreift die Initiative, tritt vor, zieht einen der beiden Plastikstühle zurück, die sie an die Schulzeit erinnern, und nimmt gegenüber von Dufort Platz.

»Mr. Dufort, danke, dass Sie Zeit für mich haben«, sagt sie, als habe er ihr Audienz gewährt. Aber Manieren kosten nichts. Sie wird die gedehnte Version der Wahrheit darlegen, so, wie sie es am Abend zuvor mit Sofia besprochen hat. Mit keinem Wort wird sie im Beisein dieses Mannes zugeben, dass es um das Leben ihres Vaters geht. Es ist viel einfacher, wenn die ganze Sache nicht persönlich gefärbt ist.

»Ich heiße Alice Logan. Ich weiß nicht, inwieweit man Ihnen gesagt hat, warum Sie jetzt hier sind, aber ich bin Anwältin. Ein Mann soll in sechs Tagen sterben, wenn Sie keine Hilfe anbieten.«

Er verschränkt die haarigen Arme vor der Brust, als Alice ihre Visitenkarte über den Tisch schiebt. Tätowierungen aus Wirbelmustern ziehen sich wie Ärmel über seine Unterarme, Duforts Lippen bilden einen dünnen Strich, während er misstrauisch einen flüchtigen Blick auf die eierschalenweiße Karte wirft. Alice spricht ungerührt weiter.

»Es gibt da ein paar ungewöhnliche Parallelen in Ihrem Fall und im Fall des Mannes, von dem ich gesprochen habe, und«, sie stößt einen langen, effekthaschenden Seufzer aus, »nun ja, ich greife nach jedem Strohhalm, aber wie ich immer sage: Der einzige Ort, an den das Wort Zufall gehört, ist das Lexikon. Und hier bin ich also.«

Sie lehnt sich auf ihrem Stuhl zurück, spürt das harte Plastik zwischen den Schulterblättern und macht eine ausladende Geste mit beiden Händen, wobei sie mit den Schultern zuckt, als wolle sie damit kundtun: Was, zum Teufel, mache ich hier eigentlich? Dufort ist starr wie eine Statue, sein Blick haftet auf Alice, doch alles in diesem Blick verströmt Teilnahmslosigkeit. Einen Moment lang hält er das Schweigen durch, ehe sein Blick zu Eva gleitet.

Dann verzieht er verwirrt das Gesicht. *»Je ne comprends pas l'anglais«*, sagt er achselzuckend.

Der Sinn lässt sich leicht erschließen, egal in welcher Sprache. Er hat kein Wort von dem verstanden, was sie gerade gesagt hat. Alice ärgert sich, dass sie das nicht vorab geklärt hat, aber seit der Landung am Morgen hat sie das Gefühl, alles in Eile erledigt zu haben: die endlosen Laufbänder am Flughafen Charles de Gaulle, die Autofahrt in Richtung La Santé, auf der sie sich erst einmal sammeln musste. Ein rascher, hilfesuchender Blick zu Eva. Agent Monteiro sieht stinksauer aus und straft Dufort mit einem wütenden Blick. Die beiden starren sich einen Moment an wie bei einem klassischen Mexican Stand-off, mit ihrem Blick könnte Eva einen Minenschacht bohren, doch schließlich verzieht Dufort den Mund zu einem breiten Lächeln. Ein Lachen bringt er nicht zustande, es klingt eher wie ein leises Gurgeln.

»Ich mache doch nur Spaß mit Miss Logan. Mein Englisch ist ganz okay«, sagt er mit starkem Akzent, zieht die Vokale ungewöhnlich in die Länge, sodass es wie *Ee-nglisch* klingt. *»Un petit peu*, ein kleines bisschen.« Dufort hält Zeigefinger und Daumen einen Zentimeter auseinander. Alice wirft Eva ein nervöses Lächeln zu und geht noch einmal die Handvoll Fragen durch, die sie sich während des Fluges zurechtgelegt hat.

»Ich habe nicht viel Besuch, schon gar nicht zwei so nette Besucherinnen wie Sie, *non?*« Er lässt den Blick über Alice huschen, seine dunklen Augen geben keine Ruhe, und Alice muss sich zwingen, keine Grimasse zu schneiden. »Dieser Klient von Ihnen, er ist auch unschuldig, ja?«

Wieder ein glucksender Laut, leise, wie ein tuckernder Motor im Leerlauf – wie es scheint, amüsiert er sich über seinen Versuch, einen Scherz zu machen. Alice geht nicht weiter darauf ein. Sie darf nicht die Kontrolle über dieses Gespräch verlieren, muss wieder auf Kurs kommen.

»Ich hatte gehofft, Sie könnten mir dabei helfen, es herauszufinden«, sagt sie.

»Und inwieweit geht mich das etwas an?«, fragt er, unbekümmert wie ein Mann, der sich um nichts und niemanden mehr Sorgen zu machen braucht.

Alice möchte nicht mehr als nötig preisgeben. Selbst wenn im Fall ihres Vaters schlampig ermittelt wurde, bedeutet das noch nicht, dass Dufort einfach so aus dem Gefängnis freikommt, obwohl das genau der Strohhalm ist, an den sich der Mann klammern wird, der ihr jetzt gegenübersitzt. So vermutet sie jedenfalls. Wie dem auch sei, irgendwo muss sie ja anfangen, daher schildert sie grob den Fall ihres Vaters, verweist auf die Parallelen im toxikologischen Bericht und betont, dass die Ermittler nicht weiter nachgeforscht haben, nachdem ihnen der Tatverdächtige sozusagen auf dem Silbertablett serviert wurde.

»Die Mischung der Substanzen in Ihrem Blut war identisch mit der von Jim Sharp, dann die Parallelen an den Tatorten, da stellen sich einem automatisch Fragen, wissen Sie? Nämlich, ob diejenigen, die die Ermittlungen leiteten, einem Bestätigungsfehler unterlagen.«

Sein verwirrter Blick verrät ihr, dass er ihr nicht folgen kann.

»Damit meine ich, ob die Leute fundierte Ermittlungen durchgeführt haben oder ob sie die Beweise so interpretiert haben, dass die Ergebnisse zu dem passten, was sie schon im Voraus vermuteten.«

»Damit wollen Sie sagen, dass die uns reingelegt haben, mich und diesen Jim Sharp?« Wieder die lang gezogenen Vokale. *Jiim Sharp.*

»Nein, nein, das will ich damit nicht sagen«, meint Alice. »Niemand wurde hier reingelegt, niemand hat irgendwem Beweise untergeschoben. Nichts dergleichen. Was ich meine, ist, dass Polizeibeamte sich manchmal zu schnell auf ein Ergebnis festlegen, auf einen Verdächtigen. Dann fangen sie an, die Beweise und Fakten auf eine Art und Weise zu betrachten, die die eigene Theorie bestätigt, sodass alles andere ausgeschlossen wird.«

»Also, wenn Sie damit sagen, dass die Polizei nichts falsch macht, warum sind Sie dann hier? Ich bin schließlich ein wichtiger Mann, habe noch was vor, muss jede Menge Leute treffen. Mir bedeutet das nichts.«

Dufort ruft laut etwas auf Französisch über die Schulter. Im nächsten Moment schwingt die Tür auf, als habe der Wärter dort gelauscht, das Ohr an die Tür gepresst, aber Eva schickt ihn mit einer unmissverständlichen Geste weg, ehe er auch nur einen Fuß in den Raum setzen kann.

»Was ich Ihnen mitteilen möchte, Mr. Dufort, ist kein Beweis für irgendein Fehlverhalten«, sagt sie, wobei sie ihre Worte mit Bedacht wählt. »Aber Sie können das gerne an Ihren Anwalt weitergeben, wenn es Ihnen hilft. Einer der Beamten aus dem Team, der Sie verhaftet hat, war früher einmal Detective in Florida. Er war auch an dem Fall beteiligt, der diesen Klienten in den Todestrakt gebracht hat.«

Damit hat sie seine Aufmerksamkeit, das sieht sie an der Art und Weise, wie sich seine Augen leicht verengen. Als hätte er eine günstige Gelegenheit entdeckt, die es auszunutzen gilt.

»Und dieser Beamte … Sie glauben, dass er einen … Bestätigungsfehler gemacht hat, ja?«

»Es könnte sein, ja. Das ist, was ich näher untersuchen möchte«, sagt Alice mit einem Schulterzucken.

»Und wenn ich Ihnen dabei helfe«, sagt Dufort und lehnt sich so weit vor, wie seine Handfesseln es zulassen, »wie werden Sie dann *mir* helfen?«

Obwohl sie gut einen Meter voneinander entfernt sitzen, weht ein ranziger, schweißiger Geruch herüber, der alles aussagt über viel zu lange Tage in viel zu kleinen Räumen. Da ist ein Funkeln in seinen Augen, das auf Verhandlungsbereitschaft hindeutet.

»Ich habe keine Lizenz, um in Frankreich tätig zu werden, Mr. Dufort.«

»Und mein Fall ist in Frankreich, nicht in Florida, trotzdem sind Sie den langen Weg gekommen, um mit mir zu sprechen«, sagt er, wobei er trotzig die Unterlippe vorschiebt, als fühle er sich von ihr beleidigt.

Aus der Akte, die sie während des Fluges gelesen hat, ist ihr klar geworden, dass Frankreich besser dran ist, wenn Dufort hinter Schloss und Riegel bleibt, selbst wenn er aufgrund einer Laune des Schicksals unschuldig an diesem jüngsten Verbrechen ist. Aber es steht ihr nicht zu, darüber ein Urteil zu fällen. Der Tag, an dem sie damit anfängt, wäre der Tag, an dem sie die Gastfreundschaft auf dieser Seite des juristischen Tisches überbeansprucht.

»Ich kann Ihnen nichts versprechen, Mr. Dufort, aber als Gegenleistung für die Hilfe, die Sie mir anbieten, werde ich ganz bestimmt alles, was Ihnen helfen könnte, an die französischen Behörden weiterleiten.«

Er fährt sich einmal mit der Zunge über die Zähne in der Farbe von Elfenbein, neigt den Kopf zu einer Seite, scheint abzuwägen, was er tun soll.

»Okay«, sagt er schließlich. »Wir haben einen Deal, *non?* Sie haben ein Gesicht, dem ich vertraue.«

Er hält ihr die Hand hin, als wolle er eine Vereinbarung besiegeln, aber er kommt nicht weit, wie ein Hund an einer zu kurzen Kette.

Alice starrt einen Moment auf diese Hand, als stünde sie unter Strom. Sie ist kurz davor, den Vorsatz zu überwinden, unter solchen Bedingungen auf jeden Fall Distanz zu wahren. Aber im selben Moment mischt sich Eva ein.

»Genug mit dem Flirten, Dufort. Sollten wir irgendetwas herausfinden, lassen wir es Sie wissen.«

Alice verfolgt dankbar, wie Dufort die rechte Hand mithilfe der linken zurückzieht. Seine Augenbrauen schießen nach oben.

»Was wollen Sie denn wissen?«

Alice geht darauf ein und arbeitet sich durch eine Reihe Fragen, die mit dem Abend seiner Festnahme und den Beamten zu tun haben, die ihn mit auf die Wache genommen haben: Vor allem aber will sie wissen, inwieweit er sich noch an die Ereignisse erinnern kann, bevor er in der Bar wieder zu sich kam. Das ist ihre Komfortzone, wo sie in einen regelrechten Flow kommt. Dabei vergisst sie, wer der angebliche Klient tatsächlich ist, und schert sich auch nicht mehr um die Last, die sie mit sich herumträgt, weil ihre Schwester nichts Geringeres als ein Wunder von ihr erwartet.

»Ich weiß nichts mehr, aber nachts richtig einen draufzumachen, das kam öfter vor«, sagt er, wieder mit einem anzüglichen Blick, bei dem ihre Haut zu jucken beginnt.

»Verzeihen Sie die Frage, Mr. Dufort, aber die Drogen, die man bei Ihnen im Blut nachgewiesen hat, haben Sie diese Substanzen vorher schon einmal genommen?«

»Ich könnte die Namen von dem Zeug nicht mal buchstabieren, und nehmen würde ich das schon gar nicht«, meint er. »Klar, manchmal gönn ich mir ein bisschen Koks, wer tut das nicht?« Wieder das Heben der Augenbrauen, als wolle er sagen: Komm schon, was ist gegen ein paar Gramm unter Freunden einzuwenden? »Aber nichts wie das, was die angeblich bei mir gefunden haben.«

»Wie sind die Substanzen dann in Ihr Blut gekommen?«

Er schüttelt langsam den Kopf, während er über ihre Frage nachdenkt. »Ich würde sagen, fragen Sie doch meinen Kumpel Viktor, aber wie ich höre, soll er nicht mehr sehr gesprächig sein.«

Wieder dieser Galgenhumor. Aber er nutzt sich allmählich ab, ist dünner geworden als das ohnehin schon hauchdünne Furnier, mit dem er begann. Weniger als fünf Minuten in einem Raum, der doppelt so groß ist wie Duforts Zelle? Und schon fühlt sie sich von den Wänden eingeengt.

»Hören Sie, ich will ja nicht so tun, als wäre ich ein netter Typ. Ich bin kein Gentleman, den Sie Ihrer *Maman* vorstellen würden, aber das ist nicht meine Art, Geschäfte zu machen. Nicht so schlampig wie das«, fügt er hinzu, als sei Mord eine Kunstform, die man beherrscht, perfektioniert, auf die man stolz ist. »Ich weiß auch nicht, vielleicht hat mir einer was in meinen Drink gekippt. Ich habe Feinde. Sie haben mir gerade von diesem Agent erzählt, der nicht richtig ermittelt hat. Ich könnte Ihnen eine Liste von Leuten vorlegen, die froh sind, dass ich hier einsitze.«

Alice ist im Begriff, ihm eine Frage zu stellen, die sich für sie unwahrscheinlich anfühlt; ob Alain Dufort ihren Dad kennt oder ob es irgendeine Verbindung zu Florida gibt, als die Tür hinter dem Gefangenen aufgeht und der Wärter wie ein Troll unter einer Brücke auftaucht.

»Wir sind noch nicht fertig«, fährt Eva ihn an. »Sie stören schon wieder, ich werde mich bei Ihren Vorgesetzten beschweren.«

Er setzt ein selbstgefälliges Grinsen auf. »Nur zu, Madame. Der Gefängnisdirektor, er heißt übrigens Monsieur Touissant. Ich habe eine Nachricht von ihm für Miss Logan.«

»Eine Nachricht für mich?« Alice runzelt die Stirn. Sie hat noch nicht einmal mit diesem Mann gesprochen. Was für eine Nachricht könnte er also für sie haben?

»*Oui*, Mademoiselle. Er hat mich gebeten, Ihnen mitzuteilen, dass Agent Boudreaux an der Rezeption auf Sie wartet.«

15. Kapitel

Dienstag – noch sechs Tage

Alice' Handflächen fühlen sich schweißfeucht an, als sie dem Wärter durch das Labyrinth aus Gängen folgt. Eva ist unmittelbar an ihrer Seite.

»Woher, zum Teufel, weiß er überhaupt, dass ich hier bin? Ich dachte, Sie hätten ihm nichts erzählt?«

Evas Augen funkeln bei diesem Vorwurf. »Habe ich auch nicht.« Den Rest des Weges legen sie schweigend zurück, durch Korridore, deren Mauern so dick sind, dass bestimmt kein Laut nach außen dringen würde. Alice weiß nicht, was sie von Boudreaux' Anwesenheit hier halten soll, sie findet den Gedanken bedrückend, fast erschreckend, aber auch aufregend – all diese Empfindungen ballen sich in ihrem Bauch zu einem dicken Knoten zusammen. Klar ist, dass Boudreaux in die Offensive gegangen ist und das erste Treffen zu seinen Bedingungen stattfindet. Was erneut die Frage aufwirft, woher er überhaupt wusste, dass ein Treffen anstand. Aber für Spekulationen bleibt keine Zeit, da sie um die letzte Ecke biegen und einen kleinen, spärlich möblierten Raum im Besucherzentrum betreten: den Rezeptionsbereich.

Luc Boudreaux trägt Jeans und ein Jackett, er schaut gerade in eine andere Richtung, dreht den Kopf aber ruckartig zur Tür, als Alice und Eva den letzten Durchgang passieren. Zum ersten Mal steht Alice von Angesicht zu Angesicht dem Mann gegenüber, der daran beteiligt war, ihren Vater in den Todestrakt zu schicken.

Boudreaux ist Anfang vierzig. Er sieht wie ein Hafenarbeiter und nicht wie ein klassischer Detective aus. Zerzauster dunkler Haarschopf, die beiden obersten Knöpfe seines hellen Leinenhemds sind offen, das Wildleder seiner Caterpillar-Stiefel ist zerschrammt. Er ist einen halben Kopf größer als Alice, etwa 1,80, mit leichtem Bauchansatz. Eher die Beine eines Radfahrers als die eines Läufers. Wache, intelligente Augen in einem wettergegerbten Gesicht. In seinem Stoppelbart ist die Andeutung einer Narbe zu erkennen. Ein alles in allem faszinierendes Gesicht, das sie womöglich einen Moment länger mustert, als sie sollte.

Während des Fluges über den Kanal hat Alice ein paar gedankliche Trockenübungen gemacht. Und sich überlegt, die Sache als Anwältin anzugehen, nicht als Tochter. Vielleicht hat sie die bedrückende Atmosphäre von La Santé noch nicht abgeschüttelt. Vielleicht glaubt sie selbst noch nicht so recht an diese Mission, an diesen Begnadigung-in-letzter-Minute-Scheiß, in den Fiona sie verwickelt hat, indem sie ihr Schuldgefühle eingeredet hat. Oder es liegt an der Art und Weise, wie Boudreaux sie zu mustern scheint. Was auch immer, sie zögert einen Moment, gerät kurz ins Straucheln und ärgert sich über sich selbst, als Boudreaux auf sie zukommt, um sie zu begrüßen.

»Miss Logan«, sagt er und streckt ihr nach einer kurzen Pause die Hand entgegen.

»Agent Boudreaux, was für eine Überraschung, Sie zu sehen. Ich hatte eigentlich vor, Sie zu treffen, sobald ich hier fertig bin.«

»Das hatte ich vermutet«, erwidert er, ohne zu erklären, wie er zu dieser Vermutung gekommen ist. »Tja, so sparen Sie sich eine Fahrt. Wenn Sie sich allerdings telefonisch gemeldet hätten, hätte ich Ihnen bestimmt die gesamte Reise ersparen können.«

Alice setzt ein höfliches Lächeln auf. »Ich war mir nicht sicher, ob Sie meinen Anruf entgegengenommen hätten.«

Boudreaux' Blick schweift kurz ab, in Evas Richtung, und etwas geht bei diesem Blickkontakt vor sich, das Alice nicht deuten kann.

»Ich warte dann im Auto auf Sie«, sagt Eva und nickt Boudreaux knapp zu, als sie den Raum verlässt.

»Kommen Sie, schnappen wir ein bisschen frische Luft«, schlägt Boudreaux vor. »Ich kriege in diesen Räumen immer schnell Klaustrophobie.«

Sie verlassen die Haftanstalt durch das System aus Toren und Korridoren und stehen wenig später auf der Rue de la Santé. Alice wird von einer kühlen Brise erfasst, eine Vorahnung, dass der Winter kalt wird. Sie sieht, wie Eva ein ganzes Stück die Straße hinunter in ihr Auto steigt, aber Boudreaux schlägt die entgegengesetzte Richtung ein, in ruhigem, entspanntem Tempo.

»Ich weiß, dass Sie einen weiten Weg auf sich genommen haben, um mich zu treffen«, sagt er und wirft ihr einen Seitenblick zu. »Diese Hauptermittlerin, Sie kennen sie?«

»Ja, Sofia Marquez.«

»Nun, wie ich ihr gestern schon gesagt habe, der Fall Jim Sharp ist wasserdicht.«

Alice versucht, seinen Akzent einzuordnen. Wie er die einzelnen Worte betont. Ob er ein Cajun aus Louisiana ist? Bei dem französischen Nachnamen vielleicht.

»Wenn ich mich recht erinnere, hatten wir DNA, Blut, Fingerabdrücke. Es bringt nichts, so unmittelbar vor seinem Termin ein Fass aufzumachen.«

Termin. Als würde Dad jemanden in sechs Tagen treffen, vielleicht auf einen Drink!

»Was ist mit dem anderen Anwalt?«, erkundigt er sich.

Boudreaux ist gut genug vernetzt, um zu wissen, dass sie in Paris aufkreuzt, aber offenbar geht er davon aus, dass sie bloß eine Anwältin ist, weiter nichts. Für sie ist es jedenfalls einfacher, wenn er ihr keine familiären Interessen oder Verstrickungen vorhalten kann. Nicht zum ersten Mal ist sie heilfroh, dass sie den Mädchennamen ihrer Mutter angenommen hat.

»Dazu hat Jim nicht viel gesagt«, antwortet sie. »Allerdings hatte er eine Menge zu seinem Fall zu sagen. Zu Dingen, die übersehen wurden.«

Ein breites Grinsen überzieht Boudreaux' Gesicht. »Übersehen? Das müssen Sie mir näher erklären. Da waren wir wohl zu sehr damit beschäftigt, all diese eindeutigen forensischen Beweise zu sichten, die ganz klar darauf hindeuten, dass er es getan hat. Aber erzählen Sie mir doch, was genau wir übersehen haben sollen.«

»Sie meinen, abgesehen von dem Augenzeugen, den Sie und Ihr Team nirgends auftreiben konnten?«

»Oh, der Obdachlose?« Boudreaux klingt, als wäre er amüsiert.

»Genau der.«

»Das ist ja nicht unser Versäumnis, wenn er untertaucht. Aber bei all den Beweisen, die wir hatten, hätte auch ein Trunkenbold im Zeugenstand aussagen können, wenn er denn gekommen wäre, und es hätte keinen Unterschied mehr gemacht.«

Alice kennt Luc Boudreaux nicht gut genug, um sagen zu können, ob etwaige Versäumnisse auf Können oder Wollen zurückzuführen sind. Hätte er seinen jetzigen Job überhaupt bekommen, wenn es ihm an grundlegenden Ermittlungsfähigkeiten mangeln würde? Allerdings weiß sie einige Details über ihn, die sie während der Reise über ihn gegoogelt hat. Es ist an der Zeit, ein paar dieser Details wie Wasserbomben in der Unterhaltung fallen zu lassen. Um zu sehen, was dann an die Oberfläche kommt.

»Aus dem, was ich bisher gelesen habe, kann ich entnehmen, dass Sie noch nicht einmal Glück bei den Zeugen hatten, die Sie tatsächlich finden konnten.«

Sie spürt erste Anzeichen von Verärgerung bei ihm. Und weiß, dass sie einen Treffer gelandet hat. Die Story, die sie gelesen hat, fällt in eine Zeit wenige Jahre nach der Verhaftung ihres Dads. Ein aufsehenerregender Mordprozess gegen einen gewissen Mario Higuita, einen Gangsterboss aus Orlando. Der Prozess geriet nach Vorwürfen, ein Zeuge sei von der Polizei zu einer Aussage gezwungen worden, ins Stocken. Boudreaux und sein damaliger Partner, ein Veteran namens Danny Allan, wurden von einem Zeugen in die Pfanne gehauen, den sie ausfindig gemacht hatten und der anfangs aussagte, er habe gesehen, dass Higuita den Abzug betätigte. Später behauptete der Zeuge, die Detectives hätten ihn zu dieser Aussage gedrängt, mehr noch, sie hätten ihm damit gedroht, ihm Drogen unterzuschieben, wenn er es nicht tun würde. Nichts wurde je bewiesen, aber die Sache warf einen langen Schatten, aus dem sich Boudreaux erst lösen konnte, als er einen ganzen Ozean überquerte.

Das Ende vom Lied war, dass Higuita auf freien Fuß kam, und die andere Hauptzeugin, die ihn hätte belasten können – eine sechsundzwanzigjährige Frau namens Nancy Killigan –, wurde wenige Wochen danach tot aus dem Fluss gefischt. Boudreaux schleppt ihren Tod immer noch wie einen Anker um den Hals mit sich herum. Hätte er seinen Job besser gemacht, säße dieser Higuita jetzt hinter Gittern, und Nancy Killigan könnte noch am Leben sein.

»Wenn Sie auf den Prozess gegen Higuita anspielen ... Ich wurde von jeglichem Fehlverhalten freigesprochen«, sagt er und lässt ein Lächeln folgen, in dem keine Wärme zu finden ist. Es ist eher ein Blecken der Zähne, nichts verändert sich rund um seine Augen. »Was ich über Sharp gesagt habe, bleibt so stehen. Das war ein klarer Fall.«

»Das kann man so oder so sehen«, meint Alice und verschränkt die Arme.

Sie stehen über einen Meter voneinander entfernt, aber es fühlt sich wie ein Face-Off vor dem Boxkampf an, Nase an Nase. Der Staredown geht mehrere Sekunden.

Boudreaux unterbricht den Blickkontakt als Erster. »Kann sein, aber als ich mich zuletzt dafür interessierte, war ich nicht der Einzige, der ihn dahin gebracht hat, wo er jetzt ist. Zwölf andere waren einer Meinung mit mir.«

»Ein Urteil ist nur so gut wie die Beweislage, auf der es fußt.«

»Und?«

»Und man könnte die Wände des Gerichtssaals zupflastern mit den Dingen, die übersehen wurden.«

»Hören Sie doch auf! Das Einzige, was die Sache noch eindeutiger hätte machen können, wäre ein Geständnis gewesen.«

»Haben Sie sich überhaupt näher mit den Substanzen beschäftigt, die er im Blut hatte? So ein Zeug kann man nicht einfach so an irgendeiner Straßenecke kaufen.«

»Was tut es zur Sache, wo er es gekauft hat?«, hält Boudreaux dagegen und kommt einen halben Schritt näher, die Hände tief in den Taschen vergraben.

»Wissen Sie eigentlich, warum ich vorhin dort gewesen bin?« Alice deutet in Richtung der hoch aufragenden Mauern von La Santé. »Und mit wem ich gesprochen habe?«

Boudreaux gibt einen verächtlichen Laut von sich, schürzt die Lippen. »Woher soll ich das wissen, verdammt? Wer auch immer es war, es ändert nichts für mich, auch nicht für Jim Sharp.«

»Dadrin sitzt ein Mann lebenslänglich wegen Mordes, und dieser Fall ist nahezu identisch mit dem, den Sie Jim Sharp angehängt haben. Ein Mann mit genau dem Drogencocktail im Blut, bei dem er vielleicht gerade noch in der Lage ist, einen fahren zu lassen, aber ganz bestimmt niemandem die Kehle aufschlitzen kann. Wieder ein angeblicher Täter, der gerade ins Bild passte und quasi auf dem Silbertablett serviert wurde, und alles so sauber und perfekt, dass niemand auch nur für eine Sekunde eine andere Möglichkeit in Betracht zog. Eine vollkommen uninspirierte Ermittlung, wie Sie sie schon bei Jim Sharp durchgeführt haben. Jedes halbwegs gute Kreuzverhör hätte die Anklage zerpflückt.«

Alice sieht, wie etwas in Boudreaux' Augen aufflammt.

»Und natürlich würde ein Richter das als objektives Argument ansehen.«

Es hat den Anschein, als trete die Straße vollkommen in den Hintergrund, Alice hat plötzlich diesen Tunnelblick, den sie bekommt, wenn sie sich bei der Verhandlung intensiv mit einem Zeugen auseinandersetzt.

»Sie wollen mir allen Ernstes erzählen, dass es Ihnen gefällt, das Leben eines Menschen zu vergeuden, obwohl Ihnen bewusst ist, dass es da noch Seitenpfade gab, die Sie hätten erforschen können, und sei es nur, um sie auszuschließen, wenn Sie sich Ihrer Sache so verflucht sicher sind? Das Leben eines Menschen wäre diesen Versuch wert gewesen.«

Sie überrascht sich selbst mit diesem letzten Satz. Nicht, dass sie ihn ausgesprochen hat, sondern dass sie es auch so meint, wenn es um ihren Dad geht. Dass der Groll, der allein bei der Erwähnung ihres Vaters normalerweise in ihr aufsteigt, spürbar nachgelassen hat. Als hätte sie für einen Moment vergessen, dass es hier um ihn geht und nicht um irgendeinen Klienten, der darauf wartet, wie ein streunendes Tier getötet zu werden.

»Also gut, hören Sie«, sagt Boudreaux im Geschäftston, »ich bin hier rausgefahren, weil ich dachte, ich könnte Ihnen die Fahrt ins Büro ersparen. Sie wissen schon, die Sache ein bisschen beschleunigen, damit Sie einen früheren Flieger nach Hause nehmen können. Ob ich mir manchmal Vorwürfe mache, wenn Dinge schieflaufen? Darauf können Sie Gift nehmen. Das heißt aber noch lange nicht, dass ich ein Scheißermittler bin oder dass ich mir nicht den Arsch aufreiße, um sicherzugehen, dass die richtigen Leute für das bezahlen, was sie verbrochen haben. Jim Sharp war genauso eine klare Festnahme wie Mario Higuita, und wenn Sie nach all den Jahren Ihre Nase in diese Sache stecken, ändert das auch nichts.«

Da ist ein scharfer Ton in seiner Stimme, als er seinen alten Fall erwähnt. Alice möchte ihn noch mehr unter Druck setzen. Sie hat das Gefühl, dass bei den Dingen, über die er lieber nicht sprechen will, noch etwas herauszuholen ist. Wenn er bei einem Fall den einfachsten Weg gewählt hat, wer kann da schon sagen, dass er es nicht noch einmal so gemacht hat?

»Und auch wenn Sie noch so sehr betonen, dass Sie sich bei Ihrem alten Fall den Arsch aufgerissen haben, so sind Sie trotzdem nicht zu den richtigen Resultaten gekommen. Wenn das kein Beweis dafür ist, dass man manchmal über das Offenkundige hinausschauen muss, dann weiß ich auch nicht. Sie geißeln sich immer noch deswegen? Gut. Sollten Sie auch. Aber Sie können mir nicht erzählen, dass

Sie im Fall von Sharp nicht auch anders hätten handeln können. Sie hätten sich intensiver mit seiner Story auseinandersetzen können. Sie hatten immer eine Wahl. Sie wollten sie nur nicht treffen. Ich komme jetzt mit Fragen zu Ihnen, die meinen Vater betreffen und die nie richtig beantwortet wurden. Wenn Sie mir nicht zuhören wollen, dann sind Sie genauso schuldig wie die Leute, die Sie weggesperrt haben.«

Die Worte sprudeln nur so aus ihr heraus, mit einer Energie, die Boudreaux zu verblüffen scheint. Der Agent sagt nichts, Alice' Herz pocht wie eine Base Drum in ihren Ohren, während sie darauf wartet, dass Boudreaux wieder ganz bei der Sache ist und seine Position verteidigt. Alice muss sich zwingen, ruhiger zu atmen, aber zu spät macht sie sich bewusst, dass sie einen Fehler gemacht hat. Etwas hat sich in Boudreaux' Blick verändert, seit sie zugegeben hat, dass der Mann, den er einst hinter Gitter brachte, ihr Vater ist. Sie sieht es in seinen Augen.

Etwas von dem, was sie gesagt hat, scheint Boudreaux' Gewissen zu beschäftigen, denn als er wieder etwas sagt, klingt seine Stimme weicher und überhaupt nicht scharf.

»Wenn Sie von mir wissen wollen, ob ich der Ansicht bin, dass ein Zusammenhang besteht zwischen dem Mord an Manny Castillo in Florida und einem Mord, der sechseinhalbtausend Kilometer entfernt und zwei Jahre später verübt wurde – also wirklich, das ist ja noch abwegiger als die Vorstellung, dass ich noch in den Anzug passe, den ich beim Abschlussball getragen habe.«

Da er offenbar immer noch nicht bereit ist, auch nur irgendetwas zu revidieren, möchte Alice ihm am liebsten seine Borniertheit vorwerfen, doch da hält Boudreaux beschwichtigend eine Hand hoch und erkauft sich eine kurze Pause.

»Aber ich kann mitreden, wenn es um den Verlust der Eltern geht. Dass man alles tun würde, um sie um sich zu haben oder zurückzubringen. Wenn Sie mich also bitten, dass ich Ihnen zuhöre, warum Sie glauben, dass auch nur die geringste Chance besteht, wir könnten uns in dem Fall geirrt haben, dann bin ich Ihnen zumindest das schuldig. Ihnen und Ihrem Vater. Aber sprechen wir nicht hier darüber«, meint er und blickt sich um, als nehme er die Straße zum ersten Mal wahr. »Ich habe noch etwas zu erledigen«, fügt er hinzu und schaut auf die Uhr. »Aber wenn Sie gegen Mittag ins Büro kommen könnten, habe ich Zeit für ein Gespräch.«

Alice' brodelnde Wut flaut augenblicklich zu einem leisen Köcheln ab, Boudreaux' unerwartetes Einlenken nimmt ihrem Ton die Schärfe. Das nun folgende Schweigen dehnt sich zwischen ihnen wie ein unwirtliches Niemandsland.

»Gegen Mittag müsste ich es schaffen«, sagt sie schließlich.

»Also dann bis nachher«, meint Boudreaux, wobei er ein klein wenig den Kopf neigt, ehe er erst einen Schritt zurück macht, ein höfliches Lächeln aufsetzt und sich dann zum Gehen wendet. Mit schnellen, langen Schritten ist er kurz darauf hinter der nächsten Ecke verschwunden.

Alice schaut ihm nach, ihr Mund ist so trocken, als habe sie eine Handvoll Katzenstreu gekaut. Erst als Boudreaux außer Sichtweite ist, spürt sie, wie verkrampft sie die ganze Zeit ihr Handy gehalten hat. Sie atmet einmal tief durch die Nase ein, pustet die Luft doppelt so schnell wieder heraus, als sei die Nase komplett zu. Das nervöse Flattern in ihrem Bauch schwächt sich zu einem leisen Zucken ab.

Die Veränderung im Tonfall des Agents hat sie überrascht. Wenn er tatsächlich im Fall ihres Vaters irgendwie Mist gebaut hat, dann hätte er ihrer Ansicht nach stärker auf Konfrontation gehen müssen. Und wäre nicht so offen gewesen. Vielleicht ist er wirklich davon überzeugt, alles richtig gemacht zu haben. Aber wie heißt es noch gleich so schön? Halte deine Freunde nahe bei dir, aber deine Feinde noch näher? Sie ruft sich in Erinnerung, dass all das, was sie zugunsten ihres Dads herausfindet, Boudreaux sehr wahrscheinlich als Minuspunkt angerechnet werden wird.

Zumindest hat sie jetzt etwas Zeit für sich. Ein paar Stunden, um einen klaren Kopf zu bekommen und sich die Fragen gut zurechtzulegen. Aber im Augenblick weiß sie nicht, was ihr mehr Angst macht. Die Bestätigung zu bekommen, dass ihr Vater ein Mörder ist, oder nicht imstande zu sein, ihn zu retten, wenn er unschuldig ist. Was auch immer bei dem Gespräch mit Boudreaux herauskommt, es wird wahrscheinlich nicht all ihre Fragen beantworten, aber mit etwas Glück ist sie dann in einigen Punkten schlauer. Das und alles, was Sofia sonst noch zutage fördern kann, werden die einzigen Dinge sein, die verhindern können, dass in sechs Tagen der Kolben der Todesspritze nach unten gedrückt wird.

Alice geht in Richtung von Evas Auto, aber sie hat gerade einmal die halbe Strecke zurückgelegt, als ein sanftes Vibrieren durch ihre Finger pulst. Im Display erscheint Sofias Name, und ein Ziehen geht durch ihren Magen. In New York ist es kurz nach fünf Uhr morgens. Also eine Uhrzeit, bei der man sich bestimmt nur meldet, wenn es schlechte Nachrichten gibt.

»Sofia? Alles okay?«

Die Aufregung in der Stimme der anderen Frau ist mit Händen greifbar, sie überträgt sich sofort auf Alice und verpasst ihr einen neuen Adrenalinschub, als habe sie es sich selbst gespritzt. Sofia plappert schneller als ein Auktionator bei der Versteigerung von Rindern, und Alice verspürt einen leichten Taumel, je länger sie zuhört. Das könnte alles verändern.

16. Kapitel

Dienstag – noch sechs Tage

»McKenzie? Wie, um alles in der Welt, hast du ihn so schnell auftreiben können?«, will Alice wissen, das Herz hämmert in ihrer Brust, als habe sie sich beim Sprint selbst übertroffen.

Grant McKenzie, der vermisste Augenzeuge, der ihren Vater in der Nacht des Mordes gesehen hatte. Der Mann, dessen Aussage nie gehört wurde. Einmal abgesehen von der Glaubwürdigkeit damals: Ihn nie zu finden wäre ein schwerer Schlag gewesen.

»Da war mir jemand einen Gefallen schuldig, teils ist es Intuition, teils schwarze Magie«, meint Sofia. »Ich habe überlegt, warum er untertauchen wollte. Möglich, dass er Angst vor den Bullen hatte, möglicherweise hatte er etwas zu verbergen. Er hätte auch längst tot sein können. Aber du kennst mich ja, immer optimistisch bis zum bitteren Ende, daher bin ich zu dem Schluss gekommen, dass er einfach weggezogen ist. Vielleicht hat er genug Geld zusammengekratzt, um sich ein Busticket leisten zu können. Vielleicht hat ihn jemand im Auto mitgenommen, jemand, der einfach einen guten Tag hatte und bereit war, einem Kerl wie ihm eine Chance zu geben. McKenzie war so was wie ein Stammkunde in der Obdachlosenunterkunft St. Agnes in der Stadt. Zwischendurch ergatterte er dort immer mal eine Schlafgelegenheit oder eine Dusche. Dort hielt er sich auch am Abend vor dem Mord auf, deshalb kann man davon ausgehen, dass er vorzeigbar aussah.«

»Aber wo hast du ihn denn jetzt aufgegabelt?«

»In Orlando.«

»Willst du mich verarschen? Die ganze Zeit soll er dort gewesen sein?«

»Kann man sich kaum vorstellen, oder? Und da fragt man sich, wie intensiv sie tatsächlich nach ihm gesucht haben.«

Alice fügt bei Boudreaux einen weiteren Minuspunkt in der Spalte »Scheißermittler« hinzu.

»Hast du schon mit ihm sprechen können? Was hat er gesagt?«

»Ich habe die Info ja gerade mal vor einer halben Stunde bekommen. Gleich nach dem Frühstück fahre ich rüber.«

»Vor einer halben Stunde? Schläfst du überhaupt irgendwann?«

»Schlaf wird überbewertet«, sagt Sofia mit einem Anflug von Durchtriebenheit. »Berufsrisiko. Nebenan furzt eine Maus, und ich bin wach. Ich habe überlegt, wohin es diesen McKenzie auch immer verschlagen hat, er konnte nicht weit gekommen sein. Er ist ja nicht gerade ein vermögender Mann, also habe ich in einem Umkreis von achtzig Kilometern gesucht. Der Freund eines Freundes betreibt eine Unterkunft in Orlando und hat mir die Nummern einiger anderer Heime gegeben, und die habe ich dann gestern Abend alle der Reihe nach angerufen.«

»Und er hält sich in einer dieser Obdachlosenunterkünfte auf?«, wirft Alice aufgeregt ein.

»Sozusagen. Er arbeitet in einer.«

»Das ist doch jetzt nicht dein Ernst?«

»Ein paar Monate nach dem Mord an Castillo tauchte McKenzie in diesem Heim auf. Etwa ein halbes Jahr lang ließ er sich dort blicken, war zwischendurch wieder weg, und dann fing er an, in der Küche auszuhelfen, als Gegenleistung für ein Anrecht auf einen Schlafplatz. Seither ist er dort. Irgendwann hat er einen Beratungskurs belegt, arbeitet halbtags in der Obdachlosenunterkunft und engagiert sich noch woanders sozial.«

Allzu oft mündet das Leben in eine Einbahnstraße, wenn man obdachlos wird. Dass es McKenzie gelungen ist, sein Leben wieder in den Griff zu bekommen, ist schon eine Leistung. Zumal er sich sogar dafür entschieden hat, anderen zu helfen. Dabei ist es so leicht, nie in den Rückspiegel zu schauen und all die eigenen Kämpfe und

Mühen zu vergessen. Auch wenn ihre Lebenswege unterschiedlicher nicht sein könnten, so kann Alice besser als manch ein anderer nachvollziehen, dass man denjenigen helfen möchte, die ein zermürbendes Leben führen.

»Neuerdings nennt er sich Mac«, fährt Sofia fort. »Ich habe ein paar Kopien eines Polizeifotos von ihm verschickt, als er in Verdacht stand, Essen aus einem Seven-Eleven-Laden gestohlen zu haben. Heute hat er gut zwanzig Pfund mehr drauf und sieht viel sauberer aus, aber einer der Nachtportiers in der Unterkunft hat ihn trotzdem erkannt und sich bei mir gemeldet.«

»Wahnsinn. Du kannst wirklich Wunder wirken.«

»Bedank dich lieber noch nicht bei mir. Wenn er sich an nichts mehr erinnert, stehen wir mit leeren Händen da«, meint Sofia, aber selbst diese Bedenken können nicht die unerwartete Aufregung unterdrücken, die sich in Alice' Bauch mit dem Schwung von Feuerrädern zu drehen beginnt.

Sofia verspricht ihr, sie sofort anzurufen, sobald sie mit McKenzie gesprochen hat, und offenbar sieht man Alice die gute Laune an, als sie kurz darauf zu Eva ins Auto steigt. Agent Monteiro mustert sie neugierig, sagt aber nichts, bis sie sich in den Straßenverkehr eingliedern.

»Das Lächeln hat mit Ihrem Anruf eben zu tun? Oder mit dem Gespräch mit Agent Boudreaux?« Ihr trockenes, fast spöttisches Lächeln verrät Alice, dass Eva nur zu gut weiß, dass die Unterhaltung mit Boudreaux nicht gerade Liebe auf den ersten Blick war.

»Mit dem Anruf«, erwidert sie, beschließt aber, keine Einzelheiten zu nennen. Was auch immer sich daraus ergibt, sie verspürt ein Verlangen, diese Wendung vor dem Hurrikan zu schützen, der bereits durch ihre Familie gefegt ist. Mal sehen, ob die Sache Feuer fängt. Sie hat nichts persönlich gegen Eva, aber Alice muss sich immer überwinden, wenn es darum geht, anderen zu vertrauen: sowohl persönlich als auch beruflich. Sie hat eine harte äußere Schale, die sich nicht leicht knacken lässt – und nur bei Sofia macht Alice womöglich eine Ausnahme, obwohl sie sich Sofias Vertrauen hart erarbeitet hat. Wenn sie ehrlich zu sich ist, hat ihre ganze Zurückhaltung auch damit zu tun, dass es ihr unangenehm ist, geradezu peinlich. Denn wer posaunt schon gerne in die Welt hinaus, dass ein Elternteil ein verurteilter Mörder ist?

»Es ging bloß um den neuesten Stand in einem Fall«, sagt sie, um das Thema abzuschließen.

Eva schaut stur geradeaus, aber ihr kaum wahrnehmbares Kopfnicken verrät, dass sie genau weiß, wann sich wieder jemand in die Small-Talk-Sackgasse verirrt hat.

Zu den Büroräumen der NCB ist es letzten Endes nicht weit, nur ein zehnminütiges Schlängeln durch den trägen Vormittagsverkehr in nördlicher Richtung. Sie folgen einfach dem Verlauf der Rue de la Santé bis zum Boulevard de Port-Royal. Schmale Gehwege weichen bald einer von Bäumen gesäumten zweispurigen Straße, auf beiden Seiten jede Menge Cafés und Geschäfte, von denen jedes einzelne unverwechselbar französisch aussieht. Typisch Paris.

Alice lässt den Blick über die Fußgänger schweifen, die unterwegs sind. Sie malt sich ein Leben aus, hier in der Stadt, ein Leben, in dem sie nirgendwo unter Zeitdruck sein muss und von einem Coffeeshop zum nächsten schlendert, zwischendurch frisches Gebäck kauft und am Fluss entlangspaziert. Vielleicht eine Gemäldegalerie besucht. Ein normales, unbeschwertes Leben, das sich so weit entfernt anfühlt, als stamme es aus einer fremden Welt. Die Tagträumerei erlischt, als sie den Pont Saint-Michel überqueren und das Sonnenlicht auf der Seine aufblitzt. Die Wasseroberfläche glitzert wie eine Diskokugel. Die Brücke bringt sie zur Île de la Cité – die Binneninsel in der Seine. Die französische Bezeichnung klingt in ihren Ohren viel schöner.

Dort befindet sich die Kathedrale Notre-Dame, aber auch die Préfecture de Police, das stattliche Gebäude der Polizeipräfektur, in dem auch der Pariser Zweig der GALE-Taskforce untergebracht ist. Über die Sehenswürdigkeiten weiß sie nur Bescheid, weil sie auf Google Maps nachgeschaut hat. Notre-Dame hat seit dem Brand, der einige Jahre zuvor große Teile des Bauwerks beschädigt hat, noch nicht wieder geöffnet. Der Gedanke, dass sie vielleicht ein klein wenig Zeit hat, an der Seine entlangzuschlendern und ein so weltberühmtes Bauwerk wie Notre-Dame aus der Nähe zu sehen, auch wenn es von Gerüsten umgeben ist, wärmt sie mehr als der anämische Sonnenschein im Oktober.

Das Polizeihauptquartier ist ein eindrucksvolles sandsteinfarbenes Gebäude, das wie ein innerstädtisches Palais aussieht. Durch ein imposantes bogenförmiges Portal, flankiert von zwei hohen, symmetrischen turmartigen Komplexen, gelangt man auf einen versteckt liegenden Parkplatz. Evas Seitenfenster bewegt sich sirrend nach unten, und der diensthabende Wachmann scheint sie zu kennen, als er ihren Ausweis nur kurz überfliegt – jedenfalls legt das die kleine Veränderung in seiner ansonsten unbeweglichen Miene nahe.

Als sie einen freien Parkplatz ergattern, hat Alice das Gefühl, in eine Art Burginnenhof gelangt zu sein. Fasziniert blickt sie sich um, nimmt die Stockwerke wahr, die sich ringsum in die Höhe schrauben und sie einzupferchen scheinen – ein Anflug von Klaustrophobie erfasst sie, obwohl sie auf einer großen, offenen Parkfläche steht. Eva sind Alice' neugierige Blicke nicht entgangen, anstandslos übernimmt sie die Rolle der Reiseführerin.

»Ganz schön groß, was? Im neunzehnten Jahrhundert war hier die Garde républicaine, die Republikanische Garde, stationiert.«

»Hm? Oh, verstehe«, meint Alice, abgelenkt von der eindrucksvollen Architektur, aber auch von dem Gedanken, dass Grant McKenzie womöglich ein wichtiger Zeuge ist: Über ihn tut sich eine ganz neue Welt voller Möglichkeiten auf. »Erinnert mich an das Bürogebäude zu Hause«, sagt sie und lässt ein Lächeln folgen, doch der Scherz ist ihrer Begleiterin entgangen.

Alice leistet eine Unterschrift und erhält einen Besucherausweis an einem Schlüsselband, kurz darauf durchqueren die beiden Frauen eine gefliste Halle nach der anderen, ehe Eva abrupt vor einer Tür stehen bleibt, die keinen Schriftzug trägt.

»Hier, für Sie«, sagt sie, öffnet die Tür und präsentiert Alice einen kleinen, nichtssagenden Raum, in den man nicht einmal eine Katze locken könnte. Der Schreibtisch sieht so alt aus, als gehöre er zur ursprünglichen Möblierung, dahinter ragt ein hoher Lehnstuhl aus Holz mit rissigem Lederpolster auf, das so abgewetzt ist, als hätten sich dort tausend Leute den Hintern platt gesessen. Ein Telefon steht auf dem Tisch, Alice kann das Kabel sehen, das hinten vom Schreibtisch herabhängt, aber nirgends eine Steckdose, um es anzuschließen.

»Danke.«

»Wäre es nach mir gegangen, hätte ich Ihnen einen etwas komfortableren Raum organisiert.«

Die unausgesprochene Schlussfolgerung lautet, dass jemand anders darüber befunden hat. Eine Entscheidung, um Alice quasi von der Bildfläche verschwinden zu lassen, fort von Boudreaux und anderen Leuten, mit denen sie vielleicht sprechen möchte. Geht es nur um Boudreaux oder um jemanden in einer höheren Position? Sofia hat bestimmt Einfluss, aber nicht auf alle, wie es scheint.

»Das ist schon okay«, erwidert Alice. »Nett und abgeschieden. Und wo finde ich dann später Agent Boudreaux?«

»Sein Büro ist in derselben Etage wie meins, nur den Flur runter«, sagt Eva. »Ich hole Sie kurz vorher hier ab.«

»Ich würde gerne noch einmal mit Mr. Dufort sprechen, wenn das geht?«, fragt sie. »Vielleicht heute oder sonst morgen?«

»Ich tue mein Bestes«, stellt Eva ihr in Aussicht. »Versprechen kann ich allerdings nichts. Wäre morgen auch okay für Sie?«

»Ja, das wäre gut.«

Alice' Rückflug geht um halb sieben am folgenden Abend, schlimmstenfalls muss sie dann auf schnellstem Weg vom Hotel zum Flughafen.

Eva verabschiedet sich und sagt, sie habe noch zu tun, ehe sie die Tür hinter sich schließt. Alice lässt sich skeptisch auf den alten Holzstuhl sinken, der so aussieht, als habe er noch die Revolution erlebt, und das rissige Leder und der Holzrahmen knarzen ganz fürchterlich. Alice schließt die Augen und knetet den Nasenrücken mit Daumen und Zeigerfinger.

Spontane Entscheidung oder Irrsinn? Manch einer würde bestimmt sagen: Letzteres. Aber in gewisser Weise ist dies eine Reise, die schon sehr lange in Vorbereitung war. Schritte auf einem Weg, um innerlich zu einer Art Abschluss mit den Entscheidungen ihres Vaters zu finden, die sich so stark auf ihr Leben ausgewirkt haben.

Sie holt den Laptop aus der Tasche und ist froh, dass sie ihn auf dem Flug aufgeladen hat, denn so muss sie nicht nach ihrem Adapter fürs Ausland kramen. Ehe sie das Gerät einschalten kann, meldet sich ihr Handy.

Auf dem Display erscheint eine internationale Mobilfunknummer, allerdings mit Vorwahl für Frankreich. Offenbar ist Boudreaux früher fertig geworden. Alice verleiht ihrer Stimme bei der Begrüßung mehr Schwung, als sie tatsächlich verspürt.

»Hallo, hier ist Alice Logan.«

Das Erste, was sie hört, ist ein Atmen am anderen Ende. Es sind nicht mehr als ein paar Sekunden verstrichen, ehe eine Stimme zu ihr spricht, aber das allein reicht, um Alice einen Schauer über den Rücken zu jagen. Der Stimme haftet ein rauer, rasselnder Klang an, wie bei einem Raucher, der jeden Moment hustet.

»Miss Logan.«

Ein Mann. Ein rauer Klang, wie Sandpapier auf Holz. Eindeutig französischer Akzent, auch wenn ihr die Stimme nicht bekannt vorkommt. Miss wird wie *Miiiz* ausgesprochen.

»Wer sind Sie?«, fragt sie und spricht unfreiwillig höher.

Die Frage wird einfach ignoriert. »Ich rufe im Namen unseres gemeinsamen Freundes an, um Ihnen zu sagen, wie sehr er es zu schätzen weiß, dass Sie bei seinem Fall helfen.«

»Von welchem gemeinsamen Freund sprechen Sie da? Wer soll das sein?«

»Unser Freund in La Santé.«

»Was? Er ... Warten Sie, woher haben Sie diese Nummer?«

»Wir bleiben in Kontakt, um zu sehen, was für Fortschritte Sie machen«, sagt der Mann, und ehe sie erneut nachfragen kann, vernimmt sie ein Klicken. Ihre unzusammenhängenden Worte gehen ins Leere.

»Hallo? Hallo?« Obwohl sie weiß, dass sie nur noch zu sich selbst spricht, ruft sie weiter die Fragen, getrieben von Instinkt und einem Anflug von Panik.

Ihr Herz flattert wie ein Schmetterling, der in der Falle sitzt und hilflos mit den Schwingen schlägt. Alice fühlte sich zuletzt an jenem Tag so aufgewühlt, als sie erfuhr, dass Gail bei einem Unfall ums Leben gekommen war. Damals war das für sie wie eine außerkörperliche Erfahrung. Ihr schwirrte der Kopf wie in einem Fahrgestell auf dem Jahrmarkt. Ein unsichtbares stählernes Band hatte sich um ihre Brust gelegt und drückte sie immerzu, bis Alice glaubte, jeden Moment zu sterben. Selbst jetzt, hier in Paris, erhöht sich ihr Puls, als sie nur an jenen Tag denkt.

Wer auch immer da in der Leitung war, woher dieser Jemand auch immer ihre Nummer hat, es ist noch nicht einmal eine Stunde vergangen, und dieser Dufort, der eben noch ein möglicher Vorteil war, erweist sich auf einmal als die Büchse der Pandora. Und Alice ist sich nicht sicher, ob sie weiß, wie man den Deckel wieder schließt.

17. Kapitel

Luc Boudreaux ist es gewohnt, immer alles unter Kontrolle zu haben, sei es im Verhör oder bei einer Festnahme. Aber Alice Logan hat sich in seine Hirnwindungen geschlichen wie Sand im Schuh.

Den Namen Jim Sharp hat er schon lange nicht mehr gehört. Er wusste nicht einmal, dass man inzwischen den Tag der Hinrichtung festgesetzt hat, geschweige denn, dass dieser Termin so dicht bevorsteht.

Zum Team von GALE ist er vor vier Jahren gestoßen. Für ihn war es eine verlockende Gelegenheit, eine Chance, sich weiter zu vernetzen und aufzusteigen. Eine Aussicht, überall in der Welt eingesetzt zu werden. Aber er erinnert sich auch an den Ausdruck der Erleichterung im Gesicht seines alten Vorgesetzten, als Luc ihm mitteilte, er habe das Angebot angenommen. Als würde der Klassenversager auf eine neue Schule wechseln. Und der Gestank des Falls Higuita haftete immer noch wie billiges Eau de Cologne an ihm. Luc weiß, dass bei seinem Neuanfang viele dachten, er würde vor etwas davonrennen. Er hörte das Getuschel, als er ging. Er weiß nur, dass er Abstand brauchte zu den Dingen, die geschehen waren. Vielleicht sollte man nicht jeden Stein umdrehen.

Jetzt denkt er zurück an den Fall Sharp. Sicher, als sie ihn festnahmen, leugnete er, irgendetwas mit der Tat zu tun zu haben, aber wenn sie jeden Verbrecher laufen ließen, der seine Unschuld beteuerte, dann wären die Vollzugsanstalten so verwaist wie die Shoppingmall am Super Bowl Sunday. Bei der Flut von klaren Beweisen hatte ihm Sharps Festnahme keine schlaflosen Nächte bereitet, auch nicht die folgende Verhandlung oder die Verurteilung. Aber da gibt es Fragen, die Alice stellen könnte, Fragen, die Boudreaux lieber nicht beantworten möchte, auch wenn sich am Endresultat nichts ändert.

Was Alice vorhin bei ihm abgeladen hat, beunruhigt ihn immer noch. Das heißt nicht, dass er Sharp bei der Mutter aller verworrenen Plots plötzlich für unschuldig hält; es ist eher wie ein Ärgernis. Wie ein Juckreiz, der nicht gestillt werden kann.

Die Art und Weise, wie sie sich verhalten hat – aus seiner Sicht passt das nicht so recht zu einer Tochter, die in Kürze ihren Vater verliert. Fast bis zum Ende des Gesprächs war sie durch und durch die Anwältin. Gutes Pokerface, das muss er ihr lassen. Luc weiß das eine oder andere über Verlust. Und erinnert sich an den eigenen Verlust, damals in Louisiana. An den Schmerz, selbst noch am Leben zu sein, während all diejenigen, die er liebte, infolge des Hurrikans Katrina zerschmettert auf den Straßen lagen. Ein Deckel, den er nicht allzu oft aufmacht, aber dieses Gefühl von Verlust hat eine Verbindung hergestellt zu dieser Anwältin, auch wenn es eine sehr flüchtige ist.

Noch eine Stunde, bis er Alice wieder begegnet. Es war nur seinem Bedürfnis geschuldet, in Ruhe durchatmen zu können, als er ihr sagte, er habe noch einiges zu erledigen. Tatsächlich braucht er Zeit, um nachzudenken, zu recherchieren, um sich vorzubereiten. Boudreaux macht es sich hinter seinem Schreibtisch in der Ecke eines Büros bequem, in dem niemand mehr ist – abgesehen von dem jungen Agent aus Ghana, Abeiku Owusu, ihrem technischen Pendant Gandalf. Er bevorzugt die Abkürzung Abs. Er hat sich in seinen Laptop vergraben, hat seit einer Stunde Stöpsel in den Ohren, also kann Luc durchaus behaupten, er sei allein.

Als Erstes nimmt er sich Duforts Akte vor. Diesen Typen hat er nicht selbst festgenommen, aber er kennt Hunderte dieses Schlages. Typen, für die das Gefängnis nur ein Boxenstopp ist. Ein Speed-Dating für Berufsverbrecher. Der Knast ist nichts weiter als ein Ort, an dem neue Kontakte geknüpft und neue Fertigkeiten erworben werden, wie bei jeder anderen Form der Resozialisierung.

Das Verbrechen, für das er sitzt, entspricht dem typischen Muster eines eskalierenden Verhaltens. Dabei ist es gar nicht so wichtig, ob der Täter das spätere Opfer vorher schon gekannt hat. Bei seinem Vorstrafenregister und aufbrausenden Temperament ist es sehr wahrscheinlich, dass Dufort sowohl bei Bekannten als auch bei völlig fremden Leuten sofort vollkommen durchdreht. Was Luc allerdings beschäftigt, sind die Parallelen bei den Halswunden und den Cocktails aus Medikamenten und Drogen: Gerade Letzteres löst einen Stolperdraht tief in seinem Bauch aus.

Boudreaux klappt den Laptop auf, gibt das Passwort ein und macht sich an die Arbeit. Im Vergleich zu seinem früheren Leben in Florida ist der Zugang zu Informationen hier in Paris schier unglaublich: ein Unterschied wie Tag und Nacht. Jeder Mitgliedsstaat bei GALE muss einem praktisch unbegrenzten Datenaustauschabkommen zustimmen, im Vergleich zu den isoliert arbeitenden Einheiten, für die er früher tätig war. Er kann sämtliche Datenbanken der Strafverfolgungsbehörden jener Mitgliedsstaaten durchforsten, hinzu kommen, quasi als Sahnehäubchen, all die zusätzlichen Infos von Interpol.

Luc switcht zwischen den Datenbanken hin und her, kann aber keinen Hinweis entdecken, dass Dufort je in den Vereinigten Staaten gewesen wäre, um Sharp persönlich kennenzulernen. Allerdings werden jeden Tag mehr als fünftausend Illegale entlang der US-Grenze aufgegriffen, es gibt also keine Garantie, dass Dufort nicht vielleicht doch durch eine Hintertür ins Land gekommen ist.

Als Nächstes holt er sich Duforts Strafregister auf den Bildschirm, direkt daneben das von Sharp, um nach Parallelen zu suchen. So verschieden wie Tag und Nacht. Duforts Festnahmen passen gar nicht auf eine Seite. Im Vergleich dazu ist Sharp sozusagen ein Heiliger.

Nicht, dass Leute, die zum ersten Mal eine Straftat begehen, keinen Mord verüben können. Luc hat schon etliche normale Leute erlebt, die wie ein gieriger Alligator zuschnappen, wenn jemand sie provoziert. Eines hat er während seiner Zeit bei den Strafverfolgungsbehörden gelernt, nämlich, dass jeder zu allem fähig ist, wenn er oder sie die richtigen Umstände vorfindet – oder, in den meisten Fällen, die falschen.

Eine Frage kommt ihm in den Sinn, er wünschte, er hätte sie Alice gestellt, aber diese Frage kann er mit ein paar Klicks beantworten. Jede Datei hat einen Audit Trail, ein Protokoll, das jeder hinterlässt, der auf sie zugreift, wie Fußspuren. Im Fall von Duforts Datei sieht er Evas Namen. Die junge Portugiesin verfügt offenbar über loyale Partner außerhalb von GALE, von denen Boudreaux bislang nichts gewusst hat. Das wird er sich merken. Evas Online-Recherche ist dokumentiert, dazu gehören auch die Schlüsselwörter, die sie zweifellos benutzt hat und die aus den Berichten des Tatorts stammen.

Stichwunde

Halsschlagader

Fentanyl

Eine einzige Wunde

Gedächtnisverlust

Zu dieser Liste gehören fast zwei Dutzend Wörter, aber nicht an ihnen bleibt Boudreaux' Blick hängen. Zwei Dinge fallen ihm auf. Das Erste ist ein Erinnerungsfetzen, ein klitzekleines Detail aus Sharps Fall. Boudreaux hatte damals zwei Wochen lang zum fünften Mal versucht, mit dem Rauchen aufzuhören – mit Erfolg. In Erinnerung geblieben ist ihm vor allem, wie die Nikotinpflaster auf der Haut juckten, manchmal hinterließen sie Spuren, man konnte anhand der krümeligen Überreste sehen, wo sie gesessen hatten: Sie brandmarkten ihn sozusagen mit dem scharlachroten Buchstaben des Rauchers.

Jim Sharp hatte auch diese Male, aber als er, Luc, bei einem Verhör einen Witz darüber riss – um einen guten Draht zu seinem Verdächtigen zu bekommen –, blickte Sharp nur verwundert drein und behauptete, er rauche nicht, ja, habe nie geraucht. Klar, er wäre nicht der Erste, der in diesem Zusammenhang Lügen erzählt. Boudreaux sieht sich Duforts Polizeifotos an, Vorderansicht, Seitenansicht, und gerade bei der Aufnahme im Profil sind die kleinen Spuren zu erkennen, an die er sich erinnern kann, als er selbst noch rauchte. Zwei Aspekte, die eine Verbindung zwischen ihm und den beiden Tatverdächtigen herstellen, auch wenn es nur eine hauchdünne ist. Ein gemeinsames Laster. Eigentlich für den Fall nicht weiter von Bedeutung, aber nach dem morgendlichen Gespräch mit Alice Logan fühlt sich jede Übereinstimmung, und sei sie auch noch so winzig, wie Treibsand an.

Er verdrängt das zunächst, starrt nachdenklich und mit gerunzelter Stirn auf den zweiten Aspekt, der ihm auffällt. Eva ist dafür bekannt, solide Arbeit zu leisten, also scheint das, was er sieht, ungewöhnlich zu sein. Wenn der Auftrag lautet, nach Fällen zu suchen, die Parallelen zu Jim Sharp aufweisen, würde man das Netz dann nicht so weit wie möglich auswerfen? Jede Suchanfrage bezieht sich standardmäßig auf den Zuständigkeitsbereich des anfragenden Agents, mit der Option, jeden anderen Ort hinzuzufügen, den man für passend hält. Bei Eva wurde diese Voreinstellung nicht geändert, sicherlich nur ein Versehen, es sei denn, sie hatte spezielle Informationen, dass Frankreich das Interessengebiet sei.

Er starrt auf das leere weiße Kästchen rechts, das mit dem Zusatz »alle Orte« versehen ist. Das ist in etwa so, als würde man ein Kind in einen Raum mit einem großen roten Knopf setzen und ihm sagen, ja nicht diesen Knopf zu drücken. Eigentlich nicht seine Aufgabe, die Laufarbeit für Alice Logan zu erledigen, aber die Neugier überwiegt. Zehn Sekunden später wünschte er, er hätte es nicht getan.

18. Kapitel

Dienstag – noch sechs Tage

»Und ich sage Ihnen, Sie sollen sich zurückhalten, Agent Boudreaux.«

Boudreaux starrt seinen Vorgesetzten an, als könne er ihn allein mithilfe seiner Willenskraft von seiner Ansicht überzeugen.

»Aber Sir, ich …«

»Nichts aber! Was Sie da verlangen, ist doch lächerlich. Reine Zeit- und Geldverschwendung, außerdem werden dadurch absolut klare Verurteilungen infrage gestellt.«

»Das ist es ja gerade, Sir, das werden sie vielleicht nicht.«

»Unsinn«, fährt sein Boss ihn an. Pascal Lavigne ist ein Musterbeispiel für Management. Eher Bürokrat als knallharter Agent, und dies ist nicht der erste Zusammenstoß mit ihm. Lavigne war bereits vor Ort, als Boudreaux dazukam, er war von *La PP* versetzt worden, der Préfecture de Police, ist aber eher für die Schreibtischarbeit geeignet als für die Straße. Er kommt aus der Finanzkriminalität, mit dem nötigen Gespür für die politischen Aspekte dieser Aufgabe. Er gibt zu, dass er so etwas nicht tun könnte oder wollte. Die GALE-Taskforce besteht nun schon seit zehn Jahren, und die unbequemen Allianzen mit den örtlichen Strafverfolgungsbehörden mussten über Jahre ausgebügelt werden. Da wurde vielen Leuten auf die Zehen getreten, es gab jede Menge Gerangel um Posten.

Lavigne erinnert ihn an Dr. Frasier Crane aus der Sitcom *Cheers*. Die Brille mit dem breiten Gestell auf dem kahlen Kopf, der so groß wirkt, als kreisten Monde darum. Die Jahre in einem international besetzten Team haben die Kanten seines französischen Akzents geschliffen.

»Um was auch immer es geht«, er macht eine fahrige Geste, während er nach den passenden Worten sucht, »diese *Sache*, die die Anwältin mit Ihnen besprechen will, damit befassen Sie sich, und nur damit, haben wir uns verstanden?«

»Ich kann doch nicht ignorieren, was ich entdeckt habe«, sagt Boudreaux und nähert sich ein Stück weit der Grenze, die er selbst gezogen hat.

»Doch, das können Sie, und das werden Sie auch«, sagt Lavigne in einem Ton, den Boudreaux in den letzten Jahren schon oft gehört hat. Der typische Ton, der nach sturem Alphamännchen schreit.

»Sir, wenn es nur der Fall Dufort wäre, dann könnte ich es ja verstehen, aber da gibt es noch mehr. Elf weitere in neun Ländern. Man könnte die Details eins zu eins übernehmen. Elf Menschen wurden mit einer einzigen Stichwunde in die Halsschlagader getötet. Und jedes der Opfer hatte den gleichen Drogencocktail im Blut.«

»Und all diese elf Täter wurden von einem Gericht verurteilt, eine Entscheidung, die ich Ihrer Ansicht nach anzweifeln soll ... auf welcher Grundlage noch gleich?«, fügt Lavigne spitz hinzu.

Boudreaux hat nie mit ihm über den Fall Higuita gesprochen. Würde ihn nicht überraschen, wenn sein Boss im Vorfeld ein klein wenig nachgeforscht hätte, ehe er ihn ins Team holte.

»Da gab es einen Fall in meiner alten Heimat«, sagt er. »Ein Fall, der so eindeutig aussah wie diese hier. Wie sich herausstellte, lagen wir falsch. Ich hatte mich geirrt. Der Fall sah so wasserdicht aus wie kein anderer, der mir untergekommen ist, aber wir wurden überrumpelt. Ich kann nicht zulassen, dass so etwas noch einmal geschieht, nicht wenn ...«

Er kann den Satz nicht zu Ende bringen. »Sie wissen so gut wie ich, dass schon die Andeutung, diese Fälle neu zu untersuchen, wie Blut im Wasser wäre für die Haie, die diese Männer repräsentieren. Sie hatten ihre Chance und konnten niemanden überzeugen. Der Umstand, dass irgendwer in Frankreich oder Amerika oder in der Mongolei ein ähnliches Verbrechen begangen hat, reicht nicht, um zu riskieren, diese Männer wieder auf freien Fuß zu setzen. Sie haben ihre Akten doch einsehen können, haben die anderen Taten gesehen, die sie begangen haben. Diese Leute sind Berufsverbrecher, und ich werde mich nicht daran beteiligen, sie freizulassen. Und ich erspare mir den peinlichen Moment, meine Kollegen in diesen anderen Ländern zu bitten, Ihrer lächerlichen Theorie Gehör zu schenken.«

Wenn er es so formuliert, klingt es auch in Boudreaux' Kopf weit hergeholt. Elf weitere Männer wurden wegen Mordes verurteilt, in neun Ländern. Boudreaux ist sich nicht einmal sicher, wie er anderen klarmachen soll, was seiner Ansicht nach hier passiert. Seine Theorie kann sich nur auf zweierlei Weise bestätigen. Entweder haben elf weitere Ermittler Mist gebaut, genau wie er im Fall Higuita, oder …? Oder was? Die Alternative ist noch weiter entfernt vom Plausiblen, selbst bei all den Dingen, die er schon gesehen und erlebt hat. Ockhams Rasiermesser. Dass die einfachste Erklärung für gewöhnlich die beste ist. Dass die Morde deshalb einander gleichen, weil sie von ein und derselben Person verübt wurden, die von Land zu Land reist.

Wie würde das vonstattengehen? Dass eine Person so viele Morde verübt haben soll und sich dann jeweils verflüchtigt wie Rauch im Wind, ist doch einfach unglaublich. Andererseits, er malt sich eine Welt aus, in der seine eigenen Eltern noch am Leben sind. Und fragt sich, wie stark er seine Vorstellungskraft in Anspruch nehmen müsste, um Wege zu erfinden, wie er sie am Leben erhalten könnte.

»Wenn wir uns irren, stirbt ein unschuldiger Mann in weniger als einer Woche in Florida. Erlauben Sie mir, zumindest ein paar diskrete Nachforschungen zu machen?«

»Wir sind hier fertig, Agent Boudreaux.« Lavigne richtet seine Aufmerksamkeit auf sein Smartphone, ein klares Indiz dafür, dass die Unterhaltung für ihn beendet ist. Boudreaux wartet einen Moment, ob Lavigne noch etwas zu sagen hat, aber er tippt bereits auf dem Display herum. Boudreaux ist schon fast an der Tür, als sein Boss sich noch einmal äußert.

»Um mich klar und deutlich auszudrücken, ich gebe Ihnen hiermit Anweisung, diese Sache ruhen zu lassen«, sagt er. »Und sollte ich von Touissant erfahren, dass Dufort weitere Überraschungsgäste hat, dann werde ich Sie persönlich zur Rechenschaft ziehen, verstanden?«

Boudreaux verbeißt sich eine spitze Bemerkung und nickt sogar kurz, aber sein Boss schaut nicht einmal auf. Was für ein Arschloch, denkt er, als er die Tür schließt, ein bisschen energischer als nötig. Das Geräusch hallt durch einen leeren Flur, und Boudreaux steht einen Moment lang da und versucht zu begreifen, worum er da eigentlich gebeten hat.

Wenn Alice' Fragen eine kleine Irritation gewesen sind, dann ist seine ergänzende Recherche ein verdammter ausgewachsener Hautausschlag. Boudreaux ist stolz auf sich, immer das Richtige zu tun, aber dies hier ist ein Drahtseilakt, den er erst zur Hälfte geschafft hat, ohne Sicherheitsnetz. Wenn er Alice die Dinge mitteilt, die er herausgefunden hat, weiß Gott, was die junge Anwältin dann mit diesen Informationen anfangen wird. Was könnte das für Auswirkungen auf die anderen Verurteilungen haben! Oder auf alle anderen Menschen, die diese Männer verletzen könnten, wenn sie zu Unrecht freigelassen werden. Wenn er das jedoch unter Verschluss hält, dann wird Jim Sharp zu denen gehören, denen Higuita später zusetzte, so wie Nancy Killigan, die ihn bis ans Ende seiner Tage verfolgen wird.

Er eilt wieder an seinen Schreibtisch und bewegt die Maus, um den Bildschirm zum Leben zu erwecken. Ein Dutzend Fallakten sind geöffnet, ein Dutzend starrer Blicke, die auf ihn gerichtet sind, während er zwischen ihnen hin- und herspringt. Eine Bildergalerie von Polizeifotos, eins davon ist schon wieder Dufort. Eine Aufstellung, in die Dufort sich gut einfügt, aber Welten entfernt von dem Schnappschuss, auf dem Jim Sharp zu erkennen ist – wie ein aufgeschrecktes Reh im Scheinwerferkegel. Boudreaux verjagt den Vergleich aus seinem Kopf. Er darf nicht damit anfangen, alles durch die rosarote Brille zu sehen. Er muss das Ganze frontal angehen, oder er riskiert, sich exakt von dem Bestätigungsfehler vereinnahmen zu lassen, den Alice ihm vorgeworfen hat.

Ein kurzer Galopp durch die Hintergrundinformationen dieser Leute verrät ihm, dass sie alle Vorstrafenregister haben. Verstöße gegen das Gesetz, angefangen bei kleineren Diebstahldelikten bis hin zu versuchtem Mord, bevor sie alle erfolgreich damit waren. Der Clou daran ist die geografische Komponente. Wenn man Dufort außen vor lässt, ereigneten sich die meisten dieser elf Fälle in verschiedenen Ländern. Insgesamt zwölf Männer sitzen in ihren Zellen, Tausende Kilometer voneinander entfernt. Für Boudreaux ist das sowohl der Schwachpunkt seiner Theorie als auch seine größte Sorge, alles auf einmal.

Er weiß jetzt schon, was Alice sagen wird. Dass eine konsequente Vorgehensweise auf einen Täter schließen lässt. Dass Jim Sharp mit seiner Behauptung richtiglag, als er sagte, er sei reingelegt worden. Aber da ist noch etwas, das Boudreaux stört. Etwas, das er im Beisein von Lavigne nicht erwähnt hat. Eher klein im Gesamtbild der Dinge, zumindest hat er das bisher so gesehen. Die abgeriebenen Umrisse auf Jim Sharps Deltamuskel, eine blasse Erinnerung an ein Nikotinpflaster. Dieser Umstand fand in seinem Bericht zu dem Fall keine Erwähnung, auch nicht bei Dufort, der ohnehin vierzig pro Tag geraucht hat. Bei den elf neuen Fällen, elf Polizeifotos, jeweils Vorderansicht und Profil, kann er bei fünf Personen ähnliche Stellen erkennen. Im Einzelfall nicht viel, aber je mehr er liest, desto mehr klingt jeder Fall wie ein Nachhall des letzten, und selbst diese kleine, hauchdünne Verbindung verdreht sich zu einem Strang mit der Angelschnur, die Alice auswirft – all das zusammen zerrt an seinem Gewissen.

Ein kurzer Blick auf die Uhr verrät ihm, dass er noch etwas über eine halbe Stunde Zeit hat, ehe er sich erneut mit Alice unterhält. Es gab Zeiten – nachdem Higuita wieder auf freiem Fuß war und die Stelle bei GALE noch nicht infrage kam –, als Boudreaux ernsthaft darüber nachdachte, den Strafverfolgungsbehörden den Rücken zu kehren. Seine Eltern kamen beim Hurrikan Katrina ums Leben, als er gerade dienstlich im Irak unterwegs war. Boudreaux hielt sich immer für widerstandsfähig, aber das Gefühl, für das verantwortlich zu sein, was Higuita verbrochen hatte, lastete schwer auf ihm. Genau wie das Ausbleiben der elterlichen Unterstützung, das ihn fast so stark traf wie der tatsächliche Verlust seiner Eltern. Ein Tiefpunkt, was seine damalige psychische Gesundheit anbelangte. Es stand auf der Kippe, ob er sich je daraus befreien könnte, aber er kämpfte sich zurück ins Leben und glaubte wieder an sich selbst.

Wenn er sich jetzt an die Anweisungen seines Vorgesetzten hält, hat er das Gefühl, dass es den ganzen Boden untergräbt, den er für sich zurückgewonnen hat. Verdammt, wenn er es tut, verdammt, wenn er es nicht tut. Sein Arbeitsplatz ist praktisch leer, abgesehen von einem einzigen Foto. Er und seine Familie Thanksgiving am Esstisch, damals war er fünfzehn. Er starrt auf die Gesichter seiner Mutter und seines Vaters, verliert sich in deren Augen, bis alles auf dem Foto verschwimmt wie zerlaufende Wasserfarben. Was würden seine Eltern ihm raten? Ganz einfach. Dad würde ihm raten, das Richtige zu tun, und sagen, letzten Endes werde alles gut. Er schließt die Augen, hört die Stimme seines Vaters, es sind genau die Worte, die Dad zu seinen Lebzeiten unzählige Male gesagt hat. Bei diesen klaren, lebhaften Erinnerungen muss Boudreaux unwillkürlich lächeln – es kann alles so einfach sein.

Er reißt die Augen wieder auf, steht schwungvoll auf, sodass sein Stuhl gegen den Tisch stößt. Einige Schreibtische weiter zuckt Kollege Abs erschrocken zusammen. Boudreaux hält zielstrebig auf die Tür zu und folgt dann dem Verlauf des Flurs bis zu dem kleinen Büro, das Eva seines Wissens für Alice Logan reserviert hat. Er weiß, was er zu tun hat, und hofft lediglich, dass die Konsequenzen seines Handelns diesmal leichter zu ertragen sein werden.

19. Kapitel

Dienstag – noch sechs Tage

»Nein, er hat Dufort namentlich nicht erwähnt«, sagt Alice, und ihr Herz schlägt immer noch so schnell, dass ihr der Kopf schwirrt. Anzeichen von Kopfschmerzen machen sich an ihren Schläfen bemerkbar. »Aber raten Sie mal, wie viele Leute ich in La Santé kenne, auf die er sich beziehen könnte?«

»Ich habe mit dem Direktor gesprochen«, sagt Eva. »Er hat Wärter in die Zelle geschickt, aber sie haben nichts gefunden, kein Handy, und auch beim Festnetzanschluss der Anstalt gibt es keine Aufzeichnungen, dass Dufort von dort aus telefoniert haben könnte.«

Alice ist es gewohnt, alles unter Kontrolle zu haben, aber dieser Anruf hat sie umgehauen. Sie hat das Gefühl, als würde ihr die Situation entgleiten, wie ein Boot, das sich langsam vom Anlegeplatz löst.

»Alles okay?«, fragt Eva. »Ich kann Agent Boudreaux bitten, den Termin ein bissen nach hinten zu verlegen, wenn Ihnen das hilft?«

Alice schaut auf die Uhr. Noch eine halbe Stunde bis Runde zwei mit Boudreaux.

»Nein, mir geht's gut, wirklich. Es war mein verdammter Fehler, ihm meine Karte dazulassen. Das wird die Erklärung sein.«

»Vermutlich«, pflichtet Eva ihr bei. »Ich weiß, dass sich das zu einfach anhört, aber versuchen Sie, das nicht an sich heranzulassen. Dufort wird diesen Ort für eine sehr lange Zeit nicht verlassen, unabhängig davon, wie sich die Sache für Ihren Klienten entwickelt.«

»Da haben Sie recht, aber er ist ja nicht bloß ein Klient.«

»Das hat Sofia mir schon gesagt«, gibt Eva zu. »Gleich beim ersten Gespräch. Aber ich kann nachvollziehen, warum Sie das nicht im Beisein von Dufort oder Boudreaux erwähnen möchten. Keine Sorge, von mir erfährt es niemand.«

»Boudreaux weiß es längst«, räumt Alice ein und ist Eva dankbar für die Diskretion.

Eva zuckt mit den Schultern. »Zeigen Sie mal«, meint sie und streckt die Hand nach Alice' Smartphone aus.

Alice überlässt es ihr und sieht, wie Eva einen Screenshot von dem Anruf-Protokoll macht.

»Ich werde jemanden bitten, sich das einmal anzuschauen«, meint sie. »Wer weiß, was die herausfinden.«

Alice will sich gerade bei ihr bedanken, als die Tür ohne Vorankündigung aufgeht. Luc Boudreaux betritt den Raum, und Alice gefällt nicht, was sie in seiner Miene entdeckt. Sie zieht die Luft ein, wappnet sich für eine Auseinandersetzung, aber Boudreaux überrascht sie. Es ist nicht Wut, was sie in seinem Blick wahrnimmt, eher Besorgnis.

»Hatten wir nicht zwölf Uhr gesagt?«, fragt Alice und steht auf, um ihn zu begrüßen.

»Stimmt«, sagt Boudreaux und wendet sich Eva zu. »Könnten Sie uns einen Augenblick allein lassen?«

Evas Antwort ist ein Schulterzucken, dann geht sie kommentarlos aus dem kleinen Büro und lässt die beiden allein. Sie stehen sich unmittelbar gegenüber, und der Raum fühlt sich nur noch halb so groß an wie zuvor.

»Wenn Sie nichts dagegen haben, würde ich das gerne aufzeichnen«, sagt Alice und öffnet eine App auf ihrem Handy, die nicht nur aufnimmt, sondern gleich schriftlich festhält.

»Augenblick noch.« Boudreaux setzt sich auf den freien Stuhl vor Alice' Pult und bedeutet ihr, ebenfalls Platz zu nehmen. »Wir müssen reden, inoffiziell.«

Alice bleibt stehen, verschränkt die Arme. »Bei allem Respekt, Agent Boudreaux, mein Dad hat keine Zeit für Spielchen, und ich auch nicht. Ich brauche alles offiziell. Das muss vorschriftsmäßig laufen.«

»Vorschriftsmäßig?« Boudreaux zieht eine Braue hoch. »Was ist damit, dass jemand eine inoffizielle Suche in unserer Datenbank durchführt? Meinen Sie das mit ›vorschriftsmäßig‹?«

Alice spürt, wie ein Glühen über ihre Wangen huscht, sie will kontern, findet aber nicht die richtigen Worte. Boudreaux hat sie überrumpelt. Was nicht bedeutet, dass die Suche selbst irrelevant oder letztlich unzulässig wäre.

»Haben Sie noch nie jemanden um einen Gefallen gebeten?«, fragt sie schließlich. Es nützt nichts, es zu leugnen. Schwaches Comeback, aber sie lässt sich auf ihren Platz gleiten und sitzt so kerzengerade da, als habe sie einen Besenstiel im Rücken. »Wie auch immer wir daran gekommen sind, es ändert nichts an den Informationen, auch nicht an den Fragen, die sich daraus für Sie und die Ermittlungen ergeben.«

»Ganz ehrlich, *wie* Sie an die Informationen gekommen sind, ist im Augenblick meine geringste Sorge.«

Da ist etwas Schroffes an Boudreaux' Worten. Nicht mehr der knappe, professionelle Tonfall wie zuvor. Etwas muss ihn aufgewühlt haben, und Alice wird das Gefühl nicht los, dass nicht allein sie dafür verantwortlich ist. Beide schweigen einen Moment, und Alice versucht erfolglos herauszubekommen, was Boudreaux ihr womöglich zu sagen hat. Er schaut ganz bewusst auf ihr Smartphone, auf dem Display blinkt es. Wider besseres Wissen streckt sie die Hand aus, tippt auf den roten Button und lässt ein Seufzen folgen, um anzudeuten, dass ihr das gar nicht schmeckt.

»Was ich Ihnen gleich erzählen möchte ... Ich will nicht sagen, dass es nie verwendet werden darf, aber ich brauche Ihr Wort darauf, dass es vorerst unter Verschluss bleibt, bis ich grünes Licht gebe.«

Nicht gerade das, was Alice erwartet hat. Sie ist davon ausgegangen, ihm jede Information aus der Nase ziehen, um jedes bisschen kämpfen zu müssen. Die Vorstellung, dass er sich bereitwillig öffnet, ihr etwas anvertrauen möchte, trifft sie unvorbereitet. Sie nickt.

»Dieser Fall, von dem Sie schon gesprochen haben, Mario Higuita«, beginnt er. »Ich denke die ganze Zeit darüber nach. Wahrscheinlich mehr als bei irgendeinem anderen Fall, der mir zugeteilt war. Was damals passiert ist, gefällt mir gar nicht, unabhängig davon, was die Ermittlungen ergaben. Ich bin nicht zur Polizei gekommen, um die Regeln zu verbiegen oder zuzulassen, dass Unschuldige Schaden nehmen.«

Alice ist verblüfft, wie verletzlich er mit einem Mal klingt. Und fragt sich, wie viel Wahres an den Storys ist, die sie über ihn gelesen hat. Würde er sich in dieser Weise öffnen, wenn er derjenige gewesen wäre, der die Regeln verbogen hat?

Boudreaux atmet tief ein und durch die Nase wieder aus. »Im Fall Ihres Vaters war ich mir genauso sicher wie sonst auch, dass wir den Richtigen geschnappt hätten. Ich hatte keine Zweifel. Und jetzt spreche ich deswegen mit Ihnen, weil ich mir sicher war, im Fall Higuita alles richtig gemacht zu haben. Wie sich herausstellte, lag ich falsch. Er kam frei, Menschen wurden verletzt. Ich glaube nicht, dass ich damit leben könnte, denselben Fehler zweimal zu machen.«

»Sie denken also, dass es da eine Verbindung gibt?«, wirft Alice ein. »Zu Dufort, meine ich?«

Boudreaux scheint das einen Moment zu überdenken und sich die Worte zurechtzulegen.

»Ich glaube, es gibt genügend Parallelen, die Fragen aufwerfen. Die Art von Fragen, die wir ...«, er hält kurz inne, verbessert sich, »... die ich im Fall Ihres Vaters hätte stellen müssen.«

Die Enge in Alice' Brust löst sich allmählich. Bei allem Zynismus – die Saat, die Sofia ausgebracht hat, ist aufgegangen, und die Anwältin in ihr spürt, dass es da etwas zu holen gibt. Sie weiß nur noch nicht genau, was.

Eine kleine innere Stimme mahnt sie zur Vorsicht. Vielleicht sollte Alice sich fragen, warum Boudreaux so plötzlich ein anderes Verhalten an den Tag legt. Am Vormittag war er noch die moralische Überlegenheit in Person, dann der Umschwung in eine Art neutrales Niemandsland. Sie ist im Begriff zu fragen, was dazu geführt hat, dass er ihr nun den Olivenzweig reicht, was sich seit dem Vormittag geändert hat, als Boudreaux sie erneut vollkommen aus dem Konzept bringt.

»Da gibt es noch andere.«

20. Kapitel

Dienstag – noch sechs Tage

Boudreaux' Worte sind wie ein Schutzschalter, die Welt um sie herum verlangsamt sich, scheint fast stillzustehen. Als sie schließlich etwas sagt, kommt sie kaum über ein Wispern hinaus.

»Andere? Was meinen Sie mit ›andere‹?«

»Andere Fälle wie der von Dufort«, erwidert Boudreaux und streicht sich mit beiden Händen über die Hosenbeine.

»Aber, wie …« Alice' Hirn ist wie mit Sirup übergossen. Wie kann es da noch weitere Fälle geben? Hätten die nicht bei der Recherche auftauchen müssen? »Wie viele denn noch? Und wo war das?«

»Ich kann jetzt noch nichts Genaueres sagen«, antwortet er darauf, und Alice hat das Gefühl, dass bei ihr gleich eine Sicherung durchbrennt.

»Und ob Sie das können, verdammt!«, fährt sie ihn an und ist gleich auf hundertachtzig. »Sie können mich nicht einfach so mit einer Information locken und sie mir dann im nächsten Augenblick vorenthalten.«

»Sie müssen leiser sprechen«, mahnt Boudreaux und schaut kurz zur Tür. Was tut es zur Sache, ob Eva lauscht oder sonst wer. Soll es ruhig die ganze Welt wissen, verdammt, denkt sie. Dann wollen wir mal sehen, ob er dann immer noch etwas verbergen will.

»Ich lehne mich schon ziemlich weit aus dem Fenster, wenn ich Ihnen das erzähle«, fährt Boudreaux fort. »Ich denke, ich schulde Ihnen das, Ihnen und Ihrem Dad.«

»Warum belassen Sie es dann dabei?«, will Alice wissen, überrumpelt von dem Anflug von Verärgerung, den sie im Namen ihres Vaters verspürt. Es ist schon surreal genug, dass er überhaupt wieder in ihr Leben geplatzt ist, ganz zu schweigen davon, dass sie etwas für ihn und seine Situation empfindet.

»Weil es kompliziert ist.«

»Okay, dann erklären Sie mir das alles schön langsam, als wäre ich die Richterin, vor die ich Sie zerren werde, wegen Behinderung der Justiz.«

Boudreaux setzt ein gequältes Lächeln auf. Er weiß genauso gut wie Alice, dass sie sich bereits in einer rechtlichen Grauzone bewegen, in der die jeweiligen Kompetenzen so verschwommen sind wie das Sichtfeld eines Betrunkenen zur Sperrstunde. Wenn überhaupt, dann sitzt Boudreaux am längeren Hebel.

»Die anderen Fälle, sie ... sagen wir so, sie verteilen sich auf ziemlich viele Länder.«

»Von wie vielen Fällen sprechen wir hier?«, wirft Alice ein, ihre Ungeduld schlägt Funken wie bei einer nicht isolierten Leitung. »Von einem? Zwei? Von hundert?«

»Von mehr als einem und weniger als hundert«, lautet die Antwort. Alice nimmt die Anspannung in seiner Stimme wahr. Um was es auch konkret gehen mag, für Boudreaux steht etwas auf dem Spiel, doch das kann sie noch nicht genauer einschätzen.

»Also gut«, sagt Alice und versucht, noch einmal von vorne anzufangen. »Was können Sie mir denn sagen?«

»Ihre ursprüngliche Suche, sie war standardmäßig auf das Herkunftsland ausgerichtet, in Ihrem Fall auf Frankreich. Ich habe das Netz bloß ein bisschen weiter ausgeworfen.«

»Wie weit?«

»Auf jeden Mitgliedsstaat.«

Alice' Augen weiten sich, sie will alles bis ins kleinste Detail wissen, aber ihr Bauchgefühl sagt ihr, dass sie Boudreaux Raum zum Atmen geben muss. Sie hat schon viele Zeugen ins Kreuzverhör genommen und weiß daher, dass manche Zeit brauchen, um die richtigen Worte zu finden. Was genau Boudreaux derart in die Bredouille gebracht hat, bleibt vorerst unklar, aber für Alice werden sich noch genügend Gelegenheiten ergeben, um in die Offensive zu gehen.

»Bevor Sie auf die Idee kommen, einen weiteren Gefallen einzufordern, ich habe die Dateien dieser letzten Recherche markiert, daher werde ich benachrichtigt, sobald jemand auf sie zugreift. Wenn ich sehe, dass es dazu kommt, mache ich dicht. Ich muss mich darauf verlassen können, dass Sie mir vertrauen, und wenn ich helfen kann, dann werde ich es auch tun. Einverstanden?«

Das ist genau die Richtung, in die Alice' Gedanken gegangen sind: ein kurzer Anruf bei Sofia, um herauszufinden, was für ein Blatt Boudreaux in der Hand hält. Er könnte bluffen, aber sie spürt instinktiv, dass es sich nicht lohnt, ihn aufzufordern, die Karten auf den Tisch zu legen. Noch nicht.

»Einverstanden«, sagt sie schließlich.

»Was ich Ihnen sagen kann, ist, dass eine Reihe zusätzlicher Fälle markiert waren«, sagt Boudreaux, auf Vorsicht bedacht. »Dieselbe Toxikologie, dieselbe Vorgehensweise bei den Morden, und alle hatten sie massive Gedächtnislücken, was den jeweiligen Abend betraf. Die Opfer sind alle auf die gleiche Art und Weise gestorben. Eine einzelne Stichwunde an der Halsschlagader. Die Opfer sind verblutet, schnell und unansehnlich.«

Alice legt sich ihre Worte sorgfältig zurecht, ganz im Sinne des fragilen, neu geschlossenen Waffenstillstands.

»Sie haben gesagt, die Sache sei kompliziert. Können Sie mir zumindest helfen zu verstehen, warum Sie mir nicht mehr mitteilen können?«

»Ganz ehrlich, mein Boss ist wirklich ein Arschloch, aber in einem Punkt hat er recht, zumindest bisher. Die anderen Typen sind alle wie Dufort. Schlechte Menschen, die schon ziemlich üble Sachen gemacht haben, ehe sie wegen Mordes verurteilt wurden. Wenn Sie jetzt ankommen und irgendeine Verschwörungstheorie aufstellen, werden die Anwälte dieser Leute ihren großen Tag haben. Und wenn auch nur einer von denen freikommt, obwohl er eigentlich hinter

Gitter gehört, und draußen jemandem etwas antut, dann geht das auf meine Kappe.«

Alice will protestieren, aber Boudreaux hält eine Hand hoch.

»Andererseits, wenn ich nichts tue und tatsächlich noch etwas anderes im Spiel ist, dann stirbt Jim Sharp, und … seien wir ehrlich, wenn mir einmal etwas unterläuft, kann das ein Fehler sein, der jedem mal passiert, aber wenn es ein zweites Mal so weit kommt: Schande über mich.«

»Also werden Sie mir helfen?«

»So gut ich kann«, antwortet Boudreaux, »aber Sie müssen das mir überlassen. Lassen Sie mich meine Arbeit tun.«

»Für wie lange?«

»Was diese anderen Länder betrifft, ich kenne da ein paar Leute, die ich unter der Hand kontaktieren kann. Geben Sie mir Zeit bis morgen. Wann fliegen Sie zurück?«

»Morgen.«

»Sie haben den ganzen Weg auf sich genommen, nur um mich zu sprechen?« Boudreaux schüttelt den Kopf.

Alice zuckt mit den Schultern. »Ja, meine Schwester kann ziemlich überzeugend sein. Okay, dann also morgen?«

Sie überlegt, Boudreaux von Grant McKenzie zu erzählen, aber dieser sehr junge Waffenstillstand steht noch auf wackligen Beinen. Wenn sie sich am nächsten Tag erneut treffen, wird Alice Macs Aussage in der Hinterhand haben, und auch wenn Boudreaux helfen will, so hinterfragt Alice trotzdem seine Beweggründe. Es könnte nämlich genauso gut sein, dass er sich bloß absichern will und Alice' Nähe sucht, um alles im Blick zu behalten und im Ernstfall dichtzumachen.

Sie vereinbaren, sich in einem nahe gelegenen Café an der Ecke Rue de la Bûcherie zu treffen, auf der anderen Seite der Seine, und als Boudreaux schließlich geht, rechnet Alice damit, dass Eva sofort wie durch eine Drehtür hereinschneit, aber sie ist auf sich gestellt.

Die Dinge, die Boudreaux ihr gegenüber enthüllt hat, sind einfach zu groß und ungewiss, als dass sie allein eine Chance hätte. Gut möglich, dass Sofia inzwischen wieder wach ist, vielleicht aber auch nicht. Alice beschließt abzuwarten. Soll die arme Sofia ruhig etwas Schlaf bekommen, zumal die Nacht bei ihr fast zu Ende ist.

Die Möglichkeit, dass diese Todesfälle miteinander verbunden sein könnten! Da reist jemand von Land zu Land und bringt Leute um …

Ursprünglich sollte es ein Friedensangebot für ihre Schwester sein, aber nicht nur das, denn Alice wollte etwas zum Abschluss bringen. Doch inzwischen nimmt die Sache Ausmaße an, die Alice nicht für möglich gehalten hätte. Und dabei weiß sie noch nicht einmal, was sie später am Tag von Mac erfahren werden, und plötzlich ist es durchaus denkbar, dass ihr Vater Raiford von außen sieht. Etwas daran macht Alice fast genauso viel Angst wie die Vorstellung, dass ihr Vater seinem Schöpfer gegenübertreten wird. Nämlich der Gedanke, dass er wieder auf freiem Fuß sein könnte. Wieder an der Welt teilnimmt. Wieder in ihrem Leben auftaucht.

Wie viele andere Fälle mögen es sein? In wie vielen Ländern? Sie wird Boudreaux die Zeit geben, die er braucht, aber viel mehr nicht. Wenn er morgen nichts vorzuweisen hat, worüber Alice sich hermachen könnte, wird sie ihm maximal einen weiteren Tag geben, aber wenn sie wieder im Flieger sitzt, ohne etwas Brauchbares in der Hand zu haben, und das Gefühl hat, dass er sie nur an der Nase herumgeführt hat, dann hat sie immer noch die Möglichkeit, die Bombe platzen zu lassen: Sie wird an die Presse weiterleiten, dass es da noch andere Fälle gibt. Den ganzen verdammten Haufen niederbrennen. Letztes Mittel, aber wenn sie ehrlich zu sich selbst ist, dann würde sie genau das tun, wenn Mum oder Fiona in der Zelle säßen. Für sie würde sie das tun – und noch viel mehr. Was ihren Dad betrifft, tja, das Knäuel ist viel zu verworren, um sich jetzt weiter damit zu beschäftigen.

Ob es nun am Jetlag liegt oder am Adrenalinschub nach Boudreaux' Besuch, Müdigkeit dringt in jede ihrer Poren und zieht sie wie eine bleierne Decke nach unten. Es ist fast Mittag, aber die mentale Erschöpfung der letzten Tage meldet sich. Ein neuer Plan reift in ihr. Sie will Eva nach einem zweiten Besuch in La Santé fragen und dann in ihr Hotel fahren. An ihren anderen Fällen kann sie ebenso gut von dort aus arbeiten wie hier, außerdem besteht im Hotel die Aussicht auf einen Powernap.

Alice überlegt, Eva ausfindig zu machen, aber dieses Gebäude ist riesig. Ohne ihre Führerin könnte sie sich in dem Labyrinth aus Gängen verlaufen. Letzten Endes entscheidet sie sich dafür, eine Nachricht auf Evas Voicemail zu hinterlassen, denn die Aussicht auf Roomservice und ein Nickerchen ist einfach zu verlockend. Daher sucht sie ihre Sachen zusammen und begibt sich wieder in den Eingangsbereich des Gebäudes.

Draußen ist der Straßenverkehr überschaubar, die Autos bahnen sich ihren Weg in einem Tempo, das nahelegt, dass um Mittag herum niemand wirklich irgendwo pünktlich sein muss. Alice beschließt, für den Fußweg von etwa zwanzig Minuten Google Maps als Reiseführer zu nutzen. Der Himmel ist wie eine Patchworkdecke aus Grautönen, und Alice fragt sich, ob sie es bereuen wird, zu Fuß zu gehen, anstatt sich auf ein Taxi zu verlassen. Nach dem Aufbruch in aller Frühe und einem Morgen in einem schuhkartongroßen Büroraum fühlt sich die Luft im Freien wie Balsam auf der Haut an.

Die Versuchung, mitten auf dem Pont Notre-Dame haltzumachen, fühlt sich an, als zöge sie spontan die Handbremse. Alice hat die Brücke schon fast überquert, als das Geländer auf einer Seite eine kleinere, halbkreisförmige Ausbuchtung aufweist, die einige Handbreit über den Fluss ragt, flankiert von verzierten Straßenlaternen. Ach, zum Teufel, warum nicht, denkt sie. Eine Minute wird schon nicht schaden. Ein Moment für sich selbst.

Die Seine zeigt sich in einem trüben, spiegelglatten Grün. Sobald der seichte Wind über die Oberfläche streicht, breiten sich zarte Wellen aus. Ein hypnotisierender Anblick, und es vergeht eine ganze

Minute, ehe sie sich davon losreißen kann und den Fluss entlang-schaut, zu den Brücken, die sich in unregelmäßigen Abständen über die Seine spannen.

Ihr Smartphone gibt ein Pling von sich. Eine Nachricht von Fiona.

Wie läuft's?

Alice fasst sich kurz, bleibt aber nett.

O. K. Rufe dich in ein paar Stunden an.

Hast du jetzt vielleicht zwei Minuten? Kann kaum abwarten, was du erreicht hast!

Alice platzt fast der Kopf von all den Eindrücken des Morgens. Im Augenblick will sie nichts lieber, als auf dem Rückweg zum Hotel die Stadtsilhouette auf sich wirken zu lassen. Sie tippt eine Antwort ein, hört aber mitten in der Zeile auf. Fiona kann warten. Tief ein-atmen durch die Nase, ausatmen durch den leicht geöffneten Mund. Wieder schweift ihr Blick über den Fluss, sie lässt die Gedanken mit der leichten Strömung ziehen. In einer Stadt wie Paris kann man sich leicht im Augenblick verlieren, aber sie weiß, dass sie nicht trödeln darf. Sie wirft kurz einen Blick zurück auf das Gebäude des Polizei-hauptquartiers und ist im Begriff, ihren Weg fortzusetzen, als sich etwas in ihrem Kopf bemerkbar macht.

Noch einmal blickt sie die Brücke hinunter, ihr Instinkt verrät ihr, dass sie gerade etwas wahrgenommen hat, und tatsächlich bleibt ihr Blick Sekunden später an etwas hängen. Fünfzig Meter entfernt, auf der Strecke, die sie soeben gekommen ist, lehnt ein Mann am Geländer. Es sieht so aus, als würde er kurz dort verschnaufen, den Anblick in sich aufnehmen, genau wie sie.

Nur, dass er sie vor einer Sekunde noch direkt angestarrt hat. Da ist sie sich sicher. Eine Falte zeichnet sich auf ihrer Stirn ab, während sie wartet, beobachtet. Und tatsächlich, einen Herzschlag später schaut er wieder in ihre Richtung. Aber das Gesicht ist ihr nicht vertraut. Der Mann steht ohnehin zu weit entfernt, um seine Mimik erkennen zu können, doch die Art und Weise, wie er den Blick schnell wieder von ihr abwendet, bringt sie zu der Überzeugung, dass er mehr an ihr als an dem Ausblick auf die Seine interessiert ist.

Fremde Stadt, noch fremdere Leute. Sie verspürt nicht den Wunsch, länger zu verweilen und sich von irgendeinem Mann anquatschen zu lassen, der sich von der romantischen Seite von Paris inspirieren lässt. Allerdings nimmt sie keine romantisch gefärbte Stimmung wahr. Da ist eher etwas Verstohlenes am Werk. Wie dem auch sei, sie hat keine Lust, länger stehen zu bleiben und der Sache auf den Grund zu gehen.

Alice legt die letzten zehn Meter bis zum Ende der Brücke zurück und nimmt den Fußgängerübergang. Unweigerlich schaut sie hinter sich und entdeckt wieder den Mann, der in ihre Richtung geht, die Hände in den Taschen vergraben, ihren Blick jedoch meidet. Alice beschleunigt ihre Schritte, spürt den schnelleren Herzschlag. Sie erblickt ein Taxi, das am Straßenrand wartet, der Fahrer hat fast sein Sandwich verschlungen – seine Backen sind vollgestopft wie bei einem Streifenhörnchen, das Nüsse bunkert.

Der Fahrer bemerkt, dass sie sich dem Auto nähert, und will sie abwimmeln, hält demonstrativ sein Sandwich hoch, aber offenbar wirkt Alice in diesem Moment so verzweifelt, dass der Mann die Augen verdreht und ihr zu verstehen gibt, einzusteigen.

»Merci«, sagt sie und hasst sich dafür, wie wenig französisch ihr Französisch tatsächlich klingt, wenn sie den Mund aufmacht. »Hotel Saint-Honoré, *s'il vous plaît.*«

Der Fahrer knallt den Rest des Sandwichs auf den Beifahrersitz, ein stummer Protest, dass das Fahrgeld nicht so hoch wie erhofft ausfallen wird. Er mustert sie mit grimmigem Blick im Rückspiegel, ehe er sich mit einem unwirschen Laut in den Straßenverkehr einfädelt.

Inzwischen hat der Unbekannte das Ende der Brücke erreicht, und als das Taxi an ihm vorbeifährt, scheint er die Schritte zu verlangsamen. Als die Scheibe, hinter der sie sitzt, genau auf seiner Höhe ist, treffen sich ihre Blicke, aber nur ganz kurz, nicht länger als einen Wimpernschlag. Flüchtig nimmt sie wahr, dass etwas in seinen Augen aufflammt, als habe er sie wiedererkannt, und Alice hat das Gefühl, als gleite ihr ein Eiswürfel über den Rücken. Unwillkürlich zuckt sie zusammen. Ein Wimpernschlag, und fort ist er, wird immer kleiner, je weiter sie sich von ihm entfernen.

Kein Zweifel, er hat sie erkannt, auch wenn Alice keinen blassen Schimmer hat, wer dieser Mann sein soll. Wer, zum Teufel, sollte sie hier in Paris kennen? In Gedanken ist sie wieder bei dem Anruf, den sie erhalten hat. Von dem Mann, der behauptet hat, sie beide hätten einen gemeinsamen Freund in La Santé. Wie kann das sein? Wie konnten die sie nur so schnell finden?

Sie schließt die Augen, vergegenwärtigt sich sein Gesicht, speichert es in ihrer Erinnerung ab. Noch etwas, das sie mit Eva besprechen muss. Alice konzentriert sich wieder auf ihre Atmung, wirft einen Blick durch die Heckscheibe, aber wer auch immer der Unbekannte sein mag, er ist längst im Gewusel des Straßenverkehrs abgetaucht.

Sie wünscht, sie hätte ihre Joggingsachen mitgebracht. Das Laufen ist ihre Strategie, Dinge zu bewältigen. Ihr Stressball für die Seele. Aber dafür ist jetzt keine Zeit. Die Kopfschmerzen legen sich wie lange, dünne Finger auf ihre Stirn.

Worauf hat sie sich da bloß eingelassen?

21. Kapitel

Dienstag – noch sechs Tage

Was auch immer hier vor sich geht, Boudreaux wird das Gefühl nicht los, dass diese Sache nicht gut für ihn ausgehen wird. Aber alles der Reihe nach. Zunächst muss er sich überlegen, wie er Nachforschungen anstellen kann, ohne dass Pascal Lavigne dahinterkommt. Was die zwölf Fälle betrifft, so kennt er drei Kollegen in den jeweiligen Ländern, denen er vertrauen kann und die seine Anfrage inoffiziell halten werden. Bei den anderen neun muss er sich eine andere Strategie zurechtlegen, aber das schafft er nicht allein. Zwar weiß er genau, wen er dafür einspannen könnte, aber Abs wird sich nicht so leicht überreden lassen, hinter dem Rücken ihres Vorgesetzten zu agieren.

Die drei Kollegen, die er kontaktieren kann, sitzen in Osteuropa, genauer in Bosnien, Serbien und Kroatien. Wenn er ein paar Gefallen einfordert, die nötigen Informationen erhält und sich davon überzeugen kann, dass diese drei seine generellen Befürchtungen teilen, dann müsste das ausreichen, um auch Abs davon zu überzeugen, dass bei den übrigen Fällen seine speziellen Fertigkeiten gefragt sind.

Da wäre noch eine Unterhaltung, die er gerne führen würde, am liebsten von Angesicht zu Angesicht. Ein Besuch in La Santé, um alles aus erster Hand zu erfahren. Er will Dufort in die Augen sehen, wenn der ihm sagt, dass er es nicht getan haben kann. Boudreaux ist stolz auf seine Fähigkeit, Menschen zu lesen. Und diese Gabe verrät ihm, dass Alice Logan absolut davon überzeugt ist, hier sei etwas faul. Es ist nicht einfach nur Gepolter oder ein getrübtes Urteilsvermögen wegen ihres Vaters.

Da gibt es allerdings zwei Probleme. Erstens, Lavigne ist so ein Scheißkerl, er würde tatsächlich seine Drohung wahrmachen und zuschlagen, wenn Boudreaux sich den Anweisungen widersetzt. Zweitens, Touissant, der Direktor der Anstalt, ist eine schleimige Kröte, die ihn bei der geringsten Gelegenheit verpfeifen würde, nur um sich bei einem Schwachkopf wie Lavigne beliebt zu machen. Vorerst belässt Boudreaux es daher dabei.

Stattdessen macht er sich an die Arbeit, greift zum Telefon und wirft die Angel aus. In Kroatien und Serbien geht niemand ran, aber nachdem er die bosnische Nummer eingegeben hat, nimmt jemand nach dem dritten Ton ab.

»Bitte sag mir, dass ich nicht dein einziger Anruf von einem Handy aus bin.«

Diese Stimme hat er schon viel zu lange nicht mehr gehört. Vier Monate, vielleicht fünf. Niemand würde Hayley Virgo bei diesem texanischen Akzent je für eine Bosnierin halten. Sie trat GALE in derselben Woche bei wie Boudreaux. Vom ersten Tag an hatte er sich blendend mit der neuen Kollegin verstanden, die zehn Jahre bei den Texas Rangers war, und so bildeten sie im Außendienst ein gefürchtetes Duo, bis Hayley das Angebot erhielt, die Zentrale in Bosnien zu leiten. Es war nicht so, dass sie sich tatsächlich aus den Augen verloren hätten, aber bei den Jobs, die sie stemmen müssen, hat man nie wirklich frei. Boudreaux' Vorschlag, einen Roadtrip nach Sarajevo zu unternehmen, ist ernst gemeint gewesen, aber das Timing hat nie gepasst.

»Da du mich hier nicht mehr auf Abwege führen kannst, wird es kaum passieren, dass man mich einbuchtet.«

»Ist wohl eher so, dass du nicht erwischt würdest, wenn du mich dabeihättest«, schießt Hayley zurück. »Was verschafft mir das Vergnügen? Schätze, du rufst nicht an, um mir zu sagen, dass du dich demnächst hier bei mir blicken lässt, oder?«

»Ich schaue bei dir vorbei, sobald die Leute sich hier benehmen können, zumindest lange genug, damit ich sie unbeaufsichtigt lassen kann«, kontert er.

»Also dann geschäftlich. Schieß los.«

Boudreaux zögert einen Moment, legt sich die Worte sorgsam zurecht. Auch wenn Hayley eine gute Freundin ist, steht sie von der Hierarchie her auf der gleichen Stufe wie sein eigener Boss, und die Bitte, die er gleich an sie richtet, wird ihr wahrscheinlich nicht schmecken, Freundschaft hin oder her. In ihrem Beruf gibt es eine Hackordnung und Protokolle, und mit seiner Bitte verlangt er, dass sie über all diese Dinge hinwegsieht. Ach, verdammt, denkt er. Ehrlich währt am längsten. Wären die Rollen vertauscht, wäre es ihm auch am liebsten, wenn mit offenen Karten gespielt würde. Schlimmstenfalls sagt Hayley Nein. Aufgrund ihrer gemeinsamen Vergangenheit ist Boudreaux zuversichtlich, dass sie seine Bitte, ihm zu helfen, nicht verraten wird, selbst wenn sie jegliche Unterstützung ablehnt.

Also liefert er ihr die Infos, mit allen Haken und Ösen. Was Alice veranlasst hat, aktiv zu werden, was er selbst bislang aufgedeckt hat. Mit keinem Wort beschönigt er die klaffenden Löcher in der Argumentationskette, aber die Besorgnis in seiner Stimme ist kaum zu überhören, dass da noch etwas Größeres im Schwange ist. Ein Schatten gut anderthalb Kilometer die Straße hinauf, auch wenn Boudreaux die Konturen noch nicht erkennen kann.

»Hm«, macht Hayley und lässt alles auf sich wirken, als Luc zum Ende kommt. »Hör zu, ich will dir gegenüber ehrlich sein. Vor einer halben Stunde hat mich Pascal angerufen. Er meinte, du könntest auf die Idee kommen, dich über ihn hinwegzusetzen und Kontakt mit mir aufzunehmen, und dass er die gleiche Reaktion erwartet, wie wenn einer meiner Jungs mich hintergehen würde.«

Boudreaux schüttelt den Kopf und beißt sich auf die Lippe, um die Flüche zu unterdrücken, die hinauswollen, weil er von seinem bürokratischen Boss ausgetrickst wurde.

»Bevor du murrst und zeterst«, fährt Hayley fort, »ich weiß, was du vermutlich denkst. Scheiß auf Pascal, stimmt's?«

»Das hast du gesagt, nicht ich«, erwidert Boudreaux und ringt in Gedanken um einen Plan B, überlegt auf die Schnelle, wie er sonst an die Infos kommen könnte, weiß sich aber vorerst nicht zu helfen.

»Wirst du ihm erzählen, dass ich angerufen habe?«

»Nein«, sagt Hayley, langsam, gemessen. »Und weißt du auch, warum?«

»Nein, warum?«

»Weil, scheiß auf Pascal, oder nicht?« Sie klingt so, als würde sie jede Silbe genießen.

»Amen, Schwester«, sagt Boudreaux, vorsichtig optimistisch, wie sich das entwickeln könnte.

»Ich rate dir jedoch zur Vorsicht«, fährt Hayley fort. »Falls du dich irrst, nagelt er dich an den Mast, wenn einer dieser Typen freikommt. Aber ich vertraue dir. Wenn du sagst, dass da was nicht stimmt, dann stimmt da was nicht.«

»Also hilfst du mir?«

»Ich kann dich nicht mit dem Gefangenen sprechen lassen, aber ja, ich helfe dir. Am besten unterhalte ich mich mal mit demjenigen, der ihn eingebuchtet hat.«

»Hayley, es würde mir wirklich sehr helfen, wenn mir der Typ, der eingelocht wurde, selbst erzählen könnte, was passiert ist.«

»Glaubst du, er wird nicht umgehend mit seinem Anwalt reden wollen?«, fragt Hayley. »Um ihn zu fragen, was läuft? Hm. Ich kann nicht zulassen, dass diese aalglatten Bastarde sich an eine Rettungsleine klammern. Das ist mein Angebot, nimm es an oder lass es.«

»Ich nehme es an«, sagt Boudreaux, ohne zu zögern. Er weiß, dass seine Freundin sich für ihn in den zähen Straßenverkehr stürzt, um ihm entgegenzukommen. Er ist ihr mehr als einen Gefallen schuldig.

»Okay, ich melde mich wieder bei dir. Kann aber nicht versprechen, dass es noch heute sein wird.«

Wie immer überlegen sie, wie sie sich wiedersehen könnten, und Boudreaux nimmt sich vor, dass es diesmal klappt, sobald die Sache vorüber ist – was es auch immer sein mag. Zuerst Mario Higuita und jetzt Jim Sharp, ein Doppelanker um seinen Hals. Es fühlt sich an, als würde er von diesem Gewicht immer weiter in die Tiefe gezogen, und ein Tapetenwechsel erscheint ihm im Augenblick wie das Gelobte Land, und sei es nur für ein oder zwei Tage. Sie betreiben noch ein bisschen Small Talk, als er am leisen Piepton hört, dass noch jemand anruft. Rasch wirft er einen Blick auf sein Display, eine Nummer aus Frankreich, die er nicht kennt.

»Hey, ich muss auflegen«, sagt er zu Hayley. »Danke für alles.«

»Bedanke dich lieber noch nicht«, erwidert sie. »Vielleicht habe ich nichts für dich.«

»Trotzdem danke«, wiederholt er und beendet das Gespräch, um den nächsten Anruf entgegenzunehmen.

Ein Klicken und ein knappes Schweigen in der Verbindung. »Hallo?«

Er braucht eine Sekunde, um die Stimme zu erkennen. Alice Logan. Sie schwankt irgendwo zwischen Wut und Angst. Boudreaux hat genug gehört und fackelt nicht lange. Schon beim nächsten Atemzug schnappt er sich die Autoschlüssel und eilt zur Tür hinaus.

22. Kapitel

Dienstag – noch sechs Tage

Alice schließt die Augen, während der starke Wasserstrahl aus dem Duschkopf die Müdigkeit des Tages vertreibt. Sie könnte stundenlang hier drin stehen, aber Zeit für Luxus hat sie, wenn sie wieder zu Hause ist. Tja, jedenfalls mehr Zeit als hier.

Sie nimmt ein Handtuch von der Halterung, hüllt sich darin ein und bindet sich ein zweites wie einen Turban um den Kopf. Eine Stunde, so verspricht sie es sich selbst. Sie stellt eine zusätzliche Weckfunktion ein, damit sie nicht durchschläft. Das Zimmer ist klein. Zwei Einzelbetten an der gegenüberliegenden Wand. Der winzige Schreibtisch in der Ecke ist gerade groß genug für Laptop und Notizbuch. Ein solches Zimmer hätte sie nicht genommen, wenn das eine Urlaubsreise gewesen wäre. Aber solange das Wi-Fi funktioniert, ist alles in Ordnung.

Alice geht im Geist eine Checkliste durch, während sie sich abtrocknet und in Jogginghose und Hoodie schlüpft. Eine zweite Fahrt zum Gefängnis ist heute möglich, morgen wäre es sehr knapp, hängt aber davon ab, wann Eva sie wieder kontaktiert. Inzwischen müsste Sofia mit Mac gesprochen haben. Beides hat Alice im Augenblick nicht in der Hand. Sie widmet ihre Aufmerksamkeit der unerwarteten Entwicklung: Boudreaux hat von einer Reihe anderer Fälle gesprochen.

Wäre dies ein Gerichtssaal, würde sie die andere Seite dazu bringen, sich zu äußern. Grundprinzipien der Offenlegung. Bis zu diesem Punkt beruht jedoch alles auf Indizien, das ist ihr bewusst. Ein Richter würde sie auslachen, wenn sie etwas anderes andeuten würde. Sie braucht mehr. Sie braucht Details, und Boudreaux ist der Torwächter. So verblüfft sie auch ist, dass der Agent ihr seine Hilfe anbietet, es fühlt sich ehrlich gemeint an. Kein Grund, seine ohnehin fragile Bereitschaft auf die Probe zu stellen, indem sie ihn umgeht oder hinter seinem Rücken recherchiert. Jedenfalls noch nicht.

Wenn sie merkt, dass Boudreaux auf Zeit spielt oder, was schlimmer wäre, sein Angebot zu helfen zurücknimmt, braucht Alice einen Plan B, idealerweise einen, bei dem nichts an die Presse durchsickert, obwohl das immer noch ihr letzter Ausweg sein wird. Wahrscheinlich wird Boudreaux an die Decke gehen, wenn es hart auf hart kommt, aber Alice ruft sich in Erinnerung, dass sie Luc Boudreaux nichts schuldig ist.

Sie rubbelt ihr Haar trocken und überlegt, was für Möglichkeiten es vielleicht noch gibt, um in den anderen Fällen herumzuwühlen. Vom Fenster her schrauben sich die Geräusche der Stadt bis zu ihr hinauf. Ein ununterbrochenes Brummen der Motoren, obwohl ihr Hotelzimmer gar nicht zur Hauptstraße geht. Eine grelle Hupe schießt durch ihre Gedanken, und unwillkürlich wirft sie einen Blick hinaus.

Die Straße vier Stockwerke unter ihr ist ein schmales Band Asphalt, die Autos dort parken so dicht an dicht, dass man kaum noch eine Spielkarte dazwischenschieben könnte. Weiter links ein Moped, der Fahrer gestikuliert in Richtung eines Mannes, der sich halb aus der geöffneten Autotür lehnt, sein Fahrzeug ragt halb auf die Straße. Vielleicht ist er gerade aus der Parklücke gefahren und hat den Mopedfahrer übersehen. Wer auch immer Schuld hat, Alice braucht der Sprache nicht mächtig zu sein, um die Wut zu spüren, die beide ausströmen. Wut im Straßenverkehr ist eine Universalsprache.

Sie will sich schon vom Fenster abwenden, als sie erstarrt und im Trockenrubbeln der Haare innehält. Die zankenden Verkehrsteilnehmer sind nicht die einzigen Leute auf der Rue Saint-Honoré. Vier Ladenfassaden weiter ostwärts, unmittelbar an der Kreuzung mit der benachbarten Straße, stehen zwei Männer, die in eine Unterhaltung vertieft zu sein scheinen. Der eine lehnt an der Mauer und zieht an seiner E-Zigarette. Der andere steht mit dem Rücken zu Alice, die Hände in den Taschen.

Alice muss zweimal hingucken. So unwahrscheinlich es auch sein mag, sie erkennt den Mann wieder, der da so lässig an der Mauer lehnt. Die Baseballcap, die er sich tief in die Stirn gezogen hat, die Jacke, die sie zuletzt gesehen hat, als der Typ auf dem Pont Notre-Dame in ihre Richtung kam. Sie schüttelt den Gedanken ab. Du wirst noch paranoid, sagt sie zu sich selbst. Sie sieht Dinge in den Schatten, die nicht da sind. Ihr über eine Brücke zu folgen ist eine Sache, aber zu wissen, wo sie abgestiegen ist?

Sie hat sich soeben von der Vorstellung verabschiedet, als der Mann etwas tut, das sie in eine Art Schockstarre versetzt, als würde sie in flüssigen Stickstoff getaucht. Nichts als eine simple Geste. Er klopft seinem Kumpel auf die Schulter, und als sich die Dampfmaschinenwolke der E-Zigarette verflüchtigt, sieht Alice, wie der Typ auf ihr Hotel zeigt.

Es ist, als habe er einen Schalter umgelegt, mit dem sie verbunden ist, und so weicht Alice hastig vom Fenster zurück, das Herz hämmert in ihrer Brust. Panik steigt in ihr auf wie eine Wellenfront. Sie konzentriert sich auf ihre Atmung und versucht sich einzureden, dass es eine logische Erklärung dafür geben muss. Noch einmal ein Blick vorbei am Vorhang, und der Mann an der Mauer tippt auf seinem Display herum. Als er sich das Handy ans Ohr hält, schaut der andere Mann in Alice' Richtung. Zwar nicht genau zu ihrem Fenster, aber es reicht, um ihr einen Schauder über den Rücken zu jagen. Aber das ist noch nicht so schlimm wie das, was dann passiert.

Drüben auf dem Nachttischchen erwacht ihr Smartphone lärmend, bewegt sich langsam und vibrierend auf der Oberfläche. Alice knallt mit der Hüfte gegen den Schreibtisch, als sie zum Bett stolpert, um das Handy zu schnappen. Dieselbe Nummer wie zuvor. Ihr Hirn hat Schwierigkeiten, aus alldem schlau zu werden, was sie sieht. Beim sechsten Ton ist sie wieder am Fenster, das Smartphone pulsiert in ihren Fingern, mit der freien Hand zieht sie den Vorhang ein kleines Stück weiter zurück. Der Typ an der Mauer lässt das Handy wieder sinken, tippt einmal aufs Display – eine Sekunde später ist Alice' Handy verstummt.

»Was, zum Teufel …?« Ihr Wispern verliert sich im leeren Zimmer. Alice lässt sich mit dem Rücken an der Wand langsam zu Boden gleiten, ihr Mund ist so trocken wie Schleifpapier. Sie versucht, Eva zu erreichen, und hasst es, wie sehr ihre Finger zittern, während sie aufs Display tippt. Voicemail. Sie probiert es ein zweites Mal, in der Hoffnung, dass ein erneuter Anruft die Dringlichkeit unterstreicht, aber das Resultat bleibt gleich.

Da gäbe es eine Alternative. Jemand, von dem sie nie gedacht hätte, dass sie ihn um Hilfe bitten würde, aber sie schluckt ihren Stolz herunter. Wenn diese Leute wissen, dass sie hier ist, kommen sie vielleicht zu ihrem Zimmer, und was dann?

Das Klopfen an der Tür zehn Minuten später ist geschäftsmäßig. Ein schnelles dreifaches Pochen. Alice schleicht zur Tür, späht durch den Spion und atmet erleichtert auf, als sie Luc Boudreaux sieht, sein Gesicht verzerrt wie in einem Spiegelkabinett auf dem Jahrmarkt. Sie streift die Sicherheitskette ab und schaut Boudreaux unwillkürlich über die Schulter, als sie ihm die Tür öffnet.

Boudreaux blickt sich um, als rechne er mit jemandem, der sich heimlich irgendwo im Hotelflur herumdrückt.

»Erwarten Sie sonst noch jemanden?«

Alice gibt darauf keine Antwort. Sie zieht die Augenbrauen hoch und bedeutet dem Agent, ins Zimmer zu treten.

»Alles okay bei Ihnen?« Boudreaux geht direkt zum Fenster und späht durch einen Spalt zwischen den Vorhängen nach draußen.

»Ja, mir geht's gut«, antwortet Alice ein bisschen zu schnell, um überzeugend zu klingen.

»Erzählen Sie mir noch einmal, was passiert ist«, bittet Boudreaux sie und lehnt mit dem Rücken an der Wand mit der Tapete.

Alice atmet einmal tief durch und berichtet ihm von der Begegnung mit dem Mann auf der Brücke, wenn man überhaupt von Begegnung reden kann. Wie sie in ein Taxi gesprungen ist, schnurstracks zum Hotel gefahren und sofort auf ihr Zimmer gegangen ist.

»Ich komme aus der Dusche und entdecke ihn dort unten«, erklärt sie. »Ich war gerade dabei, meine Haare trocken zu rubbeln, als ich von draußen laute Stimmen höre. Zwei Typen schreien sich an. Ich schaue aus dem Fenster, und da sehe ich ihn. Genau den Mann, der mir auf der Brücke gefolgt ist.«

»Und da sind Sie sich sicher?«

Eine Pause. »Ziemlich sicher, ja.«

»Können Sie ihn beschreiben?«

»Ich konnte sein Gesicht nicht genau erkennen.«

»Wie können Sie sich dann sicher sein?«

Ein Anflug von Verstimmung, sie hat das Gefühl, als wären die Rollen vertauscht und sie steht plötzlich im Zeugenstand.

»Er trug dasselbe Outfit. Dieselbe Jacke. Dieselbe Basecap, blau mit fettem roten Logo an der Stirnseite. Was für ein Logo, konnte ich nicht erkennen.«

»War es dasselbe oder ein ähnliches?«

»Dasselbe, aber das ist nicht alles. Diesmal war er nämlich nicht allein.«

Sie beschreibt den zweiten Mann, erwähnt, wie die beiden zu ihrem Hotel herübergesehen haben. Wie die rätselhafte Nummer nicht länger ein Rätsel ist. Boudreaux notiert sich die Nummer und verspricht, mit Eva zu reden und zu sehen, ob sie bereits etwas unternommen hat.

»Und nachdem Sie mich angerufen haben, haben Sie die beiden nicht mehr gesehen?«

Alice schüttelt den Kopf. »Wahrscheinlich haben sie sich verdrückt, als ich gerade nicht am Fenster war.«

Boudreaux schiebt den Vorhang mit einer Hand zur Seite, öffnet das Fenster, schaut in beide Richtungen die Straße hinunter. Eine unangenehme Stille breitet sich aus, während er nach draußen späht. Abgesehen von den Anrufen könnte der Mann auf der Brücke ebenso wie die Posten an der Straßenecke Alice' Fantasie entsprungen sein; vielleicht hat sie Verbindungen hergestellt, die überhaupt nicht existieren.

»Okay«, sagt Boudreaux schließlich, »wir machen jetzt Folgendes. Ich werde Eva bitten, diese Nummer so schnell wie möglich überprüfen zu lassen. Was sagten Sie noch gleich, wann geht Ihr Flug nach Hause?«

»Morgen.«

»Und was haben Sie für den Rest des Tages geplant?«

»Eva wollte versuchen, einen zweiten Besuch bei Dufort zu organisieren. Außerdem habe ich noch zu tun, andere Fälle, aber das kann ich von hier aus machen.«

Boudreaux starrt sie einfach nur an, und Alice spürt, dass er innerlich mit sich ringt. Als er dann etwas sagt, ist es nicht das, was Alice erwartet hat.

»Sie werden nicht reinkommen«, sagt er. »Und falls doch, werde ich derjenige sein, der eine Tracht Prügel dafür bezieht.«

Er erzählt ihr von dem Gespräch mit Lavigne und versucht gar nicht erst, einen Hehl daraus zu machen, wie sehr ihm die Einstellung seines Vorgesetzten gegen den Strich geht.

»Wie können Sie nur für so einen Mann arbeiten?«, fragt sie, als er fertig ist.

»Das frage ich mich manchmal auch. Worüber wollten Sie eigentlich noch mit Dufort sprechen?«

»Da ist das, was Sie über all die anderen gesagt haben, dass sie früher einmal jemandem etwas angetan haben. Ich wollte wissen, was er womöglich preisgibt. Ob er mir etwas erzählt, das in irgendeiner Weise eine Verbindung zu meinem Dad herstellt, zu demjenigen, der dahinterstecken könnte, was auch immer es ist.«

»Männer wie Dufort, da ist die Liste lang«, bemerkt Boudreaux.

»Irgendwo muss ich ja anfangen, oder? Warum mache ich mir denn die ganze Mühe, hierherzukommen, und dann spreche ich nicht mit ihm?«

»Aber Sie haben ja schon mit ihm gesprochen?«

»Und bin keinen Schritt weiter«, entgegnet sie und klingt frustriert. »Eine Mauer nach der nächsten, und alle werden auf Ihrer Seite hochgezogen.«

Er gibt ein Schnauben von sich, schaut zum Fenster, als suche er dort nach Antworten. Schließlich sagt er etwas, womit sie nicht gerechnet hat.

»Wenn Sie eine dieser Mauern einreißen wollen, dann brauchen Sie nicht nach La Santé zu fahren, um herauszufinden, was für ein Typ Dufort ist. Das kann ich Ihnen auch hier zeigen.«

Sie hockt auf der Bettkante, als er zu ihr kommt, sein Handy herausholt und sich neben sie setzt. Die Matratze gibt unter seinem Gewicht nach, und Alice kippt einen Moment leicht zur Seite, sodass sich ihre Schultern berühren. Sie spürt die Wärme, die er verströmt, und für die Dauer eines Herzschlags nimmt sie eine Bindung wahr. Ein Gefühl von Geborgenheit in dieser unbekannten Stadt. Schon richtet er sich auf, entfernt sich nur ein kleines Stück, aber es genügt, um den Bann zu brechen.

Alice schüttelt die Empfindungen ab, was es auch gewesen sein mag, und atmet hörbar ein.

»Dann zeigen Sie mal, was Sie da haben.«

23. Kapitel

Dienstag – noch sechs Tage

Alice verfolgt, wie Boudreaux eine App auf seinem Smartphone öffnet. Das GALE-Logo ploppt auf, dann wendet er sich ein wenig von ihr ab, um das Display abzuschirmen, während er das Passwort eingibt.

»Fernzugriff auf unsere Datenbanken«, erklärt er ihr. »So erhalten wir Echtzeit-Infos vor Ort. Hier sind die Eckdaten von Dufort.«

Er legt das Handy auf den kleinen Tisch, damit sie beide besser sehen können, und scrollt weiter.

»Er gehört zu den Leuten, die nie einen richtigen Job im Leben hatten«, beginnt er. »Hat sich hochgearbeitet und sich nicht groß darum geschert, wen er dabei niedergetrampelt hat.«

Ein Polizeifoto ploppt auf dem Display auf, ein jüngerer Dufort, vor zehn, vielleicht fünfzehn Jahren.

»Saß vor Jahren im Gefängnis wegen schwerer Körperverletzung. Hat einen Jungen aus einer rivalisierenden Gang ins Koma geprügelt. Kam wieder raus und machte gleich weiter. Typen wie er kennen keine Rehabilitation. Seitdem ist nichts mehr zu Buche geschlagen, zumindest nicht bis …«

»Ich weiß von dem Russen, den er umgebracht haben soll«, sagt Alice. »Viktor Semenov. Aber wenn er in das Muster passt, dann muss es da noch jemanden geben, jemanden, der nicht Jahre zurückliegt.«

Boudreaux nickt und tippt aufs Display. Das Polizeifoto verschwindet, wird ersetzt durch ein anderes Foto, bei dem Alice zusammenzuckt. Es ist das Bild einer jungen Frau. Ihr Gesicht ist eine

Farbpalette aus dunkelroten und grün-gelblichen Prellungen. Ein Auge ist zugeschwollen, das andere stiert ins Leere, blutunterlaufen. Ihre Nase sieht verformt aus, ein paar Grad verschoben, wie bei einer Knetfigur.

»Elena Georgiou, eine junge Frau, die an einem Abend mit Freundinnen unterwegs war und in der Nähe von Nikosia auf Zypern in einem Feldlazarett der UN landete, und zwar drei Monate, bevor Dufort für den Mord an Semenov verhaftet wurde.«

Alice hält sich eine Hand vor den Mund. Die arme Frau auf dem Display wirkt halb so groß wie Dufort. Langsam schüttelt sie den Kopf, während Boudreaux fortfährt.

»Zeugen sagten aus, er habe ihre Freundin attackiert, ihre Brust begrapscht, und Elena versuchte, ihn aufzuhalten. Er schlug so hart zu, dass sie zu Boden ging und mit dem Kopf aufschlug. Er zertrümmerte ihr den Schädel, es kam zu inneren Blutungen. Sie starb noch auf dem OP-Tisch.«

Alice verspürt aufschießende Wut, wenn sie an das Schicksal der Frau denkt. Sie weiß, dass Dufort ein übler Zeitgenosse ist, aber wenn man den Verbrechen einen Namen oder ein Gesicht gibt, macht sie das nur realer.

»Warum ist er dafür nicht in den Knast gewandert?«, will sie wissen.

»Offizielle Version? Die Zeugen überlegten es sich anders. Inoffiziell sind wir ziemlich sicher, dass Duforts Leute bei dieser Entscheidung nachgeholfen haben.«

»Er ist ein Tier«, flüstert sie und kann den Blick nicht von dem Display wenden.

»Keine Einwände meinerseits«, meint Boudreaux und lässt ein Achselzucken folgen.

»Könnte es jemanden geben, der mit Elena zu tun hatte und ihn dann reingelegt hat?«

»*Wenn* er reingelegt wurde«, verbessert Boudreaux sie. »Da habe ich meine Zweifel, wenn Sie mich fragen. Wenn diese Zeugen eingeschüchtert wurden und ihre Aussagen zurückgezogen haben, dann sind sie wahrscheinlich nicht so hartgesotten, dass sie diesen Semenov umbringen, um ihr Ziel zu erreichen. Aber ich hake da noch mal nach.«

Alice nickt, richtet sich wieder auf, als habe sie genug gesehen. Dann steht sie auf, geht zum Fenster und schaut hinaus.

»Ich und mein Dad, wir stehen uns nicht nahe. Haben uns nie gut verstanden, eigentlich. Aber selbst jetzt kann ich mir einfach nicht vorstellen, dass er mit jemandem wie ihm zu tun haben soll. Mit jemandem, der derart gewalttätig sein kann. Er ist ein Dieb und ein Betrüger, aber ich habe nie erlebt, dass er die Hand gegen jemanden erhoben hätte.«

»In meinem Metier lernt man, dass Leute unter den richtigen Umständen zu fast allem fähig sind«, meint Boudreaux.

Und wozu wären Sie fähig, Agent Boudreaux?, überlegt sie, behält das aber natürlich für sich.

»Ich brauche ja nicht zu erwähnen, dass ich Ihnen diese Fotos nie gezeigt habe«, sagt Boudreaux und deutet auf die Dateien auf seinem Handy.

»Pfadfinderehrenwort«, sagt Alice und tippt sich an die imaginäre Mütze.

»Und, wie sehen Ihre Pläne jetzt aus?«, erkundigt er sich.

Alice schaut auf die Uhr. Sie will unbedingt Sofia anrufen und hören, ob sie schon bei Mac war, weiß aber, dass das nichts bringt. Sofia wird sich melden, sobald sie etwas in Erfahrung gebracht hat. Außerdem, kein Grund, sich von Boudreaux in diesem Punkt in die Karten schauen zu lassen. Im Augenblick gibt er sich nett und freundlich, aber wie wird er reagieren, sobald es da etwas Handfestes gibt, das ihn schlecht aussehen lässt? Wird die Version von ihm, die eben im Zimmer zutage getreten ist, wieder auftauchen? Vielleicht ist es beim nächsten Mal Alice, die Drohungen erhält.

»Ich werde hier arbeiten, im Hotel bleiben und meine Anrufe von hier aus machen.«

»Ist das eine gute Idee, wenn Duforts Kollegen wissen, wo Sie sind?«

»Glauben Sie wirklich, dass er weitermachen wird?«, fragt Alice.

»Wer kann das schon sagen bei Typen wie ihm? Warum sollten wir es drauf ankommen lassen? Ich kann Ihnen woanders ein Zimmer suchen.«

»Aber ich habe das hier schon bezahlt.«

Boudreaux tut ihre Einwände ab. »Ich regle das. Das Mindeste, das wir tun können. Dann können Sie in Ruhe arbeiten, während ich mit gebührender Sorgfalt vorgehe.«

»Gibt's in der Hinsicht schon was Neues?« Alice fragt sich, ob Boudreaux aufgeschlossener sein wird.

»Ich habe ein paar Leute angerufen, aber noch nichts Konkretes. Kommen Sie, ich bringe Sie woanders unter, dann sehen wir morgen weiter.«

Alice schaut auf die Uhr. Kurz vor fünfzehn Uhr Ortszeit. Im Polizeipräsidium kann sie nichts tun, was sie nicht auch in Reichweite einer Minibar erledigen könnte.

»Okay«, sagt sie schließlich.

Selbst dieser kleine Akt des Vertrauens fühlt sich wie ein Zugeständnis an, das sie eigentlich noch nicht bereit ist zu machen. Aber der gesunde Menschenverstand behält die Oberhand. Boudreaux sorgt dafür, dass ihr das Geld zurückerstattet wird – er lässt an der Rezeption seine Dienstmarke aufblitzen und verspricht, das Hotel als Basis für zukünftige Meetings der Strafverfolgungsbehörden zu empfehlen, und so findet sich Alice eine Stunde später in einem unwesentlich größeren Zimmer in einem Boutique-Hotel wieder, südlich der Seine, im 7. Arrondissement.

Boudreaux verabschiedet sich und stellt ihr ein Treffen um zehn Uhr am nächsten Morgen im Präsidium in Aussicht, worauf Alice sich eine überteuerte Cola aus der Minibar gönnt und sich auf den Stuhl sinken lässt, von wo aus sie die Vorderseite ihres neuen Domizils überblicken kann.

Es fühlt sich an wie im Auge eines Sturms, den sie nicht aufziehen sah. Vor ein paar Tagen war ihr Leben so viel strukturierter. Sie hat gelernt, mit der Vergangenheit zurechtzukommen, indem sie sie außer Sichtweite verstaut hat, wie all die Schuhkartons voller Zeitungsausschnitte und Fotos, die viele Leute in ihren Schränken aufbewahren. Nur in den ruhigsten Momenten der Selbstbetrachtung vertieft sie sich in Erinnerungen aus ihrer Vergangenheit. Und das ist selten der Fall.

Aber hier kann sie sich vor nichts verstecken. Mit seinem Wiederauftauchen hat Dad die alten Erinnerungen nicht bloß geweckt, er hat sie wiederauferstehen lassen wie eine Art von Frankensteins Monster. Sie tut ihr Bestes, um objektiv zu bleiben. Um ihr Urteilsvermögen nicht beeinträchtigen zu lassen von der Meinung, die sie von dem Mann hat. Leichter gesagt als getan. Besser ist es, wenn sie versucht, sich selbst in der Rolle der Anwältin zu sehen, nicht in der Rolle der Tochter.

Sie lässt sich Zeit bei dem Getränk. Genießt es mit geschlossenen Augen und lauscht auf das Hintergrundrauschen des Verkehrs, das durch das offene Fenster dringt. Die ersten Anzeichen von Druckkopfschmerz lauern wie Monster unterm Bett. Bloß nicht zu lange über Dufort und seine Psychospiele nachdenken, sagt sie sich. Nach vorne blicken. Auf Sofia vertrauen, hoffen, dass Boudreaux etwas erreicht, aber trotzdem darauf vorbereitet sein, die vage Antwort eines Politikers zu bekommen.

Es gibt immer eine andere Möglichkeit, wispert eine Stimme in ihrem Kopf. Die Sachen packen und nach Hause fliegen. Fiona sagen, dass sie ihr Bestes gegeben hat. Vielleicht würde ihre Schwester ihr das sogar abnehmen, vielleicht aber auch nicht. Doch Alice könnte sich selbst nichts vormachen. Sie ist stolz darauf, die Sache besser hinzubekommen, anstatt Ausreden zu erfinden. Sie bekommt das besser hin, als Dad es je schaffen würde. Erneut macht sie sich bewusst, dass sie die ist, die sie ist – obwohl oder gerade weil sie ihn als Vater hatte. Und deshalb kann sie auch nicht einfach davonlaufen. Denn das wäre ein Verhalten, das jemand wie er an den Tag legen würde.

Alice klappt ihren Laptop auf, und das Erste, was sie sieht, ist eine E-Mail von Moira, in der steht, Fiona habe mehrmals im Büro angerufen. Wieso ruft ihre Schwester nicht auf dem Handy an? Dann fällt Alice ein, dass sie auf der Brücke mitten in der Nachricht aufgehört hat zu tippen. Sie schaut auf ihr Smartphone und sieht acht verpasste Anrufe ihrer Schwester.

Mist. Sie weiß, dass Fiona sich immer schnell Sorgen macht, vermutlich malt sie sich schon aus, dass Alice reglos in der Seine treibt.

Sie will sie zurückrufen, hält aber inne, die Fingerspitzen schweben über der Nummer. Wie viel will sie Fiona anvertrauen? Nichts von alldem fällt unter das Anwaltsgeheimnis. Sie vertritt hier nicht ihren Dad. Viel wichtiger ist, dass sie im Augenblick den Informationsfluss kontrollieren muss. Wer weiß, was Fiona alles unternehmen und wem sie was erzählen würde, wenn sie jetzt schon von den anderen Fällen erführe. Außerdem möchte Alice ihrer Schwester keine falschen Hoffnungen machen. Es ist gerade einmal einen Tag her, dass Alice den Fall ihres Vaters noch ganz anders betrachtet hat, und seither haben sich die Dinge weiterentwickelt, aber trotzdem liegt noch ein langer Weg vor ihr, ehe etwas Brauchbares dabei herauskommt.

Je nachdem, welche Infos Boudreaux und Sofia haben, wäre ein zweites Gespräch mit ihrem Vater nützlich. Bei dem Gedanken gehen ihre Mundwinkel unweigerlich nach unten. Dad mit seiner demütigen, handzahmen Art, als sei er auf dem Weg zum nächsten Märtyrer. Alice ist noch nicht bereit, auf glückliche Familie zu machen. Ist sich nicht sicher, ob sie das jemals will. Sie fängt an, eine Nachricht an Sofia zu schreiben, und bittet sie, Kontakt mit dem Gefängnisdirektor aufzunehmen, als der Klingelton ihres Handys sie zusammenzucken lässt.

Sofias Name ist im Display zu sehen, als habe Alice sie allein mit der Kraft ihrer Gedanken heraufbeschworen. Tiefes Einatmen. Ihr

Herz schlägt wie bei einem Rennpferd, die Nerven liegen blank nach den Erlebnissen des Tages. Sie betet, dass es gute Nachrichten sind, ehe sie den Anruf entgegennimmt und dabei hinüber zum Fenster geht. Und während die Verbindung zustande kommt, erhascht Alice einen Blick auf eine Gestalt, die sich hinter eine Bushaltestelle flüchtet. Überall Schreckgespenster. In einer fremden Stadt, Hunderte Kilometer von zu Hause entfernt, hat sie sich nie einsamer gefühlt. Und verletzlicher.

24. Kapitel

Dienstag – noch sechs Tage

»Hey, bitte sag mir, dass du etwas Schlaf bekommen hast«, meint Alice.

»Etwas, ja«, antwortet Sofia. »Aber reden wir nicht von mir. Wie ist der Urlaub?«

»Traumhaft.« Alice lacht. »Bootsfahrt auf der Seine, umschwärmt von den Männern hier. Solltest du auch mal probieren.«

»Würde ich gern, aber mein Boss hat nichts für Urlaub übrig. Aber jetzt im Ernst, wie läuft's bei dir?«

»Es war ... interessant bisher.«

»Wie war's mit diesem Franzosen – und mit Boudreaux, da wir gerade dabei sind?«

Wo soll sie anfangen? Alice liefert eine Kurzversion eines der ereignisreichsten Tage, den sie je erlebt hat. Sofia hört schweigend zu und lässt sie in Ruhe ausreden. Als Alice ihre Freundin auf den neuesten Stand gebracht hat, ist von der anderen Seite des Atlantiks ein Seufzen zu hören.

»Hör zu, wenn du Boudreaux umgehen musst ... Eva schuldet mir noch eine Menge. Wir werden sie dann wohl kaum für etwas anderes gewinnen können, aber ich bin mir ziemlich sicher, dass ich sie dazu bringen kann, in diesen anderen Fällen zu wühlen, wenn es sein muss.«

Gott, denkt Alice. Was, zum Teufel, hat Sofia in der Vergangenheit für Eva getan, dass sie so zuversichtlich ist, die junge Beamtin könnte für sie ihre Karriere aufs Spiel setzen?

»Ich glaube nicht, dass wir jetzt schon so weit gehen müssen. Boudreaux meint, er hat morgen mehr für mich. Wenn er auf Zeit spielt und ich schon auf dem Weg zum Flughafen bin, sehen wir weiter.«

Noch während sie das sagt, weiß sie, dass sie es um jeden Preis vermeiden wird, diesen Knopf zu drücken. Sie mag die junge Portugiesin irgendwie, und es muss doch einen Weg geben, all das zu schaffen, ohne dass Eva dabei baden geht. Inzwischen fragt sie sich, ob ein Tag überhaupt ausreichen wird. Aber was für eine Wahl bleibt ihr? Fiona hat sie in eine emotionale Sackgasse manövriert. Sie hat das Gefühl, dass ihr im Grunde alles als Minuspunkt angerechnet wird, und das hat noch nichts mit Dad zu tun, der womöglich als freier Mann ein neues Leben beginnen könnte. Alice schüttelt den Kopf. Wie kann ein Mann, der sich buchstäblich verpisst und seine Familie sich selbst überlassen hat, einfach so zurückkommen und ihr neu errichtetes Leben wie beiläufig zum Einsturz bringen?

»Egal«, fährt Alice fort, »genug von mir geredet, ich schätze, du hast Neuigkeiten, denn sonst hättest du mich nicht angerufen?«

»Die habe ich«, meint Sofia. »Lass mich nur kurz jemanden dazuholen.« Bei dem lockeren Tonfall, den Alice hört, richtet sie sich voller Erwartung auf.

Nach ein paar Sekunden erscheint ein drittes Fenster auf dem Bildschirm, und das neue Gesicht ist zu sehen. Die Person sieht genauso überrascht aus wie Alice.

»Alice, hier ist Mac.«

Grant McKenzie wirkt nervös, als säße er wieder vor Gericht, und das gequälte Lächeln, das er aufsetzt, verrät, wie unbehaglich ihm zumute ist. Er sieht verlebt aus, wie jemand, der mehr Entbehrungen überstehen musste als die meisten Leute, gemessen an den Furchen, die sich über seine Stirn ziehen. Das Haar trägt er fast militärisch kurz, Alice schätzt ihn auf Mitte fünfzig.

»Miss Logan«, sagt er und nickt ihr zu. »Nett, Sie kennenzulernen.«

»Ganz meinerseits, Mac«, sagt sie. »Sie sind schwer zu finden.«

»Ach, da hat wohl keiner richtig nach mir gesucht«, wiegelt er mit einem Schulterzucken ab. »Ich war eigentlich nie weit weg.«

»Habe ich gehört. Wir wissen es sehr zu schätzen, dass Sie sich die Zeit nehmen, um mit uns zu sprechen. Ich möchte Ihnen ein paar Fragen stellen, wenn das in Ordnung für Sie ist?«

Er nickt, greift über den Ausschnitt der Kameralinse hinaus und nimmt dann einen langen Schluck aus einem Glas Wasser.

»Wie wäre es, wenn Sie mir erzählen, woran Sie sich überhaupt an jenem Abend erinnern können?«

Mac wartet einen Moment, ehe er antwortet. »Er war nicht allein, das kann ich auf jeden Fall sagen. Ich war draußen vor dem Dunkin' Donuts, ein paar Eingänge von der Round Table Bar entfernt, in der Siebten Straße. Mr. Sharp, tja, er stand ziemlich neben sich, als er rauskam. Musste sich mit einer Hand an der Fensterscheibe abstützen, bevor er loskonnte.«

»Und der andere Typ, wann ist der aufgetaucht?«

»Direkt nach ihm. Mr. Sharp war gerade ein paar Schritte gegangen, als der Kerl hinter ihm aus der Bar kam. Hat einen Arm um ihn gelegt und ihn gestützt. Ich habe sie beide gefragt, ob sie ein bisschen Kleingeld für mich hätten, als sie vorbeikamen. Mr. Sharp murmelte etwas vor sich hin, er sei pleite. Der andere hat mich nicht mal angeguckt.«

»Wie sah er aus?«

»Richtig viel sehen konnte ich nicht, von vorne schon gar nicht. Er war größer als Mr. Sharp, so um die eins achtzig. Ziemlich dünn, als könne er einen Bissen vertragen. Hatte einen dieser langen Mäntel an, wie Geschäftsleute sie tragen. Das weiß ich, weil es komisch aussah, wissen Sie, er trug dazu nämlich eine Baseballcap. Und ich erinnere mich, dass er Handschuhe anhatte. Was man im Sommer ja nicht erwarten würde.«

»Wohin sind die beiden gegangen, nachdem sie an Ihnen vorbeigekommen waren, Mac?«

»Sie sind weiter den Block runtergelaufen, aber dann habe ich nicht mehr hingesehen. War abgelenkt. Ein Kerl und ein Mädel sind aus der Bar gekommen, und sie hat ihn zur Schnecke gemacht. Ich habe dann noch mal die Straße runtergeschaut, aber da war Mr. Sharp schon weg. Dann fährt plötzlich dieser große SUV an der Stelle los, wo ich ihn zuletzt gesehen hatte, und rast die Straße hinunter.«

»Warten Sie bitte kurz, nur zur Orientierung«, sagt Alice. »In welche Richtung ist der Wagen gefahren?«

»In nördlicher Richtung auf der Siebten Straße.«

»Also nach Norden zu Manny Castillos Wohnung«, sagt sie und öffnet ein neues Fenster auf ihrem Laptop, in dem Sofias Karte zu sehen ist.

Es ist ein Riesending, was den Fall angeht, wie ein Elektroschock. Ein Zeuge, der klipp und klar aussagt, dass ihr Dad nicht allein war. Und nicht nur das, denn dieser Mann kann bezeugen, dass ihr Vater in einem Zustand war, in dem er gestützt werden musste – und entweder nach Hause oder zu einem Tatort gebracht wurde. Ihr Dad hat die Wahrheit gesagt, zumindest in diesem Punkt. Die Vorstellung, dass er damit auch nur ein Quäntchen Moral für sich beanspruchen kann, ist unbequem, wie ein Stein im Schuh, den man nicht ignorieren kann. Natürlich gibt es einen Riesenhaken an der Sache.

»Sorry, wenn ich das frage, Mac, aber hatten Sie an dem Abend getrunken?«

Mac senkt kurz den Blick, ehe er Alice wieder ansieht und langsam nickt.

»Bin nicht allzu stolz drauf, meine Sünden zu bekennen, Miss Logan. Ich habe jetzt seit fünf Jahren keinen Tropfen getrunken, aber ich bin Alkoholiker. Das werde ich wohl bis ans Ende meiner Tage sein. Aber nein, an dem Abend hatte ich nix getrunken. Hatte 'ne schlechte Woche, und ich konnte mir nix leisten.«

Jetzt klingt es glaubwürdig, Mac ist ordentlich gekleidet und nüchtern, aber damals wäre ein Geschworenengericht vermutlich nicht so verständnisvoll gewesen.

»Erzählen Sie ihr von der Woche danach, Mac«, fordert Sofia ihn freundlich auf.

»Ich hatte meine Lieblingsstellen, an denen ich es aushalten konnte, Orte, wo man nicht gleich wieder verscheucht wird, wissen Sie«, erzählt er. »Egal, ich war mal hier, mal dort. In der Siebten Straße war ich erst die Woche drauf wieder. Ein Freund von mir riet mir, ich soll auf mich aufpassen. Jemand hätte nach mir gefragt, irgendein Typ, der gar nicht gut drauf wäre.«

»Der Typ von jenem Abend?«

»Ja, Ma'am. Allerdings war ich damals nicht auf dem Laufenden, was Nachrichten betrifft. Ich hatte nicht mal den Namen Jim Sharp gehört, ganz zu schweigen davon, dass er jemanden umgebracht haben sollte. Der Tipp von meinem Freund hat mir aber zu denken gegeben, sodass ich andere Orte aufgesucht habe. Bin dann die Straße ein bisschen rauf, zu einer Stelle hinter einer der großen Plakatwände. Von dort aus hatte ich den Donut Store im Blick.«

»Sie haben ihm also nachspioniert? Hatten Sie keine Angst, weil er Sie finden wollte?«

»Ich habe ja nicht immer nur auf der Straße gelebt, wissen Sie. War fünf Jahre in der Army. Ich kann auf mich aufpassen. All die Geschichten, die man so hört über Obdachlose, die zusammengeschlagen werden, da wollte ich wissen, wer's auf mich abgesehen hatte.«

»Und? Ist er zurückgekommen?«

»Später am Abend, ich hatte mich versteckt, war fast eingepennt, da hab ich ihn gesehen. Den Typen, der aus der Bar gekommen war. Er hatte auf der anderen Straßenseite geparkt und stieg aus. Andere Jacke, aber dieselbe Kappe.«

»Haben Sie diesmal sein Gesicht erkennen können?« Alice kann ihre Aufregung kaum noch im Zaum halten.

»Nein«, sagt er kopfschüttelnd. »Aber ich habe ein Foto gemacht.«

Sie hat das Gefühl, als hätten seine Worte sie an die Hauptstromleitung angeschlossen. Sie setzt sich kerzengerade hin.

»Wie ist Ihnen denn das gelungen?«

»Auf der Straße lernt man, mit möglichst wenig klarzukommen«, sagt er, fast wehmütig. »Je mehr man hat, desto mehr muss man mit sich rumschleppen, desto mehr kann einem weggenommen werden. Hatte ein paar Mal richtig Ärger, wegen Sachen, die andere haben wollten. Habe mich nicht immer durchsetzen können. Aber eins hatte ich immer am Mann, und zwar mein Handy. Konnte den Tarif nicht bezahlen und es deshalb auch nicht benutzen«, fährt er fort, »aber auf diese Weise kann ich zumindest meine Kleine sehen. Sie und ihre Mama sind weggezogen, nachdem ich meinen Job verloren hatte. Habe sie seit Jahren nicht getroffen. Ich weiß nicht mal, wohin sie gegangen sind, aber ich habe noch die Fotos aus der Zeit, als noch nicht alles den Bach runtergegangen war. Fotos aus glücklicheren Tagen. Ich habe das Handy immer wieder aufgeladen, wenn ich zwischendurch mal eine Pritsche in einer Unterkunft bekommen habe.«

»Haben Sie das Handy noch?«

»Nein, aber Mr. Spencer, der die Unterkunft leitet, hat mir sein altes überlassen, als ich hier mit der Arbeit anfing, und er hat mir die Fotos herübergeladen.«

»Kann ich es sehen?«

»Müsste jeden Augenblick bei dir sein«, hört sie Sofia sagen.

Alice starrt auf ihr Handy, wartet darauf, dass das Display aufleuchtet. Und während sie wartet, nimmt sie es mit dem Elefanten auf, der im Raum steht.

»Warum sind Sie damit nicht zur Polizei gegangen?«

Er legt den Kopf zur Seite, wirkt verwirrt. »Habe ich ja gemacht.«

»Wie bitte?«

»Okay, nicht sofort. Ich habe nicht jeden Tag Nachrichten auf CNN geschaut, aber als ich dann das Foto von dem Mann in der Zeitung gesehen habe, da habe ich angerufen. Habe mit einem Typen gesprochen, der meinte, es würde sich bald ein Detective bei mir melden.«

»Und was hat der Detective dann gesagt?«

»Keine Ahnung. Warte bis heute auf ihn. Ich habe es dann noch mal versucht. War ein anderer Typ am Telefon, und der meinte, sie sind sich ziemlich sicher, dass sie den Mann längst hätten, aber es würde sich jemand bei mir melden. Schätze, die haben es dann dabei belassen.«

»Gott!«, entfährt es Alice, und das Ausmaß dessen, was sie da soeben gehört hat, trifft sie mit der Wucht eines Vorschlaghammers. Mutmaßungen wurden angestellt. Beweise übersehen. Leben ruiniert.

»Vermutlich können Sie sich nicht mehr an den Namen des Polizisten erinnern, mit dem Sie gesprochen haben?«, fragt Sofia.

Mac schüttelt den Kopf. »Sorry, nein. Ist alles so lange her. Ein anderes Leben.«

Da gibt es noch eine Frage, die Alice auf der Zunge brennt. Eine, die ein Berufungsrichter stellen wird, das weiß sie. Eine Frage, die wieder mit Glaubwürdigkeit zu tun hat.

»Warum sind Sie weggelaufen, Mac?«

»Dieser Typ ist nicht nur einmal zurückgekommen«, antwortet er. Ein gehetzter Ausdruck liegt in seinem Blick, als er sich durch den Bodensatz kämpft, der sich in jenem Teil seines früheren Lebens gebildet hat. »Danach habe ich mich von der Bar ferngehalten. Dachte mir, der Typ kommt bestimmt nicht zu mir, um mir ein paar Hunderter zuzustecken. Mein Kumpel Dave meinte, er hätte ihn danach noch dreimal gesehen. Ich weiß zwar nicht mit Sicherheit, ob dieser Typ was mit Ihrem Fall zu tun hat, aber ich hatte keine Lust, es herauszufinden.«

Ein leises Pling kommt von Alice' Laptop, sie beugt sich ruckartig nach vorn, um die E-Mails zu laden. Und da ist tatsächlich eine von Sofia. Vier kleine Bilder im Anhang. Sie klickt zweimal auf das erste, und ein körniges Foto ploppt auf. Keine gute Qualität. Schlechte Beleuchtung obendrein. Der SUV ist eher eine Silhouette als voll im Fokus. Seitenansicht, also keine Chance, das Nummernschild zu erkennen. Der Fahrer steigt gerade aus, ist mit einem Bein noch im Auto, sein Kopf ist größtenteils von der Tür verdeckt, aber man sieht die Kappe, von der die Rede war. Das zweite und dritte Foto sind ähnlich, der Unterschied ist minimal, wie bei einer Stop-Motion-Animation. Das vierte Foto ist am aufschlussreichsten.

Diesmal sieht man den Mann in voller Größe, er ist ausgestiegen, schaut die Straße hinunter, in die Richtung, in der Mac in seinem Versteck hockt. Das Licht, das aus der Bar kommt, lässt alles im Vordergrund ein wenig dunkler erscheinen, aber Alice kann einen roten Klecks vorne auf der Kappe erkennen. Sie kneift die Augen zusammen, kann das Logo aber nicht entziffern.

Nicht gerade ein entscheidender Beweis, aber trotzdem sprühen ihr gleich etliche Fragen durch den Kopf. Ob es immer noch Material aus den Überwachungskameras rund um Manny Castillos Wohnung gibt, auf dem man nach einem SUV dieser Größe suchen könnte? Sofia verfügt über Kontaktpersonen, die das Foto vergrößern könnten. Und was ist mit dem Anruf von Mac bei der Polizei? Ziemlich unwahrscheinlich, aber womöglich gibt es davon noch eine Aufzeichnung. Allmählich fühlt es sich wie Jenga rückwärts an: Man fügt die kleinen Holzklötze ein, um dem Turm Stabilität zu geben.

»Mac, ich weiß, das ist jetzt eine große Bitte, insbesondere nach so langer Zeit, aber könnten Sie sich vorstellen, zu dieser ganzen Sache noch einmal eine Aussage zu machen, vielleicht sogar als Zeuge in einer neuen Verhandlung auszusagen?«

Mac zieht die Augenbrauen hoch, bläht die Backen auf und streicht sich durch den Bart. Alice klammert sich an die Tatsache, dass er gerade mit ihr spricht. Wenn er überhaupt keine Lust gehabt hätte zu helfen, dann hätte er sich auch auf kein Gespräch mit Sofia eingelassen, ganz zu schweigen von einem Videocall einmal quer über den Atlantik. Allerdings ist es etwas anderes, ein wenig zu plaudern so wie jetzt, als vor Gericht auszusagen.

Er mag sein Leben wieder in den Griff bekommen haben, aber die Jahre auf der Straße haben Narben hinterlassen. Da wäre zum Beispiel ein Misstrauen gegenüber Behörden und Autoritäten. Das steht ihm ins Gesicht geschrieben, wie ein Brandzeichen. Alice wartet, bis das Schweigen drückend wird und ihm eine Antwort entlockt.

»Ich bin nicht stolz drauf, dass ich in meinem Leben vor mehreren Sachen weggelaufen bin. Auch vor etlichen Leuten. Spence, also Dan Spencer, der die Unterkunft leitet, hat mir in den letzten paar Jahren geholfen, für das einzustehen, woran ich glaube. Ich will ehrlich sein, als die ganze Sache vor Gericht ging und ich mitbekam, was die alles gegen Mr. Sharp in der Hand hatten, da dachte ich, vielleicht habe ich mich geirrt. Ich hatte damit abgeschlossen, wissen Sie? Vielleicht war das ja doch ein barmherziger Samariter, der geholfen hatte. Vielleicht auch nicht, aber für mich fühlte sich das wie ein Zeichen an, wissen Sie, ein Zeichen, dass ich mein Leben ändern musste. Der Mann, der ich damals war, hätte nie für Sie ausgesagt, aber dieser hier heute, der wird aussagen, verdammt.«

Alice atmet lange aus.

»Ich danke Ihnen, Mac«, sagt sie, völlig unvorbereitet auf die Erleichterung angesichts eines Sieges, den sie für Dad verbuchen kann, und sei er noch so klein. Alles, was sie ihm gegenüber auch nur annähernd als positiv empfindet, fühlt sich seltsam an, deplatziert.

»Es gibt vieles, was ich im Leben wiedergutmachen muss, Miss Logan. Wenn ich helfen kann, Ihrem Vater das Leben zu retten, dann hätte ich einen Großteil meiner Schulden beglichen.«

Nichts täte sie jetzt lieber, als sich hinzusetzen und eine vollständige Aussage aufzunehmen, aber Mac sagt, er müsse wieder an die Arbeit. Gemeinsam vereinbaren sie, dass er sich am folgenden Tag wieder mit Sofia trifft und eine offizielle Aussage macht. Alice sieht, wie ihr neuer, wichtigster Zeuge vom Bildschirm verschwindet.

»Dir ist klar, dass wir immer noch mehr brauchen, oder?« Sofia holt sie wieder auf den Boden der Tatsachen zurück, nachdem Mac den Call verlassen hat.

»Allerdings«, stimmt Alice ihr zu, »aber das ist doch schon mal etwas, oder nicht?«

Sofia nickt, lächelt. »Ja. Ändert aber nichts an der Tonne an Sachbeweisen, die sie immer noch haben. Wir müssen herausfinden, was Boudreaux inzwischen weiß, damit wir überhaupt eine Chance haben, diese Beweise zu entkräften.«

Natürlich hat sie recht. Selbst wenn Mac gehört hätte, dass der barmherzige Samariter ihres Dads in die Welt hinausposaunte, er sei auf dem Weg, Manny Castillo umzubringen, würde das noch nicht ungeschehen machen, dass man Blutspuren überall auf Jim Sharp gefunden hatte.

Dafür braucht sie Hilfe von Boudreaux. Keinesfalls wird sie den Inhalt des Gesprächs, das sie gerade mit Mac geführt hat, mit ihm teilen. Noch nicht, und wenn sie dazu bereit ist, dann muss es von Angesicht zu Angesicht sein. Sie muss Boudreaux in die Augen sehen, wenn sie ihn danach fragt, was es damit auf sich hat, dass Mac damals den Versuch unternahm, der Polizei zu sagen, was er gesehen hatte. Wenn sie ihm anmerkt, dass er sich in irgendeiner Weise daran erinnern kann, wenn es einen noch so kleinen Hinweis gibt, dass er davon wusste und es wissentlich ignorierte, dann wird sie ihn zur Verantwortung ziehen.

Zum ersten Mal seit Langem verspürt Alice einen Anflug von etwas, das sich wie Loyalität gegenüber der eigenen Familie anfühlt, Loyalität gegenüber ihrem Dad. Es hat Jahre gedauert, bis er so war, wie er ist, um die Bindung, die sie vielleicht hatten, zu zerstören. Gut möglich, dass er für sie nie wieder eine Vaterfigur sein wird, aber inzwischen sieht es ganz danach aus, dass er damals in die Rolle des Sündenbocks geriet. Und diesmal, so scheint es, hat er die Strafe nicht verdient, die über seinem Haupt schwebt. Es geht nicht darum, ihn wieder in ihr Leben zu lassen. Es geht darum, sein Leben zu retten.

Sie schwört hier und jetzt: Wenn Boudreaux von Macs Anruf bei der Polizei wusste und die Sache ignorierte, dann wird sie, verdammt noch mal, dafür sorgen, dass der Agent in aller Öffentlichkeit geteert und gefedert wird – zur Hölle mit den Konsequenzen.

25. Kapitel

Dienstag – noch sechs Tage

Boudreaux verbringt die erste Stunde des Morgens damit, zu telefonieren und den Inhalt von Dateien zu lesen. Erneut versucht er es bei seinen serbischen und kroatischen Kontaktpersonen, muss sich aber damit zufriedengeben, eine Nachricht zu hinterlassen, mit der Bitte um Rückruf.

Er lehnt sich auf seinem Stuhl zurück und atmet hörbar aus. Die letzten vierundzwanzig Stunden gehörten zu den intensivsten in seinem Leben. Alice hat ihn mit ihrem Anliegen stärker aus der Bahn geworfen, als er bereit ist zuzugeben. Die Festnahme und spätere Verurteilung von Jim Sharp fühlten sich für ihn immer rechtmäßig an, doch jetzt ist die Sache wie mit einem Makel behaftet, abgestoßen an den Kanten.

Er ist stolz darauf, gründlich zu sein. Das Richtige zu tun. Was nicht immer funktioniert. Siehe Nancy Killigan.

Diesmal muss es nicht so weit kommen. Er kann den Ausgang noch beeinflussen, was auch immer daraus werden wird. Etwas, das er längst hätte tun können, hätte tun *müssen*, als er damals zum ersten Mal in dem Fall ermittelte.

Tief in seinem Herzen ist er nach wie vor davon überzeugt, dass der Richtige hinter Gittern sitzt. Auch auf die Gefahr hin, dass es nach hartem Eigennutz klingt, aber sollte sich das bewahrheiten, wäre er rehabilitiert. Worum Alice ihn da bittet, ist jenseits von Gut und Böse und kaum vorstellbar. Andererseits kann er die anderen Fälle nicht einfach außer Acht lassen, so unwahrscheinlich es auch sein mag, dass es da Verbindungen gibt.

Wie würde er die ganze Sache angehen, wenn er Alice wäre? Die Beweislage wiegt schwer. Niemand bestreitet, dass es Manny Castillos Blut auf Sharps Hemd war. Alice' Theorie zufolge müsste man davon ausgehen, dass jemand anderes das Blut dort hinterlassen hätte. Und jene noch unbekannte Person hat zuerst Jim Sharp außer Gefecht gesetzt, dann Castillo umgebracht und danach alles so arrangiert, dass es wie ein Streit zwischen den beiden Männern aussah.

Aber aus welchem Grund? Wer profitierte davon? Castillo hatte Feinde, klar. Aber Sharp war ein Niemand in dieser Hinsicht.

Doch was, wenn es gar nicht primär darum ging, Sharp etwas anzuhängen? Was, wenn es letzten Endes um den Tod von Castillo ging, und der Polizei präsentierte man einen passenden, hübsch verpackten Sündenbock, damit nicht weiter nachgeforscht wurde? Boudreaux nimmt sich vor, noch einmal einen Blick in die Fallakte zu werfen, um herauszufinden, ob es da nicht doch jemanden gibt, der daraus Nutzen zog, dass Castillo von der Bildfläche verschwand.

Eine solche Verbindung herzustellen, wäre der erste Schritt. Wenn einem das schon ein wenig weit hergeholt vorkommt, dann ist der nächste Teil ein größerer Schritt als Neil Armstrongs Mondspaziergang im Jahr 1969.

Denn wo besteht eine Verbindung zwischen Manny Castillo und Dufort oder dessen Opfer – ganz zu schweigen von den anderen zehn Fällen? Er hat das Gefühl, in ein riesiges Spinnennetz geraten zu sein, in dem er sich bei jedem Richtungswechsel nur noch weiter verheddert.

Boudreaux öffnet noch einmal Jim Sharps Fallakte, starrt auf das Polizeifoto und wartet darauf, dass aus den Fragen, die er gesät hat, Antworten sprießen. Letzten Endes starrt er so lange auf den Bildschirm, dass das geisterhafte Negativ des Mannes vor seinen Augen flackert, als er den Blick abwendet.

Es klopft an der Tür, und Eva steckt den Kopf herein.

»Sorry, wenn ich störe. Haben Sie irgendwo Miss Logan gesehen?«

»Sie ist wieder in ihrem Hotel.«

Eva ist im Begriff zu gehen, aber Boudreaux ruft sie zurück.

»Ich mag Sie, Eva. Wirklich, aber darf ich Ihnen einen Rat geben? Sie müssen bessere Entscheidungen treffen.«

Bei dem Blick, den Eva ihm zuwirft, kann Boudreaux nicht einschätzen, ob sie überhaupt einen Schimmer hat, in welche Richtung dieses Gespräch sich entwickelt.

»Was für schlechte Entscheidungen sollte ich in letzter Zeit getroffen haben?«, fragt sie.

»Bei diesem Job, Eva, geht es um alles oder nichts, wenn man ihn richtig erledigt. Wir können uns nicht aussuchen, wann und ob wir die Regeln befolgen wollen oder nicht.«

Eva macht einen halben Schritt ins Büro, sagt aber nichts.

»Muss ich es Ihnen erst buchstabieren?«, fragt Boudreaux schließlich frustriert. »Was auch immer Sie dazu veranlasst hat, den Kopf für Alice Logan zu riskieren, es ist passiert, aber es kommt nicht wieder vor, haben Sie verstanden?«

Seine Nerven sind wie blank gescheuert, und die Worte kommen wütender heraus als beabsichtigt.

»Ich weiß nicht, wovon Sie ...«

»Lassen Sie's. Ich weiß, dass Sie ihr die Einzelheiten über Dufort zugespielt haben.«

Eva hält seinem Blick stand, und ein klein wenig Trotz schleicht sich in ihren Blick. »Wie kommen Sie darauf?«

»Sie wollen mir doch nicht weismachen, es sei reiner Zufall, dass Sie die letzte Person waren, die vor mir Zugang zu der Datei hatte?«

»Zufälle gibt es immer wieder. Nehmen Sie nur Jim Sharp und Alain Dufort.«

Boudreaux kommt nicht umhin, diese Frau für ihren Mut zu bewundern, aber entweder sieht sie die größeren Zusammenhänge nicht, oder es geht ihr eher darum, lieber ihren Freunden einen Gefallen zu tun als den Menschen, denen Dufort mit ziemlicher Sicherheit etwas antun wird, wenn er freikommen sollte.

»Und solange es keine belastbaren Beweise gibt, dass eine Verbindung zwischen diesen beiden besteht, wird es auch genau das bleiben – ein Zufall.«

»Der Vater von Miss Logan. Sie haben ihn verhaftet.«

Sieht so aus, als sei Dufort nicht der Einzige, für den sie sich interessiert hat. Boudreaux steht auf, macht einen Schritt in Evas Richtung.

»Das habe ich, und Sie hätten das auch getan, wenn Sie dort gewesen wären. Worauf wollen Sie hinaus?«

»Ich wollte nur …«

Boudreaux weiß, dass er überreagiert und seinen Frust an anderen auslässt, trotzdem fährt er die jüngere Kollegin an.

»Sie wollten was? Sie dachten, Sie würden einfach mal die Seiten wechseln und die Leute wieder auf freien Fuß setzen, oder?«

»Das ist nicht fair.«

»Es ist auch nicht fair anzunehmen, dass es mir egal ist, ob ich den richtigen Typen in die Todeszelle gebracht habe.«

Boudreaux atmet etwas angestrengter. Die Sache gerät auf die persönliche Schiene, er muss sich jetzt zügeln. Schließlich liefert er Eva eine leicht verwässerte Version der Standpauke, die er von Pascal Lavigne bekommen hat, und stellt ihr in Aussicht, sie zu melden, sollte das noch einmal vorkommen. Mit diesen Worten schickt er sie weg.

Es ist eher Getöse als Drohung. Er will Eva nicht auf der Karriereleiter eine Sprosse nach unten befördern. Das ist nicht seine Absicht.

Boudreaux steht noch in seinem Büro, nachdem Evas Schritte längst verklungen sind, und Erschöpfung erfasst ihn. Draußen hat sich die Sonne vor dem Tag versteckt, Schatten wandern über das Fensterbrett. Er sehnt sich nach seiner Wohnung, einer Zweizimmerwohnung im ersten Stock mit Blick auf den Friedhof Père Lachaise. Ein Who's Who berühmter Persönlichkeiten, letzte Ruhestätte von Jim Morrison, Chopin, Oscar Wilde und vielen anderen. Fühlt sich nicht wirklich wie ein Zuhause an, auch nicht nach fünf Jahren, aber die Wohnung ist immer noch verlockender als das Büro.

Wie dem auch sei, er hasst Momente wie diesen, das Warten darauf, dass etwas passiert. Dass seine Anrufe beantwortet werden. Dass Alice Logan auf etwas stößt, das sie wie eine Keule schwenken kann, um Jim Sharp zu befreien. Welche Waffe Sharp auch immer helfen mag – sie würde ihm, Boudreaux, schaden.

Tja, sollte es dazu kommen, dann ist es eben so. Falls er zum zweiten Mal etwas übersehen hat, wäre ihm das fast recht, obwohl er sich nicht sicher ist, was das dann mit ihm macht. Er tut, was er kann, um Menschen zu helfen, um sie zu beschützen. Allein der Gedanke, es bestünde die Möglichkeit – und sei sie noch so gering –, dass sein Verhalten einem anderen Menschen das Leben kostet.

Er greift nach den Autoschlüsseln und verlässt das Büro. Das schwindende Licht zeigt einen wolkenlosen Himmel, ein paar Sterne sind zu erahnen.

Die Kühle des Oktobers beißt zu, sogar durch seine gefütterte Jacke. Weit entfernt von der Hitze in Orlando, die er aufgab, um hierher zu kommen. Die Rushhour ist fast vorbei, und so fädelt er sich in den Verkehr ein, der sich langsam über den Pont Notre-Dame schlängelt, in nördlicher Richtung zum 3. Arrondissement.

Die Dreistigkeit von Dufort und dieser zwielichtigen Gestalten, die er auf Alice angesetzt hat, geht ihm auf die Nerven. Der Franzose ist genau da, wo er hingehört. Aber es ärgert Boudreaux, wenn er sieht, wie dieser Typ seinen Einfluss wie Tentakel durch die Gefängnistore ausdehnt.

Dann eben auf die harte Tour, denkt Boudreaux. Ohne groß zu überlegen, fährt er an der Abzweigung vorbei, die er zu seiner Wohnung nehmen müsste. Zur Hölle mit dem Herumsitzen und Warten, er ist es leid, dass andere die Initiative ergreifen.

Niemand sonst weiß, dass Alice in ein anderes Hotel umgezogen ist, auch Duforts Leute nicht. Jeder, der womöglich zurückgekehrt ist, um vor dem Hotel Saint-Honoré herumzulungern, kann sich auf was gefasst machen.

Er braucht nur fünf Minuten, ehe er in die Rue Saint-Honoré

einbiegt. Der Hoteleingang liegt hundert Meter vor ihm, und dahinter, in einiger Entfernung, befindet sich die Kreuzung, an der sich laut Alice der Mann herumgedrückt haben soll.

Silhouetten überqueren die Kreuzung, auf die Entfernung ist es schwierig, Einzelheiten zu erkennen. Boudreaux fährt langsam weiter, als sei er auf der Suche nach einer Parklücke.

Vorbei am Hoteleingang, weiter in Richtung des Zebrastreifens, und schon erspäht er Schemen in einem Eingang beim letzten Geschäft auf der linken Seite. Zwei schattenhafte Gestalten. Er hat sich noch gar nicht überlegt, wie er jetzt genau vorgehen sollte, abgesehen davon, dass er eine Art Warnschuss abfeuern will, der Alice helfen soll. Vielleicht reißt es auch ein kleines Stück seiner eigenen Schuld fort, indem er der Anwältin einen Gefallen tut.

Boudreaux wirft einen Blick auf den Ladeneingang, als er vorbeifährt, und in ebendiesem Moment flackert ein Licht auf. Der Schatten teilt sich, zwei Personen sind zu erahnen, eine hat ein Handy dabei, dessen Display aufleuchtet.

Vielleicht ist es einfach nur Pech, vielleicht fährt er auch plötzlich zu langsam und zieht dadurch die Aufmerksamkeit auf sich. Wie dem auch sei, der Typ schaut auf. Ihre Blicke treffen sich nur ganz kurz, aber das genügt.

Der Typ blafft seinen Kumpanen an, und im nächsten Augenblick verlassen sie fluchtartig den Hauseingang und verschwinden um die nächste Ecke.

Boudreaux' Fuß zuckt auf dem Gaspedal, aber zu viele Leute überqueren gerade die Straße in beide Richtungen. Verärgert schlägt er mit der flachen Hand aufs Lenkrad, reißt es dann rechts herum und fährt unsanft auf den Bordstein.

Sekunden später ist er aus dem Auto und läuft los, schiebt sich durch die Passanten. Das sind die Typen. Da ist er sich sicher. Niemand türmt einfach so, wenn man nichts zu verbergen hat. Ein Stück weit die Straße hinunter sieht er sie, wie sie sich durch das abendliche Gedränge auf dem Gehweg schlängeln. Den Kerl, den er gesehen hat, kennt er nicht, aber er trägt eine Baseballcap wie die, die Alice beschrieben hat.

Boudreaux zieht die Luft in die Lungen, pumpt mit den Armen, während er unmittelbar neben dem Bordstein läuft, um eine bessere Sicht zu haben. Ohne Vorwarnung trennen sich die beiden Männer, Baseballcap überquert die Straße, mitten durch den Verkehr. Sein Partner pflügt weiter geradeaus durch die Menge.

Wem hinterher? Seine Füße fällen die Entscheidung, ehe seine Gedanken mithalten. Ein Chor von Hupen, als er ausschert, zwischen zwei Autos manövriert und den gegenüberliegenden Gehweg fünfzig Meter hinter dem Mann erreicht.

Ein beleibter Passant mit Parka, den Kopf gesenkt, gedankenversunken am Handy, sieht Boudreaux zu spät. Er zuckt zurück, als Boudreaux an seiner leicht abgewandten Schulter abprallt und dann eine halbe Pirouette dreht, vorbei an einem jungen Paar, das Arm in Arm flaniert und erschrocken guckt.

Auf der anderen Straßenseite sieht er Läufer Nr. 2, seine hellrote Steppweste leuchtet einen Moment auf, ist dann aber fort, als der Mann um eine Ecke biegt und außer Sichtweite gerät.

Seine Zielperson schaut halb zu ihm zurück, und Boudreaux ist ihm so nah, dass er die Zweifel auf dem Gesicht des Mannes sehen kann. Weiter voraus flackert die Fußgängerampel von Grün auf Rot. Die Leute verlangsamen die Schritte, ballen sich am Bordstein. Der Typ ruft etwas auf Französisch, das Boudreaux auf die Entfernung nicht versteht, verwunderte Gesichter wenden sich ihm zu, dann teilt die wartende Menge sich wie das Rote Meer. Baseballcap hält auf die Lücke zu, während Boudreaux versucht, weiter aufzuholen.

Der Typ ist nur noch zwanzig Meter entfernt und zuckt zusammen, als er das Auto kommen sieht, das nicht mehr rechtzeitig abbremsen kann. Baseballcap springt, schlittert im Hollywood-Stil über die Haube des VW Beetle. Als er herunterrutscht, fällt ihm der Kopf auf die Seite, die Mütze verhakt sich an einem der Scheibenwischer. Dann wird sie ihm weggerissen und fliegt auf die Straße, als das Auto endlich zum Stehen kommt.

Der Kerl blickt nicht mal zurück, ist wieder auf den Beinen und mit langen Sätzen auf dem gegenüberliegenden Gehweg. Boudreaux' Augen weiten sich, als er verfolgt, wie die Menge der Fußgänger sich wieder schließt, niemand sieht ihn kommen.

»Aus dem Weg!«, ruft er. »Polizei, aus dem Weg!«

Streng genommen nicht ganz korrekt, aber er braucht Resultate, keine Genauigkeit. Doch er kommt einen Tick zu spät, die Lücke hat sich wieder geschlossen, ehe er die Ampel erreicht. Er kommt schlitternd zum Stehen, drängt mit der Schulter zuerst vorwärts. Ein Bus hält auf ihn zu, als er die Bordsteinkante erreicht, er zögert. Dieser Bruchteil einer Sekunde gibt den Ausschlag, Boudreaux weiß, dass er es nicht mehr vor dem Bus hinüberschaffen wird.

Frustriert grummelnd, hält er genervt beide Hände hoch, schlägt mit einer gegen das Ende des Fahrzeugs, als könne er es noch beschleunigen. Sobald der Bus vorbeigerauscht ist, macht Boudreaux einen Satz auf die Straße, umgeht das Knäuel aus Passanten, die an der gegenüberliegenden Ampel warten, aber es scheint, als habe die Stadt den Mann verschluckt. Boudreaux verlangsamt das Tempo und schaut über das Meer an Köpfen in alle Richtungen.

»Gottverdammt!«, entfährt es ihm, zu niemandem speziell, als er schließlich stehen bleibt und die paar Leute mit finsteren Blicken straft, die ihn ansehen, als rede er mit einem imaginären Freund.

Den Gehweg hinunter verschwimmen die frühabendlichen Pendler. Nirgends eine auf und ab wippende Baseballcap im Gedränge. Sofort wird ihm klar, was bei diesem Gedanken nicht stimmt, und er macht auf dem Absatz kehrt. Die Mütze. Der Mann hat sie doch auf der Straße verloren. Da ist sich Boudreaux absolut sicher. Er hatte keine Zeit, sie wieder aufzusetzen. Boudreaux kehrt zurück zur Fußgängerampel, genau in dem Moment, als sie auf Grün umspringt und zwei gegenüberliegende Knäuel Fußgänger gleichzeitig vorrücken wie zwei Armeen.

Boudreaux schaut sich auf der Straße um, späht an Dutzenden von Beinen vorbei. Zunächst nichts, dann entdeckt er plötzlich dunkelblauen Stoff, als sich eine Hand um die Mütze schließt. Boudreaux zwängt sich an einer Frau in Stöckelschuhen vorbei, deren lange Absätze ihn zusammenzucken lassen, und sieht einen Teenager, der sich grinsend die Baseballcap aufsetzen will.

»Hey!«, ruft er. »*Excusez-moi.*«

Beim zweiten Mal hat er Glück, der Junge sieht zu ihm herüber, sieht auf seine ausgestreckte Hand. Aber als er keine Anstalten macht, ihm die Mütze zu überlassen, nutzt Boudreaux die Verwirrung des Jungen aus und reißt ihm die Mütze aus der Hand.

»*Que diable?*«, ruft er. *Was, zum Teufel!*

»Polizei«, sagt er und schüttelt den Kopf, und ob es nun an seiner Mimik liegt oder doch eher am Tonfall, jedenfalls gibt der Junge keine Widerworte.

Boudreaux steht mit der Mütze in der Hand da und merkt, dass er inzwischen als Einziger auf der Straße verharrt. Also rennt er auf die andere Seite, ehe sich der Verkehr wieder über den Asphalt ergießt, und weiß nicht recht, was ihm die Mütze bringt, ohne den Besitzer zu haben. Was soll er machen? Soll er einen DNA-Test in Auftrag geben, den Schweiß im Gewebe untersuchen lassen, um einen Unbekannten zu identifizieren, dem er kein Verbrechen nachweisen kann, außer dass er vor ihm weggelaufen ist? Boudreaux hört schon die sarkastische Abfuhr, die Lavigne ihm erteilen wird.

Er dreht die Mütze in der Hand, erkennt das Logo sofort. Er ist zwar kein Fußballfan, aber er ist lange genug in der Stadt, um zu wissen, dass es sich um das Emblem von Paris Saint-Germain handelt. Roter Eiffelturm auf blauem Grund, mit goldener Lilie unten in der Mitte. Boudreaux kehrt dorthin zurück, wo er das Auto stehen gelassen hat, und überlegt, wie es weitergehen soll, sein Atem hat sich wieder normalisiert nach dem unerwarteten Work-out. Lavigne sollte so wenig wie möglich hiervon erfahren, und nichts, was Alice Logan betrifft. Was nicht bedeutet, dass ihm keine Wege mehr offenstehen. Er kommt nicht umhin, die Gesichter der Passanten zu mustern, als er ohne große Erwartungen in Richtung Auto geht. Keiner der beiden Männer wird so dämlich sein, hierher zurückzukehren, damit Boudreaux sich erneut an ihre Fersen heften kann, oder? Im selben Moment blickt er auf und sieht die Überwachungskameras. Die beiden Typen brauchen gar nicht zurückzukommen.

26. Kapitel

Mittwoch – noch fünf Tage

Gail ist Alice oft im Traum erschienen, öfter als sie zählen kann. Manchmal ist es ein Aufguss aus glücklicheren Tagen. Abhängen an der Highschool, lange vor New York. Die meisten der Träume sind jedoch von Schuld befeuert, von jenem Gefühl, dass sie im entscheidenden Moment nicht da war. In der schlimmsten Traumsequenz, die sie immer wieder durchlebt, ist sie gemeinsam mit Gail auf der Straße. Die Autoscheinwerfer erfassen das Gesicht ihrer Freundin, verraten das Ausmaß an Schrecken, da sie weiß, was passieren wird. Und wenn Alice aus diesem Traum hochfährt, hört sie den Knall beim Aufprall.

In dieser Nacht ist es noch etwas schlimmer. Die Szenerie ist niederdrückend. Alice ist allein in einem Raum voller leerer Stühle. Sie steht wie angewurzelt da, als eine Reihe schmutzig weißer Jalousien langsam nach oben gezogen wird, dahinter wird ein Hinrichtungsraum wie bei einer Ausstellung präsentiert. Zwei Welten prallen aufeinander. Gails Vergangenheit und Dads Zukunft.

Gail ist auf einer Rolltrage festgeschnallt. Sie sieht herüber zu Alice, mit unbewegtem, starrem Blick. Ihr Gesicht ist ein Flickwerk aus Prellungen, dunkelrot blühende Stellen gehen über in sschmutzig gelbe Flecken. Ein scharlachroter Schnitt zieht sich über eine Wange. Aber kein Blut, nur hässlich-wulstige Wundränder. Beim Anblick ihrer Freundin ist Alice wie befreit von all dem, was sie festgekettet hat. Sie rennt zu der Fensterscheibe und hämmert mit der flachen Hand so fest dagegen, dass die Erschütterungen wie Nachbeben durch ihren Körper fahren.

Ein Arzt mit Mundschutz tritt vor, um eine Kanüle zu legen, Alice ballt die Hände zu Fäusten und ruft, er möge aufhören damit, aber der Klang ihrer Stimme ist verzerrt. Als würde sie unter Wasser zu sprechen versuchen.

Der Arzt, der Pfleger, wer auch immer es sein mag, schenkt ihr keine Beachtung und schiebt die Nadel unter die Haut von Gails Hand. Als er damit fertig ist, schaut er herüber, sucht Alice' Blick. Sie erkennt ihn. Sieht ihm an der Veränderung in den dunklen Augen an, dass er sie ebenfalls erkennt. Sieht, wie die Hand zum Mundschutz wandert, aber Alice weiß längst, wer dort steht, ehe der Mundschutz abgenommen wird und zu Boden schwebt.

Luc Boudreaux scheint sie zu mustern, mit einem Ausdruck, der an Erheiterung grenzt. Alice traktiert erneut die Glasscheibe, obwohl sie insgeheim weiß, wie nutzlos es ist.

Obwohl sie spürt, dass sie geräuschvoll nach Luft schnappt, verklingen die gedämpften Laute, als habe jemand die Stummtaste gedrückt. Alice schlägt mit beiden Handflächen gegen die Scheibe und lässt die Hände dort, ihre Schultern heben und senken sich, während sie nach Atem ringt, den sie nicht hören kann.

Boudreaux geht nicht, er schwebt ihr entgegen. Eigentlich müsste es ein Einwegspiegel sein, aber Boudreaux' Augen bohren sich in ihre. Er scheint genau zu wissen, wo Alice steht, und legt ebenfalls beide Handflächen auf das kühle Glas, imitiert Alice eins zu eins.

Etwas schwimmt über Boudreaux' Augen. Ein Blick, den sie nicht unmittelbar deuten kann. Ein Fuchs, der kurz davor ist, einen Hühnerstall zu plündern.

Alice verfolgt voller Entsetzen, wie die Finger des Agents sich langsam bewegen, mit dem Glas verschmelzen. Die Finger erzwingen sich den Weg durch die Scheibe, was nicht möglich ist, und dennoch kommen sie auf dieser Seite hervor, als sei nur Wasser zwischen ihnen, nichts Festes. Die Finger verschränken sich mit ihren und packen mit einer solchen Kraft zu, dass Alice' Knöchel knacken.

Ein Innehalten, als seien sie in Bernstein gefangen, doch dann spürt Alice, wie sie ganz langsam, aber umso erschreckender zum Glas gezogen wird. Hinein in die Scheibe. Hindurch. Sie kann nicht atmen. Kann nicht einmal den Mund aufmachen, während sie auf der anderen Seite erscheint, gezogen von ihrem schweigenden Tanzpartner.

Alice' Stimme hallt in ihrem eigenen Kopf nach, wie eine Flipperkugel, die nicht hinausfindet. Sie schreit, um all das aufzuhalten. Boudreaux holt sie ganz auf die andere Seite, lässt sie immer noch nicht los und zieht sie dorthin, wo Gail liegt.

Alice sagt sich, dass dies nicht real ist. Sie hat das Gefühl, jeden Moment zu implodieren bei der schieren Willenskraft, die sie aufbietet, um aufzuwachen. Es ist nicht real. Das weiß sie, aber dann legt Boudreaux eine Hand auf den Kolben einer Spritze, die mit einem Mal in Gails Kanüle steckt.

»Sie haben das getan.«

Boudreaux' leises Flüstern gleitet wie Seide in ihr Ohr und löst einen Schauder aus, der ihr über den Rücken läuft.

»Sie hätten sie retten können.«

Eine schwarze, zähe Flüssigkeit schlängelt sich aus der Spritze und verschwindet in Gails Hand. Venen verdunkeln sich wie eine schmutzige Straßenkarte, als Alice' und Gails Blicke sich treffen. Sie sieht eine einzelne Träne, die über die Wimper ihrer Freundin rinnt. Sie hinterlässt eine undeutliche Spur auf ihrer verunstalteten Wange, hängt eine halbe Ewigkeit am Kinn, ehe sie auf die Trage tropft.

Es ist, als habe die Flüssigkeit einen Schaltkreis geschlossen. Alice' Welt wird von einem Schneesturm aus Weiß verschlungen, sie spürt, wie sie nach oben geschleudert wird, aber wohin genau, weiß sie nicht. Weiß geht schlagartig in Schwarz über, weicht schemenhaften Umrissen, und sie keucht und ist endlich wieder imstande zu atmen.

Im Dämmerlicht nimmt das Hotelzimmer um sie herum Konturen an. Für die Dauer einiger Sekunden ist sie noch mit der Traumwelt verbunden, mit der schockierenden Sequenz, die immer noch in ihrer Wahrnehmung läuft.

Sie tippt auf ihr Display, zuckt zunächst bei dem grellen Schein zusammen, dann bei der Uhrzeit. Vier Uhr morgens. Der Traum gerät in den Hintergrund, die bleibende Erinnerung an Luc Boudreaux' Gesicht fühlt sich an, als sei ihr das Blut in den Adern gefroren. Der gestrige Tag war so ganz anders, als sie ihn sich vorgestellt hatte. Ein Gefühl, dass Boudreaux womöglich nicht das Hindernis ist, für das sie ihn gehalten hat. Alice schüttelt den Kopf, um die letzten Ausläufer des Albtraums loszuwerden. Zeit, all die Backsteine samt Mörtel wieder einzufügen, die Boudreaux aus ihrer Verteidigungsmauer herausgemeißelt hat.

Er ist ein Weg zu Informationen, ein Mittel zum Zweck, wie Alice sich in Erinnerung ruft. Abgesehen von ihrem Vater ist Boudreaux derjenige, der am meisten zu verlieren hat, je nachdem, wie sich die Dinge entwickeln. Trotz seiner freundlichen Angebote, seiner Versuche, sich zu entschuldigen, Alice darf nicht zulassen, dass er irgendeine Schwachstelle bei ihr zu seinen Gunsten nutzt. Sie sollte besser nicht unterschätzen, was Boudreaux tun könnte, um seine Karriere zu retten, sofern es darauf hinausläuft.

Alice schwingt die Beine über die Bettkante, bleibt einen Moment sitzen und versucht, die Verspannungen im Nacken loszuwerden. Es hört sich wie Popcorn in der Mikrowelle an, als sie den Kopf leicht rotieren lässt.

Gegen fünf Uhr kommt sie aus der Dusche, fährt den Laptop hoch und macht sich Kaffee aus den Instant-Päckchen, um auf Touren zu kommen. Das Zeug schmeckt bitter, sie verzieht das Gesicht, aber was sein muss, muss sein. Sie holt wieder Macs Foto auf den Bildschirm, vergrößert die Ansicht und starrt darauf, als könne sie die Pixel zwingen, ein schärferes Bild zu kreieren.

»Wer bist du?«, spricht sie in das leere Zimmer.

Da muss mehr dahinterstecken, sagt sie sich wiederholt. Ihr Dad war in einem so miserablen Zustand, dass ihn jemand auf der Straße stützen musste, und dann soll er Stunden später wieder taufrisch gewesen sein, um einen miesen Bastard wie Manny Castillo zu überwältigen? Das klingt sehr weit hergeholt, ist unwahrscheinlicher als ein Comeback von Elvis.

Alice überlegt, wie, und noch wichtiger, *wann* sie Boudreaux mit den Dingen konfrontieren soll, die sie von Mac erfahren hat. Wenn sie zu überstürzt vorgeht und sich wie der Elefant im Porzellanladen benimmt, wird Boudreaux höchstwahrscheinlich mauern. Was bedeutet, dass Sofia zu Hause ihre Beziehungen spielen lassen muss, um an die alte Fallakte heranzukommen. Womöglich gibt es da tatsächlich noch einen Hinweis auf Macs Anruf bei der Polizei.

Aber so etwas braucht Zeit. Und Zeit ist etwas, das ihr Dad nicht mehr hat. Bei diesem Gedanken fällt ihr Blick auf den Liveticker, der am unteren Bildschirmrand einer stumm gestellten TV-Nachrichtensendung läuft. Mittwoch, der 19. Oktober. Noch fünf Tage.

Sie fragt sich, ob Dad die Tage zählt. Unterscheidet er schon zwischen Stunden und Minuten? Alice kann nicht anders, sie dreht den Laptop zu sich und googelt wieder seinen Namen, klickt Nachrichtenportale an. Artikel aus Zeitungen wie dem *Orlando Sentinel* und dem *Miami Herald* werden geladen. Schlagzeilen ploppen auf. Eine davon erregt ihre Aufmerksamkeit.

D-Day rückt näher für verurteilten Mörder.

Darunter starrt Dads Foto sie an, dasselbe Polizeifoto, das sie schon aus früheren Artikeln kennt, von vor mehr als zehn Jahren. Seine Gesichtszüge sind verwittert, er ist gealtert, aber die Augen haben immer noch diese Traurigkeit. Sie schiebt den Laptop weg, massiert sich die Schläfen mit Daumen und Zeigefinger.

Ein seltsames Gefühl: Diese Energie, die sich aus dem Fall ihres Vaters speist, dringt allmählich in ihr System ein. Es fühlt sich so vollkommen anders an als all das, was sie verspürt hat, als Fiona vor zwei Tagen die Bombe platzen ließ. So anders als das, was sie an Gefühlen durchlebte, als er vor all den Jahren zur Tür hinausging.

Mist, Fiona! Gestern hat sie ihre Schwester nicht mehr zurückgerufen. Die ausbleibenden Anrufe und Nachrichten seit der gestrigen Aufregung sind ein klares Anzeichen dafür, dass ihre Schwester richtig miese Laune hat. Es ist noch früh, aber Alice schickt ihr eine SMS, entschuldigt sich, fragt, ob Fiona schon wach ist. Dann starrt sie einen Moment auf das Display und wartet auf die tänzelnden Punkte. Nichts.

Sie ruft sich den Altersunterschied in Erinnerung. Sie weiß, dass Fiona von jetzt auf gleich den Schalter umlegen kann und angriffslustig über einen herfällt, wenn sie ihren Willen nicht kriegt. Plötzlich kommt ihr die Aussicht, noch heute nach Hause zurückzukehren, nicht mehr so verlockend vor. Paris zu besuchen, hat sie sich natürlich anders vorgestellt, aber jeder Tag, den sie von hier aus arbeitet, bedeutet, dass sie einen Tag weniger mit ihrer Schwester in Streit gerät. Wenn sie ohne den entscheidenden Beweis zurückkehrt, der ihren Vater befreit, wird Fiona einen Weg finden, ihr zumindest einen Teil der Schuld zuzuschieben, in diesem Punkt ist sich Alice ziemlich sicher.

Verdammt, sie wirft ihr immer noch vor, Mum von der Affäre erzählt zu haben. Die Kettenreaktion hat damals ihren Lauf genommen. Trennung. Scheidung. Umzug. Alice zuckt bei dem Gedanken zusammen, dass Fiona gar nicht in England und auch nicht Trevor begegnet wäre, wenn sie, Alice, ihrer Mutter nicht erzählt hätte, dass sie Dad zusammen mit Mariella gesehen hat. Wenn man diesen Gedanken weiterspinnt, gäbe es in diesem Paralleluniversum keinen Jake und keine Lily, und zu dieser Welt will sie nicht gehören.

Sie stößt auf die E-Mail mit den Flugdaten. Fünf Minuten und ein paar Klicks später, und sie hat umgebucht: nimmt den späten Flug morgen anstatt heute. Moira wird wieder Wunder wirken, was Alice' Terminplan betrifft, allerdings wird sie einen der Seniorpartner anrufen müssen, um den zusätzlichen Tag irgendwie zu erklären.

Jetzt, da sie weiß, wie sie vorgehen will, stürzt sie sich in die Arbeit. Schnell ist sie wieder im gewohnten Fahrwasser, unterschreibt Dokumente, geht noch einmal die Zusammenfassungen einzelner

Fälle durch. Letzten Endes ist sie so darin vertieft, dass sie nicht genau zu sagen vermag, ob es das erste Mal ist, dass sie ein Klopfen an der Tür hört.

Der Blick auf die Uhr verrät ihr, dass es kurz nach acht ist. Etwas früh für den Putz-Service im Hotel. Alice späht durch den Türspion. Luc Boudreaux sieht sie an, so direkt, dass Alice zusammenzuckt und einen Moment braucht, um ihre Fassung wiederzuerlangen, bevor sie die Tür öffnet.

»Roomservice«, sagt Boudreaux und hält ihr einen Take-away-Kaffeebecher hin.

Als Alice die Hand nach dem Kaffee ausstreckt, hat sie einen Flashback – sie sieht Hände, die sich ihr durch die Glasscheibe des Hinrichtungsraums entgegenstrecken. Sie tut ihr Bestes, diese Erinnerung wegzublinzeln, aber etwas in ihrem Mienenspiel muss sie verraten haben. Boudreaux sieht sie fragend an.

»Alles okay?«

»Ja, ja, klar. Kommen Sie herein.«

Sie nimmt Boudreaux den Becher ab, als der Agent an ihr vorbei ins Zimmer rauscht.

»Und gestern Abend war hier alles okay?«, fragt er und wendet sich ihr zu. Er hat eine Aktenmappe dabei, und Alice spürt, wie sich ihr Puls beschleunigt bei dem Gedanken, diese Mappe könnte Details über die anderen Fälle beinhalten.

»Hm-hm? Oh, klar, ja, danke.«

»Ich war mir nicht sicher, ob Sie den Kaffee mit Milch trinken, daher habe ich einen so und einen so mitgebracht. Der da ist schwarz«, meint er und deutet auf den Becher, den Alice in der Hand hält. »Wenn Sie tauschen möchten, kein Problem.«

»Schwarz ist gut.«

Was auch immer es ist, vielleicht eine Charmeoffensive, es prallt von den Mauern ab, die mit dem Traum der vergangenen Nacht wieder hochgezogen wurden. Das tut er doch nur, um meine Nähe zu suchen, sagt Alice sich. Es ist eine Art Zweckehe. Wie dem auch sei, da ist etwas in seiner Art, für das sie sich erwärmen kann, ungeachtet der Umstände.

»Ich dachte, Sie fühlen sich vielleicht besser bei dem Gedanken, noch mal im Büro vorbeizuschauen. Sie statten uns doch heute einen Besuch ab, oder?«

»Das meiste kann ich von hier aus erledigen, aber ja, ich hatte vor, noch einmal bei Ihnen reinzugucken. Weil ich wissen wollte, ob Sie mir etwas Neues mitteilen können.«

Boudreaux lächelt reumütig. »Ich bin gut, aber Wunder kann ich nicht vollbringen. Ich habe ein paar Anrufe getätigt, aber noch habe ich nichts erreicht. Vielleicht ergibt sich heute Nachmittag etwas. Wie wäre es, wenn Sie mitkommen? Ich besorge Ihnen ein nettes Büro, und sobald ich etwas Neues weiß, schlage ich bei Ihnen auf.«

Das Gespräch mit Sofia und Mac am Abend zuvor war wie ein Überbrückungskabel für Alice' leere Batterien. Gerne würde sie erleben, wie Boudreaux reagiert, wenn er erfährt, dass sie den Zeugen aufgestöbert haben, den er und alle anderen Beamten damals nicht auftreiben konnten. Aber jetzt ist nicht der passende Zeitpunkt dafür. Noch nicht. Erst möchte sie wissen, was sich an diesem Nachmittag vielleicht noch ergibt, anstatt Boudreaux in die Defensive zu drängen.

»Okay, wieso nicht«, sagt Alice und nippt an ihrem Kaffee, während sie durchs Zimmer geht und zusammensucht, was sie benötigt.

»Da wäre noch eine Sache«, meint Boudreaux. Alice dreht sich zu ihm um, sieht, wie er ihr die Mappe hinhält. Gott, genug jetzt mit den latenten Parallelen zum Traum. Diesmal zuckt sie nicht zusammen und nimmt die Mappe entgegen. Schlichter brauner Deckel, dünn. Ein paar Bogen Papier. Keine Beschriftung oder sonst etwas, das Aufschluss über den Inhalt geben könnte.

Sie schlägt sie auf und sieht drei Hochglanzabzüge. Legt sie nebeneinander auf den Tisch, ein Triptychon in Schwarz-Weiß. Sie braucht eine Sekunde, bis sie kapiert, was sie da sieht. Schließlich bleibt ihr vor Überraschung der Mund offen stehen.

Das ist der Mann von der Brücke, der Typ, der sie draußen vor dem Hotel beobachtet hat. Es sind keineswegs hochauflösende Bilder, ein bisschen unscharf, wie wenn sie mit ihrer Handykamera heranzoomt. Aber das ist zweifellos der Mann, allerdings ohne die auffällige Kappe.

»Woher haben Sie die?«

»Bin gestern Abend an Ihrem alten Hotel vorbeigefahren. Wie es scheint, hatten Ihre Freunde nichts Besseres zu tun, als wieder dort herumzulungern.«

»Sie haben Sie festgenommen?«

Boudreaux schüttelt den Kopf. »Einer gegen zwei. Sie sind weggerannt, aber dabei sind sie an einem halben Dutzend Kameras vorbeigekommen. Dies hier sind die besten Aufnahmen von mehreren. Sie erkennen ihn wieder?«

Alice betrachtet die Fotos erneut, ehe sie nickt. »Ja, das ist der Mann von gestern. Wissen Sie wenigstens, wer das ist?«

»Corbin Blanchet. Hat mit einer Bande aus dem organisierten Verbrechen zu schaffen, die sich selbst die Neunundachtziger nennt. Er hat seine Finger in allen möglichen unappetitlichen Dingen.«

Alice rümpft die Nase. »Hört sich eher nach einem Sportverein an.«

Boudreaux schüttelt erneut den Kopf. »Steht für 1789. Das Jahr, in dem die Bastille gestürmt wurde. Diese Typen streben ganz klar nach einer Revolution.«

»Und mit diesen Leuten hat Dufort zu tun?«

»Hm-hm. Offenbar handelt es sich um eine Art Untergruppierung. Teil eines größeren Netzwerks, das vom Balkan aus operiert.« Er hält inne. »Das sind echt miese Typen, Miss Logan. Schwer einzuschätzen, was sie unternehmen werden, um Dufort freizubekommen. Wenn Sie einverstanden sind, dann postiere ich jemanden vor Ihrem Hotel, bis Sie nach Hause fliegen, nur für den Fall.«

Alice ist zum Lachen zumute, aber Boudreaux verzieht keine Miene. »Halten Sie das wirklich für notwendig? Ich meine, die wissen doch gar nicht, wo ich jetzt bin.«

»Das stimmt, aber Leute wie die sind schnell. Eigentlich hätten sie auch nicht wissen dürfen, in welchem Hotel Sie vorher waren, aber Sie haben ja gesehen, wie das endete. Ich habe den Gefängnisdirektor gebeten, Duforts Anrufe überprüfen zu lassen, seitdem Sie sich mit ihm getroffen haben. Er hat niemanden angerufen. Kein einziger Anruf.«

»Jemand anders könnte diese Anrufe für ihn erledigen.«

»Richtig, doch das Gefängnis ist groß. Da sitzen eine Menge Leute, die das für ihn tun würden. Und es gibt noch andere Möglichkeiten, um eine Nachricht nach draußen zu schmuggeln. Sie haben sicher genug Zeit mit Klienten verbracht, die in solchen Anstalten sitzen. Wenn diese Leute an ein Telefon rankommen wollen und über die entsprechenden Mittel zur Bezahlung verfügen, dann kriegen sie ihren Willen. Und wir haben keine Chance, das zurückzuverfolgen.«

»Was genau wollen Sie damit sagen?«

»Damit will ich sagen, dass wir ohne eine Verbindung kein Druckmittel bei Dufort haben. Keine Möglichkeit, ihn durch Drohungen zum Aufhören zu bewegen. Er hat die Neunundachtziger selbst gegründet. Hat sie jahrelang angeführt, ehe er in den Bau gewandert ist. Wenn diese Leute glauben, dass die Chance besteht, Informationen aus Ihnen herauszuquetschen, um ihn freizubekommen ...«

Boudreaux führt den Satz nicht zu Ende. Alice lässt die Fotos auf dem Tisch liegen, stopft Notizbuch und Laptop in eine Tasche und schlüpft an der Tür in flache schwarze Schuhe.

»Ich werde mich nicht einschüchtern lassen, Agent Boudreaux. Nicht von denen oder sonst jemandem.«

Der letzte Teil klingt ein wenig zweischneidig. Nicht, dass sie glaubt, Boudreaux könne mit den Neunundachtzigern unter einer Decke stecken, aber es ist unwahrscheinlich, dass irgendetwas, was Boudreaux' Ruf schadet, an die Oberfläche kommt, wenn Dufort und seine Kumpanen Alice aus dem Konzept bringen. Könnte sein, dass Boudreaux etwas zu stark an der Kurbel dreht, um zu sehen, ob Alice zögert.

»Also gut«, sagt er nach einer kurzen Pause. »Gehen wir.«

27. Kapitel

Mittwoch – noch fünf Tage

Boudreaux steht zu seinem Wort und organisiert für sie ein Büro im dritten Stock mit Blick über die Rue de la Cité und das Hôtel-Dieu, das älteste Hospital in Paris. Boudreaux entschuldigt sich und verspricht, in ein paar Stunden wiederzukommen. Alice nimmt sich einen Moment, um aus dem Fenster zu sehen und die Geräuschkulisse der Stadt auf sich wirken zu lassen. Weiter rechts glitzert eine träge Seine durch die Bäume, die entlang der Straße stehen.

Ihr neuer Flug nach Hause geht in etwas weniger als sechsunddreißig Stunden, und es fühlt sich an, als würde sie auf einer Welle aus Sand hinunter auf den Boden einer Sanduhr reiten. Alles ist zu sehr in Bewegung, keine Garantie dafür, dass Zeit genug ist, um sämtliche Teile an ihren Platz zu bringen, falls sie sie überhaupt findet.

Eigentlich ist es kein Thema, den Flieger nach Hause zu nehmen, solange Boudreaux die Sache nicht hinauszögert; aber noch länger in Paris zu bleiben, ist auch keine Option. Ein Teil von ihr hat immer noch das Gefühl, dass dieser Trip reiner Luxus war. Im Grunde ging es darum, ihre eigenen Dämonen auszutreiben und gleichzeitig Fionas zu besänftigen. Beides muss sich nicht gegenseitig ausschließen, sagt sie sich.

Die Vorstellung, dass man ihren Dad reingelegt hat, schwirrt ihr für den Rest des Morgens durch den Kopf. Je weiter sie in den Kaninchenbau vordringt, desto weniger scheint ihre gemeinsame Geschichte von Bedeutung zu sein und desto mehr geht es um Gerechtigkeit. Mehr Anwältin als Tochter.

Die Krux an der Sache ist das Wie und das Warum. Solche Dinge passieren nicht zufällig. Jemand muss ihren Vater ausgesucht haben, und zwar aus einem bestimmten Grund. Sie zögert einen Moment, dann schickt sie eine E-Mail an die Adresse des Direktors von Raiford, die Sofia ihr genannt hat. Sie bittet ihn um einen Videocall mit ihrem Dad später am Tag, ehe sie es sich noch einmal anders überlegt. Sie wird versuchen, möglichst viel Infos von Boudreaux zu bekommen, aber sosehr es ihr auch gegen den Strich geht, sie muss noch einmal mit ihrem Vater reden. Das letzte Mal war ein unerwarteter Schock für sie, ein emotionales Eisbad. Beim nächsten Mal muss sie das Gepäck, das sie mitschleppt, draußen vor der Tür lassen. Und wie eine Anwältin mit ihm reden, auch wenn sie nicht seine Rechtsvertreterin ist. Dabei kommt ihr noch eine Idee. Sie schreibt eine Nachricht an Sofia und fragt, ob es Fortschritte bei der Suche nach einer Anwältin für Dad gibt. Eine, die bereit ist, tätig zu werden, egal, was sie findet.

In der Zwischenzeit richtet sie ihre Aufmerksamkeit auf ihren neuen französischen Fanclub. Von den Neunundachtzigern hat sie noch nie etwas gehört, aber woher auch, wenn man drüber nachdenkt?

Eine Google-Suche auf die Schnelle bringt Abhilfe, und schon bald wünscht sie, sie wäre nicht so neugierig gewesen. Ein Artikel nach dem anderen über die Spur der Zerstörung, die sie hinterlassen haben. Unkenntlich gemachte Leichen auf Gehwegen. Ein ausgebranntes Auto am Straßenrand, Bombenanschlag. Die Bande ist knietief in alles Mögliche verwickelt. Drogen, Menschenhandel, Geldwäsche in Millionenhöhe.

Die Polizei kann einige Erfolge verzeichnen, es gab Festnahmen, beschlagnahmtes Vermögen. Aber das Ausmaß all dieser Verbrechen lässt es wie den Versuch erscheinen, einer Hydra den Kopf abzuschlagen. Das ist mehr, als sie erwartet hat.

Sie lässt sich auf dem Stuhl zurücksinken, ihr dreht sich der Magen. Konzentrier dich, Alice, ermahnt sie sich selbst. Jetzt ist keine

Zeit für die Mitleidsschiene. Wenn Boudreaux mit Einzelheiten zu diesen anderen Fällen zurückkommt, braucht sie Dufort nie wiederzusehen. Vielleicht kann sie Eva dazu bewegen, weitere Fragen zu stellen, falls sich noch welche ergeben sollten. Nicht mehr lange, und sie wird einige Hundert Kilometer entfernt sein. Noch ein paar Tage, und ihr Dad wird kurz davor sein, seine Henkersmahlzeit zu bestellen.

Alice versucht, nicht mehr darüber nachzudenken, dass ein international verflochtenes Verbrechersyndikat Interesse an ihr bekundet, und fokussiert sich wieder auf ihren Vater. Dann holt sie einen gelben Schreibblock aus ihrer Tasche, kritzelt Fragen aufs Papier und versucht sich daran zu erinnern, wie ihr Dad den Abend des Mordes beschrieben hat. Dann fällt ihr plötzlich ein, dass sie sich gar nicht auf ihr Gedächtnis zu verlassen braucht. Fionas Nachricht von gestern. Die Aufnahme.

Sie entsperrt ihr Handy und scrollt zu der Audioaufnahme, die Fiona ihr geschickt hat. Ehe sie auf Play drückt, steht sie auf, um die Tür abzuschließen. Unweigerlich wirft sie einen Blick aus dem Fenster, rechnet schon halb damit, dort unten jemanden zu entdecken, der zu ihr heraufstarrt. Der Verkehr fließt ununterbrochen, jede Menge Leute flanieren vorbei, aber niemand scheint an ihr interessiert.

Sie schüttelt den Kopf, hat ein nervöses Lächeln übrig für ihre eigene Paranoia und macht es sich wieder auf ihrem Stuhl bequem. Sie hört sich die Nachricht einmal ganz an, die Augen geschlossen, konzentriert sich auf die Antworten und nicht darauf, wer sie gibt. Sosehr sie auch versucht, Gefühle zu unterdrücken, sie kommt nicht umhin, einen Anflug von Mitleid für ihn zu empfinden, bei seiner ausdruckslosen Stimme, mit der er die Hoffnungslosigkeit noch unterstreicht.

Sie ist gerade beim zweiten Durchgang, diesmal hat sie einen Stift in der Hand, als ihr etwas, das er sagt, im Gedächtnis haften bleibt, wie Matsch an einer Wand. Sie spult die Aufnahme circa dreißig Sekunden zurück, lauscht noch einmal.

Es ist sein Auto. Er erzählt, wie es nicht angesprungen ist. Wie es geschnauft hat wie einer, der vierzig Zigaretten am Tag durchzieht. Das waren seine Worte. Und deshalb ist er auch in diese Bar gegangen und hat dort auf den Abschleppwagen gewartet. Sie geht noch ein paar Minuten weiter zurück. Wieder ist sein Auto das Thema, doch diesmal erzählt er, dass es ein paar Tage in der Werkstatt war.

Sie zieht die Stirn kraus, kleine Zwillingsfurchen über ihren Augenbrauen. Nur ein winziges Detail. Ändert nichts an der Tatsache, dass er in der Bar strandet, ohne zu wissen, wie er nach Hause kommt.

Alice versucht sich in denjenigen hineinzuversetzen, der das ausgeheckt haben könnte. Einmal angenommen, Dads Auto war dort und nicht in der Werkstatt, was, wenn der barmherzige Samariter zuerst das ausprobiert hat? Hat überhaupt jemand Dads Fahrzeug auf Spuren dieses rätselhaften Mannes hin untersucht?

Durchaus möglich, räumt sie ein, dass dieser Typ das Auto anlassen wollte und dabei etwas angefasst oder sonstige Spuren hinterlassen hat. Sie wirft einen Blick in den Bericht der Festnahme: Darin sind zwar Autoschlüssel aufgelistet, aber es wird mit keinem Wort erwähnt, dass sein Fahrzeug untersucht wurde, auch nicht, was danach daraus wurde.

Alles scheint rein spekulativ zu sein, aber sie kann es nicht einfach ignorieren. Einer ihrer Dozenten an der juristischen Fakultät beschrieb den begründeten Zweifel so, als würde man eine Tonne Gelee gegen eine Wand werfen, in der Hoffnung, dass etwas davon kleben bleibt. Es kann sowohl um Quantität als auch um Qualität gehen.

Sie legt das Handy auf den Tisch, drückt wieder auf Play und schließt die Augen. Malt sich aus, in Fionas Küche zu sitzen, während er spricht. Erinnert sich an seine Eigenarten, die Art und Weise, wie er sich mit der Zunge über die Lippen fuhr, das Zögern zwischen einigen Antworten.

Nervosität, oder steckt etwas anderes dahinter? Alice ist davon überzeugt, dass sie andere Leute gut deuten kann, insbesondere dann, wenn sie sich ein paar Mal mit ihnen getroffen hat, um sich einen Überblick zu verschaffen. Bei ihrem Dad ist sie sich jedoch nicht ganz sicher, wie sie das verbuchen soll. Er zählt schon die Zeit bis zu seinem letzten Atemzug; sollte er also Bedenken haben, sich selbst zu belasten, nun ja, der Zug ist längst abgefahren. Trotzdem könnte er mehr wissen, als er zugibt.

Sie lässt sich auf eine Serie von Gedankensprüngen ein. Was, wenn er irgendwie und irgendwo den Neunundachtzigern über den Weg gelaufen ist, oder jemandem, der mit ihnen zu tun hat? Damals hatte er eine Menge Verbindungen zu Leuten auf der falschen Seite des Gesetzes. Die Anführer solcher Organisationen üben ihre Herrschaft mit einer Mischung aus Angst und Respekt aus. Was, wenn er ganz bewusst etwas verschweigt, aus Angst davor, was die Bande womöglich unternehmen könnte?

Sie widmet sich wieder dem Strom aus traurigen Geschichten auf dem Bildschirm. Es ist wie eine Massenkarambolage auf der Autobahn, von der sie sich nicht losreißen kann. Sie verliert sich weiß Gott wie lange in diesem Sumpf, als die Glocke im Ring sie erlöst – oder in diesem Fall der Klingelton ihres Smartphones.

Eine einzelne WhatsApp-Nachricht leuchtet auf dem Display auf. Nur eine Nummer, kein Name, die Implikation ist klar, ihr Magen schlingert wie ein Schiff auf hoher See. Da ist ein winziges Foto zu sehen, aber es ist zu klein, um Details erkennen zu können.

Sie streckt die Hand nach dem Smartphone aus. Zögert einen Herzschlag lang, nimmt es dann doch, wütend auf ihre eigene Ängstlichkeit.

Das Bild ist verschwommen, sie tippt auf den Pfeil, um es downzuloaden. Das Gesicht nimmt scharfe Konturen an, und ihr ist, als sei sie in ein Eisbad gesprungen.

Auf dem Foto ist Mariella zu erkennen, auf halbem Weg eine steinerne Treppe hinunter, den Blick von der Kamera abgewendet. Das Bild wurde entweder bearbeitet oder mit einem Zoomobjektiv aufgenommen, auf einer Seite ragt ein verirrter Arm ins Bild, weiter oben die Treppe hinauf sind ein Paar Füße zu erahnen.

Es ist der Junge neben Mariella, von dem sie den Blick nicht abwenden kann. Sieht aus wie ein Double von Dad, von den alten Fotos, die sie von ihm als Kind gesehen hat. Das kann nur der Bruder sein, den sie noch nie gesehen hat. Anthony. Er sieht glücklich aus. Glücklicher, als sie in seinem Alter war, wenn sie sich richtig erinnert. Sie kann nicht umhin, sich zu fragen, wie viel davon auf den Umstand zurückzuführen ist, dass Dad die meiste Zeit seines Lebens im Gefängnis verbracht hat, anstatt unter demselben Dach zu wohnen. In sicherer Entfernung, und vermutlich wird er das Leben des Jungen nicht derart verpfuschen, wie er ihres verpfuscht hat.

Ihr Magen sackt noch etwas tiefer, als sie oberhalb des Fotos sieht, dass der Absender gerade schreibt. Das Bild verschwindet abrupt, aber noch gibt es keine Nachricht. Sie starrt auf das Display, schluckt schwer, als sie sieht, wie wieder geschrieben wird.

Der einzelne Signalton ist wieder zu hören. Zwei Textzeilen wandern über das Display.

So hübsch.

Er hat die Augen seines Vaters.

Da hat sie es! Die Antwort auf die Frage, die sie zuletzt beschäftigt hat. Was hat ein Mann noch zu verlieren, der zum Tode verurteilt ist?

28. Kapitel

Boudreaux spürt, dass sein Geduldsfaden dünn wie eine Spielkarte ist. Seine Kontaktleute in Serbien und Kroatien antworten nicht. Weder auf Anrufe noch auf SMS, dabei weiß er, dass sie seine Nachrichten erhalten und gelesen haben.

Er hat keine Zeit für irgendwelchen politischen Mist, der da im Hintergrund läuft. Hat sich etwa Lavigne herangeschlichen, in seinen kleinen Sneakers, und ist über Boudreaux' Nachforschungen getrampelt? Hat er den Leuten gesteckt, dass sie mauern sollen, wenn er sich meldet?

Aber Hayley hat ihn nicht abgewiesen. Das Büro in Bosnien ist immer noch am aussichtsreichsten für ihn, doch das allein wird nicht reichen. Hayley hat versprochen, in einer halben Stunde anzurufen, doch bis dahin will Boudreaux es bei einigen der anderen versuchen. Ein kleiner Schritt hinaus auf den vereisten See. Die Agents kennt er nicht persönlich, aber die Sache ist ihm jetzt schon so unter die Haut gegangen, dass er für Risiken bereit ist.

Im Grunde will er kein Wort von dem glauben, was Alice Logan ihm verkauft. Das ist ein Haus, das auf Zufällen aufgebaut ist, und trotzdem nagt da etwas an ihm, ein Bauchgefühl macht sich bemerkbar, breitet sich aus und beeinflusst ihn, aber in welche Richtung, weiß er nicht.

Eines weiß er aber ganz sicher, er kann nicht zulassen, dass die Geschichte sich wiederholt. Wenn man Jim Sharp in weniger als einer Woche die Nadel setzt, dann muss er, Boudreaux, immer noch in den Spiegel gucken können und stolz auf das sein, was er sieht. Es soll ihm nicht noch ein Gespenst über die Schulter lugen, das sich zu Nancy Killigan gesellt.

Boudreaux lädt eine Liste der anderen Fälle. Überfliegt die Orte. Betrachtet sie näher, die Daten der jeweiligen Morde, die entsprechenden Verurteilungen. Wenn Duforts Fall ein Glied in der Kette ist, ist es nicht ausgeschlossen, dass die Neunundachtziger ihre Finger mit im Spiel haben. Dufort ist, oder war es zumindest, an der Spitze der Nahrungskette. Genau an der richtigen Stelle, um zu wissen, wo Leichen vergraben sind. Genug, dass sie womöglich Risiken eingehen und zum Beispiel die Einschüchterungstaktik bei Alice verschärfen, um Dufort freizubekommen. Die Tentakel dieser Leute winden sich um den Erdball, reichen in Dutzende Länder. Ein paar dieser Orte wären neues Terrain für sie, wie ihm seine Recherche zeigt. Das bedeutet nicht, dass sie nicht doch dahinterstecken. Wieder eine offene Frage unter Hunderten.

Er schaut auf sein Handy und sieht, dass er eine Nachricht von Hayley hat. Ein unverfängliches »*Ruf mich an*«.

Er befolgt die Aufforderung, zehn Sekunden später meldet sie sich.

»In was hast du mich da reingezogen?«, fragt sie.

»Wie meinst du das?« Boudreaux täuscht Unwissenheit vor.

»Ich hatte wieder deinen netten Boss am Telefon, er wollte wissen, ob du dich bei mir gemeldet hast. Ich soll ihm Bescheid geben, wenn du mich anrufst.«

»Und?«

»Und was?«

»Hast du es getan? Ihm Bescheid gegeben, meine ich?«

»Lavigne ist eine Kröte mit Napoleon-Komplex. Was, glaubst du, habe ich ihm gesagt?«

Boudreaux stellt sich eine Amphibie mit winzigem Zweispitz vor. Sein Lächeln breitet sich wie die Wintersonne über frostigem Gras aus.

»Vermutlich hat er dir sowieso nicht geglaubt, egal, was du ihm erzählt hast, richtig?«

»Tja, er hat so seine Probleme mit dem Vertrauen.«

Diesmal lacht Boudreaux. »Jetzt im Ernst, H., ich weiß zu würdigen, was du für mich tust, aber unternimm nichts, was dich in ein schlechtes Licht rückt.«

»Heißt das, du willst gar nicht wissen, was ich weiß?«

»Jetzt machst du dich über mich lustig.«

Pause am anderen Ende, und als Hayley wieder etwas sagt, ist der Humor verflogen.

»Also, unser Typ hier, Jusuf Pasalic, sitzt lebenslang für den Mord an Osman Kurjak. Ist der klassische Fall von mieser Typ begegnet noch mieserem Typen. Das war …« Ihre Stimme verliert sich für einen Moment. »… vor sieben Jahren. Egal, ich will ehrlich zu dir sein, Luc, das hier sieht ziemlich eindeutig aus.«

»Das ist bei allen so.«

»Moment, bei allen? Was meinst du mit ›allen‹?«

Boudreaux schließt die Augen, ärgert sich über sich selbst, dass er bei der Wortwahl nicht vorsichtiger war. Er zögert die Pause hinaus, bis Hayley das Schweigen bricht.

»Luc, was genau hast du mir bis jetzt nicht gesagt?«

Ach, verdammt, denkt Boudreaux. Falls Hayley ihn verraten wollte, hätte sie das längst getan und Lavigne eingeweiht.

»Zwölf«, sagt er schließlich. »Es sind zwölf insgesamt.«

Dann rattert er die vergangenen achtundvierzig Stunden in einem Affentempo herunter.

»Gott«, entfährt es Hayley, als er geendet hat. »Und wie siehst du das Ganze? Dass wir uns in zwölf Fällen geirrt haben?«

»Ich weiß es nicht, H.«, meint Boudreaux, und die Müdigkeit schlingt schwere Arme um ihn. Er schüttelt den Kopf, hasst dieses Prickeln des Selbstzweifels. »Ich weiß nur, dass ich nicht noch einmal überrumpelt werden will, wie bei dem Fall Higuita. Ich muss mir sicher sein.«

Hayley schweigt einen Moment. »Du bist ein verdammt guter Agent, Luc. Wir alle machen manchmal Fehler.«

»Ach, ja? Wann ist denn zuletzt einer gestorben, weil du einen Fehler gemacht hast?«

Das kommt zu bissig rüber, in einem Tonfall, den Hayley nicht verdient hat.

»Sorry«, schiebt er nach und hält beschwichtigend eine Hand hoch, obwohl Hayley einen halben Kontinent entfernt ist.

»Schon in Ordnung«, sagt sie, allerdings ein bisschen leiser als zuvor.

»Ich habe das Gefühl, dass mir meine eigene Behörde Handschellen anlegt«, sagt er. »Ich weiß einfach nicht genau, ob wir einige Fälle vermasselt haben, dafür müsste ich tiefer graben. Und das kann ich nicht, ohne mir von Lavigne anhören zu müssen, dass ich diese Fälle vermassele.«

»Hör zu, du weißt, dass ich alles tue, was ich kann, aber auf den ersten Blick erkenne ich nicht, was es damit auf sich hat.«

»Ich weiß, ich weiß«, sagt Boudreaux, und zum ersten Mal fragt er sich, ob er zu sehr nach etwas sucht, das nicht da ist. Vielleicht ist es an der Zeit, zuzugeben, dass Zufälle eben passieren.

»Ich mache dir einen Vorschlag«, sagt Hayley, »ich schicke dir, was mir von unseren Behörden hier zu meinem Fall vorliegt. Schau dir das in Ruhe an. Wenn du dann noch Fragen hast – ich kenne den Detective ganz gut. Ich könnte mit ihm sprechen und versuchen, weitere Einzelheiten für dich zu erfahren.«

»Ausgezeichnet. Ich schulde dir einen Drink.«

»Drinks, Plural«, sagt Hayley. »Aber ich muss jetzt los.«

»Danke, H., ich weiß das wirklich zu schätzen.«

Kaum hat er das Gespräch beendet, als Hayleys E-Mail bei ihm ankommt. Boudreaux öffnet den Anhang. Jede Menge Fallakten von dort. Er überfliegt sie, ändert die Größe, ordnet sie in passenden Kacheln auf seinem Bildschirm an, eine neben der anderen. Hier findet er mehr Details als in der Datenbank von GALE. Selbst nach ein paar Jahren haben nicht alle Mitgliedsländer ihre Datensätze vollständig in das GALE-System integriert, deshalb kann man in Fällen wie diesem meistens eine Schicht tiefer schürfen.

Sein Magen beginnt zu grummeln, erinnert ihn daran, dass es Zeit fürs Mittagessen ist. Er greift in seine Schublade, holt einen Müsliriegel heraus und beginnt zu kauen, während er ein zweites Mal durch die Daten scrollt. Es ist weit hergeholt, das weiß er, aber diesmal muss er sicher sein.

Er beißt noch einmal ab, hält inne, hat den Mund halb offen, das Stück ist unzerkaut, und starrt auf den Bildschirm. Seine Augen huschen zwischen den Datensätzen hin und her, dann öffnet er die Fallakte Jim Sharp. Eine Zeile sticht jeweils ins Auge, als würde er über einen Stolperdraht straucheln, der Funken in seinem Kopf sprühen lässt. Die Assoziationskette zieht ihn zurück zu dem Verhör in La Santé. Zu Alain Dufort, zu einer Bemerkung, die er ihm gegenüber selbst gemacht hat. Eine unwahrscheinliche Verbindung, und doch ist es eine. Eine Verbindung, die seinen Fall zumindest mit dem in Bosnien in Zusammenhang bringt.

Zum ersten Mal, seitdem Alice Logan in die Stadt gerauscht ist, räumt Boudreaux ein, dass das hier tatsächlich mehr als nur ein Schuss ins Blaue sein könnte. Die Ungeheuerlichkeit dieser Tatsache zerrt ihn wie eine heftige Strömung rückwärts durch die Jahre. Vorbei an Jim Sharp, den ganzen Weg zurück bis zu Nancy Killigan. Geschichte, die sich wiederholt. Ein gemeinsamer Nenner. Er selbst.

Scheiße, verdammte.

29. Kapitel

Mittwoch – noch fünf Tage

Scheiß auf den Zeitunterschied, denkt Alice. Das Foto von Mariella und Anthony ist eine klare Botschaft und ungefähr so subtil wie ein Schlag mit dem Baseballschläger gegen das Schienbein. Sie hat den Jungen zwar nie kennengelernt, fühlt sich aber verantwortlich, zu einem gewissen Grad jedenfalls. Er wird nicht einmal ahnen, dass er in Gefahr schwebt. Wer auch immer ihm oder Mariella etwas antun will, diese Person könnte einfach so zu ihrer Haustür spazieren, und sie hätten keinen Schimmer von der Bedrohung. In diesem Moment sieht Alice in Mariella nicht mehr die Frau, die eine Familie entzweit hat. Sie ist einfach eine weitere Person, deren Leben ihr Vater auf den Kopf gestellt hat. Keine Zeit zu verlieren. Ihr erster Anruf ist ein FaceTime-Call mit Sofia.

»Verdammt«, sagt Sofia und zieht das Wort in die Länge, nachdem Alice ihr ein kurzes Update gegeben hat. »Sag mir, was du jetzt brauchst.«

»Ich weiß nicht, auf was wir hier gestoßen sind, verflucht, aber ich muss wissen, ob die beiden in Sicherheit sind«, sagt Alice, und die Worte klingen noch surrealer, jetzt, da sie sie laut ausspricht. So etwas hat sie nicht kommen sehen, als Fiona so lange mit ihren Schuldgefühlen spielte, bis sie sich auf die Sache eingelassen hat. Es fühlt sich seltsam an, sich Sorgen um die Sicherheit einer Frau zu machen, die ihnen den Vater weggenommen hat – ungefähr so, als stöckele sie auf viel zu hohen High Heels herum. Gleichzeitig fällt ihr ein, dass sie noch nicht mal den kleinsten Anhaltspunkt hat, wo Mariella eigentlich wohnt.

»Das sollte nicht allzu schwierig sein«, meint Sofia. »Du hast ja gesagt, dass Fiona schon Kontakt zu ihr aufgenommen hat. Bitte sie, Mariella eine Nachricht zu schicken, um an ihre Adresse zu kommen.«

»Ich rufe sie nachher an«, sagt Alice. »Sie versucht seit gestern, mich zu erreichen.«

»Schick mir eine SMS, sobald du mehr in Erfahrung gebracht hast. Sie hat euch gesagt, sie wohnt bei Familienangehörigen irgendwo in der Nähe von Raiford, richtig? Ich breche gleich auf, dann müsste ich in der Gegend sein, wenn du den Aufenthaltsort weißt.«

»Das musst du nicht extra tun«, sagt Alice. »Wäre es nicht einfacher, bei der örtlichen Polizei nachzufragen?«

»Ehrlich gesagt«, sagt Sofia, und ihr Mund zuckt, als sie abwägt. »Wir haben noch nicht genug an der Hand, um jetzt schon die Polizei zu informieren. Ich kann mich erst mal um sie kümmern, dann kenne ich da einen Typen in Orlando, der mir noch den einen oder anderen Gefallen schuldig ist. Der organisiert ihr notfalls einen freundlichen Schatten, bis alles vorüber ist. Ist nur ein Flug von zwei Stunden. Ich bin kurz nach dem Frühstück da.«

»Du bist ein Star«, sagt Alice und merkt, wie ihre Angst abebbt. »Um wie viel Uhr triffst du dich mit Mac wegen seiner Aussage?«

»Gegen zehn. Aber keine Sorge, das kann ich auch noch verschieben, bis wir diese Sache hier in Ordnung bringen, und wir können das auch virtuell machen. Hat Boudreaux sich entschieden, nett zu bleiben und dir mehr über die anderen Fälle zu erzählen?«

»Das kann ich dir in ein paar Stunden verraten«, meint Alice, ist sich da aber selbst alles andere als sicher.

»Ich brauche dir das nicht zu sagen«, fährt Sofia fort, »aber dennoch: Vielleicht haben wir so schon genug und brauchen ihn gar nicht. Könnte sicherer für alle Seiten sein, wenn wir uns mit dem begnügen, was wir bisher haben. Ich habe einen Anwalt gefunden, dem ich den Fall übergeben könnte. Netter Kerl. Macs Aussage, seine Fotos. Ich hasse es, so über jemanden zu denken, der eine Dienstmarke trägt, aber Boudreaux verfolgt seine eigenen Ziele, Alice. Er ist der Einzige, der davon profitiert, dass dein Dad nicht rauskommt. Was er jetzt tut, dieses halbherzige Preisgeben von Informationen, ist eine Art Spiel, das er da treibt.«

»Habe ich nichts gegen einzuwenden«, sagt Alice, »aber wir haben nicht genug, nicht auf lange Sicht. Wenn wir zu schnell sind und danebenliegen, lässt uns das schwach aussehen. Ich traue ihm auch nicht, aber es geht nicht um mich.«

Die Worte haben einen hohlen Klang. Tief in ihrem Innern weiß sie, dass sie sich nicht ganz von dem Schicksal lösen kann, das ihrem Vater bevorsteht, ganz egal, wie tief die Kluft zwischen ihnen beiden ist. Jedenfalls kann sie das nicht mehr. Es wäre in etwa so, als wolle man versuchen, die Milch aus dem Kaffee herauszupressen. Zwei Teile ein und desselben Ganzen, seitdem sie an diesem Faden gezogen hat. Sofia wirkt nicht überzeugt, sagt aber nichts.

»Später werde ich noch einmal mit meinem Dad sprechen«, fährt Alice fort. »Von dem Foto von Mariella werde ich nichts sagen. Er hat schon genug um die Ohren.«

»Er könnte ja sowieso nichts daran ändern«, stimmt Sofia ihr zu. »Natürlich hängt es davon ab, wann du ihn anrufen möchtest, aber wenn du willst, bin ich bei ihm, sobald du dich meldest. Man kann die Dinge viel besser einschätzen, wenn man jemandem direkt gegenübersitzt – falls du glaubst, dass er dir etwas vorenthält.«

»Ich habe das Gefühl, dass ich schon zu viel von dir verlange, Sofia«, sagt Alice und denkt an die anderen Aktionen, die sie bereits bei ihrer Ermittlerin abgeladen hat. Macs Aussage. Die Vergrößerung seiner Fotos. Informationen zu jener Person, mit der er damals auf der Polizeiwache gesprochen hat.

»Sag mir die Uhrzeit und schick mir den Zoom-Link. Kommt alles auf deine Rechnung an der Bar, wenn du mich besuchst«, sagt sie und grinst. »Da wir gerade vom Reisen sprechen, wann fliegst du nach Hause?«

Ein Teil von Alice fragt sich, ob ein weiterer Tag überhaupt ausreicht. Es fühlt sich an, als sei sie im Zentrum des Labyrinths. Der

Flug nach Hause hat etwas von einem Rückzieher. Sie verscheucht den Gedanken wie ein verirrtes Spinnennetz. Sagt sich selbst, dass sie einen Schritt vom Rand zurücktreten sollte. Ihr Leben findet im Nordosten Englands statt. Und dieses Leben hat sie sich wiederaufgebaut, nach einem Rückschlag nach dem anderen. Sie weiß, dass ihr Grenzen gesetzt sind, wenn es darum geht, was sie noch für ihren Dad tun kann. Es ging nie darum, ihn rechtlich zu vertreten. Das könnte sie in den kommenden vierundzwanzig Stunden jemand anderem überlassen. Aber je weiter sie diesen Weg beschreitet, desto verwirrender werden die Gefühle, die sie erfassen. Auch in absehbarer Zeit wird sie ihm nicht vergeben können, aber ein Hauch von Mitleid sickert an den Rändern durch. Als wäre er ausnahmsweise einmal nicht an etwas schuld.

»Ich breche morgen Nachmittag auf«, sagt sie. »Hör zu, ich rufe jetzt Fiona an. Sag mir Bescheid, wie es gelaufen ist, ja?«

Sie beendet das Gespräch, schließt die Augen und stößt einen langen Seufzer aus, um die Wogen in ihrem Kopf zu glätten. Sie wünscht, sie hätte ihre Laufschuhe dabei. Der Gedanke, über die Gehwege zu joggen, die frische Oktoberluft an der Seine einzuatmen. Noch während sie sich das ausmalt, schieben sich Schatten in die Wahrnehmung, eine Gestalt auf einer Brücke kommt in ihre Richtung. Ihre Lider fliegen auf, und sie spürt allzu deutlich, wie sehr sich ihr Herzschlag beschleunigt hat.

Du musst ganz bei der Sache sein.

Sie räuspert sich, während der Rufton in ihrem Ohr widerhallt. Als Fiona das Gespräch entgegennimmt, klingt ihre Stimme gereizt. Alice kann es ihr nachempfinden.

»Hallo, Fi. Sorry, dass ich dich gestern nicht zurückgerufen habe.«

»Wo bist du gewesen, verdammt?«, erwidert Fi in rasendem Tempo. »Ich war ganz krank vor Angst.«

»Tut mir leid. Hatte einfach viel zu tun, gestern war alles ein bisschen verrückt.«

»Hast du denn mit den Leuten sprechen können? Mit dem Agent und dem anderen Kerl im Gefängnis? Nun erzähl schon!«

»Jaja, aber zunächst musst du etwas für mich tun. Du musst ...«

»Nein, nein und nochmals nein«, sagt Fiona, als würde sie mit einem der Zwillinge schimpfen. »Erst will ich Einzelheiten hören, dann kannst du mich um einen Gefallen bitten.«

»Gott, Fi, es geht doch nicht um mich. Es geht um Dad«, faucht sie zurück. »Eigentlich geht es um Mariella.«

»Um Mariella?«

Alice weiß nicht, ob es wirklich klug ist, Fiona alles bis ins Detail zu erzählen. Sie will nicht, dass ihre Schwester in eine Spirale aus Panik gerät, aber es gibt nichts zu beschönigen bei der Gefahr, in der Mariella und Anthony womöglich schweben. Also liefert sie Fiona eine gekürzte Version der Ereignisse, wobei sie den Vorfall auf der Brücke und den Mann unten vor ihrem Hotel weglässt.

»Oh mein Gott!«, ruft Fiona, als Alice geendet hat. »Moment, ich schicke ihr sofort eine Nachricht.«

Unterdessen ist Alice mit ihren Gedanken schon bei der Unterhaltung, die sie unbedingt mit ihrem Dad führen muss. Diesmal nur sie beide. Auch wenn sie Tausende Kilometer voneinander getrennt sind, bildet sich bei dem Gedanken, dass sie mit ihm allein reden wird, ein mulmiges Gefühl in ihrem Bauch, als windeten sich dort Würmer.

»Okay, erledigt«, sagt Fiona und holt Alice damit ins Hier und Jetzt zurück. »Also los, du hast gesagt, Sofia hat diesen Obdachlosen gefunden. Was hat er gesagt?«

»Er ist bereit, eine Aussage zu machen«, antwortet Alice, versucht aber zu verhindern, dass Fionas Hoffnungen wie ein Heliumballon davonfliegen. »Da gibt es auch ein Foto, es ist nicht besonders gut, aber er hat ein Bild, das den Mann zeigt, den er gesehen hat. Immerhin ein Anfang, aber wir brauchen mehr.«

»Okay«, sagt Fiona nach einer Pause, wie ein Kind, dem gerade die Süßigkeit weggeschnappt wurde. »Mehr von was?«

»Ich bin an etwas dran, auf das Agent Boudreaux gestoßen ist«, erklärt sie. »Andere Fälle, die dem von Dad ähneln. Kann sein, dass dabei nichts herauskommt, aber als du mit Mariella gesprochen hast, hat sie da einmal zufällig erwähnt, dass Dad eine Zeit lang im Ausland war? Vielleicht in Frankreich oder sonst wo in Europa?«

»Europa?«, wiederholt sie. »Nicht, dass ich wüsste. Warum? Was hat das mit der ganzen Sache zu tun?«

»Wie ich schon sagte, vielleicht ist nichts dran, aber diese anderen Fälle könnten mit dem Mann in Verbindung stehen, mit dem ich im Gefängnis gesprochen habe, Alain Dufort«, sagt sie, wobei sie Details beiseitelässt, um so ungezwungen wie möglich zu klingen. »Alles, was bestimmte Aspekte fraglich erscheinen lässt, könnte Dad helfen.«

»Was sind das denn für andere Fälle?« Argwohn schleicht sich in Fionas Stimme, als ahne sie, dass Alice mit Einzelheiten hinterm Berg hält.

»Weitere Mordfälle«, sagte sie schließlich. »Ich kann jetzt nicht ins Detail gehen, aber diese Morde geschahen, als Dad schon im Gefängnis war.«

»Ein anderer ... Moment, was sagst du da? Dass jemand Dad was angehängt hat?«

»Das wissen wir noch nicht, aber ...«

»Aber was? Was weißt du denn? Was verschweigst du mir?«

»Hör zu, Fiona, ich erzähle dir das, was ich weiß. Später spreche ich noch einmal mit Agent Boudreaux, doch ich will ehrlich sein, was auch immer wir haben, im Augenblick glaube ich nicht, dass es ausreicht, um etwas an der Situation zu ändern.«

»Aber was ist mit diesem Obdachlosen?«, hakt Fiona nach.

»Wenn Grant McKenzie alles ist, was wir aufbieten können, wird das wahrscheinlich nicht ausreichen. Wir müssen schon mehr tun, als nur zu sagen, dass Dad es nicht getan hat. Wir müssen nachweisen, dass es da eine Alternative gibt.«

»Wer soll das machen?«

»Ich habe keine Ahnung. Das ist Boudreaux' Job, nicht unser.«

»Du willst das also alles dem Typen überlassen, der ihn überhaupt erst hinter Gitter gebracht hat?«

»Ja«, erwidert Alice und kann den schnippischen Tonfall nicht unterdrücken. »Genau das tue ich. Wir sind keine Cops, Fi. Das ist nicht unsere Aufgabe. Seien wir ehrlich, wir sind ja kaum seine Töchter, nicht nach allem, was er getan hat.«

»Redest du nur von dir selbst?«, faucht Fiona zurück.

Und da ist sie, die schwärende Wut, wie ein eiterndes Geschwür, das sie nie aufstechen konnten. Fiona redet weiter, ehe Alice dagegenhalten kann.

»Bei dir ist immer jemand anders schuld, Al. Dad ist schuld an der Scheidung. Mum ist schuld daran, dass sie einen Schlaganfall hatte. Es war mein Fehler, dass du nach Hause gekommen bist, um dich um Mum zu kümmern, weil ich so dämlich war, schwanger zu werden.«

»Fi, ich …«

»Ich habe doch gehört, was du damals am Telefon gesagt hast, als sie im Krankenhaus war. Keine Ahnung, mit wem du da gesprochen hast, aber ich habe alles mitbekommen. Dass ich bloß ein dämliches kleines Mädel bin, das schlechte Entscheidungen trifft.«

Alice erinnert sich an das Gespräch. An den Tag nach Mums Schlaganfall, als sie quer über den Atlantik hastete, um an ihrem Bett sitzen zu können. Dann rief sie ihren damaligen Freund an und ist voller Frust darüber, dass Fiona ihr nun brühwarm erzählt, was sie hörte, obwohl sie, Alice, damals glaubte, es wäre ein privates Gespräch. Offenbar nicht.

»So habe ich das nicht gemeint, Fi.«

»Ach, wirklich? Dann erklär es mir doch jetzt bitte.«

Alice zögert, bekommt ein Schuldgefühl, wenn sie an das denkt, was sie damals gesagt hat. Sie hätte es sicher nicht so ausgedrückt, wenn sie gewusst hätte, dass Fi lauscht. Die Pause kann nicht länger als ein paar Sekunden gedauert haben, aber Fiona gibt ihr nicht die Chance, es zurückzunehmen.

»Weißt du was, mach dir gar nicht erst die Mühe. Ich schicke dir die Adresse, sobald ich sie habe.«

Ein Klicken, und sie ist weg. Alice' Wangen glühen, eine Mischung aus Wut und Scham. Ausgerechnet jetzt müssen sie sich streiten. Allerdings muss sie sich eingestehen, dass Fiona nicht lange nach einem Anlass zum Streiten zu suchen braucht, weil Alice wieder einen Seitenhieb auf Dad losgelassen hat – dass sie kaum seine Töchter seien. Im Grunde hat er es verdient, aber wenn sie vorankommen will, muss sie von der Grenze zurücktreten, die sie vor all den Jahren zwischen Dad und ihr gezogen hat.

Wenn sie so weitermacht, verliert sie vielleicht nicht nur einen Elternteil. Sie könnte auch ihre Schwester verlieren.

30. Kapitel

»Deswegen haben Sie mich beim Essen gestört?«

Pascal Lavigne könnte nicht weniger beeindruckt aussehen, wenn Boudreaux die obere Hälfte vom Sandwich abnähme und darauf spuckte.

»Sir, schauen Sie sich …«

»Ehe ich mir überhaupt etwas anschaue, wie wäre es, wenn Sie mir in Erinnerung riefen, worüber wir das letzte Mal gesprochen haben, als Sie dort standen?«

»Da hatte ich aber die anderen Fallakten noch nicht gelesen. Es geht nicht nur darum, wie diese Leute starben, da gibt es noch eine andere Verbindung. Eine, von der ich bis gestern nichts wusste.«

»Dann werde ich es Ihnen in Erinnerung rufen, wenn Sie nichts dagegen haben.«

Lavigne verfällt in seinen belehrenden Ton, als würde er einen Schüler maßregeln, was Boudreaux in etwa genauso wenig leiden kann, wie barfuß über Schotter zu laufen.

»Sir, ich …«

»Ich habe Ihnen ausdrücklich gesagt, dass Sie unter keinen Umständen anfangen sollen, im Trüben zu fischen. Ich habe Ihnen befohlen, die Finger von einer Liste vollkommen nachvollziehbarer Verurteilungen zu lassen, noch dazu in Ländern, für die Sie überhaupt keine Berechtigung haben.«

»Sie brauchen sich doch nur den Fall hier in Frankreich anzusehen, das wird immer komplizierter«, sagt er und spürt, wie ihm die Hitze in die Wangen steigt. »Dieser Typ in La Santé, Alain

Dufort ... Seine Leute haben es inzwischen auf die Anwältin abgesehen, die den Mann vertritt, der in seiner Heimat im Todestrakt sitzt.«

»Und ich bin mir sicher, dass ihr dabei ihre örtliche Polizeibehörde behilflich sein kann.«

Lavigne ist offenbar gar nicht klar, dass Alice in der Stadt ist, sagt sich Boudreaux. Er hatte noch gar keine Gelegenheit, ihm das zu erklären, als der erste Versuch, über die Sache zu sprechen, von vornherein abgelehnt wurde. Das wird in etwa so gut ankommen wie eine Diagnose im Endstadium, wieder ein Grund mehr für Lavigne, ihn zu kritisieren.

»Das ist es ja gerade, Sir, sie ist nämlich hier, in Paris.«

Sein Boss lässt das halbe Sandwich zurück in die Verpackung fallen, wischt sich imaginäre Krümel von den Händen und lehnt sich in seinem Stuhl zurück.

»Dann sagen Sie ihr, sie soll sich an die Polizei wenden. Ein Gefangener, der an seinem Käfig rüttelt, sollte für eine international tätige Behörde nicht von Interesse sein«, doziert er, Herablassung trieft von jedem seiner Worte.

»Wenn er aber in irgendeiner Weise mit diesen anderen Fällen in Verbindung gebracht werden kann, wie sollte die Sache dann für uns nicht von Interesse sein?«

Lavigne wirkt verdutzt, dass Boudreaux sich immer noch nicht unterkriegen lässt. »In Verbindung gebracht, sagen Sie? Erklären Sie mir bitte genau, inwiefern das, was Sie da haben, eine Verbindung darstellt«, fordert er ihn auf und macht gar nicht erst den Versuch, seine Geringschätzung zu verbergen, doch das gleitet an Boudreaux ab wie Butter an einer gusseisernen Pfanne.

»Sie wissen ja selbst, wie sehr einige Länder die Sache in die Länge gezogen haben, wenn es um die volle Angliederung geht. Unsere Daten hier erfassen nur Treffer, die auf der Art der Wunde und der Toxikologie beruhen. Was wir nicht haben, sind genauere Informationen, Abschriften von Verhören, all diese Dinge.«

»Jaja«, sagt Lavigne und klingt gelangweilt. »Erzählen Sie mir etwas, das ich nicht weiß.«

»Ich habe mit jemandem vor Ort in einem der Länder gesprochen. Und keine Sorge, ich habe die Sache heruntergespielt«, schiebt er nach, als er Panik in Lavignes Augen aufblitzen sieht, wie Nuggets in einer Goldwaschpfanne. »Die wissen nichts von den anderen.«

Kleine Notlüge. Natürlich weiß Hayley davon, aber auf sie ist Verlass.

»Bosnien«, fährt er fort. »Dasselbe wie bei dem französischen Fall. Ein Mann wird tot in Sarajevo aufgefunden, seine Halsschlagader ist verletzt. Der Kerl, den sie daraufhin festnehmen, hatte eine oder zwei Wochen vor dem Mord einen Zusammenstoß mit der örtlichen Polizei.«

»Was genau meinen Sie mit Zusammenstoß?« Lavigne scheint mehr an dem Salatblatt interessiert zu sein, das auf seinen Schreibtisch gefallen ist.

»Er soll seine Freundin verprügelt haben. Hat sie einen Monat ins Koma geschickt. Der einzige Zeuge, den sie hatten, verschwand. Dann, nur wenige Wochen später, wird der Typ für einen Mord aufgegriffen, der wasserdicht scheint. Dasselbe ist auch in den anderen Ländern passiert. Wir haben zwölf Männer in verschiedenen Ländern, die wegen Mordes im Gefängnis sind, und jeder einzelne von ihnen – abgesehen von Jim Sharp – hätte längst hinter Gittern sein müssen, entweder wegen schwerer Körperverletzung oder Mordes, aber nichts konnte ihnen nachgewiesen werden. Nichts außer der nächsten Tat, für die sie verdächtigt werden, und immer ist es die gleiche Vorgehensweise.«

»Eilmeldung, Verbrecher tun anderen Leuten etwas an«, nuschelt Lavigne spöttisch durch den Bissen vom Baguette.

»All die Leute, denen diese Männer im Vorfeld der Morde etwas angetan haben, für die sie im Augenblick ihre Haftstrafe absitzen, wurden in Feldlazarette der Vereinten Nationen gebracht.«

»Wirklich?« Lavigne wirkt unbeeindruckt, und Boudreaux

schwelgt einen Moment in einem flüchtigen Tagtraum, in dem er seinem Boss das knusprige Brot im Gesicht verreibt, nur um seine Aufmerksamkeit zu bekommen. »Das soll ihr entscheidender Beweis sein? Da gibt es nur ein kleines Problem. Als ich mich zuletzt schlaugemacht habe, hatten die Vereinten Nationen keine Lazarette auf französischem Gebiet. Ihr Mann in La Santé bringt also Ihre Theorie zum Einsturz.«

»Hm-hm«, macht Boudreaux und freut sich, dass er Antworten parat hat, die er seinem Boss wie einen Fastball um die Ohren werfen kann. »Dufort wurde auf Zypern straffällig.«

»Und? Worauf wollen Sie hinaus?«

»Ich will darauf hinaus, dass es irgendwann keine Zufälle mehr sein können und dass wir an einem bestimmten Punkt die Pflicht haben, genauer hinzusehen.«

Der verbohrte Starrsinn dieses Mannes verblüfft ihn. Es gäbe Möglichkeiten, all das heimlich, still und leise laufen zu lassen, ohne die Pferde scheu zu machen, aber es scheint so, als habe Lavigne ein persönliches Interesse daran, jegliche Nachforschungen im Keim zu ersticken, ehe sie aus den Startlöchern kommen können.

Lavigne schluckt den Bissen herunter und leckt sich Mayo von den Fingern, wie eine Katze, die sich putzt.

»Und ich sage, selbst wenn alle zwölf Personen zu einer Großfamilie gehören würden, ändert das nichts an der Tatsache, dass diese verurteilten Männer aufgrund von solider Polizeiarbeit und noch soliderer forensischer Untersuchungen überführt wurden.«

In diesem einen Punkt hat er recht. Die Beweislage erzählt eine sehr einseitige Geschichte, aber das macht ihn blind gegenüber den mikroskopisch kleinen Möglichkeiten.

»Bei allem Respekt, es wäre nicht das erste Mal, dass sich ein Labor irrt.«

»Nein«, räumt sein Boss ein, »aber dass es so oft passiert sein soll, ist mehr als unwahrscheinlich. Da könnten Sie genauso gut Lotto spielen.«

»Und doch gibt es letzten Endes immer einen, der im Lotto gewinnt.«

Lavigne seufzt wie ein Vater, der an die Grenzen seiner Geduld gerät. Boudreaux sucht bewusst Lavignes Blick, lässt es auf einen Streit ankommen, aber er unterdrückt dieses Verlangen sofort wieder. Entscheidet sich für eine andere Herangehensweise.

»Ich war schon einmal an diesem Punkt«, sagt er und holt den Elefanten in den Raum. »Ich war felsenfest davon überzeugt, dass mein Ansatz richtig war, da wollte ich mir von niemandem reinreden lassen. Ich hatte nicht mal daran gedacht, dass es eine andere Möglichkeit geben könnte.«

Er nagt an der Unterlippe. Über diese Sache spricht er eigentlich nicht gerne. Und es fühlt sich eigenartig an, sich ausgerechnet seinem Boss gegenüber zu öffnen.

»Meine Starrköpfigkeit hat eine Zeugin das Leben gekostet, und damit muss ich leben. Das bedeutet aber nicht, dass ich zulassen muss, dass das noch einmal passiert.«

»Und warum genau sagen Sie, dass das Leben all dieser Männer auf dem Spiel steht?«

»Nicht das Leben aller«, räumt er ein. »Nur das Leben eines Mannes.«

Lavigne hört zu, während Boudreaux ihm von dem Fall Jim Sharp erzählt – für Boudreaux ein unangenehmes Déjà-vu, das in den Schatten kauert, seitdem Alice Logan in Paris ist.

»Das ist ja eine schöne Geschichte, Luc«, meint Lavigne, als Boudreaux fertig ist.

Es überrascht ihn, dass sein Boss ihn beim Vornamen anredet. Das nimmt etwas von der Starrköpfigkeit, die er spürt, wann immer sie sich unterhalten. Fast könnte er glauben, dass er Lavigne auf seine Seite gezogen hat. Diese Vorstellung währt jedoch nur zwei Sekunden.

»Aber das ändert nichts. Die Beweise verflüchtigen sich dadurch nicht plötzlich wie bei einem Zaubertrick. Und was wollen Sie jetzt eigentlich damit sagen? Dass ein loser Zusammenhang besteht, dass all diese Männer Leute verletzt und in Lazarette der Vereinten Nationen geschickt haben, bevor sie es letzten Endes verbockt haben? Unterschiedliche Lazarette, unterschiedliche Länder.«

»Sir, ich …«

»Was ich zu hören bekomme, ist, dass Sie es einmal verbockt haben, und das veranlasst Sie, Ihr eigenes Urteilsvermögen infrage zu stellen. Also, für mich hört sich das eher an, als sei es eine Art Buße für Sie, nichts, was tatsächlich mit der Realität zu tun hat. Es gibt Punkte, die man verbinden kann, und dann gibt es solche, die man aus dem Nichts erschafft.«

»Sie glauben, ich reime mir das zusammen, um meine eigenen Bedürfnisse zu befriedigen?« Die Worte haben das Feuer in Boudreaux' Bauch neu entfacht. »Ich verlange nichts weiter, als dass Sie mir gestatten, bei den anderen Fällen genauer hinzuschauen. Alles, was ich finde, berichte ich Ihnen direkt. Ich werde diskret vorgehen. Es …«

»Genug davon«, kommt es von Lavigne, der mit der flachen Hand auf den Schreibtisch schlägt. »Wenn Sie unbedingt den Fall Jim Sharp noch einmal öffnen wollen, dann spreche ich gerne mit Ihrem alten Boss in Orlando über eine Rückversetzung, und dann können Sie das auf deren Zeitkonto machen, aber ich befehle Ihnen, sich aus dieser Sache hier herauszuhalten. Haben wir uns verstanden?«

Boudreaux verharrt in schockiertem Schweigen. Lavigne sucht seinen Blick, und Boudreaux hält diesem Blick stand, forciert ihn noch, um seinem Boss etwas Vernunft einzuimpfen.

»Haben wir uns verstanden?«, wiederholt er, jedes Wort langsam und pointiert.

»Sie sind nicht einmal bereit, es zu versuchen?«

Darauf geht Lavigne nicht ein. Begegnet seinem Blick mit eisigem Schweigen.

»Als die Sache mit Mario Higuita herauskam, hat man uns in der Presse zerrissen. Man stellte es so dar, als hätten wir die Zeugin gezwungen. Wollen Sie diese Art von Aufmerksamkeit hier, wenn das in unserem Fall genauso läuft?«

»Das ist ein großes ›Wenn‹ aus meiner Sicht«, entgegnet er. »Außerdem weiß ich, dass es da so einige gibt, die immer noch glauben, dass Sie die Zeugen manipuliert haben.«

Bei dem Schlag unter die Gürtellinie fängt Boudreaux' Blut an zu kochen. Druck baut sich in seinem Kopf auf, er ballt beide Hände zu Fäusten, muss gegen das Verlangen ankämpfen, auf den Schreibtisch einzuschlagen.

»Und nur um sicherzugehen, dass es zu keinem Missverständnis kommt«, fährt Lavigne fort, »wenn Sie aus meinem Büro raus sind und ich erfahre, dass Sie die Sache weiterverfolgt haben, dann sind Sie derjenige, gegen den ermittelt wird. Ich bin ein Risiko eingegangen, als Sie hierherkamen. Geben Sie mir keinen Anlass, dass ich die Entscheidung bereuen muss.«

Er stößt sich vom Schreibtisch ab, steht abrupt auf und greift nach seinem Jackett, das über der Rückenlehne hängt.

»Wenn Sie mich jetzt entschuldigen würden, ich muss zu einer Besprechung.«

Lavigne bedeutet ihm unmissverständlich, das Büro vor ihm zu verlassen. Boudreaux beißt die Zähne zusammen und sagt kein weiteres Wort, als er an seinem Boss vorbeirauscht. Da ist so vieles, was er in diesem Moment loswerden möchte, aber was würde er damit erreichen? Er beschleunigt seine Schritte, hält direkt auf sein eigenes Büro zu, knallt die Tür hinter sich zu. Dieser gottverdammte Lavigne mit seinem bürokratischen Scheißdreck.

Er geht hinüber zu seinem Schreibtisch, schlägt einmal mit der flachen Hand gegen den Stuhl. Er beginnt sich zu drehen, kommt nach einer zweiten Umdrehung wieder langsam zum Stehen. Lavigne lässt ihm nur eine Wahl, verflucht. Er ist verdammt, wenn er es tut, verdammt, wenn er es nicht tut.

Wem mache ich hier eigentlich was vor?, denkt er. Er ist schon seit Langem verdammt.

31. Kapitel

Mittwoch – noch fünf Tage

Das Erste, was Alice am Bildschirm sieht, ist eine schiefergraue Wand, die untere Hälfte eines Fensters leuchtet am oberen Rand. Es ist praktisch lumineszierend, dank des Kontrasts zu dem tristen Raum. Die obere Hälfte eines Metallstuhls ragt über die Tischkante.

»Kannst du was sehen?« Sofias Stimme kommt aus dem Off. »Wie ist der Sound?«

»Laut und deutlich«, erwidert Alice und verspürt die Aufregung, von der sie erfasst wird.

»Er müsste jeden Moment hier sein. Möchtest du erst unter vier Augen mit ihm sprechen, ehe du zur Sache kommst?«

»Nein, bleib«, sagt Alice. »Er verschweigt uns etwas, Sofia. Vielleicht kann ich ihn dazu bringen, sich zu öffnen, vielleicht auch nicht, aber es ist nicht dasselbe, solange ich nur ein Gesicht auf dem Bildschirm bin.«

Sofias Kopf schiebt sich von links ins Bild, sie nimmt Platz, lässt die Arme auf dem Tisch ruhen.

»Wie du willst.«

»Wie war der Flug?«

»Kurz.«

Alice verspürt wieder eine Woge der Dankbarkeit. Sie hat immer gewusst, dass Sofia eine echte Freundin ist, aber das hebt das Ganze auf ein neues Level.

»Alles okay bei Mariella?«

»Ich habe sie mitgebracht«, sagt sie. »Habe ihr erzählt, dass es

Drohungen gab, aber nicht, von wem. Als sie erfuhr, dass ich auf dem Weg hierher war, wollte sie auch mit deinem Dad reden.«

Sie besprechen noch kurz, welche Taktik sie anwenden, ehe Alice ein schlurfendes Geräusch abseits der Kamera vernimmt, träge Schritte auf Betonboden. Sofia steht auf, tritt zur Seite.

»Mr. Sharp.« Alice hört, wie sie sich ihm vorstellt, dann sieht sie, wie sie ihm den Stuhl zurechtrückt.

Als Nächstes zottelt ihr Dad ins Bild, die Fußfesseln klirren wie ein Windspiel. Alice verfolgt, wie der Wärter ihn zum Platz führt, ihm hilft und dann die Handschellen mit einem stählernen Ring am Tisch befestigt. Jim Sharp kneift die Augen zusammen, als er sich vorbeugt und in die Kamera linst.

»Hi«, sagt Alice, und jeder Anflug von Höflichkeiten fühlt sich seltsam unter diesen Umständen an. Letzten Endes entscheidet sie sich für sicheres Niemandsland. »Wie geht es dir? Behandelt man dich gut?«, fragt sie, auf der Suche nach der goldenen Mitte zwischen Empathie und ernsthaftem Leugnen, wo er gerade ist und warum er dort ist.

»Hey, Liebes. Die behandeln mich gut. Kann nicht klagen.«

»Gut.« Alice nickt kurz. »Die Dame an deiner Seite, das ist Sofia Marquez. Sie ist Ermittlerin. Sie wird dabei sein und mir mit ein paar Hintergrundinformationen aushelfen, über Dinge, die sie herausgefunden hat.«

»Okay, ja, klar.« Sharp wendet den Blick vom Bildschirm, und Alice hört, wie Sofia in Aussicht stellt, dem Wärter Bescheid zu sagen, sobald sie fertig sind.

»Damit du's weißt, Dad, Mariella ist auch hier. Sie wartet draußen auf dem Korridor. Sie ist mit Sofia gekommen.«

»Ah, sie ist eine Gute, diese Frau. Kommt immer vorbei, um mich zu sehen.«

Allein ihren Namen zu erwähnen, scheint ihn zu entspannen, seine Mundwinkel wandern zu einem halben Lächeln nach oben, kleine Fältchen bilden sich um die Augen. Sogar seine Schulterpartie wirkt ein bisschen gelöster. Gleichermaßen berührend wie herzzerreißend. Es schwärt in Alice wie ein Pfeil, sie kann sich nicht mehr erinnern, wann ihre Mutter zuletzt diese Reaktion in ihm hervorgerufen hat.

»Das ist sie sicher«, sagt sie schmallippig.

»Ich mache mir Sorgen wegen ihr, weißt du, wie es ihr gehen wird, wenn ...«

»Darüber denken wir jetzt noch nicht nach.« Alice versucht, dass er am Ball bleibt. »Wir haben noch einen weiten Weg vor uns.«

Bei diesen Worten lächelt er, aber dieses Lächeln überdeckt immer größer werdende Risse.

»Wie dem auch sei, Fiona hat mich gebeten, ein paar Beziehungen spielen zu lassen. Jemanden zu finden, der sich deinen Fall noch einmal ansieht. Und da kommt Sofia ins Spiel. Sie besorgt dir einen neuen Anwalt. Aber zuerst möchte ich dir noch ein paar Dinge mitteilen, okay?«

Er nickt, befeuchtet nervös die Lippen. Sie fragt sich, ob sich das für ihn im Augenblick genauso seltsam anfühlt wie für sie.

»Okay, Liebes. Aber bevor du anfängst, möchte ich dir sagen, ich weiß, dass das nicht einfach für dich ist.«

»Bitte sag das nicht zu mir.«

»Was soll ich nicht zu dir sagen, Liebling?« Er blickt verwirrt drein.

»Das auch nicht. Weder Liebes noch Liebling«, sagt sie in ziemlich scharfem Ton. »Wir haben schon lange nicht mehr auf glückliche Familie gemacht, und deswegen rufe ich auch nicht an.«

Er öffnet halb den Mund, presst dann aber die Lippen aufeinander und nickt langsam.

»Schätze, das hab ich verdient«, sagt er langsam. »Und wahrscheinlich noch viel mehr.«

Sie lacht beinahe laut auf bei dem Ausmaß dieser Untertreibung.

»Und ich weiß, dass es nicht viele Gründe für dich gibt, mir zu helfen, aber Gott sei mein Zeuge, wenn ich das hier überstehe, dann werde ich einen Weg finden, es wiedergutzumachen. Für euch alle.«

Was für eine Frechheit, zu glauben, dass sie es ihn überhaupt versuchen lassen würde, wenn er wieder freikäme. Sie braucht einen Moment, dann schluckt sie den Groll herunter, den sie ihm gegenüber immer noch empfindet, und schilt sich selbst dafür, dass sie sich von Fi in diese emotionale Ecke hat drängen lassen.

Alice ist vor dem Anruf gedanklich durchgegangen, wie dieses Gespräch laufen könnte. Sie bewegt sich auf einem schmalen Grat, wenn sie ehrlich darlegen will, wie die Sachlage aussieht, gleichzeitig aber so realistisch sein möchte, die Löcher in der Argumentation hervorzuheben, die so groß sind, dass der Staat mit einem ganzen Bus durchfahren könnte.

Sie bringt ihn auf den neuesten Stand, erzählt von den vergangenen Tagen. Von den Fantasiesprüngen, die sie bei den anderen elf Fällen macht. Dass es eine solidere Verbindung geben muss als die hauchdünnen Fäden, die einen Zusammenhang zwischen diesen Fällen und ihm herstellen.

Als sie Macs Namen erwähnt und erzählt, dass sie ihn nicht nur gefunden, sondern auch mit ihm gesprochen haben, weiten sich seine Augen vor echtem Staunen.

»Wie seid ihr überhaupt … Was hat er gesagt?«

»Er kann sich tatsächlich ganz gut erinnern«, antwortet Alice. »Er sagt, er hat sogar bei der Polizei angerufen, dort hat ihn aber niemand ernst genommen, um der Sache nachzugehen.«

»Und was ist mit dem Typen aus der Bar? Hat er ihn gesehen?«

Alice nickt. »Scheint so, als wäre der Kerl am nächsten Abend zurückgekommen, auf der Suche nach Mac. Es ist ihm gelungen, ein Foto von ihm mit seinem alten Handy zu machen. Sofia, hast du es dabei?«

Ein iPad kommt ins Bild, und Sharp beugt sich vor, während Sofia alle paar Sekunden über das Display wischt. Seine Schultern heben und senken sich ein klein bisschen schneller, als er die Fotos betrachtet.

Als Sharp sich wieder aufrichtet, ist seine Stirn zerfurcht vor Verwirrung. »Man kann ja gar nicht sein Gesicht erkennen. Das könnte irgendwer sein.«

Ob es nun am Frust oder an der Angst liegt, die Schärfe in seiner Stimme ist greifbar. Als hätte er erwartet, dass das die »Du kommst aus dem Gefängnis frei«-Karte für ihn wäre. Sein Atem beschleunigt sich, er schüttelt den Kopf. »Das ist doch nur ein weiterer Sargnagel.«

Es könnte an den Lichtverhältnissen liegen, aber für Alice sieht es ganz danach aus, als kämpfe er mit den Tränen. Noch ein Treffer, und er liegt für immer am Boden.

»Das kann nur ein Anfang sein, Mr. Sharp«, sagt Sofia. »Ein Fall wie Ihrer lässt sich nicht über Nacht klären. Aber im Augenblick stehen Sie besser da als gestern.«

»Tut mir leid. Wollte nicht undankbar klingen«, sagt er, direkt zu Alice. »Es ist nur so … Als du gesagt hast, dass du ihn gefunden hast, nach all den Jahren. Niemand außer Mariella hat je an mich geglaubt, nicht ernsthaft jedenfalls. Das konnte immer nur auf eine Weise enden. Ich schätze, der Gedanke, dass sich da was ändern könnte, ist für mich schwer zu begreifen, weißt du? Hat mich ein bisschen nervös gemacht.«

Er hat immer noch diesen Blick, der in eine unbestimmte Ferne geht. Als könnte er nicht recht glauben, wie es um ihn steht. Wie das wohl ist, denkt sie, wenn du weißt, dass deine Tage buchstäblich gezählt sind? Nur noch einstellige Zahlen. Sobald sie darüber nachdenkt, regt sich ein Fünkchen Empathie in ihr. Aber es flammt nur kurz auf, ehe ihr Kopf wieder auf Touren kommt.

»Du brauchst das nicht zu erklären«, sagt Alice, obwohl sie ihn zurechtweisen will, wenn er sagt, dass sie an ihn glaubt. Einige Gedanken bleiben besser ungesagt, fürs Erste zumindest. Sie wartet einen Moment, ehe sie die nächste Frage stellt.

»Die Qualität ist nicht gut, aber wenn du das siehst, fällt dir dann wieder etwas ein – zu ihm, zu dem Abend insgesamt?«

Sie sieht genau hin, als er noch einmal die Fotos betrachtet, sich mit der Zungenspitze über die vorderen Zähne fährt. Einmal beugt er sich ein Stück weit vor, und sie fragt sich, ob ihm etwas aufgefallen ist, aber dann richtet er sich auf, schüttelt den Kopf.

»Nein«, sagt er leise, fast bedrückt. »Nichts, verdammt.«

Er ist nicht gut gealtert in Raiford, und die Falten im Gesicht sind wie eine Straßenkarte voller Bedauern. Wieder das Kopfschütteln, Furchen der Verzweiflung ziehen sich über seine Stirn.

Sofia kommt ins Bild, streicht mit dem Finger über das Display, geht die vier Fotos noch einmal durch. »Ich kann da etwas machen bei der Fotoqualität«, sagt sie. »Versuchen Sie nicht, sich nur auf sein Gesicht zu konzentrieren. Lassen Sie den Blick schweifen. Ich lege das Gerät hier ab, vielleicht fällt Ihnen ja doch noch etwas ein, während wir reden.«

»Diese anderen Fälle«, sagt Alice, »die in Europa. Ich weiß nicht, was ich davon halten soll. Wenn sie in irgendeiner Weise hilfreich sein sollen, dann brauchen wir mehr als nur eine flüchtige Übereinstimmung. Ich muss wissen, was Florida mit einem dieser Fälle in Verbindung bringen könnte. Was für ein Zusammenhang könnte zwischen dir und diesen Fällen bestehen?«

»Ich weiß nicht, was ich sagen soll«, erwidert er und zuckt mit den Schultern. »Bin nie in Europa gewesen, und Leute dort kenne ich schon gar nicht.«

»Wie sieht es denn bei ...«, Alice sucht nach dem passenden Wort, »... möglichen Partnern aus, die vielleicht Beziehungen in diese Länder hatten?«

Die Mutmaßung scheint ihn zu beleidigen, seine Miene verfinstert sich. »Interessiert mich nicht, was die Geschworenen gesagt haben, aber ich bin nicht wie die anderen Typen hier. Ich weiß, dass ich nicht immer die richtigen Entscheidungen getroffen habe, aber den ganzen Scheiß habe ich hinter mir gelassen, bevor ich hier gestrandet bin.«

»Ich habe nicht vor, dich irgendwie reinzulegen, Dad«, sagt Alice und hebt beschwichtigend die Hand. »Das geht mich nichts an, und ich verurteile dich nicht. Jetzt geht es doch nur darum zu verhindern, dass man dir diese Nadel setzt, und um das zu erreichen, brauche ich etwas Handfesteres.«

»Denkst du, ich würde es nicht sagen, wenn ich was wüsste?«, entgegnet er und klingt ein bisschen angriffslustig.

»Damit wollen wir nur betonen«, mischt sich Sofia ein, »dass manchmal das kleinste Detail hilfreich sein kann. Dinge, von denen man glaubt, sie seien nicht wichtig. Und doch helfen genau sie uns dabei, eine Verteidigung darauf aufzubauen.«

Er sackt auf seinem Stuhl zurück, die Augen geschlossen. »Ich kann mich nur noch erinnern, wie ich in diese Bar rein bin, hab ein paar Drinks bestellt. Danach – alles verschwommen.«

»Da gibt es eine Sache, die ich dich fragen wollte«, sagt Alice und ändert die Taktik, um ein bisschen den Fuß vom Gas zu nehmen. »Und das bedeutet, dass ich den Advocatus Diaboli spiele. Angenommen, ich will dir was anhängen, warum sollte ich dich in meinem eigenen Auto zu Manny Castillos Wohnung fahren? Warum nehme ich nicht deins, damit es auf den Überwachungskameras zu sehen ist?«

Sharp will antworten, aber was auch immer er sagen will, verfängt sich wie ein Knäuel Haare im Abfluss.

»Ich, hm, keine Ahnung.«

»Das sind Fragen, die der Staatsanwalt stellen wird.«

»Was ist eigentlich aus deinem Auto geworden?« Alice lässt die Frage wie beiläufig fallen, aber etwas flackert in seinem Blick auf. Was, weiß sie nicht genau, doch sie lässt ihm Zeit und fragt sich, welche der sich widersprechenden Versionen bezüglich seines Autos er ihr jetzt servieren wird.

»Ich … weiß es nicht. Wahrscheinlich ist es auf dem Abschlepphof gelandet.«

»Hm-hm«, wirft Sofia ein. »Ein Freund in der Abteilung hat sich darum gekümmert. Kein Nachweis, dass Ihr Auto innerhalb der Stadtgrenzen irgendwohin geschleppt worden wäre. Verstehen Sie, wir fragen uns, ob es möglicherweise ein zweiter Tatort ist. Ob dieser

Typ in irgendeiner Weise an oder in dem Auto war und es dann loswerden musste.«

»Wie kommen Sie darauf?«

»Man hat damals versucht, es zu finden«, sagt Sofia. »Sie würden staunen, was die Leute zwischen die Sitze rutschen lassen, was sie im Handschuhfach vergessen. Das ist wie ein Süßigkeitenladen an Beweisen. Sieht allerdings nicht danach aus, als hätten sie wirklich danach gesucht«, ergänzt sie. »Die Argumente gegen Sie waren von Anfang an ziemlich überzeugend. Aber es könnte wieder etwas sein, das sie übersehen haben.«

»Wie ich schon sagte, ich kann mich nicht erinnern. Wünschte, ich könnte es. Das hätte mich vielleicht schon längst hier rausgebracht.« Er rasselt mit den Handschellen wie ein Gespenst in Ketten und setzt ein Lächeln auf, das nicht recht dazu passen will.

»Das hat also niemand für dich weiterverfolgt?«, fragt Alice. »Nicht einmal Mariella? Selbst wenn der Typ damit nicht ums Karree gefahren ist, scheint es immer noch ein bisschen seltsam, die Sache einfach zu vergessen. Mariella hätte den Wagen doch nutzen oder verkaufen können.«

»Das hab ich dir doch schon gesagt, verdammt noch mal«, stößt er zwischen zusammengebissenen Zähnen hervor, und plötzlich liegt in seiner Stimme mehr Härte, als Alice bislang bei ihm erlebt hat. Sie zuckt sogar kurz zusammen, ist verblüfft. Da blitzt etwas von dem alten Dad auf. »Wo die Karre auch immer ist, das hat nichts damit zu tun, wo ich jetzt bin. Und wohin ich gehe.«

Die aufwallende Wut verflüchtigt sich so schnell wie Rauch im leichten Wind. Von null auf hundert in unter einer Sekunde, dann wieder Stillstand.

»Das ist alles, was wir im Augenblick für dich haben«, sagt Alice ziemlich schroff nach einer Pause. »Wir lassen jetzt Mariella zu dir.«

Sofias Gesicht taucht am Bildschirmrand auf, und das iPad verschwindet aus Sharps Blickfeld. Sie verspricht, Alice anzurufen, sobald sie die Plätze mit Mariella getauscht hat. Alice schickt derweil eine Nachricht ab, die sie auf die Schnelle getippt hat, und sieht, wie Sofia kaum merklich nickt, als sie die Zeilen liest.

Da stimmt was nicht. Bring Mariella dazu, das Auto zu erwähnen.

Der triste Raum in Raiford verschwindet vom Bildschirm, Alice sitzt allein in der Stille ihres vorübergehenden Zuhauses und wartet auf Sofias Rückruf. Ein ungutes Gefühl bleibt zurück, wenn sie nur daran denkt, wie ihr Vater reagiert hat, als sie ihn auf das Auto angesprochen hat. Es fühlt sich an, als sei sie an Bord eines Schiffes gegangen, ohne richtig seefest zu sein. Dieser jähe Wutausbruch, als würde man Mentos in Cola werfen.

Dann macht sie sich klar, dass es eine vage Sache ist, die Emotionen eines Menschen deuten zu wollen, der in ein paar Tagen sterben muss. Wie dem auch sei, wäre er nicht ausgerastet, hätte sie es vielleicht auf sich beruhen lassen.

Sie ist mit einem Dutzend anderer E-Mails beschäftigt, während sie wartet. Finger huschen über die Tastatur, erzeugen einen hypnotisierenden Rhythmus. Sosehr sie sich auch konzentrieren will, immer wieder schweift sie in Gedanken zu ihrem Vater. Zusammengebissene Zähne und Handschellen, die die Handgelenke strapazieren, als er sich über den Tisch beugte.

Alles an ihm ist zum Erliegen gekommen, abgesehen von diesen paar Sekunden, jegliche Hoffnung ausgewrungen wie ein feuchtes Trockentuch. Vielleicht steckt nichts weiter dahinter, aber sie hat nie zu denjenigen gehört, die vor unbeantworteten Fragen gekniffen haben. Doch der Einzige, der diese eine Frage beantworten könnte, ist ihr Dad. Sie muss wieder an das Foto denken, auf dem Mariella und Anthony zu sehen sind, das Foto, das sie von dem unbekannten Absender erhalten hat. Was hat er zu verlieren, wenn er Geheimnisse für sich behält?

Alles.

32. Kapitel

Alice' Geduld ist hauchdünn, als Sofia sich endlich meldet, ganze vierzig Minuten später.

»Ich dachte bereits, die haben dich mit ihm in die Zelle gesperrt.«

»Ich habe schon in schlimmeren Löchern gehaust.«

»Als Nächstes willst du mir wahrscheinlich erzählen, wie schrecklich sein Roomservice ist.«

»Frag nicht.«

»Wie ist es denn gelaufen? Hat sie das Auto erwähnt?«

Sofia nickt. »Hat sie.«

»Und?«

»Er ist nicht gerade ein Meister des Verbrechens.« Alice zieht die Stirn kraus, als Sofia weiterspricht. »Also war ich ein bisschen gewieft. Sieht mir gar nicht ähnlich, ich weiß«, sagt ihre Freundin und setzt ihr bestes »Was, *ich?*«-Gesicht auf. »Aber das willst du bestimmt hören.«

»Wenn man weiß, dass man ihn mit dem Blut von einem anderen auf dem Hemd gefunden hat, dann müssten wir über diese Frage bereits hinaus sein, aber okay«, scherzt sie.

»Du hast mich ja gebeten, unsere Unterhaltung mit ihm aufzuzeichnen, damit du sie dir noch einmal im Einzelnen anhören kannst, falls nötig. Also habe ich mir gedacht, ich mache das genauso bei dem Gespräch, das er gerade mit Mariella hatte.«

»Weiß er davon?«, hakt Alice überrascht nach. »Und was ist mit ihr?«

»Es wäre ja wohl kaum gewieft, wenn ich es ihnen auf die Nase gebunden hätte«, meint Sofia und täuscht vor, beleidigt zu sein. »Ich habe einfach auf ›Aufnahme‹ gedrückt, ehe die beiden das Display sehen konnten, und dann bin ich raus, um sie allein zu lassen.«

Alice schüttelt den Kopf. »Wo ist Mariella jetzt?«

»Sie wartet im Auto. Ich habe ihr erzählt, ich müsste noch schnell mit dem Direktor reden, wegen eines weiteren Gesprächs mit deinem Dad.« Sofia macht bewusst eine Pause. »Hör zu, du vertraust mir, richtig?«, sagt Sofia ohne eine Spur von Humor. »Du weißt so gut wie ich, dass er etwas verschweigt. Die Frage ist nur, wieso. Willst du wissen, warum ich es aufgezeichnet habe? Denn als ich los bin, um Mariella zu holen, und sie bat, das Auto zu erwähnen, sagte sie, sie wisse längst davon. Meinte, es sei gestohlen worden, und zwar eine oder zwei Wochen, ehe er verhaftet wurde. Er sei so dämlich gewesen, den Schlüssel stecken zu lassen, deshalb hätte nicht mal die Versicherung bezahlt. Sie fragte ihn damals nach dem Auto, weil sie keins hatte und sich seins ausborgen wollte, als er schon im Gefängnis war.«

»Was? Aber das ergibt doch keinen Sinn? Warum sollte er ihr das erzählen?«

»Sag du's mir. Egal, ich habe sie trotzdem gebeten, das Auto zu erwähnen. Hör zu, er erzählt ihr, er habe sich einen Kleinwagen von einem Freund geborgt, einen alten Buick, behauptet er. Und den will er an jenem Abend gefahren haben. Er sagte, er habe wohl vergessen, ihr das zu erzählen.«

»Was hat es nur mit diesem Auto auf sich, verflucht noch mal? Wieso hat er das nicht in unserem Beisein erzählt?«

»Das ist ja noch nicht alles, das Beste kommt erst noch. Der Clou sind die Autoschlüssel. Das Bund, das sie bei ihm fanden, als sie ihn aufgriffen, hatte einen Autoschlüssel. Aber der passte nicht zu einem Buick. Der Schlüssel, den sie bei ihm fanden, gehörte zu seinem Auto, einem Toyota Camry. Kannst du mir erklären, warum man einen Schlüssel für ein Auto dabeihat, das einem gestohlen wurde, anstatt einen für das neue Auto, das man gerade fährt?«

Alice bläst die Backen auf. »Ich würde sagen, es ändert nichts an der Tatsache, dass sie ihn derart mit Blut besudelt fanden, dass er darin hätte baden können, aber das fühlt sich irgendwie nicht richtig an. Was können wir denn sonst noch machen, wenn er sich nicht öffnen will?«

»Ganz ehrlich, wenn du meine Meinung hören willst, wir gehen da noch einmal rein und machen es auf die harte Tour. Legen alles offen, das Foto, das du hast. Wenn er glaubt, dass er mit seinem Schweigen irgendjemanden schützen kann, müssen wir ihm klarmachen, dass er genau mit diesem Verhalten Leute in Gefahr bringt.«

Alice zögert, worauf Sofia herausfordernd die Augenbrauen hochzieht.

»Das wäre der richtige Schritt. Und das weißt du.«

Das stimmt. Aber es geht eher darum, dass sie nicht dort ist. Virtuelle Unterhaltungen sind wie eine zweidimensionale Nachbildung des Originals. Kein Ersatz dafür, mittendrin zu sein und die noch so kleinen Veränderungen in der Mimik wahrzunehmen, das wippende Bein des Klienten unter dem Tisch, das verrät, wie nervös er ist. Aber welche Möglichkeiten hat sie?

»Holen wir ihn noch einmal rein.«

33. Kapitel

Mittwoch – noch fünf Tage

»Was ist los? Habt ihr alle vergessen, euer Parkticket zu entwerten?« Jim Sharps Augen huschen von rechts nach links, von der Stelle, wo Alice' Gesicht auf dem Bildschirm zu sehen sein müsste, zu Sofia, die irgendwo außerhalb des Kameraausschnitts sitzt.

»Hör zu, Dad.« Alice wagt den Sprung ins kalte Wasser. »Wir wissen, dass du uns was verschweigst. Mariella hat uns von dem Auto erzählt und dass du damals gesagt hast, es sei gestohlen worden.«

»Ich …« Er fängt den Satz an, hält inne, sein Gehirn ist nicht richtig auf das vorbereitet, was auf ihn zukommt. Alice lässt ihm einen Moment, seine Fassung wiederzuerlangen.

»Uns hast du erzählt, dass du es in der Nähe der Bar abgestellt hast, dass du an jenem Tag dorthin gefahren bist. Aber wieso erzählst du Mariella dann etwas vollkommen anderes? Eins weiß ich auf jeden Fall – du belügst einen von uns. Das hast du zur Genüge getan, als ich jung war, deshalb hört das jetzt sofort auf, oder ich mache mich wieder auf den Weg nach Hause.«

Sie hält inne, beobachtet seine Mimik. Sein Gesicht ist wie eine unüberschaubare Leinwand aus Falten, als er die Stirn runzelt, auf der Suche nach einem Ausweg aus der Sackgasse, in die er sich hineinmanövriert hat.

»Und bevor du mir jetzt einen Bären aufbindest, Dad, sollte ich dir vielleicht im Interesse der Auskunftspflicht sagen, dass da draußen Leute sind, die in diesen Fall verwickelt sind und Drohungen aussprechen.«

Ihre Worte sind wie eine Ohrfeige und reißen seinen Kopf aus dem Treibsand, in dem er langsam versinkt.

»Was denn für Drohungen?«

Alice nickt Sofia zu, die ihr Handy hochhält und ihm das Foto zeigt, auf dem Mariella und Anthony zu erkennen sind. Sie liest ihm die Nachricht laut vor.

»Mariella! Anthony! Wer bedroht die beiden, zum Teufel? Diese Mistkerle lassen besser die Finger von ihr, denn ich schwöre bei Gott, dass ...«

»Was könnten das denn für Mistkerle sein?«, erkundigt sich Sofia wie beiläufig, als gehe es ums Wetter.

Sharp grummelt verzweifelt in sich hinein, ballt die Hände zu Fäusten, öffnet sie wieder. Dann sieht er Sofia wütend an, sagt aber kein Wort.

»Komm schon, Dad, realistischer wirds nicht«, sagt Alice. »Sieh dir das Foto auf Sofias Handy an. Das hat mir gestern jemand geschickt. Unbekannte haben mein Hotel beschattet. Worum auch immer es geht, die Sache ist größer als dein Fall allein. Wenn du dich nicht öffnen willst, ist das deine Sache, aber tu es für Mariella, denn wer diese Leute auch immer sind, du wirst sie bestimmt nicht vor ihnen schützen können, und wir ebenso wenig.«

Panik steht in seinen Augen, als er das Foto ansieht.

»Das versteht ihr nicht«, sagt er, und es klingt halb nach Jammern, halb nach Winseln.

»Versuch es doch wenigstens, Dad, denn wir sehen hier bald keine Möglichkeit mehr.«

Das Schweigen zieht sich hin, aus fünf Sekunden werden zehn. Jim Sharp stiert auf seine Hände, und der Kampfeswille rinnt aus ihm heraus wie Sand aus einer gesprungenen Sanduhr. Als er schließlich etwas sagt, gleitet sein Blick wieder in eine unbestimmte Ferne, wie Alice es schon einmal gesehen hat, als sie in Fionas Küche saß. Seine Stimme ist tonlos, als sei jeglicher Widerstand aus ihm herausgeprügelt worden.

»Das hat nichts mit meinem Fall zu tun, das verspreche ich dir, aber ich … ich hab was getan. Etwas Schlimmes.«

»Schlimmes? Du siehst der Spritze entgegen, Dad, wegen Mordes. Schlimmer kann es nicht mehr werden.«

»Früher, meine ich, davor.«

Alice lässt ihn kommen, sie will nicht, dass er ins Trudeln gerät.

»Das darfst du Mariella nicht erzählen«, sagt er und sieht Alice mit flehendem Blick an, bei dem selbst ein Welpe den Kürzeren ziehen würde. »Sie wird nie wieder mit mir sprechen, wenn sie das rauskriegt. Du wahrscheinlich auch nicht.«

»Wenn wir was rauskriegen, Dad?«

»Versprich es mir!«

Tausende Kilometer liegen zwischen ihnen, und doch ist die Anspannung in seiner Stimme greifbar.

»Du hast mein Wort«, sagt Alice und spürt, wie sich die Aufregung in ihrem Bauch mit einem Kribbeln bemerkbar macht.

»Es war ungefähr eine Woche, bevor all das passierte«, fängt er an. »Ich hatte einen Scheißtag. Hatte es bei der Arbeit richtig verbockt. Ja, wirklich, ich hatte geregelte Arbeit, von neun bis fünf, und versuchte, sauber zu bleiben. Mein Boss meinte, er würde mir nur noch eine letzte Chance geben, und ich hatte richtig miese Laune. So konnte ich nicht zu Hause auftauchen. Mariella und Anthony hatten es damals schon schwer genug mit mir, selbst wenn ich nicht für schlechte Stimmung sorgte.«

»Was hast du stattdessen gemacht?«

»Bin einfach ein bisschen durch die Gegend gefahren, weißt du. Wollte einen Kumpel von mir besuchen, drüben in Kissimmee. Aber er war noch nicht zu Hause, daher bin ich in die Bar an der Ecke seiner Straße, um was zu trinken und auf ihn zu warten. Wie sich herausstellte, wurde er aufgehalten, und so hatte ich ein paar mehr Drinks als geplant. Du weißt ja, wie das ist.«

Sein letzter Abstecher in eine Bar ging überhaupt nicht gut für ihn aus. Wie viel schlimmer kann es davor gewesen sein?

»Mariella rief dauernd an, schickte Nachrichten, wollte wissen, wo ich bleibe, wann ich nach Hause komme, aber ich war so mies drauf, deshalb blieb ich weg. Muss gegen ein Uhr morgens gewesen sein, als ich nach Hause wollte. Dachte, Mariella würde längst schlafen und dass niemand mehr wach wäre, um mich zu fragen, wie mein Tag war. Egal, ich hatte Hunger und wollte mir unterwegs einen Burger holen, aber ...«

Was für einen Film er sich auch immer in seinem Kopf ansieht, während er wie abwesend auf den Tisch starrt, jetzt gehts an Eingemachte. Die tonlose Stimme wird kehliger, er ringt mit sich, scheint nicht zu wissen, was er sagen will. Alice kneift die Lider ein wenig zusammen. Entdeckt sie da Tränen in seinen Augen? Schwer zu sagen, wenn er die ganze Zeit auf den Tisch starrt.

»Egal, dann ist es also passiert, auf dem Weg zu einem verdammten Drive-in.«

»Was ist passiert, Dad?« Alice hält es nicht mehr lange aus.

Ihre Blicke treffen sich. Es ist, als würde das Universum den Atem anhalten. Als er wieder etwas sagt, wünscht sie sich fast, er hätte den Mund gehalten.

»Das war, als ich sie getötet habe.«

34. Kapitel

Mittwoch – noch fünf Tage

Alice versucht zu verarbeiten, was sie soeben gehört hat, und all die anderen Fragen, die sie sich zurechtgelegt hat, entschwinden wie Karten bei einem Zaubertrick.

»Wen hast du getötet, Dad?«

Die Worte klingen laut ausgesprochen genauso lächerlich wie in ihrem Kopf. Die Ironie an der Sache ist, dass er ein verurteilter Mörder ist, aber das Gefühl, das die Vorstellung auslöst, trifft Alice mit der Wucht einer Lawine. Etwas, das sie sich bis zu diesem Zeitpunkt nicht eingestehen wollte, aber jetzt begreift. Dass sie nicht wirklich glaubt, er sei zu einem Mord fähig. Es sowieso nicht geglaubt hat – bis sie den Ausdruck in seinen Augen gesehen hat, als er diese sieben Worte gesagt hat.

Das war, als ich sie getötet habe.

Er fährt fort, als hätte sie die Zwischenfrage gar nicht gestellt. »Ich konnte den verdammten goldenen Bogen des Logos schon einen Kilometer die Straße runter sehen, und ich starrte in die Richtung, überlegte, was für einen Burger ich bestellen soll, und sie ist einfach … Ich hab die rote Ampel nicht gesehen, und sie kommt auf die Kreuzung, und ich … ich bin einfach …«

Er schnieft laut, räuspert sich.

»Tut mir leid, es ist bloß … so schwer, darüber zu sprechen, weißt du? Egal, ich hab sie voll erwischt, und sie ist auf den Gehweg gewirbelt. Ich hab das Lenkrad herumgerissen. Muss mich einmal um die eigene Achse gedreht haben, wie in einem Autoscooter auf einem verfluchten Jahrmarkt, ehe ich zum Stehen kam. Es war so absolut seltsam. Ich erinnere mich an das Geräusch, als ich sie erwischt hab, aber weißt du, an was ich mich am besten erinnern kann?«

Alice gibt ihm die nötige Zeit, schweigt, lässt ihm Raum, um die Geschichte zu Ende zu erzählen.

»Als ich aus dem Auto gestiegen bin, war es so verdammt still«, sagt er mit einem Kopfschütteln. »Als wären wir die einzigen Leute auf der Welt. Keine anderen Autos, keine Leute. Ich bin hin zu ihr, um nach ihr zu schauen. Ich glaube, ich bin mit dem Kopf gegen das Armaturenbrett geknallt, deshalb war alles ein bisschen verschwommen. Egal, als ich bei ihr war, da war sie ... Oh Gott, ihr Gesicht war so entstellt. Sie blutete und alles, aber sie atmete. Ich schwöre bei Gott, dass sie noch geatmet hat, als ich davon bin.«

»Du hast dich davongemacht?«, sagt Alice. »Du hast nicht mal auf Ersthelfer gewartet?«

Die Schande frisst sich in jede Falte seines Gesichts, als sei er für immer gebrandmarkt.

»Ich hab nur immer gedacht, was alles passiert, wenn ich bleibe. Ich wäre den Führerschein los. Meinen Job. Vielleicht würde ich sogar meine Familie verlieren. Die hab ich sowieso verloren. Vielleicht ist das Schicksal. Vielleicht bin ich genau da, wo ich hingehöre«, fügt er hinzu und blickt sich in dem Raum um.

»Augenblick«, schaltet sich Sofia ein, »Sie sagten, Sie hätten sie getötet, aber gerade haben Sie uns erzählt, dass sie noch am Leben war. Was ist passiert?«

»Ich habe Scheinwerfer die Straße runter gesehen und Panik gekriegt«, sagt er. »Bin zurück zu meinem Auto gestolpert. Weiß Gott, wie ich das wieder zum Laufen bekommen hab. Vorne war alles kaputt, Kühler, Blenden. Dann bin ich einfach losgefahren. Hab ein paar Kilometer von zu Hause entfernt angehalten und die Notrufnummer gewählt, 911 von einem Telefon am Straßenrand aus. Stellte sich heraus, dass es schon zu spät war. Am nächsten Tag hab ich in den Nachrichten gesehen, dass sie gestorben war. Hirnblutung oder so was in der Art. Man hat sie noch ins Krankenhaus gebracht, aber sie hat die Nacht nicht überlebt. Und weißt du, was das Schlimmste daran war?«

Das Schlimmste? Alice fragt sich, wohin das noch führen soll. Das Schlimmste war doch schon, dass du die junge Frau sterbend zurückgelassen hast, Dad?

Um seine Mundwinkel herum beginnt es zu zucken, als versuchte er mit allen Mitteln, die Worte zurückzuhalten und jede Emotion zu unterdrücken, wie eine Müllpresse, die kurz vorm Bersten ist.

»Das Schlimmste ist, dass ich eigentlich gar nicht so hungrig war, aber sie ist immer noch tot, weil ich zu dem verdammten McDonald's wollte. Deshalb hab ich den Kampf aufgegeben. Deshalb habe ich meinen Anwalt geschasst und meinen Frieden mit dem gemacht, was passiert. Je näher das Ganze rückt, desto mehr hab ich das Gefühl, dass das Universum den Spielstand ausgleichen will. Ich bin da, wo ich es verdient habe zu sein.«

»Du hättest dich damals trotzdem melden können, Dad«, sagt Alice leise. »Selbst nachdem du erfahren hast, dass sie gestorben war. Du hättest dich melden können.«

Sie findet nicht die Worte, um zu beschreiben, was sie im Augenblick empfindet. Ihre Stimme ist fast ein Wispern, so ruhig wie das Auge des Sturms.

»Wollte ich ja«, sagt er und ist den Tränen nahe. »Das glaubst du mir vielleicht nicht, doch ich wollte es wirklich.«

»Aber?«

»Aber ich bin ein verdammter Feigling«, bringt er leise hervor. »Weil ich schon am seidenen Faden hing, bevor ich mich hinters Steuer gesetzt hab an dem Abend. Ich war nicht stark genug, mich der Sache zu stellen und damit klarzukommen, also bin ich davor weggelaufen.«

Er wippt kaum merklich mit dem Oberkörper vor und zurück, meidet ihren Blick, hat sie nicht ein einziges Mal angesehen, seitdem er ausgepackt hat. Die Anwältin in ihr meldet sich. Trunkenheit am Steuer in Verbindung mit Totschlag ist dort ein Verbrechen zweiten

Grades. Mindeststrafe vier Jahre, maximal fünfzehn. Bei gutem Willen und mitfühlenden Geschworenen hätte Dad alles bekennen können und wäre längst wieder draußen. Das ändert nichts an dem Gefühl von Abscheu, das sie überkommt, jetzt, da sie weiß, dass ihr Vater einen Menschen auf dem Gewissen hat, auch wenn er es immer so drehen wird, dass es nur ein Unfall war.

»Wer war diese Frau?«, fragt Alice. »Wie hieß sie?«

»Liebling, ich ... ich kann nicht ...«

Seine Augen sind in Bewegung, huschen von links nach rechts, überallhin, nur nicht in die Kamera zu ihr.

»Dad!«, fährt sie ihn an, und bei der Schärfe in ihrer Stimme schnellt sein Kopf herum, als hätte sie ihm einen Schlag verpasst. »Wer war sie?«

Als er sie ansieht, ist seine Traurigkeit so tiefschürfend, dass sie es einen Moment mit der Angst zu tun bekommt. Er blinzelt, macht sich nicht einmal die Mühe, die einzelne Träne wegzuwischen, die über seine Wange rinnt.

In diesem Moment weiß sie, was er sagen wird, ehe die Worte überhaupt herauskommen. Die Erkenntnis erfasst sie mit der Wucht eines Hurrikans der Stärke fünf. Ein Gesicht blitzt in ihrer Erinnerung auf, so hell und klar, als hätte Alice sie erst gestern noch gesehen. Aber das kann nicht sein, denn sie ist schon seit elf Jahren tot.

Gail Lonsdale.

35. Kapitel

Mittwoch – noch fünf Tage

Es ist, als sei die Luft aus dem Raum gesaugt worden. Alice atmet mühsam ein. Seine Worte schlingen sich wie ein Python um sie, quetschen ihre Brust mit mehreren Windungen.

Gail.

Ihre beste Freundin seit der Highschool.

Gail, deren Leben ausgelöscht wurde nach einem Unfall mit Fahrerflucht auf der Rückfahrt nach Florida. Der Fahrer wurde nie gefunden. Der Fall nie abgeschlossen. Die Ungerechtigkeit daran hat sie nie verarbeitet, auch nicht nach mehr als zehn Jahren.

»Alice, Baby, du musst wissen, wenn ich es ungeschehen machen könnte«, stammelt er. »Sie hat noch gelebt, ich dachte …«

Was auch immer er sagt, es wird zu einem Hintergrundrauschen. Sie sieht, wie sich seine Lippen am Bildschirm bewegen, aber im Augenblick denkt sie nur daran, wie sie von hier wegkommen kann. Ihr Dad beugt sich vor, und obwohl er Tausende Kilometer entfernt ist, fühlt sie sich von ihm in die Ecke gedrängt. Alice schüttelt langsam den Kopf. Zunächst kaum merklich, aber als sie aufsteht, werden die Bewegungen energischer.

Der Bildausschnitt verändert sich ruckartig, Sofias Gesicht ist zu erkennen.

»Alice? Alice, wir machen eine Pause. Lass uns …«

Sie schnappt sich ihre Jacke, wirbelt herum und ist zur Tür hinaus, ehe Sofia den Satz zu Ende führen kann. Es fühlt sich an, als schwebe sie durch die Gänge. Sie will so weit wie möglich von ihm weg. Das ist dumm, das weiß sie, da ja bereits Tausende Kilometer zwischen ihnen liegen, aber er hat gerade die Kruste von einer Wunde gerissen, die bis in ihr Herz reicht.

Als sie draußen ist, atmet sie die Luft in tiefen Zügen ein, als habe sie soeben ihr Work-out hinter sich. Sie läuft über den Innenhof, erreicht die Straße, weiß nicht genau, wohin sie eigentlich will. Irgendwohin, nur fort von hier. Erinnerungen sprudeln hervor wie aus einer heißen Quelle. Schnappschüsse aus der Highschool-Zeit, glücklichere Tage. Sie und Gail. Siamesische Zwillinge, wie ihre Mum sie immer genannt hat. Verwachsen an den Hüften.

Es fühlt sich an, als hätte sie damals eine Schwester verloren, nicht bloß eine Freundin. Der Umstand, dass ihr eigener Vater derjenige ist, der ihr Gail genommen hat, ist so gewaltig, dass sie dagegen winzig erscheint. Es ragt auf wie eine Welle, die jeden Moment über ihr zusammenschlagen wird, die sie erdrücken wird, wenn sie es zulässt.

Alice hebt den Blick vom Gehweg und nimmt wie durch Schwaden wahr, dass sie sich dem Fluss nähert. Panik flammt in ihr auf, als sie sich umblickt und halb damit rechnet, wieder verfolgt zu werden, aber niemand beachtet sie.

Mit beiden Händen umklammert sie das Geländer der Brücke, eine Million Kilometer entfernt von dem Gefühl von Ruhe, das sie verspürt hat, als sie das erste Mal über die Brücke spaziert ist. Unter ihr befördert die träge Seine eine Handvoll Boote. Oh, wäre sie nur auf einem davon, um sich forttreiben zu lassen von einer zunehmend chaotischeren Situation, aus der sie sich am liebsten ganz herausgehalten hätte.

Alice schließt die Augen. Konzentriert sich darauf, langsamer zu atmen. Versucht, ihre Mitte zu finden. Es dauert eine ganze Minute, bis ihr Herzschlag nicht mehr so verzweifelt pocht. Sie hat die Nase voll. Hat von alldem hier genug. Von ihm, von Boudreaux, von dieser ganzen verfluchten Sache.

Es fühlt sich fast biblisch an, wo ihr Dad jetzt ist, was bald mit ihm geschehen wird. Auge um Auge. Alice fällt kein einziger Grund ein, etwas anderes zu tun, als ihre Sachen zu packen und nach Hause zu fliegen. Soll die Natur ihren Lauf nehmen.

Fiona. Sie hat das Recht, es zu erfahren. Sie muss begreifen, wozu dieser Mann, den sie unbedingt retten will, fähig ist. Aber das geht nicht übers Handy. Nicht nach der Art und Weise, wie sie beim letzten Telefonat abgewürgt wurde. Alice muss dort sein, im Zimmer, und die Arme um die kleine Familie schließen, die ihr noch geblieben ist.

Familie. Bei dem Gedanken kommt ihr Anthony in den Sinn. Ihr kleiner Bruder. Er trudelt in einem Fluss aus Scheiße, in den er hineingeraten und nicht freiwillig gesprungen ist. Was auch immer mit ihrem Dad geschieht, der Junge hat das alles nicht verdient.

Die Ironie an der ganzen Sache erfasst sie. Wenn sie nicht überstürzt nach Paris gereist wäre, damit Fiona zufrieden ist, brauchte Anthony Sofias Schutz gar nicht. Alain Dufort würde in seiner Zelle verrotten und wäre ihr nie begegnet. Hat sie das ihrem Halbbruder eingebrockt? Alice greift in ihre Jacke. Holt das Handy heraus und öffnet den Thread mit Anthonys Foto. Sie ist ihm nie begegnet, aber jetzt, da sie weiß, dass sie ihn tiefer in diese Sache hineingeritten hat, als je nötig gewesen wäre, hat sie das Gefühl, in die kalte Nordsee zu springen. Wogen der Schuld schlagen über ihr zusammen, eine Unterströmung erfasst sie, aber eine, die sie wieder zur Küste spült. Und obwohl die Wut noch in ihren Adern kocht, kommt ihr völlig unerwartet die Erkenntnis. Anthony. Er ist der Grund, warum sie ihre Hände nicht in Unschuld waschen kann. Sie darf nicht einfach davonlaufen, solange sie nicht weiß, ob er in Sicherheit ist. Sofia kann ihn zwar vorerst schützen, aber sie kann auch nicht ewig Wache schieben.

Was ihrem Dad auch immer widerfahren wird, im großen Gefüge der Dinge spielt es für sie keine Rolle. Sie hat schon so lange ohne ihn gelebt, dass sie von jetzt auf gleich wieder in diesen Trott zurückfallen kann. Anthonys Foto verschwindet, als ihr Handy zu vibrieren beginnt. Sofias Name wird sichtbar.

»Hey.« Zu mehr ist Alice nicht fähig.

»Gott, Alice, du machst mir Angst, wenn du einfach so davonrennst. Wo bist du? Geht es dir gut?«

»Ja«, sagt sie. »Obwohl ... eigentlich gehts mir überhaupt nicht gut, verdammt. Ich musste einfach da raus, verstehst du?«

Sie hört ein Seufzen am anderen Ende. »Verstehe. Und ich tue das nur ungern, nach allem, was du da eben gehört hast, aber da ist etwas, das du wissen solltest. Etwas, das passiert ist, nachdem du weg warst.«

Alice zieht die Stirn kraus. »Was denn?«

»Als du weg warst, ist die Verbindung geblieben. Diese Fotos auf dem Anschlagbrett hinter dir?«

»Moment, was? Die von dem Typen, der vor meinem Hotel war?«

»Yep«, meint Sofia, und die Aufregung in ihrer Stimme ist nicht zu überhören. »Dein Dad meinte, das wären die Aufnahmen, die Mac gemacht hat. Er meinte, die Mütze ist dieselbe, Alice. Die Mütze, die der Typ in Paris getragen hat, erinnerte ihn an die von dem Kerl, der mit ihm damals die Bar verlassen hat.«

Alice schweigt, ruft sich die speziellen roten Umrisse auf der Mütze in Erinnerung, die ihr Verfolger getragen hat, denkt an die Fotos, die an der Pinnwand hinter ihr hängen. Erinnert sich, wie Mac den Typen beschrieben hat, der bei ihrem Dad war. Macs Fotos sind undeutlich, Einzelheiten sind schwer zu erkennen. Auf den Fotos an der Pinnwand hat das Logo ähnliche Umrisse. Der Eiffelturm. Das Logo von Paris Saint-Germain.

»Willst du damit sagen, es ist derselbe Typ?«

»Schwer zu beurteilen«, erwidert Sofia schnell, »aber willst du mir sagen, dass das nur ein Zufall ist?«

Alice' Herz schlägt wie eine Bass Drum. Sofias Enthüllung hält dem Tsunami aus Emotionen stand, der sie in diesem Moment einholt. Nicht für Dad, ruft sie sich in Erinnerung. Er ist für sie gestorben. Für Anthony. Du wolltest doch eine Verbindung finden, denkt sie. Jetzt hast du eine. Nur musst du jetzt herausfinden, was das alles bedeutet, verdammt.

36. Kapitel

Mittwoch – noch fünf Tage

»Überlass das mir«, sagt Sofia. »Ich überprüfe, wo diese Bande überall tätig ist, schaue nach, ob es Verbindungen in die USA gibt. Ob Gail Lonsdale oder ihre Familie diesen Leuten je über den Weg gelaufen sind.«

Alice will etwas einwenden, aber Sofia redet einfach weiter und lässt sie nicht zu Wort kommen.

»Und ehe du mir jetzt sagst, dass deine Freundin nichts mit der Unterwelt zu tun gehabt haben kann – das behaupte ich ja auch gar nicht, aber es muss ein Zusammenhang bestehen zwischen deinem Dad und Dufort. Das wäre zumindest ein Ansatzpunkt. Und, Alice …«

Das Schweigen will gefüllt werden, aber Alice hat einen Kloß im Hals, der sich wie eine Bowlingkugel anfühlt. Sie vertraut ihrer Stimme nicht, weil das Nachbeben der Bombe, die Dad platzen ließ, sie erschüttert.

»Es tut mir so leid. Was er getan hat. Ich bedaure, dass du es auf diese Weise erfahren musstest. Was immer du jetzt brauchst, ich bin hier.«

Alice schluckt schwer. Nickt sogar, obwohl Sofia einen Ozean entfernt ist.

»Ich komme schon klar«, sagt sie, weiß aber, dass das nicht stimmt. Vielleicht wird sie nie damit klarkommen. Es wird sie immer und immer wieder erfassen. Eine Abrissbirne gegen ihren hart erkämpften Freiraum. Schau lieber, ob es das wert ist, denkt sie. Tu es Fiona und Anthony zuliebe, wenn auch nicht für dich selbst.

Alice bahnt sich ihren Weg zurück durch die Straßen, zurück auf den Innenhof der Préfecture de Police. Sie bittet Sofia, so genau wie möglich wiederzugeben, was gesagt wurde, nachdem sie hinauslief. Sofia hat recht. Das kann kein Zufall sein, oder?

»Also, die Sache mit der Mütze«, meint Sofia. »PSG ist ein riesiger Verein, aber in Florida nicht so populär. Es fühlt sich ein bisschen zu eigenartig an, als dass nichts dahinterstecken könnte. Schau mal, was du noch aus Boudreaux herausbekommst, über den Typen von gestern Abend.«

Alice ist wieder in ihrem vorübergehenden Büro. Sie öffnet die Tür und will gerade fragen, ob man schon irgendetwas Neues weiß über Macs Anruf damals bei der Polizei, als eine Stimme sie unterbricht.

Luc Boudreaux eilt den Korridor herunter und bleibt abrupt an der Tür stehen, als er sieht, dass Alice gerade im Gespräch ist.

»Tut mir leid, wenn ich störe«, sagt er und wirkt ein wenig von der Rolle. »Aber wir müssen reden.«

»Geben Sie mir noch fünf Minuten?«, bittet sie ihn. Sie will in Ruhe mit Sofia sprechen, aber darüber hinaus braucht sie einen Moment für sich, um die Stirn gegen die kühle Wand zu drücken, die Augen zu schließen und einfach nur zu atmen.

Boudreaux schüttelt den Kopf. »Wenn ich es Ihnen nicht gleich sage, überlege ich es mir vielleicht noch anders, und glauben Sie mir, das müssen Sie sich anhören.«

»Ich spreche gerade mit meiner Ermittlerin«, sagt sie und will auf Lautsprecher stellen. »Ist es okay, wenn sie das auch hört?«

»Ist nur für Ihre Ohren bestimmt«, sagt Boudreaux.

»Ich vertraue Sofia voll und ganz«, entgegnet Alice.

Boudreaux nagt an der Unterlippe, der Konflikt, den er mit sich austrägt, zeigt sich in jeder Falte seines Stirnrunzelns. Alice hält den Atem an, und es dauert fünf Sekunden, ehe Boudreaux das Büro betritt und sich auf den freien Stuhl sinken lässt.

»Was ich Ihnen gleich sagen werde«, beginnt er langsam, und

Alice ist sich schmerzlich bewusst, wie still es in den Pausen ist, die zwischen seinen Worten entstehen, »es ist alles andere als leicht für mich. Das könnte mich stark beeinträchtigen, je nachdem, wie Sie sich die Informationen zunutze machen. Und ich sage Ihnen das in dem Wissen, dass Sie das Recht haben, all das zu verwenden. Aber ich erzähle es Ihnen trotzdem, weil es das Richtige ist.«

»Und was springt dabei für Sie heraus bei dieser selbstlosen Geste?«, fragt Alice und versucht, den leicht bissigen Unterton aus ihrer Stimme herauszuhalten. Denn selbstlose Gesten und Strafverfolgung passen ihrer Erfahrung nach nicht zusammen.

»Nichts«, sagt Boudreaux, worauf Alice herausfordernd eine Braue hochzieht. »Also gut, ich will versuchen, Ihnen zu beweisen, dass ich nicht der bin, für den Sie mich halten.«

Alice bleibt stocksteif stehen. Er scheint es wirklich ernst zu meinen, sodass sie ihm ohne jeden Zweifel glauben will. Sie möchte glauben, dass das tatsächlich der Olivenzweig ist, nach dem sie instinktiv die Hand ausstrecken kann, doch zunächst zwingt sie sich dazu, in Ruhe durchzuatmen. Sie ist nicht bereit, das Friedensangebot zu akzeptieren, jedenfalls noch nicht.

»Und was glauben Sie, für wen ich Sie halte?«

»Für jemanden, der immer den einfachsten Weg nimmt. Für jemanden, dessen Verhalten dazu führt, dass Menschen den Tod finden.«

Er ist aufgestanden, geht einen Schritt auf Alice zu, doch sie bleibt reglos stehen, nur noch wenige Meter von ihm entfernt.

»Aber so bin ich nicht«, redet er weiter, leiser diesmal.

Sie schaut zu ihm auf, in seine müden Augen, und einen Moment lang malt sie sich aus, sie könnte ihn wie ein offenes Buch lesen. Wie eine Geschichte, an die sie glauben möchte. Sie ist unschlüssig, zieht die Unterlippe zwischen die Zähne – einerseits will sie ihm abkaufen, was er ihr erzählt, andererseits will sie nach wie vor zumindest so tun, als sei da immer noch eine Mauer zwischen ihnen. Das kurze Schweigen drückt wie Gewitterwolken, und schließlich schaut Alice zur

Seite, ihr Blick huscht zu dem Display ihres Handys, das sie auf den Schreibtisch gelegt hat. Sofia wird sich schon fragen, was hier los ist.

»Ich bin Ihnen dankbar, dass Sie mir bei der Wahl des Hotels geholfen haben«, sagt sie, »aber abgesehen davon haben Sie sich so gut wie nicht in die Karten blicken lassen. Warum sollten Sie plötzlich etwas daran ändern? Warum sollte ich Ihnen vertrauen?«

»Weil ich, abgesehen von Ihnen, vermutlich einer derjenigen bin, die sich am meisten Gedanken über Leute wie Ihren Vater machen. Wenn ich mit einem reinen Gewissen aus dieser Sache herauskomme, werde ich das als einen Gewinn betrachten.«

Die vergangenen Tage waren aus den unterschiedlichsten Gründen härter, als Alice je zugeben wird, vielleicht nur sich selbst gegenüber. Sie leidet an Schlafmangel, ist Hunderte von Kilometern von zu Hause entfernt. Die Träume der letzten Nächte fühlen sich an wie eine Bleiweste. Alle Wege führen zurück zu Boudreaux, zu dem, was er vor zehn Jahren in Gang gesetzt hat.

Sie schluckt herunter, was sie sagen möchte. Sobald das hier vorüber ist, wie auch immer es ausgehen mag, wird sie ihren Moment bekommen. Sie ruft sich in Erinnerung, dass es inzwischen um einen zehnjährigen Jungen geht. Und er hat nichts von alldem verdient. Sie muss sich weiterhin auf ihn konzentrieren, um das alles durchzustehen. Um ein besserer Mensch zu sein. Besser als ihr Vater.

»Dann lassen Sie mal hören.«

Sie setzt sich, ohne große Erwartungen, ist bereit, enttäuscht zu werden. Richtet sich ein Stück weit auf, als Boudreaux die Bemerkung fallen lässt, es bestehe eine Verbindung zwischen Frankreich und Bosnien. Und ihre Augen weiten sich wie bei einem Kind, das zum ersten Mal die Fäden im Puppentheater gesehen hat, als Boudreaux sie in den Rest einweiht.

37. Kapitel

»Was wird Ihr Boss dazu sagen, wenn er das herausfindet?«

»Er wird stinksauer sein, aber wenn es zu Ihren Gunsten läuft, hat er so viel Krach um die Ohren, dass er daran kaum etwas ändern kann, zumindest für eine Weile.«

»Und wenn nicht?«, fragt Sofia und meldet sich zum ersten Mal zu Wort.

Boudreaux zuckt mit den Schultern. »Dann weiß ich diesmal wenigstens, dass ich mich bemüht habe.«

Eine beunruhigende Stille senkt sich herab, leise und schweigend wie frisch gefallener Schnee.

»Was, wenn er sofort Wind davon bekommt?«, fragt Alice schließlich. »Er könnte es so drehen, dass es uns beide persönlich betrifft, und die Schotten dichtmachen. Was wir nicht haben, ist Zeit. Wenn ich zu lange brauche, um an die Informationen zu kommen …«

»Er wird keinen Wind davon bekommen.«

»Wie können Sie sich da so sicher sein?«

»Sie müssen mir in diesem Fall vertrauen. Ich habe einen Gefallen eingefordert, um das zu gewährleisten.«

Alice' Augen verengen sich, aber sie bedrängt ihn nicht weiter.

»Also, diese Verbindung zu den Vereinten Nationen, erklären Sie uns das noch einmal.«

Boudreaux geht die anderen Länder durch, eins nach dem anderen, rasselt diejenigen herunter, von denen er bereits weiß, dass sie in das Muster passen. Frankreich und Bosnien. Von dort springt er zu den verbliebenen neun, von denen er nur Einzelheiten erfahren hat, seitdem er Lavignes Büro verlassen musste. Sie lesen sich, als seien die Berichte einfach kopiert und eingefügt worden. Angefangen bei den Stichwunden, über die Hinweise, die der Polizei zugespielt wurden, um die Verhaftung durchzuführen, bis hin zu dem Umstand, dass die Opfer genauso üble Leute wie die Mörder waren. Da gibt es nur ein Problem, und zwar ein großes, auf das Alice stößt.

»Alles schön und gut, aber was meinen Dad betrifft, haben wir keinen Hinweis auf die Vereinten Nationen. Nichts, was ihn oder Manny Castillo über die Parallelen bei den Morden hinaus verbindet.«

»Stimmt«, räumt Boudreaux ein, »aber für Sie ist das ein Schritt in die richtige Richtung.«

Keine Verbindung zur UNO, aber die Tatsache, dass jeder andere auf dieser Liste in den Wochen oder Monaten vor der eigenen Verhaftung ungestraft davongekommen war, nachdem er anderen Leuten etwas angetan hatte. Alice muss sofort an das Geständnis ihres Vaters denken. Es ist, als puste man auf glühende Kohlen. Es facht das Feuer an, das ihren Vater verzehren würde, wenn sie je wieder im selben Raum mit ihm wäre.

Trotzdem ein Hauch Zweifel. Der besagt, Boudreaux nicht ganz zu vertrauen, unabhängig davon, wie sehr sie sich schon für ihn erwärmen konnte. Noch nicht. Jetzt ist weder der Zeitpunkt noch der Ort, um das preiszugeben, was Dad gebeichtet hat. Sie muss Sofia etwas Zeit verschaffen, damit sie tiefer graben kann. Außerdem weiß sie nicht, ob sie sich selbst dazu bringen könnte, seine Geschichte zu wiederholen. Noch nicht. Sein Geständnis lastet schwer auf ihrer Seele. Alles laut auszusprechen, würde sich nicht nur so anfühlen, als wasche man schmutzige Wäsche, man würde diese Wäsche am Leib tragen, mit all den Gerüchen und Flecken. Womöglich gibt es ja eine Art Zwischending.

»Vielleicht ein größerer Schritt, als Sie denken«, meint Alice und wählt ihre Worte mit Bedacht. »Es gibt da … Dinge, die mein Dad erzählt hat, Dinge, die er getan hat und die zu dem Profil der anderen passen.«

Boudreaux wirft ihr einen argwöhnischen Blick zu. »Er hat jemandem was angetan?«

»Ich kann noch keine Details nennen«, antwortet Alice, »aber falls wir das verwenden müssen, tun wir es. Vorerst genügt es, wenn Sie wissen, dass er in das Profil passt.«

»Sie erzählen mir hier gerade, dass er zu derselben Crew gehört wie unser dreckiges Dutzend, aber inwiefern wollen Sie mir das nicht weiter erklären?«

»Sie haben mich gebeten, Ihnen zu vertrauen. Vorerst müssen Sie auch mir vertrauen.«

Boudreaux sieht alles andere als überzeugt aus, aber Alice wartet einfach ab, und schließlich nickt er zustimmend.

»Also gut, aber falls er weitere Verbrechen begangen hat, kann ich nicht dafür garantieren, dass das nicht doch noch auf ihn zurückfällt.«

»In Ordnung«, stimmt Alice zu. »Was ist Ihr nächster Schritt von hier aus?«

»Als Erstes brauchen wir mehr Hintergrundinformationen zu diesen Feldlazaretten. All diese Männer, von denen wir wissen, dass sie getötet oder verurteilt wurden, hatten davor Menschen ins Krankenhaus geschickt, hatten sie so schwer verletzt, dass sie nicht mehr aufgewacht sind. Jemand könnte sich vorgenommen haben, für ausgleichende Gerechtigkeit zu sorgen. Da muss es in diesen Lazaretten etwas oder jemanden geben, der mit all diesen Fällen in Zusammenhang steht.«

»Da wäre noch eine Sache«, wirft Alice ein und klärt ihn über das Logo von Paris Saint-Germain auf. »Ich weiß, dass Sie sich bei dieser Bitte weit aus dem Fenster lehnen müssten, aber gibt es eine Möglichkeit, um den Kerl von gestern Abend zu überprüfen? Um herauszufinden, ob es Belege dafür gibt, dass er sich in den USA aufgehalten hat?«

»Moment, was? Sie glauben, der Typ, der draußen vor Ihrem Hotel war, ist der rätselhafte Mann, den Ihr Vater damals in der Bar getroffen hatte?«

»Das ist weit hergeholt, ich weiß, aber das ist alles, was ihm bleibt«, sagt Alice achselzuckend. »Da wir gerade davon sprechen, jetzt, da Sie einen Vertrauensvorschuss erhalten haben, wie wäre es, wenn Sie uns mit den Details dieser anderen Fälle versorgen würden. Geben Sie uns Akteneinsicht. Und Sofia könnte schauen, was sie nebenbei herausfindet. Vier Augen sehen mehr als zwei, wenn die Uhr tickt. Was meinen Sie?«

Boudreaux lässt die Zunge in seinem Mund herumrollen, und Alice hat kein gutes Gefühl. Das Niemandsland zwischen ihnen mag kleiner geworden sein, aber sie hocken immer noch jeder im eigenen Graben.

»Hören Sie«, sagt er dann. »Ich kann Ihnen Namen nennen, aber dafür gehe ich nicht noch einmal in die Datenbanken. Meine Identität wird erfasst, wenn ich das tue, und mein Boss hat Munition, auf die ich gut und gerne verzichten kann.«

Selbsterhaltung geht über Selbstlosigkeit, aber Alice wird nehmen, was sie kriegen kann. Allerdings lässt Boudreaux immer noch deutlich erkennen, für welche Seite er sich entscheidet.

»Es könnte ja sein, dass ich Kopien davon gemacht habe, die möglicherweise in dieser Mappe sind«, fährt Boudreaux mit der Andeutung eines Lächelns fort. »Das Problem ist nur, ich weiß nicht mehr, wo ich sie liegen gelassen habe.« Er legt sie vor Alice auf den Tisch und macht einen Schritt zurück in Richtung Tür. »Aber sie wird schon irgendwann wieder auftauchen.«

»Danke.«

»Wie dem auch sei, ich klemme mich hinter diese UNO-Sache. Tun Sie mir einen Gefallen, preschen Sie nicht vor, ohne es mir zu sagen. Diese Leute bleiben für gewöhnlich nicht passiv. Ich traue denen zu, dass sie etwas Dummes tun, und dazu will ich es nicht kommen lassen, nicht in meiner Stadt. Oh, eins noch …«, er hebt warnend den Zeigefinger, »... das muss unter uns dreien bleiben. Damit meine ich Ihre Ermittler-Freundin.«

Alice und Sofia sagen nichts, wissen aber, dass der letzte Teil das am schlechtesten gehütete Geheimnis im Raum ist. Boudreaux verabschiedet sich und stellt Alice in Aussicht, sie auf dem Laufenden zu halten bei allem, was mit der UNO zu tun hat. Sie und Sofia bleiben in verblüfftem Schweigen zurück.

»Hat unser guter Detective soeben die Seiten gewechselt?«, fragt Sofia schließlich.

»So weit würde ich nicht gehen«, meint Alice und fragt sich, welches Etikett sie ihrer Einstellung ihm gegenüber inzwischen verpassen würde. Sein pedantisches Verhalten hat sich zumindest so weit verflüchtigt, dass sie sich in seinem Beisein entspannt fühlt. Es grenzt fast schon an Freundschaft. Nicht zum ersten Mal fragt sie sich, ob sie in seinen Augen noch etwas mehr entdeckt hat. Etwas in der Art und Weise, wie er sie angesehen hat. Ihr Geist beginnt zu schweifen, sie überlegt, wie es gewesen wäre, wenn sie ihm zu Hause zufällig in einer Bar begegnet wäre, wie er sie dann angesehen hätte. Und ob sie ihn in gleicher Weise angesehen hätte.

Sie vertreibt den Gedanken, nimmt die Mappe. »Ich lote das hier mal aus, ehe er es sich noch anders überlegt. Sag Bescheid, wenn du eine bessere Qualität von Macs Fotos bekommst, und bleib mit Mariella in Kontakt.«

»Mach Kopien davon, na los, jetzt. Dann ist es egal, ob er zurückkommt oder nicht. Besser wäre es noch, wenn du das abfotografierst und mir gleich schickst.«

Alice lacht über Sofias Findigkeit. »Gott sei Dank bist du auf meiner Seite. Mehr kann ich nicht dazu sagen.«

Sie beendet das Gespräch, und zwei Minuten später, nachdem sie jede Seite fotografiert und verschickt hat, macht sich Alice daran, den Inhalt aufzusaugen. Seite um Seite Vorstrafenregister. Eine wahre Galerie der Schurken. Die Vergangenheit ihres Dads legt zwar nicht nahe, dass er mit solchen Typen unter einer Decke gesteckt haben könnte, aber die heutige Enthüllung hat dem Ganzen eine Extra-Dimension verliehen. Was, wenn nicht zwingend ein gemeinsamer krimineller Zusammenhang besteht?

Was, wenn es da einen Zusammenhang zwischen Gail Lonsdale und dem Fall gibt, und sei er auch noch so lose? Alice kannte Gail so gut wie sich selbst, aber sie kann nicht die Hand aufs Herz legen und dasselbe über Gails Familie sagen. Was, wenn der Unfall mit Fahrerflucht tatsächlich die Brücke bildet, die die Fälle miteinander verbindet? Ihr Geist fährt Zickzack wie ein Skiläufer auf der Piste.

Es fühlt sich immer noch an, als seien sie etliche Schritte entfernt, aber sie kommen der Sache näher. Sie kann es fühlen. Fäden, die sich zusammenziehen wie Geldbeutelschnüre. Gleichzeitig überkommt sie das unerklärliche Gefühl, dass sie auf etwas zurast, das sie nicht ganz begreift. Alice ist es gewohnt, ihre Gegner im Gerichtssaal niederzumachen – warum läuft ihr dann aber dieses Prickeln über den Rücken, das Gefühl, die Gejagte zu sein, nicht die Jägerin?

38. Kapitel

Mittwoch – noch fünf Tage

Sie hat das Gefühl, von den Wänden erdrückt zu werden. Alice braucht frische Luft. Muss den Kopf freikriegen.

Sie sperrt ihren Laptop und verlässt das Büro, zieht die Tür hinter sich zu. So groß ihr das Gebäude auch vorkommt, es hat dennoch klare Sichtachsen und rechte Winkel. Die einzelnen Korridore gehen von der Eingangshalle ab, aber sie verlässt sich auf ihren Instinkt und gelangt kurz darauf zum Haupteingang.

Wolkenbänder ziehen sich über einen schmutzig blauen Himmel, die Brise spielt an den Falten ihres Mantels. Im Innenhof stehen ein paar Dutzend Autos, und bei den hohen Mauern, die einen umgeben, hat man schnell das Gefühl, Runden auf einem Gefängnishof zu drehen.

Ach, verflucht, denkt sie. Es ist helllichter Tag. Einmal um den Block. Was könnte schlimmstenfalls passieren? Außerdem erinnert sie sich, einen Stand gesehen zu haben, der aussah, als würde er Kaffee am Fluss verkaufen.

Während sie über die Rue de la Cité schlendert, wandert ihr Blick von einem Gesicht zum nächsten, auf der Suche nach einem Hinweis, jemanden wiederzuerkennen. Nichts, keine Baseballcap in Sicht. Der Kaffeestand ist in Wirklichkeit eine Art Autorikscha, mit fest installierter Kaffeemaschine und einem Schirm, der seitlich eine Überdachung bildet. Der Barista würde in Tynemouth nicht fehl am Platz wirken, wo er am Strand von Long Sands surfen würde. Sein blonder Pferdeschwanz wippt auf und ab, während er damit beschäftigt ist, die Dampfdüse an der Maschine zu säubern, die sein ganzer

Stolz ist. Mit seinem leichten Hoodie und den Bermudashorts scheint er rein äußerlich nicht ganz zu der schick gekleideten Klientel zu passen.

Alice stellt sich an der Schlange an, vier Personen vor ihr, dreimal überlegt sie es sich anders bei ihrer Bestellung.

»*Oui*, Mademoiselle?«, fragt er mit einer Stimme, als habe er von Geburt an Kette geraucht.

»Einen entkoffeinierten fettarmen Latte macchiato«, sagt sie mit einem Lächeln, »*sil vous plaît*.«

Die Worte sind zwar Französisch, aber mit dem Akzent führt sie niemanden an der Nase herum, und der Barista strahlt.

»Ah, Engländerin, ja?«

»Oui«, sagt sie und befürchtet, er könnte denken, dass sie mehr als das Dutzend Vokabeln beherrscht, das sie kennt, und switcht in Englische. »Ja, ich bin aus England.«

»Willkommen in Paris«, sagt er und füllt frische Bohnen nach.

Wie es scheint, ist das auch schon alles, was er an Small Talk draufhat, während er mit vier Kaffeebestellungen gleichzeitig jongliert, die sich alle in verschiedenen Stadien der Zubereitung befinden. Derweil lässt Alice wieder den Blick über die Straße schweifen.

»Das Warten lohnt sich.«

Die Stimme ist hinter ihr. Eine Frau, aus New York, vielleicht aus Brooklyn. Alice dreht ihr ruckartig den Kopf zu, als die Frau einen Macchiato bestellt. Sie schenkt Alice ein höfliches Lächeln, das Alice aus Gewohnheit erwidert.

»Natürlich ist er nicht so gut wie zu Hause, aber manchmal muss man auch zufrieden sein«, fährt die Frau fort.

Sie hat ein freundliches Gesicht. Die Zähne so perfekt, dass es Veneers sein könnten, eine schwarze Wolljacke, die bis oben hin zugeknöpft ist. Alice schätzt, dass sie ungefähr in ihrem Alter ist, die blasse Haut ist mit Sommersprossen gesprenkelt.

»Ich brauche jetzt etwas Heißes und Starkes«, meint Alice.

Höfliches Geplauder, mehr nicht. Sie dreht sich wieder nach

vorne, beginnt, in ihrer Handtasche zu kramen, als sie an der Reihe ist. Doch da schiebt sich ein Arm von hinten an ihr vorbei, so nah, dass sie zusammenzuckt. Verdutzt blickt sie auf einen Zwanzig-Euro-Schein zwischen Daumen und Zeigefinger.

»Lassen Sie nur, ich übernehme das. Kleiner Gefallen unter New Yorkern im Ausland.«

Wieder diese Frau. Alice dreht sich erneut zu ihr um, mustert sie jetzt genauer. Müsste sie sie kennen? Gehört sie zu Boudreaux' Team? Der Barista gibt zehn Euro heraus und reicht ihnen die Becher.

»Oh, danke«, sagt Alice, »aber das müssen Sie nicht, ehrlich.«

»Zu spät«, sagt die Frau und hält abwehrend eine Hand hoch, der Euroschein zeigt zwischen ihren Fingern zum Himmel.

»Sind wir uns irgendwo schon mal begegnet?«, fragt Alice verwundert.

»Ja, jetzt, hier.« Die Frau streckt ihr die Hand entgegen. »Regina DiMarco. Die meisten nennen mich Gina.«

»Alice Logan.«

Sie schüttelt ihr die Hand, ein kühler, fester Händedruck, doch dann fragt sie sich mit wachsender Angst, ob das ein Trick von Dufort ist, diesmal mit anderer Taktik. Er schickt ihr die Schöne auf den Hals, nicht das Biest. Die Passanten flanieren auf beiden Seiten vorbei, als gebe es sie beide gar nicht.

»Ich will ehrlich zu Ihnen sein, Alice. Ich darf doch Alice zu Ihnen sagen? Ich treffe Sie zum ersten Mal, aber ich kenne Sie bereits, jedenfalls weiß ich über Sie Bescheid.«

»Was hat das jetzt zu bedeuten?«

Eine Karte erscheint in DiMarcos Hand, als sei die Frau eine Straßenkünstlerin. »Wenn ich fremden Frauen nicht gerade einen Kaffee kaufe, bin ich die Pariser Korrespondentin für Fox News. Was führt Sie nach Frankreich, Alice?«

Alice lächelt, aber es fühlt sich an wie Risse im Putz. »Oh, ein bisschen Sightseeing?«

»Wirklich?«, kommt es von DiMarco. »Denn ich hätte schwören

können, dass ich Sie gerade aus dem Polizeihauptquartier habe kommen sehen.«

Alice zieht geräuschvoll den Atem ein. »Sind Sie mir gefolgt?«

»Gefolgt? Nein. Ich habe eher auf Sie gewartet. Was für Sehenswürdigkeiten haben Sie sich denn dort angesehen?«

Alice fühlt sich belästigt, als wolle ihr jemand etwas an der Haustür andrehen, sie wähnt sich in einer Art Hinterhalt. Doch sie geht sofort in die Offensive und reagiert auf die Frage mit einer Gegenfrage.

»Und warum sollten Sie auf mich warten? Ach, wissen Sie, was? Es ist mir egal. Denn wir sind hier fertig.«

Sie legt einen Fünf-Euro-Schein auf die kleine Theke neben ihnen.

»Das ist für den Kaffee.«

Alice wendet sich zum Gehen, aber die Journalistin streckt den Arm aus und hindert sie daran.

»Warten Sie, ich wollte ...«

Alice wirft ihr einen wütenden Blick zu, lässt sich nicht aufhalten, sondern stößt den unangenehmen Arm zurück, als sei er ein Flipperhebel.

»Ich sagte, wir sind hier fertig«, erwidert sie über die Schulter gewandt. »Ich muss jetzt zurück.«

»Wohin zurück?«, ruft DiMarco ihr hinterher.

Alice blickt stur geradeaus, konzentriert sich auf die Straße und entfernt sich mit langen Schritten, aber DiMarco folgt ihr, beginnt zu laufen, um mit ihren kürzeren Beinen nicht abgehängt zu werden.

»Jeder hat eine Story zu erzählen, Alice, und Ihre ist genau die Art von Story, die meine Leser lieben. Die Tochter, die über den Ärmelkanal hastet, um ihren Vater vor dem Schicksal zu bewahren, das ihn erwartet. Geben Sie mir zehn Minuten, dann lasse ich Sie in Ruhe.«

Alice blickt nervös in beide Richtungen, ehe sie so schnell wie möglich die Straße überquert, in Richtung Polizeihauptquartier, das Sicherheit verspricht. Doch DiMarco lässt sich nicht abschütteln.

»Was hatte Luc Boudreaux Ihnen zu sagen?«, will sie wissen, ein wenig außer Atem. »Wie hat es sich angefühlt, ihn nach all den Jahren kennenzulernen?«

Neugier gewinnt die Oberhand über Alice' Wut, und sie bleibt stehen, dreht sich um, will ihren Schatten stellen.

»Woher wussten Sie überhaupt, dass ich in Paris bin? Und woher wissen Sie, dass ich mit Agent Boudreaux gesprochen habe?«

»Kommen Sie«, sagt DiMarco unbeschwert, »muss ich Ihnen wirklich verraten, wie wir Journalistinnen an unsere Quellen kommen?«

Alice beißt die Zähne zusammen, ein Dutzend Fragen wirbeln ihr durch den Kopf, aber sie wird sich auf kein Gespräch mit einer Journalistin einlassen, noch dazu mit einer, die sie überhaupt nicht kennt. Nicht jetzt, nein, definitiv nicht.

»Ich bin nicht Ihre Story«, sagt sie und geht weiter.

»Nein? Wie ist es mit Alain Dufort?«, sagt DiMarco, und diesmal ist ihr Tonfall voller Boshaftigkeit. »Lohnt es sich, über ihn zu schreiben? Wie ich höre, bekommt er kaum Besuch, und ich schätze, dass Sie Ihre Zeit nicht vergeuden und sich nur auf den Fall Ihres Vaters konzentrieren. Wie passt Dufort da hinein?«

Woher, zum Teufel, weiß sie von Dufort? Alice ist froh, dass sie der Frau den Rücken zukehrt, denn so kann DiMarco ihr nicht die Überraschung ansehen.

»Wie sieht der Deal aus, Alice? Vertreten Sie jetzt auch ihn, oder sind er und Ihr Vater bloß alte Kumpel?«

Nicht anbeißen, sagt sie sich. Weitergehen. Diese Befriedigung gönne ich ihr nicht.

»Haben Sie heute Abend schon was vor?« DiMarco lässt nicht locker. »Kann ich Sie zum Essen einladen?«

Alice bleibt ihr die Antwort schuldig, streckt den Arm aus, als sie an einem Abfalleimer vorbeikommt, und lässt den Becher hineinfallen. Der Inhalt schwappt durch den Deckel, als der Becher gegen die Kante knallt und im Innern verschwindet. Falls DiMarco noch irgendwelche Klugscheißer-Bemerkungen macht – sie gehen im Verkehrslärm unter, und Alice ist mit ihren eigenen Gedanken beschäftigt, als sie durch den Torbogen des Polizeigebäudes läuft.

Sie ist immer noch fertig, so überrumpelt worden zu sein, und überlegt fieberhaft, wer ihr diesen kleinen kläffenden Köter auf den Hals gehetzt hat. Wenn diese Frau über Dufort Bescheid weiß, wird die Liste der Verdächtigen kurz. Nur zwei Personen wissen, dass Alice ihm einen Besuch abgestattet hat. Die eine ist Eva, aber da Sofia für sie bürgt, vertraut ihr auch Alice. Die andere Person ist jemand, der ganz offensichtlich seine eigenen Ziele verfolgt. Und Alice war im Begriff, diesem Jemand zu vertrauen. Luc Boudreaux.

39. Kapitel

Mittwoch – noch fünf Tage

»Luc! Was verschafft mir das Vergnügen?«

»Kann man nicht mal einen langjährigen Freund anrufen, um in den guten alten Zeiten zu schwelgen?«

»Einige Leute können das, aber nicht du. Wir können aber die ersten Minuten gerne damit verbringen, uns gegenseitig zu erzählen, was wir zuletzt so gemacht haben, wenn du das möchtest?«

»Small Talk war nie dein Ding, was, Nate?«

»Kommt den wichtigen Sachen nur in die Quere«, erwidert er, und Boudreaux kann sich lebhaft das kleine, durchtriebene Lächeln vorstellen, das mit diesen Worten einhergeht.

»Beim nächsten Mal reden wir über die guten alten Zeiten, versprochen«, sagt er, »aber ich stehe ein bisschen unter Zeitdruck.«

»Dann musst du ja ganz schön verzweifelt sein, wenn du meine Hilfe brauchst«, sagt Nate Lawson.

Natürlich verkauft er sich dramatisch unter Wert. Lawson agiert in unmittelbarer Nähe des Büros des Bürgermeisters von New York City. Der ehemalige Polizeichef von Orlando gehörte zu den wenigen, von denen Boudreaux schweren Herzens Abschied nahm, als er die Staaten verließ. Lawson war sein Vorgesetzter gewesen, darüber hinaus ein guter Freund seines Vaters, und daher sah er in diesem Mann immer so etwas wie einen Onkel der Familie. Seitdem er von einer staatlichen Behörde zur nächsten gewechselt hat, ist sein Stern immer weiter aufgegangen. Als stellvertretender Bürgermeister ist er schon jetzt der Favorit der Buchmacher, wenn der Amtsinhaber in etwas mehr als einem Jahr zurücktreten wird.

»Jetzt im Ernst«, fügt er hinzu, »du weißt, dass ich dir helfe, wenn ich kann. Was ist los? Was Persönliches?«

»In gewisser Hinsicht, ja«, erwidert Boudreaux und erzählt ihm dann, was sich während der zurückliegenden achtundvierzig Stunden ereignet hat.

»Oh, Luc, du darfst dir das mit Nancy Killigan nicht immer noch vorwerfen. Das war damals ein klarer Fall bei Higuita.«

Jedenfalls so lange, bis es keiner mehr war, denkt Boudreaux.

»Das ist es ja gerade, Nate. Ich dachte, der Fall Sharp sei auch vollkommen eindeutig, und im Augenblick fühlt sich die Sache an wie ein Schwertransporter, bei dem die Bremsen bei voller Fahrt versagen.«

»Was brauchst du?«, fragt er. Keine Gegenleistung, keine eigenen Ziele, und Boudreaux spürt eine Woge der Dankbarkeit, ehe er den alten Freund seines Vaters überhaupt um einen Gefallen bittet.

»Weißt du noch, damals, ein paar Jahre bevor ich gegangen bin? Da hast du mir doch von einem Typen von der UNO erzählt, der immer wieder versucht hat, dich abzuwerben, damit du für ihn arbeitest? Hast du noch Kontakt zu ihm?«

»Wir telefonieren ab und zu, ja. Und er versucht es immer noch alle halbe Jahre. Netter Kerl übrigens, manchmal spielen wir zusammen Golf.«

»Kannst du ihm sagen, dass ich ihn sprechen möchte? Da hat sich was aufgetan in dem Fall, und jetzt gibt es einen Zusammenhang zwischen allen Fällen, der mit der UNO zu tun hat. Ich brauche jemanden dort, mit dem ich sprechen kann und der mir mit ein paar Informationen aushilft.«

»Ja, sicher«, sagt Nate, ohne zu zögern. »Ich kann ihn anrufen. Allerdings weiß ich nicht, inwiefern er Informationen preisgibt. Hängt davon ab, was du wissen möchtest. Kann mir nicht vorstellen, dass er allzu begeistert sein wird, dir Dinge zu erzählen, falls sie die UNO in ein schlechtes Licht rücken.«

»Nein, das wird schon nicht der Fall sein. Ich muss einfach nur wissen, ob diese Verbindung, die wir vermuten, belastbar ist oder nicht. Ich übernehme hier nicht die Arbeit eines Verteidigers. Ich möchte nur sicherstellen, dass sich so etwas wie die Sache mit Higuita nicht noch einmal wiederholt, um meinetwillen.«

»Ich rufe ihn an und gebe dir Bescheid«, sagt Lawson, und bevor er das Gespräch beendet, muss Boudreaux ihm versprechen, zum Abendessen vorbeizukommen, wenn er wieder in den Staaten ist.

Lawson hält Wort, denn keine zehn Minuten später gibt sein Handy ein Pling von sich, und er hat die Kontaktdaten eines Mannes namens Ravi Surjins, stellvertretender Direktor im Office of Mission Support im UNO-Hauptquartier in Manhattan, ganz in der Nähe der East 42nd Street am East River.

Surjins nimmt das Gespräch beim dritten Ton entgegen.

»Agent Boudreaux, Sie sind aber schnell«, sagt er, nachdem Boudreaux sich vorgestellt hat. »Ist keine zwei Minuten her, da habe ich noch mit Nate telefoniert.«

»Zeit ist in meinem Fall von entscheidender Bedeutung, Sir.«

»Bitte sagen Sie Ravi zu mir. Nun, wie kann ich Ihnen behilflich sein? Nate war ein bisschen ausweichend, was Einzelheiten betrifft.«

Boudreaux legt ihm die Sache dar. Jim Sharp, die Verbindung nach Frankreich, wie sich wiederum die Tentakel in andere Länder ausstrecken, und dass jeder der Männer vor der Verurteilung mit jemandem zu tun hatte, der oder die dann in einem Krankenhaus der UNO landete. Kein Wort davon, dass der Schatten von Mario Higuita hinter allem lauert. Dadurch bekäme die Sache für Boudreaux einen zu persönlichen Anstrich.

»Es ist nur eine vage Vermutung, aber da das Leben eines Mannes zu Hause auf dem Spiel steht, müssen wir sichergehen«, sagt er und fühlt sich genauso heuchlerisch wie der damalige Detective, der sich mit dem ursprünglichen Ergebnis zufriedengab. »Ich bin auf der Suche nach Listen, die Aufschluss geben über das Personal und die Patienten in den Lazaretten. Vielleicht finden sich Namen, die mehrmals und an mehreren Orten auftauchen, oder Verbindungen untereinander.«

Surjins gibt einen Laut von sich, als atme er betont lange aus. »Das ist keine leichte Aufgabe. Im Augenblick unternehmen wir friedenserhaltende Maßnahmen in einem Dutzend Länder. Wir haben Tausende von Soldaten und Personal aus fast allen Mitgliedstaaten vorübergehend unter Vertrag.«

»Das weiß ich zu schätzen, Sir … Ravi, aber ich möchte es trotzdem ausschließen. Vielleicht konzentrieren wir uns zunächst nur auf das medizinische Personal, dann kommen wir später zu den militärischen Einheiten.«

Pause am anderen Ende, Surjins räuspert sich. »Nate meinte, es gehe um einen persönlichen Gefallen, daher schaue ich, was sich machen lässt. Aber unter einer Bedingung. Falls sich etwas ergibt, lassen Sie es mich vor allen anderen wissen, außerhalb Ihrer eigenen Behörde natürlich. Das Letzte, was ich derzeit gebrauchen kann, ist, dass etwas in den Medien aufgebauscht wird, ohne dass ich dem Ganzen zuvorkommen kann. Abgemacht?«

»Abgemacht«, sagt er, ohne zu zögern. Wobei er eigentlich nicht in der Position ist, zu verhandeln.

»Ich werde Ihnen einen Namen nennen. Einer von unseren Leuten, an den Sie sich wenden können wegen der eigentlichen Daten. Ich sage ihm Bescheid, dass Sie anrufen. Er heißt Dr. Elias Grey. Er ist einer unserer leitenden Sanitätsoffiziere, der für unsere friedenserhaltenden Maßnahmen den Einsatz des gesamten medizinischen Personals koordiniert.«

Surjins nennt ihm eine Telefonnummer und verspricht, unverzüglich bei Grey anzurufen. Boudreaux beendet das Gespräch, spürt die Verspannungen im Nacken und neigt den Kopf abwechselnd zu beiden Seiten, bis er ein befriedigendes Knirschen hört. Er schnappt sich einen Kaffee, um Surjins etwas Zeit zu geben, den Anruf zu tätigen, und tritt zum Fenster, das zur Hauptstraße hinausgeht.

Er lässt seine Gedanken schweifen, während er die Autos vorbeirauschen sieht. Höchstens noch ein paar Tage, dann ist die Sache mit der UNO geklärt, bis dahin gilt es, Alice zu schützen, solange sie in der Stadt ist. Danach – vorausgesetzt, diese Reihe von Zufällen verläuft im Sande – wird er sich sehr viel besser fühlen, seinen Beitrag geleistet zu haben, auch wenn das bedeutet, dass Jim Sharp die vorgesehene Verabredung mit dem Schicksal beibehält. Diese Schuld, die er Alice gegenüber empfindet, die Reue, all das wird zumindest teilweise beglichen sein. Ob es ihm gelingen wird, die seit nunmehr zehn Jahren bestehenden Risse in seiner Selbsteinschätzung zu verdecken, sei dahingestellt.

Sie kann dann zumindest zu ihrer Familie zurückkehren, in der Gewissheit, alles getan zu haben, um ihren Vater am Leben zu erhalten, unabhängig davon, wie kompliziert sich das Vater-Tochter-Verhältnis anhört. Der Gedanke, dass sie zurück nach England geht, lässt ihn kurz innehalten, insgeheim hofft er, sie würde länger bleiben, wenn auch nur für ein, zwei Tage. Trotz der anfänglichen Spannungen zwischen ihnen fühlt er sich in ihrem Beisein wohl. Sie ist klug, steht zu ihren Überzeugungen und geht keine Kompromisse ein. Diese Frau würde er gerne näher kennenlernen, wenn die Umstände es zuließen.

Weiter unten erregt ein ihm vertrautes Gesicht seine Aufmerksamkeit. Alice Logan bahnt sich ihren Weg zum Eingang, in hohem Tempo. Ihre Schritte wirken zielgerichtet, als müsse sie gleich unbedingt irgendwo sein, und ihre Miene ist verkniffen. Bewegungen hinter ihr. Da ist noch eine Frau.

Könnte spät dran sein für eine Verabredung, aber da liegt Entschlossenheit in ihrer Miene, und Boudreaux kann sehen, wie sich ihre Lippen bewegen. Keine Anzeichen eines Handys oder Ohrhörer, entweder redet sie also mit sich selbst, oder sie ruft hinter jemandem her.

Alice sieht stinksauer aus, und Boudreaux öffnet das Fenster ein Stück weit und bekommt mit, wie die fremde Frau einen ihm vertrauten Namen ruft. Er könnte schwören, ihr Gesicht schon einmal irgendwo gesehen zu haben. Wer ist sie, und warum, zum Teufel, ruft sie etwas, das mit Jim Sharp zu tun hat? Alice reagiert nicht, geht unbeirrt weiter, als sei nichts geschehen. Kurz darauf streckt sie den Arm aus, befördert ihren Kaffeebecher in einen Abfalleimer, ehe sie scharf rechts abbiegt und aus seinem Sichtfeld verschwindet.

Die andere Frau verlangsamt ihre Schritte, als sie sich dem Eingang nähert, und bleibt schließlich stehen. Boudreaux will ihr schon etwas zurufen, holt aber schnell sein Handy heraus und macht drei Aufnahmen, während die Frau durch den Torbogen auf den Innenhof starrt, ohne zu wissen, dass sie fotografiert wurde.

Was sollte das, verdammt noch mal?, fragt er sich. Und was hat Alice sich dabei gedacht, durch die Stadt zu flanieren, ohne dass jemand ein Auge auf sie hat? Gottverdammt, sie ist so starrköpfig wie ich, denkt Boudreaux. Es wird sich schon bald eine Gelegenheit ergeben, Alice zu fragen, was passiert ist. Doch im Augenblick hat Dr. Grey oberste Priorität.

Boudreaux tippt die Nummer ein, die Surjins ihm gegeben hat, und gerät an eine gelangweilt klingende Angestellte, die ihn warten lässt. Eine knappe Minute später wird die Stille von einem Akzent unterbrochen, den er nicht ganz einordnen kann. Brooklyn, vielleicht mit einem Hauch von Boston?

»Agent Boudreaux? Dr. Elias Grey. Wie ich hörte, benötigen Sie Hilfe bei einem Fall?«

»Ja, danke, Doktor. Hat Mr. Surjins Ihnen erklärt, wonach ich suche?«

»Hat er, aber den Grund hat er nicht genannt.«

Keine Frage an sich, Grey macht eine Pause, die Boudreaux jedoch nicht sofort füllt.

»Womöglich kann ich helfen, wenn ich mehr Kontext hätte«, bietet er an. »Mit einigen dieser Leute arbeite ich schon seit Jahren zusammen, daher wäre ich imstande, Ihnen ein paar Einblicke zu gewähren.«

»Ich kann nicht zu sehr ins Detail gehen, da es sich um laufende Ermittlungen handelt«, sagt Boudreaux und bedient sich wieder einmal einer kleinen Notlüge. Inoffizieller könnte seine Anfrage gar nicht sein, aber wenn er das für sich behält und Grey dazu bewegen kann, ihm die nötigen Informationen zu geben, kann er seinen Frieden mit der Notlüge machen. »Sie könnten jedoch zwischen den Zeilen lesen und einschätzen, wie aussichtsreich unser Anliegen ist, denn wir versuchen, über einen Zeitraum von mehreren Jahren eine Verbindung zwischen möglichst vielen Vorfällen wie diesen herzustellen.«

»Hm, verstehe«, sagt Grey langsam. »Könnten Sie mir Zeit bis morgen geben?«

»Das wäre großartig, Dr. Grey, und mir wäre es lieb, wenn das unter uns bliebe. Könnte eine sehr sensible Angelegenheit sein, wissen Sie?«

»Natürlich«, sagt Grey, »ich kümmere mich umgehend darum. Geben Sie mir Ihre E-Mail-Adresse, und ich schicke Ihnen, was ich finde.«

»Hervorragend, ich danke Ihnen wirklich sehr«, sagt er, nennt ihm die Mailadresse und beendet das Gespräch mit dem gefühlt ersten Lächeln seit Tagen. Doch das Lächeln währt nicht lange, als ihm einfällt, was er gerade erst dort draußen gesehen hat. Was du heute kannst besorgen ... Alice muss endlich verstehen, dass dies auf Gegenseitigkeit beruht. Wenn Boudreaux sich schon die Mühe macht, bei einem Fall zu helfen, dessen Erfolg negativ auf ihn zurückfallen könnte, darf nichts verschwiegen werden. Keine Geheimnisse.

Er schaut wieder aus dem Fenster, an dem sie vorbeigegangen ist, und die geheimnisvolle Frau ist immer noch da, sie sitzt auf einem abgestellten Moped, eines von vielen unter dem Blätterdach der Bäume an der Straßenecke.

Boudreaux schiebt die Unterlippe vor, seine Augen verengen sich vor Argwohn. Es ist an der Zeit herauszufinden, wer diese geheimnisvolle Frau ist.

40. Kapitel

Mittwoch – noch fünf Tage

Gina DiMarcos Gesicht starrt Alice auf dem Bildschirm entgegen. Bei ihrem Namen spuckt Google Dutzende Ergebnisse aus. Die paar Videoclips, die Alice kurz überfliegt, behandeln verschiedene Themen, aber das eigentlich Beunruhigende hierbei ist, dass DiMarco seriös scheint. Sie ist absolut bekannt und erreicht viele Menschen. Alice verfolgt diesen Gedanken ein wenig, lässt zu, dass er sich weiter verästelt, und überlegt dann, ob sie das nicht zu ihrem Vorteil nutzen könnte, falls es erforderlich sein sollte.

Steckt Boudreaux dahinter? Alice hofft, dass dem nicht so ist. Denn sie wollte sich schon mit dem Gedanken anfreunden, dass er sich redlich bemüht, ein besserer Mensch zu sein. Das könnte diese Vorstellung zunichtemachen.

Es ist, als hätte sie ihn herbeigezaubert, indem sie nur an seinen Namen dachte. Denn Boudreaux schneit ins Büro und setzt sich sofort auf den freien Stuhl, ohne überhaupt Hallo zu sagen.

»Also, ich habe mit jemandem gesprochen, der mir noch einen Gefallen schuldig ist, und habe einen Ansprechpartner bei der UNO gefunden. Der Mann heißt Elias Grey. Er stellt die Liste mit Namen zusammen, um die wir gebeten haben. Könnte gut sein, dass es sich auf einige Hundert belaufen wird, deshalb habe ich einen meiner Leute abgestellt, sich da durchzubeißen.«

»Aber ich kann davon eine Kopie bekommen, richtig?«, fragt Alice, und es ärgert sie, wie stramm Boudreaux wieder einmal die Zügel in der Hand hält.

Ihm scheint ein wenig unbehaglich zumute zu sein. »Hm, das

weiß ich nicht. Der Mann von der UNO ist ein bisschen nervös, dass das Ganze nach außen dringt und größere Kreise zieht. Er befürchtet, dass der Name der Vereinten Nationen in den Dreck gezogen wird, wenn tatsächlich etwas dabei herauskommt.«

»Tja, wir würden sicher nicht wollen, dass der Ruf von jemandem beschmutzt wird, nur um ein Leben zu retten, oder?« Alice' Worte sind wie Pfeile auf der Suche nach einem Ziel.

»Hören Sie, ich habe ihm mein Wort gegeben, okay? Wenn wir etwas finden, halte ich Sie selbstverständlich auf dem Laufenden, aber ich muss aufpassen, wie ich das handhabe mit dem Einfordern von Gefallen, denn sonst tut mir niemand mehr einen Gefallen, Sie wissen, wie ich das meine?«

Alice weiß, dass hier ganz offensichtlich mit zweierlei Maß gemessen wird. Sie schützt ihre eigenen Quellen wie eine Löwin, die ihre Jungen verteidigt. Aber das ändert nichts daran, dass sie sauer auf Boudreaux ist, wenn er das auch so handhabt.

»Da ich gerade von aufpassen spreche«, fährt Boudreaux fort, »ich habe gesehen, dass Sie ein wenig spazieren waren ...«

Er lässt die Worte in der Luft hängen, und das sich ausdehnende Schweigen macht Alice ein bisschen unruhig.

»Hm, ja.«

»Alice, ich habe Ihnen doch gesagt, dass Sie nicht ohne Begleitung rausgehen sollen. Sie hätten mir Bescheid geben müssen. Ich hätte mit Ihnen gehen oder jemand anders schicken können.«

»Ich komme schon klar«, sagt Alice unbeschwert, »ehrlich, ich habe nur etwas frische Luft und einen Kaffee gebraucht.«

»Muss ein ziemlich mieser Kaffee gewesen sein.«

»Wie meinen Sie das?«, fragt sie und spürt die Hitze in den Wangen.

»Ich habe sie gesehen, Alice. Die Frau, die Ihnen gefolgt ist. Die Ihnen etwas hinterhergerufen und dabei Ihren Vater erwähnt hat. Wer war das?«

»Haben Sie mir etwa nachspioniert?«

»Von Nachspionieren kann ja wohl kaum die Rede sein, wenn es draußen auf der Straße passiert. Kommen Sie, ich spiele mit, bin bereit, mit Ihnen zu teilen, was ich weiß. Was halten Sie zurück?«

»*Ich* soll etwas zurückhalten? Das müssen Sie gerade sagen«, entgegnet Alice, und die schwelende Wut in ihr gerät in Wallung. »Nur zwei Personen hätten sie auf mich ansetzen können, und im Augenblick sitzt mir eine davon gegenüber.«

»Auf Sie ansetzen? Wer ist diese Frau?«

»Das wissen Sie nicht?« Alice täuscht Erstaunen vor. »Wollen Sie mir vielleicht erklären, wie eine Reporterin, der ich nie begegnet bin, mir Fragen zu Dingen stellt, die ich selbst erst seit Montag weiß?«

Der verdutzte Ausdruck in Boudreaux' Gesicht verunsichert Alice einen Moment.

»Sie ist Reporterin? Für wen? Was wollte sie denn überhaupt?«

»Sie ist von Fox News. Und sie will wissen, was mich hierher verschlagen hat, obwohl mein Dad bald seinem Schöpfer gegenüberstehen wird. Aber das wusste ich bis vor wenigen Tagen ja selbst nicht. Und Sie wollen mir weismachen, dass Sie nicht dahinterstecken?«

»Warum sollte ich?«, meint Boudreaux und macht eine ausladende Geste. »Wie sollte mir das helfen? Wenn hier etwas schiefgelaufen ist, glauben Sie ernsthaft, dass ich mich noch einmal öffentlich teeren und federn lassen will?«

Was er sagt, ergibt Sinn, aber Gina DiMarco ist nicht zufällig unten beim Kaffeestand aufgetaucht. Alice ruft sich in Erinnerung, das noch junge Bündnis mit Boudreaux als das anzusehen, was es ist: ein Mittel zum Zweck.

Sie entscheidet sich für ein fades »Wenn Sie meinen«, in der Hoffnung, dass es etwas aufrichtiger klingt, als es sich beim Aussprechen angefühlt hat.

»Ich wiederhole mich, Alice, ich versuche, Ihnen zu helfen. Ich riskiere meinen Arsch, indem ich mit dem Mann von der UNO spreche. Dafür könnte ich in echte Schwierigkeiten geraten.«

»Okay, ich glaube Ihnen«, sagt Alice, fühlt sich aber alles andere als besänftigt.

»Vielleicht nutzen Sie lieber den Seitenausgang, wenn Sie noch mal loswollen«, sagt Boudreaux. »Als ich zuletzt nachgeschaut habe, war sie immer noch da.«

»Okay, danke.«

»Sie wollen mir also wirklich nicht verraten, wer sie ist?«

Was ist schon dabei, dieses Spiel mitzuspielen, denkt Alice. »Sie heißt Gina DiMarco.«

»Sagen Sie mir Bescheid, wenn Sie für heute fertig sind. Ich fahre Sie dann zurück ins Hotel.«

Das Gespräch dümpelt danach vor sich hin, und als Boudreaux geht, verspricht er ihr, später am Tag nach ihr zu sehen. Alice macht sich daran, die Akten zu den anderen Fällen durchzusehen, eine nach der anderen, zuletzt noch einmal den Fall ihres Vaters. Und die ganze Zeit wartet sie darauf, dass ihr etwas entgegenspringt, irgendetwas, wie ein Springteufel.

Die lästigen Kopfschmerzen, die ihr schon die ganze Woche immer wieder zusetzen, prallen gegen ihre Schläfen, wie Fliegen, die gegen eine Scheibe schwirren. In Gedanken wandert sie zurück zu der Nachricht am Morgen. Mariella und Anthony auf ihrem Display, wie sie diese Stufen nach unten gehen und gar nicht wissen, dass sie beobachtet werden, überhaupt nicht ahnen, in was für einer Gefahr sie schweben.

Sie hat Boudreaux' Rat befolgt und gar nicht erst versucht, mit dem mysteriösen Absender zu kommunizieren. Was hat ihr die Zusammenarbeit mit ihm bisher gebracht? Solange Boudreaux unterhalb des Radars seines Vorgesetzten fliegt, wird die GALE-Datenbank für sie immer unerreichbar bleiben. Es ist ohnehin jedes Mal eine andere Nummer. Wegwerf-SIM-Karte. Jemand simst damit und schmeißt sie weg.

Aber was, wenn nicht? Nicht zum ersten Mal fragt sie sich, ob Dufort etwas verschweigt, ob er etwas in der Hinterhand hat, das die

Punkte schneller miteinander verbinden würde, als sie und Boudreaux es je könnten. Sie hat keine Lizenz, hier als Anwältin tätig zu werden, aber offenbar hält das Dufort oder dessen Helfershelfer nicht davon ab, zu glauben, dass sie helfen könnte, ihn aus La Santé rauszuboxen.

Sie wird am kommenden Tag zurückfliegen. Fünf Tage, bis Dads Uhr abläuft. Was, wenn sie noch einmal Kontakt aufnimmt, zu ihm oder zu wem auch immer, der diese Nachrichten schickt? Im Zeugenstand hat sie schon zahllose Menschen ins Kreuzverhör genommen, hat sie locker verbal in die Tasche gesteckt, um an verborgene Wahrheiten heranzukommen. Das ist, was sie am besten kann. Wer weiß, ob sie nicht auch imstande wäre, dem geheimnisvollen SMS-Sender ein paar Details zu entlocken – oder sogar Dufort, ohne dass Boudreaux oder Eva bei dem Gespräch dabei sind? Vertreter der Strafverfolgungsbehörden haben etwas an sich, das die Leute veranlasst, dichtzumachen.

Ihr Handy meldet sich, reißt sie aus den Gedanken, und als sie aufs Display schaut, entfährt ihr ein Keuchen. Es sind wieder Duforts Schläger. Sie öffnet den Thread und sieht zwei neue Einträge. Der erste bezieht sich auf den Namen und die Anschrift einer Anwaltskanzlei hier in Paris, verbunden mit einer höflichen, aber direkt formulierten Bitte, sie möge alles, was sie weiß, Duforts Anwalt mitteilen. Der zweite ist ein GIF mit einer tickenden Uhr.

Sie schluckt einmal schwer, die Finger schweben über dem Display, sie zögert es hinaus, dann tippt sie eine Antwort.

Nichts Neues in meinem Fall, also nichts mitzuteilen. Treffe mich gerne noch einmal mit Mr. Dufort, um alles Weitere zu besprechen.

Sie schickt sie ab, ehe sie es sich noch anders überlegt, und schon geht die Nachricht in den Äther. Zwei Häkchen verraten, dass sie versendet wurde, und als kurz darauf Grau zu Blau wechselt, weiß sie, dass sie gelesen wurde. Alice hält den Atem an, verfolgt mit morbider Faszination, wie jemand schreibt.

Es scheint eine Ewigkeit zu dauern, aber als die Nachricht schließlich erscheint, ist sie kurz und knapp.

La Santé. Morgen. 17 Uhr. Sprechen Sie erst mit dem Anwalt, bevor Sie hingehen.

Ob es an der Nachricht oder an der Anspannung liegt, ihr Herz und ihr Kopf pochen unisono. Er ist also bereit für ein zweites Treffen. Das muss eine Bedeutung haben, oder nicht? Sie kann früh zum Flughafen aufbrechen und unterwegs noch einen Abstecher zur La Santé machen. Boudreaux braucht davon nichts zu wissen, es sei denn, es ergibt sich etwas, das ihrem Dad in die Karten spielt, und selbst dann wird sie Boudreaux erst einweihen, wenn sie auf das reagieren kann, was Dufort ihr mitzuteilen hat. Der Gedanke, ihrem Vater zu helfen, hinterlässt immer noch einen bitteren Nachgeschmack, jetzt, da sie weiß, was geschehen ist. Doch sie ruft sich in Erinnerung, dass es nicht um ihn geht. Es geht darum, einem zehnjährigen Jungen eine Chance zu geben.

Sie schreibt zurück.

Werde da sein.

Die Antwort kommt zu ihr zurück wie ein schneller erster Aufschlag, der heranzischt und kein Erbarmen kennt.

Halten Sie sich daran ... besser für die beiden und für Sie.

Alice steht immer noch unter dem Eindruck dieses schnellen Nachrichtenaustauschs, als Sofias Name auf dem Display erscheint. Ein kurzes Tippen, und der Videocall steht.

»Hey, na, wie läufts?«

»Alles okay bei dir?«, fragt Sofia. »Du hörst dich etwas kurzatmig an.«

»Alles okay. Muss nur so vieles verarbeiten, weißt du?«

Alice bringt sie auf den neuesten Stand. Die Reporterin, die Nachrichten, Boudreaux' Kontaktperson bei den Vereinten Nationen.

»Ich traue ihm nicht ganz über den Weg, Alice. Ich weiß, er sagt, dass er helfen will, aber wenn du mich fragst, scheut er vor nichts zurück, um sein eigenes Ziel zu verfolgen.«

»Ich weiß, ich weiß. Aber wenn er nicht wäre, wüssten wir nichts von diesen anderen Fällen. Wir brauchen ihm ja nicht zu vertrauen, solange wir das verwenden, was er uns bietet.«

»Und du glaubst, er meint das ehrlich mit deinem Dad? Dass er es bedauert?«

Bedauern. Reue. So, wie Dad das mit Gail bereut. Was er gesagt hat, schlägt wieder wie eine Bombe bei ihr ein, und einen Moment lang hat sie Mühe, auf Sofias Bemerkung einzugehen.

»Ja«, sagt sie schließlich. »Ich glaube, er ist inzwischen besorgt genug, dass wir mit unserer Vermutung richtigliegen könnten. Was nicht bedeutet, dass er zugeben wird, einen Fehler gemacht zu haben, noch nicht jedenfalls.«

»Ich werde noch einmal mit Eva reden, vielleicht sieht sie einen Weg, an die Infos heranzukommen, die dieser Mann von der UNO schicken will.«

»Okay, aber sag ihr, sie soll vorsichtig sein, denn er macht alles inoffiziell, so sagt er zumindest. Trotzdem könnte er Eva Steine in den Weg legen. Sag ihr bitte, dass sie auf sich aufpassen soll.«

»Mache ich. Oh, bei diesen Fotos sind wir übrigens einen Schritt weiter.«

»Wirklich? Was ist dabei herausgekommen?«

»Der Typ, mit dem ich mal ein Date hatte, ist ein Genie in Sachen Bildbearbeitung. Du möchtest eine Aufnahme von dir auf der Bühne, direkt neben Beyoncé, und Barack Obama spielt Bass? Er ist so gut darin, dass du irgendwann glaubst, du wärst wirklich dort gewesen.«

»Du hast doch bestimmt eines dieser Fotos rahmen lassen und bei dir aufgehängt, was?« Alice lacht.

»Wie dem auch sei, noch haben wir eher Umrisse, kaum ein Gesicht, und er hielt den Kopf leicht gesenkt, aber bei der Basecap gab es genug, was klarer dargestellt werden konnte. Du hast eine Kopie in deinen E-Mails.«

Alice öffnet die E-Mail und klickt auf das erste von insgesamt vier

Attachments. Sie erkennt die Aufnahme sofort wieder, gleichzeitig ist daran jedoch etwas auffallend anders. Vergleicht man die ursprüngliche Aufnahme mit dieser überarbeiteten Version, hat man den Eindruck, als würde man die Fotos einmal mit und einmal ohne Brille betrachten. Diese vergrößerte Aufnahme hat schärfere Konturen, bestimmte Formen lösen sich aus den Schatten. Die Farben wurden einen Tick forciert. Weit entfernt von HD-Schärfe, aber schon einmal eine deutliche Verbesserung.

»Siehst du, was ich meine?«, sagt Sofia, während Alice auf das bearbeitete Foto starrt.

»Hm-hm.«

Das Foto nimmt sie immer noch voll in Beschlag, dann klickt sie die drei anderen Anhänge an. Wieder der frustrierende Winkel, die Kappe schirmt das Gesicht des Mannes ab, aber mittig auf der Kappe schält sich ein A-förmiges Logo heraus, da gibt es kein Vertun. Was hatte Mac noch gleich gesagt? Ein Los-Angeles-Angels-Baseballfan?

Alice zoomt es heran, kneift die Augen zusammen, um die rötlichen Umrisse besser erkennen zu können. Sie holt sich ein Logo der Los Angeles Angels aus dem Netz, lässt den Blick von einem Bild zum anderen huschen, als sitze sie im Centre Court in Wimbledon.

Das Baseballlogo hat oben eine Art Heiligenschein. Nichts dergleichen bei diesem neuen Foto. Dort gehen die nach unten gerichteten Beine ein bisschen nach außen, anstatt ganz gerade zu verlaufen. Sie holt sich ein zweites Logo auf den Schirm. Vergleicht wieder. Das sind nicht die Angels. Nein, sie hat keinen Zweifel mehr. Ein verschwommenes Muster zwischen den Beinen. Eine Lilie. Dasselbe Fußballlogo wie bei dem Mann vor ihrem Hotel. Der Mann, dem Boudreaux nachgelaufen ist.

»Ach, du Scheiße«, wispert sie in die Stille.

Mac und ihr Dad können sich ja wohl kaum beide irren, oder? Etwas Handfestes, was sie einem Richter vorlegen könnte. Das allein wird nicht annähernd ausreichen, aber sie hat definitiv das Gefühl, dass sich ein weiteres Puzzleteil einfügt.

Die beiden Frauen teilen diesen Moment, auf beiden Gesichtern der Anflug eines leisen Lächelns.

»Das ist noch nicht alles«, meint Sofia. »Der Anruf von Mac bei der Polizei. Ein Freund einer Freundin von mir kennt den Beamten, der auf dem Revier Dienst hatte, auf dem dein Dad festgehalten wurde. Er nimmt Kontakt zu ihm auf, während wir sprechen. Später am Tag, eventuell auch erst morgen, müsste ich mehr wissen, was aus Macs Anruf damals wurde.«

»Habe ich dir schon gesagt, wie großartig du bist?«

»Ah, nicht oft genug. Ich lasse es in deinen Kalender eintragen, damit du es keinen Tag vergisst.«

Alice spielt mit dem Gedanken, ihr von den Nachrichten zu erzählen, die sie mit der geheimnisvollen Nummer ausgetauscht hat, auch von ihrem morgigen Besuch in La Santé. Es geht nicht um Vertrauen, eher darum, dass sie ahnt, wie besorgt ihre Ermittlerin sein wird, wenn sie erfährt, dass Alice Kontakt zu den Leuten aufgenommen hat, die sie beschatten. Sofia gehört zu denen, die glauben, immer alles im Griff zu haben, jeden schützen zu können, daher wird sie sich nur unnötig Sorgen machen.

Ach, verdammt. Es ist ja nicht so, als würde sie sich mit jemandem in einer dunklen Seitengasse treffen. Das ist eine sichere Anstalt, sie spricht mit einem Mann, der an einen Tisch gekettet ist. Angst ist wie Holzfäule. Tut man nichts dagegen, hat sie sich ausgebreitet, ehe man sich's versieht.

Als Abschiedsgeschenk hat Sofia für sie noch den Namen eines Anwalts, der ihr einen Gefallen schuldet und der sich an einen Richter wenden wird, sobald sie glauben, genug in der Hand zu haben. Alice wird ganz nostalgisch zumute, wenn sie überlegt, wie leicht sie und Sofia wieder in den alten Arbeitsmodus gefunden haben. Mit Wehmut erinnert sie sich an ihr altes Leben in den Staaten. Klar, sie könnte immer noch zurückkehren. Vielleicht irgendwann einmal, wenn Mum nicht ... Sie lässt den Gedanken nicht zu. Will sich keine Welt ausmalen, in der es den Elternteil nicht mehr gibt, den sie liebt.

Ehe Alice den Call beendet, verspricht sie noch, Boudreaux oder Eva zu bitten, sie nachher zum Hotel zu fahren. In der Stille, die sich anschließend wie eine Decke über das kleine Büro senkt, lässt Alice zu, dass die Wellen aus Informationen über sie hinwegspülen.

Je nachdem, was Boudreaux und Sofia bei ihren letzten Nachforschungen herausfinden: Alice zieht zumindest die Möglichkeit in Erwägung, einen Aufschub bei der Hinrichtung zu erwirken.

Sie ist sich nicht mehr sicher, was sie empfindet, wenn es um ihren Dad geht. Vor dem heutigen Tag war es eine Mischung aus Apathie und Wut. Sein Bekenntnis heute war in etwa so, als stünde sie bei Ground Zero, während er die Bombe platzen ließ. Jetzt? Jetzt fühlt sie sich wie betäubt. Schockstarre. Wie es wohl wäre, wenn er längst wieder auf freiem Fuß wäre – hätte man ihn damals für das, was Gail zugestoßen ist, verhaftet? Aber das trägt auch nicht dazu bei, den Gletscher zum Schmelzen zu bringen, der zwischen ihnen entstanden ist, lange bevor Dad heute sein Gewissen entlasten konnte.

Wenn das hier alles überstanden ist, werden Fiona und Mum ihn mit ihren Augen sehen. Vielleicht wird ihre Schwester sie nicht mehr so sehr ablehnen für die Fehler, die Dad gemacht hat. Vielleicht verzeiht Alice sich selbst, nicht den Ansprüchen gerecht zu werden, die ihre Familie an sie stellt.

Vielleicht.

41. Kapitel

Mittwoch – noch fünf Tage

Das Versprechen, das Boudreaux Alice abgerungen hat, hallt in ihrem Kopf nach. Je mehr Zeit sie in seinem Beisein verbringt, desto mehr kann sie sich für ihn erwärmen. Da ist etwas Tiefgründiges in seinen Augen, in das sich Besorgnis und Traurigkeit mischen. Sind ihre Bedenken, was ihn betrifft, bloß verwoben mit ihren Gefühlen gegenüber ihrem Vater?

Ihr Magen macht sich bemerkbar, erinnert sie daran, dass sie heute kaum etwas gegessen hat. Auf dem Weg zum Hotel wird sie sicher etwas finden. Dinner in einer Pariser Brasserie wäre das Highlight des Tages, selbst wenn es ein Tisch für nur eine Person wäre – und das in der Stadt der Liebe. Da kommt ihr die Idee, Boudreaux zu fragen, ob er ihr beim Essen vielleicht Gesellschaft leisten möchte, sie könnten über alles Mögliche sprechen, nur nicht über den Fall, und wenn es nur eine Stunde wäre. Dann schüttelt sie den Kopf und verwirft diese Idee genauso schnell wieder, wie sie aufgeblitzt ist, und eine flüchtige Röte steigt ihr in die Wangen bei dem Gedanken, er könnte ihr am Tisch gegenübersitzen. Aber ist die Idee denn so blöd? Sie muss es ja nicht gleich so hoch hängen. Nur ein Glas Wein und die Aussicht, einen Moment den verkorksten Vater zu vergessen, bei dem sie einen Großteil ihres Lebens so getan hat, als gebe es ihn gar nicht.

Sie schlendert über den Gang, hält sich an Boudreaux' Wegbeschreibung, aber als sie dann kurz in ein Büro schaut, das sie für das richtige hält, ist er nirgends zu sehen. Offenbar haben die meisten schon Feierabend, gerade einmal zwei Personen hocken noch an ihren Plätzen und starren auf ihre Bildschirme.

Während sie auf einen der beiden Angestellten zugeht, nimmt sie unweigerlich das Interieur des großen Büroraums wahr. Hohe Decken und verzierte Tür- und Fensterstürze. Deckenrosetten aus Gips umrahmen Lampen, die zu einem richtigen Herrenhaus passen könnten. Weit entfernt von ihrem mickrigen Bürozimmer, das sich im Vergleich dazu so klaustrophobisch eng anfühlt wie eine Gefängniszelle.

Zunächst erspäht sie von dem Angestellten nur ein bisschen dunkles Haar, das über den Bildschirmrand ragt, dann erst sieht sie den jungen Schwarzen, der einen Anzug trägt, der viel zu teuer für einen GALE-Agent wirkt. Steht ihm gut. Er ist so vertieft in das, was er vor der Nase hat, dass er sie nicht kommen sieht, bis sie ihm so nah ist, dass sie ihn an der Schulter berühren könnte. Er schaut auf, trägt eine Brille, deren Gläser Linsen für ein Teleskop sein könnten, und als sie ihn anlächelt, runzelt er nur die Stirn.

»Ich suche Agent Boudreaux. Ist er noch hier?«

Was folgt, ist eine Pause, als müsse der junge Mann erst überlegen, ob sie tatsächlich mit ihm spricht, obwohl sie unmittelbar neben seinem Schreibtisch steht und ihn anschaut.

»Nein, er ist kurz weg, aber er müsste gleich wiederkommen. Sie sind die Anwältin, richtig?«

»Ja, ich bin Alice Logan. Nett, Sie kennenzulernen.«

Sie streckt ihm die Hand entgegen, und wieder keine Reaktion seinerseits, als sei er es nicht gewohnt, unter Leuten zu sein.

»Abeiku Owusu«, stellt er sich vor und schüttelt ihr erst jetzt die Hand. »Aber alle nennen mich Abs.«

Er lächelt, und sein Unbehagen verflüchtigt sich, sein Gesicht erstrahlt wie ein Weihnachtsbaum. »Ich kann ihm Bescheid sagen, ihn anrufen. Sie können aber auch hier warten.« Er deutet auf einen Stuhl.

Alice zögert, trifft dann jedoch eine Entscheidung aus dem hohlen Bauch heraus. »Wissen Sie was, ist schon okay. Ich versuche es morgen noch mal.«

»Wenn Sie meinen«, sagt er und schaut wieder auf den Bildschirm, als könne er es gar nicht abwarten, sich erneut den Dingen zu widmen, bei denen sie ihn unterbrochen hat.

»Ja, alles bestens«, sagt sie.

»Okay.«

Für Small Talk ist er nicht gerade zu haben, er lässt sie spüren, dass die Unterhaltung für ihn beendet ist, indem er den Blick geradezu auf seinen Bildschirm heftet.

Alice schaut sich nach Eva um, aber auch keine Spur von der jungen Portugiesin. Ach, was soll's! Zum Hotel ist es nicht weit. Bei dem Gedanken an einen Spaziergang entlang der Seine verbessert sich ihre Laune gleich merklich.

Also hält sie kurz darauf auf den Ausgang zu und tritt hinaus auf den Innenhof, der bereits in das abnehmende Licht des frühen Abends getaucht ist. Noch anderthalb Stunden bis zum Sonnenuntergang, doch die hohen Mauern, die sie umgeben, werfen lange Schatten, die über das Kopfsteinpflaster kriechen.

Auf der Rue de la Cité fahren die Autos an ihr vorbei, in einem Tempo, das entspannter wirkt als zur Rushhour. Alice versucht, den Irrsinn der vergangenen Tage auszublenden, und schließt die Augen, um die Stadt mit ihren Geräuschen auf sich wirken zu lassen. Der Geruch, der in der Luft liegt, die kühle Brise, die ihr mit unsichtbaren Fingern durchs Haar streicht. Sie verliert sich in dem Hier und Jetzt, vergisst den Druck, dem sie sich bei diesem Fall ausgesetzt hat, wenn auch nur für einen Moment.

Schließlich zählt sie im Geiste bis fünf und öffnet die Augen wieder, blinzelt die Ermüdung fort, die sich nach dem stundenlangen Starren auf den Bildschirm bemerkbar macht. Laut Handy sind es zweieinhalb Kilometer bis zum Hotel. Sie geht in südlicher Richtung los, zum Fluss. Ein Spaziergang von höchstens einer halben Stunde. Vielleicht springt sie unterwegs kurz in ein kleines Bistro und probiert die authentische Pariser Cuisine aus, anstatt sich auf den Roomservice zu verlassen.

Sie hat kaum mehr als fünf Schritte gemacht, als sie wie angewurzelt stehen bleibt. Auf der anderen Straßenseite, etwa hundert Meter entfernt, stehen sich zwei Personen ziemlich dicht gegenüber – nicht weiter als gerade mal zwei Schritte voneinander entfernt –, aber ihre Körpersprache verrät, dass die beiden sich alles andere als grün sind. Sie erkennt Boudreaux auf Anhieb und geht weiter in Richtung Straße, als wolle sie sie überqueren. Die zweite Person, eine Frau, die mit dem Rücken zu Alice steht, dreht sich kurz darauf halb in ihre Richtung, sodass sie sie im Profil sehen kann.

Gina DiMarco. Die Reporterin, von der Luc Boudreaux behauptet, er kenne sie nicht. Zweifellos diskutieren die beiden gerade, dass der Hinterhalt am Kaffeestand nicht so gelaufen ist, wie sie sich das gedacht haben. Sie ist kurz davor, zu ihnen zu laufen und ihnen zu sagen, dass sie sich zum Teufel scheren sollen, doch sie bewahrt einen kühlen Kopf. Die Konfrontation im Gerichtssaal ist eher ihr Stil, als sich auf einen verbalen Schlagabtausch auf offener Straße einzulassen.

Sie schneidet eine Grimasse, als hätte sie gerade eine verdorbene Muschel gegessen, und stapft schnurstracks in der entgegengesetzten Richtung davon. Mit diesem kleinen Umweg um das Gebäude der Polizei verlängert sich ihr Fußmarsch höchstens um ein paar Minuten, und diese Zeit braucht sie jetzt auch, um einen klaren Kopf zu bekommen. Nun weiß sie, dass Boudreaux nicht zu trauen ist. Weder jetzt noch in Zukunft.

42. Kapitel

Mittwoch – noch fünf Tage

Alice folgt der Biegung des Flusses westwärts. Die frühe Abendstunde hat etwas Magisches, die Stadtsilhouette wechselt vom Tageslicht zur anbrechenden Dunkelheit, dazwischen etliche Abstufungen in Grau.

Boudreaux' Verrat schwärt noch immer in ihr. Wenn sie nur daran denkt, dass sie sich für ihn erwärmen konnte. Es braucht schon einiges, um die Schutzmauer zu überwinden, die sie um sich errichtet hat, aber er war bereits dabei, einen Weg zu finden. Doch jetzt nicht mehr. Sie kommt sich so dämlich vor, als habe er sie von Beginn an manipuliert. Er hat ihr einen Bären aufgebunden, wie ein Fremder in der Bar, und sie hat es auch noch voll und ganz geglaubt. Er ist bei ihr gelandet, mit seinen traurigen Augen und dem »Ich bin nicht so ein Typ«-Gerede, dem sie Glauben schenken wollte.

Die Schritte hinter ihr werden immer mehr, die Pariser sind auf dem abendlichen Nachhauseweg. Wie unter Zwang mustert Alice die Gesichter. Alle Leute scheinen nur auf sich selbst fokussiert zu sein, die Blicke gesenkt, Kopfhörer am Ohr, manche unterhalten sich. Niemand lässt irgendein Interesse an ihr erkennen.

Doch das Gefühl bleibt. Als wäre sie ein Reh im Wald, das den Sucher der Waffe nicht sehen kann, die auf es gerichtet ist. Sie tut ihr Bestes, um das ungute Gefühl abzuschütteln, als sie wieder etwas schneller geht. Hunger macht sich erneut bemerkbar, als sie die Hälfte der Strecke hinter sich gebracht hat. Das Hotel hat ein Restaurant, aber als sie am Morgen daran vorbeiging, sah es trist aus, dunkles Dekor, das man überall auf der Welt antrifft. Die Vorstellung, dort zu Abend zu essen, verträgt sich nicht mit den Bildern, die man im Kopf hat, wenn man an ein Essen in Paris denkt. Es muss eine bessere Option geben. Wenn sie schon allein essen muss, dann wenigstens in einem Lokal, das ein bisschen mehr Charme hat. Ein Restaurant, das ihr entgegenschreit: »Ich bin in Paris.« Vielleicht ein Bistro in einer Nebenstraße?

Sie wischt die App mit der Karte weg und geht auf Trip Advisor, verlangsamt die Schritte, während sie sich durch die Liste der Angebote in unmittelbarer Nähe scrollt. Da gibt es gleich mehrere Möglichkeiten auf dem Weg zum Hotel. Gute Bewertungen, gutes Preis-Leistungs-Verhältnis, aber sie lässt sich lieber von den Bildern inspirieren, auf der Suche nach der passenden Atmosphäre, die sie sich wünscht.

Keine fünf Minuten später steht sie draußen vor einem Lokal, das Le Petit Château heißt. Licht flutet auf den Gehweg wie eine buttergelbe Schneewehe. Alice wirft einen Blick auf die Karte, die draußen hinter Glas an der Wand hängt, atmet die Düfte ein, die aus der Tür entweichen, als gerade ein offenbar zufriedenes Paar das Lokal verlässt. Ein Schwall warmer Luft erfasst sie, Basisnote von frisch gebackenem Brot, ein Hauch von Kräutern, und ein Dutzend gedämpfter Gespräche. Perfekt.

Der Maître ist ein beleibter Mann Mitte fünfzig, der sie begrüßt, als gehöre sie zur Familie. Er entführt sie zu einem Platz am Fenster, bringt ihr die Karte, kurz darauf steht ein Körbchen mit Brot vor ihr, gefolgt von einer Karaffe mit Wasser.

Das Brot schmeckt göttlich. Es ist gerade noch warm, sodass die samtene Butter langsam schmilzt. Alice bestellt eine halbe Karaffe vom Hauswein, und auch wenn sie keine Weinkennerin ist, so schmeckt ihr der Rote genauso gut wie in ihren Lieblingslokalen zu Hause. Die Anspannung fällt allmählich von ihr ab, dies ist das erste Mal seit ihrer Ankunft, dass sie nur an sich gedacht hat, und anstatt dem Drang nachzugeben, ihre E-Mails zu checken, wenn sie allein irgendwo isst, sitzt sie einfach nur da und lässt alles auf sich wirken.

Fußgänger huschen draußen am Fenster vorbei, vermitteln ihr das Gefühl, als sitze sie hier im Auge des Sturms. Eine Auszeit, um ihre zerfledderten Gedanken in eine scheinbar neue Ordnung zu bringen.

Die Umgebungsgeräusche kommen überwiegend von den leisen Unterhaltungen an den Tischen, rasend schnelles Französisch, dem sie nicht folgen kann, aber in gewisser Weise ist es genau das, was sie jetzt braucht. Ein Hintergrundrauschen, das ihre Sorgen wegspült.

Ihre Vorspeise kommt. Dicke Scheiben von fleischigen Tomaten, dazwischen Büffelmozzarella. Im Nu hat sie den ersten Gang verspeist, schon entschwindet der Teller wieder und wird ersetzt durch eine Portion Poulet chasseur, mit der man eine ganze Kompanie ernähren könnte. Der Duft des Hähnchens steigt ihr in die Nase, neckt ihre Geschmacksknospen, noch bevor sie die erste Gabel zum Mund führt. Das Fleisch zergeht auf der Zunge, sie lässt sich Zeit, genießt jeden Bissen.

Als ihr Teller abgeräumt wird, hat sich das Essen gesetzt, für ein Dessert bleibt kaum Platz, aber sie bestellt einen Espresso und geht zur Toilette, während der Kellner schon auf dem Weg ist, ihr den Espresso zu bringen.

Alice bewundert die geschmackvolle Einrichtung des Lokals, als sie in Richtung der Toiletten geht. Das Gebäude ist älter, als es auf den ersten Blick den Anschein hat, vielleicht aus derselben Ära wie die Préfecture de Police, allerdings ist hier alles absichtlich schlicht gehalten. Eine hölzerne Treppenspindel am Ende eines kurzen Korridors im hinteren Bereich verrät, wo es zu den Waschräumen im Untergeschoss geht. Alice streicht mit den Fingern über die Furchen in der geschnitzten Ananas am Geländer, als sie die Stufen nach unten nimmt. Die Treppe macht eine Biegung und mündet in einen Korridor mit zwei Türen auf jeder Seite, am Ende eine weitere Tür, hinter der sie einen Lagerraum vermutet.

Die Damentoilette ist die zweite Tür linker Hand, Alice tritt ein und findet sich in einem einzelnen kleinen Raum wieder, zweimal so groß wie eine Toilette im Flugzeug. Bei diesem Vergleich fällt ihr ein, dass es nur noch etwa vierundzwanzig Stunden sind, ehe sie den Flieger nach Hause nimmt. Der Gedanke zaubert ihr ein Lächeln ins Gesicht, als sie die Hand nach der Kordel ausstreckt, um das Licht anzuknipsen.

Alles geschieht so schnell und mit einer solchen Wucht, dass sie nicht einmal sagen kann, von was sie getroffen wurde. Lichtpunkte beeinträchtigen ihr Sichtfeld, eine ganze Milchstraße Sterne tanzt vor ihren Augen. Sie taumelt tiefer in den kleinen Raum, knallt mit dem Kopf so fest gegen die geflieste Wand, dass sie es knirschen hört, obwohl sie von einer ganzen Kakofonie von Geräuschen bestürmt wird.

Finger schließen sich zangenartig um ihre Schultern, wirbeln Alice herum. Jemand drückt ihr Gesicht mit der flachen Hand gegen die erschreckend kalten Fliesen, quetscht ihre Nase und ihren Mund. Sie versucht, sich aus diesem Griff zu befreien, aber wer auch immer hinter ihr ist, er übt so viel Druck gegen ihren Kopf aus, dass sie befürchten muss, er könnte jeden Moment wie eine Melone platzen, wenn der Druck nur ein bisschen erhöht wird.

Dann lässt der Druck ein wenig nach, aber das ist noch keine Verschnaufpause, denn schon stülpt man ihr etwas Raues über den Kopf, bis über die Nase. Das Gefühl von Klaustrophobie verstärkt sich nur noch.

Finger fahren über ihr Gesicht, und eine Schrecksekunde lang fragt sie sich, ob der Unbekannte es auf ihre Augen abgesehen hat. Nein, die Finger halten etwas, ein grobes Knäuel. Sie will laut um Hilfe schreien, aber schon wird ihr etwas in den Mund gedrückt, so weit, dass es ihre Rachenmandeln reizt. Alice fängt an, unkontrolliert zu würgen.

Als sie sich ausmalt, dass ihr das Essen hochkommen könnte, kriegt sie Panik und hat Angst, an ihrem eigenen Erbrochenen zu ersticken. Einen Moment lang kann sie an nichts anderes denken, vergisst, sich zur Wehr zu setzen, und ihr Angreifer nutzt die Gelegenheit, den eisernen Griff ein wenig zu lockern.

Sie wird herumgerissen, und was man ihr auch immer über den Kopf gezogen hat, es sackt noch etwas tiefer, bedeckt ihren Mund komplett, ehe ihr jemand noch zusätzlich eine Hand auf den Mund presst.

Da es ohnehin dunkel in dem Raum ist, hat sie keine Chance mitzubekommen, was ihr widerfährt. Alice atmet wie von Sinnen durch die Nase, riecht Schweiß und Tabak. Mit der Zunge schiebt sie das Material ein Stückchen aus dem Mund, eine neue Woge der Übelkeit erfasst sie.

Sie versucht sich zu wehren, tritt um sich, fuchtelt mit beiden Händen durch die Luft, wo eigentlich das Gesicht ihres Peinigers sein müsste. Aber er ist unmittelbar vor ihr, presst sie gegen die Wand, Brust an Brust.

Sie hat das Gefühl zu ertrinken. Kaum noch genug Sauerstoff, um bei Bewusstsein zu bleiben. Der Druck auf ihren Mund lässt nach. Hände schließen sich wie Schraubstöcke um ihre Arme, wirbeln sie fort von der Wand, ihre Beine geben nach, als sie gegen die Toilettenschüssel prallt. Im nächsten Moment findet sie sich in schiefer Haltung auf dem Toilettendeckel wieder, aber bevor sie die Hand heben und das Ding vom Gesicht reißen kann, das ihr die Sicht raubt, senkt sich ein Gewicht auf sie herab. Ihr Angreifer sitzt direkt vor ihr auf ihrem Schoß, legt ihr eine Hand um die Kehle, die andere Gott weiß, wohin.

»Wenn du schreist, bist du tot.«

Ein starker Akzent und eine Stimme, die sich anhört, als würde der Mann drei Mahlzeiten Schotter am Tag verdrücken. Dann spürt sie es. Eine kalte Linie an ihrem Hals. Jegliche Gegenwehr erlahmt, sie ist wie erstarrt, als habe sie jemand mit flüssigem Stickstoff übergossen. Eine Waffe? Ein Messer?

Die Stille, die jetzt folgt, ist mit Händen greifbar. Alice atmet schwer, als habe sie einen Kilometer im Sprint zurückgelegt. Ihre Brust hebt und senkt sich, ihre Nasenflügel flirren, jeder Atemzug fühlt sich an, als würde sie durch einen Strohhalm Luft holen, sie bekommt zu wenig Sauerstoff.

»Das ist die erste Warnung. Deine einzige Warnung«, hört sie die Stimme wieder. Sie versucht, den harten Akzent einzuordnen. Ein Deutscher vielleicht? Die Stimme ist unmittelbar in ihrer Nähe, direkt an ihrem Ohr, der Atem schlägt ihr zwischen den Sätzen entgegen. »Du hast dein Versprechen nicht gehalten, das mitzuteilen, was du weißt. Das muss morgen passieren. Nicke, wenn du verstehst, was ich sage.«

Sie ist zu benommen, um zu antworten. Zu sehr auf ihre Atmung fokussiert. Darauf, am Leben zu bleiben.

»Ich hab dich gefragt, ob du mich verstanden hast«, wiederholt er, diesmal unmittelbar an ihrem Ohr. Sie spürt seinen Atem, warm und schal, selbst durch das Material hindurch, das ihren Kopf bedeckt.

Alice schluckt schwer. Nickt dreimal schnell nacheinander. Hört ein grunzendes Geräusch als Antwort. Kurz darauf spürt sie, dass ihr Peiniger das Gewicht ein wenig verlagert, und als der Druck merklich nachlässt, will sie hochschnellen, aber ihr Körper will ihr nicht gehorchen.

»Du bist nur am Leben, weil du mein Gesicht nicht sehen kannst«, sagt er in fast nüchternem Ton, als würde er plötzlich Small Talk betreiben, aber es ist nicht zu überhören, dass er es mit der Drohung ernst meint. »Zähl bis zehn, bevor du dich rührst.«

Wieder nickt sie, noch energischer diesmal. Sie will unbedingt tun, was er sagt, würde alles tun, um wieder aus diesem Toilettenraum herauszukommen. Ihre Brust hebt sich, verzweifelt versucht Alice, tief durchzuatmen. Alles fühlt sich eingeengt an, als sei sie in Frischhaltefolie gewickelt. Sie braucht einen Moment, um einen klaren Gedanken fassen zu können, dann fängt sie an zu zählen.

Als sie bei zehn ankommt, hebt sie die zittrige Hand und reißt sich das Ding vom Kopf, das sich als übergroße Wollmütze entpuppt. Alice spuckt das Knäuel aus grobem Stoff aus, ihre Lungenflügel arbeiten wie Blasebalge, während frische Luft einströmt.

Durch die halb offene Tür des Toilettenraums dringt etwas Licht aus dem Korridor. Alice fasst sich an den Hals. Berührt die Stelle, wo der Mann ihr die Klinge an die Kehle gedrückt hat. Sie rappelt sich auf, steht auf zittrigen Beinen, aber sie ist vollkommen ausgelaugt, sinkt zurück auf den Toilettendeckel.

Die gedämpften Laute aus dem Restaurant dringen durch die Dielen über ihr. Sie ist allein. Nur Schatten leisten ihr Gesellschaft.

43. Kapitel

Mittwoch – noch fünf Tage

Es dauert volle fünf Minuten, ehe Alice wieder aufsteht. Fünf Minuten braucht sie, um ihren Atem zu beruhigen. Und die ganze Zeit geht ihr ein Satz durch den Kopf.

Er hätte mich töten können. Er hätte mich töten können.

Sie hat das Gefühl, eine fremde Person im Spiegel zu sehen. Das Gesicht ist dasselbe, aber in den Augen liegt etwas Gehetztes. Der fassungslose Blick aus geweiteten Augen. Am Hals entdeckt sie die Andeutung eines Mals. Kein Schnitt, nur eine Druckstelle. Sie benetzt ihr Gesicht mit Wasser, will den kleinen Raum verlassen, gerät dann aber wieder ins Taumeln und hockt erneut auf dem Toilettendeckel, den Kopf in den Händen vergraben.

Scheiße. Scheiße. Scheiße.

Sie hat es zuvor schon als beunruhigend empfunden, noch einmal allein die Anstalt La Santé zu betreten, aber nach dieser Attacke? Schon bei dem Gedanken daran dreht sich ihr der Magen um.

Mühsam kommt sie auf die Beine, lehnt einen Moment am Türrahmen. Es ist surreal. Keine paar Minuten ist es her, dass sie wie eine Stoffpuppe durchgeschüttelt wurde. Jetzt fühlt es sich fast so an, als sei das alles einer anderen Person passiert. Als hätte sie aus einer Ecke des Raums zugesehen.

Was soll sie machen? Wen soll sie anrufen? Boudreaux? Er wird sie zusammenstauchen, weil sie seinen Rat missachtet hat. Sofia ist Tausende Kilometer entfernt, aber sie bewahrt immer einen kühlen Kopf, und das ist es, was Alice jetzt braucht. Eine bessere Schulter, an der sie sich ausweinen kann. Sie schaut auf ihr Handy. Kein Empfang.

Der Weg zurück über die Treppe kommt ihr wie ein Aufstieg auf einem Bergpfad vor. Sie erreicht den oberen Absatz, den kurzen Korridor, blickt sich im Restaurant um, doch niemanden scheint es zu interessieren, wo sie gewesen ist oder dass sie wieder da ist. Den Angreifer könnte sie nicht einmal identifizieren, auch nicht bei einer Gegenüberstellung, dafür müsste sie zumindest seine Stimme hören.

Sie schwebt mehr, als dass sie geht, ehe sie den Maître bittet, den Espresso zu stornieren und ihr die Rechnung zu bringen. Draußen fühlt sich die Luft schwer an. Es ist nur ein kurzer Weg zurück zum Hotel, aber sie hält das erste Taxi an, das sie sieht, lässt sich auf die Rückbank sinken und späht aus beiden Fenstern hinaus auf die Straße. Keine Gestalten, die irgendwo in den Schatten verharren, doch ihre Nerven klirren immer noch wie Windspiele.

Sie hält ihr Handy während der Fahrt krampfhaft fest, die nicht mal einen Kilometer lang ist. Bei dem dürftigen Fahrgeld sieht der Fahrer sie missmutig an, doch das ignoriert sie und eilt ins Hotel, in die relative Sicherheit der Lobby. Erst als sie in ihrem Zimmer ist und die Tür mit der Kette gesichert hat, lässt sie sich gehen. In der Minibar gibt es nur No-Name-Alkohol, aber das ist ihr vollkommen egal. Den Billigwodka auf Eis hat sie mit zwei Schlucken geleert, den zweiten kippt sie kurz darauf herunter.

Sofia geht sofort ans Telefon. Ob es daran liegt, dass Alice eine Nuance anders spricht, oder eher daran, dass Sofia unterbewusst darauf eingestellt ist, solche Dinge wahrzunehmen, jedenfalls kommt sie gleich zur Sache.

»Was ist passiert? Alles okay?«

Alice ringt einen Moment um Fassung, dann spricht sie sich alles von der Seele. Lässt nichts aus. Sofia hört ihr aufmerksam zu, gibt Alice Zeit, ihr alles zu erzählen. Erst als gut fünf Sekunden lang Stille einkehrt, sagt sie etwas.

»Du brauchst mich vor Ort, ich nehme den nächsten Flug.«

Eigentlich eine simple Bemerkung, doch sie genügt, um Alice' verbliebene Selbstbeherrschung zu überwinden. Sie spürt, wie sich ihre Augen mit Tränen füllen. Schluckt schwer. Schließlich reißt sie sich doch zusammen, schluchzt einmal, während sie sich mit der freien Hand die Tränen von den Wangen wischt.

»Ich meine es ernst, Alice. Die Sache läuft aus dem Ruder. Ich könnte in …« Eine Pause, vermutlich ein Blick in ihren Terminplaner, »… zwölf Stunden bei dir sein, vielleicht werden es fünfzehn.«

Alice schnieft, dann lächelt sie ein wenig. »Ich weiß, dass du das tun würdest, aber wir würden uns nur am Flughafen treffen. Ehrlich, ich komme klar. Das hat mich bloß erschüttert, mehr nicht.«

»Gott, Mädel, du bist die Königin der Untertreibung. Wo war eigentlich Boudreaux die ganze Zeit? Sollte er nicht für deine Bewachung sorgen?«

»Er musste irgendwohin und …«, setzt Alice an, aber Sofia lässt sie nicht zu Ende reden.

»Gottverdammt!« Langes Seufzen am anderen Ende. »Was sagt er denn dazu? Gibt es irgendwas von den Überwachungskameras?«

»Ich habe ihn noch gar nicht angerufen.«

»Warum denn nicht, verdammt?«

»Weil er mich nur verarscht«, antwortet Alice, und ihre Sturheit meldet sich, zwängt sich vorbei an Angst und Bedenken, um den Premiumplatz einzunehmen. »Ich habe dir doch von dieser Reporterin erzählt? Ich habe die beiden vorhin gesehen, sie sprachen draußen vor dem Polizeipräsidium miteinander. Ich sag dir, ihm geht es nur um sich selbst, nicht darum, was er für mich tun kann.«

»Sollte ich überrascht sein?«, kommt es halb im Scherzton von Sofia. »Und was glaubst du, was er für Ziele mit dieser Reporterin verfolgt?«

»Das weiß ich nicht«, antwortet Alice. »Vielleicht soll das eine Ablenkung sein. Vielleicht wird da eine Story vorbereitet, und ich werde als die Tochter dargestellt, die nach all den Jahren blind vor Kummer ist und es auf den hochdekorierten Agent abgesehen hat. Er will schmutzig kämpfen? Das kann ich auch.«

»Ist das nicht eigentlich mein Spruch?«, meint Sofia. »Was hast du denn jetzt vor?«

»Die Fotos, die wir aus seinen Akten haben. Er weiß, dass Eva uns geholfen hat, und ich schätze, dass es eine Art Audit Trail bei diesen Datenbanken gibt, daher ist sein Name bei all den anderen Fällen hinterlegt. Wenn er den Kampf will, dann kriegt er ihn.«

»Versteh mich jetzt bitte nicht falsch, ich wünschte, du müsstest das gerade nicht alles durchstehen, aber in dieser Rolle gefällst du mir irgendwie. Du erinnerst mich an mich selbst.«

Sie lachen beide, und Alice fühlt sich fast wieder wie immer, als hätte sie diesen Angriff vor weniger als einer Stunde nicht durchleben müssen. Sofia ist das perfekte Gegenmittel bei schwelenden Ängsten.

Ehe sie das Gespräch beendet, verspricht sie Sofia, ihr sofort mitzuteilen, falls sich bei den Vereinten Nationen etwas ergibt. Dann geht sie mit ihrem Wodka zum Bett. Sie entledigt sich der Kleidung und schlüpft in ihren Reisepyjama, kurze Hose und ärmelloses Shirt. Sie schlägt die Decke zurück, legt sich ins Bett und stopft sich zwei Kissen unter den Oberkörper. Der Trost, den Sofia ihr gespendet hat, verblasst, wie ein Betäubungsmittel, dessen Wirkung nachlässt. Die Worte ihres Dads hallen in ihrem Kopf nach, jedes einzelne davon ist wie eine Ohrfeige für ihre Psyche. Sie nippt an ihrem Glas Wodka und erstarrt plötzlich, als der schmale Lichtstreif unter ihrer Zimmertür kurz von einem Schatten unterbrochen wird. Alice traut sich aus dem Bett, schleicht zur Tür und späht durch den Spion, aber da ist niemand mehr auf dem Flur.

Sie will das Licht im Zimmer anmachen, überlegt es sich aber noch einmal anders. Dann legt sie sich wieder ins Bett, aber vorher hat sie noch ihren Schlüsselbund aus der Handtasche geangelt und auf das Nachttischchen gelegt. Ein notdürftiger Schlagring, falls irgendwer einbrechen sollte. Besser als nichts.

Sie blickt sich in dem Hotelzimmer um, versucht das Gefühl zu verdrängen, dass sie sich von den Wänden erdrückt fühlt. Sie scheinen sich zu bewegen, lassen Alice' Welt schrumpfen, quetschen sie ein, bis sie das Gefühl hat, in genau so einem Käfig zu sein, in dem ihr Dad sitzt.

Sie befürchtet, dass der Schlaf lange auf sich warten lassen wird, und greift zum Handy, scrollt durch die Social-Media-Kanäle, um ihr überaktives Hirn zu betäuben. Tweets und Storys auf Instagram verschwimmen vor ihren Augen. Sie will gerade die App schließen, als sie etwas entdeckt, bei dem ihr das Herz sinkt.

Fotos von den Zwillingen, die Kerzen auf einem Schokokuchen auspusten, der groß genug ist, um eine eigene Postleitzahl zu haben. Mist, ihr Geburtstag! Sie hat sich so sehr von allem vereinnahmen lassen, dass sie ganz vergessen hat, die Kleinen anzurufen und ihnen Happy Birthday vorzusingen.

Allerdings war Fiona auch nicht gerade in der Stimmung, sie daran zu erinnern. Alice sieht ihre Schwester förmlich vor sich, wie sie dasitzt und angesichts dieser Kränkung vor Wut kocht. Es ist schon spät, die Kinder müssten längst im Bett sein, vielleicht auch Fiona, aber Alice wischt trotzdem durch ihre Kontakte. Nach allem, was heute passiert ist, fühlt es sich wie Verrat an, wenn sie immer noch zögert, mit Fiona zu sprechen und ihr von Dads Bekenntnis zu erzählen. Wären die Rollen vertauscht, würde Alice auch so schnell wie möglich Bescheid wissen wollen.

Sie zählt den Klingelton mit. Als sie bei sechs ankommt, ist sie sich ziemlich sicher, dass Fiona sie absichtlich links liegen lässt. Warum also noch länger warten? Doch als sie gerade auf den roten Button tippen will, taucht das Gesicht ihrer Schwester im Display auf.

»Hey«, sagt Alice und klingt genauso erschöpft, wie sie sich fühlt.

»Hey.« Fiona imitiert den zurückhaltenden Tonfall.

»Hör zu, wegen der Sache …«

»Ist schon okay«, sagt Fiona und knetet ihre Unterlippe mit den Schneidezähnen. »Die Kids hatten mich bis fünf wach gehalten. Du hast mich nur in einem ungünstigen Moment erwischt.«

»Nein«, sagt Alice und schüttelt den Kopf. »Es ist nicht okay, wenn du glaubst, dass ich so hinter deinem Rücken über dich rede. Was ich damals gesagt habe, das habe ich so nicht gemeint.«

»Wie hast du es denn dann gemeint?«, fragt Fiona, und Alice weiß wieder einmal, dass sie jedes Wort auf die Goldwaage legen muss.

»Ich muss über meinen eigenen Schatten springen«, meint Alice. »Trevor ist nicht der Mann, den ich für dich ausgesucht hätte, aber das geht mich ja nichts an, und es ist nicht fair von mir, das zum Thema zu machen. Solange er dich glücklich macht, muss mir das genügen.«

»Das tut er«, sagt Fiona leise. »Er macht mich glücklich, meine ich. Klar streiten wir uns, aber wer tut das nicht?« Sie setzt ein scheues Lächeln auf, das ihre Züge gleich weicher werden lässt. »Aber die meiste Zeit über gibt er mir das Gefühl, dass ich ihm wichtig bin, weißt du. Dass ich ihm genüge in allem.«

Diese alles verzehrende, funkenfliegende Art von Liebe ist etwas, das Alice nie für sich selbst entdeckt hat. Noch nicht. Für den Bruchteil einer Sekunde begehrt sie das, was ihre Schwester hat, nur nicht den Mann, bei dem sie offenbar ihr Glück gefunden hat. Läuft es letzten Endes darauf hinaus?, überlegt sie. Dass dieses Genörgel zwischen ihr und Fiona überkocht, weil die gute alte Eifersucht mit im Spiel ist? Sie will diesen Gedanken vergessen, aber die Vorstellung lässt sich nicht so einfach vertreiben.

»Dann freue ich mich für dich«, sagt sie schließlich. »Wirklich, Fiona. Ich muss das nur meinem Gesicht öfter sagen.«

Das entlockt Fiona ein echtes Lächeln, das wie eine Welle über ihre Züge gleitet.

»Tut mir übrigens leid«, sagt ihre Schwester. »Was ich neulich über dich und Männer gesagt habe.«

»Ach, du hast das schon ganz gut getroffen, um ehrlich zu sein«, erwidert Alice mit einem spröden Lächeln. »Vielleicht solltest du den Nächsten für mich vorher checken.«

»Wie wärs mit dem Detective, den du in Paris getroffen hast?«, fragt Fiona mit einer gewissen Gerissenheit in der Stimme. »Ich habe ihn gegoogelt. Ein echter Hingucker. Sieht viel zu gut für dich aus.«

»Ach, hör auf damit«, erwidert Alice und spürt, wie ihr Wärme in die Wangen steigt. Schnell bringt sie das Gespräch auf sichereres Terrain. »Schlafen die Kinder schon? Habe ich sie gerade vorm Zubettgehen verpasst?«

Fiona nickt. »Knapp. Sind vor einer halben Stunde zusammengebrochen. Aber die kleinen Racker werden mich vor Sonnenaufgang schon wieder aus dem Bett jagen.«

»Mist. Sorry, Fi. Ich mache das wieder gut bei ihnen, versprochen.«

»Keine Sorge«, beruhigt Fiona sie. »Ich habe ihnen erzählt, dass du für mich in geheimer Mission unterwegs bist, daher halten sie dich für so was wie eine 007-Tante.«

Nette Idee, aber das ändert nichts daran, dass Alice das Gefühl nicht loswird, die beiden enttäuscht zu haben.

»Ich nehme sie auf ein Eis mit zu Di Meos, wenn ich zurück bin.«

»Wann kommst du denn eigentlich nach Hause?«, fragt Fiona.

»Morgen.«

»Ist alles okay bei Mariella?«

»Ja, ich habe da jemanden, der ein Auge auf sie hat.« Alice hält inne, zögert wie am Rande eines Abgrunds, weil sie nicht weiß, wie viel sie preisgeben soll. Sie will auf jeden Fall für sich behalten, was im Restaurant passiert ist, vorerst zumindest. Sie ist einfach noch nicht bereit, mit Fi darüber zu sprechen. Sie möchte nicht, dass ihre Schwester ein schlechtes Gewissen bei dem Gedanken bekommt, Alice in Gefahr gebracht zu haben.

»Da ist noch was, das ich dir erzählen muss, Fi«, fängt sie an. »Es geht um Dad.«

»Was denn?« Fiona runzelt die Stirn.

»Ich habe heute noch einmal mit ihm gesprochen. Da waren ein paar Dinge, die keinen Sinn ergaben, und darüber wollte ich mit ihm reden.« Ihre Stimme gerät kurz ins Stocken, Alice schluckt schwer.

»Was denn für Dinge?« Fiona klingt ungeduldig.

»Da gibt es einen Zusammenhang, Fi. Zwischen Dad und all diesen anderen Männern. Und ich glaube, ich weiß, was es ist. Sie alle haben anderen Leuten was angetan. Sie …«

»Er hat das nicht getan«, entgegnet Fiona. »Mit all den Dingen, die du schon herausgefunden hast, könnten wir …«

»Es geht nicht um den Fall. Um etwas anderes. Um jemand anderen.«

Das lässt Fiona innehalten. Sie wirkt mehr als verblüfft.

»Wie meinst du das mit ›jemand anderen‹? Um wen geht es denn?«

Alice braucht einen Moment, um die Kraft zu finden, die Worte auszusprechen. Als sie zu erzählen beginnt, scheint ein Damm in ihr zu brechen. Sie schafft es bis zu der Stelle, als Dad ihr sagte, Gail sei noch am Leben gewesen, dann kommen ihr die Tränen. Sie rinnen ihr über die Wangen, und sie muss schlucken zwischen den Schluchzern, um weiterreden zu können.

Als sie zum Ende kommt, sitzt Fiona da, eine Hand auf dem Mund, als wolle sie einen Schrei unterbinden.

»Oh, Al«, wispert sie. »Oh mein Gott. Ich weiß gar nicht, was ich sagen soll.«

Alice braucht eine Weile, bis sie sich wieder ein Stück weit gefasst hat. Mit beiden Händen wischt sie die Tränenspuren von ihren Wangen, atmet mehrmals tief durch und versucht, ihre Mitte zu finden.

»Ich darf nicht zu sehr darüber nachdenken«, sagt sie dann. »Noch nicht. Erst muss ich das mit Boudreaux zu Ende bringen, denn sonst haben die es auf Anthony abgesehen. Das hat er nicht verdient.«

»Das ist mein Fehler, ich habe dich nach Paris geschickt.«

»Keiner hat hier einen Fehler gemacht, Fi«, sagt Alice. »Unser ist es schon gar nicht.«

»Wie soll es denn jetzt weitergehen?«

»Sofia hat einen Anwalt in Florida aufgetan. Sie schickt ihm alles, was wir bislang gefunden haben, dann schauen wir, was er daraus macht. Mehr können wir im Augenblick nicht tun. Mal sehen, was ich morgen noch von Boudreaux erfahre.«

»Was ist mit Gails Familie?«, fragt Fiona mit leiser Stimme.

Alice überlegt. Es schmeckt ihr gar nicht, dass Fiona eher an sie gedacht hat als sie selbst. Da kann sie als Entschuldigung auch nicht geltend machen, was heute passiert ist. Gail war ihre beste Freundin. Sie hat etwas Besseres verdient, selbst jetzt.

»Ich habe seit Jahren nicht mit ihnen gesprochen. Aber sie müssen es erfahren. Sofia wird dabei helfen, sie ausfindig zu machen.«

»Was wirst du ihnen sagen?«

»Ich habe keinen Schimmer, ehrlich. Ich kann ja selbst kaum geradeaus denken.« Alice' Stimme verliert sich.

»Tut mir leid, Al«, sagt Fiona. »Ich hätte dich nicht drängen sollen, nach Paris zu fliegen. Ich wusste mir nur nicht anders zu helfen.«

»Ist schon okay«, sagt Alice und meint es auch so. Besser, sie ist hier als Fiona. Als sie sich ausmalt, wie ihre kleine Schwester brutal gegen die geflieste Wand einer Toilette gedrückt wird, macht ihr dieser Gedanke mehr Angst als das, was sie selbst erlebt hat.

Alice verspricht Fiona, sich sofort bei ihr zu melden, wenn sie wieder zu Hause ist, und beendet den Call. Sie kippt den Rest des Drinks hinunter. Viel Alkohol hat sie nie getrunken, nicht zuletzt deshalb, weil sie gesehen hat, was das aus ihrem Dad machte. Seltsame Ironie, dass sie nun zur Flasche greift, während sie versucht, seine Unschuld zu beweisen. Aber unschuldig ist er ja nicht, oder? Selbst wenn sie dazu beiträgt, ihm das Leben zu retten, wird er nie mehr in den Zustand der Unschuld gelangen. Ob er es wert ist, gerettet zu werden, sei dahingestellt, aber da gibt es andere, die es wirklich sind. Sie ist fast schon froh, dass es sie an diesem Abend erwischt hat; kaum auszudenken, was passiert, wenn diese Leute vor Mariellas Tür auftauchen.

Der Übergang von der Anwältin zum Opfer hat sich in einigen wenigen brutalen Sekunden vollzogen. So eine kurze Zeitspanne, und doch reißt sie ein Loch in das Gewebe der Realität eines Menschen. Lange genug, dass der Vorfall sie noch eine ganze Weile beschäftigen wird, vielleicht sogar für immer.

Was diesen Fall betrifft, ungeachtet der Frage nach Unschuld oder Schuld, so haben zu viele Leute ihr Leben verloren. Jedes Opfer der zwölf Männer, die jetzt im Gefängnis sitzen. Diejenigen, die sie ungestraft getötet haben, und auch die ebenso widerwärtigen Typen, die umgebracht wurden, damit die Männer überhaupt erst verurteilt werden konnten. Ihrer Meinung nach hat niemand einen solchen Tod verdient, ganz gleich, was sie getan haben.

Im selben Moment kommt ihr ein Gedanke.

Was ist mit dem Mann, der mich heute Abend hätte töten können?

Wenn sie eine Waffe gehabt hätte, wie weit wäre sie dann gegangen, um sich zu verteidigen? Könnte auch sie diese Linie übertreten? Jemandem das Leben nehmen, wenn sie glaubt, selbst in Gefahr zu sein? Es heißt, jeder sei dazu unter den richtigen Umständen fähig – oder unter den falschen Umständen, je nachdem, wie man es betrachtet. Hätte ihr Peiniger es verdient, wenn sie ihn getötet hätte? Das ist ein Gedankengang, den sie beim besten Willen nicht länger verfolgen will.

Was heute passiert ist, darf sie nicht ablenken. Sie wird das irgendwie für sich verpacken und später verarbeiten. Vorerst muss sie jedoch so tun, als sei es nicht passiert.

Das wird mich nicht beeinträchtigen.

Das wird mich nicht beeinträchtigen.

In dieser Nacht träumt sie nicht von ihrem Vater. Diesmal suchen sie weitaus schlimmere Schatten in ihren Träumen heim. Diesmal haben sie es auf sie abgesehen.

44. Kapitel

Donnerstag – noch vier Tage

Boudreaux schiebt frustriert sein Smartphone über den Schreibtisch. Zweimal schon hat er an diesem Morgen Alice Logan angerufen, jedes Mal dasselbe Resultat. Direkt die Voicemail. Wenn man die drei Versuche vom Vorabend dazunimmt, stellt sich ein ungutes Gefühl ein. Alice hat nicht explizit gesagt, dass sie heute vorbeikommen würde, es war eher eine Vermutung von Boudreaux' Seite. Was ihm Sorgen bereitet, ist, dass sie so stur wie ein Maultier ist, dass sie sich von nichts hat beirren lassen, was im Verlauf der letzten Tage passiert ist, und dann ist sie seit gestern Abend auch noch ohne ein Wort abgetaucht. Für ihn fühlt es sich so an, als würde sie ihm den Mittelfinger zeigen, und das, nachdem er sich die Mühe gemacht hat, ihr ein sichereres Hotel zu organisieren. Er hatte ihr sogar angeboten, sie zu beschützen, bis sie wieder nach Hause fliegt.

Der Umstand erstaunt ihn immer noch, dass der Fall Jim Sharp ein Spiegelbild der anderen Fälle sein soll. Es heißt, der Blitz schlägt nie zweimal am selben Ort ein, aber das tut er wohl doch öfter, verdammt. Bei all den Beweisen, die sie damals fanden – Sharp war regelrecht besudelt davon –, hatte er keinen Zweifel daran, dass sie den richtigen Mann hatten. Aber was zuletzt ans Tageslicht gekommen ist, hat ihn mächtig ins Trudeln geraten lassen. Es gibt da eine Version dieses Falls, über die er nie laut nachgedacht hat. Eine Entscheidung, die er seinerzeit getroffen hat. Wenn die Ermittlungen bei der UNO erfolgversprechend sind, kann die Entscheidung in der Vergangenheit bleiben. Selbst wenn nicht, ist er sich nicht sicher, ob er sich dazu durchringen kann, sie wieder auszugraben. Er ist sich nicht einmal sicher, ob sich das anders auf das Ergebnis auswirken würde. Aber es würde andere Auswirkungen bei Alice haben.

Er wird aus seinen Tagträumen gerissen, als Abs ihm von seinem Schreibtisch aus zuwinkt.

»Luc, hier ist ein Elias Grey für dich in der Leitung.«

Er blinzelt die Spinnweben weg, die Hand schwebt über dem Handy, während Abs durchstellt.

»Dr. Grey, guten Morgen.«

»Agent Boudreaux. Ich hoffe, ich störe nicht?«

»Keineswegs. Ich hatte noch gar nicht mit Ihrer Rückmeldung gerechnet. Wie spät ist es bei Ihnen?«

»Kurz nach sieben. Ich bin Frühaufsteher. Ich hielt es für das Beste, Sie anzurufen, ehe ich Ihnen etwas schicke.«

Boudreaux richtet sich etwas auf bei der Andeutung, dass es offenbar etwas gibt, das Grey lieber am Telefon besprechen möchte.

»Also, ich habe die Orte überprüft, die Sie mir genannt hatten, und das Personal aufgelistet. Alle sind aufgeführt, von den Ärzten bis zum Reinigungspersonal. Das reicht einige Jahre zurück, das heißt, nicht jeder ist heute noch bei uns angestellt. Ich habe die Namen beigefügt, aber die Leute ausfindig machen, nun, das ist wohl eher Ihre Stärke, nicht meine.«

»Ich danke Ihnen, Doktor, das weiß ich wirklich zu schätzen.«

»Es sind Hunderte Namen«, fährt er fort, »aber ...«

Vor den saftigsten Leckerbissen steht immer ein Aber.

»Aber?«, wiederholt er.

»Viele dieser Namen sagen mir etwas. Das sind hart arbeitende, selbstlose Leute, die sich wirklich ins Zeug legen. Ich kann mir nicht vorstellen, dass einer von ihnen imstande wäre, irgendein Verbrechen zu begehen. Doch es gibt nur einen Namen, der an jedem der Orte auftaucht, die Sie genannt haben.«

»Wer ist es, Doktor? Wie heißt die Person?«

Zögern. »Ich nenne Ihnen gleich den Namen, Agent Boudreaux,

aber ich wollte erst mit Ihnen sprechen, denn dieser Mann ist einer der Besten, mit denen ich je gearbeitet habe. Ein Neurochirurg ersten Ranges. Er hat mehr Leben gerettet, als ich zu zählen vermag. Er ist … Nun ja, ich betrachte ihn als Freund.«

»Ich brauche einen Namen, Doktor«, sagt er und versucht, die Dringlichkeit aus seiner Stimme herauszuhalten. Er will nicht zu viel Druck ausüben. Noch nicht.

»Ich wollte einfach nur zu seinen Gunsten sprechen und Sie bitten, diese Information mit Vorsicht zu genießen. Was immer Sie glauben, was er getan haben könnte, ich bitte Sie, lassen Sie sich gesagt sein, dass er ein guter Mensch ist.«

Er hält inne, und Boudreaux lässt ihm Zeit, zählt die Sekunden im Stillen.

»Oliver Finlay«, sagt er schließlich. »Er heißt Dr. Oliver Finlay.«

»Und wissen Sie zufällig, wo Dr. Finlay im Augenblick arbeitet?«

»Hier in New York tatsächlich«, antwortet Grey. »Er gab die Arbeit in den Lazaretten auf, als seine Frau vor einigen Jahren krank wurde.«

»Wissen Sie, wann genau das war?« Boudreaux verspürt wachsende Aufregung, als spiele er Tetris und schaute dabei zu, wie jeden Augenblick der perfekte Block an die vorgesehene Stelle fällt.

»Ja, das war im Juli vor zwei Jahren, also vor fünfundzwanzig Monaten, denke ich.«

Juli vor zwei Jahren. Zwei Monate, nachdem der letzte seiner zwölf Verurteilten für einen Mord verhaftet wurde, den er angeblich nicht begangen hat. Allerdings keine Verbindung zu Jim Sharp, aber was ist, wenn er die Sache aus einem falschen Winkel betrachtet hat? Was, wenn Sharp nur ein Ablenkungsmanöver ist, und Alice stürmt Hals über Kopf heran und hat etwas aufgedeckt, das nichts direkt damit zu tun hat, etwas Dunkles?

»Ich schicke Ihnen die vollständige Liste«, fährt Grey fort, »aber ich bitte Sie, das ist ein hoch geachteter Mann, man zollt ihm in mehr Ländern Respekt, als die meisten Leute in ihrem Leben besuchen.

Sollte sich doch etwas ergeben, dann darf das nicht auf mich zurückfallen.«

»Sie haben mein Wort, Doktor«, sagt er und überlegt bereits, wie er diesem Mann etwas nachweisen will. Wie er die Tatsache erklären will, dass er plötzlich im Mittelpunkt des Interesses steht. Und er fragt sich, ob es eine Möglichkeit gibt, ihn mit irgendetwas anderem in Verbindung zu bringen als dem Umstand, dass er zufällig im jeweiligen Land war, als diese Morde geschahen.

Die kleine Stimme im Innern, die Stimme, die ihn zu dem gemacht hat, was er heute ist, sagt ihm, dass es immer Mittel und Wege gibt, an den richtigen Stellen zu graben. Das könnte ein Moment werden, der Auswirkungen auf seine Karriere hat. Zugegeben, eine Karriere kann man auf unterschiedliche Weise definieren, es kann auch abwärts gehen.

»Ich danke Ihnen. Dann warte ich Ihre E-Mail ab.«

Boudreaux spricht betont gelassen, als er sich verabschiedet, aber er spürt, dass er augenblicklich von neuer Energie durchströmt wird. Er sagt sich, dass er eine Entscheidung zu treffen hat, aber im selben Moment erkennt er, dass er sich in diesem Punkt etwas vormacht. Die Entscheidung hat er bereits getroffen, als er das Gespräch beendete.

45. Kapitel

Donnerstag – noch vier Tage

Alice hat das Gefühl, etwas Körniges in den Augen zu haben, als habe ihr jemand Sand ins Gesicht gekickt. Sie wirft einen Blick auf die App, die ihren Schlaf dokumentiert. Letzte Nacht waren es gerade mal ganze drei Stunden, keine davon hat ihr Ruhe gebracht. Träume von Schatten, die sich wie Schlangen um sie gewunden und ihr die Luft abgedrückt haben in immer kleiner werdenden Räumen.

Sie sieht, wie oft Boudreaux versucht hat, sie zu erreichen, aber sie hat nicht die Absicht zu antworten, da kann er anrufen, so viel er will. Ihr geht immer noch ein Ziehen durch den Magen, wenn sie nur daran denkt, dass sie ihn zusammen mit dieser Reporterin gesehen hat, weiß Gott, was die beiden wieder ausgeheckt haben. Dieser Verrat und der Überfall gestern Abend haben sie so gestresst, wie sie es schon lange nicht mehr erlebt hat.

Es ist an der Zeit, die Kontrolle zurückzugewinnen. Sie fängt an, eine E-Mail zu schreiben, in der sie die zwölf Fälle auflistet, die sie von Boudreaux bekommen hat. Als Nächstes packt sie die Screenshots in den Anhang, ehe sie die Mail unter Entwürfe speichert. So hat sie etwas in der Hinterhand, falls sie davon Gebrauch machen muss.

Sie sieht eine Nachricht von Sofia mit dem Betreff »Gute Neuigkeiten« und öffnet sie, überfliegt den Text. Ein Foto im Anhang. Sie liest die Mail ganz, atmet dann erleichtert auf und öffnet den Anhang. Das ihr vertraute Foto von Mariella. Genau das, was Duforts Leute ihr geschickt haben, allerdings hat dieses hier einen viel größeren Ausschnitt; es ist das Original, ehe diese Arschlöcher es bearbeitet haben.

Laut Sofias Mail wurde diese Aufnahme gemacht, als Mariella bei einem der Berufungstermine von Dad die Stufen des Gerichtsgebäudes hinunterging. Und wer Mariella googelt, stößt gleich auf der ersten Trefferseite auf ebendieses Foto. Also haben diese Mistkerle ihr aktuell gar nicht nachgestellt. Was wiederum nicht bedeutet, dass Mariella in Sicherheit ist, aber die Vermutung liegt nahe, dass niemand sie im Augenblick beschattet – zumindest nicht an dem Tag, als sie Alice das Foto geschickt haben.

Aber das ändert noch nichts an der Faktenlage im Fall ihres Dads. Solange Aussicht darauf besteht, ihn freizubekommen, wird Dufort jede Gelegenheit wahrnehmen, um Druck auszuüben, doch vorerst wird Alice sich mit all den guten Nachrichten begnügen, die sie erhalten hat. Es geht eher darum, Anthony vor diesen Leuten zu schützen und vor ihrem Vater, als darum, den Mann freizubekommen.

Selbst wenn sie nur kurz an ihren Vater denkt, blitzt Gails Gesicht vor ihrem inneren Auge auf. Ein unerwarteter Schnappschuss davon, was er getan hat. Was er ihr damit genommen hat. Jede einzelne Träne, jede Panikattacke, die darauf folgte, all das führt zurück zu ihm.

Alice bezwingt es, als würde sie ein Stück Knorpel herunterschlucken. Sie ist hin- und hergerissen, sie könnte den Vormittag im Gebäude der Préfecture de Police verbringen, genauso gut könnte sie aber auch hier vom Hotelzimmer aus arbeiten, ehe sie später auf dem Weg zum Flughafen kurz Station in La Santé macht.

Am liebsten würde sie Klartext mit Boudreaux reden, von Angesicht zu Angesicht, aber höchstwahrscheinlich wird der GALE-Agent bloß wieder sein Pokerface aufsetzen und leugnen, leugnen, leugnen. Vielleicht erzählt er ihr auch, er sei extra losgezogen, um die Reporterin draußen zur Rede zu stellen. Außerdem, wenn sich abzeichnet, dass sie die Fassung verliert, sähe es so aus, als würde sie das Persönliche über das Berufliche stellen, und sie will nicht, dass Boudreaux einen Grund hat, ihr genau das vorzuwerfen.

Sie einigt sich auf einen Kompromiss. Sie wird einen Abstecher zum Präsidium machen, um zu schauen, ob sich etwas bei der Sache mit der UNO ergeben hat, dann will sie irgendwelche Ausflüchte finden und früh aufbrechen – wobei sie Boudreaux gegenüber mit keinem Wort erwähnen will, dass sie auf dem Weg zu Charles de Gaulle noch einen kleinen Zwischenstopp einlegt. Sie fängt an, ihre Sachen zu packen. Dauert nicht lange. Es gibt keinen Grund, die paar Klamotten zu falten. Sie stopft sie in ihren Reisekoffer, alles andere, Laptop und so weiter, ist schnell gepackt.

Danach checkt sie schon einmal aus, bestellt ein Taxi für drei Uhr nachmittags. So hat sie genug Zeit mit Boudreaux, dann plant sie die nächste Taxifahrt zum Gefängnis ein, ehe es endlich zum Flughafen geht. Sie betritt das kleine Restaurant. Es ist so gut wie leer, die Angestellten sind dabei, die Reste des Frühstücks abzuräumen. Eindrücke der Torturen im Keller des Restaurants am vergangenen Abend begleiten sie wie Geister, daher setzt sie sich so, dass sie die Tür im Blick hat, und klappt ihren Laptop auf, um loszulegen.

Gegen Viertel vor drei lässt sie es etwas entspannter angehen, ist bereit, alles zusammenzupacken und draußen auf das Taxi zu warten. Ihr Arbeitspensum hat sie fast geschafft, als eine unbekannte Nummer auf ihrem Display erscheint. Schlangen winden sich durch ihren Bauch, als sie keinen Namen, sondern Punkte sieht. Unfreiwillig blickt sie sich um, als sie sich das Handy ans Ohr hält.

»Hallo?«, sagt sie vorsichtig.

»Alice, hier ist Eva.«

Alice entspannt sich ein bisschen, als sie eine freundliche Stimme hört.

»Ah, hey, Eva.«

»Ist alles okay?«

»Ja, alles bestens«, sagt sie, in der Hoffnung, überzeugender zu klingen, als sie sich tatsächlich fühlt. »Ich arbeite noch ein bisschen im Hotel. In etwa einer halben Stunde treffe ich Agent Boudreaux.«

Pause am anderen Ende. »Er ist nicht hier.«

»Wann kommt er denn zurück?«

»Ich meine, er ist weg. Heute Morgen habe ich ihn noch gesehen, er hat telefoniert, dann war er fort. Offenbar hat er sich ein paar Tage freistellen lassen.«

»Was? Aber das … das ergibt doch keinen Sinn. Wieso sollte er plötzlich mir nichts, dir nichts verschwinden?«

»Ich habe mit dem Agent gesprochen, der den Anruf entgegengenommen hat. Er meinte, es sei jemand namens Elias Grey gewesen, aber er weiß nicht, worum es geht. Sagt Ihnen der Name etwas?«

»Vielleicht.« Alice geht bereits in Gedanken durch, was das bedeuten könnte. »Hat er noch irgendetwas gesagt, bevor er gegangen ist?«

»Nicht viel. Nur, dass er längst eine Auszeit braucht und nach Hause fliegt, um jemanden zu besuchen.«

»Nach Hause? In die Staaten?«

»Yep. Wir müssen die Urlaubspläne bekanntgeben, damit der Boss uns erreichen kann, wenn es irgendwo brennt. Er nimmt gleich den ersten Flieger nach New York, bleibt ein paar Tage. Aber wenn Sie noch mit ihm sprechen müssen, er ist telefonisch zu erreichen.«

»Okay, danke, das passt gut. Hören Sie, ich muss los. Ich glaube, ich fahre dann direkt zum Flughafen, aber vorher wollte ich mich noch für alles bedanken. Ich weiß nicht, was Sie Sofia noch für einen Gefallen schuldig sind, Sie haben bei mir auf jeden Fall etwas gut.«

»Passen Sie auf sich auf, Alice«, sagt Eva, »und viel Glück bei Ihrem Fall.«

Alice beendet das Gespräch und legt das Handy vorsichtig auf den Tisch, während die aufgestaute Wut entweicht wie bei einem unbeaufsichtigten Wasserkocher. Dieser hinterhältige, eigennützige Bastard! Was dieser Grey ihm auch immer erzählt hat, jetzt verfolgt Boudreaux diese Spur allein und versetzt Alice wie ein unattraktives Date. Alice weiß nicht, wohin vor Wut. Boudreaux ist auf und davon und verfolgt eine Spur, die mit dem Fall ihres Vaters in Zusammenhang steht, aber viel schlimmer ist fast noch, dass er sie nicht mehr auf dem Laufenden hält.

Die Frage ist nur, wohin will er und warum? Was hätte ihm dieser Elias Grey erzählen können, dass er sofort aufspringt und sich davonmacht? Sie googelt den Namen, verbindet ihn mit der UN in der Suchzeile. Ein Foto erscheint auf dem Bildschirm, ein Mann, den sie auf den ersten Blick auf Mitte vierzig bis Mitte fünfzig schätzen würde. Haarfarbe strohblond, Brille mit dünnem Rahmen auf krummer Nase.

Auf LinkedIn steht, er sei im Gebiet von New York City tätig. Ein Gedankengang prallt gegen den nächsten und entfacht eine Verbindung, bei der ihr vor Staunen der Mund offen bleibt.

Der Mistkerl, er will Dr. Grey treffen. Er führt etwas im Schilde, und das will er allein durchziehen.

Eine Idee reift, eine Idee, die sie an jedem anderen Tag gleich wieder verworfen hätte, aber nach den letzten vierundzwanzig Stunden ist alles möglich. Boudreaux will das allein durchziehen? Bitte schön. Das Spiel können auch zwei spielen. Alice klickt sich eine Weile durchs Netz, greift dann zum Telefon und wählt die Nummer auf dem Bildschirm. Während sie dem lang gezogenen Ton am Telefon lauscht, macht sie sich bewusst, dass sie im Begriff ist, zum ersten Mal in ihrem Leben das Gesetz zu brechen. Eigentlich sollte sie das Telefon weglegen, bevor sie etwas tut, was sie später bereuen könnte.

Doch sie umfasst das Handy nur noch fester, lächelt, als ihr das Klicken verrät, dass der Anruf entgegengenommen wird, und wagt den Schritt ins Ungewisse.

46. Kapitel

»Dürfte ich bitte erfahren, wen ich da am Apparat habe?«

»Ja, natürlich, Agent Franks hier, von der Global Agency for Law Enforcement. Dr. Grey hat heute Morgen mit meinem Kollegen Agent Boudreaux gesprochen. Ich hätte da bloß eine Frage, reine Routine, nichts weiter.«

Sie nagt nervös an der Unterlippe, während sie angestrengt auf das Knistern und Rauschen in der Verbindung lauscht. Auf die Schnelle geht sie die Sätze durch, die sie sich zurechtgeschustert hat.

»Ja, hallo?«

Die Stimme eines Mannes lässt sie aufhorchen.

»Ja, hallo, spreche ich mit Dr. Grey?«

»Ja, am Apparat. Meine Sekretärin hat mir eben gesagt, dass Sie mit Agent Boudreaux zusammenarbeiten. Ist alles okay?«

»Ja, alles bestens«, antwortet sie und versucht, mit fester, seriöser Stimme zu sprechen. »Wobei, nicht ganz. Es geht um die Informationen, die Sie ihm geschickt haben, da gibt es ein kleines Problem mit der Datei. Als Luc sie öffnen wollte, bekam er die Nachricht, dass sie beschädigt sei.«

Luc. Der Vorname suggeriert ein Vertrauensverhältnis.

»Ich hatte gehofft, Sie könnten die Datei noch einmal schicken?«

»Oh, okay, klar, kein Problem. Ich mache das sofort.«

»Da wäre noch eine Sache«, fährt Alice fort und weiß, dass es jetzt ums Ganze geht, hopp oder top. »Er hat unseren IT-Spezialisten gebeten, einen Blick drauf zu werfen, und der meint, es könnte ein

Problem mit unserem Server sein. Könnten Sie die Datei daher noch einmal an seine persönliche E-Mail-Adresse schicken?«

Pause, aber nur ganz kurz, trotzdem rutscht Alice nervös auf ihrem Platz hin und her.

»Sicher, kein Problem. Warten Sie, ich schreibe mir die Adresse kurz auf.«

Sie hört, wie er nach einem Stift kramt, und ihr eigener flacher Atem hört sich in ihren Ohren wie eine Base Drum an.

»Ich wäre dann so weit«, sagt er nach ein paar Sekunden.

Alice rasselt die Gmail-Adresse herunter, die sie kurz zuvor erstellt hat, wobei sie Boudreaux' Nachnamen und ein paar zufällig ausgewählte Zahlen genommen hat.

»Wir wissen das sehr zu schätzen, Sir.«

»Freut mich, wenn ich helfen kann.«

»Oh, und falls Sie ihn erreichen wollen, er meinte, Sie sollen diese persönliche E-Mail-Adresse nehmen, bis wir das Problem mit unserem Server hier gelöst haben.«

»Verstanden«, sagt Grey. »Agent ... Franks, richtig? Ich gehe davon aus, dass Sie in diesem Fall eng mit Agent Boudreaux zusammenarbeiten?«

»Ja, wir arbeiten Hand in Hand.«

»Dann verstehen Sie ja sicher, wie sensibel das Ganze behandelt werden muss? Wie ich Ihrem Kollegen schon sagte, ich würde mich freuen, wenn Sie mich vorab über alles informieren würden, ehe es publik gemacht wird. Falls sich da überhaupt etwas ergibt. Ich habe Agent Boudreaux gegenüber schon betont, dass Oliver Finlay ein guter Mann ist. Ich würde es wirklich ungern sehen, dass sein Name in den Dreck gezogen wird, für etwas, das er nicht getan hat.«

»Diskretion hat bei uns oberste Priorität, Sir.«

Sie verabschiedet sich und sinkt auf ihrem Stuhl zurück. Sie hat einen Namen. Die Frage ist nur, was sie jetzt damit anfangen soll.

47. Kapitel

Die Straßen verengen sich allmählich wie verstopfte Arterien, je größer das Verkehrsaufkommen wird. Alice schaut zum x-ten Mal auf ihr Handy, seitdem sie ins Taxi gestiegen ist. Eigentlich sollte die Fahrt nicht länger als zwanzig Minuten dauern, jetzt ist schon eine halbe Stunde vergangen, und sie ist immer noch nicht da.

Die halbe Stunde Puffer, die sie für das Treffen mit Alain Dufort eingeplant hat, reicht vielleicht nicht. Sie spielt mit dem Gedanken, eine Nachricht an die Nummer zu schicken, dass sie sich etwas verspätet, aber allein der Gedanke, mit diesen Leuten Kontakt aufzunehmen, jagt ihren Puls hoch, was sich gar nicht gut anfühlt.

Sie wirft einen Blick durch die Heckscheibe, sieht den Verkehr, der sich wie eine Schlange ausdehnt, so weit das Auge reicht. Sie fragt sich, ob ihr ein Auto folgt und sie im Auge behält. Schließlich macht sie das Beste aus der unerwarteten Verzögerung der Fahrt und loggt sich in den Gmail-Account ein, den sie Dr. Grey mitgeteilt hat. Er hat Wort gehalten, da wartet eine Mail auf sie.

Im Anhang ist eine Tabelle. Namen, Ortsangaben, ein Download der Personaldateien. Sie sucht nach dem Namen, den er ihr genannt hat. Oliver Finlay. Die Trefferzahl stimmt mit der Anzahl der Orte überein.

Oh. Mein. Gott.

Es gibt eine Pivot-Tabelle auf einer separaten Registerkarte, die die Gesamtzahl der Personen anzeigt, die an mehreren Orten im Einsatz waren. Und Finlay ist der Einzige, der jedes Mal den Jackpot abräumt. Sie öffnet ein neues Browserfenster auf ihrem Smartphone und gibt den Suchbegriff Dr. Oliver Finlay ein. Das Gesicht, das ihr entgegenstarrt, hat nichts Außergewöhnliches an sich. Zerzaustes dunkles Haar, als sei er gerade erst aufgestanden. Ansprechendes Äußeres, mit Augen, die ihre Mutter als freundlich bezeichnet hätte. Der Knaller ist, als sie sieht, dass er im Augenblick in New York City lebt. Vielleicht ist es ja das, was Boudreaux aufgewühlt hat. Was, wenn er gar nicht auf dem Weg zu Dr. Grey ist? Vielleicht will er Finlay auf den Zahn fühlen.

Egal, Alice hat das gefunden, wonach das Orlando Police Department gar nicht erst gesucht hat. Einen weiteren Verdächtigen. Jemand, der nicht nur mit allen Morden in Kontakt kam, sondern auch mit mindestens einer Person, die vor der Verhaftung der Leute unter ihnen gelitten hat. Sollte das die Frage nach dem »Wer« klären, wie steht es dann aber mit dem »Warum«?

Ehe sie weiter darüber nachdenken kann, vibriert ihr Handy. Sofia. Sie will rangehen, zögert aber. Sie ist ein Nervenbündel, geht in Gedanken immer wieder aufs Neue durch, wie das bevorstehende Treffen ablaufen könnte. Sie nimmt den Anruf nicht entgegen, entscheidet sich dafür, sich zu konzentrieren. Sie kann sie ja zurückrufen, wenn sie nach dem Gefängnis wieder im Taxi sitzt. Es geht schon wieder los, ein leises Surren in ihrer Hand. Alice seufzt. Manche Leute wollen aber auch keinen Hinweis verstehen.

»Ich bin jeden Moment am Gefängnis. Hat das nicht Zeit?«

»Hängt davon ab, wie lange du mich auf etwas so Großem schmoren lassen willst«, neckt Sofia sie.

Alice schiebt die Unterlippe vor. Sofia albert nicht ohne Grund herum und neigt nicht dazu, Dinge aufzubauschen.

»Also, schieß los.«

»Wie sich herausstellt, kann sich der diensthabende Beamte, den meine Freundin mir genannt hat, ganz gut an diesen Anruf erinnern. Offensichtlich hat Mac insgesamt dreimal angerufen. Und beim letzten Anruf soll er sogar die Fotos erwähnt haben.«

»Und dieser Polizist würde auch eine Aussage machen?«

»Hm-hm«, macht Sofia. »Sieht so aus, als hätte er die Polizei unter ziemlich unerfreulichen Bedingungen verlassen. Er und sein Captain waren sich überhaupt nicht grün. Und dieser Captain, so sagt er, soll auch von Macs Hinweis gewusst haben.«

»Moment. Das heißt, er hat diese Information an einen Police Captain weitergeleitet, der das dann komplett ignoriert hat?«

»Nicht ganz, und das ist der springende Punkt. Er hat das dem Captain nie persönlich gesagt. Er hat es an jemanden aus seinem Team weitergegeben. Am nächsten Tag soll er noch mal nachgehakt haben, aber die anderen meinten, es lohne sich nicht, der Spur nachzugehen. Sie sagten unserem Beamten, es sei auf Eis gelegt worden, weil sie ihren Mann längst gefasst hätten. Es hieß, der Captain sei auch damit einverstanden gewesen.«

»Gott!«, entfährt es Alice. »Sie wussten es. Es gab einen Augenzeugen, und sie wussten es. Und haben nichts unternommen. Wer war dieser Beamte, an den er den Hinweis weitergeleitet hat?«

»Was glaubst du, wer das war?«

48. Kapitel

Donnerstag – noch vier Tage

Es ist ein eigenartiger Mix. Sie hat die Genugtuung, dass sich ihr anfänglicher Verdacht bestätigt hat, doch sie fühlt sich darüber hinaus verraten von jemandem, von dem sie annahm, er würde ein faires Spiel spielen.

»Was willst du jetzt machen?« Sofia scheint zu spüren, was für eine Wirkung ihre Worte entfaltet haben, sie spricht leiser als zuvor, gibt Alice Zeit, die Information zu verarbeiten.

»Dafür wird er sich verantworten müssen.«

»Da hast du ja recht, und ich will dir jetzt auch nicht vorschreiben, wie du das angehen solltest, aber wir müssen uns als Erstes darauf konzentrieren, deinem Dad zu helfen. Wir können ihn uns später immer noch vorknöpfen, wenn der Fall abgeschlossen ist, aber selbst wenn ein Hinweis missachtet wurde, bedeutet das nicht, dass ein Richter davon überzeugt ist, die klaren Beweise wären plötzlich wertlos.«

Weiter voraus, an der Fahrbahnverengung, dreht der Arbeiter das Stoppschild um, das er hochgehalten hat, und bedeutet der Spur des Taxifahrers, im Schneckentempo weiterzufahren. Alice starrt aus dem Fenster, während ein gutes Dutzend Optionen um die Pole-Position ringen. Sie weiß, dass Sofia recht hat. Aber das hält sie nicht davon ab, verbrannte Erde hinterlassen zu wollen und Boudreaux mit Dreck zu beschmeißen, um ihn öffentlich an den Pranger zu stellen – für die Rolle, die er jetzt nicht nur in einem, sondern bei zwei Justizirrtümern gespielt hat. So sieht Alice inzwischen den Fall ihres Vaters, unabhängig davon, was er sonst noch getan hat. Wie auch immer das ausgehen mag, der vorgeschriebene Rechtsweg wurde nicht eingehalten. Der einfachste Weg wurde genommen. Maßnahmen wurden ergriffen, die zumindest teilweise auf bloßen Annahmen beruhten, und das hat dazu geführt, dass unschuldige Menschen ins Fadenkreuz gerieten. Wenn das öffentlich gemacht wird, könnte es darauf hinauslaufen, dass auch Dufort freikommt, aber wenn dadurch Mariella und Anthony in Sicherheit sind – sei's drum.

»Ich weiß, ich weiß«, sagt sie schließlich. »Ehrlich, ich möchte bloß, dass er dafür zur Rechenschaft gezogen wird. In wie vielen anderen Fällen hat er womöglich genauso gehandelt?«

»Sei auf der Hut«, sagt Sofia. »Warten wir ab, was die Sache bei der UNO ergibt, danach legen wir uns einen Schlachtplan zurecht.«

»Hm, was das betrifft …« Alice glaubt, dass jetzt der richtige Zeitpunkt ist, Sofia in ihre kleine List einzuweihen.

»Ich will ehrlich sein, ich hätte nicht gedacht, dass du zu so was fähig bist«, meint Sofia, als Alice ihr alles erzählt hat. »Aber du weißt schon, dass das auf dich zurückfallen und dir mächtig Probleme machen kann, wenn Boudreaux dahinterkommt?«

»Das muss er mir erst nachweisen«, antwortet Alice und hat das Gefühl, der Zweck heilige die Mittel. »Er will das allein durchziehen. Dabei hatte er mir versprochen, mich zu informieren, sobald er etwas erfährt. Willst du wissen, was ich glaube? Bestenfalls will er uns einen Schritt voraus sein, und wenn es gut läuft und sich bewahrheitet, wird er wie der Held dastehen, weil er sich bemüht hat, einem Menschen das Leben zu retten.«

»Und schlimmstenfalls?«

»Schlimmstenfalls will er sicherstellen, dass es nicht zu etwas Brauchbarem führt, das uns helfen könnte. Seien wir ehrlich, als ich nach Paris kam, hat er mich nicht gerade mit offenen Armen empfangen.«

»Glaubst du, er würde so weit gehen? Und Dinge sabotieren, nur damit er eine reine Weste hat?«

»Inzwischen schließe ich nichts mehr aus.«

»Okay, wir wissen also, wen er überprüfen will. Aber wie willst du das jetzt weiterverfolgen?«

Alice ist überrascht über das Ausmaß an Intrigen, die in ihrem Kopf reifen, das grenzt schon an Machiavellismus. Sie schaut wieder auf die Karte auf ihrem Display. Zehn Minuten von La Santé entfernt, noch zweiundzwanzig Minuten bis zu dem vereinbarten Treffen.

»Ach, zum Teufel«, sagt sie laut. »Ganz oder gar nicht, oder?«

»Was meinst du damit?«

»Ich komme rüber.«

»Moment, hältst du das für klug?«

»Ich habe die Chance, ihm zuvorzukommen«, erwidert Alice. »Könnte vor Boudreaux mit Grey und Finlay sprechen. Ich pass schon auf. Und dadurch lasse ich auch diejenigen hinter mir, die mich verfolgen.«

»Und was ist, wenn Finlay genau der ist, für den du ihn hältst?«, hakt Sofia nach. »Hör zu, du fliegst nach Hause, und ich mache mich auf den Weg nach New York.«

»Hm.« Alice schüttelt den Kopf. »Ich komme schon klar.«

»Zur Hölle mit dir. Wenn es nur eine einprozentige Chance gibt, dass dieser Finlay für all das verantwortlich ist, dann komme ich. Damit hat es sich.«

Auf Alice' Gesicht bildet sich ein Lächeln, das ihre Krähenfüße betont. Sie liebt es, wenn Sofia in die Rolle der großen Schwester verfällt, und um ehrlich zu sein, nach dem Vorkommnis am Abend zuvor würde sie sich viel sicherer fühlen, wenn sie eine Ex-FBI-Agentin an ihrer Seite hätte.

»Okay, aber dann darf ich die Broadway-Show aussuchen, wenn wir mit dem netten Arzt geplaudert haben.«

»Alles außer *Cats*«, kommt es von Sofia. »Ich hasse *Cats*.«

Alice verspricht, ihr die Ankunftsdaten zu schicken, sobald sie weiß, welchen Flug sie nehmen kann. In der Stille, die auf das Gespräch folgt, geht sie die Optionen durch. Ein Stopp in La Santé bedeutet, sie riskiert, dass Boudreaux ihr einen Schritt voraus ist – oder sie kann gleich den ersten Flieger nehmen, den es gibt, und riskieren, dass Duforts Leute richtig sauer werden.

Bilder wirbeln durch ihren Kopf. Momentaufnahmen von dem Toilettenraum im Keller. Sie fasst sich an den Hinterkopf. Zuckt zusammen bei dem aufschießenden Schmerz, als sie die Beule berührt, wo ihr Schädel mit dem Fliesenspiegel kollidierte. Es reicht ihr allmählich, drangsaliert zu werden. Zur Hölle mit Alain Dufort. Sie macht das zu ihren eigenen Bedingungen.

»Entschuldigung, könnten wir bitte direkt zum Flughafen fahren?«

49. Kapitel

Freitag – noch drei Tage

Als Alice Terminal 7 am Flughafen JFK verlässt, viel später als sie gehofft hatte, da es am Charles de Gaulle zu Verzögerungen kam, ist es kurz nach drei Uhr morgens Ortszeit. Ihrem Dad bleiben noch etwas mehr als zweiundsiebzig Stunden. Es ist wärmer als in Paris, aber mehr als zehn Grad dürfte es auch nicht sein, und der leichte Sprühregen, der an den Scheiben der wartenden Taxis glitzert, ist nicht das Willkommen, das sie sich erhofft hat. Sie wartet, während die raupenartige Schlange gelber Taxis weiterkriecht und müde aussehende Passagiere auf die Sitze sinken.

Der Flug verging wie im Nu. In der relativen Sicherheit ihres Fensterplatzes wurde Alice letzten Endes doch von einer Art nervöser Erschöpfung eingeholt. Zur Abwechslung war ihr Schlaf traumlos, aber auch wenn sie sieben der insgesamt acht Stunden Flug geschlafen hat, fühlen sich ihre Lider immer noch wie bleigerändert an.

Das ist die Zielgerade, sagt sie sich. Gegen Ende des Tages müssten alle Karten auf dem Tisch liegen. Es fühlt sich tatsächlich wie die letzte Chance für Dad an, auch für Anthony, ihren neu gewonnenen Halbbruder. Alice macht sich halb erschrocken bewusst, dass sie ihm noch nie so nah gewesen ist – geografisch gesprochen. Ein weiterer kurzer Inlandsflug, sobald all das hier erledigt ist, und sie könnte ihn kennenlernen. Alles ist denkbar. Ob sie sich allerdings so weit öffnen könnte, um das Familienchaos in ihrem Leben noch weiter zu verkomplizieren, ist wieder eine andere Frage. Vielleicht reicht die Gewissheit, dass er im Augenblick in Sicherheit ist.

Während des Sinkflugs beim JFK hat Alice an einem Schlachtplan gearbeitet. Dr. Grey hat die ursprüngliche Mail, die er an Boudreaux geschickt hat, an die neue Adresse weitergeleitet. Finlay arbeitet offenbar in demselben Gebäude wie Grey, aber bislang hat Alice bei Google oder in Social Media nicht viel über das Privatleben dieses Mannes herausfinden können. Da sie nicht weiß, worüber Grey und Boudreaux gesprochen haben, hängt sie einen Schritt hinterher. Eine Möglichkeit, Abhilfe zu schaffen, wäre, zuerst mit Grey zu reden. Aber wie zuvorkommend wird er sein, wenn sie sich nicht mehr hinter einem Anruf verbergen und sich für jemand anders ausgeben kann? Es könnte sogar sein, dass er sie an der Stimme wiedererkennt. Aber darauf wird sie es wohl ankommen lassen müssen.

Sofia müsste um die Mittagszeit in der Stadt eintreffen, sie haben vereinbart, sich um ein Uhr in einem Hampton-Hotel auf der East 43rd Street zu treffen. Alice hat vor, rechtzeitig nach einem Gespräch mit Dr. Grey am Treffpunkt zu sein, den Rest des Tages will sie weiter auf der Grundlage dessen planen, was sie herausfinden.

Sofia hat mehrmals betont, Alice solle auf sie warten, ehe sie sich auf den Weg zu den Büros der UN macht, aber das Risiko besteht, dass Boudreaux ihnen zuvorkommt. Alice hat nachgeschaut, welchen Flug der GALE-Agent genommen haben könnte, und wenn sie jetzt bis zum Nachmittag wartet, wird ihr das nichts bringen.

Es dauert nur fünf Minuten, um das vordere Ende der Schlange zu erreichen, und der Fahrer springt heraus, um ihr Gepäck in den Kofferraum zu laden. Im Taxi ist es fast tropisch warm verglichen mit der Warteschlange, und der Vanillegeruch, der von einem New-York-Yankees-Lufterfrischer vom Rückspiegel heranweht, ist überwältigend.

Ihr Fahrer weiß, dass er sich nicht zu sehr um Small Talk bemühen sollte, bei den Fahrpreisen um diese Uhrzeit, und der Verkehr zur Geisterstunde ist überschaubar, daher ist es nur eine kurze Tour, kaum länger als eine halbe Stunde. Sie fahren durch den Norden Brooklyns, dann durch den Midtown Tunnel.

Alice checkt ihr Handy. Sie sieht die Nachrichten, die sie erhalten hat, ehe sie am Flughafen Charles de Gaulle in den Flieger gestiegen ist. Es ist eine neue Nummer, trotzdem kein Vertun, wer der Absender ist. Nur kurze, knappe Nachrichten, aber bei Drohungen geht es nicht allein um die Anzahl der Wörter.

Wo sind Sie?

Sie sind spät dran.

Gute Reise. Wir kommen bald zu Besuch.

Diese letzte Zeile macht ihr Sorgen. Die Nachricht kam eine halbe Stunde vor ihrem Flug, als hätten diese Leute gewusst, wo sie war. Sie wirft einen Blick durch die Heckscheibe, kneift die Augen zusammen, sieht die wenigen Autoscheinwerfer hinter ihnen auf der Straße, schüttelt den Gedanken aber ab. Vorerst ist sie ihnen entkommen. Sie ist in Sicherheit. Nachdem der Fahrer vor dem Hotel ihr Gepäck aus dem Kofferraum gewuchtet hat, reicht sie ihm ein paar Geldscheine.

Alice fühlt sich überraschend wach, als würde sie der Stadt, die niemals schläft, Energie absaugen. Sie betritt die Rezeption, wo ihr der Nachtportier erklärt, sie könne erst ab fünfzehn Uhr einchecken, daher beschließt Alice, das Gepäck in einem separaten Raum zu lassen, und kehrt zurück auf die halb erleuchteten Straßen, auf der Suche nach einem Diner.

Zehn Minuten später ist sie im Morningstar Café, einem Vierundzwanzig-Stunden-Diner auf der Second Avenue. Das Essen ist ausgezeichnet. Zwei perfekt pochierte Eier auf einem Muffin-Boden, übergossen mit Sauce hollandaise, dazu Bratkartoffeln und ein XXL-Kaffee, um den Tank wieder aufzufüllen.

In ihrer Sitznische gibt es eine Steckdose, sodass sie Handy und Laptop laden kann, während sie isst. Die nächsten Stunden verbringt sie damit, sich durch den Rest von Greys Daten zu arbeiten. Finlay ist zwar der Einzige, der an allen Orten war, es gibt aber noch ein paar Leute, die auch infrage kämen. Sie muss alle Möglichkeiten in Betracht ziehen, muss ihre schärfste Kritikerin sein. Sie checkt noch einmal die Social-Media-Accounts von Finlay. Er postet nicht gerade viel, bei den meisten Einträgen geht es um die Arbeit oder um Politisches. Das Einzige, das tatsächlich Einblicke in sein Privatleben liefert, ist ein Link zu einem Spendenaufruf für eine Krebs-Wohltätigkeitsveranstaltung zum Andenken an Alana Finlay. Vielleicht seine Frau?

Zu seinen Freunden zählen ein paar Leute, die auch auf Greys Liste stehen, und so verschwindet Alice durch die Öffnung eines Facebook-Kaninchenbaus und liest sich durch die Leben dieser Leute. Sie kommen ihr so … normal vor. Aber alle Wege führen zurück zu Finlay. Seine früheren Profilbilder enthalten eine Auswahl an Aufnahmen, die ihn an verschiedenen Orten zeigen, an denen er bereits gearbeitet hat, dank der Beschriftungen kann sie diese Orte zuordnen. Auf einigen Fotos ist er im OP-Kittel zu sehen, direkt daneben Aufnahmen, die ihn bei den UN-Friedenstruppen zeigen: Afghanistan, Bosnien, Äthiopien.

Während sie sich durch all diese Seiten klickt, wird ihr etwas bewusst, und es ärgert sie, dass ihr das nicht schon früher eingefallen ist. Jedes Opfer ist regelrecht verblutet. Bei allen wurde die Halsschlagader punktiert. Zufall oder eine ganze bewusste Vorgehensweise? Wer würde besser darüber Bescheid wissen, jedes Mal genau die Halsschlagader zu treffen, als ein Chirurg?

Es fühlt sich an, als würden die Dinge greifbarer, wie ein See, der langsam zufriert, bis die Fläche fest genug ist, um sie zu betreten. Fast. Alice hält sich bis kurz nach acht in dem Diner auf. Zum UNO-Gebäude ist es nur ein Fußweg von zehn Minuten. Inzwischen sind die Pendler massiv unterwegs, und Alice fühlt sich schon jetzt auf den Gehwegen des Big Apple viel wohler als in Paris. Das UNO-Gebäude steht am East River, entlang der Fassade zieht sich die bunte Mischung von Flaggen der Mitgliedstaaten.

Da ihre Pläne sich so rasch geändert haben, gab es keine Gelegenheit, anzurufen und sicherzustellen, ob Dr. Grey überhaupt im Haus ist. Sie will es zuerst bei ihm versuchen, dann bei Dr. Finlay – danach will sie Sofia um Vergebung bitten.

Ein Mann sitzt hinter einer holzvertäfelten Rezeption, die auf Hochglanz poliert ist. Er empfängt sie mit einem Lächeln, als sie näher kommt.

»Hallo«, grüßt Alice mit einem strahlenden Lächeln.

»Guten Morgen, Ma'am. Kann ich Ihnen helfen?«

»Ja, ich bin mit Dr. Elias Grey verabredet.«

»Erwartet er Sie?«

»Ah, nein, nicht direkt. Ich bin gerade erst angekommen. Last-Minute-Flug, wissen Sie. Fünf Minuten oder zehn würden mir schon genügen.«

»Versprechen kann ich Ihnen nichts. Wen darf ich melden?«

»Mein Name ist Logan. Alice Logan«, antwortet sie, und als er zum Telefonhörer greift, schiebt sie nach: »Sagen Sie ihm, ich bin eine Freundin von Agent Luc Boudreaux.«

Er nickt, tippt eine Nummer ein und schenkt ihr wieder ein höfliches Lächeln, während sie beide warten. Die Art von Lächeln, die jeden Moment sagt: ›Bedaure, aber ich muss Sie bitten, wieder zu gehen.‹ Unangenehmes Schweigen breitet sich aus, unterbrochen nur von den Geräuschen der anderen Leute, die am Haupteingang durch den Sicherheits-Check müssen. Der Mann wendet sich halb von ihr ab, als er etwas ins Telefon sagt. Sie kann nicht jedes Wort verstehen, da er ziemlich leise spricht, aber sie hört ihren Namen heraus. Eine Pause, vermutlich sagt jetzt Grey etwas. Der Mann wirft ihr einen Blick zu, schaut wieder weg.

Als er kurz darauf das Gespräch beendet, schenkt sie ihm ein hoffnungsvolles Lächeln.

»Er ist im Augenblick nicht in seinem Büro. Er …«

»Wissen Sie, wann er zurück sein wird? Ich möchte nur …«

Der Mann unterbricht sie, indem er eine Hand hochhält. »Wenn Sie mich kurz ausreden lassen würden, Ma'am. Er ist nicht im Haus, aber er ist hier in der Nähe. Er sagt, er könne Sie in etwa zehn Minuten auf der East River Esplanade treffen, das ist nicht weit von hier. Biegen Sie an der East 37th linker Hand ab, dann einmal über den Fluss.«

»Oh, okay«, sagt Alice, angenehm überrascht. Sie hat sich schon auf eine Enttäuschung eingestellt, darauf, dass gemauert würde, aber so ist es perfekt. Auf diese Weise hat sie Zeit, auch noch Finlay aufzusuchen, bevor Sofia in die Stadt kommt.

»Wissen Sie zufällig, ob Dr. Oliver Finlay heute auch im Haus ist?«, erkundigt sie sich und beschließt, bei ihrem offensichtlichen Glück noch eins draufzusetzen.

»Dr. Finlay hat in letzter Zeit von zu Hause aus gearbeitet«, sagt er mit einem Kopfschütteln. »Ich kann ihn für Sie anrufen, wenn Sie mögen, vielleicht können Sie Ihr Anliegen ja am Telefon besprechen?«

»Nein, danke«, erwidert Alice schnell. »Schon okay, vielleicht brauche ich gar nicht mit ihm zu reden, wenn ich alles, was ich brauche, von Dr. Grey erfahre.«

Natürlich wird sie zurückkommen, aber sie will Finlay möglichst kaum oder gar nicht vorwarnen. Umso weniger Gelegenheit für ihn, sich zu sammeln, falls er etwas zu verbergen hat.

Sie hält sich an die Wegbeschreibung, geht linker Hand die First Avenue hinunter, vorbei an einem kleinen Erholungsgelände, auf dem eine Handvoll Kids einem Football hinterherjagen. Vorbei an einer eingezäunten Brachfläche, bis sie die East 37th erreicht. Eine Reihe von Bögen markiert den Eingang zur Esplanade, der halb verblichene Schriftzug sieht älter aus, als Alice ist. Der Verkehr rauscht auf der Straße weiter oben vorbei, dahinter fließt träge der East River.

Sie eilt durch die Mini-Unterführung, hinter der sich ein kleiner Streifen Uferpromenade erstreckt. Wochenlang kann man durch die Stadt spazieren, ohne diese leicht abseits liegenden Orte je wahrzunehmen. Reihen von zurückgesetzten Bäumen neigen sich zum

Wasser hin, überspannen die auf zwei Ebenen gepflasterte Promenadenfläche wie übergroße Schirme. Eine Handvoll Boote gleiten gemächlich flussabwärts, während Alice in südlicher Richtung weitergeht. Zu jeder anderen Zeit hätte sie sich gerne mit einem Kaffee auf eine der Bänke gesetzt, um zu verfolgen, wie die Welt an ihr vorbeizieht. Dieses ganze Durcheinander hat vor allem eines bewirkt: Alice macht sich bewusst, wie wenig Zeit sie sich für sich selbst nimmt. Gefühlt war sie noch nie so nah an der Belastungsgrenze, seitdem sie Gail verloren hat, und niemand hat etwas davon, wenn sie jetzt zusammenbricht.

Ein schneller Blick auf die Uhr verrät ihr, dass sie noch zwei der zehn Minuten hat. Linker Hand läuft ein Jogger mit weit ausholenden Schritten in ihre Richtung, die Wollmütze über beide Ohren gezogen. Zu weit entfernt, um sein Gesicht erkennen zu können, und für die Dauer einer Sekunde ist sie wieder auf der Brücke in Paris, und ihr Puls schießt in die Höhe. Sie blickt sich um und macht sich erst jetzt bewusst, wie allein sie auf dieser Uferpromenade ist. Da ist noch eine Gestalt keine hundert Meter rechts von ihr, aber die Person entfernt sich in die entgegengesetzte Richtung.

Sie hat sich die Laptoptasche über die Schulter gehängt, aber sofern sie ihr MacBook nicht wie eine Keule schwingen will, sind ihre Möglichkeiten begrenzt. Ihr Atem beschleunigt sich, sie zieht scharf die Luft ein und muss sich ganz bewusst konzentrieren, um wieder ruhiger zu atmen.

Inzwischen ist der Jogger noch fünfzig Meter entfernt, und sie könnte schwören, dass er bewusst in ihre Richtung kommt. Alice stellt sich vorsichtshalber neben eine der Bänke, ein miserabler Schutz, aber in der Not darf man nicht wählerisch sein. Sie klammert sich an ihre Handtasche, während die Gestalt sich ihr weiter nähert, und als der Mann zielgerichtet die Stufe zur zweiten Ebene der Uferpromenade nimmt, befürchtet Alice, dass er sich jeden Moment auf sie stürzt.

Dann erst erkennt sie die leicht gebogene Nase, die strohblonden Haarsträhnen, die unter der Wollmütze hervorlugen. Das ist er. Elias Grey. Sie hält zum Gruß eine Hand hoch, und er bleibt zwei Schritte von ihr entfernt stehen.

»Doktor Grey? Ich bin Alice. Alice Logan.«

»Ah, Miss Logan«, sagt er, ein bisschen kurz angebunden, als halte sie sich unerlaubterweise hier auf. »Tut mir leid, ich war gerade losgejoggt, als Zachary anrief. Ich hoffe, das ist okay für Sie, wenn wir uns hier treffen?«

»Oh, klar, kein Problem. Ich bin richtig neidisch, wenn ich ehrlich bin. Ich laufe auch. Das wäre der perfekte Start in den Tag für mich.«

»Ich liebe den Fluss wirklich«, sagt er und blickt hinaus aufs Wasser. »Obwohl, der Start in den Tag ist bei mir eigentlich um fünf oder sechs. Frühaufsteher.«

Eine Pause tritt ein, Grey wendet den Blick nicht vom Fluss.

»Wie dem auch sei, ich weiß, dass Sie viel zu tun haben«, fährt sie fort, »vielen Dank also, dass Sie Zeit für mich gefunden haben.«

»Sie sagten, Sie arbeiten mit Agent Boudreaux zusammen?« Grey nimmt die Mütze vom Kopf und wischt sich damit einmal über die schweißfeuchte Stirn.

»Ja, er und ich, wir haben ziemlich eng zusammengearbeitet bei dieser Sache. Vielleicht ist nichts dran, aber wir würden es zu schätzen wissen, wenn Sie uns helfen könnten, das von unserer Liste zu streichen, sollte die Sache gegenstandslos sein.«

»Kein Problem, ich helfe Ihnen gern«, sagt er, und sie wird den Gedanken nicht los, dass er die ganze Zeit schon überlegt, woher er diese Stimme kennt – da ist etwas Fragendes in seinem Blick. Doch er sagt dazu nichts, falls sie richtigliegt.

»Ich bin die Daten durchgegangen, die Sie uns geschickt haben«, sagt sie. »Was können Sie mir über Oliver Finlay sagen?«

»Oh, eine Menge. Ich kenne Oliver seit Jahren. Ich werde Ihnen erzählen, was ich Ihrem Kollegen schon gesagt habe. Oliver ist ein guter Mensch, er hat ein gutes Herz. Er ist wirklich der Letzte, von dem ich erwarten würde, dass er in irgendwelche kriminellen Geschichten verwickelt sein sollte.«

»Sie wären überrascht, Dr. Grey. Meiner Erfahrung nach ist jeder Mensch fähig, jemanden zu töten, unter den richtigen oder falschen Umständen, je nachdem, wie man es betrachtet.«

Seine Augen weiten sich. »Töten? Mein Gott, wen soll er denn getötet haben?«

Boudreaux hat ihm also noch nichts erzählt, denkt Alice erschrocken. Die Chancen stehen gut, dass er noch keine Zeit hatte, Finlay vorzuwarnen, dass jemand Interesse an ihm bekundet.

»Ich fürchte, dass ich im Augenblick keine Namen nennen darf.«

»Wie darf ich das verstehen? Glauben Sie, er hat das an jedem der Orte getan, nach denen Sie sich erkundigt haben?«

»Jemand hat es getan.«

»Mein Gott«, entfährt es Grey wieder, ehe er die Arme vor der Brust verschränkt und sich eine Hand auf den Mund legt. »Ich kann mir wirklich … Doch nicht Oliver, oder? Haben Sie denn schon mit ihm gesprochen? Ist er festgenommen worden?«

»Nein, nichts dergleichen. Wir möchten nur mit ihm sprechen. Wissen Sie, ob er heute noch kommt?«

»Er hat, hm … er hat seit ein paar Monaten von zu Hause aus gearbeitet«, antwortet Grey, sichtlich erschüttert von der Nachricht. »Aber ich kann ihn anrufen und ihn fragen, ob er ins Büro kommt, wenn Sie möchten?«

»Das wäre großartig, danke.«

Er geht zu dem Geländer, beugt sich vor, stützt sich mit den Ellenbogen ab. Alice folgt ihm.

»Wie haben Sie den Zusammenhang zu den Vereinten Nationen hergestellt?«, will er wissen.

»Das war reines Glück.« Sie zuckt mit den Schultern, überlegt, wie viel sie preisgeben möchte. »Die Morde sind bereits abgeschlossene Fälle«, beginnt sie. »Jemand anders wurde in dem jeweiligen Fall verurteilt. Hätte mein Klient den Anruf nicht bekommen, hätte niemand nach einer Verbindung gesucht.«

»Klient? Sie sind also kein Agent bei GALE?«

»Nein, Sir, ich bin Anwältin«, sagt sie und zögert erneut, wie viel sie bereit ist, ihm mitzuteilen. Je offener sie sich gibt, desto mehr teilt er ihr womöglich mit.

»Und inwiefern ist Ihr Fall mit den anderen verbunden?«

»Das ist eine lange Geschichte«, erwidert sie. »Wir sind uns selbst noch nicht ganz darüber im Klaren, aber einer der Männer, die verurteilt wurden, ist mein Vater. Agent Boudreaux und ich, wir kennen uns schon lange, daher arbeiten wir gemeinsam an diesem Fall.«

»Interessant.« Er richtet sich auf. »Tja, was kann ich Ihnen sagen? Was würden Sie gerne über Oliver wissen?«

Alice überlegt einen Moment, wie sie die Sache angehen soll. »Wie ist er so als Kollege? Wie arbeitet es sich mit ihm?«

Grey denkt einen Augenblick nach. »Anstrengend, manchmal. Er ist ein sehr ehrgeiziger, selbstbewusster Mensch, aber andererseits, so sind die meisten Chirurgen eben. Liegt in der Natur der Sache.«

»Anstrengend? Inwiefern?«

»Er ist rund um die Uhr beschäftigt. Dieser Mann arbeitet härter als jeder, den ich kenne, selbst jetzt, nach dem …«

Es gibt eine Pause. »Nach was, Doktor?«

»Nach dem Tod seiner Frau. Krebs, liegt ein paar Jahre zurück. Er hat sich in die Arbeit gestürzt, um damit zurechtzukommen. Seit letztem Monat geht sogar das Gerücht, dass er wieder vor Ort in den Ländern tätig sein will.«

»Haben Sie je erlebt, dass er die Beherrschung verliert, Doktor?«

»Oliver?« Er lacht leise in sich hinein. »Der Mann ist kühler als die Antarktis, und glauben Sie mir, einige der Orte, an die wir unsere Leute schicken, sind nicht gerade Feriencamps. Wenn Sie denken, dass es stressig ist, in einem hell erleuchteten New Yorker Krankenhaus zu operieren, dann probieren Sie es mal an Orten, an denen Sie bewaffnete Wächter brauchen, die das Krankenhauspersonal schützen müssen, von den Patienten ganz zu schweigen.«

Er streicht sich den Pony mit einer Hand zurück, und sie entdeckt eine gezackte Narbe unterhalb des Haaransatzes. Grey sieht, dass sie darauf aufmerksam geworden ist, und lächelt.

»Ich bin nicht Harry Potter, falls Sie das gedacht haben.«

»Tut mir leid«, sagt sie und errötet. »Tut mir wirklich leid. Ich wollte Sie nicht anstarren.«

»Kein Problem, wirklich nicht. Das ist der Grund, warum ich nicht mehr das tue, was Oliver tut ... oder vielmehr getan hat«, verbessert er sich.

»Sie haben auch im Ausland gearbeitet?«

»Das ist lange, lange her.« Er nickt. »Ich musste zur Genesung zurück und bin seither in New York geblieben.«

»Tut mir leid, ich wollte nicht neugierig sein.«

»Wie dem auch sei, wo waren wir noch gleich?« Doch ehe sie darauf eingehen kann, merkt sie, dass sein Blick über ihre Schulter geht.

Sie dreht sich um, weil sie wissen will, was seine Aufmerksamkeit erregt hat. Nicht *was*, eher *wer*. Zwei Personen nähern sich schnellen Schrittes aus nördlicher Richtung.

»Freunde von Ihnen?«, fragt sie, als einer der beiden in ihre Richtung zeigt und nickt, worauf beide das Tempo erhöhen. Die Männer kommen erschreckend schnell heran, und Grey ist ebenfalls nicht entgangen, dass sich etwas in dem Verhalten der beiden verändert hat. Er wendet sich ihnen zu, stellt sich halb zwischen Alice und die herannahenden Fremden. Ob er das nun mit Absicht so macht, jedenfalls hat sie nie mehr Dankbarkeit gegenüber jemandem empfunden, den sie überhaupt nicht kennt, selbst als sie ein paar Schritte zu der Bank zurückweicht.

Plötzlich durchzuckt es Alice wie bei einem Stromschlag, erkennt sie doch das Gesicht des Mannes von der Brücke in Paris wieder, nur die Mütze fehlt. Unmöglich! Doch hier kommt er, eilt in ihre Richtung. Sie hat das Gefühl, als würde sie sich in Ahornsirup bewegen, sie stolpert halb über ein Bein der Sitzbank. Grey ruft den Männern etwas zu, die nicht mehr als zwanzig Meter entfernt sind.

»Können wir Ihnen helfen, Gentlemen?«

»Dr. Grey«, sagt Alice, »wir müssen weg von hier. Jetzt.«

»Sie können gehen«, sagt der Mann von der Brücke zu Grey, »sie bleibt.« An Alice gewandt, fährt er fort: »Monsieur Dufort hat uns gebeten, Ihnen eine Lektion in Sachen Benehmen zu erteilen.«

Sie kann Greys Gesicht nicht sehen, weiß nicht, ob sich Angst in seinen Zügen abzeichnet, aber er breitet die Arme aus, hält abwehrend oder beschwichtigend die Hände hoch.

»Ich glaube nicht, dass die Dame mit Ihnen sprechen möchte.«

»Aus dem Weg!«, bellt der zweite Mann. Er ist größer als sein Kumpan, ein pockennarbiger Kerl, dessen Gesicht zu einer finsteren Miene erstarrt ist.

»Das könnt ihr vergessen, Leute.«

Die beiden Männer tauschen Blicke, zucken mit den Achseln, und Pockennarbe setzt ein Grinsen auf, als würde eine Ratte die Zähne blecken.

»Okay«, meint er, »dann eben auf Ihre Tour«, und beide kommen sie näher, Pockennarbe weicht ein wenig zur Seite aus, als wolle er den Fluchtweg am Flussufer abschneiden, während Brückentyp direkt auf Grey zuhält. Alice sieht, wie der Doktor die Hände hebt und sein Gewicht auf die Fußballen verlagert, während sie um die Bank herumläuft, sodass sie sich zwischen ihr und Pockennarbe befindet.

»Dämliche Bitch«, speit er ihr entgegen, als er die Bank erreicht, sich auf der obersten Querlatte der Rückenlehne abstützt und einfach darüberspringt.

Alice kreischt und zieht sich hastig weiter zurück, stößt mit dem Rücken gegen einen Baum. Der Mann streckt die Hand nach ihr aus, seine Finger fahren über den Stoff ihres Mantels, ohne recht Halt zu finden. Sie läuft um den Baum herum, verliert ihren Angreifer aus den Augen. Dann vernimmt sie ein klatschendes Geräusch, ehe es sich anhört, als entweiche jemandem die Luft aus den Lungen, gefolgt von einem Laut, als kippe ein Sack Getreide um.

Hinter ihr ist eine weitere Bank, Alice will loslaufen, doch Pockennarbe streckt wieder die Hand nach ihr aus, diesmal bekommt er die Kapuze ihres Hoodies zu fassen und zieht. Der Druck des Kragens an ihrem Hals kommt so unerwartet, dass Alice die Augen weit aufreißt.

Pockennarbe wirbelt Alice herum, wühlt eine Hand in ihre Jacke und schlägt ihr einmal mit dem Handrücken ins Gesicht. Lichtpunkte flitzen durch ihr Sichtfeld, und sie hat das eigenartige Gefühl zu schweben, in ihrem Kopf dreht es sich wie ein Karussell. Wie von ferne nimmt sie wahr, wie ihr Verfolger noch einmal zum Schlag ausholt, wie er die Hand zur Faust ballt. Sie ist ihm ausgeliefert, kann nur noch die Augen schließen, den Schlag abwarten.

Doch statt blendender Schmerzen spürt sie, wie die Hand, die sie festhält, nachgibt. Als sie die Augen aufmacht, nimmt sie wahr, dass es Dr. Grey offenbar gelungen ist, den Brückentyp abzuschütteln, denn jetzt schlingt er Pockennarbe von hinten einen Arm um den Hals und zerrt ihn fort. Weiter zurück, am Boden, liegt Brückentyp auf der Seite und versucht, wieder auf die Beine zu kommen, mit so viel Geschick wie eine Schildkröte, die auf dem Panzer liegt.

Ihre Beine fühlen sich wie Wackelpudding an, der Kopf klingelt noch von der Ohrfeige, und so taumelt sie zurück bis zu der Begrenzung der Promenade. Pockennarbe greift wie verrückt hinter sich, versucht, Grey im Gesicht zu erwischen, scheitert aber. Grey zerrt ihn weiter fort, weg von Alice, worauf Pockennarbe die Taktik wechselt. Anstatt sich zu widersetzen, stemmt er sich mit vollem Gewicht in Grey und versucht, ihn zu der niedrigen Mauer zu treiben, die die breitere Ebene der Promenade von der unteren abtrennt. Alice will ihn warnen, bringt aber nur ein einziges Wort heraus.

»Nein!«

Grey ist nicht mehr als eine Handbreit von der Kante entfernt, doch es gelingt ihm, ruckartig eine Bewegung aus der Hüfte zu machen – wie bei einem Judowurf. Gleichzeitig lässt er Pockennarbe los und schickt ihn kopfüber auf die untere gepflasterte Ebene. Kein großer Höhenunterschied eigentlich, aber Pockennarbe schlägt seitlich mit dem Kopf aufs Pflaster, und bei dem knackenden Geräusch wird Alice ganz übel. Grey wendet sich zu ihr um, atmet schwer.

»Sind Sie okay?« Als sie darauf nichts erwidert, ruft er: »Alice, sind Sie okay?«

»Ja, geht schon«, erwidert sie und fasst sich mit einer Hand an die Wange, spürt das Brennen.

»Kommen Sie, nichts wie weg hier.«

Sie blinzelt, nimmt die unmittelbare Umgebung in sich auf. Zweimal in zwei Tagen hat die Gewalt bei ihr angeklopft. Und es wird auch beim zweiten Mal nicht einfacher, damit umzugehen. Sie zieht geräuschvoll die Luft ein, geht auf wackligen Beinen auf Grey zu. Er hält ihr eine Hand hin.

»Kommen Sie, wir gehen zurück in mein Büro.«

Sie ergreift die Hand, und er führt sie die Stufe hinunter, zieht Alice halb in seinen Arm, als seien sie keine Fremden, die sich gerade einmal vor etwas mehr als fünf Minuten begegnet sind. Sie schaut zurück zu der Stelle, an der Pockennarbe liegt, reglos. Sie machen einen Bogen um Brückentyp, der ihr irgendetwas auf Französisch nachruft. Man muss die Sprache nicht fließend sprechen, um zu verstehen, dass er sich nicht höflich nach ihrer Gesundheit erkundigt.

»Sollten wir … Sie wissen schon, nicht besser die Polizei rufen?«

»Erst bringe ich Sie weg von diesen beiden dort«, sagt er, als sie eine Bewegung aus den Augenwinkeln wahrnimmt.

Beide drehen sie sich um, gerade rechtzeitig, um zu sehen, dass Brückentyp wieder auf die Beine gekommen ist und einen Satz nach vorn macht – in der Hand das bösartige Aufblitzen einer Klinge. Die beiden Schläger haben es zwar auf sie abgesehen, aber im Augenblick gibt es kein Vertun, wem diese Attacke gilt. Sie spürt, wie Grey den Arm von ihrer Schulter nimmt, als Brückentyp mit dem Messer auf

Greys Kopf zielt. Grey geht in den Angriff hinein, will das Handgelenk seines Widersachers zu fassen bekommen, aber er ist einen Moment zu spät.

Alice hört, wie Grey ein Keuchen entweicht, als die Klinge ihn am Unterarm erwischt. Brückentyp hat so viel Schwung in diesen Stoß gelegt, dass er aus dem Gleichgewicht gerät, und als er sich wieder gefangen hat, hat Grey seine Vorwärtsbewegung beendet. Das muss man dem Doc lassen. Er ist kein Drückeberger. Jede Faser ihres Leibes rät ihr wegzurennen, aber sie kann ihn nicht so zurücklassen, nicht, nachdem er ihr den Rücken gedeckt hat.

Brückentyp will ein zweites Mal ausholen, versucht, die Klinge erneut in tödlichem Bogen niedersausen zu lassen, um den Job zu Ende zu bringen, aber diesmal hat Grey den Abstand entscheidend verkürzt, packt den Gegner am Handgelenk und stößt ihn zurück gegen das Geländer der Promenade. Die Klinge verschwindet aus Alice' Sichtfeld, während die beiden Männer miteinander ringen. Brückentyp stöhnt laut auf, als er mit dem unteren Rücken gegen die Geländerstange knallt, und einen Moment wirken die beiden Kontrahenten wie erstarrt. Zwei Tänzer in derselben Pose. Endlich nimmt das Klingeln in Alice' Kopf ab, und so stolpert sie vorwärts, fest entschlossen, ihrem neu gewonnenen Bodyguard zu helfen.

Sie ist nah genug, um die Hand auszustrecken und Brückentyp zu berühren, als ein Ruck durch die ineinander verhakten Männer geht, als würden beide erschaudern – Brückentyps verzerrte Gesichtszüge werden starr, sein Blick wird glasig, ungläubig. Grey macht einen halben Schritt zurück und zuckt zusammen, als Alice ihn an der Schulter berührt. Im selben Moment sieht Alice den matten schwarzen Knauf des Messers aus der Jacke des Franzosen ragen. Sie verfolgt, wie er den Knauf noch mit beiden Händen umfasst, seine Finger zittern, ihm fehlt jedoch die Kraft, die Klinge herauszuziehen. Ob Brückentyp nun langsam rücklings ins Taumeln gerät oder ob Grey ihm noch mit der Schulter einen Schubs verpasst, der Franzose kippt in einem langsamen Bogen zurück, wie das Ende einer Wippe, und stürzt mit dem Rücken voran in den Fluss – das schwere, klatschende Geräusch kann Alice kaum hören, da es in ihren Ohren tost.

Grey dreht sich um, Speichelfetzen hängen an seinen Mundwinkeln, er atmet schnell und schwer, durch den Mund ein, laut durch die Nase aus. Dann schaut er rasch in beide Richtungen auf der verwaisten Promenade, und Alice tut es ihm wie abwesend gleich. Niemand zu sehen, nur sie und ihre Angreifer.

»In was haben Sie mich da hineingezogen, Alice?«

50. Kapitel

Freitag – noch drei Tage

»Ich verstehe einfach nicht, warum wir immer noch nicht die Polizei rufen«, sagt sie, während sie zum UN-Gebäude zurückkehren, halb gehend, halb im Laufschritt.

»Das tun wir, sobald ich mich um die Wunde gekümmert habe«, erwidert er und bietet ihr seinen Arm an. Sie weiß, dass er eine Schnittwunde hat, die sie sich bislang nicht angesehen hat. Ein langer Schnitt quer über seinen linken Unterarm, das Blut sickert immer noch heraus, bildet dank der Schwerkraft Linien im rechten Winkel, sodass der Unterarm wie ein grausiger purpurner Haarkamm aussieht.

»Ist hier ein Krankenhaus in der Nähe?«

»Meine Wohnung ist näher«, meint er und zuckt zusammen, als er die Ränder der Wunde mit einem Finger berührt. »Dort habe ich alles, was ich brauche, um die Wunde zu säubern. Außerdem kann ich wohl kaum so ins Büro gehen, oder?« Er besieht sich erneut die Wunde. »Werden nicht mehr als zehn Stiche sein.«

»Was? Oh, warten Sie, ich bin absolut nicht …«

»Nicht Sie sollen das nähen, Dummerchen, ich mache das selbst.« Er lacht trotz der heftigen Begegnung, die nur wenige Minuten zurückliegt. »Ich mache mich sauber und dusche, in einer Stunde sind wir dann im Büro.«

Alice schaut zurück, lässt den Blick noch einmal über die Esplanade schweifen. Sie sieht den halb verdrehten Klumpen am Boden, Pockennarbe liegt noch genau so da, wie sie ihn zurückgelassen haben.

»Ist er … sind sie jetzt beide tot?«, fragt sie.

»Der Typ am Boden ist nur bewusstlos, aber sein Freund dürfte tot sein, denke ich. Die Polizei wird sich der Sache annehmen, aber erst muss ich mich zusammenflicken. Die haben *uns* angegriffen, vergessen Sie das nicht.«

Ehe sie die First Avenue erreichen, zieht er seinen Hoodie aus und nutzt die Ärmel, um den Arm unterhalb des Ellenbogens abzubinden. Mit der Kapuze nimmt er das Blut auf, das immer noch aus der Wunde quillt.

Alice spürt, wie das Adrenalin allmählich nachlässt, sie taumelt halb benommen neben ihm her. Die ganze Zeit klammert sie sich umso stärker an ihre Laptoptasche, weil sie nicht will, dass er sieht, wie sehr ihre Hände zittern.

Sie biegen in die East 38th Street, kurz darauf bleibt er vor einem nobel aussehenden, dreistöckigen Gebäude stehen.

»Wo wohnen Sie?«, fragt Alice.

Er runzelt die Stirn. »Wo ich wohne? Oh, Sie denken, das sind Apartments? Nein, das ist ein Haus. Mein Haus.«

Alice betrachtet die Fassade und überlegt, wie viel sie für ein solches Stadthaus hinblättern müsste.

»Gehörte meinen Eltern«, erklärt er und geht voraus, um das brusthohe gusseiserne Tor zu öffnen, ehe er die paar Stufen zur Eingangstür nimmt.

Sie folgt ihm ins Haus, betritt eine im Schachbrettmuster gefliese Eingangshalle mit hoher Decke, die den luftigen Raum hell und groß macht. So vollkommen anders als ihre Wohnung. Vermutlich könnte sie ihre Wohnung zehnmal kaufen, bei dem Wert dieser Immobilie. Grey führt sie in eine kleine, perfekt aufgeräumte Küche.

»Setzen Sie sich«, sagt er und rückt ihr einen Stuhl am Tisch zurecht. Dann holt er einen Erste-Hilfe-Kasten unter der Spüle hervor, stellt den Wasserkocher an und beginnt, die Wunde über dem Spülbecken zu säubern.

»Eine Tasse mit gesüßtem Tee sollte reichen«, meint er. »Das hilft bei einem Schock.«

»Wie können Sie nur so abgeklärt sein?«, fragt sie ihn. »Der Mann, der in den Fluss gefallen ist ... Ich weiß, dass das Notwehr war, aber trotzdem ...«

»Bevor ich für die UN arbeitete, war ich in der Army, als Arzt, aber meine Einheit war zweimal in Afghanistan stationiert. Da habe ich übrigens auch Oliver kennengelernt. Ich habe mich damals gemeldet, um dort Leben zu retten, aber es kommt vor, dass andere darauf aus sind, dir das Leben zu nehmen ...« Sie hört, wie er zischend die Luft einzieht, und sieht, dass er die Wunde mit irgendeinem antiseptischen Tuch abtupft.

»Und wie war er so, dort?«

»Oliver? Er war ... wie wir alle, denke ich. Hat seine Pflicht getan. Hielt mir den Rücken frei und ich ihm. Wir wussten nicht genau, was uns erwarten würde, deshalb war es schon ein ziemlicher Schock, wissen Sie?« Er lacht einmal kurz, ein trauriges Lachen.

»Ich kann mir kaum vorstellen, was Sie dort erlebt haben müssen.«

»Tja, die meisten von uns versuchen, das so gut wie möglich zu vergessen. Deshalb sage ich ja auch immer wieder, dass Oliver ein guter Mensch ist. Wenn man zwei Einsätze mit jemandem zusammen durchgestanden hat, dann kennt man den anderen ziemlich gut. Was man dort auch immer im Eifer des Gefechts tut, muss nicht zwangsläufig den Rest des eigenen Lebens bestimmen.«

»Wie meinen Sie das jetzt? Was hat er denn getan?« Sie hält inne, wägt ihre Worte ab. »Hat er ... hat er jemanden getötet?«

Grey hält in seinen Bewegungen inne, starrt sie an, die Lippen geschürzt, sagt aber kein Wort. Für Alice bedarf es keiner Antwort.

51. Kapitel

Freitag – noch drei Tage

Grey ist im Begriff, die Wunde zu nähen, als er zu Alice herüberschaut und merkt, wie ihr die Farbe aus dem Gesicht weicht.

»Ich kann das auch in einem anderen Zimmer machen, wenn Ihnen das zu viel wird?«, bietet er an.

Alice nimmt das Angebot gerne an, auch wenn es unhöflich erscheint, von jemandem zu verlangen, im eigenen Haus nicht nach Belieben schalten und walten zu können. Als Grey die Küche verlässt, spürt sie, wie das Gefühl in ihrem Bauch, seekrank zu sein, ganz allmählich nachlässt.

Jetzt hat sie die Bestätigung, wenn auch aus zweiter Hand, dass Finlay jemanden getötet hat – in der Hitze des Gefechts. Wieder fügt sich ein weiterer Baustein in die Mauer. Damit will sie nicht sagen, dass jeder Soldat ein kaltblütiger Killer wird, aber zumindest weiß sie nun, dass er dazu fähig ist. Und sie weiß, dass er in jeder der Städte war. Das Warum entzieht sich ihr allerdings noch. Vielleicht ergibt sich ja etwas beim gemeinsamen Brainstorming am Nachmittag mit Sofia, vielleicht stoßen sie auf ein Motiv. Irgendwo über ihr, in einem der Zimmer, hört sie Wasserleitungen rauschen.

Ein Wirbel von Hypothesen schwirrt ihr im Kopf herum. Was, wenn Finlay mit dem organisierten Verbrechen zu tun hatte, mit Leuten wie denen, die Dufort um sich schart? All die anderen hatten lange Vorstrafenregister, sowohl die Opfer als auch die Killer. Was, wenn er irgendwie geschäftlich mit diesen Leuten zu tun hatte? Könnte ja sein, dass er sie inoffiziell behandelt hat, wie in einer Klinik in einer Seitenstraße, gegen Cash. Vielleicht hat er auch mit Medikamenten gedealt oder dabei geholfen, Schmuggelware in das jeweilige Land oder aus dem Land zu bringen, bei all den Connections zur UNO?

Sie trinkt den letzten Schluck Tee, spült die Tasse aus und füllt sie mit heißem Wasser. All die Stunden im Flugzeug, die Nachwirkungen des Überfalls im Restaurant, und jetzt das hier? Für sie fühlt es sich an, als sei jeder einzelne Muskel in ihrem Körper überdehnt worden. Sie stellt die Tasse ab, lässt den Kopf ein wenig kreisen und macht ein paar Dehnübungen.

Sofia. Ein heißes Bad. Dann morgen nach Hause, oder übermorgen, je nachdem, wie sich die Sache mit Finlay entwickelt. Je mehr sie über ihn erfährt, desto erleichterter ist sie, dass sie ihn nicht allein treffen muss.

Sie schlendert in die Eingangshalle, um sich die Beine zu vertreten, beide Hände um die Tasse mit dem heißen Wasser gelegt. Auf beiden Seiten jeweils eine Tür, und so geht sie durch die linke, halb aus Langeweile, halb aus Neugier. Es ist, als betrete sie ein anderes Haus. Die wenigen Zimmer, die sie bislang gesehen hat, sind minimalistisch gehalten, sie haben keinen rechten Charakter. Dies ist eine Art Männerhöhle, wenn auch eine sehr kultivierte.

An zwei der Wände reichen Bücherregale vom Boden bis zur Decke. An das Regal hinter der Tür schließen sich einige Vitrinen an, der Inhalt eine Art Sammlung Artefakte und Mitbringsel aus aller Herren Länder. Vor dem Fenster thront ein antik aussehender Säulenschreibtisch, verblasstes rotes Leder auf der Oberfläche. Leer, abgesehen von einem MacBook, einem Tischkalender und einem Brieföffner.

Seine Büchersammlung besteht zum Teil aus alten, ledergebundenen Bänden, zum Teil aus moderneren Taschenbüchern. Kaum Belletristik, wie ihr auffällt. Die zurückliegende Wand ist wie eine Fotogalerie, darunter großartige Landschaftsaufnahmen und Ansichten, zwischendurch immer wieder Schnappschüsse von Grey mit allen möglichen Leuten. Dutzende Bilderrahmen, in einigen mehr als nur ein Foto. Insgesamt dürften es an die hundert Aufnahmen sein. Ein Knarren hinter ihr lässt sie erschrocken herumfahren. Grey steht auf der Schwelle, in Jeans und einem schwarzen Pullover mit V-Ausschnitt, das noch feuchte Haar gekämmt. Unter dem linken Ärmel zeichnet sich ein Wulst ab, vermutlich der Verbandstoff, den er sich angelegt hat.

»Ich wollte Sie nicht erschrecken.«

»Tut mir leid, ich wollte nur … Ich wollte nicht in Ihre Privatsphäre eindringen«, sagt sie und errötet.

»Oh, keineswegs. Das ist übrigens mein Lieblingszimmer«, sagt er und blickt sich um, als sei er von kostbaren Kunstwerken umgeben.

Ein Gesicht in der Fotogalerie sticht hervor, und Alice geht dorthin, um sich das Bild genauer anzusehen. Ein Mann, der ihr bekannt vorkommt, mit zerzaustem dunklen Haar, freundlichem Lächeln — einem Lächeln, das vertrauenerweckend ist.

»Das ist er doch, nicht wahr? Oliver?«

Grey tritt zu ihr, steht neben ihr, sodass ihre Schultern sich beinahe berühren.

»Das ist aus Somalia, kurz nachdem wir das Camp errichtet hatten. Aber ich bin nicht lange geblieben. Damals war ich eher so was wie ein Bürohengst. Oliver leitete das Camp, lief alles wie geschmiert, und das unter ziemlich schwierigen Bedingungen.«

»Vermissen Sie das alles? Draußen im Einsatz zu sein, meine ich?«

»Manchmal schon, ja. Aber nach meinem Unfall, zumal ich jeden Tag an vorderster Front war … Ich gebe das nur ungern zu, aber es wurde mir alles zu viel.«

»Ihr Unfall? Was ist passiert?«

Sie lässt ihm Zeit, will ihn nicht drängen, aber nach einer kurzen Pause beginnt er zu erzählen. Von dem sechsmonatigen Aufenthalt in Somalia Mitte der Neunziger. Wie er und vier Kameraden auf dem Weg zu einem Krankenhaus angegriffen wurden. Zwei der Kameraden verloren ihr Leben. Grey überlebte nur dank der Tapferkeit der beiden anderen Begleiter, erlitt aber ein schweres Kopftrauma.

»Wie schlimm war das?«, erkundigt sie sich, fragt sich aber sogleich, ob das überhaupt eine zulässige Frage ist. Könnte sein, dass er die Erinnerungen daran irgendwo vergraben hat. Sie überlegt es sich noch einmal. »Es tut mir leid«, sagt sie, »Sie brauchen darauf nicht zu antworten.«

»Das muss Ihnen nicht leidtun. Zwei meiner Freunde haben es damals nicht überlebt. Ich bin noch da. Ich habe meinen Frieden damit gemacht.« Er tritt näher an die Wand, nimmt das Bild ab, auf dem er und Oliver zu sehen sind.

»Ich weiß, er ist Ihr Freund«, sagt sie und versucht, ihn zu besänftigen. »Sie haben erlebt, wie er reagiert, wenn er unter Druck steht. Was denken Sie, wie wird er sich verhalten, wenn er befragt wird?«

»Ehrlich gesagt, ich weiß es nicht.«

»Es könnte immer noch sein, dass nichts dabei herauskommt. Aber wenn man Klienten vertritt, wie in meinem Fall, dann muss man die letzte Möglichkeit ausloten.«

»Das muss ein schwieriger Job sein«, sagt er und hängt das Foto wieder an den Nagel. »Sich für das Leben derjenigen einzusetzen, die bereits anderen das Leben genommen haben.«

Sie dreht ihm ruckartig den Kopf zu, hat sie diese Art von Bemerkungen doch schon unzählige Male gehört.

»Ich praktiziere nicht mehr hier, aber warum, glauben Sie, hat fast die Hälfte der Bundesstaaten die Todesstrafe abgeschafft? Niemand hat das Recht, einem anderen das Leben zu nehmen. Niemand, nicht einmal der Staat. Und das, ehe wir überhaupt zu den unrechtmäßigen Verurteilungen kommen.«

»Und wie passt Ihr Vater da hinein?«

»Wie meinen Sie das?«

»Hat er es getan? Retten Sie sein Leben nur, weil Sie glauben, jeder sollte gerettet werden? Tun Sie das aus Loyalität gegenüber der Familie, oder ist er tatsächlich unschuldig?«

Sie denkt einen Moment darüber nach. »Mein Dad und ich, wir

haben ein … sagen wir, ein schwieriges Verhältnis. Man kann eigentlich kaum von Verhältnis sprechen. Aber ich habe kürzlich einige Dinge über ihn erfahren, die mich zu der Überzeugung bringen, dass das keine so schlechte Sache ist. Aber es geht weit über ihn hinaus. Diese Männer, die im Gefängnis sitzen, einer von ihnen bedroht meinen Bruder und verlangt von mir, dass ich etwas finde, was ihn entlastet, genau wie bei meinem Dad.«

»Verstehe«, sagt er und starrt auf seine eigenen Fotos an der Wand.

»Das wäre das eine, und auch wenn mein Dad und ich überhaupt nicht miteinander klarkommen, bin ich allmählich davon überzeugt, dass er tatsächlich die Wahrheit sagt, wenn er beteuert, dass er es nicht getan hat.«

»Aber sagen sie das nicht alle?«

Sie schüttelt den Kopf. »Einige sind sogar ziemlich zufrieden damit, Ihnen genau zu erzählen, was sie getan haben.«

»Es fühlt sich falsch an, Oliver in einem Atemzug mit diesen Leuten zu nennen«, sagt er und lehnt sich an eins der Bücherregale. »Ich weiß, dass ihm Blutvergießen nicht fremd ist, aber ich kann mir nicht vorstellen, dass er absichtlich einen anderen Menschen tötet. Ganz zu schweigen von der Art brutaler Gewaltanwendung, von der Sie hier sprechen.«

»Sie wären überrascht …«, setzt sie an, aber der Rest ihres Satzes bleibt hängen wie Wanzen an Fliegenpapier. »Was veranlasst Sie dazu, das zu sagen?«

»Hm?«

»Sie sagten brutale Gewaltanwendung, und dass Oliver daran gewöhnt war, Blut zu sehen.« Sie wendet sich ihm ganz zu. »Wie kommen Sie darauf, dass Blut mit im Spiel war?«

»Ist das nicht immer der Fall?«, erwidert er mit leicht verwirrtem Lächeln.

»Die Opfer hätten erdrosselt, erstickt, vergiftet werden können«, zählt sie ihm auf die Schnelle mehrere Möglichkeiten auf.

»Ich bin mir sicher, dass Sie zuvor ...«, fängt er an, aber sie unterbricht ihn, blinzelt die Erschöpfung fort, die ihre warmen Arme um sie geschlungen hat.

»Ich habe nichts dergleichen gesagt«, betont sie, »ich habe Ihnen nicht einmal gesagt, dass die Opfer allesamt Männer waren. Woher wissen Sie das?«

Er sieht mit traurigen Augen auf sie herab. »Ich wünschte wirklich, Sie hätten mich das nicht gefragt, Alice.«

52. Kapitel

Freitag – noch drei Tage

Luc Boudreaux weiß, dass Alice allen Grund hat, ihm zu misstrauen. Er weiß, dass womöglich keine Aussicht darauf besteht, dass die junge Anwältin ihm je vergeben wird, aber dieses Gefühl von Schuld und Verpflichtung wird ihn nicht davon abhalten, im Augenblick stinksauer auf sie zu sein. Wie es scheint, ist er nicht der Einzige, der sich nach den beiden Ärzten Grey und Finlay erkundigt hat.

»Und wann wollte sie ihn treffen?«

»Kurz nach halb neun, Sir«, sagt der Mann hinter der Rezeption im UNO-Gebäude.

»Wo?«

Boudreaux eilt nach draußen, schlägt die Richtung zur East River Esplanade ein. Ihm sinkt das Herz, als er das Absperrband der Polizei am Durchgang zur Uferpromenade sieht. Ein junger uniformierter Beamter kommt auf ihn zu, um ihn zu verscheuchen, doch Boudreaux zückt seine Dienstmarke und bittet darum, den diensthabenden Ermittler sprechen zu können.

Ein hochgewachsener Latino in grauer Hose und einem taubengrauen Hemd stellt sich ihm als Detective Blanco vor. Er mustert Boudreaux ziemlich skeptisch, als dieser erklärt, wer er ist und warum er hier ist, wobei er lediglich sagt, er glaube, es bestehe ein Zusammenhang zwischen seinem Fall und den beiden Personen, die zuvor auf der Uferpromenade gewesen seien.

»Sie glauben, es gibt da eine Verbindung zu meinem Mordfall hier?«

»Wer ist der Tote?«, erkundigt Boudreaux sich weiter und registriert die neue Information scheinbar gelassen, doch innerlich rast sein Herz.

»Könnte ein Tourist sein. Wir haben einen Anruf erhalten von einem Mann drüben am Fährenterminal«, er deutet mit dem Daumen über die Schulter. »Hat zwei Personen gesehen, die aneinandergeraten sind. Da war offenbar noch jemand auf der Esplanade, vermutlich eine Frau. Ein anderer soll am Boden gelegen haben, vermutlich ein Mann, aber keine Spur von ihm, als wir eintrafen. Einer der Männer ist in den Fluss gestürzt. Wir haben ihn rausgefischt, aber keine Chance, ihn zu reanimieren. Stichwunde. Ist verblutet. An Papieren haben wir in seinem Portemonnaie einen französischen Führerschein gefunden. Wir haben Kontakt zu den Kollegen in Frankreich aufgenommen.«

»Ich verfüge über gute Verbindungen nach Frankreich«, sagt er und versucht, billige Pluspunkte zu sammeln. »Falls Sie Probleme haben, lassen Sie es mich wissen.«

Blanco mustert ihn erneut mit festem Blick, als denke er über das Angebot nach, sagt dann aber: »Diese Leute, von denen Sie glauben, sie seien hier gewesen, können Sie uns Namen nennen?«

Boudreaux weiß, dass das dem Mann gar nicht gefallen wird, beschließt aber trotzdem, dichtzuhalten.

»Hm, schon, aber darüber darf ich noch nicht sprechen. Nationale Sicherheit.«

Die Wunder-Phrase, bei der jeder angesäuerte Polizist in einer Sackgasse landet. Er weiß es offenbar auch. Das verrät zumindest Blancos Miene.

»Haben Sie eine Karte?« Boudreaux versucht ihn zu besänftigen. »Sobald ich kann, rufe ich Sie an und informiere Sie über alles.«

Blanco reicht ihm seine Karte und richtet seine Aufmerksamkeit dann wieder auf den Tatort. Boudreaux hat die Adressen beider Ärzte von dem Mann an der Rezeption bekommen. Grey wohnt ganz in der Nähe, daher will er zuerst ihm einen Besuch abstatten. Zu Finlay ist es schon bedeutend weiter, längere Fahrt ins Suffolk County, Long Island. Das hat bis zum Nachmittag Zeit.

East 38th ist zehn Minuten Fußweg entfernt. Boudreaux verfällt in seinen Laufschritt und schafft es in sieben. Er geht die Hausnummern durch, zieht die Augenbrauen hoch, als er vor Greys Haus steht.

»Ich hätte definitiv Arzt werden sollen«, murmelt er vor sich hin, während er die imposante Fassade aus rotem Backstein auf sich wirken lässt.

Er hört, wie der Ton der Klingel innen verhallt, und lächelt bei der Vorstellung, jeden Moment werde ihm ein Butler die Tür öffnen. Sobald der Ton verklungen ist, leisten ihm die Geräusche der Stadt Gesellschaft. Kein Türschloss klickt, kein Riegel wird zur Seite geschoben. Er probiert es ein zweites Mal, klopft ein paar Mal.

Boudreaux schaut die Straße hinunter, fragt sich, wo die beiden stecken könnten. Vielleicht haben sie unterwegs einen Kaffee getrunken? Er mahlt mit den Zähnen bei dem Gedanken, dass Alice ihm in den Rücken gefallen ist. Wie, zum Teufel, hat sie überhaupt von Grey erfahren? Boudreaux hat zwar die UNO erwähnt, aber nie Namen genannt. Unterdessen hat Abs inoffiziell ermittelt, dass Alice' Handy erst vor ungefähr fünf Minuten an dieser Adresse geortet wurde.

Wenn es um jemand anders ginge, unter anderen Umständen, würde er demjenigen vorwerfen, laufende Ermittlungen zu behindern, und später Fragen stellen. Aber hier geht es nicht um irgendjemanden. Und es ist ja nicht einmal eine offizielle Ermittlung. Jedenfalls noch nicht. Wenn sich das hier bewahrheitet, kann nicht einmal Pascal Lavigne wegschauen.

Ein schwacher Laut von jenseits der Tür. Schritte, das klackende Geräusch eines Schlosses. Ein Mann erscheint in der offenen Tür, das Haar noch feucht, als habe er eben erst geduscht, er trägt Jeans und einen schwarzen Pullover.

»Dr. Grey?«

»Ja, kann ich Ihnen helfen?«

»Agent Luc Boudreaux«, sagt er und greift nach seiner Dienstmarke. »Wir haben gestern telefoniert.«

»Ah, ja, nett, Sie kennenzulernen, Agent Boudreaux. Gab es da Probleme mit den Informationen, die ich Ihnen geschickt habe?«

»Nein, nein, ich wollte nur … ich wollte zu Ihnen ins Büro, und der Mann an der Rezeption sagte, Sie seien mit einer Dame namens Alice Logan verabredet?«

»Ja, Miss Logan hat mich getroffen, als ich gerade meine morgendliche Joggingrunde gemacht habe. Sie meinte, Sie hätten sich beide gegenseitig bei diesem Fall unterstützt.«

Boudreaux verzieht das Gesicht. »Das trifft es nicht ganz. Aber es gab da durchaus gemeinsame Interessen. Dürfte ich fragen, worüber Sie sich mit ihr unterhalten haben?«

Langsames Kopfschütteln bei Grey. »Sie wollte ein bisschen mehr über Oliver erfahren. Sie hofft, ihn heute noch sprechen zu können. Ich denke, sie müsste auf dem Weg zu ihm sein.«

»Wo haben Sie Alice getroffen?«

»Sie wollte auf der Esplanade warten, aber ich war heute ziemlich schnell auf meiner Runde, daher sind wir uns auf der First Avenue begegnet. Ich bin zurück nach Hause, um zu duschen, daher haben wir uns auf dem Weg hierher unterhalten.«

»Und um wie viel Uhr war das?«

Grey wirft einen Blick auf seine Uhr. »Vielleicht vor einer Stunde.«

»Sie waren also beide nicht auf der Uferpromenade?«

Grey schiebt die Unterlippe vor. »Nein, wie ich sagte, wir haben uns auf der First getroffen.«

»Okay, danke«, sagt er und fragt sich, ob Grey ihn anlügt und Alice aus irgendeinem Grund deckt oder ob sie aus Versehen ihr Handy bei ihm vergessen hat.

Kurzer Blick auf seine Uhr, dann wieder zu Grey. Boudreaux

überlegt noch, wie er sich jetzt verhalten soll, als ihm etwas ins Auge fällt.

Ein Spritzer Farbe, wo keiner sein dürfte. Der Kontrast zwischen schwarzem Pullover und blasser Haut wird von einer einsamen purpurroten Linie unterbrochen, die quer über Greys Handrücken verläuft. Blut. Muss frisch sein, denn sonst wäre es unter der Dusche abgewaschen worden. Boudreaux zwingt sich, Grey wieder in die Augen zu sehen, ehe dieser merkt, wohin er geschaut hat.

»Eine Bitte, dürfte ich vielleicht kurz Ihr Bad benutzen?«

Das fragt er aus dem Bauch heraus, schlüpft in eine Rolle, während sein Hirn längst verarbeitet, was hier läuft. Etwas stimmt nicht. Alice' Handy wurde hier geortet. Grey erzählt ihm, er sei vor einer Stunde vom Joggen zurückgekommen, aber sein Haar ist immer noch feucht, so lange ist er noch nicht aus der Dusche raus.

»Oh, ich wollte eigentlich gerade los. Müsste längst wieder im Büro sein, wenn Sie also so nett wären ...«

»Ich bin nämlich auf direktem Weg vom Flughafen gekommen, verstehen Sie? Dauert wirklich nur eine Minute«, schiebt er nach und macht einen Schritt nach vorne.

Grey rührt sich nicht von der Stelle. Er ändert die Taktik.

»Kommen Sie, muss ich erst meine Dienstmarke zücken, um Ihre Toilette zu beschlagnahmen? Denn das will ich eigentlich nicht.«

Er sieht zwiegespalten aus, streckt die Hand vor, hält sich am Türrahmen fest.

»Bitte, Doktor, Sie haben doch den Hippokratischen Eid abgelegt, oder nicht?«

Grey braucht eine Ewigkeit, um darauf zu antworten, schaut einmal halb über die Schulter, geht dann einen halben Schritt zurück.

»Sie müssen das Bad oben benutzen, die Toilette unten ist kaputt.«

»Sie sind ein Lebensretter«, sagt Boudreaux und betritt die Eingangshalle.

»Zweite Tür links«, gibt er ihm mit auf den Weg, legt eine Hand auf den Treppenpfosten und winkt ihn mit der anderen durch, als würde er den Verkehr regeln.

Boudreaux schenkt ihm ein dankbares Lächeln, nimmt zwei Stufen auf einmal, lässt aber die Tür offen, als er das Badezimmer betritt. Der Mann wollte Alice an einem Ort treffen, an dem die New Yorker Polizei gerade jemanden vom Boden schabt, und jetzt blutet er aus weiß Gott für einer Wunde?

Er neigt ein Ohr zum Türspalt, lauscht auf irgendein Geräusch in der drückenden Stille, die sich wie ein Mantel über das Gebäude legt.

Nichts. Er zählt bis hundert, betätigt die Spülung und macht den Wasserhahn an. Holt sein Handy raus, entscheidet sich für einen Plan, der nicht seine erste Wahl war.

Diesmal geht er die Stufen langsamer herunter, hofft, dass er unten irgendeinen Vorwand findet, den Kopf in ein anderes Zimmer zu stecken. Zwei Türen im Eingangsbereich, eine dritte am Ende eines Korridors. Vielleicht die Küche? Er ist nur noch zwei Schritte von dieser Tür entfernt, als Grey auftaucht. Er verströmt so etwas wie eine fahrige Energie, als verfolge er eine spezielle Absicht, wobei er alles daransetzt, diese Absicht für sich zu behalten.

»Und, alles klar?«, fragt er, mit einem Grinsen, das aufgesetzt wirkt.

Boudreaux erwidert das Grinsen auf seine Art und tippt mit einem Finger auf sein Display, das er für Grey nicht sichtbar dicht an seine Seite hält.

»Ich sollte dann mal los, wenn ich Alice noch einholen will.«

Er zählt die Sekunden im Kopf. Schon bei drei hört er das Vibrieren eines Handys von irgendwo jenseits der Tür, hinter der er die Küche vermutet.

Er weiß, dass Grey es auch hört. Das sieht er in seinen Augen. Sie weiten sich für den Bruchteil einer Sekunde, verengen sich wie bei einem Raubtier, das seine Beute fixiert. Boudreaux streicht den Saum seiner Jacke zurück, greift nach seiner SIG Sauer, und diese Bewegung triggert Grey. Er macht einen Satz nach vorn, überwindet die Hälfte der Entfernung zwischen ihnen, bevor Boudreaux die Waffe ziehen kann. Sie verlässt das Halfter, beschreibt einen Halbbogen, als Grey auf Boudreaux prallt.

Er zielt tief, rammt Boudreaux eine Schulter gegen die Brust, Boudreaux spürt Finger, die zu seinem Handgelenk wollen. Grey reißt ihn mit seinem Gewicht zu Boden, die Welt kippt, als sie stürzen. Boudreaux reagiert instinktiv, setzt die Hüften im Judo-Stil ein, nutzt den Schwung zu seinen Gunsten. Sie gehen beide krachend zu Boden, vollführen eine Vierteldrehung, als der Donnerhall eines Schusses bis in den letzten Winkel der Eingangshalle dringt.

Die beiden verdrehen sich in einem Knäuel aus Armen und Beinen, Boudreaux bemüht sich, die Waffe mit beiden Händen freizubekommen. Grey hat einen eisernen Griff. Boudreaux versucht herauszufinden, ob er getroffen wurde. Kein Schmerz, abgesehen von der Schulter, auf der er unsanft gelandet ist.

Ob Grey getroffen wurde, weiß er nicht, er lässt nichts erkennen. Boudreaux zieht noch einmal, spürt, dass Greys Griff ein bisschen lockerer wird. Er bereitet sich auf einen dritten Versuch vor, als er Greys freie Hand auf sich zukommen sieht, zur Faust geballt. Zu spät zum Ausweichen. Er kann nur noch Schadensbegrenzung betreiben, daher zieht er das Kinn zur Brust. Trotzdem ist es noch ein heftiger Schlag, aber auch Grey ist verletzt. Ein trockenes Knacken, als habe jemand auf einen dünnen Ast getreten. Grey keucht vor Schmerz auf, und Boudreaux weiß, dass er daraus Kapital schlagen muss.

Glühwürmchen tanzen vor seinen Augen, aber er blinzelt sie fort. Grey ist ein wenig kräftiger als er, aber in einer Schlägerei geht es nicht darum, wie viel man stemmen kann. Er ändert die Richtung, geht wieder auf Grey los, anstatt sich auf die Waffe zu konzentrieren. Der Arzt rechnet nicht mit dieser neuen Taktik, und während er weiterhin an der Waffe zieht und gleichzeitig sein Gewicht verlagert, gelingt es ihm, Grey ein Bein über die Brust zu legen, sodass er halb auf ihm ist.

Ehe Grey sich voll darauf einstellen kann, geht Boudreaux ein kalkuliertes Risiko ein. Mit der rechten Hand hält er immer noch seine SIG fest, doch blitzschnell winkelt er den linken Arm an und lässt den Ellenbogen wie einen Hammer auf die Nase des Arztes sausen. Grey zuckt im letzten Moment zurück, der Schlag trifft ihn am Wangenknochen. Boudreaux sieht, wie ihm der Schmerz über die Gesichtszüge gleitet, und da Grey in diesem Moment etwas locker lässt, reißt Boudreaux mit aller Kraft an der Waffe. Zu stark, wie sich herausstellt. Sie entgleitet Grey schneller als erwartet, sodass Boudreaux' Arm zurückschlägt, er kann die SIG nicht mehr festhalten – scheppernd fliegt sie quer über den Fliesenboden.

Im selben Moment packt Grey Boudreaux am Hals und drückt zu. Boudreaux bekommt Panik, die Luft wird knapp, aber er überwindet diese Panik, sein Instinkt und sein Training machen sich bemerkbar. Verflucht, Greys Finger sind wie eine stählerne Kralle, die ihm jeden Augenblick die Luftröhre zerquetscht.

Er verlagert das Gewicht, zieht ein angewinkeltes Knie über seinen Arm, sodass es zwischen Schulter und Halsbeuge liegt. Während sich sein Körper leicht verdreht, packt er das Handgelenk der Hand, die ihm die Luft abdrückt.

Die Ränder von Boudreaux' Wahrnehmung verschwimmen, die Lungen brennen bei dem Mangel an Sauerstoff. Bleibt nur noch eine Chance, denn sonst wird das hier böse für ihn enden. Er wirft sich mit vollem Gewicht nach hinten, reißt Greys Handgelenk zu sich, bis es auf seiner Brust haftet.

Eine ruckartige Drehung überdehnt Greys Gelenk, schlagartig lässt der Würgegriff nach, Boudreaux schnappt keuchend nach Luft. Die Verschnaufpause währt jedoch nur kurz; er stößt den Atem aus, als er mit den Schultern auf den harten Fliesen aufschlägt.

Doch Boudreaux hält seine Beute immer noch umklammert, will das Handgelenk nicht loslassen, sein Leben hängt davon ab. Inzwischen ist Greys Kopf unter Boudreaux' Waden, der Arm ist zwischen

Boudreaux' Beinen eingeklemmt. Mit einem kehligen Aufschrei hebt Boudreaux die Hüften an, während er Greys Handgelenk ein paar Zentimeter weiter zu sich reißt und dabei einen höllischen Druck auf Greys Ellenbogen ausübt – das Gelenk wird in einer Weise überstreckt, die die Natur so nicht vorgesehen hat.

Den Armhebel hat er hundertmal auf der Jiu-Jitsu-Matte geübt, aber diesmal darf der Gegner nicht mit der flachen Hand andeuten, dass er genug hat. Boudreaux spürt, wie das Gelenk mit einem Plopp nachgibt, ehe er das scheußliche Knacken hört. Greys Schrei folgt unmittelbar darauf.

Boudreaux erhöht den Druck noch ein klein wenig, führt zu Ende, was er so oft geübt hat. Inzwischen ist so viel Weichteilgewebe beschädigt, dass Grey den Arm monatelang nicht richtig bewegen können wird. Hier dreht sich alles ums Überleben, nicht um Milde, und Boudreaux geht kein Risiko ein, weder bei seinem eigenen Leben noch bei dem Leben eines anderen.

Alice! Schlagartig fällt ihm ein, dass er vorhin ihre Nummer gewählt hat, was Grey wiederum unmittelbar dazu veranlasst hat, sich auf ihn zu stürzen. Boudreaux rappelt sich mühsam auf, während Grey mit der unversehrten Hand noch einmal ungeschickt nach ihm greift, aber dem Arzt fehlt die Kraft. Boudreaux tritt die Hand weg.

Dann holt Boudreaux Plastikhandfesseln hervor, dreht Grey auf den Bauch und ignoriert, wie sehr der Arzt protestiert. Er zieht sie fest, so fest, dass sie Grey an den Handgelenken ins Fleisch schneiden. Als Nächstes sind die Fußgelenke dran. Jetzt, da er weiß, dass Grey so schnell nirgendwo mehr hingehen wird, reißt Boudreaux die Küchentür auf. Seine Augen weiten sich vor Schreck, als er Alice sieht, die an einem kleinen Holztisch in einen Stuhl gezwängt ist und mit dem Rücken an der Küchenwand lehnt.

Die Anwältin sitzt mit geschlossenen Augen da, das Kinn ist ihr leicht auf die Brust gesackt, daher kann Boudreaux ihr Gesicht nicht richtig sehen.

»Alice!«, ruft er, eilt zu ihr, geht neben ihr in die Hocke. Alice stöhnt leise, als Boudreaux ihr vorsichtig beim Aufstehen helfen will.

Mit einem Blick in Richtung Eingangshalle vergewissert er sich, dass Grey immer noch auf dem Bauch liegt und sich wie ein riesiger Wurm windet. Als er sich wieder Alice zuwendet, fällt ihm ein größeres beigefarbenes Pflaster an ihrem Hals auf. Wie ein großes Wundpflaster. Er zieht vorsichtig an einer Ecke, aber da keine Wunde darunter sichtbar wird, reißt er es ganz ab. Er braucht etwas Zeit, um Alice wachzubekommen. Es ist, als sei sie unter Drogen gesetzt worden, ihr Blick ist glasig, sie spricht nur schleppend.

»Moment, was zum … Grey! Wo ist Grey?«

»Machen Sie sich um den keine Sorgen. Ich habe ihn ruhiggestellt«, sagt Boudreaux in einem, so hofft er, beruhigenden Ton. »Wie geht es Ihnen? Was ist passiert?«

»Er … Grey … Ich glaube, er ist es«, sagt Alice, und ihre Stimme klingt allmählich wieder etwas fester.

»Ja, das sehe ich inzwischen auch so.«

»Das ist ein Missverständnis.« Greys Stimme ist voller Schmerz, dringt aus der Halle in die Küche. »Lassen Sie mich das alles erklären, dann werden Sie verstehen.«

Alice späht an Boudreaux vorbei. »Wie haben Sie mich hier gefunden?«

»Das hat Zeit«, meint Boudreaux, achtet nicht weiter auf Grey und holt Alice ein Glas Wasser. »Jetzt müssen wir uns erst mal ein bisschen mit ihm unterhalten.«

»Er ist gefährlich, Luc«, sagt Alice und nippt immer wieder an dem Glas. »Ich habe gesehen, wie er einen Mann am Fluss getötet hat.«

»Ich habe Ihnen das Leben gerettet.« Selbst jetzt noch klingt Grey verärgert, dass jemand etwas anderes vermuten könnte.

»Das klären wir später«, meint Boudreaux.

Er gibt Alice zu verstehen, dass sie vorerst sitzen bleiben soll, ehe er schnell einen Rundgang im Erdgeschoss macht und beschließt,

Grey über den Fliesenboden in das Arbeitszimmer zu schleifen. Dort hievt er ihn in den Schreibtischstuhl und entfernt den Brieföffner vom Tisch. Die Plastikhandschellen müssten halten, aber wieso ein Risiko eingehen? Dann kehrt er in die Eingangshalle zurück und stellt sich so hin, dass er sowohl Grey als auch Alice in der Küche sehen kann.

»Können Sie aufstehen und gehen?«

»Und ob ich gehen kann, ich will hier raus.«

»Sind Sie bereit für ein kleines Kreuzverhör?«

»Mit ihm oder mit Ihnen?«, fragt sie, und eiserne Entschlossenheit ertönt in ihrer Stimme.

»Was soll das jetzt wieder heißen?«

Sie kommt auf Boudreaux zu, stellt sich so, dass sie mit dem Rücken zu Grey steht.

»Ich weiß, dass Sie den Tipp bekamen, als all das seinen Lauf nahm. Von McKenzie?« Ihre Stimme gleicht einem wütenden Zischen.

Er will darauf etwas erwidern, doch sie unterbricht ihn.

»Versuchen Sie gar nicht erst, das zu leugnen«, fährt sie ihn an.

»Alice, ich ...«

»Wie konnten Sie nur? Ich meine, jetzt im Ernst. All dieser Schwachsinn, dass man nicht bei der Polizei ist, um mitzuerleben, wie unschuldigen Menschen etwas angetan wird.«

»Das war doch kein Schwachsinn«, sagt er, »ich ...«

»Lügner«, schießt sie zurück.

»Ärger im Paradies?« Greys Stimme schwebt über ihre Schulter.

Sie wirft Boudreaux einen Blick voller Kälte zu. Jetzt führt alles zurück zu ihm. Ohne ihn, ohne das, was er getan hat, hätte es sie wohl kaum Tausende Kilometer von zu Hause verschlagen.

»Sie haben schon genug eigene Probleme«, ruft Boudreaux ihm über die Schulter zu. »Darum sollten Sie sich Gedanken machen, wie wär's?« Er sucht wieder Alice' Blick. »Lassen Sie mich das alles erklären«, fleht er sie an. »Aber später. Wenn wir hier fertig sind.« Er deutet mit einem Nicken auf Grey.

Sie funkelt ihn an, hin- und hergerissen, aber sie weiß, dass sie Wichtigeres zu tun haben, dazu gehört auch der Mann, der gefesselt hinter seinem Schreibtisch hockt.

»Na, und ob!«, sagt sie schließlich und sieht an ihm vorbei, in die Augen eines Killers.

53. Kapitel

Freitag – noch drei Tage

»Ehe Sie jetzt versuchen, mir irgendeinen Mist aufzutischen, will ich Ihnen in Erinnerung rufen, dass es da bereits einen Toten gibt, zu dem Ihr Name passt. Er wurde aus dem East River gefischt, ganz zu schweigen davon, was sich hier bei Ihnen abgespielt hat«, sagt Boudreaux, der einem erstaunlich gefassten Grey gegenübersitzt. Wenn man einmal davon absieht, dass er gelegentlich zusammenzuckt, sobald er eine etwas andere Sitzposition einnimmt, könnte man meinen, dass der Arzt ein Schwätzchen bei einer Tasse Kaffee hielte.

»Falls Sie von dem Mann sprechen, den ich in Notwehr verletzt habe, als ich gerade dabei war, Miss Logan zu beschützen, was hätte ich denn Ihrer Ansicht nach tun sollen?«

Alice dreht sich der Magen um, wenn sie nur an den Vorfall auf der Esplanade zurückdenkt. Was alles hätte passieren können, wenn Grey nicht so entschlossen gehandelt hätte?

Ihr Kopf wird immer klarer, die Wirkung von Greys Droge lässt nach, löst sich allmählich auf wie Morgennebel in der aufgehenden Sonne.

»Verwenden Sie nicht meinen Namen, um einen Mord zu rechtfertigen«, stößt sie zwischen zusammengebissenen Zähnen hervor. »Wagen Sie es ja nicht!«

»Ich habe Sie gerettet.«

»Und dann haben Sie mich angegriffen, damit wären wir also quitt.«

»Wie wäre es, wenn wir gleich damit anfangen, Dr. Grey?«, sagt

Boudreaux. »Wenn das alles nur ein Missverständnis ist, wieso haben Sie dann Miss Logan angegriffen?«

Der Arzt fährt sich einmal mit der Zunge über die Zähne, sagt aber nichts.

»Sie waren in Somalia«, sagt Alice. »Sie haben mir erzählt, dass Sie gemeinsam mit Dr. Finlay dort waren. In wie vielen anderen Ländern sind Sie noch gewesen?«

Sie geht zu der Wand mit den Fotos, nimmt das ab, was sie zuvor betrachtet haben.

»Sie waren mit ihm zusammen dort, aber Ihr Name taucht nicht auf der Liste auf, die Sie uns geschickt haben. Wie das?«

Seine Augen verfolgen Alice, während sie vor all den Fotos auf und ab geht, doch er schweigt immer noch. »Möchten Sie meine Theorie hören, Dr. Grey?« Sie lässt ihm keine Zeit für eine Antwort.

»Ich wette, wenn wir nur genau genug hinsehen, dann würde uns anhand dieser Fotos hier klar, dass Sie auch noch in vielen anderen Ländern waren. Vielleicht sogar in genau den Ländern, in denen auch Oliver eingesetzt war, aber er ist der Einzige, bei dem alle Kästchen in der E-Mail angekreuzt sind, die Sie uns geschickt haben. Bestenfalls haben Sie gewusst, was er vorhatte, und haben ihn gedeckt. Schlimmstenfalls stecken Sie beide gemeinsam unter einer Decke, und dann hatten Sie einen Streit, daher liefern Sie ihn ans Messer. Auf diese Weise würden Sie ungestraft davonkommen. Und, wie ist meine Theorie bisher?«

Grey ignoriert ihre Frage und sieht stattdessen Boudreaux an.

»Darf ich davon ausgehen, dass Verstärkung unterwegs ist, Agent Boudreaux? Haben Sie die Kavallerie gerufen, nachdem Sie einem angesehenen Mitglied der Vereinten Nationen fast den Arm gebrochen haben? Oh, nein, richtig«, er legt leicht den Kopf schräg, tut so, als habe er einen dummen Fehler im Schulunterricht gemacht. »Sie sagten ja am Telefon, dies hier finde im Geheimen statt. Niemand solle davon erfahren, nicht wahr? Nun, ich habe nicht gehört, dass Sie das hier gemeldet haben, da frage ich mich doch, ob es bedeutet, dass Sie das Ganze aus irgendeinem Grund vor Ihren eigenen Leuten geheim halten?«

»Glauben Sie, ich habe ein Problem damit, Sie festzunehmen, Sie Arsch?«, fährt Boudreaux ihn an. »Nur zu, wetten dass?«

»Und für was genau wollen Sie mich verhaften?«

»Fangen wir doch an mit der bewusstlosen Anwältin, die ich in Ihrer Küche gefunden habe.«

»Ihr war zwischendurch schwindelig. Ich wollte gerade meinen Autoschlüssel holen und sie in ein Krankenhaus bringen.«

»Sie lügen, Sie Mistkerl!«, entfährt es Alice. Was für eine Frechheit! So verschwommen ihre Erinnerungen sind, sie weiß, dass es so nicht gelaufen ist. Denn sie erinnert sich, dass er sie überwältigt hat. Alles um sie herum wurde schwarz.

»Und was Sie betrifft, Agent Boudreaux, wir sind uns nie zuvor begegnet. Ich sehe einen mir fremden Mann in meinem Haus, der eine Waffe hat. Ich habe nur versucht, mich zu verteidigen.«

»Ach, ja?« Boudreaux geht zu ihm, beugt sich zu ihm herab und sieht ihn durchdringend an. »Dann wollen wir doch mal sehen, wie das ein Geschworenengericht sehen würde, ja? Sie und ich, wir beide kennen die Wahrheit.«

»Seit wann geht es bei Gerechtigkeit um die Wahrheit?«, sagt er mit so etwas wie dem Anflug eines Lächelns. »Es geht darum, was man beweisen kann, und im Augenblick stehen Sie mit leeren Händen da.«

»Sie wollen also den Klugscheißer spielen, ja? Ich will Ihnen sagen, was ich beweisen kann. Ich kann beweisen, dass Sie absichtlich Ihren Namen nicht auf eine Liste der Personen gesetzt haben, die von Interesse sind. Ich weiß ganz sicher, dass Sie mich angegriffen haben. Meine Freundin hier besteht darauf, dass sie unter Drogen gesetzt wurde, und das wird dann ein Tox-Screen zeigen. Ich weiß, dass wir da einen Kerl haben, der aus dem East River gefischt wurde, und ich wette, dass er verantwortlich ist für das Leck, das Sie an Ihrem Arm haben. Und ich verdoppele den Wetteinsatz noch und behaupte, dass man Spuren von diesem Mann an Ihrer Kleidung finden wird, auch wenn Sie sich längst umgezogen haben. Wissen Sie, wie viele Kameras es zwischen hier und dem Fluss gibt? Was glauben Sie, was ich wohl finden werde, wenn ich die Strecke zwischen hier und der Esplanade checken lasse? Das wird reichen für einen Durchsuchungsbefehl, und ich wette, wir finden genug, um eine Verbindung zwischen Ihnen und unserem rätselhaften Typen vom Fluss herzustellen.«

Grey sagt nichts, aber Alice sieht, dass Boudreaux mit einigen oder sogar allen Bemerkungen gepunktet hat.

»Diese Sachen sind immer viel einfacher, wenn Sie kooperieren, Dr. Grey.«

»Moment«, sagt Alice und kommt ins Grübeln, während sie Boudreaux' Monolog verarbeitet. »Da waren zwei Männer. Der andere …« Sie sieht Grey an, hasst das schlechte Gewissen, einen Mann im Stich zu lassen, der ihr das Leben gerettet hat, ganz gleich, wie man es beschönigt. »Er hat den anderen ausgeknockt.«

»Hat offenbar nicht lange gewährt«, meint Boudreaux. »Der Officer am Tatort hat jedenfalls von keinem zweiten Mann gesprochen.«

Alice wendet sich Grey zu. »Danke. Dafür, dass Sie mich gerettet haben, meine ich. Das bin ich Ihnen zumindest schuldig.«

Er sagt nichts, neigt aber leicht den Kopf, als nehme er das zur Kenntnis.

»Da wir gerade dabei sind«, fährt sie fort, »Sie wissen mehr über diese Fälle, als Sie uns sagen. Wollen Sie hören, was ich glaube?«

»Eigentlich nicht«, erwidert er mit einem abschätzigen Lächeln.

»Ich frage mich, warum Sie nur Dr. Finlay auf die Liste gesetzt haben, wenn Sie zu zweit dort waren. Klar, mag sein, dass Sie sich verkracht hatten, aber was immer ihm widerfährt, stellt auch ein Risiko für Sie dar. Nein, ich glaube, er steht an Ihrer Stelle auf der Liste. Er ist Ihr Prügelknabe. Ich glaube, Sie haben diese Menschen getötet. Ich glaube, Sie sind für all das verantwortlich. Wenn Sie all diese Leute umgebracht haben, dann sind Sie ein Monster.«

Er sieht sie an, als habe sie ihm soeben ins Gesicht gespuckt.

»Ich glaube, Oliver Finlay ist unschuldig und hat sich in der kranken Scheiße verfangen, in die Sie verwickelt sind.«

Trotz blitzt in seinen Augen auf. Das genügt, um den fein justierten Stolperdraht in ihrem Kopf auszulösen, jene Antennen, die sich in all den Jahren im Gerichtssaal entwickelt haben.

»Was ist?«, fragt Alice. »Was hat es mit Finlay auf sich oder damit, dass Sie ein krankes Individuum sind?«

Da gibt es kein Vertun. Bei der Erwähnung von Finlays Namen sind die kaum wahrnehmbaren Veränderungen in seiner Mimik so deutlich wie Signalfeuer am Nachthimmel.

»Was auch immer zwischen Ihnen und ihm gewesen ist, es ist aus«, sagt sie. »Luc hat recht, egal, was mit all den anderen passiert, Sie werden sich nicht einfach so von dem abkehren, was heute passiert ist. Finlay vielleicht, aber nicht Sie.«

»Was macht Sie da so sicher, dass er unschuldig ist?«, sagt Grey nach einer Pause.

»Wollen Sie uns sagen, dass er es nicht ist?«

Grey atmet hörbar ein, durch die Nase wieder aus. Er schaut zur Seite, seine Augen huschen über die Wand voller Fotografien. Schließlich nickt er mehrmals leicht, als habe er eine Entscheidung getroffen.

»Was, wenn ich Ihnen sage, dass er getötet hat und ich es beweisen kann?«

Alice wirft Boudreaux einen Blick zu, ehe sie wieder Grey mustert. Technisch betrachtet, hat Boudreaux in jedem der Mitgliedstaaten die rechtliche Zuständigkeit, aber das hier läuft inoffiziell. Selbst Grey scheint das zu wissen.

Doch der Elefant im Raum hat sich nicht gerührt. Selbst wenn er versucht, Finlay zwölf Tötungsdelikte anzuhängen, ändert das nichts daran, wie die Sache womöglich für ihren Dad ausgeht.

»Was für eine Art von Beweis? Und was ist das Motiv? Mit wem hatte er ein Hühnchen zu rupfen, mit allen?«

»Mit allen? Nein. Nur mit einer Person.«

»Wie meinen Sie das, nur mit einer Person?«, will Boudreaux wissen. »Mit wem?«

»Es ist keiner dieser Männer«, antwortet Grey. »Es geht um seine Frau.«

54. Kapitel

Freitag – noch drei Tage

Das habe ich nicht kommen sehen, denkt Alice.

»Was soll seine Frau damit zu tun haben?«, fragt Boudreaux und sieht genauso verwundert drein wie sie.

»Sie ist nicht an Krebs gestorben.«

»Was sagen Sie da?«

»Das war er. Oliver. Er hat sie umgebracht und hat die Lebensversicherung kassiert, um seine Spielschulden bezahlen zu können.«

»Und das wissen Sie woher?«, hakt Boudreaux nach.

»Weil ich gesehen habe, wie er es getan hat«, sagt Grey, so nonchalant, als unterhalte er sich über das Wetter.

»Moment, Sie … Sie haben wirklich gesehen, wie es passierte?«, fragt Alice, und ihr ist unwohl dabei, so beiläufig über den Mord an einer Frau zu sprechen.

Er nickt. »Ich war zu weit entfernt, um es noch zu verhindern. Sein Haus liegt an einem See. Alana, seine Frau, sie liebte es zu schwimmen, bevor sie krank wurde. Sie befand sich in der Remission, als es passierte.«

Er rutscht unruhig auf dem Stuhl herum, hat immer noch die Plastikhandschellen um die Handgelenke.

»Es war vor etwa achtzehn Monaten. Er hatte von zu Hause aus gearbeitet, aus verständlichen Gründen. Ich bin zu ihm gefahren, wollte mit ihm über die Möglichkeit eines Sabbaticals sprechen, wissen Sie, damit er sich ganz auf Alana konzentrieren konnte. Seit der Diagnose war er nicht mehr er selbst. Wie dem auch sei, als ich dort ankam, machte niemand die Tür auf, daher bin ich ums Haus herumgegangen. Und da entdeckte ich ihn draußen in seinem Boot. Er hatte beide Hände ins Wasser getaucht, als würde er nach dem Dinner den Abwasch machen. Ich war auf halbem Weg runter zum See, als er sich wieder aufrichtete. Und da sah ich, dass etwas an die Oberfläche dümpelte.«

Wenn er sich das einfach so auf die Schnelle ausdenkt, ist er ein verdammt guter Schauspieler, überlegt Alice. In diesem Augenblick erinnert sie sich an die Leute im Gerichtssaal, die sie gesehen hat und die von etwas berichteten, was sie nicht verhindern konnten – Grey hat dieselbe Miene, die verspannte Kieferpartie, den ernsten Blick.

»Er ließ sie volle fünf Minuten dort treiben, während er eine verdammte Zigarette rauchte«, fährt Grey fort, und seine Kieferknochen mahlen, während er vor Wut die Zähne aufeinanderpresst. »Ich konnte alles genau verfolgen, als er sie aus dem Wasser zog und zurück an Land brachte. Dort wuchtete er sie sich auf die Schulter, als sei sie ein verdammter Sack Getreide. Ich musste mit anhören, als er sich in eine Aufregung hineinsteigerte und den Notruf 911 wählte. Alle bei den Vereinten Nationen denken immer noch, der Krebs hat sie dahingerafft.«

»Eine ergreifende Geschichte, Doktor«, wirft Boudreaux ein. »Aber wenn nur ein Fünkchen Wahrheit dran ist, warum haben Sie dann nicht die Notrufnummer angerufen, verdammt?«

»Ich will Ihnen eine Frage stellen. Würden Sie auf Grundlage der Beweise für eine Verurteilung stimmen, ohne begründete Zweifel?«

»Sie haben eben gesagt, er hat sie unter Wasser gedrückt. Wer, zum Teufel, würde da nicht auf schuldig plädieren?«

Grey setzt ein sprödes Lächeln auf. »Es gibt dazu aber nur meine Aussage. Überlegen Sie. Da ist eine Frau, deren Körper von Krebs zerfressen ist, und diese Frau versucht, sich einen Freiraum zurückzuerobern, den sie vor ihrer Erkrankung so sehr liebte. Oliver mimt den trauernden Ehemann, der versucht hat, sie zu retten. Er trug dicke Gummihandschuhe, bis zu den Ellenbogen, daher wird es keine Beweise geben, keine Kratzspuren, keine Hautschuppen unter den Fingernägeln. Und da wollen Sie auf schuldig plädieren, aufgrund der Aussage eines Mannes, der mehrere Hundert Meter entfernt war?«

»Polizist hin oder her, ich hätte das trotzdem gemeldet«, sagt Boudreaux. »Das hätte jeder getan, der ein Gewissen hat. Die Frage bleibt aber, warum Sie es nicht gemeldet haben. Sie erzählen uns, er habe seine Frau umgebracht – warum läuft er dann frei herum?«

Alice verfolgt, wie Grey und Boudreaux ihren eigenen privaten Staredown zelebrieren, so lange, bis einer wegschaut. Die Luft im Raum wirkt drückend, schwer und belastet von dem Gewicht all dessen, was er ihnen nicht mitteilt. Grey suhlt sich darin, was es auch sein mag, daran gibt es keinen Zweifel. Hört sich ganz danach an, als seien er und Finlay sich nicht grün. Ein Grund mehr, um sicherzustellen, dass ein Mann wie Finlay seine Strafe erhält. Jeder, der so etwas der Frau antut, die er liebt, verdient, was danach an Konsequenzen auf ihn zurollt.

Boudreaux ergreift wieder das Wort, aber in Alice' Ohren klingt es wie Hintergrundrauschen. Sie hört ihm nicht zu, ihre Gedanken greifen voraus, auf der Grundlage dessen, was sie soeben gehört hat. Als ihr der entscheidende Gedanke kommt, sieht sie mit einem Mal klarer denn je.

»Das ist es«, sagt sie, eher zu sich selbst als zu jemand anderem. Sie wiederholt sich, lauter diesmal, um Boudreaux zu unterbrechen. »Das muss es sein. Er will, dass Finlay bestraft wird, aber nicht die Gerichte sollen ihn bestrafen, stimmt's, Doktor? Es ist wie bei all den anderen, auch bei meinem Dad, richtig? Sie alle haben jemanden verletzt oder getötet und sind damit davongekommen.«

Boudreaux ist im Begriff, etwas zu sagen, hält aber inne, seine Augen verengen sich, und da weiß Alice, dass sich auch für ihn die Puzzleteile zusammenfügen. Greys Gesichtsausdruck hat sich ebenfalls verändert. Die sarkastische, überhebliche Note scheint weicher geworden zu sein, die Falten auf seiner Stirn sind nicht mehr so stark ausgeprägt.

»Deshalb haben Sie sie getötet, nicht wahr?«, setzt Alice nach. »Sie alle sind tatsächlich davongekommen mit Mord, bis Sie auf den Plan getreten sind.«

»Und Finlay?«, kontert Boudreaux. »Wenn das stimmt, warum ist er dann nicht auch tot?«

»Ich glaube, er braucht ihn«, sagt Alice langsam, während sie sich aus dem Stand durch dieses Knäuel ihrer eigenen Theorie windet. »Ich glaube, es ist kein Zufall, dass er in diesen Ländern war. In all den Jahren ist er eine Art Sündenbock auf Abruf gewesen. Und der Umstand, dass er sich plötzlich als genauso übel erweist wie die anderen, ist nur ein Bonus. Grey hat an all diesen Orten die Kontrolle über die Einsatzpläne des Personals gehabt. Da ist es wohl nicht schwer, dafür zu sorgen, dass dein Sündenbock auch auf der jeweiligen Liste steht, für den Fall, dass die Sache nicht so läuft, wie man es gerne möchte.«

»Sind Sie je in Florida gewesen, Doktor?«, fragt Boudreaux. »Wenn ich ein bisschen graben würde, würde ich dann herausfinden, dass Sie in der Gegend waren, sagen wir genau in der Woche, als Jim Sharp verhaftet wurde?«

Grey sagt dazu nichts, seine Augen huschen von ihm zu ihr, als betrachte er ein Schachbrett und würde darauf warten, dass sie ankündigen, ihn matt gesetzt zu haben. Es ist bezeichnend, dass er überhaupt keine Anstalten macht, zu protestieren.

»Was ist passiert, Dr. Grey?«, fragt Alice. »Man erwartet, dass Sie Leben retten, nicht anderen das Leben nehmen.«

»Wollen Sie mir jetzt wirklich einen Vortrag über den Wert des Lebens halten, Miss Logan?«, antwortet Grey und mustert sie mit leicht schräg gelegtem Kopf. »Sie versuchen, das Leben von Leuten wie Ihrem Dad zu retten, von Leuten, die dem Leben eines anderen Menschen so wenig Wertschätzung entgegenbringen.«

Jetzt, da sie weiß, was ihr Vater getan hat, klingen ihre Worte hohl.

»Sie haben kein Recht, über Leute zu urteilen, die Sie nicht kennen«, sagt sie. »Sie wissen nicht, ob er diesen Menschen getötet hat oder nicht.«

»Nur weil er *ihn* nicht getötet hat, bedeutet das nicht, dass er unschuldig ist«, entgegnet Grey scharf, und zum ersten Mal ist dieser giftige Unterton in seiner Stimme.

Das nun folgende Schweigen wird nur untermalt von dem leisen Verkehr draußen. Die Betonung auf *ihn* ist wie ein aufleuchtendes Neonlicht in Alice' Kopf.

»Warum sagen Sie das?«, hakt Boudreaux nach.

»Die meisten Leute sind nicht ohne Schuld, wenn man nur tief genug gräbt.«

»Nein, Sie haben eben gesagt, er hat *ihn* nicht getötet, so haben Sie es betont. Also nicht ihn, sondern jemand anderen?«

Alice macht sich schmerzhaft bewusst, dass sie Boudreaux noch gar nicht mitgeteilt hat, was ihr Dad gebeichtet hat, aber jegliche Zweifel, wer und was Elias Grey ist, verflüchtigen sich schnell.

»Wissen Sie da etwas, was ich nicht weiß?« Boudreaux wendet sich ihr zu.

»Es ist vertraulich«, sagt Alice, ehe Grey etwas sagen kann. Sie wendet sich Boudreaux ganz zu. »Mein Dad war vermutlich in einen Unfall mit Fahrerflucht verwickelt, eine Woche, bevor er verhaftet wurde.«

Boudreaux' Augen weiten sich. »Ach? Und Sie hielten es nicht für nötig, diese Kleinigkeit mit mir zu teilen?«

»Nichts im Vergleich dazu, was Sie getan haben, und das war, bevor Sie mir diese Reporterin auf den Hals gehetzt haben. Sie wissen schon, die Frau, mit der Sie draußen ein bisschen geplaudert haben. Ich habe selbst beobachtet, wie dicke Sie mit ihr waren.«

»Ich habe ihr klargemacht, dass sie sich heraushalten und sich um ihren eigenen Kram kümmern soll!«

»Dafür habe ich jetzt keine Zeit«, sagt Alice und widmet ihre Aufmerksamkeit wieder Grey. »Natürlich haben Sie gewusst, was mein Dad getan hat. Aber woher? Dad meinte, er habe in der Nacht ein anderes Auto kommen sehen. Waren Sie das? Plötzlich ergibt alles Sinn. Deshalb haben Sie ihn auf einen Drink eingeladen, genau in der Nacht, in der Manny Castillo starb. Die Mütze ...«, sie hält kurz inne, geht wieder zu der Wand mit den Fotos, zeigt mit dem Finger auf einen bestimmten Rahmen. Grey gemeinsam mit einem Mann und einer Frau, Eiffelturm im Hintergrund. »... genau diese Mütze haben Sie in der Nacht getragen, als Sie Manny Castillo umgebracht haben.«

»Einspruch, Euer Ehren«, verhöhnt Grey sie. »Indizienbeweis.«

»Glauben Sie ernsthaft, zwölf Mitglieder eines Geschworenengerichts sind nicht in der Lage, das Gesamtbild eines Puzzles zu erkennen, nur weil das Eckstück fehlt?«, sagt sie. »Die Polizei wusste damals nicht, dass sie über meinen Dad hinaus hätte nachforschen müssen. Glauben Sie nicht, dass jetzt genug zusammenkommen wird, wenn sie erst mal loslegen? Wir haben einen Augenzeugen, Dr. Grey. Einen Mann, der aussagt, dass derjenige, den er gesehen hat, kaum geradeaus laufen konnte und ganz bestimmt nicht imstande war, einem Mann die Halsschlagader zu punktieren. Wenn mein Vater jemand anders etwas getan hat, dann wird er sich dafür vor Gericht verantworten müssen, und nur dafür. Das Gleiche gilt für Manny Castillo und all die anderen Männer, die Sie getötet haben.«

»Sind Sie je Opfer eines Verbrechens gewesen, Miss Logan?«, fragt er unvermittelt.

Sie schüttelt den Kopf, ist nicht bereit, von dem Vorfall in Paris zu erzählen, aber er lässt ihr ohnehin keine Zeit zum Antworten.

»Dann will ich Ihnen erzählen, wie es ist, der Würde beraubt zu werden, und zwar von Leuten, denen man eigentlich helfen will. Sehen Sie das hier?« Seine Augen huschen in Richtung der Narbe. »Ich habe versucht zu helfen, wo Hilfe nicht erwünscht war, in Somalia. Hat mir die Verletzung hier eingebrockt, dazu drei Tage im Koma, der Lohn für all meine Bemühungen. Die beiden Kollegen auf dem Foto dort? Als ich das Krankenhaus verlassen konnte, musste ich ihren Verwandten in die Augen sehen und erklären, warum ihre geliebten Menschen nicht mehr zurückkehren würden.«

»Es tut mir leid zu hören …«

»Sie können sich Ihr Mitleid sonst wohin stecken«, fährt er sie an, und kleine Speichelfetzen fliegen ihm vom Mund und landen zu seinen Füßen. »Solange Sie so etwas nicht durchmachen mussten, können Sie sich Ihr verdammtes Mitgefühl sparen. Ich hatte zweimal einen Herzstillstand, bin fast gestorben auf dem Tisch, während man versuchte, die Blutung in meinem Gehirn zu stoppen. Glauben Sie, den Männern, die das verursacht hatten, hat es leidgetan? Dass es all den anderen leidgetan hat? Nein, Frau Anwältin, wenn man die Entscheidungen trifft, die diese Leute treffen, dann hat Mitleid keinen Platz. Wohin ich auch gereist bin, die Menschen sind überall gleich. Brutale Menschen sind universell. Brutale Menschen haben keine Grenzen. Jeder muss für seine Entscheidungen geradestehen.«

»Das ist also, was Sie tun?«, wirft Boudreaux ein. »Und wer zieht Sie zur Rechenschaft?«

»Ich stelle nur das Gleichgewicht wieder her«, sagt er. »Es bereitet mir kein Vergnügen, aber jeder dieser Männer hatte gemordet, ohne dass er mit Konsequenzen rechnen musste. Ich habe lediglich Gerechtigkeit walten lassen. Eine Gerechtigkeit, der sie sich entzogen haben.«

Ein Geständnis, endlich.

»Was ich noch nicht ganz kapiere – warum haben Sie diese Leute nicht einfach umgebracht?« Boudreaux runzelt die Stirn. »Wenn das alles Mörder sind, dann müssten sie doch in gleicher Weise bestraft werden, oder?«

»Bei zwei Leichen ohne jemanden, dem man die Schuld geben kann, bleiben Fragen offen. Bei einer Leiche und dem dazugehörigen Mörder hat man Antworten, und ich kann weiterhin meine Arbeit tun.«

»Gleichgewicht also nur, wenn es Ihnen gerade in den Kram

passt?«, schießt Boudreaux zurück. »Und wie entscheiden Sie, wer am Leben bleibt und wer stirbt?«

Grey zuckt mit den Schultern. »Ich lasse sie selbst entscheiden, sozusagen.«

»Wie das?«

»Ich unterhalte mich mit allen, gebe jedem die Chance, mir zu zeigen, was für ein Mensch er oder sie wirklich ist. Das kleinere Übel atmet weiter.«

An jenem Abend in der Bar, denkt Alice, das war Grey, er horchte Dad aus, ehe er ihn unter Drogen setzte, dann in sein Auto verfrachtete, um Manny Castillo zu töten und den Tatort zu inszenieren. Eine Art Vorsprechen, von dem Dad nicht mal ahnte, dass es in vollem Gange war. Wie leicht hätte es auch andersherum sein können, überlegt sie. Dads Blut auf Mannys Hemd anstatt umgekehrt.

»Was ist mit Oliver Finlay?«, fragt Alice und entfernt sich gedanklich von dem, was hätte sein können. »Was macht ihn anders?«

»Er ist nicht anders. Letzten Endes wird Oliver für seine Taten geradestehen. Bei den ersten paar Auslandseinsätzen, die ich koordiniert habe, war es reiner Zufall, dass er auch dort war. Nach Somalia, nachdem all das seinen Lauf nahm …« Er verliert sich einen Moment. »Tja, sagen wir so, es konnte nicht schaden, jemanden zu haben, der mit mir in all diesen Ländern war.«

Alice wendet sich Boudreaux zu. Ein unbehaglicher Waffenstillstand ist nach dem vorangegangenen Schlagabtausch eingekehrt.

»Reicht das so?«, will sie wissen. »Haben wir genug in der Hand, um das Ihrem Boss vorzulegen? Um es offiziell laufen zu lassen?«

»Es reicht auf jeden Fall, um ihn zum Verhör vorzuladen. Das NYPD wird die Gelegenheit als Erstes wahrnehmen, mein Boss wird sicher einen Herzinfarkt kriegen, aber wir dürfen ihn auf keinen Fall einfach laufen lassen. Ich werde einen Anruf tätigen. Kommen Sie klar hier?«

Alice nickt und sieht Boudreaux nach, der in die Eingangshalle geht, ehe sie sich Grey zuwendet. Er starrt sie unverwandt an. Während des ganzen Gesprächs hat er sich so gut wie nichts anmerken lassen. Kein Anzeichen von Schuld oder Reue, nur einmal diese aufflammende Wut bei dem Gedanken, er habe etwas Falsches getan. Dass er sich über all das erhaben fühlt, dass er Richter, Jury und Henker in einer Person sein will, entfacht etwas in ihr. Und zwar dort, wo die Sache zu ihrem eigenen Dad zurückführt, zu der Tatsache, dass er einen hohen Preis zahlt. Nur nicht für das richtige Verbrechen.

»Sie reden davon, das Gleichgewicht wiederherzustellen, Dr. Grey. Wer stellt es aber für Sie her, für das, was Sie getan haben?«

»Glauben Sie, dass dieser Mann am Fluss sich zufriedengegeben hätte, wenn man ein ernstes Wort mit ihm geredet hätte?«, fragt Grey.

»Es gab nur einen Grund, warum er mir etwas antun wollte, weil es nämlich um den Mann geht, den Sie reingelegt haben. Alles fällt auf Sie zurück.«

»Würden Sie mich verteidigen, wenn ich im Todestrakt säße, Alice? Oder wie steht es um diese anderen Männer, die Sie unter allen Umständen freibekommen wollen?«

Die Frage dringt bis zum Kern dessen vor, wofür sie steht. Es ist eine absolute Konstante: das Recht auf ein faires Verfahren – und das Recht auf Leben, selbst wenn man es hinter Gittern fristet. Die Vorstellung, Grey zu verteidigen, wenn er sich als derjenige erweist, für den sie ihn hält, löst einen Kurzschluss in ihrem Gehirn aus, aber das reicht schon, um Grey ein Lächeln zu entlocken. Er scheint davon überzeugt zu sein, sein Argument angebracht zu haben.

»Im Prinzip würde ich das tun, natürlich. Sie müssen nicht unschuldig an Ihren Verbrechen sein, damit ich mich für Ihr Leben einsetze.«

»Wie nobel.«

»Sie haben mich danach gefragt.«

»Was wird also jetzt?«, fragt er.

»Jetzt?« Sie zieht eine Augenbraue hoch. »Jetzt werde ich meinen Augenzeugen auffordern, Sie zu identifizieren, werde beweisen, dass Sie in Florida waren, und meinen Dad aus dem Todestrakt holen.«

»Sie wissen aber schon, dass Sie das nicht tun können, ohne dass die anderen nacheinander freikommen, oder? Wenn sie tatsächlich freikommen, dann fällt alles, was diese Leute danach anrichten, auf Sie zurück. Egal, wem sie etwas antun, es wird Ihr Gewissen belasten. Könnten Sie damit leben?«

»Sie haben zugelassen, dass Oliver Finlay frei herumläuft. Woher wollen Sie wissen, dass er nicht noch jemandem etwas angetan hat?«

»Bei Oliver ist das anders. Er war mein Plan B. Ich brauchte ihn, für den Fall, dass jemand wie Sie kommt und herumschnüffelt, aber er wird sich schon sehr bald für das verantworten müssen, was er getan hat.«

»In diesem Fall, wenn ein Dutzend Männer auf freien Fuß gesetzt werden, weil sie dieses spezielle Verbrechen nicht begangen haben, ja, dann könnte ich damit leben.«

Es sieht so aus, als ob ihn etwas, was sie soeben gesagt hat, amüsiere, ein Lächeln spielt um seine Mundwinkel.

»Was ist daran so lustig?«

Er schaut auf seine Füße, die gefesselt sind, und schüttelt sachte den Kopf. Er lässt sich Zeit mit der Antwort, und als er dann spricht, liegt etwas Verspieltes in seinem Blick.

»Es amüsiert mich, dass Sie glauben, es wäre nur ein Dutzend.«

55. Kapitel

Freitag – noch drei Tage

Es ist, als ob die Luft aus dem Zimmer gesaugt worden wäre, und sie hat das Gefühl, sich aus dem Tiefschlaf wachrütteln zu müssen, ehe sie antwortet.

»Wie viele sind es noch?«

Grey antwortet nicht. Stattdessen schaut er zur Seite, wieder auf die Wand mit den Fotos. Sie folgt seinem Blick, ihre Augen weiten sich, sie öffnet den Mund leicht, voller Unglaube.

»Sie alle?« Sie kommt kaum über ein Wispern hinaus.

Das Mosaik aus Bilderrahmen lässt fast keinen Platz, um den Wandputz sehen zu können. Es müssen Dutzende sein, vielleicht sogar an die hundert einzelne Aufnahmen. Wenn das wahr ist, lässt Grey Ted Bundy wie einen Pfadfinder aussehen.

»Sie wollen mich doch verarschen«, sagt sie und nähert sich wieder der Wand. Die Ungeheuerlichkeit dessen, was er andeutet, ist zu groß, als dass sie es begreifen könnte – als würde sie versuchen, einen Sumoringer zu umarmen. »Das sind keine Fotos, das sind Trophäen. Jedes einzelne Bild. Es erinnert Sie, wo Sie überall gewesen sind. Was Sie dort getan haben.«

Als sie sich wieder zu ihm umdreht, sieht sie, wie er das Gesicht verzieht, als würde er saure Drops lutschen. »Bitte nicht dieses Wort benutzen. Es ist nicht so, dass ich das genieße.«

»Wie nennen Sie es denn dann, verdammt?« Sie attackiert ihn, verärgert darüber, dass er immer wieder versucht, sich zu rechtfertigen und schönzureden, was er ist und was er angerichtet hat.

»An diesen Fotos ist nichts Verfängliches, Miss Logan, aber sie sind wichtig. Sie sind eine Erinnerung daran, dass ich in dieser Welt etwas bewirke. Dass das, was ich tue, von Belang ist.«

»Sie sollten sich vielleicht daran gewöhnen, in der Vergangenheitsform zu sprechen«, sagt sie und geht wieder zu ihrem Stuhl. »Denn bald werden Sie kaum etwas anderes tun, als auf die Wände einer Zelle zu starren, und zwar für eine lange Zeit.«

Von irgendwoher, aus einem der anderen Zimmer, ist Boudreaux' Stimme zu hören, aber so schwach, dass sie den Wortlaut nicht verstehen kann. Ist er in der Küche? Müdigkeit zerrt an Alice, obwohl die Wirkung des Zeugs, das er ihr verabreicht hat, fast ganz nachgelassen hat. Aber die zurückliegenden Tage haben sie wie Wellen überrollt und ihr die letzten Kraftreserven geraubt.

»Dürfte ich Sie um einen kleinen Gefallen bitten?« Grey deutet mit dem Kopf auf den Schreibtisch hinter ihm. »Könnte ich bitte einen Schluck Wasser haben?«

Alice ist nicht gerade begeistert davon, allein in einem Zimmer mit ihm zu sein, und die Krankenschwester will sie schon gar nicht für ihn spielen. Offenbar lässt sie sich den Widerwillen anmerken.

»Ich würde mir das Glas gern selbst holen, aber Sie sehen ja.« Er zuckt mit den Schultern, lächelt entschuldigend. »Bitte.«

Sie nähert sich ihm vorsichtig von der Seite. Er hebt das Kinn leicht an, als sie ihm das Glas an die Lippen hält und ihm die Gelegenheit gibt, einen Schluck Wasser zu trinken. Danach ist sie im Begriff, das Glas wieder auf dem Untersetzer abzustellen.

»Danke«, sagt Grey. »Und tut mir leid.«

Sie will ihn fragen, wofür er sich entschuldigt, aber dafür bleibt ihr keine Zeit, denn er katapultiert sich förmlich aus dem Stuhl, rammt den Kopf gegen ihren Kiefer. Das Zimmer springt auf Schwarz um.

56. Kapitel

Freitag – noch drei Tage

Alice' Kopf dröhnt wie eine Glocke. Hilflos sieht sie mit an, wie Grey beide Arme auf halbe Höhe seines Rückens bringt, ehe er sie mit voller Wucht nach unten stößt: Die Plastikhandschellen platzen auf. Sie fasst sich ans Gesicht, zuckt zusammen. Dann versucht sie, sich auf einem Ellenbogen abzustützen, und verfolgt erschrocken, wie Grey nach dem Brieföffner auf dem Schreibtisch greift; die Klinge fängt das Licht ein. Hastig macht er sich an den Fesseln um seine Füße zu schaffen, auch dort ploppt das Plastik auf.

»Bitte, tun Sie das nicht …« Mehr bringt sie nicht zustande.

Er schaut auf sie herab, eher verwirrt. »Ich töte Menschen, ja, aber ich bin kein Killer«, sagt er, wobei er das letzte Wort betont. Er kehrt sich schwungvoll von ihr ab, reißt eins der Fenster auf und klettert nach draußen, so gut es geht mit dem lädierten Arm. Eben war er noch im Zimmer, nun ist er fort, wie bei einem Zaubertrick.

»Alice?« Boudreaux' Stimme scheint aus meilenweiter Entfernung zu ihr zu dringen. »Alice, alles okay bei Ihnen?«

»Er … er haut ab«, krächzt sie. Wieder zwingt sie sich, in eine sitzende Position zu kommen, auch wenn sich der Raum um sie zu drehen beginnt. »Grey entkommt.« Diesmal spricht sie lauter, und kurz darauf eilt Boudreaux zur Tür herein.

Er schaut ganz kurz nach Alice, läuft an ihr vorbei, die Waffe im Anschlag, als er zum Fenster hinaussieht. Er blickt in beide Richtungen, flucht und rennt dann zurück in die Eingangshalle. Alice hört, wie die Haustür aufgerissen wird, und zieht sich an der Schreibtischkante hoch. Schließlich sackt sie auf den Stuhl, den Grey Augenblicke zuvor angewärmt hat.

Als Boudreaux fünf Minuten später zurückkommt, ist Alice sich ziemlich sicher, dass sie keine ernsthafte Verletzung davongetragen hat. Es knackt jedes Mal, wenn sie den Kiefer bewegt, die Seite ihres Gesichts pocht, aber nichts fühlt sich gebrochen an.

»Der Mistkerl ist entkommen. Habe nicht mal gesehen, wohin er gelaufen ist«, knurrt Boudreaux und schaut sich im Arbeitszimmer um, als müsse er an irgendetwas oder irgendjemandem seine Wut ablassen. »Sind Sie okay? Was ist denn nur passiert?«

Alice erzählt ihm von dem Überraschungsangriff und teilt ihm auch mit, was Grey ihr über die Fotogalerie erzählt hat, die jetzt eine ganz neue, makabere Bedeutung gewonnen hat.

»Gott!«, entfährt es Boudreaux leise. »Das ist Irrsinn. Er ist wahnsinnig.«

»Aber so ist es nun mal«, meint Alice. »Ich glaube, er ist überzeugt davon, dass das, was er tut, moralisch richtig ist. Als würde er allen und jedem einen Gefallen erweisen.«

So stehen sie beide da und begutachten das, was bis vor zehn Minuten ein ganz gewöhnliches Arbeitszimmer war.

»Was hat Ihr Boss gesagt?«, fragt Alice.

»Hm, von den ersten Minuten des Gesprächs möchte ich lieber nichts wiederholen. Er ist natürlich stinksauer auf mich, aber … er ist auch nicht dumm. Ihm ist klar, dass wir die Sache angehen müssen. Er hat das NYPD alarmiert und schickt uns ein paar Agents aus unserer New Yorker Zentrale.«

»Und was machen wir jetzt also? Hier warten?«

Boudreaux wirft ihr einen Blick zu, in dem Durchtriebenheit lauert. »Was wir jetzt machen? Wir schnappen uns diesen Mistkerl.«

»Aber wie denn? Sie haben ja nicht mal gesehen, wohin er gelaufen ist.«

Agent Boudreaux lächelt sie an. »Ein Magier gibt nie seine Geheimnisse preis.«

57. Kapitel

Freitag – noch drei Tage

Eine halbe Stunde später überqueren sie mit einem Auto die Queensboro Bridge, in Greys Haus haben sie zwei GALE-Agents zurückgelassen, die auf die Jungs vom NYPD warten sollen.

»Was ist, wenn wir uns irren?«, fragt Alice ihn. »Er könnte doch auch in genau entgegengesetzter Richtung unterwegs sein, nach allem, was wir wissen.«

Boudreaux tippt sich an die Nase. »Wie ich schon sagte, Magie.«

»Ach, kommen Sie, Sie müssen mir schon etwas mehr verraten«, meint Alice, diese kryptische Vorgehensweise scheuert wie Sand auf einem Sonnenbrand.

»Okay, also gut, aber Sie müssen mir versprechen, im Auto zu bleiben, wenn wir dort sind.«

»Versprochen.«

»Die Jungs aus unserer New Yorker Zentrale haben eine Art Superuser-Zugriff auf sämtliche öffentlichen Überwachungskameras der Stadt. Das NYPD hat eine Meldung reinbekommen, Autodiebstahl, einen Block von Greys Haus entfernt. Großer weißer Mann, strohblondes Haar, Mitte fünfzig. Kommt der Ihnen bekannt vor?«

Alice' Handy vibriert auf ihrem Schoß. Eine Nachricht von Sofia. *Gerade gelandet. Schreibe dir, wenn ich im Taxi bin.*

Alice schickt ein Daumen-hoch-Emoji zurück. Im Augenblick ist es ihr zu viel, mit Sofia zu telefonieren.

»Egal, das Auto, mit dem er unterwegs ist, wurde von Verkehrsüberwachungskameras erfasst, auf der Strecke ostwärts, Richtung

Long Island. Ich verwette meine Dienstmarke, dass er es auf Finlay abgesehen hat.«

»Glauben Sie wirklich, dass er das vorhat?«

Boudreaux zuckt mit den Schultern, wechselt die Spur, der Motor röhrt, als er an den langsameren Autos vorbeizieht.

»Absolut. Er hat es doch selbst gesagt, Finlays Tage sind gezählt. Selbst wenn wir ihn nicht für all den anderen Scheiß drankriegen, hat er erwiesenermaßen den Typen vom East River ausgeschaltet, ehe er sein Glück mit uns beiden versucht hat. Bei der Anzahl Fotos an der Wand wird er die meistgesuchte Person für das FBI. Finlay hat als Sündenbock ausgedient, und jetzt hat Grey nur diese eine Chance, das aus seiner Sicht zu regeln. Aber gut, wenn Ihnen noch ein anderer Grund einfällt, warum er ins Suffolk County fährt, ich bin ganz Ohr.«

Alice schüttelt den Kopf. »Nein, genügt mir so.«

»Wie geht es Ihnen?«, erkundigt er sich und klingt wirklich besorgt. »Kabelbinder oder nicht, ich hätte Sie nicht allein lassen dürfen. Das tut mir leid.«

»Schon okay«, sagt Alice. Sie merkt, dass Boudreaux ihr einen Seitenblick zuwirft. »Wirklich.«

Ein lautes Klingeln im Auto.

»Mein technisches Genie«, sagt Boudreaux als Erklärung, ehe er einen Knopf am Lenkrad drückt, um den Anruf entgegenzunehmen. »Abs, ich bin mit Alice Logan im Auto unterwegs. Was hast du für mich?«

Pause am anderen Ende, als sei sich der junge Agent nicht ganz sicher, wie viel er sagen darf, da er weiß, dass sie auch da ist; drei sind einer zu viel.

»Hey, Luc, ich habe mit deinem Mann von der UN gesprochen, und er hat bestätigt, dass Grey immer persönlich ins Ausland geflogen ist, um den Aufbau jeder neuen friedenserhaltenden Operation zu beaufsichtigen, er ist also definitiv in jedem einzelnen Land gewesen, in dem wir einen Fall haben.«

»Wie sieht es denn überhaupt mit ihm aus, Abs? Seine Dienstzeit, gibt es da irgendetwas außerhalb der Reihe?«

»Er ist seit Jahren blitzsauber«, sagt Abs und klingt beinahe verlegen, da er mit keinen eindeutigen Beweisen aufwarten kann. »Das Einzige in seiner Akte war eine Sache in Somalia, ein Streit mit der örtlichen Polizei.«

»Somalia?« Alice kann nicht anders, sie muss sich einmischen. »Dort wurde er angegriffen, so hat er es zumindest erzählt.«

»Ja, so ist es auch geschehen«, sagt Abs. »Ziemlich üble Geschichte, nach allem, was man hört. Er und ein paar andere hatten eine mobile Krankenstation betrieben, in einem Flüchtlingslager für Frauen am Stadtrand von Mogadischu, als sie von einer Gang aus der Gegend attackiert wurden. Die anderen, also diejenigen, mit denen er arbeitete, starben vor Ort. Aber jetzt kommt's. Fünf Monate später wird der Anführer der Gang tot aufgefunden. Es wurde nie jemand verhaftet, also nicht so wie bei den anderen Fällen, aber man kommt schon ins Grübeln, bei allem, was du mir über ihn erzählt hast.«

»Und Finlays Frau, hast du etwas über sie herausfinden können?«

»Offizielle Todesursache lautet Unfall durch Ertrinken. Nichts in der Akte, das darauf hinweisen würde, dass der Coroner noch etwas anderes in Erwägung gezogen hat.«

»Kann ich kurz eine Frage stellen?«, sagt Alice zögerlich.

Boudreaux deutet auf die Freisprechanlage im Auto, als wolle er sagen: *Nur zu.*

»Sie haben doch seine vollständige Akte vorliegen, seine Dienstzeit bei den Vereinten Nationen, richtig?«

»Genau«, erwidert Abs.

»Ich schätze, vor drei Jahren war er auf Zypern, ja? Genau zu der Zeit, als Alain Dufort Elena Georgiou verprügelte.«

»Warten Sie … yep. In dem Sommer war er für zwei Monate dort. Ist Ende Juli abgereist.«

»Zwei Wochen, bevor Dufort festgenommen wurde«, sagt Alice, die Folgerung liegt auf der Hand.

»Was ist mit Finlay?«, fragt sie. »Wo war er, als mein Dad von der Polizei aufgegriffen wurde?«

Nach ein paar Sekunden Schweigen ist Abs' Stimme wieder zu hören. »Er war in Jordanien. Sechsmonatiger Einsatz.«

»Und Grey?«

»Er war in den Staaten«, sagt Abs. »In New York, aber hören Sie sich das an, ich habe ihn gegoogelt, und in dem Monat, als Sharp verhaftet wurde, war Grey Hauptredner auf einer Konferenz in Orlando, eine Woche, bevor Sharp diesen Castillo tötete.«

»Mir scheint, Finlay ist doch nicht der perfekte Sündenbock, so wie Grey es gedacht hat«, meint Alice. »Eine Woche zuvor kam es zu dem Unfall mit Fahrerflucht. Finlay ist Tausende Kilometer entfernt. Ich glaube, diesmal war es eine spontane Sache.«

»Abs«, schaltet sich Boudreaux ein, »du musst dich für mich mit der örtlichen Polizeibehörde in Orlando in Verbindung setzen. Erkundige dich, was wir noch über diese Konferenz herausfinden, die Uhrzeiten seiner Redebeiträge, wo er wohnte, all das. Hatte er einen Leihwagen? Mit etwas Glück finden die Kollegen noch eine Reihe von Nummernschildern, wenn sie das Material der Kameras aus dieser Zeit durchgehen, man kann ja nie wissen.«

»Geht klar«, sagt Abs. »Ich habe auch schon die Polizeidienststelle in der Nähe von Finlays Haus informiert. Sie schicken eine Streife raus, um sich mit dir zu treffen.«

»Du bist ein Star«, sagt Boudreaux und beendet das Gespräch.

Alice dreht sich der Kopf, hektisch durchforstet sie die Infos, um die Einzelteile in eine notdürftige Ordnung zu bringen. Boudreaux unterbricht das Schweigen.

»Hören Sie, ich weiß, ich habe schon versucht, mich wegen der Sache mit Ihrem Dad bei Ihnen zu entschuldigen, aber ich … ich glaube, mit dem, was wir …«, er hält kurz inne, »was Sie herausfinden konnten, müssten wir ausreichend Beweise haben. Jedenfalls genug, um die Hinrichtung hinauszuzögern, damit wir Zeit haben, um den Fall neu aufzurollen.«

»Wir?«

»Ich weiß, ich bin vermutlich die letzte Person, die Sie aussuchen würden, um Ihnen dabei zu helfen, aber ich möchte das wiedergutmachen. Ich muss das wiedergutmachen.« Pause. Das Schweigen ist drückend.

Alice denkt einen Moment darüber nach. Denkt zurück an den Moment in Greys Arbeitszimmer, als der Boden unter ihren Füßen wegbrach und sie mitansehen musste, wie er auf sie zukam. Sie war sich sicher, dieses Gebäude nicht lebend zu verlassen. Boudreaux ist genau derjenige, für den sie sich entschieden hätte, um ihr zu helfen.

»Danke«, sagt sie schließlich. »Dass Sie mir das Leben dort gerettet haben. Wenn Sie nicht …«

Ihre Kehle ist wie zugeschnürt, sie ringt mit Worten, die sie sich nicht zurechtgelegt hat.

Boudreaux nickt, und Alice schaut aus der Scheibe der Beifahrerseite, bis der Kloß in ihrem Hals nachlässt.

»Wollen Sie über das sprechen, was dort passiert ist?«, fragt Boudreaux schließlich.

Das Geräusch der Reifen auf dem Asphalt ist hypnotisierend, und Alice starrt weiterhin auf die Landschaft, die vorbeirauscht. Sie versucht, im Hier und Jetzt Fuß zu fassen, will sich auf all das vorbereiten, was als Nächstes kommt, aber die Ereignisse auf der Esplanade laufen auf Dauerschleife, ganz gleich, wie sehr sie sich anstrengt, all das auszublenden.

Die Art und Weise, wie Grey vorgegangen ist. Nicht zögerte. Wie er dem Brückentypen das Messer in den Bauch rammte, als würde er einen Schlüssel ins Schloss stecken. Wenn sie jetzt zurückdenkt, hätte das schon ein Warnsignal sein müssen. Es hätte sie wie ein verdammtes Nebelhorn warnen müssen, dass er sich bei allem, was passierte, viel zu wohl fühlte.

Was die Vorgänge in Greys Haus betrifft, jenes Gefühl, als habe sie Watte im Kopf, dann diese verzerrte, verschwommene Wahrnehmung – all das hatte schon eingesetzt, ehe sie anfing, die Punkte miteinander zu verbinden. Es war wie aus dem Nichts über sie gekommen, und jetzt ergibt nur eine Erklärung Sinn.

»Ich glaube, er hat mich unter Drogen gesetzt«, sagt sie und erzählt ihm weiter, sie könne sich erinnern, wie Grey ihr etwas zu trinken geholt habe, danach herrschte Nebel in ihrer Wahrnehmung. Unwillkürlich fasst sie sich an den Hals, fährt mit dem Finger über den klebrigen Rest, wo Boudreaux eine Art Pflaster entfernt hatte.

»Das Ding, das Sie hier abgerissen haben, was war das genau? Haben Sie es noch?«

Boudreaux braucht nicht lange zu überlegen, sie sieht es ihm an.

»Eine Art Pflaster, wie diese Nikotinpflaster. Hat er Ihnen das verpasst?«

»Ich war das bestimmt nicht, verdammt.«

Boudreaux greift nach seinem Handy in der Tassenhalterung und tippt aufs Display, Sekunden später ist die Stimme eines Mannes zu hören.

»Auf der Küchenanrichte müsste eine Art Pflaster liegen«, sagt er zu dem Agent in Greys Haus. »Tüten Sie das ein und lassen Sie es analysieren, so schnell wie möglich.« Kurz und bündig.

»Ich glaube langsam, dass er sich die anderen auch auf diese Weise gefügig gemacht hat«, sagt Boudreaux und erzählt Alice, was ihm auf den Fotos in den Akten aufgefallen ist.

»Erinnern Sie sich, wie er Ihnen das auf den Hals geklebt hat? Wie lange es dauerte, bis es wirkte?«

Alice schüttelt den Kopf. »Es fühlte sich alles so diffus an, ich weiß auch nicht. Vielleicht hatte er mir auch etwas ins Glas getan. Vielleicht wollte er es nicht darauf ankommen lassen, selbst wenn ich den Zusammenhang nicht hergestellt hätte.«

Ein ernüchternder Gedanke. Kein Zweifel, die Sache wäre ganz sicher nicht gut ausgegangen in Greys Haus, wenn Boudreaux nicht gekommen wäre. Alice krümmt sich innerlich, begnügt sich damit, weiter aus dem Fenster zu starren, während der Long Island Expressway vorbeizieht, Kilometer um Kilometer.

Sie fahren auf den Northern State Parkway, folgen dem kurvenreichen Verlauf durch das Herz von Suffolk County, ehe es in nördlicher Richtung weitergeht. Als sie sich ihrem Ziel weiter nähern, zieht sich Alice der Magen zusammen, der Knoten in ihrem Bauch ist straffer als eine Rolle Bindfaden. Sie weiß, dass es verrückt ist mitzufahren, insbesondere nach all dem, was sie durchgemacht hat, aber sie muss das durchziehen, aus allen möglichen Gründen. Da gibt es einen Bruder, den sie nie kennengelernt hat. Ihre Schwester. Sogar ihren Dad, obwohl die Gefühle, die sie ihm entgegenbringt, verschlungener sind als ein Wollknäuel in den Händen eines Kleinkinds. Aber am meisten tut sie das für sich selbst.

Die Adresse, die sie für Oliver Finlay ermittelt haben, liegt am östlichen Ufer des Stony Brook Harbor. Es ist kurz nach Mittag, als sie die Harbour Road hinunterdonnern und fast die Abfahrt verpasst hätten. Ein riesiger Gebäudekomplex, der von vorne den Anschein erweckt, es handele sich um drei separate Häuser. Ein zentral gelegenes, dreistöckiges Gebäude, auf beiden Seiten flankiert von zweigeschossigen Cousins. Keine Spur von dem Lexus, den Grey sich unter den Nagel gerissen hat. Boudreaux hält nicht weit vom Eingang entfernt und stellt den Motor ab.

»Rühren Sie sich nicht vom Fleck«, sagt er, steigt aus, überprüft das Magazin seiner Waffe und steckt sie wieder ins Halfter.

Alice sieht, wie er sich der Haustür nähert. Sieht, wie er leicht den Kopf zur Seite neigt, eine Hand ausstreckt und drückt. Die Tür geht geräuschlos auf, und Boudreaux verschwindet im Innern des Gebäudes. Alice' Herz wummert lauter als eine Blaskapelle. Der Motor kühlt ab, das Ticken klingt wie ein Metronom, und mit einem Mal fühlt sie sich auf dem Beifahrersitz eingepfercht, kriegt regelrecht Klaustrophobie, die Luft ist zum Schneiden.

Sie macht die Beifahrertür ein Stück weit auf, schnallt sich ab, schwingt die Beine über die Kante und streckt sie auf der Auffahrt aus. Der Wind fährt durch halb entlaubtes Geäst, verfängt sich in den Baumkronen. Durch einen Vorhang aus Zweigen und Blättern weiter links kann Alice den Hafen sehen. Genau das Gewässer, in dem Alana Finlay ums Leben kam. Sie steigt ganz aus dem Auto, macht ein paar Schritte in Richtung der Baumreihe, zögert dann aber, geht zurück und lehnt sich vorne an die Motorhaube.

Ein rascher Blick zur offen stehenden Haustür. Kein Lebenszeichen. Überhaupt kein Anzeichen für irgendetwas. Nervös lässt Alice den Blick über die Auffahrt gleiten. Was, wenn sie schneller als Grey waren? Er könnte jeden Moment hier auftauchen. Sie verdrängt den Gedanken. Das Gebäude liegt weit genug von der Hauptstraße entfernt, sie würde ihn rechtzeitig kommen sehen und könnte ins Haus laufen.

Sie geht wieder zur Beifahrerseite des Autos. Bleibt stehen, eine Hand auf dem Dach, eine an der Tür. Vergegenwärtigt sich die Proportionen des Gebäudes, versucht, möglichst viel von dem Grundstück einzusehen. Und fragt sich nicht zum ersten Mal, ob sie sich ein solches Haus hätte leisten können, wenn sie in Manhattan geblieben und womöglich zur Teilhaberin ihrer alten Kanzlei aufgestiegen wäre. Und wie alles andere auch, führt diese Spur aus Brotkrumen zurück zu Dads Tür. Hätte er nicht sein falsches Spiel getrieben, wäre er derjenige, der sich um Mum kümmern würde. Die Verantwortung liegt bei ihm, ganz gleich, von welcher Seite man es betrachtet.

Die Luft hier draußen ist frisch, frischer, als sie es gewohnt ist. Eine saubere, reine Luft, die den ganzen Stress der letzten Tage fortwehen könnte, wenn sie nur Zeit genug hätte, den Aufenthalt hier zu genießen. Trotz der Verspannungen zwischen den Schulterblättern gönnt sie sich einen Augenblick. Nur ein paar Sekunden. Sie schließt die Augen, atmet tief ein, hält dann bei leicht anschwellender Brust den Atem an und zählt langsam bis drei. Und spürt, dass zumindest etwas von der Anspannung beim Ausatmen nachlässt.

So friedvoll. Kaum ein Laut.

Dann der Schuss.

58. Kapitel

Freitag – noch drei Tage

Ihre erste Eingebung ist, hinter dem Wagen in Deckung zu gehen. Der Knall ist gedämpft, kommt irgendwo tief aus dem Innern des Hauses. Ihr hektischer Atem schlägt sich auf der Scheibe nieder, als sie durch die Beifahrertür späht. Gedanklich ist sie in Paralleluniversen unterwegs, schwankt zwischen Kampf und Flucht – beide Optionen zerren an ihr mit der Kraft eines Gezeitenstroms. Die Wahrheit lautet, sie kann sich nicht vom Fleck rühren, ihre Beine stecken im Treibsand der Unentschlossenheit.

Die Welt kehrt in den Zustand heiterer Stille zurück, als habe sich alles nur in ihrem Kopf abgespielt. Aber so war es nicht. Sie weiß, was sie gehört hat. Wieder ein Blick die Auffahrt hinunter, in Richtung Harbour Road und der wenigen anderen Häuser, an denen sie vorbeigekommen sind. Die Auffahrt kann nicht länger als vierzig Meter sein, es könnten aber auch vierzig Kilometer sein.

Was, zum Teufel, hat sich da im Haus abgespielt? Ist Grey ihnen zuvorgekommen? Oder ist Finlay doch das Ungeheuer in Verkleidung, wie Grey sie glauben machen wollte? Alice dreht sich um, ihr Rücken berührt die kühle Verkleidung der Tür.

»Mist, Mist, Mist.«

Sie murmelt das Mantra, während sie zum hinteren Bereich des Autos schleicht und neben dem Stoßdämpfer in die Hocke geht. Wieder ein Blick Richtung Haus. Fenster aus diesem Winkel wie Spiegel. Die offene Tür verspottet sie, verführt sie dazu, das Haus zu betreten.

Nie hat sie vor einer Auseinandersetzung im Gerichtssaal zurückgeschreckt, aber das hier ist anders. Wenn Boudreaux dort im Haus die Situation nicht mit gezogener Waffe unter Kontrolle hat, darf sie keinen Schritt weiter gehen – jedes andere Szenario käme einem Himmelfahrtskommando gleich.

Hat Boudreaux nicht gesagt, die örtliche Polizei würde jemanden losschicken? Wo bleiben die, verdammt? Vielleicht hat keiner den Beamten gesagt, dass es sich hierbei nicht um einen gewöhnlichen Hausbesuch handelt.

Sie muss es bis zu einem Nachbarhaus schaffen, 911 anrufen, muss denen Feuer unterm Hintern machen. Sie bleibt noch kurz in der geduckten Position, ein Knie auf der Auffahrt, eine Hand am Radlauf, bereit, jeden Moment loszurennen.

Ihr ganzer Körper vibriert plötzlich vor Energie, während das Adrenalin ihr System flutet. Sie nimmt sich vor, auf drei zu starten, aber ehe sie überhaupt mit dem Zählen anfangen kann, vernimmt sie eine Stimme, schroff wie Schotter.

»Glauben Sie mir, ich knalle Sie ab, wenn ich muss. Es wäre besser, wenn Sie einfach aufstehen und reinkommen.«

Kein Vertun bei dem Akzent. Französisch. Vertraut. Es kann nur ein Mann sein. Könnte eine Falle sein, er könnte sie erschießen, sobald sie den Kopf nach oben streckt, aber was bleibt ihr für eine Wahl? Wenn sie fortrennt, erwischt er sie, ehe sie es bis zur Straße schafft. Bleibt sie, wo sie ist, braucht sie nur um das Heck des Autos zu gehen.

Vorsichtig späht sie über die Kante des Wagens hinweg, hat Blickkontakt mit dem pockennarbigen Mann, den sie zuletzt gesehen hat, als er halb verdreht auf der Uferpromenade lag. Er lehnt am Türrahmen, hält die Waffe auf sie gerichtet. Mit ruckartigen Bewegungen des Kopfes bedeutet er ihr, zu ihm zu kommen.

»Rein mit Ihnen. Jetzt. Ich sag das nicht ein zweites Mal.«

Sie hat keine andere Wahl. Er ist bewaffnet, sie nicht. Ihre Beine fühlen sich wie Blei an, als sie zu ihm geht, und ohne es zu wollen, fragt sie sich, ob ihr Dad in zweiundsiebzig Stunden dieselbe Furcht verspüren wird – falls es ihr nicht gelingt, hier wieder herauszukommen und ihn zu befreien.

»Ich tue, was immer Sie verlangen«, sagt sie, doch ihre Stimme kommt ihr fremd vor, als gehöre sie jemand anders. »Wo ist Luc?«

Alice nimmt die Hände hoch, die allgemeingültige Geste der Unterwerfung, als sie die Tür erreicht. In das Lächeln des Franzosen schleicht sich Boshaftigkeit.

»Kommen Sie, schauen Sie selbst.«

Jetzt, aus der Nähe, sieht sie die gelblichen und dunkelroten Verfärbungen, die sich von der Schläfe des Franzosen über die Gesichtshälfte ziehen. Die Haut ist stellenweise aufgeplatzt, als sei jemand mit Sandpapier darübergegangen. Ein Souvenir von Dr. Grey.

Pockennarbe macht zwei Schritte zurück, öffnet ihr die Tür ein bisschen weiter, um sie hereinzulassen. Sie zwängt sich an ihm vorbei, betritt eine eindrucksvolle Eingangshalle. Fußboden aus poliertem Kirschbaumholz. Ein geschwungener Treppenaufgang, der um eine Ecke verschwindet. Aus einem riesigen bodenlangen Spiegel an der gegenüberliegenden Wand starrt ihr das eigene Abbild entgegen. Es fühlt sich wie eine außerkörperliche Erfahrung an, als würde sie einen billigen Doppelgänger beobachten.

Pockennarbe wendet weder den Blick von der Waffe noch von ihr ab, als er die Haustür schließt.

»Hier entlang«, sagt er.

»Hören Sie, was auch immer Sie verlangen, wir werden uns bestimmt einig.«

Er antwortet nicht. Grunzt bloß, kommt auf sie zu, bohrt ihr den Lauf der Pistole in den unteren Rücken. Es ist, als sei die Waffe elektrisch aufgeladen, als würde sie ihr einen Stromschlag verpassen. Alice bekommt auf den Armen Gänsehaut, deren Pusteln so stark hervortreten wie Blindenschrift.

Es gibt weitere Stufen, die hinunter in einen Raum führen, der wie ein Wohnzimmer aussieht. In einer Ecke steht ein Klavier, das tief in einem flauschigen Teppich versinkt. Die Wände zieren genug Gemälde, dass man sich in einer Miniaturgalerie wähnt.

Aber all das gerät schlagartig in den Hintergrund, als Alice die blutige Szene sieht, die sich ihr bietet. Boudreaux liegt mit dem Gesicht nach unten am Boden. Er regt sich nicht, und Alice entdeckt einen dunklen Fleck auf dem gemusterten Läufer neben ihm. Ist er ... tot? Eine Woge Übelkeit überkommt sie bei dem Gedanken, ihn zu verlieren.

Keine Zeit, das komplett zu verarbeiten, schon huscht ihr Blick von links nach rechts. Zwei Stühle zu beiden Seiten eines großen Kamins, zwei Männer. Grey sitzt am weitesten von ihr entfernt, die Hände irgendwo hinter seinem Rücken, vermutlich gefesselt, denkt Alice. Über seinem linken Auge klafft eine Wunde, ein dünnes Rinnsal Blut läuft ihm von dort über die Wange. Vor ihrem geistigen Auge sieht Alice ihn in einer ähnlichen Position in seinem Haus, wenige Stunden ist es her. Ein Déjà-vu.

Er sieht groggy aus, als habe der Schlag, der die klaffende Wunde gerissen hat, etwas in ihm losgetreten, was sich noch nicht wieder gesetzt hat. Sie will ihn fragen, was passiert ist, als sie zu dem zweiten Mann hinübersieht und fast schreit bei dem Anblick, der sich ihr bietet.

Oliver Finlay wurde der Schädel zertrümmert. Die Stirnseite wurde eingeschlagen, als sei der Kopf aus Pappmaché. Dunkelrote Klumpen kleben an seinem Haar. Alice braucht keinen Arzt, der ihr sagt, dass Finlay tot ist. Aber wer hat ihn umgebracht? War Grey zuerst hier im Haus? Oder war es das Werk von Pockennarbe, der dann von Grey gestört wurde?

Pockennarbe hat ihr eine Gnadenfrist von vollen fünf Sekunden gegeben, um alles zu verarbeiten, aber jetzt treibt er sie wieder vor sich her, beharrlicher als zuvor.

»Da hinsetzen!« Er zeigt auf das leere Sofa.

Sie reagiert wie auf Autopilot, Hunderte Fragen wirbeln ihr durch den Kopf. Woher wusste Pockennarbe, wo dieses Haus liegt?

»Ich habe Ihren Leuten in Paris schon gesagt, dass ich nicht genug in der Hand habe, um Dufort helfen zu können. Noch nicht«, schiebt sie nach, in der Hoffnung, ihn besänftigen zu können, wenn sie betont, dass sie sich weiterhin bemühen wird.

Er tritt hinter sie, und ihr sträuben sich die Nackenhaare, als er sich zu ihr hinabbeugt. Eine Hand ruht auf ihrer Schulter, mit der anderen drückt er ihr wieder die Waffe in den Rücken.

»Diese Lügen, die helfen uns nicht weiter«, zischt er dicht an ihrem Ohr.

»Aber ich …«

Er gibt ein tadelndes Schnalzen von sich. »Wie habe ich Sie wohl gefunden, was glauben Sie?«

Es ist, als habe er sie in ihrem Kopf belauscht, und bei der Frage gerät sie in Trudeln.

»Ich, äh … Ich weiß es nicht.«

»Das Foto, das man Ihnen geschickt hat, das mit der Frau und dem Jungen. Unglaublich, was man heutzutage technisch machen kann. Nicht mein Ding. Ich bin, wie sagt man so schön, zupackender.«

Ihr schaudert, als seine Hand Druck auf ihre Schulter ausübt, aber nur leicht – unter anderen Umständen hätte man diese Geste für freundschaftliche Zuwendung halten können.

»Unser Mann, er hat bei dieser Fotonachricht ein klein wenig nachgeholfen. Als Sie den Anhang öffneten, hatten wir Zugriff auf Ihr Handy – auf Ihre Nachrichten, E-Mails, Reisepläne. Auf alles.«

Er betont das letzte Wort, und ihr dämmert, dass sich deren dreckige Fußabdrücke durch ihre gesamte Korrespondenz ziehen, die E-Mail-Inbox, einfach alles. Dazu zählt offenbar auch die Kopie der UN-Liste, die von der gefakten Adresse an sie weitergeleitet wurde. Und dort war Finlay namentlich als Hauptverdächtiger gelistet. Unwillkürlich gleitet ihr Blick wieder zu ihm, zu der grässlichen Kopfwunde. Auch wenn sie den Schlag nicht selbst ausgeführt hat – sie hat das trotzdem angerichtet. Sie hat diese Männer zu ihm geführt. Wenn sie das alles Boudreaux überlassen hätte, dann säßen Finlay und Grey jetzt vielleicht auf anderen Stühlen, in Verhörräumen.

Stattdessen ist Finlay eine Leiche, die langsam erkaltet, und Grey ist außer Gefecht gesetzt und schwebt in genauso großer Gefahr wie sie.

»Sagen Sie einfach, was ich tun soll, und ich tue es«, sagt sie. »Was auch immer, nur dass wir alle wieder dieses Haus verlassen können.«

Er lacht ihr ins Gesicht, als sei es eine ausgemachte Sache, dass der letzte Teil nicht infrage kommt. Vielleicht stimmt das, denkt sie, aber je länger sie ihn in dieses Gespräch verwickelt, desto größer ist die Chance zu überleben.

»Der hier«, knurrt er und deutet vage auf Grey. »Der verkompliziert alles nur. Ich muss jemanden anrufen.«

»Warten Sie! Verkomplizieren, sagen Sie? Inwiefern?«, hakt Alice nach und hört die Verzweiflung in ihrer eigenen Stimme, als sie sieht, wie Pockennarbe zu einem der Fenstervorhänge geht und eine Kordel abreißt, vermutlich für sie.

»Was soll diese Frage?« Er sieht sie finster an. Dann geht er zu Finlay, packt einen Schopf Haare und dreht das Gesicht des Toten zu Alice.

Ihr entfährt ein Keuchen bei dem Anblick der halb geöffneten, starren Augen.

»Mit dem hier wollte ich sprechen, aber Ihr Freund dort ist mir zuvorgekommen. Er wollte gerade die Leiche entsorgen, als ich dazustieß. Ein toter Mann kriegt Monsieur Dufort nicht aus dem Gefängnis frei.«

Das hätte Finlay ohnehin nicht gekonnt, aber wenn sie ihm jetzt von Grey erzählt, wer kann schon sagen, dass er sie nicht trotzdem alle umbringen wird, auch wenn er kriegt, was er will? Selbst inmitten dieser vertrackten Situation denkt Alice an Mariella und Anthony und daran, dass deren Schicksal – und vielleicht das ihres Dads – davon abhängt, dass sie und Elias Grey es lebend hier rausschaffen.

Pockennarbe kommt auf sie zu, die Waffe im Hosenbund, die Vorhangkordel straff gezogen, als wolle er sie jeden Moment damit erdrosseln. Fieberhaft überlegt sie, was für Möglichkeiten ihr bleiben.

Sie kann ihn auf keinen Fall überwältigen. Keine Waffe in Reichweite.

»Warten Sie!«, ruft sie und weicht ein paar Schritte zurück. »Das haben Sie falsch verstanden. Er hatte damit nichts zu tun.«

Pockennarbes Augen verengen sich, er verlangsamt die Schritte. »Hatte ich Sie nicht schon gewarnt mit diesen Lügen?«

»Das ist keine Lüge!« Ihre Stimme überschlägt sich. »Wirklich. Er wurde reingelegt. Mein Ermittler kann das beweisen. Wir sind kurz davor herauszufinden, wer ihn reingelegt hat. Wirklich, kurz davor.«

Alice fokussiert sich auf Pockennarbe, denn sie hat Angst, aus Versehen zu Grey zu schielen und sich dadurch zu verraten. Der Franzose bleibt zwei Schritte von ihr entfernt stehen, lässt die Kordel von einer Hand herabbaumeln, während er wieder nach der Waffe greift. Diesmal streicht er ihr mit dem Lauf der Pistole übers Kinn.

»Wissen Sie, was wir mit Lügnern machen?«, fragt er leise. »Wenn ich einen dieser Schürhaken dort zum Glühen bringen muss, dann wird das ziemlich unschön für Sie ausgehen. Also gut nachdenken, bevor Sie mir antworten.« Er hält inne, nutzt die Pause, um die Wirkung seiner Worte zu erhöhen. »Woher wollen Sie wissen, dass er reingelegt wurde?«

»Weil sie weiß, dass ich es war.«

Greys Stimme klingt kräftiger, als es sein körperlicher Zustand erahnen lässt. Aller Augen sind auf ihn gerichtet. Er rutscht auf dem Stuhl herum, richtet sich ein wenig auf. Er sieht erschöpft aus, aber sein Blick ist klarer als zuvor. Was immer Pockennarbe ihm angetan hat, die Wirkung scheint nachzulassen.

»Sie?«

Der Franzose scheint das nicht wahrhaben zu wollen, kann sich nicht vorstellen, dass der Mann die ganze Zeit schon vor seiner Nase sitzt.

»Sehe ich weniger gefährlich aus als dieser da?«

Alice' Mund ist so trocken wie ein Arizona-Sommer. Obwohl sie weiß, was sie weiß, ist es für sie wie ein Schock, zu hören, dass er es plötzlich zugibt – sie hat das Gefühl, unter einer eiskalten Dusche zu stehen.

Pockennarbe tut das mit einem Achselzucken ab. »Das sagen Sie nur, weil Sie glauben, dass Sie dann hier rauskommen. Vielleicht ziehen Sie es vor, den Platz mit Mr. Dufort zu tauschen, anstatt es mit mir aushalten zu müssen.«

»Ich kann es beweisen«, schießt Grey zurück.

Das wischt Pockennarbe den Zynismus aus dem Gesicht. Er hat die Brauen fragend hochgezogen, den Kopf leicht zur Seite geneigt, als lausche er auf Schritte. So verharrt er einen Moment, dann holt er ein Handy heraus. Hält es sich ans Ohr. Schon nach wenigen Tönen geht jemand ran, und Pockennarbe nuschelt etwas in rasend schnellem Französisch, sodass Alice nicht folgen kann.

Er lässt das Handy sinken, tippt aufs Display, und Alice hört jemanden am anderen Ende atmen und fragt sich, was jetzt verdammt noch mal abgeht. Die Antwort bekommt sie unmittelbar darauf. Alain Duforts Tonfall ist Feindseligkeit pur.

»Sie sind das also, der mir das hier eingebrockt hat.«

59. Kapitel

Freitag – noch drei Tage

»Sie sind genau da, wo Sie hingehören«, sagt Grey, und jetzt, da seine Kräfte zurückkehren, klingt wieder mehr von seiner geschmeidigen Arroganz durch, wie Alice es in der Stadt erlebt hat.

Dufort antwortet darauf mit einem Wortschwall auf Französisch, bei dem klar wird, dass Wut keine Übersetzung braucht. Er atmet schneller als zuvor, und Alice malt sich aus, dass sein Gesicht vor Zorn verzerrt ist. Als er wieder spricht, scheint er einen Schalter umgelegt zu haben, denn plötzlich ist er so ruhig wie ein Mühlteich.

»Alles rächt sich früher oder später, *mon ami*. Ein Mann in Ihrer Situation sollte solche Bemerkungen vielleicht lieber nicht machen, *non?*«

»Wenn Sie für all das Ihre Zeit absitzen müssten, was Sie getan haben, würden Sie nie wieder auf freien Fuß kommen«, entgegnet Grey.

»Trotzdem gehören Sie hierher, genau neben mich.«

»Wir unterscheiden uns voneinander, Sie und ich«, sagt Grey. »Es sind Typen wie Sie, die mich zu dem gemacht haben, was ich bin.«

»Hören Sie«, meint Dufort und scheint nicht groß an dem interessiert zu sein, was Grey ihm zu sagen hat. »Für diesen Scheiß habe ich keine Zeit. Sie haben Bruno gesagt, Sie können beweisen, dass Sie derjenige sind. Also spucken Sie's aus. Was für Beweise?«

»Bevor ich Ihnen irgendetwas erzähle, was für Zusicherungen bekomme ich, dass Miss Logan hier rauskommt? Sie trifft keine Schuld.«

»Sehen Sie den Mann, der die Waffe in der Hand hält?«, schnarrt Dufort, spricht dann aber weiter, ohne eine Antwort abzuwarten.

»Gut, also, die einzige Zusicherung, die Sie haben, ist, dass mein Freund Ihnen eine Kugel ins Knie schießt, wenn Sie nicht in den nächsten zehn Sekunden das Maul aufmachen.«

Grey nickt, als habe er alle Zeit der Welt, über das Angebot nachzudenken.

»Fünf Sekunden«, sagt die Stimme.

Grey sucht Alice' Blick. Sie versucht ihn dazu zu bewegen, denen zu erzählen, was sie wissen wollen. Jetzt ist nicht die Zeit für Spielchen.

»Drei ... zwei ...«

Pockennarbe tritt zu Grey, geht wenige Schritte von ihm entfernt in die Hocke und streckt den Arm aus, sodass der Lauf der Waffe auf die Kniescheibe drückt.

Alice kann nicht glauben, was sie jeden Moment mitansehen muss. Sie dreht den Kopf weg, schaut auf Boudreaux am Boden. Bildet sich ein, dass sie das Heben und Senken seines Brustkorbs sehen kann. Als Dufort die letzte Sekunde abzählt, reißt Grey förmlich den Kopf hoch.

»Also gut, also gut. Sie haben gewonnen. Ich erzähle Ihnen alles.«

Die Waffe bleibt, wo sie ist, das Schweigen dehnt sich aus. Alice' Atemgeräusche sind genauso laut wie Duforts Schnaufen am anderen Ende der Verbindung.

»Ich habe etwas behalten«, sagt Grey. »Aus der Bar damals, als ich Sie reingelegt habe.«

Alice schluckt schwer bei der Enthüllung. Beweise. Ein konkreter Beweis. Wenn er von diesem Mal etwas aufbewahrt hat, wer weiß dann schon, ob das nur eine einmalige Angelegenheit war? Die Vorstellung, es könne womöglich sichere Beweise geben, die ihren Dad entlasten, ist wie eine Rettungsleine, mit der sie nicht mehr gerechnet hat.

Auf dem Boden vor dem Kamin nimmt Alice wahr, dass sich Boudreaux' Kopf bewegt, ganz leicht nur. Der Agent stöhnt leise, die Finger seiner ausgestreckten Hand krallen sich in den Teppich, träge, harken über den Teppich, als suche er nach einer Möglichkeit, sich festzuhalten.

Pockennarbe bemerkt das ebenfalls und richtet die Waffe sofort auf Boudreaux.

»Was ist da los, verdammt?«, bellt Dufort durchs Handy. »Worauf wartet ihr?«

Pockennarbe sagt etwas auf Französisch.

»Der ist mir scheißegal!« Duforts Wut ist wie eine Donnerwolke, die aus dem Handy wallt. »Er macht jetzt das Maul auf oder wird nie wieder etwas sagen!«

Alice starrt auf Boudreaux. Sie wünscht, dass der Agent sich hochrappelt, dass er verhindert, was sich jeden Moment abspielen wird. Grey ist die einzige Rettungsleine, die ihr Dad noch hat. Verzweifelt blickt sie sich um, fragt sich, was mit Boudreaux' Waffe passiert ist. Sie sieht sich immer noch danach um, als an ihre Ohren Laute dringen, die in dieser Abfolge keinerlei Sinn ergeben. Zuerst ein Grunzlaut, gefolgt von einem Aufschrei, dann erst der Schuss.

60. Kapitel

Freitag – noch drei Tage

Das Erste, was Alice wahrnimmt, ist ein Knäuel aus Beinen und Armen. Offenbar hat Grey den Moment genutzt, als Pockennarbe abgelenkt war, und sich irgendwie von dem Stuhl hochgedrückt. Jetzt liegt er quer über dem Franzosen, die Hände sind ihm immer noch auf den Rücken gefesselt, das Gesicht ist an Pockennarbes Halsbeuge vergraben, als flüstere er ihm süße Worte zu.

Allerdings liegt nichts Zärtliches in dieser Umarmung. Grey ist in Bewegung, schiebt sich unaufhörlich hin und her, wie ein Hund, der sich über einen Knochen hermacht. Pockennarbes Gesicht ist wie eine Maske aus Schmerz, mit einem Schuss Fassungslosigkeit, als könne er nicht glauben, was geschehen ist.

Die ganze Zeit plärrt Duforts blecherne Stimme aus dem Handy, das drüben vor dem Kamin gelandet ist. Inzwischen hat Boudreaux sich auf die Ellenbogen gestützt, nach wie vor benommen, ein Rinnsal Blut sickert vom Haaransatz über die Stirn. Aber viel mehr Sorge bereitet Alice die dunkle, feuchte Stelle an seiner Flanke.

Es ist, als ob alles auf schneller Vorlauf gestellt ist, als ihr Blick wieder zu Grey huscht, der wie ein Fisch an Land zappelt und immer noch versucht, Pockennarbe mit dem Körpergewicht am Boden zu halten. Alice wird klar, dass der Franzose seine Waffe nicht mehr hat, stattdessen hämmert er Grey mit der Faust gegen den Schädel, aber der nette Arzt lässt nicht erkennen, dass er aufgibt.

Während die beiden ineinander verkeilt sind, gefangen in einer bizarren Umarmung, erkennt Alice, woher Pockennarbes Schmerz rührt. Sie erhascht einen Blick auf Greys Zähne, die sich in das Ohr des Franzosen verbissen haben, Blut läuft ihm über die Wange, ist verschmiert wie schlecht aufgetragenes Make-up.

Alles hat sich so schnell abgespielt, und die wilden Exzesse haben eine Art Kurzschluss bei ihr ausgelöst, aber jetzt kommt ihr Verstand wieder in die Gänge. Ihre Eingebung schreit nach Flucht: Raus aus der Tür sprinten und nicht zurückschauen. Doch sie ringt dieses Verlangen nieder. Grey wird Pockennarbe nicht auf Dauer festhalten können, das Überraschungsmoment ist verflogen. Sobald Pockennarbe sich befreit hat, ist es vorbei.

Wie von Sinnen schaut sie sich nach einer Waffe um. Entdeckt den Lauf der Pistole, der unter einem Stuhl hervorlugt, nur wenige Schritte von Pockennarbes Kopf entfernt. Aber um an die Waffe zu kommen, muss sie sich so nah heranwagen, dass der Franzose sie am Fuß packen könnte. Ob Grey nun nach Luft ringt oder der Franzose allmählich die Oberhand gewinnt, Pockennarbe kann sich jedenfalls ein Stück weit von Grey losreißen, schiebt den linken Arm zwischen sich und den Arzt, um sein malträtiertes Ohr zu schützen. Derweil tastet er mit der rechten Hand blindlings über den Teppich.

Mit den Fingerspitzen streift er die Waffe. Alice bleiben höchstens ein paar Sekunden, bis er danach greift. Jetzt oder nie. Neben dem Kamin steht die Halterung, in der aufgereiht einige Schürhaken hängen. Alice streckt die Hand danach aus, ihre Finger schließen sich um kühles Metall. Sie fährt herum, hebt den Schürhaken wie eine Keule hoch, aber da ist es schon zu spät. Pockennarbes Finger legen sich um den Griff der Waffe. Er stößt ein triumphierendes Grunzen aus, schwenkt die Waffe.

Alice beobachtet, wie Grey den Kopf herumreißt und die Waffe sieht. Er reckt den Kopf empor, um Schwung zu holen, schlägt dann wie eine Schlange zu, zielt auf den Hals seines Widersachers. Gleichzeitig winkelt er das linke Knie an, in einem verzweifelten Versuch, die Waffe abzuwehren. Pockennarbe zieht das Kinn zur Brust, versucht seinen Hals zu schützen, Grey reibt mit dem Kopf über das

Gesicht des Franzosen, sucht mit den Zähnen die Lücke, hat es auf die Kehle abgesehen.

Es fühlt sich an, als würde sie sich in Slow Motion bewegen, nur halb so schnell wie die Ereignisse im Wohnzimmer, und sie hat gerade einmal die Hälfte der Distanz überwunden, als die Waffe zwischen den beiden Männern verschwindet.

Der zweifache Knall ist gedämpft, aber unverkennbar. Alice wird langsamer, abgeschreckt von dem Laut. Sie sieht, wie Greys Körper zuckt, seine Beine versteifen sich. In dem boshaften Grinsen von Pockennarbe schillert Triumph. Er schießt unter Grey hervor, schüttelt das Gewicht des Arztes ab. Alice ist zwei Schritte entfernt, sie hält den Schürhaken in der Hand, doch der Franzose hat die Waffe bereits auf sie gerichtet. Zwei Schritte, aber es könnten genauso gut zwanzig sein. Mit einem Mal kommt ihr der Schürhaken lächerlich vor.

Alice verzieht das Gesicht zu einer Grimasse, als sie sieht, was von Pockennarbes Ohr übrig geblieben ist. Es sieht wie ein halb zerkautes Kotelett für einen Hund aus, und es dürfte höllisch wehtun, sobald das Adrenalin nachlässt. Sein Grinsen wird breiter, er bleckt die Zähne, und schon kommt er auf die Knie, stöhnt bei jeder Bewegung.

Alice blickt auf Grey, der auf der Seite liegt, die Knie an die Brust zieht und wieder sinken lässt und die ganze Zeit über leise stöhnt. Zwei rötliche Blumenmuster blühen auf seinem Bauch.

Das heftige Gerangel kann insgesamt nicht mehr als zehn Sekunden in Anspruch genommen haben. Die relative Stille, die nun folgt, wird nur von den Geräuschen der beiden Kontrahenten unterbrochen, die keuchend mit ihren Verletzungen klarkommen müssen, und Duforts ständigem Schreien. Er ist wie von Sinnen vor Zorn, weil er nicht weiß, was sich Tausende Kilometer entfernt abspielt, und die Situation nicht mehr unter Kontrolle hat.

Pockennarbes Blick gilt Grey. Dann würgt er ein großes Schleimstück hoch und spuckt dem Arzt angewidert auf die Schulter, während er ihm fuchtelnd mit der Waffe droht.

»Wenn ich mit dir fertig bin, wirst du wünschen, ich hätte dich abgeknallt, *mon ami*.«

»Wage es nicht, ihn zu töten, verdammt, bis er uns erzählt, was wir wissen müssen!«, schreit Dufort.

Pockennarbe bückt sich, hebt das Handy auf und tippt aufs Display: Die Lautsprecherfunktion ist aus. Ganz kurz sieht es so aus, als habe er Alice vergessen, und so stellt sie sich vor, dass sie das alles hier überlebt, wenn sie nur stocksteif stehen bleibt. Doch diese Vorstellung zerstiebt sofort wieder, als sein Blick auf sie fällt und er sie von Kopf bis Fuß mustert, während er zuhört, was Dufort ihm zu sagen hat.

Der Schürhaken zittert in ihrer Hand, sie lässt ihn ein Stück weit sinken. Bei seinem bösen Lächeln hat sie das Gefühl, als würden sich Schlangen durch ihren Bauch winden. Er nickt zu all dem, was ihm offenbar gesagt wird, und Alice weiß, dass sie in diesem Zimmer sterben wird – das ist so sicher, wie die Sonne im Westen untergeht.

»Bitte«, setzt sie an, »lassen Sie mich helfen. Ich kann …«

Diesen Satz beendet sie nicht. Sein Arm schwingt wieder nach oben, in die Waagerechte. Es steht ihm ins Gesicht geschrieben, in jede Falte um seine Augen, in der Art und Weise, wie er den Kiefer verspannt. Es durchzuckt sie, instinktiv kneift sie die Augen zusammen, wappnet sich gegen den unvermeidlichen Aufprall. Das Letzte, das ihr vor dem Knall des Schusses durch den Kopf geht, ist, dass Fiona zumindest nicht sagen kann, ihre Schwester habe es nicht versucht.

61. Kapitel

Freitag – noch drei Tage

Dem ersten Schuss folgt ein zweiter, dann ein dritter. Der Schürhaken entgleitet Alice.

Es ergibt keinen Sinn. Warum spürt sie keinen Schmerz? Sie sieht nach unten, rechnet damit, dass sich Blut auf ihrem Top ausbreitet, doch da ist nichts. Bewegungen, neben ihr. Ein kehliger Laut, dann hebt sie den Blick und sieht Pockennarbe, der auf ein Knie gesackt ist, sich seitlich an den Hals fasst, etwas Scharlachrotes sickert ihm durch die Finger, so stark, dass sich Alice der Magen umdreht. Eine zweite Wunde, nur wenige Zentimeter oberhalb seines Gürtels, bildet einen dunklen Fleck, der sich langsam über den grauen Sweater ausbreitet.

Die Waffe fällt ihm aus der Hand, schlägt mit dumpfem Klang auf dem Teppich auf.

Nichts von alldem passt zu den letzten fünf Sekunden, und Alice hält sich beide Hände vor den Mund, als Pockennarbe rücklings umkippt, eine Hand immer noch gegen den Hals gepresst. Selbst jetzt, da ihm das Leben durch die Finger rinnt, hat sie Angst, den Blick von ihm zu wenden, falls er irgendwie doch wieder an die Waffe kommt, aber ein Geräusch zu ihrer Rechten veranlasst sie, in diese Richtung zu schauen.

Luc Boudreaux ist zwar immer noch am Boden, es ist ihm aber inzwischen gelungen, sich in eine sitzende Position zu bringen, nachdem er sich halbwegs an einem Sessel hochgestemmt hat. Die Waffe hält er kaum noch richtig in der Hand, die freie Hand presst er sich gegen die Seite. Alice sieht, wie er sich an der Sitzkante des Sessels ganz hochstemmt, bis er auf wackligen Beinen steht, die Waffe wieder auf Pockennarbe gerichtet.

Es bleibt bei dieser symbolischen Geste. Der Franzose rührt sich so gut wie kaum noch, all seine Bewegungen erlahmen wie bei einer schlecht aufgezogenen Uhr. Das letzte Flattern der Lider zeigt die verrinnenden Sekunden seines Lebens an.

»Luc«, keucht Alice und eilt zu ihm. »Sie sind verletzt. Kommen Sie, setzen Sie sich.«

»Hm-hm«, macht Boudreaux und presst die Zähne gegen den Schmerz zusammen. »Noch nicht.«

Alice sieht, wie er auf Elias Grey zeigt. Der Arzt liegt nun lang ausgestreckt am Boden, flach auf dem Rücken, eine Hand auf den inzwischen durchfeuchteten Sweater gelegt.

»Er braucht Hilfe«, sagt Boudreaux. »Wenn wir ihn verlieren, entgleitet uns der Fall.«

Alice klopft auf ihre Taschen und erinnert sich, dass ihr Handy noch im Wagen liegt. Neben Pockennarbes ausgestreckten Beinen liegt sein Handy mit dem Display nach unten. Immer noch ist Duforts Wortschwall zu hören, in seiner Raserei wechselt er vom Englischen ins Französische und wieder zurück, verlangt Antworten. Sie sagt kein Wort, beendet das Gespräch einfach und wählt 911, während sie zu Grey geht. Sie atmet tief durch, während sie dem Mann in der Leitstelle erklärt, was sich zugetragen hat.

»Ist er bei Bewusstsein?«, wird sie gefragt, als sie von Grey berichtet.

»Ja, aber er ist schwer verwundet. Wie schnell können Sie hier sein?«

»Die Kollegen sind schon unterwegs«, sagt der Mann in der Leitstelle mit geübter Effizienz. »Müssten in einer Viertelstunde vor Ort sein.«

Alice glaubt nicht, dass Grey so lange durchhalten wird, wenn sie sein aschfarbenes Gesicht sieht und die schwachen, mühsamen Atemzüge hört.

Sie lauscht den Instruktionen, die ihr der Mann von der Leitstelle durchgibt – was sie tun kann, um die Blutung zu stoppen. Auch wenn es nicht gerade ideal ist, sie zieht von zwei Kissen die Bezüge ab, um einen notdürftigen Verband zu haben, und übt Druck aus, so gut sie kann. Grey zuckt zusammen, als sie auf die Wunde drückt, beklagt sich aber nicht und beißt die Zähne zusammen.

Boudreaux bedeutet ihr, ihm das Handy zu geben, und sie wirft es ihm zu. Dann sagt er dem Mann am anderen Ende, wer er ist, versichert, dass sie es Grey so bequem wie möglich machen werden, beendet das Gespräch, um unverzüglich bei seinen Leuten anzurufen.

Alice wirft einen Blick auf Pockennarbe, der mit leerem Blick an die Zimmerdecke starrt. Keine Bedrohung mehr, trotzdem fühlt sie sich unwohl, in seiner unmittelbaren Nähe zu sein.

»Danke«, sagt sie und sieht Boudreaux an. »Sie haben mir das Leben gerettet.«

»Danken Sie mir, wenn Sie hier raus sind«, erwidert er mit einem matten Lächeln.

»Wie schlimm ist es?«, fragt Alice, nickt in Richtung seiner Verletzung.

»Werde es überleben«, meint er, zuckt aber zusammen, als er sein Hemd anhebt. Eine hässliche rote Kerbe hat sich in seine Haut gegraben. »Hat mich gestreift und nicht voll getroffen. Habe mich selbst ausgeknockt an den dämlichen Möbeln, als ich gestürzt bin.«

Er lächelt, als hätten sie sich witzige Storys bei einem Drink erzählt, und Alice merkt, dass sie das Lächeln unwillkürlich erwidert.

Grey hustet matt, sodass Alice zusammenzuckt, immer noch unglaublich nervös nach den Ereignissen der letzten paar Minuten.

»Die Sanitäter sind auf dem Weg«, versichert sie ihm. »Sie werden das schon schaffen.«

Er bringt ein Lächeln zustande, aber da ist eine Rastlosigkeit in seinem Blick, seine Augen huschen hin und her, wie Fliegen, die nicht wissen, wo sie landen sollen.

»Ich war oft genug auf der anderen Seite, um es besser zu wissen«, sagt er leise.

»Na, na, so leicht kommen Sie uns nicht davon«, erwidert sie. »Vermutlich haben Sie uns gerettet mit dem, was Sie vorhin gesagt haben, aber Sie müssen sich immer noch für das verantworten, was Sie getan haben.«

»Was ich getan habe, habe ich im Namen des Gleichgewichts getan«, entgegnet er, und sie merkt, wie viel Mühe ihn jedes Wort kostet. Die Kissenbezüge, die sie zusammengeknüllt an seine Seite gepresst hat, sind inzwischen blutgetränkt. Sie übt mehr Druck aus, sieht, wie seine Augen sich weiten. »Jeder einzelne von diesen Männern hat verdient, was geschehen ist. Die Menschen, die sie ...« Er schluckt schwer. »Die Menschen, die sie verletzt haben, diejenigen, die ich zusammenflicken musste, oder schlimmer noch, bei denen ich die traurige Nachricht den Verwandten überbringen musste. Ich bin die ausgleichende Gerechtigkeit.«

»Ich scheiß auf Ihre ausgleichende Gerechtigkeit«, fährt sie ihn an. »Ein unschuldiger Mann muss sterben, weil Sie glaubten, Sie könnten diese Entscheidung allein treffen.«

»Vielleicht unschuldig an einem Verbrechen, aber nicht ohne Schuld. Ich war dort in jener Nacht, habe außerhalb eines 7-Eleven geparkt. Die anderen waren auserwählt, wegen der Menschen, die sie zum Sterben in meine Lazarette geschickt hatten, aber im Fall Ihres Vaters«, sagt er leichthin, »war es reiner Zufall. Doch ich habe gesehen, was er getan hat. Habe gesehen, als er wie ein Feigling getürmt ist. Ich bin ihm bis nach Hause gefolgt. Und ließ ihm die Gerechtigkeit zukommen, vor der er sich verstecken wollte.«

Seit dem Geständnis ihres Dads hat Alice ihm gegenüber einen glühend heißen Zorn verspürt für das, was er getan hat. Wie geschmolzenes Erz. Allumfassend. Etwas, das ihr bis in den letzten

Winkel ihres Bewusstseins gedrungen ist. Schlimm genug, dass er das jemandem angetan hat, aber dann ausgerechnet ihrer besten Freundin, gottverdammt. Doch etwas von der zügellosen Gewalt, die sie mit eigenen Augen gesehen hat, hat eine Schicht ihres Zorns abgetragen. Während der zurückliegenden Tage, die sie durchlebt hat, hat sie so viel Schmerz verspürt, dass sie nicht sicher ist, ob sie noch die Energie aufbieten kann, so sehr zu hassen. Nicht mehr. Was übrig bleibt, ist Traurigkeit. Bei dem Gedanken an die Freundin, die sie verloren hat. An das Leben, das Gail hätte führen können. Zu viele Menschen sind gestorben wegen Grey. Was für Macken ihr Dad auch hat, er sollte nicht der Nächste sein. Falls sie ihn noch retten können, wird er mit dem leben müssen, was er getan hat.

»Und er hat die Zeit abgesessen, die man ihm aufgebrummt hätte, wenn er nur für den Unfall mit Fahrerflucht verhaftet worden wäre«, sagt sie nach einer Pause.

»Das bringt aber wohl nicht die Frau zurück, die er getötet hat, oder?«

»Das war nicht irgendeine Frau«, sagt Alice und blinzelt die ersten Tränen fort. »Sie war meine Freundin.«

Es bedarf eines Kraftaufwands, den sie nicht für möglich gehalten hätte, um den Schmerz herunterzuschlucken, den allein dieser schlichte Satz in ihr auslöst. »Sie hieß Gail Lonsdale, und sie war meine beste Freundin. Welchen Preis er dafür zahlen wird, haben nicht Sie zu entscheiden. Sie sind Arzt, Sie müssten Leben retten, nicht anderen das Leben nehmen, gottverdammt.«

Greys Augen weiten sich, ein Anzeichen dafür, dass die letzte Offenbarung neu für ihn ist. Obwohl er durch Wellen des Schmerzes watet, ringt er sich noch ein trauriges Lächeln ab.

»Das wusste ich nicht«, sagt er leise. »Ihr Verlust tut mir leid.«

Sie sagt nichts. Nickt nur, schaut zu Boden.

»Und obwohl Sie das heute wissen, würden Sie ihn trotzdem noch verschonen?«

Sie sieht ihm in die Augen, ist nicht imstande, das Gefühl abzuschütteln, dass er sie tatsächlich fragt, diese Wahl zu treffen. Sie fragt sich, ob ihre Meinung überhaupt noch relevant ist. Wenn Grey vor ihren Augen verblutet, ohne preiszugeben, welchen Beweis seiner Schuld er hat, den er Dufort gegenüber erwähnte, bleibt alles bei Indizienbeweisen. Alles, was er gesagt hat. Wenn das passiert, stirbt Dad sowieso. Wie ließe sich verhindern, dass Dufort es immer noch auf sie abgesehen hat? Auf Mariella und auf Anthony? Vielleicht sogar auf Fiona und Mum.

Sie will einfach nur, dass das alles aufhört. Sie will zurück zu ihrem Leben, das sie am Montagmorgen hatte, aber dazu wird es nicht kommen, ganz gleich, wie das hier ausgeht. Da ist noch so vieles, was sie verarbeiten muss, sie weiß überhaupt nicht, wo sie anfangen soll. Eines aber weiß sie: Ihr Vater hat es nicht verdient zu sterben, obwohl er als Vater versagt hat, obwohl er Gail das angetan hat. Ihm zu vergeben für das, was er getan hat, ist wieder eine ganz andere Geschichte, aber es steht ihr nicht zu, über sein Leben und seinen Tod zu befinden. Dadurch wäre sie nicht besser als er.

Alice räuspert sich. »Ja, das würde ich. Ihn zu töten, würde Gail nicht zurückbringen, aber deshalb ist es nicht richtig.«

Er scheint von ihrer Antwort überrascht zu sein.

»Sie glauben also, ein paar Jahre Strafe genügen, wenn man einem anderen das Leben genommen hat? Unser System ist marode, und ...«

»Und *was?* Sind Sie der Mann, der es repariert? Das glaube ich kaum.«

»Ich werde nicht mehr lange da sein, um meine Rolle zu spielen«, sagt er und zuckt zusammen, als der Schmerz ihn wie eine Welle erfasst. »Aber wenn ich fort bin, glaube ich nicht, dass Sie oder irgendjemand aus Ihrer Zunft dieses System reparieren kann.«

Seine Gesichtsfarbe ist auf der Farbskala noch ein paar Nuancen grauer geworden, seitdem sie den notdürftigen Druckverband angelegt hat, und Alice macht sich mit schrecklicher Gewissheit bewusst, dass Grey recht hat. Er wird dieses Gebäude nicht mehr lebend verlassen. Diese Erkenntnis bringt einen Anflug von Traurigkeit mit, wie eine kalte Springflut, von der sie überspült wird. Das Gefühl von Traurigkeit gilt nicht ihm, sondern den Menschen, die nach Greys Tod womöglich leiden müssen. Anthony. Mariella. Ihr Dad. Tränen brennen in ihren Augen bei dem Gedanken, durch eine Scheibe verfolgen zu müssen, wie er auf die Trage geschnallt wird, obwohl sie weiß, was er tatsächlich getan hat. Es ist das erste Mal seit Jahren, dass sie überhaupt eine Träne für ihn vergießt, und sie tut alles, um sie wegzublinzeln, bevor Grey denkt, sie weint um ihn.

Was für eine Arroganz bei diesem Mann, der so tut, als verrichte er rechtschaffene Arbeit, obwohl er in Wirklichkeit Stücke aus dem Fundament all dessen meißelt, was sie zu bewahren versucht. Alice spürt, wie die Wut in ihr wie eine heiße Quelle hochkocht, und diese Wut entlädt sich, ehe sie einen Korken festpfropfen kann.

»Anwältinnen und Anwälte tun verdammt noch mal so viel mehr, um das System zu erhalten, als Leute wie Sie! Sie reden von Gleichgewicht? Sie sind der Beweis, dass das System Fehler aufweist. Jedes Leben, das Sie nehmen, und jedes einzelne Mal, dass Sie damit davonkommen, lassen diese Risse ein bisschen größer werden. Mein Dad hat etwas Furchtbares getan, aber wenn ich losziehen würde und das täte, was Sie tun, dann wäre ich nicht besser als diese Arschlöcher, die im Knast sitzen. Sie stellen kein Gleichgewicht her. Alles, was Sie anrichten, ist Chaos. Sie *sind* das verdammte Chaos. Wollen Sie wissen, was nicht stimmt bei unserem Rechtssystem?«

Sie hält inne, aber er macht keine Anstalten zu antworten, da er die rhetorische Frage als solche erkennt.

»Sie. Sie sind, was nicht stimmt. Hasse ich meinen Dad für das, was er getan hat? Ja, aber er hat seine Zeit abgesessen, und wenn Sie ein Fünkchen von dem Sinn für Gerechtigkeit hätten, den Sie vorgeben zu haben, dann würden Sie das begreifen.«

Greys Mund ist wie ein dünner Strich, seine Nasenflügel flirren bei jedem flachen Atemzug. Während ihrer Wutrede hat er sie die ganze Zeit unverwandt angesehen, und jetzt kommt seine Zunge zum Vorschein, befeuchtet seine Lippen, die eine blassblaue Farbe angenommen haben.

»Und wenn er ein anderes Mitglied Ihrer Familie erwischt hätte?«, fragt er, seine Stimme klingt angestrengt. »Ihre Schwester? Ihre Mutter? Würden Sie mich dann immer noch bitten, Ihnen zu helfen?«

Sie antwortet, ohne zu zögern, nickt. »Das würde ich, verdammt noch mal, tun.«

Noch während sie das sagt, geht ein Flattern durch ihre Brust. Etwas regt sich tief in ihrer Seele. Die Antwort kam von Herzen. Tief aus ihrem Innern, das begreift, dass sie nicht das Zeug hat zu hassen. Nicht einmal ihren Dad kann sie hassen, nach allem, was er angerichtet hat. Sie hat sich immer gesagt, sie sei ein besserer Mensch als er. Dass sie die besseren Entscheidungen träfe. Das war ihr nie klarer als jetzt, als sie sich innerlich dafür entscheidet, dass er leben soll. Alles andere, und sie wäre genauso verkorkst wie der Mann, der vor ihr auf dem Boden liegt.

Seine Augen bohren sich in ihre, es fühlt sich wie eine Ewigkeit an. Obwohl die Kraft buchstäblich aus ihm rinnt, flammen seine Augen erneut auf, und er nickt kaum merklich.

»Ich glaube Ihnen, dass Sie das tun würden«, sagt er schließlich. »Und Sie haben wie kaum jemand gelitten. Ich ...«, er bricht ab, verdreht die Augen vor Schmerz, kneift sie zusammen, behält diese Grimasse ein paar Sekunden bei, und als er die Augen wieder öffnet, wirkt sein Blick glasig, als könne Grey sie nicht mehr richtig sehen.

»Gleichgewicht ist alles, was Bedeutung hat. Ich muss ... daran ... glauben«, haucht er, und die Pausen zwischen den Worten dehnen sich aus, je mehr die Kraft bei jedem Atemzug schwindet.

Alice nimmt wahr, dass Boudreaux seine Position verlassen hat und sich halb über Pockennarbe beugt, aber sie hat das Gefühl, dass Grey, wenn sie jetzt den Blick von ihm wendet, nicht mehr da sein wird, sobald sie wieder hinguckt.

»Aber gerade Sie haben das verdient. Sie haben eine Freundin verloren, da haben Sie etwas als Gegenleistung verdient.«

Er nimmt eine Hand von seinem Bauch, Blut überzieht die Finger, die sie näher heranwinken und wie ein roter Handschuh aussehen. Alice beugt sich vor, lauscht den Worten, die kaum über ein Wispern hinauskommen und schon bald nicht einmal mehr ein Wispern sind.

62. Kapitel

Freitag – noch drei Tage

Eine unheimliche Stille herrscht in Greys Haus, jetzt, da die letzten Beamten des Forensik-Teams gegangen sind. Von der Küchentür aus beobachtet Alice, wie Luc Boudreaux sich an der Eingangstür bei den anderen GALE-Agents bedankt, die die Festung gehalten haben, während sie im Suffolk County unterwegs waren. Kurz darauf schließt Boudreaux die Tür, kehrt allein zurück zu Alice, die immer noch im Durchgang zur Küche steht.

Etwas mehr als vier Stunden sind vergangen, seitdem sie von hier aus aufgebrochen sind, um Elias Grey zu stellen, aber für Alice könnten es genauso gut vier Tage sein – sie wähnt sich in einem anderen Körper bei der Vorstellung, wie wenig Zeit vergangen ist, als sie zuletzt in dieser Küche war, während Greys Körper noch nicht einmal kalt ist.

»Jetzt sind auch die Letzten gegangen«, meint Boudreaux. »Sind Sie bereit, mir alles zu erzählen?«

Alice trägt einen inneren Konflikt mit sich aus. Sie hat das Gefühl, dass sie es ihrem Dad schuldig ist, das zu bewahren, was sie im Grunde für sich persönlich braucht. Aber ohne Boudreaux wäre sie nicht dort, wo sie jetzt ist.

»Sie meinten, ich soll mich bei Ihnen bedanken, wenn wir aus dem Haus rauskommen«, sagt sie schließlich. »Wenn Sie nicht gewesen wären, würde ich jetzt neben Dr. Grey in einem Leichenschauhaus liegen. Sie haben mir das Leben gerettet, und da bin ich Ihnen was schuldig.«

Boudreaux schüttelt den Kopf. »Aus meiner Sicht sind wir nicht mal quitt«, sagt er. »Ich habe nur meinen Job getan. Und zwar besser als vor elf Jahren, aber Sie schulden mir gar nichts.«

Alice ist wieder ein wenig gefasster, seitdem sie zurück in Manhattan sind. Sie fühlt sich längst nicht gut, aber emotional ist sie zumindest so weit stabil, um das durchzustehen. Boudreaux' aufrichtiger Mangel an Selbstüberschätzung überrascht sie, reißt beinahe die Nähte auf, die ihre Gefühle in Schach halten. Sie nickt.

»Trotzdem möchte ich Ihnen danken.«

Auf der Rückfahrt herrschte fast die ganze Zeit über Schweigen. Boudreaux ließ sich von den Rettungssanitätern notdürftig verarzten, mit dem dringenden Appell, sich unverzüglich ins nächste Krankenhaus zu begeben. Alice stand noch zu sehr unter dem Eindruck von Pockennarbes grausamem Lächeln und dem kleinen Rund des Pistolenlaufs, und wiederholt fragte sie sich, wie sie das alles überlebt hatte, ohne einen Kratzer davonzutragen. Aber sie sprachen nicht über Greys letzte Worte. Boudreaux wollte es zwar wissen, aber Alice war noch nicht bereit dazu. Sie brauchte Zeit, bis sich der Sturm in ihrem Kopf legte. Doch jetzt ist sie bereit.

Was Grey ihr mit seinen letzten Atemzügen zuflüsterte, hängt ihr wie ein Mühlstein um den Hals. Der Beweis, dass er das Monster war, nicht diese anderen Männer. Nicht ihr Dad. Die Erkenntnis, dass das Leben ihres Dads buchstäblich in ihren Händen liegt. Sooft sie sich in den zurückliegenden achtundvierzig Stunden auch gewünscht hat, ihr Dad und Gail hätten die Rollen tauschen sollen, bleibt ihr so gut wie keine Wahl, was sie mit Greys letzten Worten anfangen soll. Sie weiß, was Gail an ihrer Stelle getan hätte.

Sie geht auf Boudreaux zu, an ihm vorbei, betritt das Arbeitszimmer. Ein Déjà-vu-Erlebnis, das für einen ganz kurzen Moment Übelkeit in ihr hervorruft und ihren Puls hochjagt. Das Zimmer, in dem sie um ihr Leben fürchten musste, als Grey die Maske fallen ließ. Sie konzentriert sich auf ihre Atmung, hat sich kurz darauf wieder im Griff.

Die Wand mit all den Fotos wirkt mit einem Mal nicht mehr so düster, jetzt, da der Mann tot ist, der all diese Rahmen dort arrangiert hat. Sie erinnert sich an das, was er ihr auf Long Island zugeflüstert hat. Seine Stimme hallt noch in ihrem Kopf nach, und sie weiß, dass sie sie nicht zum letzten Mal gehört hat. Als wären ihre Träume nicht schon beschissen genug!

Aber gerade Sie haben das verdient, hat er gesagt. Das Gleichgewicht, das er über Jahre versucht hat herzustellen, wenngleich er das nur aus seiner verzerrten Wahrnehmung betrachtete. *Und da es Ihnen damals verwehrt wurde, möchte ich Ihnen zumindest jetzt etwas davon geben. Ein Leben für ein Leben.*

Alice wird aus dieser Erinnerung gerissen, als Boudreaux ihr eine Hand auf die Schulter legt.

»Alice, wir müssen das nicht unbedingt jetzt machen. Sind Sie sicher, dass Sie schon bereit sind?«

Sie nickt, tritt näher an die Fotos. »Diese Fotos hat er nicht einfach so gemacht, um Erinnerungen an seine Reisen zu haben«, erklärt sie, streckt die Hand aus und nimmt das gerahmte Somalia-Foto ab, das sie schon einmal in Händen hielt. Einen Moment starrt sie darauf. Auf den jüngeren Grey, auf den Mann, der zu diesem Zeitpunkt noch nicht beinahe zu Tode geprügelt worden war. Eine jüngere Version von ihm, von dem Arzt, der immer noch seinem Eid verpflichtet war, zu heilen und niemandem zu schaden. Sie hängt es zurück, nimmt ein anderes ab, auf dem Grey vor dem Orange County Convention Center zu sehen ist. Er steht zwischen zwei lächelnden Menschen, alle drei tragen eine Art Schlüsselband um den Hals, vermutlich mit Namensschildchen von der Veranstaltung, auf der er als Hauptredner eingeladen war.

»Der Mord, für den mein Dad verhaftet wurde, an Manny Castillo. Der war nicht geplant. Es war spontan, nachdem er gesehen hat, was Dad getan hatte. Er brauchte jemanden wie Castillo, um diesem verqueren Verständnis von Gleichgewicht gerecht zu werden. Es stellte sich heraus, dass Castillo Drogen an irgendwelche College-

Kids vertickt hatte, aber er hatte das Zeug gestreckt, und deshalb reagierte einer der jungen Leute darauf und starb später. Es gab einen Bericht in der Zeitung, in derselben Woche, als Dad ...«

Selbst jetzt kann sie es nicht aussprechen, ohne dass sich ein unsichtbares Gewicht um ihre Brust legt. Ohne dass sie nur ein paar Worte von Tränen entfernt ist.

»... tat, was er getan hat«, bringt sie den Satz zu Ende. »Wie sich herausstellte, kam Castillo auf freien Fuß, da die Durchsuchung bei ihm offiziell nicht genehmigt war. Daher passte er in Greys Schema.«

Alice dreht den Rahmen um, macht die Halterungen auf. Die Rückwand lässt sich abheben, und da ist es, genau wie er es versprochen hat. Zwei Flecken, rundlich, sie passen nicht wirklich zusammen. Jeder ist so groß wie eine Vierteldollar-Münze, sie sehen aus wie Rostflecken, aber sie sind so viel mehr als das. Alice weiß genau, was es mit diesen Flecken auf sich hat. Weiß, dass jeder dieser Fotorahmen jeweils zwei Blutflecken wie diese birgt. Weiß, dass man, sobald dies im Labor untersucht wird, beweisen kann, dass Dr. Elias Grey nicht nur einen Tropfen Blut ihres Vaters, sondern auch seines vermeintlichen Opfers aufbewahrte, und dass sie nun auf den Schlüssel schaut, der die Tür von Dads Gefängniszelle öffnen kann.

»Ist es das, wofür ich es halte?«, fragt Boudreaux.

Alice nickt nur, vertraut ihrer Stimme nicht.

»Sind das eine Art Trophäen?«, sinniert er weiter und schüttelt den Kopf. Fast im Flüsterton fügt er hinzu: »Alle?« Boudreaux berührt sie wieder an der Schulter, und Alice' Augen füllen sich mit Tränen, diesmal kann sie sie nicht einfach wegblinzeln. Sie strömen ihr über die Wangen, und sie weiß nicht, ob sie um sich weint oder um Gail, vielleicht sogar um ihren Dad. Sie lässt zu, dass Boudreaux ihr einen Arm um die Schulter legt und sie an sich drückt, eine Umarmung, die sie nicht für möglich gehalten hätte. Sie schmiegt sich an ihn, nimmt den Hauch Zitrusduft seines Aftershaves wahr. Fühlt sich geborgen.

Alles in allem verspürt sie keine Eile, irgendwo hinzumüssen, und zum ersten Mal seit Ewigkeiten fühlt sie sich überraschenderweise mit sich und der Welt im Reinen.

63. Kapitel

Montag – Tag der Hinrichtung

Alice hält auf der Earsdon Road vor dem Nine Streets Coffeeshop. Das bisschen Schlaf, das sie in den vergangenen Tagen bekommen hat, stand unter dem Eindruck der qualvollen Ereignisse, die sich in Stony Brook Harbor zugetragen hatten. Nächte, die sie am liebsten meiden möchte, Tage, die wie im Fluge vergangen sind, als würde sie auf der Überholspur aus dem Beifahrerfenster schauen. Wie viele Gespräche mögen es seit Freitag gewesen sein? GALE-Agents und das NYPD, ehe man sie nach Hause fliegen ließ, dann die französische Polizei via Zoom, seitdem sie wieder in Whitley Bay ist. Wie es scheint, will jeder ein Stück von ihr.

Eine matte Sonne späht hinter Wolken hervor, die tief hängen, wie schmutzige Lumpen in der Ferne. Für später in der Woche sind Unwetter vorhergesagt, und die Luft fühlt sich schon die ganze Zeit so drückend an, als würde ein Regenguss bald all den Schmutz wegspülen, um Frische zu bringen. Alice schnappt sich die beiden Latte to go und setzt sich draußen an einen der Holztische.

Sie hat kaum Zeit, einen Schluck zu nehmen, ehe sie sieht, wie Luc Boudreaux aus einem Mietwagen steigt und ihr halbherzig zuwinkt, als er die Straße überquert. Die Geste sieht so merkwürdig aus, wie Alice sich fühlt. Ein Erinnerungsfetzen flackert in ihrem Kopf auf. Wie er sie in Greys Arbeitszimmer im Arm hielt. Wie geborgen sie sich fühlte. Es braucht Zeit, Boudreaux nicht länger als Widersacher zu sehen, sondern als jemand anderen, und das fühlt sich in etwa so an, als müsse man neue Schuhe einlaufen. Was auch immer Alice anfangs von ihm gehalten hat, seit vergangener Woche hat er sich gesteigert. Er hat nicht nur das getan, was richtig war, er hat Alice darüber hinaus das Leben gerettet.

»Guten Tag«, grüßt Boudreaux und nimmt gegenüber von ihr Platz.

»Ich habe Ihnen schon einen mitgebracht. Wie der, den Sie in Paris in meinem Hotel hatten. Hoffe, das ist okay so?«, sagt Alice und schiebt ihm den Becher über den Tisch.

Boudreaux nimmt ihn, legt beide Hände um den Becher, trinkt aber noch nicht.

»Danke«, sagt er mit einem Lächeln, das ein wenig angespannt wirkt.

Sie schweigen beide eine Weile, und offenbar ruft der ungewohnte Waffenstillstand auf beiden Seiten immer noch Unbehagen hervor.

»Hören Sie, was Sie da gesagt haben, drüben in New York. Der Hinweis von McKenzie ...«

»Vergessen Sie's«, wiegelt sie ab. »Ist nicht weiter wichtig.«

»Aber für mich ist es wichtig«, sagt er.

»Warum?«

»Weil ich nicht möchte, dass Sie glauben, ich wäre so ein Typ.«

»Sie meinen, so sind Sie nicht?«

»Ich hatte Scheuklappen auf. Mehr nicht. Ich habe es damals dem Captain mitgeteilt, aber er meinte, ich solle vergessen, dass ich das je gehört habe. Dann das, was ich dem diensthabenden Sergeant damals sagte, dass die Sache auf Eis liegt? Das kam von oben. Ich war nur der Überbringer der Nachricht. Ob ich das bereue? Verdammt, und wie, aber daran kann ich jetzt auch nichts mehr ändern. Ich wollte bloß, dass Sie es wissen.«

»Warum?«, fragt sie wieder und spürt, dass die letzten Überbleibsel von Kälte aus Greys Haus tauen.

»Ich weiß es nicht«, erwidert er und sieht ein wenig verlegen aus. »Vielleicht will ich einfach nur nicht, dass Sie mich für einen Mistkerl halten.«

Sie sieht ihn an. Entdeckt echtes Bedauern in seinen Augen, und ohne groß nachzudenken, streckt sie die Hand aus, legt sie auf seine.

»Mistkerl klingt ein bisschen hart. Ein kleiner Dödel vielleicht, aber kein Mistkerl.«

Er senkt den Blick, und beide lachen sie, es klingt unbeschwert, vergnügt.

Einige Sekunden vergehen, ehe ihr bewusst wird, wie heiß sich ihre Hand auf seiner anfühlt, und sie zieht sie mit einem Lächeln zurück, während sie beide in Schweigen verfallen.

»Abgesehen davon, wie geht es Ihnen?«, erkundigt Boudreaux sich schließlich.

Alice schaut zur Seite, auf den Straßenverkehr, der an ihnen vorbeizieht. »Es geht mir gut«, sagt sie, während sie für sich zurückblickt und sich fragt, ob sie überzeugend klingt. Tatsächlich war es eine harte Woche. Die Abläufe auf Long Island hat sie öfter durchlebt, als sie zählen kann.

Die Seniorpartner bei der Arbeit, Nicola Shaw und Sharon Finnie, haben versucht, sie dazu zu bewegen, mit jemandem darüber zu sprechen. Sie haben sogar angeboten, ein paar Sitzungen zu bezahlen, wie nett von ihnen. Vielleicht nimmt sie das sogar an, aber fürs Erste will sie die Sache einfach nur durchstehen.

»Und Sie?«, fragt sie Boudreaux. »Was hat Ihr Boss zu alldem gesagt?«

»Hm, vorsichtig ausgedrückt, glaube ich nicht, dass ich in nächster Zeit einen Gefallen von ihm erwarten darf«, sagt er mit einem reumütigen Lächeln. »Wahrscheinlich wartet er, bis sich alles etwas beruhigt hat, danach brummt er mir bestimmt eine ganze Reihe beschissener Aufgaben auf, bis er denkt, dass er mich wieder auf Kurs gebracht hat.«

»Sie haben gerade einen der schlimmsten Serienkiller zur Strecke gebracht. Vielleicht *den* schlimmsten. Eigentlich müsste er eine verdammte Konfettiparade für Sie organisieren.«

»Oh, da würde er sich nur selbst vor den laufenden Kameras in

Szene setzen und lächeln und sich seinen Teil vom Ruhm sichern. Aber er ist ein hinterhältiges Wiesel. Er wird nicht vergessen, dass ich mich ihm widersetzt habe, ganz egal, wie die Sache letzten Endes ausgegangen ist.«

»Wie sieht es mit dem Tatort aus?«, möchte Alice wissen, überrascht, dass sie diese Frage so lange zurückgehalten hat. Der Anwalt, den sie für Dad angeheuert haben, ist bisher abgewimmelt worden. Heute ist der Tag, an dem Dad auf eine Trage geschnallt worden wäre. Bislang haben sie nur einen Aufschub der Vollstreckung erwirken können. Jeder Antrag, den sie bei Gericht stellen, wird scheitern, solange sie mit keinen belastbaren Beweisen aufwarten. Alice hat Boudreaux versprochen, nicht zuzulassen, dass irgendetwas an die Öffentlichkeit gelangt, bevor es nicht wasserdichter als ein U-Boot ist, aber Zeit ist nun mal ein Luxus, den ihr Dad sich nicht leisten kann.

»An der Wand hingen achtundsiebzig Bilderrahmen. Bisher haben wir etwa zwei Dutzend analysiert und einigen Fällen zuordnen können, aber das ist ein langwieriger Prozess.«

Obwohl Alice die Wand mit eigenen Augen gesehen hat, schockiert die Zahl sie dennoch. Sie schluckt schwer. Sieht den ernsten Ausdruck auf Boudreaux' Gesicht. Da kommt noch mehr.

»In einigen der Rahmen steckte mehr als ein Foto. Insgesamt haben wir es mit sechsundneunzig zu tun.«

Alice atmet lange aus. »Das ist mehr als Bundy und Dahmer zusammen. Wie konnte er nur so lange damit durchkommen, verdammt?«

»Er war vorsichtig.« Boudreaux zuckt mit den Schultern. »Die meisten Länder, in die die UN ihre Leute schickt, sind in ziemlich instabilem Zustand, aus unterschiedlichen Gründen. Die Polizei dort ist oft nicht so gut organisiert, einige Länder gehören nicht zu GALE und können daher keinen Zusammenhang zwischen den Fällen herstellen. Selbst die Länder, die GALE angeschlossen sind, haben oft eine lange Leitung. Er hat sich Leute rausgepickt, die es seiner Ansicht nach verdient hatten. Leute, deren Opfer er gesehen hatte und die er nicht mehr retten konnte. Typen, die es verdient hatten. Einen umbringen, einen anderen reinlegen. Zwei für den Preis von einem. Dieses Pflaster, das er Ihnen verpasst hat? Es handelt sich um ein hochwirksames transdermales Pflaster, Fentanyl plus einige andere Zutaten, um einen handlungsunfähig zu machen. Das Erinnerungsvermögen ist stark beeinträchtigt. Hätten Sie es noch länger auf der Haut gehabt, Sie hätten vermutlich nicht mal mehr gewusst, dass Sie überhaupt in seinem Haus waren.«

Alice fasst sich unwillkürlich an die Stelle, wo das Pflaster geklebt hat.

»Wir sind uns ziemlich sicher, dass er sie alle auf diese Weise gekriegt hat. Die armen Bastarde werden sich kaum zur Wehr gesetzt haben.«

»Sechsundneunzig?«, fragt sie im Flüsterton. »All das nur wegen des Überfalls damals in Somalia? Das ergibt doch keinen Sinn.«

»Es ergibt mehr Sinn, als Sie glauben«, meint Boudreaux. »Ich habe mir seine Akte angesehen. Es war schlimm genug, dass er sich davon nie wirklich erholt hat. Aufgrund der Schläge ist ein Teil seines Gehirns dauerhaft in Mitleidenschaft gezogen worden, die Amygdala. Dort werden Emotionen wie Angst und Aggression gesteuert. Grey war so weit beeinträchtigt, dass er Gefahren anders bewertete als Sie und ich. Er hatte keine Angst, es mit diesen Leuten aufzunehmen. Aus seiner Sicht war es wie eine Art Belohnung, sicherzustellen, dass diese Leute nie wieder anderen etwas antun konnten, und das hatte letzten Endes für ihn mehr Gewicht als die Gefahr, in die er sich selbst brachte.«

»Diese Leute in Somalia, die ihn damals so übel zugerichtet haben. Ist es tatsächlich so, wie er es gegenüber Dufort gesagt hat? Dass sie ihn zu dem gemacht haben, was er war?«

Boudreaux nickt. »Deshalb hatte er den Job, die Versorgungszentren und Feldlazarette zu beaufsichtigen, anstatt einfach nur Chirurg zu sein. Niemand will im Krankenhaus einen Chirurgen haben, der eine derart verkorkste Einstellung zur Risikobereitschaft erkennen lässt.«

»Gefundenes Fressen für die Presse, wenn das rauskommt«, meint Alice.

»Ja, genau«, sagt Boudreaux. Ihm scheint nicht ganz wohl zumute zu sein, und Alice fragt sich, was jetzt kommen mag.

»Auf dem Weg hierher hatte ich Lavigne am Apparat. Er hat sich heute mit unserem Direktor besprochen, auch mit den örtlichen Polizeibehörden drüben in den Staaten, und … tja, ich komme wohl nicht drumherum, Ihnen das zu sagen. Die wollen die Fälle begraben.«

Alice' Augen werden groß wie Untertassen. »Das können sie nicht tun! Diese Männer sind zwar Kriminelle, aber so funktioniert das doch nicht. Und was ist mit den Familien der Leute, die sie getötet haben? Sie haben die Wahrheit verdient.«

»Von ganz oben heißt es, diese bittere Pille sind sie gewillt zu schlucken. ›Nicht im Interesse der Öffentlichkeit‹, lässt Lavigne immer wieder verlauten, als hätte die Platte einen Sprung. Jeder einzelne dieser Typen ist ein eiskalter Killer. Sie sitzen nur nicht die richtige Zeit ab.«

»Wenn die alles fallen lassen, wird mein Dad trotzdem sterben«, sagt sie. »Das kann ich nicht zulassen. Dazu werde ich es nicht kommen lassen.«

»Es gibt auch noch gute Nachrichten«, sagt Boudreaux. »Vielleicht hätte ich damit anfangen sollen. Ihr Dad wird auf freien Fuß kommen, aber er ist auch der Einzige, den sie gehen lassen. Die anderen bleiben, wo sie sind.«

Erleichterung durchflutet Alice, aber es fühlt sich immer noch nicht richtig an. In ihrer bisherigen Karriere ging es um Gerechtigkeit, und das hier ist eine verzerrte Version davon, wie ein Bild, das schief aufgehängt wurde.

»Ich weiß, dass das keine guten Menschen sind, Luc, aber das ist nicht richtig, und das wissen Sie.«

Boudreaux hält hilflos beide Hände hoch. »Da bin ich ganz bei Ihnen. Hätte nicht gedacht, dass ich das je sagen würde, aber was mit Ihrem Dad passiert ist, da kann ich einfach nicht mehr mitreden, und das ist ziemlich schwarz und weiß. Grey hat es getan, und wir können es beweisen, aber das liegt weit über meiner Gehaltsklasse.«

»Wir können das nicht zulassen«, sagt Alice. »*Ich* werde das nicht zulassen.«

»Mit denen werden Sie sich nicht anlegen wollen. Die werden das nicht zulassen.«

»Was wollen die denn tun?« Ihr hitziges Temperament entfaltet seine Schwingen. »Mich einsperren? Ich wette, jede Zeitung, an die ich mich wende, wird die Sache aufgreifen.«

»Sie müssen klug vorgehen, Alice. Irgendwo in einem Labor halten sie sämtliche Beweise zurück. Grey war ein angesehener Arzt, keine Vorstrafen. Ohne die entsprechenden Beweise in der Hinterhand landet die Art von Behauptungen, die Sie aufstellen, eher in den Boulevard-Schlagzeilen beim *National Enquirer* als in der *New York Times*. Hinzu kommt, dass Lavigne ein rachsüchtiges Arschloch mit Napoleon-Komplex ist. Ich habe ihm schon gesagt, dass Ihnen das nicht gefallen wird, und daraufhin machte er eine Bemerkung, das NYPD sei sehr daran interessiert, mit Ihnen über den Typen im East River zu sprechen. Er hat einfach …«

»Diese Männer sollten freikommen und für das vor Gericht gestellt werden, was sie tatsächlich getan haben«, unterbricht Alice ihn. »Wie können Sie nur für so einen Mann arbeiten?«

»Stimmt, das kann ich nicht«, sagt Boudreaux.

Damit hat Alice nicht gerechnet, und das nimmt ihrer vehementen Ansprache augenblicklich die Schärfe.

»Wie meinen Sie das jetzt?«

»Wie ich's sage. Wenn ich zurückgehe und wieder für ihn arbeite, wird er mir immer nur Steine in den Weg legen. Nein, man hat mir angeboten, wieder nach Hause zu kommen, ein Job in der Außenstelle in Manhattan.«

»Aber dann wären Sie ja immer noch Teil einer Organisation, die wie eine Büffelherde über das Gesetz trampelt.«

»Ich bin mit der Entscheidung auch nicht einverstanden, Alice, aber ich kann sie nachvollziehen. Ich weiß, dass GALE nicht vollkommen ist, aber die Behörde hat auch viel Gutes bewirkt. Es könnte besser ein. *Ich* könnte besser sein, und ich habe bessere Aussichten, mich zu steigern, wenn ich weiterhin im Innern tätig bin, anstatt GALE den Rücken zu kehren. Sie haben mein Wort, denn genau das werde ich tun. Ich schulde Ihnen zwar mehr als das, aber das ist zumindest ein Anfang.«

Alice würde am liebsten weiterdiskutieren, den 6. Zusatzartikel zitieren, dem gemäß jeder ein faires Verfahren verdient hat, und genau das bleibt diesen Männern verwehrt. Allerdings gibt es da etwas in Boudreaux' Wortlaut, das sie rührt, eine Aufrichtigkeit, die man nur erlebt, wenn sich jemand wirklich öffnet. Sie muss zugeben, dass GALE bei allem, was sie tut, einer verqueren Logik folgt, und nicht zum ersten Mal fragt sie sich, wie sie sich fühlen würde, wenn auch nur einer dieser Männer freikäme und einem anderen Menschen etwas antun würde. Darauf gibt es keine Antwort, die ihr Gewissen beruhigen würde, so oder so. Aber Ehre, wem Ehre gebührt. Boudreaux hat sich die ganze Zeit über anständiger verhalten, als sie es ihm zugetraut hätte. Sie atmet lange aus.

»Schauen Sie, ich glaube nicht, dass ich mich je mit diesem Plan anfreunden werde, aber einmal abgesehen davon, muss ich mich bei Ihnen sozusagen entschuldigen.«

»Warum?« Er runzelt die Stirn.

»Weil ich lange Zeit geglaubt habe, Sie wären derjenige, der alles zu vertuschen versucht, dabei sind Sie ehrlich gewesen. Das sehe ich jetzt ein. Der ganze Kram, den ich aus Ihrer Vergangenheit ausgegraben habe, diesen anderen Fall, das alles tut mir leid.«

Boudreaux sagt einen Moment nichts. Starrt die Straße hinunter. Als er dann etwas sagt, schaut er auf den Tisch.

»Dieser Fall, Mario Higuita. Das war der Grund, warum ich das

Orlando Police Department verlassen habe. Der Grund dafür, dass ich nichts anderes tun kann als das, was richtig ist. Da gab es so vieles an diesem Fall, das beschissen war. Ich hätte …«

»Was auch immer es war«, wirft Alice ein. »Sie brauchen mir nichts zu erklären.«

»Wird aber Zeit, dass ich es jemandem erzähle«, sagt er und sucht erst jetzt ihren Blick. »Ich schätze, nach all dem, was wir gemeinsam durchgestanden haben, kann ich Ihnen trauen wie niemand anderem sonst.«

Alice sagt dazu nichts. Lehnt sich nur zurück, um ihm Raum zu geben.

»Ich habe es so gemeint, als ich gesagt habe, dass ich nie eine Linie überschritten habe. Nicht persönlich. Bei Higuita, sosehr ich diesen Typen hasste, die Zeugen, die wir fanden … was sie sagten, stimmte. Sie wurden bedroht. Man sagte ihnen, wenn sie nicht aussagen, würde man bei der Durchsuchung ihrer Wohnung wahrscheinlich einen Beutel Koks finden.«

Sie ist mehr als perplex. So viel dazu, dass er sich immer anständig verhalten hat.

Boudreaux sieht ihr an, wie erschrocken sie ist, und richtet sich kerzengerade auf.

»Nein, nein, nicht ich habe die Drohungen ausgesprochen«, wehrt er ab und schüttelt den Kopf. »Das war mein Partner, Danny Allan. An dem Tag, als der Typ es sich mit der Aussage anders überlegte, habe ich Danny fluchen hören. Er steckte ihm, er würde ihm schon bald einen Besuch abstatten. Ich hätte etwas unternehmen sollen. Hätte ihn melden müssen.«

Seine Stimme verliert sich, je länger er in den Erinnerungen gefangen ist.

»Stattdessen entschied ich mich für die Treuekarte. Dass wir Cops zusammenhalten müssen. Wenn wir dem Staatsanwalt diesen Zeugen nicht präsentiert hätten, hätte er nie Strafanzeige erstattet. Und Higuita hätte nie erfahren, dass wir ihm auf der Spur waren. Wir hätten einfach abwarten müssen, bis wir ihn ganz klar überführt hätten. Denn dann könnte Nancy Killigan vielleicht noch am Leben sein. Danach schwor ich mir, es besser zu machen. Ich wollte der Cop sein, der Nancy hätte retten müssen.«

Seine Körpersprache ist ein Trauerspiel, als würde er jeden Moment in sich zusammenfallen.

»Falls es Sie tröstet«, sagt Alice, »ich glaube, Sie sind genau der Cop geworden.«

Boudreaux öffnet den Mund, um etwas zu sagen, entscheidet sich dann aber für ein kleines Nicken und lächelt.

»Ich bin mir nicht ganz sicher, ob ich das glauben soll«, sagt er schließlich, »aber trotzdem danke.«

»Sie sind ein guter Mensch, Luc.«

»Vielleicht eines Tages«, erwidert er, sein Lächeln wird breiter. Diesmal umspielt es auch seine Augen. »Hören Sie, ich muss dann los, aber checken Sie Ihre E-Mails. Da wartet noch etwas auf Sie.«

Boudreaux steht auf, streckt ihr zum Abschied die Hand entgegen, und ehe Alice darüber nachdenken kann, steht sie auf und umarmt ihn stattdessen. Offenbar ist er äußerst überrascht, denn er schließt sie mit Verzögerung in die Arme. Sie drückt ihn fest an sich und spürt, dass er den Druck erwidert.

»Ich danke Ihnen, Luc«, sagt sie. »Für alles.«

Er sagt nichts, hält sie noch einen Moment fest, bis er sich von ihr löst und einen Schritt zurücktritt.

»Hey, wenn Sie je in New York sind …«

Sie fragt sich einen Moment lang, ob etwas an dieser Einladung dran ist. Etwas mehr als das, für das sie sich so lange nicht mehr geöffnet hat.

»Und wenn Sie mal wieder in Whitley Bay sind«, antwortet sie mit einem Lächeln. »Aber da Sie es gerade erwähnen, ich habe Sofia versprochen, sie in ein paar Wochen in New York zu besuchen.«

Ein Lächeln breitet sich in seinem Gesicht aus. »Meine Nummer haben Sie ja.«

»Ja, Ihre Nummer habe ich«, sagt sie.

Boudreaux nickt, schenkt ihr noch ein Lächeln, wendet sich dann ab und geht zurück zu seinem Auto. Alice fällt ein, dass er eine Bemerkung über ihr E-Mail-Postfach gemacht hat. Sie kramt in ihrer Handtasche nach ihrem Handy. Tatsächlich, da ist eine ungelesene Mail von Boudreaux. Er muss sie ihr geschickt haben, als er den Wagen abgestellt hat.

Sie überfliegt die Nachricht, sieht, wer in CC steht. Der Anwalt, den Sofia aufgetan hat, der Justizminister des Bundesstaates, und Colin Winthorpe, der Gouverneur von Florida persönlich. Sie öffnet die Anhänge. Laborberichte, die bestätigen, dass man in Greys Haus das Blut von Jim Sharp und Manny Castillo gefunden hat. Als Nächstes eine Aussage von Boudreaux, was er gesehen und gehört hat – begrenzter Kontext, es geht nur um Sharp –, aber das ist alles, was sie braucht. Alles, was ihr Dad braucht, um zu überleben.

Sie ist es nicht gewohnt, irgendwelche positiven Gefühle zu entwickeln, sobald es um ihren Dad geht. Es geht für sie eher darum, das richtige Ergebnis erzielt zu haben, und nicht so sehr um ein gutes Feeling. Aber alles in allem, so, wie die Dinge sich entwickelt haben, hat es sich nicht bloß darum gedreht, ihn zu retten. Sie hat all diejenigen gerettet, die noch ins Visier von Grey hätten geraten können. Sie hat den kleinen Bruder gerettet, den sie nie kennengelernt hat. Mehr noch, bei all den Risiken, die sie eingegangen ist, hofft sie, dem ständigen Zermürbungskrieg Einhalt gebieten zu können, der zwischen ihr und Fiona tobt.

Ihr kleiner Bruder. Vielleicht das Ergebnis dieses ganzen wilden Ritts, mit dem sie am wenigsten gerechnet hat. Sie weiß nicht, was ihr im Augenblick mehr Unbehagen bereitet. Die Aussicht, ihm zu begegnen, oder der Gedanke, ihn nie kennenzulernen. Es gibt nur einen Weg, das in den Griff zu bekommen. Aber zunächst muss sie woanders vorbeischauen.

64. Kapitel

Montag – Tag der Hinrichtung

Alice umfasst die Griffe von Mums Rollstuhl so fest, dass ihre Knöchel weiß hervortreten, als hätte sie Sorge, ihre Mutter würde hinunter ins Meer rollen, wenn sie loslässt. Neben ihr geht Fiona und erzählt ausführlich von dem Ausflug, den die Kinder nächste Woche machen. Weiter voraus kreischen die Zwillinge vor Lachen, während sie über den feuchten Damm stürmen, der in Richtung St. Mary's Island führt.

In der Ferne kreisen Möwen wie ein Heiligenschein um die Spitze des strahlend weißen Leuchtturms. Er sieht wie eine überdimensionale Schachfigur aus, ist nur zugänglich, wenn es die Gezeiten erlauben. Am Horizont sind Windräder zu erahnen und drehen sich träge in beträchtlicher Entfernung zur Küste. Alles scheint gedrosselt abzulaufen, halbe Kraft voraus. Nach all den Wirren der vergangenen Woche ist ihr dieses Tempo willkommen.

»Jake! Lily! Nicht so schnell, es ist rutschig!«, ruft Mum, aber die Kids haben so viel Spaß beim Herumtollen, dass sie keine Anstalten machen, auf die Erwachsenen zu hören.

Fiona hat vorgeschlagen, dass es nicht viel bringt, Mum die ganze Wahrheit zu erzählen – und Alice ist mit ihr einer Meinung. Boudreaux würde ausflippen, sollte Mum beschließen, die schmutzigen Details mit ihren Freundinnen bei einer Tasse Tee durchzukauen. Die ganze Geschichte rund um Grey und dessen erschreckend lange Liste von Opfern muss unter Verschluss bleiben.

Natürlich hat Alice ihrer Schwester alles erzählt. Eine Entscheidung aus dem Bauch heraus. Alice hatte das Gefühl, dass noch etwas

Mörtel fehlte zwischen den Backsteinen jenes unsichtbaren Gebäudes, das sie und Fiona neu errichten wollen. Eine Geste, die Vertrauen schaffen soll. Etwas, das eine Bindung entstehen lässt.

Sie sind auf halbem Weg zum Leuchtturm, als Mum wieder das Wort ergreift.

»Das muss verdammt hart für ihn gewesen sein«, sagt sie. »Eingesperrt zu sein, zu wissen, dass er unschuldig ist.«

Die beiden Schwestern tauschen Blicke, sagen aber nichts.

»Ihn zu verlassen war das Schwerste, was ich je tun musste, und das Beste, beides in einem Paket verpackt«, fährt Mum fort. »Ich wusste, dass er fremdging, aber ich hatte Angst, allein auf mich gestellt zu sein.«

Sie dreht sich halb um, tätschelt Alice' Hand.

»Ich habe mich nie bei dir bedankt, weißt du«, sagt sie.

Alice geht etwas langsamer, späht über Mums Schulter, runzelt die Stirn.

»Bedankt? Wofür?«

»Dass du mir erzählt hast, dass du ihn mit ihr zusammen gesehen hast«, antwortet sie. »Jahrelang hat er sich herumgetrieben, mit jeder, die ihn haben wollte, aber ich hatte diese verdammte Angst, mich von ihm zu trennen. Alleinerziehende Mutter zu sein. Dass du es mit eigenen Augen gesehen hast, war für mich wie ein Weckruf. Es gab mir die Kraft, den Schritt zu wagen, und das habe ich dir zu verdanken.«

»Mum, ich …«

»Und ich weiß, dass das für euch beide nicht leicht gewesen ist, vor allem jetzt nicht, da ihr ein Auge auf mich haben müsst.«

»Ehrlich, Mum, das macht uns doch nichts aus.«

»Ich weiß, was du alles aufgegeben hast, um zurückzukommen, meine Liebe«, erwidert Mum. »Was ihr beide jeden Tag opfert, mir zuliebe. Aber das macht eine Familie ja aus, oder nicht? Sich selbst zurückzunehmen, zum Wohle der anderen. Dem anderen vergeben, wenn etwas nicht so gelaufen ist.«

Alice ist sich nicht sicher, ob sie nun von ihr und Fiona oder von ihrem Dad spricht. Sie kann nicht in Worte fassen, welche Gefühle sie ihm im Augenblick entgegenbringt. Die Emotionen sind wie eine einzige geschmolzene Masse. In ihrer Karriere ist es immer darum gegangen, zu tun, was richtig ist. Leute zur Rechenschaft zu ziehen, in dem Glauben, das System könne gleichermaßen bestrafen wie rehabilitieren. Dad sah sehr betroffen und angegriffen aus, als er ihr gegenüber das Geständnis ablegte, aber Alice vermag nicht zu sagen, wie viel Reue nötig ist, um die Narben verschwinden zu lassen, die er mit seinem Verhalten hinterlassen hat.

Sie antwortet ihrer Mutter nicht sofort. Stattdessen bringt sie den Rollstuhl langsam zum Halten und umrundet ihn, um ihre Mum sehen zu können.

»Was auch immer ich aufgegeben habe«, sagt sie und geht in die Hocke, damit sie auf einer Augenhöhe sind, »es ist nicht einmal die Hälfte von dem wert, was ich habe, seit ich wieder hier bin.«

Sie schaut den Damm hinunter, zu der Stelle, wo die Zwillinge bis zu den Knöcheln in einem Gezeitentümpel stehen und vornübergebeugt ins Wasser gucken, auf der Suche nach kleinen Meerestieren. Ihr Blick gleitet weiter zu Fiona. Sie sieht, dass ihre Schwester sie anlächelt. In diesem Lächeln liegt Wärme, die durch die kalte Oktoberluft dringt. Auch auf Alice' Gesicht liegt jetzt ein strahlendes Lächeln.

»Wem genau gilt das Lächeln?«, fragt Fiona.

Alice blickt hinaus aufs Wasser, auf die Brandung drüben bei St. Mary's Island. Sie atmet die feuchte, salzige Luft ein und merkt, dass sie sich nie mehr zu Hause gefühlt hat.

»Schau dich doch nur um«, meint sie.

Sie teilen diesen Moment, ehe Alice zu der Frage kommt, die sie seit ihrer Ankunft in Whitley Bay stellen wollte.

»Ich möchte dich um einen Gefallen bitten, Fi.«

»Ja, um was denn?«

»Wirst du mitkommen?«

»Wohin denn?«

»Nach Florida.«

Fionas Augen verengen sich. »Wann fliegst du?«

»In ein paar Tagen.«

Ihre Schwester lacht einmal kurz auf. »Und was soll ich mit den Kids machen? Soll ich sie einfach mitnehmen?«

»Ich habe schon mit Trevor gesprochen. Es ist okay für ihn, die Festung für ein paar Tage zu halten«, sagt Alice und kostet den Schock auf Fionas Gesicht aus.

»Seid ihr zwei plötzlich beste Freunde für immer?«

»So in der Art«, meint Alice. »Ich habe mir überlegt, wenn er gut genug für meine kleine Schwester ist, dann sollte ich ihm vielleicht eine Chance geben.«

Alice ist nicht darauf vorbereitet, dass Fiona unvermittelt auf sie zustürzt, und im nächsten Moment wird sie gedrückt wie ein Lieblingsspielzeug.

»Danke«, flüstert Fiona an Alice' Ohr. »Und ja, natürlich komme ich mit.«

Alice spürt, dass Tränen in ihren Augen brennen. Sie blinzelt sie fort und löst sich von Fiona, als sie etwas Schweres an ihrem Oberschenkel spürt. Sie schaut nach unten, sieht, wie Lily sie anstarrt. Jake hat sich gleichzeitig an Fionas Bein geklammert, und beide Kinder verziehen die Gesichter zu einem verzerrten Grinsen. Alice muss lachen, und dieses Lachen sprudelt einfach so aus ihr heraus wie ein Quell in den Bergen. Frisch, rein.

Zum ersten Mal seit langer Zeit hat sie das Gefühl, genau dort zu sein, wo sie sein möchte.

65. Kapitel

Sieben Tage nach dem Tag der Hinrichtung

Das leise Surren des Motors ist hypnotisierend, während Alice über das Armaturenbrett hinweg zum Eingang des Florida State Prison späht. Seit gut einer Viertelstunde ist sie angekommen. Nirgends jemand zu sehen.

Die Hitze entströmt der Straße in Schüben, die Fundamente der Maueranlagen schillern wie bei einer Fata Morgana. Schon wenn man nach draußen blickt, kommt es einem so vor, als stiege die Temperatur im Innern an, obwohl die Klimaanlage auf höchster Stufe läuft.

»Alles okay bei dir?«, fragt Fiona vom Beifahrersitz aus.

»Ja.«

»Willst du dein ›Ja‹ vielleicht noch mal probieren, diesmal überzeugender?« Sie lacht glucksend, ehe sie ernster wird. »Es ist okay, wenn man sagt, dass es nicht okay ist.«

Sich okay fühlen scheint im Augenblick so etwas wie eine fremdartige Idee zu sein. Alice ist sich nicht sicher, ob sie noch weiß, wie es sich anfühlt, wenn man sagt ›Es ist okay‹, und wie sie wieder zu diesem Gefühl zurückfinden soll, weiß sie auch nicht.

»Ich ... bin bald wieder okay«, sagt sie schließlich.

»Was du durchmachen musstest ... Die meisten Leute müssen sich nie mit so einem Mist herumschlagen. Weißt du, wenn du jemanden zum Reden brauchst ...«

»Ich weiß. Ist nett gemeint, Schwesterherz.«

Die folgenden Minuten warten sie in behaglichem Schweigen, und Alice stellt sich dieselbe Frage, die ihr seit dem letzten Treffen mit Boudreaux im Coffeeshop im Kopf herumspukt. Kann sie damit leben? Mit all dem, was man ihr aufbürdet? Insgeheim ist sie froh, dass Mum nicht danach war, die Reise zu machen. Es fühlt sich nicht danach an, dass Dad das Recht verdient hat, sie um Vergebung zu bitten.

Ein aufblitzendes Licht erregt ihre Aufmerksamkeit. Die Sonne fängt sich auf einem herannahenden Auto. Der schwarze SUV verlässt die Hauptstraße und findet den Weg zu ihnen. Alice parkt absichtlich weit von den Toren entfernt, um keine Aufmerksamkeit zu erregen. Etwa die Hälfte der Parkfläche ist besetzt, daher fällt sie hier in der Ecke nicht weiter auf.

»Glaubst du, das sind sie?« Fionas Frage wohnt eine kribbelnde Aufregung inne.

»Möglich«, murmelt Alice und rutscht unruhig auf dem Sitz herum.

Der SUV hält etwa hundert Meter entfernt. Sie sieht Sofia zuerst, sie schwingt die langen Beine aus der Tür auf der Fahrerseite. Die hinteren Türen gehen beide auf, und einen Herzschlag später sieht Alice Mariella um das Auto herumkommen. Selbst auf die Entfernung erkennt sie, wie dünn sie ist, als hätte sie seit Jahren keine richtige Mahlzeit mehr gehabt. Sie vermutet, dass man wohl so aussieht, wenn die andere Hälfte der Partnerschaft seit zehn Jahren im Todestrakt zugebracht hat. Hinter Mariella folgt ein Junge, aschblonder Haarschopf, wie ein Flashback zu den Fotos von ihrem Dad, als er selbst noch ein Junge war. Ihr Bruder.

»Das ist er«, wispert Fiona. »Mariella meinte, dass er sie ständig mit Fragen löchert, jetzt, da er weiß, dass er zwei große Schwestern hat.«

Fiona stößt ihre Tür auf, und es ist wie der Schuss einer Startpistole, der Alice' Herz zum Flattern bringt.

»Warte«, sagt Alice, packt ihre Schwester beim Arm. »Ich bin nicht bereit. Noch nicht.«

»Aber was, wenn …«

»Bitte, Fi«, bettelt Alice. »Ich brauche noch einen Moment.«

Fiona grummelt etwas vor sich hin, lässt ihre Tür halb offen und verschränkt die Arme vor der Brust, als schmolle sie.

Gemeinsam beobachten sie, wie Mariella und Anthony vor das Auto zu Sofia gehen. Mariellas Blick ist starr geradeaus auf das Tor gerichtet, aber Alice entgeht nicht, dass Sofia einmal kurz über die Schulter blickt, in ihre Richtung. Doch auf diese Distanz ist es nicht möglich, ihren Gesichtsausdruck zu deuten.

Eine Ewigkeit scheint zu vergehen, und Alice sieht, wie sich Mariellas Körpersprache verändert, wie sie nervös das Gewicht von einem Fuß auf den anderen verlagert, wie sie Anthony beschützend einen Arm um die Schultern legt. Weiter entfernt ragt der Korridor aus Maschendrahtzaun auf, der zum Hauptgebäude der Haftanstalt führt. Mehrere Tore bilden Checkpoints, und zwei Tore weiter zurück erahnt Alice zwei Personen, die nebeneinanderstehen und warten. Zu weit weg, um Gesichter zu erkennen, trotzdem keine Gefahr, die beiden zu verwechseln.

Der eine trägt ein kurzärmeliges weißes Hemd, dazu dunkle Hosen – die Kluft eines Wärters. Der andere, ihr Dad, trägt einen Anzug, vermutlich genau den, den er schon anhatte, als er damals einen Fuß in die Anstalt setzte. Neben dem stämmigen Wärter sieht er klein aus, noch hagerer als auf dem Bildschirm, der Anzug hängt an ihm herunter, als wäre er ein Junge, der die Kleider seines Vaters anprobiert.

Das Tor ruckelt zu einer Seite auf, und die Männer gehen hindurch, Dad scheint zwei Schritte machen zu müssen, während der Wärter nur einen macht. Alice' Blick schweift wieder zu Mariella, sie sieht, wie sie und Anthony die ersten zögerlichen Schritte nach vorne tun. Eine Hand zum Gruß erhoben, auch das zögerlich zuerst, als würden sie abgewiesen, wenn sie zu enthusiastisch auftreten.

Dad trägt einen Seesack, darin das wenige, was er im Verlauf der letzten zehn Jahre hat anhäufen können. Als er sieht, wer ihn erwartet, beschleunigt er seine Schritte. Tor Nr. 2 fängt an zu quietschen, als würde es sich jeden Augenblick öffnen. Mariella ist etwa fünfzig Meter entfernt, aber jetzt eilt sie ihm entgegen, zieht Anthony mit sich. Das Tor ist gerade weit genug auf, um sich hindurchzuzwängen, aber Dad lässt den Seesack fallen, läuft durch den breiter werdenden Spalt. Die drei treffen aufeinander, die Arme umeinander geschlungen.

Erst als eine salzige Träne ihre Lippe trifft, merkt Alice, dass sie weint. Sie spürt Fionas Hand auf ihrer, spürt den leichten Druck ihrer Finger, aber sie kann sich nicht lösen von der Wiedervereinigung vor den Toren, nicht eine Sekunde schweift ihr Blick ab.

Unterschiedliche Emotionen erfassen sie, eine sonderbare Mischung aus Erleichterung und unerwarteter Eifersucht, während sie verfolgt, wie sich die Szene dort in einiger Entfernung abspielt. Das Wiedersehen, das sie beobachtet, die Art und Weise, wie Dad Anthony drückt, ihm durchs Haar wuschelt. Sein Gesicht strahlt vor väterlichem Stolz. Etwas, das sie selbst nur ab und an aufblitzen sah, als sie heranwuchs. Warum konnte er nicht der Dad sein, den sie brauchte? Nur er kann das beantworten.

Die Fingernägel ihrer freien Hand bohren sich durch ihre Jeans, der gegenwärtige Schmerz lässt sie an Ort und Stelle verharren. Dad und Mariella umarmen sich wieder, und Alice sieht, wie sich Mariellas Schultern heben und senken, als zittere sie trotz der Hitze. Alice hört Fiona schluchzen. Wendet sich ihr zu und sieht, wie die Unterlippe ihrer jüngeren Schwester bebt. Sie spürt es auch.

Mariella und ihr Dad lösen sich schließlich voneinander, er streckt die Hände nach ihr aus, umschließt ihr Gesicht. Sie stehen zu weit entfernt, Alice kann nicht hören, was er sagt, selbst wenn sie aus dem Auto gestiegen wäre, aber was auch immer es sein mag, Dads Worte stoßen bei Mariella auf enthusiastische Zustimmung. Sie nickt eifrig.

Dad lässt die Hände sinken, geht ein paar Schritte zurück, um seinen Seesack von dem Wärter zu holen, der von der Szene vor seinen Augen so gerührt ist wie eine steinerne Statue. Dad schlingt sich den Sack über die Schulter, hält Mariella dann eine Hand hin, die andere seinem Sohn, und beide erwidern die Geste, umschließen seine Hände mit ihren, das Lächeln auf den Gesichtern so breit wie der Interstate Highway.

Sie gehen dorthin, wo Sofia beim Auto wartet, und inzwischen schluchzt Alice laut, wischt sich mit beiden Handflächen über die Wangen.

»Bereit?«, fragt Fiona.

Alice ist sich nicht sicher, ob sie es je sein wird, aber wenn diese letzte Woche sie eines gelehrt hat, dann, dass das Leben einfach zu kurz ist. Sie weiß nicht, ob sie Dad je vergeben kann für das, was er getan hat, für sein ganzes Verhalten früher. Doch sobald sie darüber nachdenkt, wie kurz er davor war, den Tod zu finden, wenn sie überlegt, was für Erfahrungen sie selbst mit Gewalt machen musste – einmal abgesehen von der Erkenntnis, dass sie einen Bruder hat –, dann spürt sie, dass die Mauern, die sie um sich herum hochgezogen hat, zu bröckeln beginnen.

Es mag zunächst nur ein kleiner Riss sein, aber er ist dennoch da. Ein Druckventil, das in ihr nachgibt bei der Vorstellung, dass sie von nun an nicht nur für Fiona, sondern noch für jemand anderen die große Schwester sein wird.

»Nein«, antwortet sie. »Aber wir gehen trotzdem.«

Alice öffnet die Fahrertür und steigt aus, in den Sonnenschein. Es ist für diese Jahreszeit ein ungewöhnlich heißer Tag, und so schüttelt sie den kühlenden Umhang der Klimaanlage ab und spürt, wie sich die Wärme auf ihrem Körper ausbreitet, als steige sie in eine eben eingelaufene Badewanne.

Sie schließt die Augen, atmet tief ein und mit dem Öffnen der Augen wieder aus. Etwas regt sich in ihr, als sie die glücklichen Gesichter auf der Straße sieht, und plötzlich ist da diese Leichtigkeit in ihrer Brust. Als sei etwas Schweres losgeschlagen worden, als habe sie es wie eine Haut abgeschüttelt. Es ist ihr zu verdanken, dass ihr Dad lebt. Bei allem, was er getan hat: Sie hat ihn dennoch gerettet. Wurde dadurch zu einem besseren Menschen. Dass er an diesem Tag auf freiem Fuß ist, steht sinnbildlich für all das, was sie ursprünglich dazu veranlasst hat, sich für das Studienfach Jura zu entscheiden. Er hat sie auf diesen Weg gebracht, in all den Jahren, als er sich in zwielichtigen Hinterzimmern auf Deals einließ, um den schnellen Dollar zu machen. Wo wäre sie heute, hätte er das nicht getan? Wer wäre sie heute?

Drüben bei dem SUV sprechen Dad und Sofia miteinander. Mariella steht daneben und lächelt, als hätte sie im Lotto gewonnen. Alice beobachtet, wie Anthonys Aufmerksamkeit wandert. Sieht, wie er sich langsam umdreht, in der Bewegung innehält, als er sie erblickt. Sie spürt eine Hand in ihrer, als Fiona zu ihr kommt. Die Unterhaltung drüben am Wagen stoppt, als Dad über Sofias Schulter schaut und Alice und Fiona zum ersten Mal wahrnimmt. Selbst auf die Entfernung ist zu spüren, dass seine Körpersprache eigenartige Kapriolen schlägt, als wisse er mit einem Mal nicht, was er mit sich selbst anfangen soll.

Sie läuft ihm nicht quer über den Parkplatz entgegen, verhält sich nicht so wie Mariella, als Dad durch das Tor gekommen ist, und plötzlich verspürt Alice, wie sich ein Knoten in ihrem Bauch bildet. Sie hätte nicht herkommen sollen. Nicht an diesem Tag. Vielleicht nie. Das ist ein Fehler. Ihr Körper fühlt sich an, als vibriere er voller nervöser Energie, der Drang, wieder ins Auto zu steigen, macht sich immer stärker bemerkbar.

Doch dann macht Anthony einen Schritt auf sie zu, und es kommt ihr so vor, als habe ein trockener Wüstenwind alle Zweifel weggeweht. Dieser Junge, dem sie nie begegnet ist, kommt nun auf sie zu, ein scheues Lächeln im Gesicht, eine Brücke zwischen den beiden Welten. Dieser Junge kennt sie überhaupt nicht, und doch ist er mutig genug, den ersten Schritt zu tun.

Sie drückt Fionas Hand, und die beiden Schwestern gehen ihm entgegen, in seine Richtung. Wohin sie das genau führen wird, vermag Alice nicht zu sagen, aber sie ist bereit, es herauszufinden, für ihn.

Danksagung

Es ist schon eine Weile her, dass ein Buch von mir veröffentlicht wurde, für das ich eine Danksagung geschrieben habe. Drei Jahre, um genau zu sein, es fühlt sich aber an, als sei es eine Ewigkeit her. Mein letztes Buch erschien mitten in der Pandemie, unter einem anderen Namen (ich schrieb unter Robert Scragg), und die Welt war eine vollkommen andere.

Viel ist geschehen in diesen drei Jahren. Ich habe meine Agenten gewechselt, auch den Verlag, ich habe sogar den Namen geändert, unter dem ich jetzt schreibe. Inmitten all der Turbulenzen gab es Momente, in denen ich mich gefragt habe, ob ich je erleben würde, dass ein weiteres Buch von mir erscheint – das habe ich wohl den Selbstzweifeln und dem Hochstapler-Syndrom zu verdanken, von denen offenbar viele von uns befallen sind.

Ich darf mich glücklich schätzen, etliche Leute um mich zu wissen, die mir auf meinem Weg geholfen haben, und jetzt habe ich die Möglichkeit, diesen Leuten ein öffentlichkeitswirksames Dankeschön zu sagen – Leute aus meinem privaten und aus meinem beruflichen Umfeld. Das Buch, das Sie gerade gelesen haben, hat sich seit dem ersten Entwurf, den ich 2022 vorgelegt hatte, so sehr weiterentwickelt.

Zuallererst bin ich meinem großartigen Agenten David Headley unendlich dankbar, denn er hat mir nicht nur ein neues Autorenleben ermöglicht, sondern auch für mich und meine Bücher ein neues Zuhause bei Hodder & Stoughton gefunden. Ich könnte mich in keinen sichereren Händen fühlen.

Phoebe Morgan und das Team bei Hodder & Stoughton haben mich geradezu umgehauen mit ihrer Leidenschaft und ihrer Begeisterung für *Sieben letzte Tage*. Sie haben den mitunter grenzwertig unverständlichen Wortbrei, den ich ihnen vorgesetzt habe, so gut aufbereitet, dass ich mich inzwischen tatsächlich darin wiedererkenne. Ehrenvolle Erwähnungen gehen an Alainna, Kate und Cari, die sich hinter den Kulissen abgerackert haben.

Dann ist da das Heer aus Buchhändlerinnen und Buchhändlern, die dazu beigetragen haben, dass das Buch seinen Weg zu Ihnen, meine lieben Leserinnen und Leser, gefunden hat, sobald es herauskam – diejenigen von Ihnen aus dem Nordosten stellen womöglich fest, dass einer der Charaktere aus *Sieben letzte Tage* tatsächlich nach einer von ihnen benannt ist. Fiona Sharp von Waterstones in Durham ist für den Buchhandel das, was Alan Shearer für Newcastle war – unaufhaltsam. Sie hat mein Buch vom ersten Tag an unterstützt, und für diese Unterstützung bin ich ihr auf ewig dankbar. Zu meinen Lieblingsentdeckungen des vergangenen Jahres zählt Goldsboro Books: Die Mitglieder des Teams dort sind absolute Rockstars, wenn es darum geht, Autoren zu fördern. Der Indie-Buchladen in meinem Heimatort hat ebenfalls eine lautstarke Würdigung verdient – The Bound in Whitley Bay (küstennahe Zweigstelle von Forum Books). Helen, James und all die anderen der Belegschaft dort arbeiten unermüdlich, um Leuten wie mir zu helfen, mit Leserinnen und Lesern wie Ihnen in Kontakt zu treten, und das tun sie mit einer solchen Energie, dass ich sicher bin, wir könnten eine ganze Stadt mit Strom versorgen, wenn wir den Eifer dieses Teams ins Netz einspeisen würden. Ein weiterer fabelhafter Indie-Buchladen im Nordosten, dem ich zu Dank verpflichtet bin, ist Drake The Bookshop in Stockton, denn dort ist man immer bereit, lokale Events zu unterstützen, und dann werden Berge von Büchern geschleppt, dass es selbst einen Sportler beim Powerlifting umwerfen würde – und alles, um Autoren zu helfen.

Meine Northern-Crime-Syndicate-Truppe, bestehend aus Trevor, Rob, Judith, Fiona, Chris und Adam, sind allesamt Legenden und selbst unglaublich gute Autorinnen und Autoren. Es ist mir eine

Ehre, mich mit euch auf den Weg zu machen und über Dinge zu sprechen, die wir in unseren Gästezimmern erfunden haben.

Die Criminal Minds Crew – eine Alpaka-Story nach der anderen hält mich bei Verstand – nimmt die Leute in die Zange!

The Circle of Trust – jeder einzelne von ihnen ist ein toller Autor/ eine tolle Autorin und Freund/Freundin, und sie haben mir geholfen, COVID zu überstehen, bei einem betrunkenen Zoom-Call dem nächsten.

Meine Kolleginnen und Kollegen in meinem Hauptberuf, die mir erlaubt haben, ihre Namen für einige der Figuren in *Sieben letzte Tage* zu klauen – Nic S, Dan, Sharon, Gail und Trev.

Dann wäre da noch die Familie. Die Weisen, die es immer noch tolerieren, einen Geordie in ihrem Clan zu haben, obwohl ich immer noch nicht mein Versprechen gehalten habe, alle Schätze aus der Kindheit meiner Frau vom Dachboden zu holen.

Meine Mum und mein Dad, die mich selbstlos in all den Jahren unterstützt haben. Ohne sie wäre ich nicht da, wo ich heute bin, und das ist eine Schuld, die ich nie begleichen kann. Meine Mum kann das beweisen – hat sie doch alle Schuldscheine aufbewahrt.

Keine lautstarke Würdigung wäre komplett ohne meine ultimativen Begleiter, die mit mir durch dick und dünn gehen – meine Frau Nic und meine Kinder Lucy, Jake und Lily. Ihr seid es, die mich immer zum Lächeln bringen, selbst dann, wenn man beim Rest der Welt manchmal das Gefühl hat, dass alles den Bach runtergeht.